U0133345

国家社科基金
GUOJIA SHEKE JIJIN HOUQI ZIZHU XIANGMU
后期资助项目

台湾藏稀见明别集
总目提要

Summary of the rare collection of Ming Dynasty
literati works in Taiwan

李玉宝 著

上海古籍出版社

2018年度国家社会科学基金后期资助项目

（项目编号：18FZW065）

国家社科基金后期资助项目
出版说明

后期资助项目是国家社科基金设立的一类重要项目,旨在鼓励广大社科研究者潜心治学,支持基础研究多出优秀成果。它是经过严格评审,从接近完成的科研成果中遴选立项的。为扩大后期资助项目的影响,更好地推动学术发展,促进成果转化,全国哲学社会科学工作办公室按照"统一设计、统一标识、统一版式、形成系列"的总体要求,组织出版国家社科基金后期资助项目成果。

全国哲学社会科学工作办公室

序

打开玉宝教授新著《台湾藏稀见明别集总目提要》,琳琅满目,美不胜收。玉宝是畏友李时人先生的高足,长身玉立,秀目英俊,待人诚恳温润,学问做得扎实,研究成果丰硕。此书是其多次往返海峡两岸,访书辨识,集腋成裘,耗费八年光阴而成。著录在台湾各大图书馆搜寻所得稀见明代别集463 种,其中有近 200 种为孤本,其有助于研究的珍贵价值自不待言。

关于明代别集的存世总数,至今未有定论。《四库全书总目》著录的明别集有 1 114 种,加上《四库禁毁书丛刊》《四库未收书丛刊》《续修四库全书》中的明别集,未超过 2 000 种。《中国古籍善本书目》收明代善本集部8 285 种,但其中包含《楚辞》类、总集、诗文评。而据《中国古籍总目》"地域之属·明代别集",著录存世明别集 7 174 种,玉宝教授经过多年调研勘查,认为存世明别集大约在 9 000 种左右。

在承前启后的学术发展背景下,本书的问世具有如下价值:

一、《台湾藏稀见明别集总目提要》堪称明别集整理工作中的重要成果之一。百余年的明清文学研究(真正近代意义上的明清文学研究,始于 20世纪的第一个十年)是小说、戏曲等俗文学的时代,在陈独秀、胡适等学界巨擘"白话文学之为中国文学之正宗"的倡议下,小说、戏曲等俗文学研究蔚为大观,而诗文、辞赋等雅文学除少数领域、少数作家受到重视外,诗文研究是不受重视的,这种情况在 20 世纪 80 年代以前并没有发生根本性变化。进入 80、90 年代,特别是 21 世纪的这二十年,明代文学研究进入了诗、文、词、赋与小说、戏曲并驾齐驱的时代。这种雅俗文学研究的并兴局面主要表现在两个方面:一是文学研究异常火热、繁荣,一是文献的整理方兴未艾、成果迭出。具体整理情况笔者不再赘述,可参看左东岭教授《明代诗文集珍本丛刊序言》。相较于明前文献的整理与清代文献的整理,目前明代文献的整理工作还有待加强——比如影印四库类丛书未超过 2 000 种明别集,《原国立北平图书馆甲库善本丛书》(以下简称《甲库丛书》)内收 650 余部明别集,《中华再造善本·明代编》内收 50 余种明别集,《明别集丛刊》1—5 辑有

1 800 余种明别集,《明代诗文集珍本丛刊》内收 353 种明别集。《明别集丛刊》第 6 辑内收日本所藏稀见明别集 75 种。这些影印本将珍藏各地的明别集"原汁原味"地呈现在读者面前,于明代历史、文化及文学研究贡献是巨大的。在呈现形式上,各种影印本各有优点,也各有一定的不足。

在众多整理成果中,即出的《台湾藏稀见明别集总目提要》或许算不上一部大部头的著作,但它对稀见明别集进行"提要"的尝试确是很有价值的。"稀见"者,乃指存世稀少、学者所不易目验的集子。台湾藏古籍近 100 万册。1985 年台北"中央图书馆"馆长王振鹄先生在《"国立中央图书馆"之资源与服务》中谈及馆内古籍时指出:"馆藏善本图书十四万四千册,其中宋版二八一部,金元本三六〇部,明刊本八三三九部,名家稿本、批校本一千余部,历代手抄本三五〇〇部……以上图书就版本而言,各种版刻完备足供校勘之需,尤以孤本秘笈或罕传本在五百种以上,明人著作在三千种以上,内明人文集达一千三百家。"这 1 300 家明人文集仅是"台图"一家的,如果再加上汉学研究中心、傅斯年图书馆、台北故宫文献馆、台湾各大学图书馆等的明人文集,则台湾藏明别集当有 2 000 余种,占存世明别集数量的四分之一强,这其中"稀见"的明别集即有近 500 种。《台湾藏稀见明别集总目提要》所著录的 463 种明别集,皆为稀见版本,绝大部分为大陆、海外所未见。在一部完整的"明别集总目提要"问世前,《台湾藏稀见明别集总目提要》将大陆地区外最重要地区的明别集文献作了初步摸底,并以"提要"的形式呈现出来,其价值自不言而喻。

二、本书对这些稀见版本的题名、卷数、版本、序跋、内容、价值及影响等皆有详细规范的著录,尤其注重版本流变,将成书经过清楚叙出,具有较高的版本价值。本书著录的 463 种明别集中,近 200 种为孤本,具有很高的文献价值与学术价值。

如杜敩(1313—1384)的《拙庵集》十卷,为杜敩唯一存世明刻孤本,《明史·艺文志》著录。《中国古籍善本书目》《中国古籍总目》均未著录。今《甲库丛书》第 700 册中的《拙庵集》十卷,即据台北故宫藏本影印。日本国会图书馆藏有摄制于原北平图书馆善本书之胶片。本书在著录其题名、卷数、板式、行款、藏书印、序跋、内容后,再述此书之成集:最先由杜敩之孙松江府推官杜矩编辑而成,天顺八年刻梓行世。叶盛序曰:"《拙庵集》者,太学生壶关杜矩之所编也。矩大父敩,在高皇帝时以耆年硕德布衣被召,授四辅官兼太子宾客,司夏季上旬,累膺诏谕赓歌之宠。名臣宋祭酒讷实敩所荐引,故具录圣制为一卷,尊居其前。平生著述多散逸,其仅存者为诗六卷,为文二卷。敩事行当在国史,今存于家,有状可稽。拙庵自命,与凡出处交游,有题咏赠遗之作,并为附录一卷,殿其后焉。矩恒持以自随,兹以公事来南中,属为之序。"后至嘉靖甲申(三年),张友直增补刘龙序,再次付梓行世。张友直跋语云:"正德己卯夏四月,予自孝义来承乏是邑,窃见部下往往相习不善,愧无以为教。每举乡贤,四辅公拙庵杜老先生学术、经济为我皇明非常之聘。训之,奈世久湮微,弗信者众,因留心延访,得是集刻本于私藏,愿印布,俾家传人诵而学之。但刻多残缺,又少序,其后者将增补焉。时当朝觐,累于废政不暇也,徒为恶有司耳。至嘉靖甲申冬,予以公适襄,进谒大宗伯紫岩刘老先生,请书《拙庵集》后,先生慨然示予,予惟序既成,刻之,残缺不可不补也,遂命工锓梓就绪,庶广其传,以慰予之初心矣。"本书继论其价值及后人评价:清季陈田《明诗纪事》录杜敩诗三首,按语谓:"《拙庵集》,《明史·艺文志》著录,而选家多不之及。余从程之珌《潞安诗抄》录数首。明初山右之以诗鸣者,致道其开其先矣。致道尝荐宋西隐为祭酒,称为得人。常侍宴游,联句赋诗,太祖特幸其私第,亦可谓儒臣之荣遇矣。"然于杜敩诗文,陈氏仅言其于明初山右诗坛"其先"之功,未及其它,则杜氏诗文成就可见一斑。

三、《台湾藏稀见明别集总目提要》为明代文学研究、地域文学研究、文学个案研究提供了很多有价值的史料。

已出的数十部文学史,其体例绝大部分在时间纵轴下,介绍某一时间段内的政治、经济、思想、文化发展情况,然后选取某些重要的作家作品进行介绍,以印证这些作家的文学思想、作品内容都是时代的产物,这种线点结合的文学史模式自有它的合理性,但缺点也是显而易见的,如它选取的部分重要作家作品就存在以偏概全的不足。作为文学研究的重要分支——地域文学研究,如果不能尽可能全地掌握地域内所有作家(当然,这里的"所有"也是相对的),就难以对地域文学发展的全貌、空间形态和线性递延情况做出实事求是的分析。明代广东文学的崛起是明代地域文学的重要特征之一,明代广东总计有作家 2 700 余人(未含女性作家、僧道作家),在广东的 10 府 1 州中,作家主要集中在广州府(1 600 余人)、肇庆府(240 余人)、惠州府(180 余人)、潮州府(300 余人)、琼州府(150 余人),其它府州作家皆未过百。如果不能掌握明代广东作家的空间分布情况,就难以写出一部令人信服的"明代广东文学史"。而《台湾藏稀见明别集总目提要》内的很多"稀见明别集",对认识、了解地域作家确实具有"补遗"的作用。

不惟如此,很多"稀见"的明别集对了解作家的创作风格和认识作家的整体风貌具有重要作用,如现在大多将《西游记》著作权记在吴承恩名下,尽管有异议,但目前还是大多数人的共识。对于吴承恩的雅文学创作情况,目前多数人不是很清楚,盖因其惟一诗文著述《射阳先生存稿》四卷藏台北故宫,难以目验。本书在著录《射阳先生存稿》的基本项后,引吴国荣跋语考其版本情况,继引时人陈文烛序曰:"今观汝忠之作,缘情而绮丽,体物而浏亮,其词微而显,其旨博而深。明堂一赋,铿然金石,至于书、记、碑、叙之文,虽不拟古何人,班孟坚、柳子厚之遗也;诗词虽不拟古何人,李太白、辛幼安之遗也。盖淮自陆贾、枚乘、匡衡、陈琳、鲍照、赵碬诸人,咸有声艺苑,至宋张耒而盛,乃汝忠崛起国朝,收百代之阙文,采千载之遗韵,沉辞渊深,浮藻云峻,文潜以后,一人而已,真大河韩山之所钟哉。汝忠与宝应朱子价自少友善,其文名与之颉颃,乃子价为太守,而汝忠沉于下寮。兹稿出,当与《山带阁集》并传,射阳陂之上,有两明珠也,因缀数语冠于简端。"又引李维桢序言曰:"(承恩)与七子中所谓徐子与者最善,还往倡和最稔,而按其集独不类七子友,率自胸臆出之,而不染于色泽;舒徐不迫,而亦不至促弦而窘幅。人情物理,即之在耳目之前,而不必尽究其变。盖诗在唐与钱、刘、元、白相上下,而文在宋与庐陵、南丰相出入。至于扭织四六若苏端明,小令新声若《花间》《草堂》,调宫徵而理经纬,可讽可歌,是偏至之长技也。大要汝忠师心匠意,不傍人门户篱落,以钓一时声誉,故所就如此。"最后引朱彝尊《静志居诗话》语评吴承恩曰:"汝忠论诗,谓'近时学者,徒欲谢朝华之已披,而不知漱六艺之芳润,纵诗溢缥囊,难矣'。故其所作,习气悉除,一时殆鲜其匹。"本书对《射阳先生存稿》四卷的著录,彰显出吴承恩除了小说创作贡献,其诗文也有相当造诣,这对全面认知吴承恩无疑有着重要的参考价值。

四、本书对明别集版本的细节考证,也颇显功底,富有价值。

如庄昶著述《定山先生集》十卷,有明正德元年(1506)山西按察使李善刊本,台北图书馆藏。此外,又有明嘉靖十四年刘绘刊本及嘉靖十四年刘绘刻萧惟馨重刊本;《定山先生集》十卷附录一卷补遗一卷《庄文节公年谱》一卷,清康熙四十一年庄清佐刊本、清道光间刊本。此外,尚有清钞本、四库全书本《定山先生集》十卷本。本书著录"定山先生集十卷"条,在列出庄氏著述版本外,继又述曰:于嘉靖十四年刘绘刻萧惟馨重刊本,美国国会图书馆注曰:"按北平图书馆藏是集原印残本,卷内有陈常道等题衔四行,此本题衔于原有四行之后,又增入四行云:'巡按直隶监察御史金溪黄希宪重订,南京户部郎中太康何维同校,应天府江浦县知县庐陵萧惟馨校刊,江西道监察御史邑人朱贤类次。'考侯宗海纂修《江浦埤乘》,惟馨知县事在嘉靖之末,与刘绘中隔七人。惟馨等力不能刻书,而又希附其名于骥尾,遂改换每卷之第一二版(原版每行十八字,改版因多容字数,为每行二十字)。冒称重刻,其亦士夫中之蟊贼矣!"经著者仔细比对嘉靖十四年刘绘刊本及刘绘刻萧惟馨重刊本,二书目录、正文内容完全一致,每卷首二页与其它内容确如美国国会图书馆所言。

再如,周坦率著有《和陶诗集》四卷,台北图书馆藏。然对于周氏生平一直未有确切记载。本书经过考证辨析指出,《和陶诗集》卷四末有《归去来兮辞》,题名下注曰"辛未年乞休致,不允,即用漆韵写怀",又正文首句云"归去来兮,予年七旬,当告归,既自陈情乞休"。据此可知,周坦率当生于正统七年壬戌,即公元1442年,卒年应在正统末。

长江后浪推前浪,盛世修史费商量。在重新认知及撰写明代文学史的学术潮流中,玉宝教授的这部新作,将成为明代文学研究架构中的一块重要的奠基石,其恩师李时人先生开创的明代文学整体研究后继有人,后劲澎湃,可喜可贺。欣喜感怀,是以为序。

严 明

2023年7月 志于沪上汪洋斋

凡　例

一、本书所言"明代"，以生活于这一历史时期(1368—1644)的作家为主，对于由元入明和由明入清之跨代作家，则按年龄与政治态度的双重标准综合考虑予以取舍：由元入明者，如洪武元年(1368)年届五十者，原则上不收，但若曾跟从元末义军反元，服务于明王朝者，则予以收录；由明入清者，如崇祯十七年(1644)已年满五十者，不论其后来是否屈从新朝，一般予以收录；未满五十，但自发组织或参加抗清活动，或入清后以"明遗民"自居之作家，也予以收录。

二、本书共收稀见明别集463种。所谓"稀见"，指存在于台湾的孤本；同一书大陆存而台湾有不同版本、名人题跋本，本书也予以收录。而同一书大陆存有刊本，则台湾所藏该集之抄本时间晚于刊本(且无名人题跋)，则一般不予收录。

三、本书正文条目体例如下：以该存世诗文集题名、卷数作为该条目的标题，黑体标出。词条正文首列该集作家之小传。提要内容主要包括以下几点：重要书目著录情况、版本、藏地、行款、板式、藏书印、序跋、被现代丛书影印收录情况。

四、本书择要辑录对作家及诗文集价值的评价，以该作家同期或后世主要文学批评家的评论为主，如《四库全书总目》、钱谦益《列朝诗集小传》、朱彝尊《静志居诗话》、陈田《明诗纪事》等。

五、本书注重一种别集不同版本间的流变递衍，因此摘录了必要的序跋、题识等。关于藏书印，将台湾主要藏书单位著录的藏书印与集内印章比对无误后，按印章钤印先后予以重新排布。

目　　录

001　御制诗集二卷

朱高炽(1378—1425)撰。高炽,即明仁宗,成祖朱棣长子。永乐二年(1404)立为皇太子,二十二年嗣位,次年改元洪熙,五月卒,年四十八。仁宗以好学博雅称,尤喜欧阳修文,时与杨士奇、徐善述等讲论文艺。现存《天元玉历祥异赋》八卷,《方正学先生逊志斋集外纪》二卷,《御制诗集》二卷。《明诗综》称其有《御制文集》二十卷,然未见传。生平见张廷玉等《明史》卷八本纪第八。

该集明洪熙元年(1425)内府刊本,台北故宫文献馆藏,二册。板框25.4厘米×15.7厘米。有栏无格,四周双边,版心黑口。半页八行十七字。卷首有目录。卷上与卷下题名后镌"洪熙元年正月初十日"。卷上收四言诗一首,其余为近体诗一百五十四首,卷下收五古一百首,七言歌行六首,词八首。仁宗践祚未及一年,且多在深宫,视野未广,故集中多咏物之作及与朝臣如杨士奇、杨荣、夏原吉、金幼孜等唱和之作,诗作成就平平。然披沙拣金,极少数诗作给人出尘之感,如卷下《雪》云:"黯黯同云布,片片满空飞。天工巧裁剪,六出冰花奇。似雨还堪拾,随风不沾衣。围炉斟美酒,严寒暖力微。三白丰年兆,四海乐雍熙。"物象清奇,不入俗窠。

《明史》评仁宗:"在位一载,用人行政,善不胜书。使天假之年,涵濡休养,德化之盛,岂不与文、景比隆哉。"(卷八"本纪"第八)朱彝尊《明诗综》卷一上录仁宗诗二首,《静志居诗话》(以下简称《诗话》)云:"献陵天禀纯明,雅志经术。东朝监国,命徐赞善善述纂《尚书直指》进讲。诗成,亦命善述改窜,令旨呼其字而不名。又尝与曾少詹棨赓和……设享年加永,则成功文章巍焕何如焉。"

002　诚斋牡丹百咏一卷梅花百咏一卷玉堂春百咏一卷

朱有燉(1379—1439)撰。有燉号诚斋,又号全阳道人、全阳老人。即周宪王,太祖朱元璋孙,周定王橚长子。洪武二十四年(1391)册封为世子。建文削藩,与其父同被废为庶人,徙云南。成祖登基,复爵。洪熙元年(1425)袭封,正统四年(1439)卒,年六十一,谥宪。生平见焦竑《周宪王有燉(传)》(《国朝献征录》卷一)、张廷玉等《明史》卷一百十六。

有燉颖敏嗜学,擅词曲,喜为杂剧,著有杂剧三十一种。亦能诗文,著有

《诚斋乐府》及《牡丹百咏》《梅花百咏》《玉堂春百咏》(有宣德刊本)。又有《诚斋录》四卷《诚斋新录》一卷(有嘉靖十二年刊本)。台北图书馆(即所谓的"国立中央图书馆",下同)、上海图书馆藏《诚斋牡丹百咏》一卷《梅花百咏》一卷《玉堂春百咏》一卷,明宣德五年(1430)至六年周藩刊本(清黄丕烈、陈鳣跋)。一册。板框20厘米×13.1厘米。四周双边,版心黑口,双黑鱼尾。半页九行二十字。台北藏本钤有"海宁陈鳣观"朱文长方、"甲戌/进士"朱文长方、"菦圃/收藏"朱文长方、"虞山周/辅借观"朱文长方、"国立中央图书馆收藏"朱文长方。《牡丹百咏》卷首有《诚斋牡丹白咏诗引》,署"宣德五年谷雨后五日书";卷末有朱有燉题识。《梅花百咏》卷首有《诚斋梅花百咏诗序》,署"宣德五年十一月长至日书"。《玉堂春百咏》卷首有《诚斋玉堂春百咏引》,署"宣德六年岁在辛亥孟秋上浣识"。

　　清钱谦益《列朝诗集》乾集下录有燉诗四十六首,"小传"评其诗"皆风华和婉,泱泱乎盛世之音"。清朱彝尊《明诗综》卷一下录有燉诗《竹枝歌》二首,《诗话》谓:"宪园留心翰墨,谱曲尤工,中原弦索往往藉以为师……其诗不事呕心,颇能合格。梅花、牡丹、玉堂春,一题动成百咏,才思不穷,诚宗藩之隽矣。"

　　卷首有陈鳣跋语:"明周宪王有燉为周定王长子,高皇帝孙,洪熙元年袭封。史称定王好学能词赋,尝作《元宫词》百章。以国土夷旷,庶草蕃芜,考核其可佐饥馑者四百余种,绘图疏之,名《救荒本草》。辟东书堂以教世子,长史刘淳为之师。宪王遭世隆平,奉藩多暇,勤学好古。尝集名迹,手自临摹勒石,名《东书堂法帖》,历代重之。著有《诚斋录》《新录》,尤工乐府、传奇,中原弦索多用之。李景文诗云'齐唱宪王新乐府,金梁桥外月如霜';牛左史诗云'唱彻宪王新乐府,不知明月下樊楼'是也。此名花百咏三种,系宣德年间专刻本,世罕流传。考《静志居诗话》云:'宪园诗不事呕心,颇能合格。梅花、牡丹、玉堂春,一题动成百咏,才思不穷,诚宗藩之隽。'然《明诗综》未经录入,想不见是本耶?今年四月,余得元人韦德珪《梅花百咏》以赠黄君菱圃,越一月更得此而更赠之,又增佳话矣。嘉庆十二年夏五月海宁陈鳣记。"卷末有黄丕烈跋语:"此牡丹、梅花、玉堂春《百咏》,简庄以之赠余者,内侄丁竹浯借此影钞一部,因重装而志其缘起。简庄以为宣德旧刻,此却未的。余今春从书船友得此书,版刻更旧,殆宣德刻也,前多《诚斋牡丹谱》八叶,更胜于此本矣。小春望日。复翁。己巳。"

003　瓫天小稿十二卷

　　朱弥锝(1460—1523)撰。弥锝,即唐成王。太祖朱元璋玄孙,唐庄王芝址庶长子。封地南阳，成化二十一年（1485）袭封。史载武宗时，曾做《忧国诗》，且上疏请用贤图治。嘉靖二年（1523）卒，年六十四，谥成。能诗画。生平见张廷玉等《明史》卷一百十八《列传》第六。

《千顷堂书目》、万斯同《明史·艺文志》皆著录《瓮天小稿》十二卷。今存嘉靖十九年（1540）唐藩刊本，台北图书馆藏。四册。板框20.5厘米×14.1厘米。四周双边，版心白口，双黑鱼尾。半页十行二十字。卷首有《瓮天小稿序》，署"嘉靖庚子孟夏吉日思诚子拜书于敕赐居善堂"。序中有"予尝命儒臣校辑先伯考成王《瓮天小稿》"语，考《明史》，此"思诚子"为唐王朱弥锑承嗣者朱宇温，朱弥锑弟弥钳子。卷三后有跋《瓮天小稿后序》，署"赐进士中奉大夫山东承宣布政使司右布政郡人臣王鸿渐谨书"。钤有"板桥／爕"白文方、"船／山"朱文方、"张照／之印"白文方、"国立中／央图书／馆考藏"朱文方、"范昶／私印"白文方。总收其所作古近体诗八百三十余首、联句九十余首，附赞、祭文等文二十余篇。

《明史》载，弘治中朱弥锑曾上疏曰："朝廷待亲藩，生爵殁谥，亲亲至矣。间有恶未败闻，殁获美谥，是使善者怠，恶者肆也。自今宜核实，用寓彰瘅。"礼臣请降敕奖谕，勉厉诸王。又载"武宗喜游幸，弥锑作《忧国诗》，且上疏以用贤图治为言"（《明史》卷一百十八）。朱彝尊《诗话》谓："成王广置精庐，集国中俊秀子弟资给之，俾肄业。又辟蔬圃一区，建养正书院。泰陵颁五经子史赉之。迨康陵游幸，王作《忧国》诗八章以讽。暇则联句藏春之坞，开讲保和之堂。又精于书法、绘事，皆入能品。"（卷一）

004　恩纪诗集七卷

朱祐杬（？—1519）撰。祐杬即兴献王，明世宗父，宪宗第四子。成化二十三年（1486）册封兴王，弘治七年（1494）之国安陆州，正德十四年（1519）卒，谥献。卒后两年，其子厚熜入承大统，追尊其父为献皇帝，庙号睿宗。《明纪》谓朱祐杬"嗜诗书，容受直言。绝珍玩，不畜女乐，非公宴不设牲醴"（卷二十七）。生平见张廷玉等《明史》卷一百十五列传第三。

该集明弘治间内府钞本，台北故宫文献馆藏。二册。板框25.4厘米×18.6厘米。四周双边，板心黑口，双鱼尾。半页十行二十二字。卷首有《恩纪诗集序》，署"弘治壬戌秋八月吉旦兴王纯一道人谨书"；卷末有《跋恩纪诗集后》，署"兴藩纯一道人谨书"；《恩纪诗集后序》，署"弘治乙丑孟冬吉旦敕授迪功郎纪善臣周诏斋沐谨序"。书中有前人朱笔圈点。

卷一题《莘毂恩荣》，卷二题《上谒诸陵皇途即兴》，卷三题《封国余清》，卷四至卷六题《书堂杂咏》，卷七题《强续骚吟》，内有《行香子》词十首。纪善周诏言其内容曰："一编之中，判为七卷，七卷之中，立为五题。谓之《辇毂恩荣》者，所以纪在京之时，一度荣沾恩锡，一度作为诗歌，示不忘也；谓之《皇途即兴》者，所以纪分封之行，随途揽胜，即兴成章，识行踪也；谓之《封国余清》者，所以纪到国之后，即前人品题之景，写今日感慨之情，挹余清也；谓之《书堂杂咏》者，所以纪进讲之余，摘题写意，触目感怀，萃诸作也；谓之《强续骚吟》者，所以纪居处之地，阳春台耸，汉江流环，即二题而直赋其事，动千余言，而得屈宋之机轴。至于乐府占作，又非时俗之所克造，谓之大哉王言，信不诬矣。使非其心之纯一，曷有是言哉！此可见其居之大，养之大，志之大，而言亦大矣。'纯一'之号，其称情矣乎。"

朱祐杬自号纯一道人，其自序受封云："弘治甲寅秋，予受命就封安陆，廷授之以皇训，次锡之以车服、图书、珠宝、牙角，次之以祭乐、鼓吹、旗节、盖扇，又次之以土田湖池，凡需于王国而可益于久远者，百物为之备而有制焉。……矧我皇上，睦族之典盛于成周，而予与子孙之受恩者，宁可忘所自邪？然所以报之者，可但匹于齐晋邪？锡物名数，固已藏之玉府，录之太史，而予感之于心，又安能已于言邪？此纪恩诗之所以作也。"

005　含春堂稿一卷

朱祐杬撰。朱祐杬生平见《恩纪诗集》条。

该集明嘉靖五年（1526）司理监刊本，台北图书馆藏。四册。板框22.8厘米×15.8厘米。四周双边，版心黑口，双黑鱼尾。版心鱼尾下记"含春堂稿"。半页九行十五字。钤有"吴兴刘氏/嘉业堂/藏书印"朱文方、"国立中/央图书/馆考藏"朱文方。卷首有《含春堂稿序》，署"弘治十三年庚申二月吉旦大明兴国纯一道人序"。正文题名下无署名。总收诗一百三十二首。

朱祐杬论诗主性情："盖喜怒哀乐之未发，谓之中；发而皆中，谓之和。中者，天下之大本；和者，天下之达道。此性情之德也。诗出于性情之正，吾见其为忠爱、为孝思、为和柔、为恭睦、为信义，积而为中和之极。大本立，达道行，教化于是乎醇矣……吾自己酉蒙恩出西馆读书，时虽诵唐宋人诗，尚未解其义，至庚戌春出府，蒙皇上简命内外官僚职辅导，日讲周诗，颇得其兴比美刺及温柔敦厚之微旨，窃有志焉。未究其作之之法，继后日钻月研，渐为学之，又莫知其用功之序，乃先之以性情之原，次之以天地之纪，次之以人物之颐，次之以宫室苑囿之制，次之以礼乐名物之懿，又次之经史文章之奥，循序作得近体诗若干首……昔所作前诗，虽质朴无华，然皆不离乎性情，而以自惕厉者居多。兹因录出，以贻后人，庶几知吾之为王者，不在于声色犬马，而游心于道德诗书之场；不雕篆于光景物态，而根原于性情中和之妙，则将有感发兴起，遵祖训、慎王度而保国脉于有永者，吾之心也。"(《含春堂稿序》)

006　雪峰诗集八卷

朱彦汰(1479—1544)撰。彦汰号雪峰道人。岷靖王，岷庄王朱楩五世孙，岷简王朱膺鉌庶长子，初封江陵王，弘治十七年(1496)袭封岷王。以与弟南安王朱彦泥讦阴事，坐荒淫败度抗制擅权革爵幽囚，废为庶人。十二年复理府事，十五年复爵，二十三年卒，年六十六。生平见张廷玉等《明史》卷一百十八、焦竑辑《国朝献征录》卷一宗室一。

该集明嘉靖十四年(1535)岷府刊本，明朱誉臻编，台北图书馆藏。八册。板框18.1厘米×14.1厘米。四周双边，版心大黑口，四黑鱼尾。半页八行十五字。钤有"金星轺／藏书记"朱文长方、"文瑞／楼"白文方、"结社／溪山"朱文方、"吴兴刘氏／嘉业堂／藏书印"朱文方、"刘承幹／字贞一／号翰怡"白文方、"国立中／央图书／馆考藏"朱文方、"太原叔子／藏书记"白文长方、"莲／泾"朱文方、"桐轩主人／藏书印"朱文长方。正文首页有"府在／黄山白／冈之间"白文方、"文瑞楼／主人"朱文长方、"情之／所钟"白文长方。卷末有"当怒读则喜／当病读则痊／恃此用为命／纵横堆满前"白文方、"我思古／人实／获我心"朱文方、"李杜文／章在光／芒万丈长"白文长方、"留为／永宝"朱文方。

卷首有《懿行纪纪岷国贤王集录》，署"嘉靖乙酉岁春二月己亥赐进士第翰林院国史编修文林郎廖道南"；序，署"嘉靖乙未冬十二月九日赐进士第奉政大夫岷府长史臣祝文冕顿首谨序"；《雪峰诗集纂修叙》，署"嘉靖十四年岁在乙未冬十二月朔后之吉第五子汉川王朱誉榛□首顿首拜书"。正文题名"雪峰诗集卷之几"，左署"皇明亲藩雪峰道人著"。卷一至五收古近体诗五百七十八首，对句六十六首。卷六收赞三篇、文二篇，卷七收词调六十八阙，卷八收瑞莲录。卷末有嘉靖十二年季冬望日马扬《瑞莲叙》，嘉靖乙未冬十二月之吉李邦彦《雪峰诗集后序》，嘉靖十四年十二月二十一日薛应麒《雪峰诗集后序》。

朱彦汰第五子朱誉榛序云："我父王……原其系出皇太祖之六世孙，岷始祖庄王之五世孙，恭王之曾孙，顺王之孙，简王之子也。幼承严训，既而嗣封。岷王总理国事，历孝宗、武宗暨今上，垂三纪。侯度恪修，忠孝匪懈于凡行，有余力则以学文，虽隆寒盛暑，手不释卷。经书子史，靡不涉猎，而诗尤其长者，每遇兴至，辄有吟作，但谦以自牧，多不存稿。时长史郑升尚德、纪善杨翱等每见睿作，皆录成帙。子榇甫十龄，承命就外傅于便殿，一日于书柜中偶见升等所录，渐为蠹食，且惊且喜，乃珍置箧中，彼时窃有纂修之志。继后凡有睿翰，必谨书录，逮兹几二十年矣。今年季秋，启箧拜阅，含新旧所录稿，欲表章之，请于严命，凡再乃允，遂不揣愚陋，手自编辑为八卷，历仲冬而成，敬题曰《雪峰诗集》，捐禄寿梓以传。"

007　东乐轩诗集六卷

朱拱樤（1496—1550）撰。拱樤即宁藩弋阳端惠王，宁献王朱权五世孙，弋阳庄僖王宸浀子。以宁王宸濠伏诛停袭，嘉靖元年（1522）诏令以镇国将军统摄宁府事，二年袭封弋阳王，二十九年卒，谥端惠，年五十五。著有《东乐轩诗集》六卷。生平见朱谋㙔《藩献记》卷二、张廷玉等《明史》卷一百十七、焦竑《国朝献征录》卷一宗室一。

该集明嘉靖三十年刊本，台北图书馆藏。二册。板框 18.3 厘米×12.8 厘米。四周双边，版心白口。半页九行十八字。钤有"国立中央图／书馆收藏"朱文长方、"莚圃／收藏"朱文长方。卷首有《东乐轩诗集序》，署"赐进士出身中宪大夫前太常寺少卿翰林侍讲经筵讲官校正国史庐陵胡经谨撰于寻乐园"。卷末有跋，署"嘉靖三十年冬十一月朔孤子多焜茹哀谨书"。卷一收五古诗三十三首，卷二至六总收近体诗七百十五首。

宁藩子朱多焜跋云："先王奉命总视藩政盖三十年，尝于燕居缔思操觚，宣之声诗，遇有意兴，辄不属草，以是逸者尚多。今所存凡七百余首，春三月乃请于先王，编次分为六卷，题曰《东乐轩诗集》。先王端厚和平，克谨侯度。观省之余，君子固得其心志焉。若夫含咀艺苑之华，以鸣国家之盛，巨哲之门必有评之者矣。不肖又曷忍言哉。"

胡经序谓："《东乐轩诗集》，明弋阳端惠王所作，嗣王为长子时录而藏焉者也。端惠王，高皇帝七代孙。正德间逆濠作乱，支裔免诖得全，几千指茕然毳衣之无领也。皇上御极，特命贤董之得王，授玺书龟章以承藩祀，掌理府事。时孽毒甫靖，众心震涣，而统纪未定。维王祗祗新命，摅忠竭谟，礼以矩之，睦以联之，静以镇之，谦以抟之，信以孚之。三十年典章明而府事治，恩义洽而昭穆序，因是累膺嘉奖，屹然宗室一带城翰也。夫行醇则其言自中，养厚则其文以蔚。是集也，有六懿于祷颂见忠爱之笃焉，于怀感见孝享之谌焉，于赓唱见雍睦之周焉，赠寄见亲贤之广焉，品题见游衍之度焉，悼忆见悁怛之切焉。夫绠章绘句，恒得之穷思玄览。"

008 怡斋诗集二卷

朱成钘(生卒年不详)撰。成钘号怡斋,朱元璋玄孙,代藩懿安王之孙,父镇国将军仕㘧。著有《怡斋诗集》。

《天一阁书目》著录《怡斋诗集》三卷,今存二卷,明嘉靖十七年(1538)刊本,台北图书馆藏。二册。板框17厘米×13厘米。四周单边,版心大黑口,双黑鱼尾。半页八行十八字。钤有"吴兴刘氏/嘉业堂/藏书印"朱文方、"刘承幹/字贞一/号翰怡"白文方、"国立中/央图书/馆考藏"朱文方。卷首有嘉靖十七年十二月八日致仕礼部右侍郎何瑭《怡斋诗集书序》;嘉靖戊戌(十七年)仲秋望日泽州儒学训导墉城毛凤岐《怡斋诗集序》。卷一收古风一百首,卷二收诗一百七首。

何瑭赞朱氏诗"清新典雅,上逼古人。信圣朝宗室之奇才,前代不易及"。毛凤岐《怡斋诗集序》云:"怡斋赐名成钘,实我太祖高皇帝之玄孙,代藩懿安王之孙,父镇国将军仕㘧,母夫人悦氏所生也。怡斋生而天性孝友,及长,好学,尤喜济人利物,平生未尝杀一生物,虽处富贵,泊如也。故其为诗得性情之正,观其古风之作,切有关于政治风化;其近体诸作,亦皆曲尽物情,玩其词旨。孝敬之心,惓惓不忘。仁爱之情,溢于言表。……怡斋以天潢一派,身处富贵,不为物役而能刻意于诗,动造壶奥,则其平生操守从可知矣。盖尝闻之有阴德者,必有阳报,怡斋之名久晦于世,此诗之彰,殆天与也,虽欲不传,可乎? 凤岐忝有斯文之好,谊不容默,特叙其梗概,畀其篇端,姑以致仰止之私云尔。"

009 经元斋小稿二十卷

朱成铄(? —1469)撰,成铄为明代隐王朱仕㙳嫡三子,少好书史,长耽吟咏。景泰五年(1454)袭封,成化五年(1469)卒,死后谥悼恭。生平见《保定府志》卷二封爵表。

朱睦㮮撰《万卷堂书目》卷四著录《经元斋小稿》二卷。今存二十卷,明万历三十七年(1609)代府重刊本,台北图书馆藏。十册。板框17.4厘米×13.6厘米。四周单边,版心白口。半页九行十八字。钤有"国立中/央图书/馆考藏"朱文方、"刘承幹/字贞一/号翰怡"白文方、"吴兴刘氏/嘉业堂/藏书印"朱文方。卷首有万历己酉五月吉旦张五典《经元斋小稿叙》,嘉靖戊戌仲冬望日经元静轩散人朱成铄《经元斋小稿序》。卷一至十六收各体诗一千〇六十四首,卷十七收家训、箴铭四十七首,卷十八至二十收序八篇、记十一篇、论七篇、杂文十一篇。

集乃代藩朱成铄孙朱充鐇重梓而成。张五典叙云:"《经元斋稿》,隰藩静轩公遗稿也。公席封享朊綦贵,盛矣,乃厌薄世梦,栖神淡泊,独辟一斋,朝夕其中,冥搜六籍,精研百氏,及其兴趣所到,□□为诗文,情景悠然,自适□适也。已而汇生平著述,寿之梓人,自以为不朽之业必传无疑矣。公既殁,而篇帙散逸,藏于贩竖之手,所谓委珠玉于泥途,谁识之而谁收之也。厥孙云岑公名充鐇,好古嗜学,慕先祖之为人,思以阐扬懿美而光昭休问,乃购求原板,将复梓以广其传,间持一帙问叙于不佞。"并称其诗:"步趋盛唐,追踪魏晋;文则独出匠心,不由绳矱,然亦宋元以来风味也。至于孺慕□殷,不减斑衣之爱;劬劳念切,庶几蓼莪之风。忧时闵事,则忠君爱国之忧溢于毫端。"

朱氏自叙,颇多感慨:"余自总发时,知好书史。长而尤耽吟咏,迄今三十余年矣。切以幸生圣世,忝为宗室,既居闲地,而复放意幽僻。昔人所谓泉石烟霞,盖亦不能不自累者也。迄于嘉靖年来,于世事逾疏,屏跻山园,独处一室,琴鹤之间,但见黄鸟鸣,知时之春也;丹枫落,知时之秋也。及夫甘露澄而天宇和,玄霜飞而地界净。松竹天声,莺花春意,抑又其间不能忘情者,是其所作亦宜乎若尔。间或有得一辞,以至乐忘寝食者,不知其流也……今夫关风教为国家陈诗之意,似不敢拟,倘遁居自养情性,不使流于邪荡,实所自望,为终老之计也。观者幸少,恕狂妄云。"

010　少鹄诗稿八卷

朱显槐(？—1590)撰。显槐即楚藩武冈保康王,号少鹄山人,朱元璋六世孙,楚端王荣㳂第三子。嘉靖十七年(1538)袭封,万历十八年(1590)卒,年约七十。雅好艺文,善诗歌。生平见焦竑《武冈王显槐》(《国朝献征录》卷一宗室一)、朱谋垏《藩献记》卷一、张廷玉等《明史》卷一百一十六。

《千顷堂书目》著录朱显槐《显槐文集》(未注卷数),又《少鹄山人续集》八卷,又《诗集》八卷。今存《少鹄诗稿》八卷,明嘉靖间楚藩武冈王府刊本,台北图书馆、韩国首尔大学奎章阁等藏。台北藏本二册。板框19.8厘米×13.5厘米。四周双边,版心白口,单黑鱼尾。半页八行十七字。钤有"金星轺/藏书记"朱文长方、"家在/黄山百/岳之间"白文方、"结社/溪山"朱文方、"韵斋/所藏"朱文方、"吴兴沈/氏万卷/楼珍藏"朱文方、"汪鱼/亭藏/阅书"朱文方、"振绮堂/兵燹后/收藏书"朱文方、"刘承幹/字贞一/号翰怡"白文方、"吴兴刘氏/嘉业堂/藏书印"朱文方、"国立中央/图书馆/藏书"朱文方、"慧珠常自照"朱文椭圆印、"情之/所钟"白文长方、"文瑞楼/主人"朱文长方、"国立中/央图书/馆考藏"朱文方。版心下端记刻工名,如吴、郑、蒋、高、艾、吴仕等。卷首有《少鹄诗集序》,署"敕监湖广漕储户部主事承直郎信阳岳东升谨撰"。正文各卷题名后注"楚国武冈王著"。卷一、二收古诗十九首,卷三、四收绝句九十三首,卷五至七收律诗二百八十六首,卷八收长短句六首。总收古近体诗三百九十八首、词六首。

岳东升序云:"《少鹄诗集》,我明楚武冈王著也。……先王弃楚时,王甫九岁,恭而有礼,即如成人。比长,睿哲日迈,诗秀发天成。嘉靖乙巳,楚有内变,王方在宫中,群逆忌而蔽之,寻乘间出,即抗疏请讨,卒靖大难,弗堕先王业。我皇上以相贤简摄国,谕以敕者凡三十有七。王克尊恩命,悉奉行惟谨。我皇上嘉之,以尊恩书院锡渥典也。王觅舟造楚,归政暇豫,而书院复靓敞可藏修,诗遂成集。癸丑春,升使楚,得恭览焉,且属之序。夫诗之为道,三经殊体,三纬异用,作者之难兼也久矣。反复斯集,于《万寿》《端园》诸什见颂焉,于《斋祀》《燕会》诸什见雅焉,于《赠送四方》《卿大夫》诸什见风焉。而临眺赏玩,如《看梅荐樱》《鹤梅庇宴》诸什,又综三者而时出之,皆妙运比赋,寄兴悠远,经纬彬彬,蔚然咸具焉。"

除《少鹄诗集》外,朱显槐另有《少鹤山人续稿》八卷,明嘉靖四十三年刊本,北京大学藏。俞宪录朱氏诗为《宗室武冈王集》一卷,总录诗八十一首。宪题识曰:"楚府武冈王……高皇帝六世孙,雅善文墨,尤好诗歌。予知已久,顷因虹洲宪长寓集于予,予嘉其志,辄为登梓。或乃曰:是遂可以式宗人而风诸藩矣,则恶乎敢。"(《四库全书存目丛书》第 97 册《宗室武冈王集》)

011　种莲岁稿六卷种莲文略二卷

朱宪㸅(1526—1582)撰。宪㸅为朱元璋七世孙,辽庄王致格子。初封句容王,嘉靖十九年(1540)袭封辽王。以奉道为世宗所宠,赐号清微忠教真人,予金印。然颇凶骄,于隆庆二年(1567)以淫虐废为庶人,圈禁。万历十年(1582)卒,年五十七,国除。生平见丁宿章《湖北诗征传略》卷三十二。

该集明嘉靖三十五年(1556)辽藩刊本。台北故宫文献馆藏。四册。板框 19.3 厘米×12.6 厘米。四周双边,板心白口,单白鱼尾。半页八行十八字。中缝下记刻工如章仕、李泽、宅等。卷首有嘉靖丙辰四月赐进士出身奉敕督学山西按察司副使郡人曹忭《种莲岁稿文略总序》。各卷正文前有该卷目录。《岁稿》卷一首页版心下镌"姑苏章仕写刻",部分页版心下镌"李泽刻"。卷一乃"壬子年"所作,卷二"癸丑年",卷三"甲寅年上",卷四"甲寅年下",卷五"乙卯年上",卷六"乙卯年下",附"丙辰年"作。即《岁稿》编年起于壬子(嘉靖三十一年),终于丙辰(嘉靖三十五年)。收诗近四百首。《文略》卷首有嘉靖癸丑九月赐进士第迪功郎行人司行人姑苏钱有威《种莲文略序》。《文略》卷上收赋一首、诸体诗七十八首、诗余四首,卷下收表、疏、书、序、记等文二十余篇。今《甲库丛书》第693册内《种莲岁稿》六卷《种莲文略》二卷明嘉靖三十五年刊本底本即台北藏本。

集由王府教授宋楫辑录而成,曹忭《种莲岁稿文略总序》云:"今集其诗为《岁稿》若干卷,集其文为《文略》若干卷,应山王府教授杭州宋楫老成忠耿,博学多闻,为王所敬重,厥子庠生章甫随任,从忭学文,父子感受国恩,悉心编辑,手录成帙,忭请于王,梓行四方,以见我辽藩有贤王令主。"

"种莲"乃朱宪爌别号。曹忭序曰:"种莲,我辽藩国君贞翁老殿下别号也。王曰'莲花,花之君子也,故爱之,爱之而自号,示志也。'曰'种',有栽培、毓植之义焉,而亲贤、延英、尚德、乐善、隆师、取友皆种人之莲也,故观其所号,而王之志见矣。"又论其诗文曰:"(王)器度天成,有海涵春育之量,令人一见,无不感慕、爱仰。王为诗多不经人道语,而冲澹平婉,有飘然出尘之思;为文拈笔辄就,思若涌泉,真天才也。"

012　东馆缶音二十卷

朱常涟(? —1646)撰。常涟号仙源。第五代益王(宣王)翊鈏庶十九子。万历三十四年(1606)封奉新王,隆武二年(1646)卒。生平见张廷玉等《明史》卷一百四《诸王世表五》。

清黄虞稷《千顷堂书目》著录朱常涟《东馆缶音》四卷。现存《东馆缶音》二十卷,明万历间刊本,台北图书馆藏。十二册。板框19.5厘米×13.9厘米。四周双边,版心大黑口,双鱼尾。半页九行二十字。钤有"丁戌/进士"、"韩国祯印"白文方印,"国立中央图/书馆收藏"、"王氏二十八宿研/斋秘籍之印"朱文长方、"恭/绰"朱文方、"遐庵/经眼"白文方、"玉父"白文长方。卷首有万历己丑岁孟秋既望赐同进士出身中宪大夫大理寺右丞少卿前巡按江西监察御史韩国桢《东馆缶音集序》,万历己丑岁孟冬望日赐进士第光禄大夫少傅兼太子太师吏部尚书建极殿大学士许国《东馆缶音集序》。每卷题名"东馆缶音卷之几"后署"益世子仙源道人著","宿迁县知县聂鋐,宣城县县丞王建中,南城县儒官王霓,南城县廪生张榴同校"。内诗十七卷,收诗逾千首,末三卷收赠序六十三篇。其诗文多为赠人、贺寿、题咏时节、咏物、题画之作。

许国序赞朱氏之诗云:"(殿下)涵濡于庭训之深,声诗所宣,烂然盈帙,乃寓书都下,而属序于国。国谛视之,类皆抒发忠孝之忱,揄扬际遇之幸,选奏埙箎之欢,摹写象汇之富。婉而不随,直而不俚,丽而不浮,非天启灵明,充以闳粹,何以妙合风人之旨若此哉。戛玉鸣球,朱弦绮调,即秋林宗匠,方将却步下风,而顾云缶音者,殆抟挹之心与淇澳之咏相为昭映也。"

又浙江图书馆藏《东馆缶音》九卷《续集》九卷。

013 枫林先生文集一卷

朱升(1299—1370)撰。升字允升,号枫林,徽州府休宁(今属黄山)人,徙居歙之石门。元至正四年(1344)举乡荐,为池州学正。八年登江浙行省进士,授池州路儒学教授,后以世乱辞归。至正十七年朱元璋克徽州,升以"高筑墙,广积粮,缓称王"语得朱元璋赏识,授侍讲学士、知制诰。升注重识拔后人,刘基、叶琛、盖溢等皆为升所荐。洪武元年(1368)进翰林学士兼东阁大学士,二年与修《大明集礼》成,请老归山。洪武三年十二月以疾卒于家,年七十二。生平见朱同《朱学士升传》(《新安文献志》卷七十六)、过庭训《本朝分省人物考》卷三十六、廖道南《殿阁词林记》卷四、张廷玉等《明史》卷一百三十六。

《明史·艺文志》及《江南通志·艺文志》著录朱升《枫林集》十二卷,今未见十二卷本。朱氏存世通行本为《朱枫林集》十卷,明万历四十四年(1616)歙邑朱氏刊本。今《存目丛书》集部第24册内《朱枫林集》即据明万历刊本影印。通行本外,朱氏另有明弘治九年(1496)歙邑朱禧任刊本《枫林先生文集》不分卷,台湾大学图书馆藏。一册。板框17.4厘米×12.2厘米。四周双边,版心大黑口,黑双鱼尾。半页十行二十字。卷首有弘治九年(1496)秋七月同乡后学程迹(字远民)《枫林先生文集序》。集为朱氏玄孙朱禧任编纂锓梓。全集未标卷数,仅在某一文体前题"枫林先生文集"或"枫林文集",包括一种或数种文体,依次为表笺、颂、诰;启;赋;说;序(分二卷);记;铭;赞、说;三场文;志;墓表、跋。有诗无文,总收录文章一百十二篇。

《四库全书总目》著录《枫林集》十卷,"提要"云:"是编前八卷皆诗文,而以官诰及太祖手敕编入第一卷首,与升文相连,殊为非体。第九卷载《徽州府志》本传一首,廖道南所撰诗赞一首,并《翼运节略》十余则。第十卷为附录,皆当时投赠诗文也。升于明兴之初,参赞帷幄,兼知制诰,一切典制多出其手,与陶安、宋濂等名望相埒,陈敬则《明廷杂记》尝称其李善长、徐达、常遇春、刘基四诰,惜《明文衡》未及收入。《明史》本传载太祖大封功臣,制词多升撰,时称典核,盖据是文。然统观全集,文章乃非所长,诗学《击壤集》而不成,颇近鄙俚。故朱彝尊《明诗综》绝不登其一字。况升身本元臣,曾膺爵禄,而《贺平浙东赋序》肆言丑诋,毫无故君旧国之思,是尤不可为训也。"(《总目》卷一百七十五)

014 翠屏集四卷

张以宁(1301—1370)撰。以宁字志道,号翠屏山人。福建古田(今属福建)人。元泰定四年(1327)进士,授黄岩州判官,进六合知县,以丁内艰归,服阕,赴京途中为兵乱所阻,滞留江淮十年,以教授为生。至正中,累官至翰林侍讲学士、知制诰兼修国史。元明鼎革,受诏征至南京,授翰林侍读学士,知制诰兼修国史。洪武二年(1369)夏六月奉命使安南,次年五月四日卒于归途,年七十。生平见杨荣《张公墓碑》(《杨文敏公集》卷十九)、廖道南《殿阁词林记》卷四、王兆云《皇明词林人物考》卷二、张廷玉等《明史》卷二百八十五。

该集明成化十六年(1480)德庆府儒学刊本。国家图书馆、上海图书馆、台北图书馆、日本国立公文书馆藏。台北藏本四册。板框19.5厘米×14.5厘米。四周双边,版心黑口,三鱼尾。半页十一行二十二字。钤有"太原叔子/藏书记"白文长方、"遗安/堂藏"白文方、"金氏文瑞/楼藏书记"白文长方、"星/调"白文方、"贝印/墒"白文方、"当怒读则喜/当疾读则痊/恃此用为命/纵横堆满前"朱文方、"平江贝/氏文苑"朱文长方、"国立中央图/书馆收藏"朱文长方、"黄冈刘氏/校书堂/藏书记"朱文方、"黄冈刘/氏绍炎/过眼"朱文方、"莲/泾"朱文方、"长洲顾/氏藏书"朱文长方、"湘舟/过眼"朱文方、"千墨庵"朱文长方、"张印/子仪"白文方、"张廉/之印"白文方、"简香/藏书"白文长方、"贝/墒"白文方、"定父/居士"朱文方、"金星韶/藏书记"朱文长方。卷首有《张先生翠屏集序》,署"洪武三年秋七月一日友弟翰林学士金华宋濂谨序";《翠屏张先生文集序》,署"洪武甲戌六月戊寅翰林学士刘三吾书";《翠屏张先生文集序》,署"宣德三年戊申五月朔掌国子监事嘉议大夫通政使司通政使羊城陈琏书";《翠屏张先生诗集序》,署"洪武己巳二月望日后学长沙陈南宾序"。总目前有牌记:"诗文一依监本,博士石仲濂先生批点,中间漏板不复刊行。今将家本增于后。成化十六年庚子岁孟冬吉旦嗣孙张淮捐俸重刊。"正文题名后注:"前国子博士门人淮南石光霁编次,德庆州儒学训导嗣孙张淮续编,德庆州儒学学正后学莆田黄纪订之,德庆州判官后学闽泉庄楷校正"。正文诗二卷文二卷。

《四库全书》收录成化十六年刊本《翠屏集》四卷，"提要"谓："其文神锋隽利，稍乏浑涵深厚之气。其诗五言古体意境清逸，七言古体亦遒警，惟《倦绣篇》《洗衣曲》等数章，稍未脱元季绮缛之习。近体皆清新，间有涉于纤仄者……以宁兼以文章显，不但以《春秋》名家。徐泰《诗谈》称'以宁诗高雅俊逸，超绝畦畛，如翠屏千仞，可望而不可跻'。虽推挹稍过，然亦几乎近似矣。"（《总目》卷一百六十九）卷末有清贝墉手书题记："丁巳三月廿一日得此集于南街肆中。六月六日访曹洁躬侍郎，阅定武兰亭，末有先生跋，书法古淡，喜慰极，归而识于此。固斋。"

015　状元任先生遗稿二卷

任亨泰（生卒年不详）撰。亨泰字古雍。湖广襄阳府襄阳（今属湖北）人。洪武十八年（1385）殿试第一，授翰林院修撰。二十五年进少詹事仍兼修撰，二十七年擢礼部尚书。二十八年十一月召命其偕御史严震直使安南。二十九年二月，使还，以私市蛮人为仆，降御史。未几，思明土官与安南争界，词复连亨泰，坐免官。著有《状元任先生遗稿》。生平见过庭训《任亨泰传》（《本朝分省人物考》卷七十七）、雷礼《国朝列卿纪》卷三十九、俞汝楫《礼部稿》卷五十一、张廷玉等《明史》卷一百三十七。

《明史·艺文志》著录《状元任先生遗稿》二卷，今存明正德十年（1515）慈溪顾英湖广刊本。台北故宫文献馆藏。一册。板框18.7厘米×12厘米。四周双边，版心白口，无鱼尾。半页七行十四字。卷首有正德乙亥仲春慈溪顾英《状元任先生遗稿序》。集后有正德辛未仲春矩庵居士江东陈镐《题状元任先生遗稿后》。正文首卷题名后署"按察司副使江左张琮编辑，监察御史郡人曹璘校正"。卷上收古诗一首、七绝十五首、五律八首、歌六首，卷下收七言律三十一首。总收诸体诗六十一首，乃奉使交南时所作。卷末镌"襄阳护卫指挥鲁钟督刊"。台北图书馆所藏为世间惟一明刻本，《甲库丛书》第701册内《状元任先生遗稿》二卷底本即台北藏本。

集由顾英辑录付梓行世。顾英序曰："先生性得于天，要其所学卒泽于道德，其肆而为著作也，日以宏富，而平生所遗，经煨烬之厄，故亡逸不收，独存使安南诗，而仅得十一于千百之中，是岂不为不幸欤。先生之文可见者惟序《解学士诗集》一篇尔。英滥历江汉，尝揖先生于梦寐，询其家，得五世孙庠生鼎持所遗稿，乃都宪陈公题其后，将寿之木以公于时也，而未就焉，庸是属工刻于郡庠，以毕陈公之志云。"

016　胡仲子集十卷

胡翰(1307—1381)撰。翰字仲子,一字仲申,号长山。浙江金华人。少从兰溪吴师道、浦江吴莱学,复学于同邑理学家许谦。元末游大都,未仕。朱元璋克金华,大臣交荐,以年老,就近授衢州府教授。明洪武二年(1369)与修《元史》。书成,赐金帛遣归,居长山之阳。洪武十四年正月卒,年七十五。生平见吴沈《胡公墓志铭》(焦竑《国朝献征录》卷八十五)、王兆云《皇明词林人物考》卷一、张廷玉等《明史》卷二百八十五。

该集明洪武十四年王懋温刊本,国家图书馆、南京图书馆、台北图书馆藏。台北藏本四册。板框20.4厘米×13.9厘米。四周双边,版心细黑口,双鱼尾。半页十行二十一字。钤有"璜川吴/氏收藏/图书"朱文方、"莲/泾"朱文方、"国立中央图/书馆收藏"朱文长方。目录及正文多处漫漶不清。正文题名后注:"门人同郡刘刚编。"卷末有题识,署"洪武十四年冬十一月既望浦阳义门王懋温谨识";《胡仲子集后序》,署"洪武辛酉冬十一月望日门人同郡刘刚谨序"。内文九卷诗一卷。然据卷末王懋温题识,该集"杂著文十卷,古近体诗二卷附录一卷,共九万九千六百九十余言",则台北藏本当为残本,逸去文一卷诗一卷附录一卷。

《胡仲子集》十卷另有明蓝格抄本、清抄本、四库全书本、金华丛书本。此外,胡翰诗文集尚有明弘治十六年(1503)沈杰刊本《胡仲子先生信安集》二卷。清钱谦益《列朝诗集》甲集卷十五录胡翰诗四十五首,"小传"评曰:"仲申少师事吴莱立夫,尽得其学,游于黄文献、柳文肃之门,与潜溪、华川为友,既而黄、柳凋谢,而仲申继之,一时文誉大著,与宋、王不相上下。集中皇初井牧诸文,造诣渊源,踔厉风发,视诸公殆有过之无不及焉。至于五言古诗,超然复迈,虽潜溪亦莫企及,余子何足道哉?"《四库全书》收《胡仲子集》十卷,"提要"云:"今观其文章,多得二吴遗法,而持论多切世用,与谦之坐谈'诚敬'小殊……诗不多作,故卷帙寥寥,而格意特为高秀。"(《总目》卷一百六十九)

017　补抄宋学士集不分卷

宋濂(1310—1381)撰。濂字景濂,号潜溪,号龙门子、仙华生。世居金华潜溪,四十一岁迁浦江(今属浙江金华)。少受《春秋》,从柳贯、黄潘、吴莱学,名震朝野。至正九年(1349)以危素荐,授国史馆编修,以亲老辞,入仙华山为道士。二十年,与刘基、章溢同被征至金陵,次年授儒学提举司提举,

进讲经筵。二十四年朱元璋称吴王,改任起居注,寻归养。明洪武二年
(1369)召还,与王祎同充《元史》总裁官,三年除翰林学士、知制诰,迁国子
司业,转翰林侍讲,总修《大明日历》。五年擢太子赞善,九年授翰林承旨兼
修国史,年六十七,请致仕。濂宠遇隆渥,启沃宏多,有"开国文臣之首"美
誉。然洪武十三年,长孙宋慎坐胡惟庸党被诛,宋濂及家人谪茂州。十四年
五月二十,道卒于夔州,年七十二。生平见郑楷《潜溪先生宋公濂行状》(焦
竑《国朝献征录》卷二十)、王祎《宋太史传》(《王忠文集》卷二十一)、王兆
云《皇明词林人物考》卷二、张廷玉等《明史》卷一百二十八。

　　该集有清康熙间抄本,台北图书馆。六册。板框 27 厘米×17.3 厘米。
半页十一行二十四字。集有朱笔校点。卷首有序,署"莆田陈旅众仲父序"。
集后有跋,署"至正丁酉会稽杨维桢序";跋,署"龙舒李端谨序"。钤有"国
立中央/图书馆/藏书"朱文方、"玄冰室/珍藏记"朱文长方、"杨印/守敬"
白文方、"飞青/阁藏/书印"白文方、"何焯/之印"白文方、"衡/山"朱文方、
"湘潭袁氏/沧洲藏书"朱文长方。

　　集有民国三十三年袁荣法(1907—1976)手写目录及跋语。袁荣法,字
帅南,号沧州,晚署玄冰老人。湖南湘潭县人,1934 年毕业于上海持志学
院。1949 年入台,在政府机关任职。1973 年任东吴大学教授。著有《苍州
诗》《玄冰词》等。跋语曰:"右清初钞本《补抄宋学士集》目录也,旧次如此,
书脊别有旧编次第,以第一册为第六册,第六册为第一册。此本不题编录人
姓氏,亦一卷,唯文各体之首均各题《补抄宋学士集》,而一体中又有先后分
载各标类别者,当所据补钞不止一本耳。书中错字改正多以粉笔涂盖,复经
朱笔圈点,矜慎之致可见。又集中唯后三册玄字阙笔,他皆不然,故定为顺
康间钞本。凡赞四十首、颂二十七首、偈四首、说二首、铭四首、题跋六十三
首、杂著三十六首、记三十一首、序四十六首、碑十二首、碑铭九首、墓志铭六
十二首、墓碣十五首、墓表六首、圹志铭二首、塔铭三十四首、传六首、琴操二
首、四言古诗一首、五言古诗一首,都文三百九十九首、诗四首。予以家藏
《潜溪集》《宋学士全集》二本校之,文见《潜溪集》者六十八首,见《全集》者
四首,两集并载之者六首。诗见全集者二首,两集并载之者一首。而此本七
言古诗一首题作《送方生还宁海诗并序》,实为其门人方孝孺而作,全集虽载
其诗,而已改题为《送门生郑楷还乡诗(并序)》,中字句亦有删易,此本则仅
易孝孺名为宁海耳。诗中奖诿备至,许以瑶玙,勖以仁义。濂门人虽众,要
非孝孺,实无以当此,且濂诗亦言非苟许人者,盖当时文禁甚严,遂易以郑楷
之名。全集之刊,又嘉靖间浦江知县韩叔阳汇合诸旧本刊之者,叔阳所据本
已然耳,微此本几没忠烈之名矣。至他如字与二本不同而义胜者,数颇不

少。凡为两本所不载者,文三百一十九首、诗一首,不可谓不多矣,其中虽多言二氏之文,然如魏贤母郑贞妇之志铭、碧落碑、咸淳诰之题跋,或则阐扬节操,褒美人伦;或则考制定文,以贻来者,岂宜遂淅而不传耶!《四库总目》载宋景濂未刻集二卷,亦多为二氏而作者,提要尚谓宋儒诸集,此类正复不少,濂作释老之文,又何必欲灭其迹欤? 盖不足为濂病也。未刻集所载,其不见韩叔阳刊本者实止二十七篇,以视此本又瞠乎后矣! 此本原无目录,今为逐写一通附卷首。凡见潜溪集者,以朱圈识之;见全集本者,以朱□识之;并见二本者,重识之;篇目异者,朱笔识于侧;复以二本校其文字,见潜溪集者朱笔点题上,全集者点题下,以别之云。岁甲申二月二十日校录竟并记。沧州袁荣法写于玄冰室。”

018　宋学士文粹十卷补遗一卷

宋濂撰。濂生平见《补抄宋学士集》条。

该集明洪武八年(1375)刊钞补本,台北图书馆藏。四册。板框 18.4 厘米×12.7 厘米。左右双边,版心黑口。半页十六行二十七字。钤有“元/朴”白文方、“陈琦/之印”白文方、“独山莫氏铜/井文房藏书印”朱文长方、“潘氏桐西/书屋之印”朱文长方、“古有/妫氏”白文方、“元朴/图书”白文方、“文彭/之印”白文方、“文/元发”朱文方、“莐圃/收藏”朱文长方、“国立中央图/书馆收藏”朱文长方、“茉坡潘/介繁珍/藏之印”朱文方、“莫氏/秘籍”朱文方、“乐未央/宜酒食/长久富”朱文方、“邓尉/山樵”白文方、“万华/小隐”朱文方、“莫棠字/楚生印”朱文长方、“独山莫绳孙观”白文长方、“独山莫/氏藏书”朱文长方、“潘茉坡/图书印”朱文方、“汪印/士钟”白文方、“主人”朱文方、“松斋陈氏图书”白文长方、“独山莫绳孙观省馉子读过”白文长方、“椒坡/秘玩”朱文长方。卷首有《宋学士文粹序》,署“洪武八年春正月开国翊运守正文臣资善大夫前御史中丞兼太子赞善大夫护军诚意伯括苍刘基撰”。后有洪武丁巳门人郑济跋。

卷末有莫棠、胡嗣芬、叶德辉数人跋语,此数跋对后人了解《宋学士文粹》《续文粹》版本及价值殊有帮助,兹照录如下。民国十一年(1922)莫棠跋曰:“《宋学士文粹》十卷,刘基编(洪武刊本,六至十影写);《续文粹》十卷附录一卷,楼琏编,建文刊本。两书均《明史·艺文志》著录。此刊本余得之四十年,乱来粤装之书、山庐之藏散佚过半,而仅存者此其一也。其本虽明初编刻,以革除故,中有方正学诸名氏,故传世绝鲜,明代已然,以钱牧斋之博涉,但云丙戌于内殿见之,则在入国朝之后,后来《天禄琳琅书目》不载,是内本亦未必存。乾嘉以来，惟一见于昭文张氏《爱日精庐藏书志》，即此本也，继归汪阆源家。《续文粹》，康熙时为徐虹亭所藏，林吉人跋之，吉人之写《尧峰文钞》，实仿乎此，然亦但睹续编。两者合并，疑自张始。影写下半，则所据必又一本。昔桐城萧敬孚告余，新阳赵静涵有之，欲往观而未果，今静涵久没，峭帆楼毁于火，度亦绝人间矣。闻明中叶有重刻《文粹》者，非复旧观，余未尝见也。壬戌闰月，独山莫棠识于铜井文房。"

民国十三年莫棠又曰："辛酉十月，偶行海上，闻书棚北客有洪武本《宋学士文粹》残卷，意或可补余本所钞配者，踪迹得之，仍前五卷也。未几，江安傅沅叔寄书，向客指索，知为我有。明年沅叔游吴，出视之，有欲炙之色，因以归之，更以六卷至十卷假与补写，经岁始竣见还，从此南北相望，《文粹》不孤矣！甲子三月，棠再记。"

胡嗣芬跋曰："明洪武本宋文宪《文粹》十卷补遗一卷、建文本《续文粹》十卷附录一卷，两书均经吾友楚生先后访获，其先则为文寿承、徐虹亭、汪阆源、潘桐西诸家所递藏。楚生自言乱后粤装之籍及山庐旧储散佚泰半，此为仅存者之一。曩岁贫客沪滨，虽忍饥，不肯售去，盖前后集皆文宪门人方正学辈分手写录，不久遂厄于革除之禁。钱牧翁曾一窥秘内府，林吉人得观徐氏藏帙，已少前编。乾嘉以还，渊富搜藏，盛称江左，此刻仅一载记于爱日精庐之藏书志，其他著录无闻，霜鏊风烟绵历已在五百年后，断为海内孤本，洵不诬已。壬戌季夏，楚生自吴门来，携以见示，古馨流溢，尘暑俱消，因忆前岁在江南第一图书馆中，见有明天顺蜀刊本《潜溪集》十八卷附录一卷，中多空叶，为百宋一廛主人旧藏，后归丁氏八千卷楼，卷端亦有'汪士钟读过'、'潘氏桐西书屋'、'茮坡'、'潘介繁珍藏'诸印记，今又获睹此集，既叹希觏之宝得一已难，楚生乃聚而有之，而余虽暂时眼福，亦足傲尧翁以所未见矣！开阳胡嗣芬识于白下寓庐。"

民国十一年叶德辉跋曰："宋诗文大家其集繁重者，门生后学往往选录其要者，诗为菁华录，文为文粹，别为梓行，如任渊之选注黄山谷诗为《菁华录》，陈亮之选欧阳文忠集为《欧阳文粹》，又南宋人选《三苏文粹》。虽其所谓菁华与粹者，不必人人共赏之文，然其本集太多，阅之不易，得此简要之法，亦足尝鼎一脔矣！明初古文大家首推宋景濂，其全集今《四库》著录者三十六卷，据《文粹》后附门人郑楷《行状》云，所著《潜溪集》四十卷、《萝山集》五卷、《龙门子》二卷、《浦阳人物记》二卷、《翰林集》四十卷、《芝田集》四十卷，是全集有百数十卷之多，不亚于宋之欧阳、苏、黄矣。此为刘诚意所选录者，都十一卷：文九卷、诗一卷、补遗一卷，洪武八年刊本，半页十六行二十七字，小楷书，有颜柳体，想见明初刻书犹有天水遗式。六卷以下抄配，从原刻影摹,亦极精工。各卷均有汪士钟'艺芸精舍'、潘介繁'桐西书屋'印记,其抄配之卷,印记亦同,知抄配本甚早矣。是书为吾友莫楚生观察所藏,出以共赏,并出《续文粹》十卷,亦汪、潘二家旧藏,丰城之剑、合浦之珠,离而复合,若有天意。观察手此二编,日日摩挲宝玩,读书之福洵不浅矣!壬戌上元日南阳叶德辉跋并书。"

019　宋学士续文粹十卷附录一卷

宋濂撰。濂生平见《补抄宋学士集》条。

该集明建文三年(1401)浦阳郑氏义门书塾刊本。台北图书馆藏。四册,方孝孺等选。板框 19.3 厘米×12.3 厘米,四周双边,版心黑口,单鱼尾。半页十二行二十五字。钤有"独山莫氏铜/井文房藏书印"朱文长方、"莐圃/收藏"朱文长方、"国立中央图/书馆收藏"朱文长方、"莫棠/之印"朱文方印、"莫棠字/楚生印"朱文长方、"虹亭/太史/之章"朱文方、"艺芸/主人"朱文方、"菊庄徐/氏藏书"朱文长方、"汪印/士钟"白文方、"潘氏桐西/书屋之印"朱文长方、"庚申/劫火/之余"朱文方、"电/发"朱文方、"虹亭/徐钰"白文方、"独山莫/氏收藏/经籍记"朱文方、"苄坡/藏书"朱文方、"独山莫绳孙/省馀子读过"白文长方、"莫氏/秘籍"朱文方、"购此书/甚不易/愿子孙/勿轻弃"朱文长方、"莫棠楚/生父印"朱文长方、"潘苄坡/图书印"朱文长方、"苄坡潘/介繁珍/藏之印"朱文方。卷首有序,署"岁在辛巳夏六月廿五日门人楼琏序"。楼琏序前有莫棠手书题记。卷一收颂、记,卷二收叙(序),卷三至六墓志铭,卷七收祝辞、题记,卷八收表、笺、传,卷九收碑铭,卷十收赋、操、古体等诗。卷十末有"郑柏刻跋"。郑跋后附录洪武十四年十二月一日门人义门郑楷《潜溪先生宋公行状》;《翰林学士承旨潜溪先生宋公改葬墓志铭》,署"门人将仕佐郎蜀府教授义门九世孙郑楷扰泪谨志"。墓志铭后有清康熙三十二年林佶手书题记;叶德辉手书《宋学士续文粹跋》,署"壬戌上元日南阳叶德辉跋并书"。

郑柏跋语甚有价值:"洪武庚申,潜溪先生宋公有西蜀之行,手持所著文集未刊行者《翰苑集》《芝园集》各四十卷以授柏,曰'付子斯文,其谨藏之'。柏乃与兄楷约同门友□□□选其精要者,得文一百三三篇,诗赋三十首,缮写为《续文粹》一十卷。今请于家长英斋伯父,命印工应孟性等刊于义门书塾,以广其传。起手于辛巳年春闰月二十一日,毕工于秋七月二十日,凡历一百一十六日云。仰惟先生德业文章,既已传播于天下,衣被于四海,而其精粹纯一之文学者未能尽见,是书之行,其可不与韩子、欧阳子之文并观也哉！门人郑柏谨记。"

林佶题识曰："宋文宪公景濂所著《潜溪前后集》，皆刻于元至正间，其入明后作《文粹》为刘诚意所选定，《续文粹》为其门人方正学辈所选定，而《续文粹》尤贵于世者，则以正学与同门刘刚、林静、楼琏手自缮写，而刊于浦江郑氏义门书塾也。钱虞山受之云：丙戌年曾于内殿见此集，正学氏名皆用墨涂乙，盖犹遵革除旧禁也。然则是集不特可贵，而又难得矣。佶曩受业于汪尧峰先生之门，先生以所为文嘱佶任编录，佶未见兹集也，而家有宋文宪之师元黄文献公集，字画行款皆精致，因仿其式以呈。先生极喜，复书郑重委托，而先生垂没矣。越二年，书成，每怀古人事师，始终诚一之谊，窃意义门所刊必有传于世者，何时得寓目偿所愿焉。今年夏，吴江徐虹亭先生游闽，数登佶书楼，见佶所跋尧峰文钞后语，因云：'予行笈中有《宋学士续文粹》，子岂欲见之乎？'佶为踊跃不寐。翌晨赉书至，佶盥手展观，恍见诸君子聚录一堂，而佩服钦承之意，犹隐约毫楮间也。其书字画端谨，与黄文献集差相似，版间有阙补者十之二三，若正学父方愚庵先生墓版文，及送方生还宁海诗，与郑柏后跋，皆非旧，凡涉方氏者概不敢书名，第曰某某，即内府本用墨涂乙之意也。佶肃观卒业，因跋其后，以寓景行之慕云。时庚熙甲戌秋九月望后一日，鹿原林佶谨识。"

莫棠题识曰："是书据末郑柏跋，刊于辛巳，实建文三年，又明年癸未即革除，此本但署甲子，而不纪元，更有永乐壬辰改葬志，郑楷撰，此必其时所摹印，年号及正学名氏皆楷改削者也（柏跋字迹与全书不类，自出补刻）。林佶人跋云：《续文粹》尤贵于世者，以正学与同门刘刚、林静、楼琏手自缮写云云。案郑柏跋则云与兄楷约同门友某选其精要者，空白自是削去正学名氏，然但言'选'，而未言'书'，惟《文粹》末郑济跋则言济及弟洧约同门之士刘刚、林静、楼琏、方孝孺相与缮写成书，用纸一百五十番，是正学手迹，盖在正编矣。"

叶德辉跋曰："宋景濂《续文粹》十卷，为门人方正学、郑楷、楼琏等所选录，以前有刘诚意所选《文粹》十卷，故此为续也。原刻于建文辛巳。半页十二行二十五字，书体近赵松雪，与前《文粹》各擅所长，而此本本已印在革除以后，于方正学名已削去，其涉方氏文字，亦从删除。后有林佶跋云：钱虞山受之云丙戌年曾于内殿见此集，正学氏名皆用墨涂乙，盖涂乙氏名者，犹初印本，此则删刻，印在后矣。书为吴江徐虹亭太史钤旧藏，即当日以赠林佶者，后经汪氏艺芸精舍、潘氏桐西书屋递藏，今并前《文粹》同归吾友莫楚生观察。观察藏书故家，惟爱旧本书籍，物聚所好，其信然矣！壬戌上元日，南阳叶德辉跋并书。"

叶德辉跋页天头有"虹亭但以示吉人，未解赠也"数字，或为叶氏所记。

020　潜溪先生集十八卷

宋濂撰。濂生平见《补抄宋学士集》条。

该集明嘉靖二十二年（1543）成都知府傅应祥刊本，台北图书馆藏。十二册。板框21.2厘米×14.7厘米。四周单边，版心白口，无鱼尾。半页十行二十一字。钤有"国立中央图/书馆收藏"朱文长方、"莅圃/收藏"朱文长方、"曾藏当湖徐梅似家"白文长方、"缪沅/之印"朱文方、"与天/为徒"朱文方。卷首有《重刻潜溪文集叙》，署"嘉靖癸卯岁春正月赐进士出身巡按四川监察御史上虞后学谢瑜如卿谨书"；《宋潜溪先生文集叙》，署"金华王袆序"。卷末有《题潜溪先生集后》，署"至顺元年岁次丁丑三月既望赐进士出身嘉议大夫四川等处提刑按察司按察使弋阳黄溥澄济谨题"。

卷一收古体诗四十三首、近体诗十七首，卷二至十八收颂、辞、论、说、辩、杂著、书、记、序、传、碑志、碑铭、墓志铭、墓表、行状、铭赞、题跋、杂文等各体文。于其内容，黄溥序称："《潜溪集》一十八卷，前学士承旨潜溪宋先生所著也。先生以文章名昭代，其著述之盛，有曰《文粹》，有曰《朝京稿》，曰《罗山吟稿》，又曰《潜溪内外集》者，流行至下，四方学者既已家传人诵之矣。惜其皆出于一时，门人所集录编目虽系，而纂集无次，章篇虽富，而体制不分，兼之久历年所，而板刻字画脱落者多。予家学时每思欲为正之，尤恨未见其完集也。岁景泰甲戌，幸叨宦蜀宪台，询知先生旧谪居成都间，为讨访之，而其曾孙贤尽出其家所藏遗稿，披阅之余，遂与仁寿训导黄明善考论而纂集之。复请镇节松维秋官、侍郎罗公三复雠校，正其差讹，汰其重复。凡诗赋、词曲、论说、议辨、书表、记序、传赞、碑志、箴铭、题跋、杂著、表状各以类分，若所述无补于人伦，无关于世教者，虽工亦刊去之，以从简约，总得三百三十四首，而先生之碑传、诰命诸作亦附卷后，欲使读文者得以论其世，亦庶几能得先生之实也。"

《四库全书》据康熙本收《宋学士全集》三十六卷及《宋景濂未刻集》二卷，"提要"谓："《明史》濂本传称其'自少至老，未尝一日去书卷，于学无所不通，为文醇深演迤，与古作者并。在朝，郊社宗庙山川百神之典，朝会燕飨律历衣冠之制，四裔贡赋赏劳之仪，旁及元勋巨卿、碑记刻石之词，咸以委濂，为开国文臣之首。士大夫造门乞文者，后先相踵。外国贡使亦知其名，高丽、安南、日本至出兼金购其文集'。刘基传中又称'（基）所为文章，气昌而奇，与濂并为一代之宗'。今观二家之集，濂文雍容浑穆，如天闲良骥，鱼鱼雅雅，自中节度。基文神锋四出，如千金骏足，飞腾飘瞥，蓦涧注坡，虽皆极天下之选，而以德以力，则略有间矣。"《总目》卷一百六十九清季陈田《明诗纪事》甲签卷一下录宋濂《王国祀仁祖庙乐章》八首、卷四录其诗三首，按语谓："（濂）所著文章，雄峙一代……集中小诗，犹是元习，长篇大作，往往规模退之，时亦失之冗沓。"

021　在野集二卷

袁凯（约1310—约1404）撰。凯字景文，松江华亭（今属上海）城东人。元末为府吏，博学有才辩，群议飙发，往往屈座人。初，在杨维桢座，客出所赋《白燕诗》，凯微笑，别作《白燕》以献。维桢惊赏，遍示座客，遂有"袁白燕"之美誉。洪武三年获荐授御史，后佯狂告归。凯常背戴乌巾，倒骑黑牛，游行九峰间，好事者至绘为图。凯工诗，有盛名，性诙谐，雅善谈谑，自号海叟。约卒于永乐二年。有《海叟集》传世。生平见何三畏《袁侍御海叟公传》（《云间志略》卷七）、朱彝尊《曝书亭集》卷六十三、何良俊《四友斋丛说》卷二十六、《（正德）松江府志》卷三十、张廷玉等《明史》卷二百八十五。

该集由袁凯自定，正德元年（1506）鄢陵刘氏山东刊本。台北图书馆藏。二册。板框20.4厘米×13.3厘米。四周双边，版心黑口，双黑鱼尾。半页九行十八字。钤有"吴兴刘氏嘉／业堂藏书记"朱文长方、"国立中／央图书／馆考藏"朱文方、"四明林／氏大酉／山房藏／书之印"朱文方、"集虚／林氏"白文方、"心／斋"朱文方。正文每卷卷首下注"云间袁凯景文著，后学张璞校选，后学朱应祥评点"。总收诗一百二十六首。其名"在野"，实因归老田野，因以名集。卷首有天顺甲申秋七月吉旦山东兖州府沂州儒学学正后学同郡张璞《在野集序》。张璞叙称："《在野》之集，吾松袁先生所著诗也。先生国初以科第发身，拜监察御史。得癫疾告归，终老田野，集因以名。一集之中，诗百廿有六篇，若赋若兴若比，深得殷周诗人之正脉，若格调若音响若含蓄，兼有盛唐诸家之体裁，故所哀所乐发之于言，浑浑噩噩，沉著痛快。"卷末有正德丙寅十月吉日赐进士出身中宪大夫山东等处提刑按察司副使奉敕提督学政江东炬庵陈镐《题重刊在野集后》。

近代傅增湘氏言癸酉年（1933）曾见此本（《藏园群书题记》，上海古籍出版社1989年版，页839）。袁凯著述除《在野集》外，另有《海叟集》三卷，正德元年陆深松江刻本，总收诗一百九十九首。《海叟集》三卷，嘉靖八年（1529）刘诜刻本。《海叟诗》三卷，明嘉靖间范钦、陈德文校刻本，总收诗一百八十五首。隆庆四年（1570）何玄之活字本《海叟集》四卷，收诗三百八十三首；《袁海叟集》四卷，万历三十七年（1609）张所望刻本；《海叟集》四卷，清康熙六十一年（1722）曹炳曾城书室刻本，此本为袁氏著述通行本；《海叟集》四卷附录一卷,《四库全书》本;《海叟诗集》四卷补遗一卷,清光绪十九年(1893)石棣徐士恺重刻本(即《观自得斋丛书》本)。《海叟集》四卷集外诗一卷附录一卷,清宣统三年(1911)秋江西印制局以清康熙本为底本石印本。

022 海叟诗三卷

袁凯撰。凯生平见《在野集》条。

该集明嘉靖间范钦、陈德文等校刊本,台北图书馆藏。一册。板框 16.7 厘米×12.3 厘米。四周单边,版心白口,单白鱼尾。半页九行二十字。钤有"宗言/私印"白文方、"国立中央图/书馆收藏"朱文长方、"沈曾/植印"白文方、"延恩堂/三世藏/书印记"朱文方、"福州李宗言/珍藏金石书/画经籍之章"朱文长方、"林""佶"朱圆方连珠印、"晋安何/氏珍存"白文方、"翁寺/农印"白文方、"莘夫/珍藏"朱文方、"侯官郑/氏藏书"朱文长方、"闽中/蒋玢"白文方、"三径/藏书"白文方、"李/宗言"白文方、"鹿原林/氏藏书"朱文长方、"筱龄/私印"白文方、"红梨/山馆/珍藏"朱文方、"林亭"朱椭圆印、"何氏/藏书"朱文方、"郑杰/之印"白文方、"方至/之印"白文方。扉页题"何大复弁言,林佶缮补。《海叟集》卷上中下"。卷首有何景明序,署"大复何景明著"。何序为手写体。正文题名后注:"云间袁凯著,鄞范钦吉陈德文校刻。"卷末有清林佶题记:"康熙己巳九月,荔水庄藏本。"集中有抄补处。总收诗一百八十五首。

何景明《袁海叟集序》云:"诗虽盛称于唐,其好古者自陈子昂后,莫若李、杜二家,歌行近体诚有可法,而古作尚有离去者,犹未尽可法之也。故景明学歌行、近体有取于二家,旁及唐初、盛唐诸人,而古作必从汉魏求之,虽迄今一未有得,而执以自信,弗敢有夺。今年罢官归,自以有余力得肆观古人之言,又取我朝诸名家集读之,然弗多得;其得而读之者,又皆不称鄙意。独海叟诗为长,叟歌行、近体法杜甫,古作不尽是,要其取法亦必自汉魏以来者,其所造就,盖具体而未大耳。噫,其所识亦希矣。吾郡守孙公懋仁笃于好古,其子继芳者从予论学,大有向往,尝索古书无刊本者以传,予谓古书自六经下,先秦两汉之文,其刻而传者,亦足读之矣。海叟为国初诗人之冠,人悉无有知之,可见好古者之难,而不可以弗传也,乃以授之,而并系以鄙言。观者亦将以是求叟之意矣。叟姓袁氏,名凯,其集陆吉士深所编定者。"

考袁凯"国初诗人之冠"之美誉初源于何景明。何氏在《袁海叟集序》中说:"海叟为国初诗人之冠,人悉无有知之。可见好古者之难,而不可以弗传也。"李梦阳对此深以为然:"仲默谓国初诗人叟为冠,故子渊表扬甚力,君子以为知言!"并谓"集中《燕》诗最下最传,诸高者顾不传。云间故吴地,叟亦不与四杰列,皆不可晓者"。陆深为袁凯乡后学,于凯诗多所赞语,称其"雅重悲壮、浑雄沉郁"。经此三人推扬,袁凯"国初诗人之冠"之谓遂成口实。尤其云间后人,更力持此议。然不认同李梦阳、何景明及云间后人之论者亦比比皆是。朱彝尊以为:"海叟纯以清空之调行之,洵不易得。然合诸体观之,则不及季迪、伯温尚远,何仲默推为国初之冠,似非笃论也。"(《静志居诗话》卷六)沈德潜更目袁凯居高启之下:"(袁凯诗)伤于平直,未极变化,若七言断句在李庶子、刘宾客间,青丘、孟载俱未及也。"(《明诗别裁集》卷二)清季陈田于"国初诗人之冠"之谓似不认同,仅以一"作家"评之:"海叟诗骨格老苍,摹拟古人无不逼肖,亦当时一作家。"(《明诗纪事》甲签卷十三)

　　汪端持论又别具一格:"海叟五古具体汉魏,殊乏警策。七古法少陵,摹写乱离,一往易尽,无纵横开合之笔。近体则更颓唐衰飒,曾不足当少陵下驷,如此学杜,恐不免村夫子之诮。仲默喜其持论与己相符,且利其才弱易制,遂欲跻诸文成、青丘之上,此如虞山之誉松圆,重敌以自重也。松江何元朗辈齐人知有管晏,复相与附合其说。数百年间,黑白混淆,无复公论。噫,可慨已。然海叟天才本自秀洁,短古及律诗佳者和平典雅中时出俊语,颇类大历十子。绝句不着议论,余韵悠然,有朱弦疏越之致。其诗品位置于贝、张、孙、林间,亦无愧色,特崇之者太过,无以服人。"(汪端《明三十家诗选二集》卷二下)汪氏将其诗置于贝琼、张羽、孙蕡、林鸿间,以为不及文成、青丘。

　　四库馆臣之说应最近实际:"何景明序谓明初诗人以凯为冠,盖凯古体多学《文选》,近体多学杜甫,与景明持论颇符,故有此语。未免无以位置高启诸人,故论者不以为然。然使凯驰骋于高启诸人之间,亦各有短长,互相胜负。居其上则未能,居其下似亦未甘也。"(《总目》卷一百六十九)

023　覆瓿集二十四卷

　　刘基(1311—1375)撰。基字伯温。浙江处州府青田(今属浙江丽水)人。十四入郡庠,从师学《春秋》。元至顺四年(1333)进士,曾任江西瑞州府高安县丞、江浙儒学副提举、浙东行省都事等职,后见乱起,遂隐于青田山中。元至正二十年(1360)朱元璋定括苍,基陈时务十八策,深受敬重,佐朱元璋成就帝业。洪武元年(1368),拜御史中丞兼太史令,三年授弘文馆学士,封诚意伯,四年赐归田里。因与胡惟庸有隙被谮,遭猜忌,八年四月十六

忧郁卒,年六十五。正德间追谥文成。生平见黄伯生《诚意伯刘公基行状》
(焦竑《国朝献征录》卷九)、过庭训《本朝分省人物考》卷五十六、王兆云《皇
明词林人物考》卷一、张廷玉等《明史》卷一百二八。

　　该集明初刊宣德五年(1430)补刊罗汝敬序文本,台北图书馆藏。四册。
板框15.8厘米×11.9厘米。左右双栏,版心细黑口,双鱼尾。半页十二行二
十四字。钤有"太史/氏章"白文方、"徐钫/之印"朱文方、"汪士钟藏"白文
方、"蒋/祖诒""希/逸"白文方、"密均/楼"朱文方、"读未见书/斋收藏"朱
文长方、"读有用书斋"白文长方、"谷/孙"朱文方、"无/双"白文方、"江/
夏"朱文方、"春水居"朱文椭圆印、"徐钫/之印"白文方、"菊/山人""袁氏/
又恺""史/官""国立中/央图书/馆考藏"朱文方、"甲子丙寅韩德均钱润
文/夫妇两度携书避难记"白文长方、"松江读有用书斋金山守山阁/两后人
韩德均钱润文夫妇之印"朱文长方、"吴兴张/韫辉/斋曾藏"朱文方、"张珩"
朱文长方、"乌程/蒋祖诒/藏书"朱文方、"韩应陛鉴藏/宋元名钞名校/名善
本于读/有用书斋印记"朱文长方、"张珩/之印"白文方、"吴兴张氏/图书之
记"朱文长方。

　　卷首有《覆瓿集序》,署"宣德五年冬十月嘉议大夫工部右侍郎前翰林
侍讲兼修国史吉水罗汝敬书"。正文卷一题名下注"括苍刘基"。有清徐钫
手书题记、清黄丕烈手书题记。卷一收赋骚,卷二至五收古乐府,卷六至十
二收古诗,卷十三至十六收近体诗。卷十七收铭颂箴赞,卷十八、十九收序,
卷二十收跋,卷二十一收古语对问,卷二十二、二十三收记,卷二十四收
碑铭。

　　徐钫跋曰:"刘诚意《覆瓿集》系明初版,近日流传颇少,宜珍惜之。康
熙壬申三月,重装于松风书屋。"黄丕烈跋曰:"家俞邰《明史·艺文志·别
集》载刘基《覆瓿集》二十四卷拾遗二卷,前元时作,外间实罕见也。此《覆
瓿集》二十四卷与志合,《拾遗》无闻焉。己巳仲冬廿有四日,坊间得五砚楼
书,余转向取归,犹是珍惜之意云耳。康熙时,徐太史以为近日流传颇少,矧
经百余年来耶?虽明初刻,当与宋潜溪《文粹》等并重矣!嘉庆十有四年十
一月,复翁黄丕烈识。"

　　刘基著述中以《覆瓿集》名者,有国家图书馆藏宣德五年刊刘貊增修本
《覆瓿集》二十四卷残本(存卷一至十,傅增湘跋);明初刻本《覆瓿集》二十
卷,北大藏(存卷七至十九,李盛铎题记);台湾故宫博物院文献馆网站著录
明初刊本《覆瓿集》存卷六至卷十二,行款、板式与本著录条相同。另《"国
立故宫博物院"善本旧籍总目》著录台北故宫文献馆藏"《诚意伯文集》二十
四卷,刘基撰,林富重编,明嘉靖戊子(七年)重刊本,十六册"。未曾寓目,

台湾故宫网站也未著录该版本信息,故未知内容、卷次与《覆瓿集》二十四卷有何异同。

　　明过庭训赞刘基"为文有奇气,决疑义出人意表"(《本朝分省人物考》卷五十六)。朱彝尊《明诗综》卷三录刘基诗一百〇四首,"诗话"云:"乐府辞,自唐以前诗人多拟之,至宋而扫除殆尽。元季杨廉夫、李季和辈交相唱答,然多构新题为古体。惟刘诚意锐意摹古,所作特多,遂开明三百年风气。其五言古诗专仿韦左司,要其神诣,与相伯仲。诸体均纯正无疵。"《四库全书》收成化六年(1470)刊本《诚意伯刘先生文集》二十卷,《四库全书总目》谓:"其诗沉郁顿挫,自成一家,足与高启相抗。其文闳深肃括,亦宋濂、王祎之亚。杨守陈序谓'子房之策不见词章,玄龄之文仅办符檄,未见树开国之勋业,而兼传世之文章,可谓千古人豪'。斯言允矣。大抵其学问、智略如耶律楚材、刘秉忠,而文章则非二人所及也。"(《总目》卷一百六十九)

024　望云集五卷

　　郭奎(?—1365)撰。奎字子章。南直无为州巢县(今属安徽巢湖)人。少从余阙学治经,慷慨有志节,遍游大江以西及燕赵淮楚之间。元季世乱,飘零江湖,入朱元璋军。元至正二十一年(1361),朱元璋俾朱文正开大都督府于南昌,以奎为辅佐参谋。至正二十五年,文正得罪诛,奎以坐不谏死。生平见张廷玉等《明史》卷二百八十五、《(嘉庆)庐州府志》卷三十二。

　　该集有明嘉靖十年(1531)吴廷翰括苍刊本。台北图书馆藏。诗五卷,无文。二册。板框 18.5 厘米×13.8 厘米。左右双栏,版心白口,双黑鱼尾(鱼尾相随)。半页十行二十字。钤有"吴兴刘氏嘉/业堂藏书记"朱文长方、"国立中/央图书/馆考藏"朱文方。卷首有《郭子章集序》,署"嘉靖辛卯仲夏一日郡后学吴廷翰谨识";《望云集序》,署"新安赵汸序";《望云集序》,署"金华宋濂序"。集名"望云",乃思亲之意。宋濂序云:"子章只影飘零于江湖间,进退无依,遂仗剑从军,艰难险阻莫不备尝。凡世道之污隆,时序之推移,人事之变更,每触之于目,必有感于心,感久辄悲,悲不能已,乃悉假诗以写之,通名其集曰'望云'。'望云',志思亲也。余尝取而观之,何其情思之萦纡,音节之激烈哉!"卷一收五言选诗三十七首,卷二收词曲歌十三首,卷三收五言律诗五十三首,卷四收七言律诗五十六首,卷五收排律并诸杂咏二十九首,诗后附短札三篇。

　　赵汸《望云集序》云:"岁辛丑春正月初,与淮南郭公子章遇于星源。子章尝游余公之门者也,因论公平居崇尚《选》学,于后来变体一无取焉,而五七言近体每欲弃绝不为。公大节既立,而诗文皆散逸罕存矣,闻者相与太息,于是乃得子章所赋曰《望云集》者,与一二友朋共吟讽焉。古五言远宗魏晋,得其高风远韵,不杂后人一语;近体亦质厚微婉,足以达其志气所存,信乎渊源之有自也。又可见余公居常教人悉本朱子,至其斧藻盛时陶写幽抱,独与虞公相表里,而不必他人之已同,斯其所以为合作者与。以子章之才,能守师法而不变,亦可谓贤矣。友人有请而传之者,乃述所闻,书于卷端,庶观者知其所自来也。"

《望云集》版本另有《四库全书》本;清金氏文瑞楼钞本,国家图书馆藏;清汪氏裘杼楼钞本(有丁丙跋),南京图书馆藏;清钞本,上海图书馆、南京图书馆、湖南师大图书馆、日本静嘉堂文库等藏。故台湾藏明嘉靖十年刊本是唯一存世明刻本,殊为珍贵。然嘉靖刊本外,当有明初刻本,此可由杨士奇记载可知。士奇《东里续集》卷十九载《望云集》云:"《望云集》者,淮南郭奎子章之诗也。子章与汪朝宗、吴去疾同师余忠宣公阙,皆有诗名。此集得之巢县丞周仲举,盖巢有刻板。"明初刊本已散佚不传。

朱彝尊引王世贞评语云:"参军帅幕风流,辞藻清丽。究其品格,在张、徐之次。"(《明诗综》卷十三)朱彝尊亦多赞语:"参谋诗格清刚,句无浮响,颇近汪忠勤。"(《诗话》卷四)《四库全书总目》云:"奎当干戈扰攘之际,仗剑从军,备尝险阻,苍凉激楚,一发于诗。五言古体原本汉魏,颇得遗意;七言古体时近李白,五言律体纯为唐调,七言律体稍杂宋音,绝句则在唐、宋之间。元末明初,可云挺出。赵汸、宋濂皆为之序,推崇其至,良不诬矣。"(《总目》卷一百六十九)清季陈田云:"参谋诗天才挺拔,俊逸不凡,郁塞磊落之气,时露毫端。"(《明诗纪事·甲签》卷二十一)

025 拙庵集十卷

杜敩(1313—1384)撰。敩字致道,号拙庵。山西潞州壶关(今属山西长治)人。年十五善属文。长,通《易》《诗》《书》三经,尤深于《易》。元季举河东乡试第一,除高平教谕,迁台州学正,以丁父忧归。明洪武十三年(1380),与儒士王本、杜佑、赵民望、吴源等为四辅官兼太子宾客。洪武十七年卒于家,年七十二。生平见过庭训《杜敩传》(《本朝分省人物考》卷一百〇一)、王宾《拙庵杜先生行状》(《拙庵集》卷十末附录)、《(雍正)山西通志》卷一百十三、张廷玉等《明史》卷一百三十七。

《明史·艺文志》著录《拙庵集》十卷,今存明成化间刊嘉靖四年(1525)

递修本,台北故宫文献馆藏。二册。板框 20 厘米×14.3 厘米。四周双边,版心黑口,双对鱼尾。半页十二行二十字。钤有"山阴杜氏/知圣教/斋藏书"朱文方、"季"朱文方、"杜春/生印"白文方、"庚子"椭圆印、"朗情浏/览所及"朱文方。卷首有《拙庵集序》,署"天顺八年夏四月上日中顺大夫都察院右佥都御史昆山叶盛撰";《拙庵集序》,署"成化八年壬辰春正月谷日翰林院侍读学士奉直大夫国志总裁官直文华殿赐一品脉奉诏归闲鹤城钱溥谨序"。正文各卷题"拙庵集卷之几",内卷一为"圣制",卷二至七收诗一百六十余首,卷八收序八篇,卷九收记五篇,卷十附录友人题赠诗文及传略。卷末有《书拙庵集后》,署"嘉靖四年乙酉春二月望日通议大夫礼部右侍郎前翰林学士经筵日讲官兼修国史玉牒上党刘龙书";《拙庵集跋》,署"嘉靖四年岁次乙酉春三月谷旦知壶关县事文林郎关中张友直跋"。

集先由杜敩之孙松江府推官杜矩编辑而成,天顺八年刻梓行世。叶盛序曰:"《拙庵集》者,太学生壶关杜矩之所编也。矩大父敩,在高皇帝时以耆年硕德布衣被召,授四辅官兼太子宾客,司夏季上旬,累膺诏谕赓歌之宠。名臣宋祭酒讷实敩所荐引,故具录圣制为一卷,尊居其前。平生著述多散逸,其仅存者为诗六卷,为文二卷。敩事行当在国史,今存于家,有状可稽。拙庵自命,与凡出处交游,有题咏赠遗之作,并为附录一卷殿其后焉。矩恒持以自随,兹以公事来南中,属为之序。"

后至嘉靖甲申(三年,1524),张友直增补刘龙序再次付梓行世。张友直跋语云:"正德己卯夏四月,予自孝义来承乏是邑,窃见部下往往相习不善,愧无以为教。每举乡贤,四辅公拙庵杜老先生学术、经济为我皇明非常之聘。训之,奈世久湮微,弗信者众,因留心延访,得是集刻本于私藏,愿印布,俾家传人诵而学之。但刻多残缺,又少序,其后者将增补焉。时当朝觐,累于废政不暇也,徒为恶有司耳。至嘉靖甲申冬,予以公适襄,进谒大宗伯紫岩刘老先生,请书《拙庵集》后,先生慨然示予,予惟序既成,刻之,残缺不可不补也,遂命工锓梓就绪,庶广其传,以慰予之初心矣。"

此集为杜敩唯一存世明刻孤本,《中国古籍善本书目》《中国古籍总目》均未著录。今《甲库丛书》第 700 册内《拙庵集》十卷底本即为台北藏本。清季陈田《明诗纪事》录杜敩诗三首,按语谓:"《拙庵集》,《明史·艺文志》著录,而选家多不之及。余从程之珌《潞安诗抄》录数首。明初山右之以诗鸣者,致道其开其先矣。致道尝荐宋西隐为祭酒,称为得人。常侍宴游,联句赋诗,太祖特幸其私第,亦可谓儒臣之荣遇矣。"然于杜敩诗文,陈氏仅言其于明初山右诗坛"其先"之功,未及其它,则杜氏诗文成就可见一斑。

026　坦斋先生文集三卷

刘三吾(1318—1400)撰。三吾初名昆孙,字三吾,号坦斋,以字行。湖广茶陵(今属湖南株洲)人。文藻天纵,以志节自厉、陶写性情自娱。洪武十八年(1385)以荐至京,授左赞善,二十一年迁翰林学士。御命撰《洪范序》《大诰序》,书及序成,朱元璋谓"道理精详,始终无疵。"三十年主会试,坐皆取南方人罪,以老免死戍边。建文初召还,奉诏修《春秋大全》,二年(1400)八月卒。辑有《孟子节文》七卷、《书传会选》六卷,皆有明初刊本。生平见廖道南《翰林学士刘三吾传》(《国朝献征录》卷二十)、过庭训《刘三吾传》(《本朝分省人物考》卷八十一)、张廷玉等《明史》卷一百三十七。

该集明成化十二年(1476)茶陵知县俞荇刊本。国家图书馆、台北故宫文献馆藏。二册。板框 21 厘米×12.5 厘米。有框无格。四周双边,版心黑口,双鱼尾。半页九行二十字。有序无跋。卷首有成化丙申八月朔旦茶陵县知县桐江俞荇《坦坦斋先生文集序》。正文题名下注"桐江后学俞荇校刊,巴庠玄孙谟编次"。卷一收序,卷二收碑铭、墓碣铭、墓表,卷三收说数篇("说"后有《祭文附》,然仅有《祭亲家陈仲宽文》题目,无正文)。卷内有前人朱批。今《甲库丛书》第 697 册内《坦斋先生文集》三卷底本即为台北藏本。

俞荇言其刊刻原由云:"成化乙未冬,余以澧判转吏是邑,去先生时已百年,于兹初询邑之名贤,其乡之耆宿、庠之子弟咸以先生首举焉,于时厥孙谟出乃遗稿,视之,皆亲笔所著,词气书法,迥出人表,凿凿皆斯道世教所关系,余窃有所感焉。"

台北故宫藏本上有今人陈乃乾手书题记,题记言刘氏著述间关系甚详:"《坦斋文集》有四刻本,一为成化丙申茶陵知县俞荇刻本,不知若干卷,乌程蒋氏旧藏仅三卷,卷一凡七十叶为序,卷二凡六十六叶为碑铭,卷三凡五十叶为说,自其分类观之,当非全帙也。一为万历戊寅茶陵知州贾缘刻本,分上下卷,其版经万历中修补,且有增刻,印本流传,藏书家多有之。一为乾隆丙寅十二世孙映藜辑刻本,都十五卷,视旧本盖倍蓰矣。此三刻皆名《坦斋文集》。又有成化丁酉四川巡抚张瓒据手稿校刻者,此为《斐然稿》二卷。余尝见天一阁写本,不知世间尚存印本否也。余初读此书,以明本三种对勘,互有增损,后见乾隆本,惊其搜采之博,《皇明文衡》《皇明馆阁正气集》《化鹤集》诸书所收集外文皆已采入,以为遗文尽在是矣,及细校之,则俞刻三卷之文,为乾隆本所未收者,乃有三十一篇,即万历本及《斐然稿》,亦有出乾隆本之外者。后有重刻者,当取四本删并之。四本中,惟俞刻最早最备,惜其仅存三卷耳。坦斋名三吾,茶陵人,受知明太祖,与宋文宪、王忠文齐名,然诗文实非二公敌也。"

钱谦益谓刘三吾:"其文肤棘,不中程度,殊乖国初典雅之风。"(《列朝诗集》甲集卷十三)朱彝尊云:"学士元之故老,其诗虽不中程,足补庚申外史。"(《诗话》卷二)《四库全书总目》谓:"三吾于洪武中典司文章,颇被恩遇,然其文钩棘而浅近,未能凌轹一时也。"(《总目》卷一百七十五)清季陈田《明诗纪事》甲签卷十二录其诗二首,按语云"学士诗有佳句,殊少完篇"。

027　王忠文公集二十四卷附录一卷

王祎(1321—1374)撰。祎字子充,浙江金华府义乌人。幼颖敏,后师事柳贯、黄溍,以文章名世。元末乱世,以未遇而归隐青岩山著书立说。朱元璋取婺州,征为中书省掾史,后改江南儒学提举司校理。累迁为侍礼郎,掌起居注。出为南康府同知,掌府事,坐事忤旨,降漳州通判。洪武二年(1369)六月诏修《元史》,与宋濂同为总裁官,书成,擢翰林待制,同知制诰兼馆史院编修,召对殿廷,必赐坐,从容宴语。五年与苏成持诏招抚云南,为守滇之元宗室梁王巴咱尔斡尔所害,年五十二。生平见郑济《华川王公祎行状》、郑晓《王忠文公传》(崇祯本《王忠文公集》附录)、廖道南《殿阁词林记》卷六、何乔远《名山藏》卷五十八、张廷玉等《明史》卷二百八十九。

该集嘉靖元年(1522)刻万历七年(1579)补修本,台北故宫文献馆藏。十二册。板框18.5厘米×11.8厘米。左右双边,版心白口,单鱼尾。半页十行二十字。钤有"汝大父"白文方、"潜寿"白文方、"国立北/平图书/馆收藏"朱文方。部分版心下端镌刻工名,如"新安黄氏、土黄瑾、黄曷、晨、黄龙、琢、朱珍、朱二、姜景文、叶生、莹、范贝、董思正"等。卷首有诰敕一道,"王忠文先生祠墓记"一则;《王忠文公文集序》,署"光禄大夫柱国少师兵部尚书兼华盖殿大学士国史总裁同知经筵事庐陵杨士奇撰";《重刻王忠文公文集序》,署"嘉靖改元十月初吉后学当涂祝銮书";《王忠文公文集序》,署"同郡胡翰撰";《王忠文公文集序》,署"庐陵胡行简撰";《王忠文公文集序》,署"金华宋濂撰";《王忠文公文集序》,署"眉山苏伯衡撰"。正文题名后注"鄱阳三台刘杰编辑,庐陵铜溪刘同校正"。内赋、诗、歌曲三卷,各体文二十一卷。卷二十四末注"嘉靖改元十月四日分守浙东道委官金华府同知张齐校刊"。卷末有跋,署"嘉靖甲申正月谷日浙江布政司左参议昆山后学方鹏拜书,万历柒年己卯四月吉旦金华府重修"。

王祎《王忠文公文集》二十四卷附录一卷本又有正统七年鄱阳刘杰刊本、明万历三十二年温陵张维枢刊本及《四库全书》本。另有《王忠文公文集》二十五卷本(清康熙三十年王廷曾刊本、清嘉庆十四年刊本)、《王忠文公集》二十卷本(清乾坤正气集本、《金华丛书》本),此外尚有《王忠文公集》四十六卷附录一卷本(明崇祯十二年闽漳魏呈润校刊本)。

明末清初钱谦益、朱彝尊目王祎伯仲宋濂。钱谦益云:"国初之文,以金华(宋濂)、乌伤(王祎)为宗。诗以青丘、青田为宗。"(《牧斋初学集》卷八十三《书李文正公手书东祀录略卷后》)朱彝尊谓:"子充文,脱去元人冗沓之病,体制明洁,当在景濂之右。惟诗亦然。"(《诗话》卷二)《四库全书总目》云:"祎师黄溍,友宋濂,学有渊源,故其文醇朴宏肆,有宋人轨范。濂序称其文凡三变,初年所作幅程广而运化宏;壮年出游之后,气象益以沈雄;暨四十以后乃浑然天成,条理不爽,可谓知祎之深矣。郑瑷《井观琐言》称其文精密而气弱,非笃论也。集中多代拟古人之作,盖学文之时,设身处地,以殚揣摩之功。宋代诸集往往有此,亦未可以游戏讥焉。"(《总目》卷一百六十九)

028 王忠文公集四十六卷附录一卷

王祎撰。王祎生平见《王忠文公集》二十四卷条。

该集明崇祯十二年(1639)闽漳魏呈润校刊本。河北保定市图书馆、台湾图书馆、日本国立公文书馆藏。台北藏本十二册。板框19.9厘米×14.1厘米。左右双边,版心白口,单鱼尾。半页九行十八字。钤有"国立中央图/书馆收藏"朱文长方、"汉鹿/斋藏/书印"朱文方、"得一步斋/藏书图记"朱文长方、"广东肇阳/罗道关防"汉满朱文长方。集由魏呈润校。卷首有《序》,署"崇祯己卯中科日闽漳后学魏呈润撰";六篇《旧序》,分署"金华胡翰";"庐陵胡行简";"金华宋濂";"眉山苏伯衡";"庐陵杨士奇";"王忠文集房"。今西南师范大学出版社、人民出版社2015年9月联合出版《域外汉籍珍本文库》第五辑第19册内《王忠文公集》据日本国立公文书馆藏明崇祯十二年刊本影印。

正文题名后注"义乌王祎子充著,闽漳魏呈润中严校"。卷一收赋三首、骚二首,卷二收操七首、辞十首、歌九首、曲九首、四言诗三首,卷三至六收古近体诗三百余首,卷七至四十六为诏制、诏、疏、表、檄、序、记、论、辩、拟议、考原上书、颂赞、连珠、箴铭、传、志铭、墓表、行状、诔、哀辞、祭文、杂著、题跋等。附录内容如下:浦江郑济撰《翰林待制华川王公行状》;海盐郑晓撰《学士王忠文公传》;温陵张维枢撰《学士忠文王公传》;晋江何乔远撰《王忠文臣林记》;秣陵焦竑辑《王忠文献征录》;建安李默撰《王忠文先生滇南祠墓记》;姑苏吴宽撰《王忠文公义乌祠记》;铜海黄道周撰《漳州新建王忠文公祠碑》;闽漳魏呈润撰《请特祀王忠文公奏记》。

　　魏呈润序后有清方浚师手书题记:"《四库》收《忠文集》廿四卷,乃正统中刘杰、刘同共编,语详'提要'中。此本则崇正(祯)己卯魏氏呈润所刻,共四十六卷,几较刘刻多至一倍,惜未见刘刻本,无从考核也。魏氏序称刘氏后温陵张氏橄乌伤更梓,是四库所收,系其初刻,此本经魏氏搜辑,盖较前二刻独多。魏复云文为胜国时属稿者大半,入明以后,其遗失亦不少矣。日本市舶来粤,出以求售,海外藏书,三百年复归中华,可宝也。同治癸酉重阳后九日,方浚师读竟识。"

029　刘槎翁先生诗选十二卷目录一卷

　　刘崧(1321—1381)撰。崧旧名楚,洪武三年更今名,字子高,号槎翁。江西泰和(今泰和)人。家贫力学。元至正十六年(1356)举于乡,未仕,以战乱避居山林。洪武三年(1370)举经明行修,召对奉天殿,授兵部职方司郎中,迁北平按察司副使。为胡惟庸所恶,坐事谪输作,寻放归。十三年胡惟庸诛,召拜礼部侍郎,擢吏部尚书,旋致仕。十四年二月复召为国子司业,六月上任,未旬日病卒,年六十一,谥恭介。生平见尹直《侍郎刘公崧传》(焦竑《国朝献征录》卷三十五)、郑晓《祭酒刘公传》(《刘槎翁先生诗选》卷首)、王兆云《皇明词林人物考》卷一、张廷玉等《明史》卷一百三十七。

　　该集清咸丰十年(1860)坦端书屋刊本。傅斯年图书馆藏。四册。左右双边,版心白口,版心黑粗线,无鱼尾。半页十行二十字。扉页题"职方诗集",首册下端有虫蛀。扉二题"职方诗集　坦端书屋藏板"。扉三题"咸丰庚申年秋月刊"。扉四有"刘槎翁先生像"。像后页题"宋太史序一、杨文贞公跋一、郑端简公传一、清江刘公序一、四明乌公序一、目录一卷、诗十二卷"。继有:洪武五年春三月金华宋濂谨序《刘职方诗集序》、后学杨士奇序、郑晓《祭酒刘公传》、清江刘永之《刘职方诗集序》、洪武十二年秋七月十日四明山人乌斯道序、万历二十五年丁酉秋月径上张应泰拜手谨序《刻刘槎翁诗选序》及刘崧自序。集后有咸丰己未冬邑后学萧鹤龄跋语。正文题名下注"大湖派嗣孙承筠重梓"。卷一收古乐府二十首、长短句一首,卷二至四收古诗一百八十七首,卷五至九收律诗六百二首,卷十至十二收绝句四百二十九首、联句十三首。

　　萧鹤龄跋曰:"《职方集》凡经数刻,乙卯之乱,版散失,存者漫漶不可辨,贤裔金门踵镌家塾,卷凡十二,焕然、巍然,如云霞烂。史称公诗春容大雅,江西诗派此为正宗。旨哉,斯言。公尚有文集廿卷,诗集补六卷,金门宝先集如拱璧,航头汲冢,其光讵终掩哉? 校卷一过,谨书卷尾。"

乌斯道《刘职方诗集序》云:"余游豫章,偶会晤泰和萧翀字鹏举者,逆旅闲听其诵所为诗,皆清新典丽,问其师,则职方郎中刘先生子高也。先生行修学充,未冠时即能诗名,至四十有九,诗粲然成卷,鹏举梓刻以传,金华宋翰林序其首,以五美备称焉。固已脍炙人口,然五十以后之诗,则不在所刊卷中,鹏举又裒集若干卷示余,余讽咏之,使人神清骨爽,疲忘忧释,不能去手口乎。余前所商榷,无毫发遗恨者也。先生之诗,不刻削而工,不峭峻而苍,不隐晦而深,不险怪而神,不平澹而化,不乖俗而道,盖先生自科第进官职方郎中,转北平按察副使,南遍雷琼,北极燕冀,阅岁余三十载,视否泰变迁,通塞得丧,山川俗尚,人情物理既稔,又以举足兴慨惟道是娱,一发之于诗。若是,则岂非年益高,工益深,以致其然哉!"

刘菘论诗主性情、天才、学问三者不可偏废。其《芳上人诗序》云:"诗本性情,而发于天才,成于学问。"(嘉靖元年刊本《槎翁文集》卷八)其在《自序》中云:"求汉魏而下,盛唐诗以来号为大家者得数百家,遍览而熟复之,因以究其意之所在,然后知体制之工与夫永声之妙,莫不隐然天成。"

朱彝尊谓:"子高句锼字琢,颇具苦心。惜其体弱,局于方程,不能展拓。于唐近'大历十子',于宋类'永嘉四灵',于元最肖萨天锡。"(《诗话》卷二)《四库全书总目》云:"史亦称崧善为诗,豫章人宗之为西江派。大抵以清和婉约之音提导后进。迨杨士奇等嗣起,复变为台阁博大之体,久之遂浸成冗漫。北地、信阳乃乘其弊而力排之,遂分正、嘉之门户。然崧诗正平典雅,实不失为正声,固不能以末流放失,并咎创始之人矣。"(《总目》卷一百六十九)

030　顺成集稿四卷

王士琛(1323—1386)撰。士琛字廷实,江西饶州府鄱阳(今属江西上饶)人。王氏为饶州望族,士琛少学易。元至正庚寅(1350)、癸巳(1353)两入选场,皆值兵乱而未遂。流离闽浙十余年,后占籍鄱阳,以授学为业。洪武十三年(1380)以翰林修撰王友诚荐,署鄱阳训导,不半年以疾告归,后数荐不起。归后以名节自高,以道德自娱。洪武十九年四月十四日卒。著有《顺成集稿》四卷,另有《小顺稿》五卷见于著录,惜未见传。生平见王忠《先考乾乾先生行状》(《顺成集稿》末附)。

该集明天顺五年(1461)永年教授徐节刊本,台北图书馆藏,二册。板框18.9厘米×13.2厘米。四周双边,版心黑口,双黑鱼尾。半页十二行二十字。钤有"文印/徵明"白文方、"金星轺/藏书记"朱文长方、"文瑞/楼"白文方、"结社/溪山"朱文方、"国立中央图/书馆收藏"朱文长方、"玉函/山房/藏书"朱文方、"叶德辉/鉴藏善/本书籍"朱文方、"郋园/过目"朱文方、"翰林/学士"白文方、"莐圃/收藏"朱文长方、"能忍自安/知足常乐"朱文长方、"我思/古人实/获我心"白文方。卷首有《顺成文集序》,署"天顺甲申仲春望日宗室号寰中散人书";《顺成集稿序》,署"洪武己未云闲山人王士琛父书"。卷末有《先考乾乾先生行状》,署"宣德二年岁在丁未冬十月朔日不肖男忠泣血谨状";行状后有《顺成集稿后序》,署"天顺五年辛巳岁十二月望日后学鄱阳徐节贵重谨序"。徐节序后有刻工姓名:"匠人沈诚、沈诠刊。"

此集为王士琛存世孤本文集,《明史·艺文志》《四库全书总目》均未著录。《中国古籍总目》著录。卷一收记十八篇、序五篇,卷二收序十四篇,卷三收引、铭、传、题等九篇,卷四为附录,收书简、跋等十则及王士琛子王忠《先考乾乾先生行状》一篇。

王士琛论文主张以气为主,其自序曰:"予年弱冠,留心举子业,孳孳勉勉,夜以继日程式之文耳。比壮,遇天下乱,故业尽废,流离避地闽、浙间,旅琐中获交名公贤士,窃闻古文大要,退而求之昔人,恍若有得。第恨无书可读以充拓寸思,间随所见,著之篇翰,每为诸公而妄推焉。夫文以气为主,顺理成章之谓也。苟为之而不违理,庶乎其可矣。至求其一句一字不愧于古,吾见亦罕矣。若夫雕镌以为巧,裁剪以为工,剽掠模仿以为能,夫我则不暇。旧稿多不存,近衰辑于应酬者,录止乎是,因名之曰《顺成集稿》,且引其首以贻我后人,俾知文之不易云尔。"

031　登州林先生续集五卷

林弼(1325—1381)撰。弼字元凯,号梅雪。漳州龙溪(今属福建漳州)人。幼治毛诗。元至正七年(1347)领乡荐,明年成进士,授建宁考亭书院山长,擢漳州路知事。洪武元年,内附明王朝。洪武二年(1369),拜礼部考功司主事。召修《元史》及《礼》《乐》《书》,书未成,奉使安南,以却金为帝所重。四年出知丰城县,诬以受佣黄金一镒,逮至京狱。后得白而获释,改饶州通判,再改山西垣曲令。适安南内乱,以弼廉能,遂于十年再使安南。还,擢礼部郎中,转吏部。十二年出知登州,十四年冬十月卒于官,年五十七。生平见张燮《林登州传》(《林登州集》二十三卷附)、过庭训《林弼传》(《本朝分省人物考》卷七十五)、王廉《梅雪林公墓志铭》(《林登州遗集》附录)。

该集由林子润编,明初郭惠刊黑口本。台北故宫文献馆藏,台北图书馆有缩微胶片。一册。板框 21.7 厘米×12.7 厘米,包背装。版心黑口,三鱼尾。半页十一行二十三字。钤有"国立北/平图书/馆收藏"朱文方章。卷首有《梅雪林公墓志铭》,署"洪武十七年龙集甲子冬十月望中奉大夫陕西等处承宣布政使司左布政使括苍王廉撰",墓铭残缺;《送林公王之登州扶枢叙》,署"洪武癸亥春二月清漳胡宗华叙";《送林公王之登州扶枢诗》;诸贤挽章。书中偶有前人朱笔披校。"林登州文续集目录"后注"古闽漳州前进士梅雪斋林弼元凯撰"。正文卷一题名后署"中顺大夫登州知府清漳前进士梅雪斋林弼元恺撰,中宪大夫江西提刑按察司副使古严林子润编集",卷二至五除著者、编者署名外,另署"广东广州府增城县儒学教谕清漳郭惠邦文刊行"。卷一收序类,卷二记类,卷三为碑圹志铭类,卷四为诏诰、表笺、颂传、说赞、祭文、骚词、题跋等,卷五收古近体诗二百十二首(内中七首五言律诗有目无诗)。

林弼著述除明初刊本《登州林先生续集》五卷外,另有《林登州遗集》二十三卷附录一卷,明崇祯十四年漳州刊本、清康熙四十五年闽漳林兴刻本、四库全书本。今《甲库丛书》699 册内《登州林先生续集》五卷底本即为台北藏本。据康熙刊本李斯义序知,林弼"旧有《梅雪斋集》《使南集》《续集》等书",则《登州林先生续集》或为林氏以前著述之续书。

王廉以为林弼"所为诗文皆雄伟迭宕,语或清峻,夐出尘标"(见《梅雪林公墓志铭》)。《四库全书总目》著录《登州集》二十三卷,"提要"谓:"(林弼)平生著作有《梅雪斋稿》《使安南集》,是集总名'登州',盖汇为一编,总题以所终之官也。凡诗七卷文十六卷,其《使安南集》宋濂曾为之序,称其'文辞尔雅'。王祎亦尝赠以诗,与之唱酬。……明初闽南以明经学古擅名文苑者,弼实为之冠也。"(《总目》卷一百六十九)

032　蓝涧诗集六卷

蓝智(1329—?)撰。智字明之,一字性之。福建建宁府崇安(今属福建南平)人。洪武三年(1370)以明经荐,授广西按察司金事。廉惠声甚著。晚年归里,卒于家。与兄蓝仁并以诗名于闽初,开"闽中十子"先声。著有《蓝涧诗集》六卷。生平见过庭训《本朝分省人物考》卷七十二、王兆云《皇明词林人物考》卷一、张廷玉等《明史》卷二百八十五、《(康熙)建宁府志》卷三十四。

该集有明嘉靖五年(1526)崇安蓝钼重刊本,台北故宫文献馆藏。一册。板框 19 厘米×11.9 厘米。四周单边,版心细黑口,无鱼尾。半页十行二十一字。首序首页钤有"金星轺／藏书记"朱文长方印、"文瑞／楼"白文方、"结社／溪山"朱文方印。卷首有《蓝涧诗集序》，署"至正壬寅冬戊子进士户部尚书西夏张昶书于崇安县学明伦堂之贰室"，张昶序后镌"时永乐元年癸未孟春蓝山书舍刊"；张榘序，署"云松樵叟张榘题"，张榘序后镌"嘉靖丙戌孟冬谷旦山涧六世孙可轩蓝钼等重刊"；《蓝涧诗集序》，署"壬子孟冬月建阳橘山真逸蒋易序"。继有"武夷蓝涧先生诗集目录"。正文题名后注"方外友生上清道士程嗣祖芳远编集"。集内总收诗五百余首。

蓝智诗以魏晋盛唐为宗。至正间张昶序曰："蓝智明之业进士举，兼长于诗，篇什虽不多，字意无间赘。其古仿佛魏晋，其律似盛唐，长句则豪健，五言则温雅，拟杜似杜，效韦似韦。"蒋易以为蓝智读万卷书、行万里路，诗歌有慷慨气："蓝性之幼而聪慧，学博才丰，自其为举子时，其兄静之已驰诗誉，伯仲之间，埙篪迭奏。其后性之弃去举子业，从清碧先生游，得其所闻于句章任士林者，于是一洗旧习，以少陵为宗，然涉历未远，闻见未广。……大明启运，海寓一新，明之乃于此时，膺公车之召，筮仕之初，首膺清选，提按广西，跋数千里，过采石酹谪仙，泛洞庭想轩辕，历黄州怀子瞻，浮沅湘吊英皇，望愚溪怀柳司马，登赤壁而观八阵，泊浯溪而诵磨崖，咏丹崖于舟中，晚祝融于天末，于是山川之胜，道途之勤，景物之殊，民俗之异，览奇古吊悲歌，慷慨一于诗焉见之。"

嘉靖五年刊本《蓝涧诗集》六卷，为蓝智唯一存世明刻本，《中国古籍善本书目》《中国古籍总目》皆未著录。今《甲库丛书》第 700 册内《蓝涧诗集》六卷底本即为台北藏本。除明嘉靖刊本外，蓝智著述刊本另有清乾隆间翰林院钞本（《四库全书》底本，有清丁丙跋，南图藏）、《四库全书》本、二蓝集本（咸丰刻光绪补刻及光绪刻）、清刻本、清钞本。《四库全书总目》著录《蓝涧集》六卷，"提要"谓："智诗清新婉约，足以肩随其兄。五言结体高雅，翛然尘外，虽雄快不足，而隽逸有余。七言顿挫浏亮，亦无失唐人矩矱。与《蓝山》一集，卓然可称二难。《静志居诗话》谓蓝山、蓝涧集中诗，选家互有参错，殆亦因其格调相近，不能猝辨欤。"（《总目》卷一百六十九）

033　鼓枻稿六卷

虞堪（生卒年不详）撰。堪字克用，自署玉屏山小樵。南直苏州府长洲（今属江苏苏州）人。元季隐居不仕，家富藏书，以此尽费家产，亦好校书。明洪武中，以荐起为云南府学教授，卒于官。生平见王鏊《姑苏志》卷五十四、徐沁《明画录》卷二。

该集清初吕无党抄本(袁克文跋),台北图书馆藏。一册。全幅 28.2 厘米×17.9 厘米。半页十行二十一字。钤有"笼/鹅馆"白文方、"南阳/讲习/堂"朱文方、"竹居"白文圆印、"瑞/轩"朱文方、"寒云"朱文长方、"克文/之福"白文方、"莅圃/收藏"朱文长方、"国立中央图/书馆收藏"朱文长方印、"德启/借观"白文方、"寒/云主人"朱文方、"如意"朱文不规则形印、"德/启"朱文方、"世异/印信"白文方、"三琴趣斋"朱文长方、"高氏校/阅精钞/善本印"朱文方。正文题名后注"元虞堪叔胜著"。六卷总收诗三百三首。

卷末有袁克文跋语:"吕无党手写鼓枻稿。无党名葆中,晚邨子,士礼居题跋《小畜集》,吾研斋补钞,留字皆缺末笔,吕无党手钞也。又赐书楼蒋氏所藏《栟桐集》《洪文惠集》,留字亦缺。洪集有蒋子宣跋,谓吾研藏书散后皆归赐书廑。此《鼓枻稿》六卷获于沪市博古斋,书友柳蓉邨知南阳讲习堂为晚邨藏印,而不知为无党手钞。予审其字极秀雅,决非书胥可办,及检视'留'字皆书作'畱','榴''溜'诸字又不缺,始知为无党手钞无疑。丙辰冬月,寒云。"吕葆中(?—1707)字无党,号冰葭,浙江崇德(今属浙江桐乡)人。吕留良长子。笃嗜程朱之学,康熙三十五年(1696)举于乡,四十五年进士及第。清初著名藏书家,亦好抄书。因卷入抗清斗争,忧惧而卒。

034　丹崖集八卷附录一卷

唐肃(1331—1375)撰。肃字处敬,号丹崖。浙江绍兴府会稽(今属浙江绍兴)人。通经史兼习阴阳、医卜等书。能诗文,亦工篆楷。有名于当时,与谢肃并称"会稽二肃",极为危素、戴良、宋濂、申屠衡所许。元至正二十二年(1362)举浙江乡试,以父丧,还家居。洪武三年(1370)召修《礼书》《乐书》,擢应奉翰林文字,兼国史院编修。以疾失朝,罢归,后谪佃于濠,七年十二月初六卒,年四十四。生平见翁好古《唐应奉行状》(《丹崖集》附录)、苏伯衡《唐君墓志铭》(焦竑《国朝献征录》卷二十)、王兆云《皇明词林人物考》卷二、张廷玉等《明史》卷二百八十五。

唐肃自号丹崖,故以"丹崖"名其集。《丹崖集》八卷附录一卷,明天顺八年(1464)平湖沈琮刊本。台北图书馆、日本静嘉堂文库藏。二册。板框 18.3 厘米×13 厘米。四周双边,版心大黑口,双对鱼尾。半页十一行二十字。台湾藏本钤有"玉兰/堂"白文方、"梅溪/精舍"白文印、"季振宜/藏书""御史/振宜/之印"白文方、"沧/苇"朱文方、"季印/振宜"朱文方、"国立中央图/书馆收藏"朱文长方。卷首有《丹崖集序》,署"前太史临川危素秦淮旅舍书";《丹崖集序》,署"洪武四年春正月望日金华宋濂序";九灵山人戴良《丹崖集序》;《息末稿序》,署"洪武八年岁在乙卯二月既望吴郡申屠衡谨序时留钟离之瞿相山也"。申序后为"丹崖集附录":《唐应奉行状》《翰林应奉唐君墓志铭》及十数则《丹崖先生画像赞》"挽章"。像赞后有天顺八年夏五月朔旦平湖沈琮题识。正文题名下注:"会稽唐肃处敬著。"

唐氏《丹崖集》八卷本除明天顺八年刻本外,另有明末祁氏澹生堂抄本,清刻本,清抄本(缪荃孙跋),清抄本(黄丕烈校跋),清叶氏五百经幢馆抄本。天顺本卷一至四收赋六首、古近体诗百七十二首,卷五收记,卷六收序,卷七收箴铭,卷八收题跋。集在唐肃殁后,由其子辑录而成,沈琮付梓行世。沈氏题识曰:"《丹崖集》八卷,翰林应奉越唐先生处敬所著也。刘师邵箧录本至南京以视余,因录之,余又箧而至广。先生在国初以文章推重江南,有唐、刘、毛、蔡之称,曰唐者盖谓先生与先生之子愚士也。先生入翰林时,又游于宋太史公景濂、王忠文公子充诸先生间,而宋、王之文梓行久矣,而使先生一代制作可以无传乎?爰为捐俸,以寿诸梓。若先生之文,则诸先生序之,并附录中论之已详,无俟余赘。天顺八年夏五月朔旦平湖沈琮题识。"

宋濂谓唐氏文:"屏斥芜类,何其玉之洁而珠之明也;脉络联贯,委蛇不断,又何韶钧九奏,音律相宣而始终燦如也。……沈涵于经,而为之本原;餍饫于史,而助其波澜;出入诸子百家,以博其支流。"(《丹崖集序》)危素亦称其文"纡徐而辩博,征诸理无悖焉者"(《丹崖集序》)。苏伯衡所撰《墓志铭》谓唐肃"为古文简而雅奥,律诗步骤盛唐,乐府古诗浸淫汉魏。"

035　密庵先生诗文稿十卷

谢肃(1332—1385)撰。肃字原功,号密庵。浙江绍兴府上虞(今属浙江绍兴)人。元末从贡师泰学,博学负气,与唐肃齐名,时称"二肃"。明洪武十六年(1383)举明经,授福建按察佥事,十八年以牵连入狱,为狱吏以布囊压死,年五十三。生平见徐象梅《两浙名贤录》卷十二、《(万历)绍兴府志》卷四十三、《(雍正)浙江通志》卷一百八十、张廷玉等《明史》卷二百八十八。

焦竑《国史经籍志》、黄虞稷《千顷堂书目》、《明史·艺文志》俱载《密庵集》十卷。今存《密庵稿》五卷《文稿》五卷,有明洪武三十一年(1398)刘翼南刻本;《四库全书》本《密庵集》八卷;清钞本《密庵诗稿》五卷。另有《密庵先生诗文稿》十卷,内诗五卷、文五卷,明天启五年(1625)上虞谢伟刊本,台北故宫文献馆藏。六册。板框20.2厘米×12.9厘米。四周单边,版心白口,细黑线口,黑单鱼尾。半页九行二十字。《诗集》前有《密庵先生稿序》,署

"金华九灵山人戴良";序,署"隆庆元年二月之吉从孙前进士出身监察御史谢瑜拜书";《密庵稿后序》,署"隆庆改元仲春既望赐进士族玄孙说";《重刻密庵先生稿跋》,署"隆庆三年秋八月吉旦赐进士第六世从孙谢师严百拜谨跋";《重镌密庵公诗文稿述》,署"天启伍年春三月既望七世从孙谢伟盥手谨述于古新州公署"。《文稿》前有《密庵先生文稿序》,署"洪武二年春正月望日金华戴良序";《密庵文稿后序》,署"洪武戊寅春正月上丁沛郡刘翼南谨序"。各卷题名左下注"门人始宁任守礼校正,沛郡刘翼南编次,六世孙师严重校,七世孙伟重梓"。"诗稿"甲卷收"五言古诗",乙卷收"歌行",丙卷丁卷戊卷收"近体五言""近体七言",总收古体诗八十七首、近体诗三百十七首。"文稿"己卷收"记",庚卷辛卷收"序",壬卷收"墓志、传、行状、说",癸卷收"跋、诔、祭文、铭、杂著"。总收各体文八十七篇。今《甲库丛书》第697—698册内《密庵先生诗文稿》十卷底本即为台北藏本。

谢肃文集先由其从孙谢瑜刻于隆庆元年,继由其七世从孙谢伟刊刻于天启五年。谢伟跋曰:"伟世家于上虞,历晋唐宋以来,人物蔚起,冠冕史乘。入我高皇帝朝,则征聘闽宪密庵公以文章、政事著名当世。《一统志》载会稽二肃,有《密庵诗文稿》行于世,岁久残缺,颇多失次。王伯父狷斋侍御公雅志欲梓之,而奔驰王事,势不能逮。比先大人水部公尹晋陵时,手授是编而嘱之曰:先世有美而弗传,是余等责也,吴中多善工,盍为梓之? 先大人唯唯。乃晋陵故称剧邑,政务旁午,阅三载始克告成事,不期逾年而先大人没。伟每思先大人,不忍使先德失坠,因有此刻。一见此刻,潸潸泣下,谓先志之如在也,倍珍袭之。奈岁丙午,伟肄业山中,家受祝融之灾,此板亦煨烬于烈焰矣。守者之责谓何,郁郁忡忡,魂梦俱绕,谋所以永之者,弗敢朝夕忘也。及为古新令,携稿篚中,适制台兰陵何公镌封事,有采梨之檄,粤中良手鳞集镇下,因出是编,详订而重梓之。刻成,焚香而告于先大人。"

卷首戴良序上方空白处有夏孙桐题记,夏氏题记对该集版本流变颇有价值,兹全录如下:"《四库总目》:《密庵集》八卷,《永乐大典》辑本,此犹明人原编之本,当时馆臣未见。光绪戊申得于四明。江阴夏孙桐记。""按各序所载,始刻于洪武戊寅,再刻于隆庆元年,不久即毁于火,此本最后刻于天启五年,近时藏书家钱塘丁氏、归安陆氏所收,皆八卷,钞本无见足本者,此洵可宝。癸巳悔龛又记。"

戴良为其《密庵集》作序云:"原功之诗,五言古律则本之汉魏,歌行则遵李杜,近体则祖少陵,六朝、晚唐无论焉。"朱彝尊言谢肃:"凡一诗之出,一文之就,折衷论议,必当于理乃已。既而贡(贡师泰)没于寓舍,原功经纪其丧,刊其遗集。及出按漳泉,坐事被逮,孝陵御文华殿亲鞫。肃大呼曰:'文

华非拷掠之地,陛下非问刑之官,请下法司。'乃下狱。狱吏以布囊压死。夙
与唐处敬齐名,号'会稽二肃'。其诗虽不及处敬,亦磊落不凡。"(《静志居
诗话》卷四)

036　逃虚子诗集十卷续集一卷

姚广孝(1335—1418)撰。广孝初名天僖,为僧后名道衍,字斯道,号逃
虚子。苏州府长洲(今属江苏苏州)人。少业儒。元至正八年(1348)年十
四,入相城妙智庵削发为僧,师事里中灵应观道士席应真,得其阴阳术数之
学。洪武初选高僧,诏试礼部,不受官而还。洪武十五年(1382)侍燕王朱棣
之国北平,住持北平庆寿寺。建文间,力赞朱棣起兵,又参赞机务。朱棣即
位,拜资善大夫、太子少师。虽帝命还俗再三,终不肯。永乐十六年(1418)
卒,年八十四,赠荣国公,谥恭靖。生平见朱棣《姚广孝神道碑》(焦竑《国朝
献征录》卷六)、王鏊《恭靖姚公传》(焦竑《国朝献征录》卷六)、张廷玉等
《明史》卷一百四十五。

广孝与吴中四杰等并列明初"北郭十友"。著有《逃虚子诗集》十卷《续
集》一卷《逃虚类稿》五卷《逃虚子道余录》一卷《逃虚子集补遗》一卷《诗集
补遗》一卷。内中《逃虚子诗集》十卷《续集》一卷除明范氏卧云山房抄本
外,有多种清抄本。台北图书馆藏清抄本有黄丕烈跋语。二册。全幅 26.5
厘米×15.4 厘米。半页十行二十一字。钤有"九/来"朱文方、"逸野"白文圆
印、"学古/堂"白文方、"平江/黄氏/图书"朱文方、"扫尘/斋积/书记"朱文
方、"礼培/私印"白文方、"国立中央图/书馆收藏"朱文长方、"莡圃/收藏"
朱文长方、"湘乡王氏/秘籍孤本"朱文长方、"叶氏/家藏"朱文方。

黄丕烈跋曰:"余藏逃虚子诗集,向有二本,一系残刻本而补钞,一系完
刻本而无缺,可云美备矣。近从坊间获见此旧钞,钤有九来印,知为叶氏藏
书,与刻本为两美之合,因出朱提一金购之。卷中间有缺番,当从刻本影写
足之。嘉庆丙寅七月二日,时方小旱,忽得透雨,新凉袭人,几席都润。荛
翁。去岁得此书后,适洞庭山人钮匪石携残刻补抄本去。今又得一旧抄本,
遂影写足是本缺叶。余适又得一旧抄《逃虚类稿》,命门仆影钞其副,而以所
得与诗集合装,倘有友人需此,可应其求也。丁卯夏芝前日,复翁。"

《四库全书总目》著录《逃虚子集》十一卷《类稿补遗》八卷,"提要"云:
"其诗清新婉约,颇存古调,然与严嵩《钤山堂集》同为儒者所羞称,是非之
公,终古不可掩也。附载《道余录》二卷,持论尤无忌惮。《姑苏志》曰:'姚
荣国著《道余录》,专诋程朱,少师亡后,其友人张洪谓人曰'少师与我厚,今

死矣,无以报之,但每见《道余录》辄为焚弃'云云,是其书之妄谬,虽亲昵者,不能曲讳矣。"(《总目》卷一百七十五)

037 槎轩集十卷

高启(1336—1374)撰。启字季迪,号槎轩,又号青丘子。南直苏州府长洲(今属江苏苏州)人。元末战乱,避居苏州城之北郭,入北郭诗社,与"北郭十友"为诗文友。朱元璋吴元年(1367)九月,朱元璋遣兵攻苏州,启被围城中,苏州陷,移吴淞青丘。明洪武二年(1369)春,应诏与修《元史》,授翰林编修,寻擢户部侍郎,疏辞。洪武七年九月,以苏州知府魏观案连坐,被腰斩,年三十九。生平见李志光《编修高公启传》(焦竑《国朝献征录》卷二十一)、张昶《吴中人物志》卷七、张廷玉等《明史》卷二百八十五。

高启著述,有明刊本《槎轩集》十卷附录一卷、《缶鸣集》十二卷、《高太史凫藻集》五卷《扣舷集》一卷、《高太史大全集》十八卷,《高太史大全集》又有清刊本。清雍正间金檀辑高启著述为《青丘季迪先生诗集》十八卷《扣舷集》一卷《凫藻集》五卷《遗诗》一卷《年谱》一卷(金檀撰),有雍正六年(1728)金氏文瑞楼刊本。此外,尚有其它明清单本多种。《槎轩集》十卷附录一卷,清抄本(清黄丕烈抄补并跋),台北图书馆藏。四册。全幅 27.2 厘米×17.1 厘米。半页九行十八字。钤有"吴兴张/氏韫辉/斋曾藏"朱文方、"国立中央图/书馆收藏"朱文长方、"密均/楼"朱文方、"祖诒/审定"朱文方、"希/逸"白文方、"甲子丙寅韩德均钱润文/夫妇两度携书避难记"白文长方、"吴兴张氏/图书之记"朱文长方。正文题名后注"吴郡高启季迪著",总收古近体诗六百四十五首。

卷末有黄丕烈跋:"青丘《槎轩集》,世行本甚少,余于数年前得诸东城顾氏,系旧抄,惜首尾略缺,以素纸阙疑,久而无可借补。今春闭门养静,有书友携一本来,抄虽不及向藏之旧,而首尾缺者多在,因遂手补之,字迹潦草,一种自然之趣,却还可合。抄毕之日,为中春十日,大雪盈庭,春寒逼砚,闲居清味,亦自可人。复翁记。戊辰二月,从三益堂书坊携来,本补首尾共十七叶,目录后及十卷后附录不及写矣!"

《明史·文苑传·高启》云:"明初,吴下多诗人,启与杨基、张羽、徐贲称'四杰',以配唐王、杨、卢、骆云。"(《明史》卷二百八十五)《四库全书》收录《高太史大全集》十八卷、《凫藻集》五卷,"提要"云:"启天才高逸,实据明一代诗人之上。其于诗,拟汉魏似汉魏,拟六朝似六朝,拟唐似唐,拟宋似宋,凡古人之所长,无不兼之。振元末纤秾缛丽之习而返之于古,启实为有力。然行世太早,殒折太速,未能熔铸变化,自为一家。故备有古人之格,而反不能名启为何格,此则天实限之,非启过也。特其摹仿古调之中,自有精神意象存乎其间。譬之褚临襖帖,究非硬黄双钩者比,故终不与北地、信阳、太仓、历下同为后人诟病焉。"又云:"启诗才富健,工于摹古,为一代巨擘,而古文则不甚著名。然生于元末,距宋未远,犹有前辈轨度,非洪、宣以后渐流为肤廓冗沓号'台阁体'者所及。"(《总目》卷一百六十九)

038　妫蜼子集六卷

王彝(1336—1374)撰。彝字常宗,其先蜀人,父允中为昆山学教授,遂著籍嘉定(今属上海)。彝少孤,读书天台山,师事王炜,得兰溪金履祥之传,故学有端绪。长有文名,与高启等游,名列"北郭十才子"。洪武三年诏征与修《元史》,史成不仕归。又荐入翰林,以母老乞归,后坐魏观事论死,与高启并诛。彝为文抒所自得,一裁于法,不逐时好。时杨维桢以文章雄视东南,彝独目为文妖,诋之甚。生平见娄坚《王常宗先生小传》(《娄子柔先生集》卷四)、《(光绪)宝山县志》卷九。

王彝著述通行本为《四库全书》本《王常宗集》四卷补遗一卷续补遗一卷。四库本外,《王常宗集》又有明、清刊本,今惟一明刊本名《王常宗集》,存南京图书馆,正文四卷补遗一卷。清刊本名《王征士集》,四卷附考一卷,康熙三十九年陆廷灿刻,国图、南图及北大、复旦等图书馆有藏。清康熙刊本与明弘治刊本相较,体例编排更为合理,而明钞本《妫蜼子集》是保存王彝诗文数量最多的本子。

该集为明抄本,台北图书馆藏。阙卷二。四册,全幅22.9厘米×16.5厘米。半页十一行二十一字。卷首有俞祯序,署"洪武乙亥冬月哉生明郡晚生俞祯序"。钤有"密均/楼"朱文方、"曾藏汪/阆源家"朱文长方、"叶伯寅/图书"白文方、"叶德/荣甫/世藏"白文方、"叶氏/藏书"朱文方、"国立中央图/书馆收藏"朱文长方、"缄盦/曾读"白文方、"李芝绶/家文苑"朱文长方、"南阳/叔子/苞印"白文方、"二/泉"朱文方、"下学斋/书画记"朱文方。正文题名下注"东吴王彝常宗著"。卷一录《诗原》《文妖》等杂著十九篇,卷二收"论"(有目无文,原阙),卷三录"序"二十二篇,卷四录"记"二十篇,卷五录"碑赞题跋墓志铭"等二十四篇,卷六录"古诗"百五十七首。

俞祯序极为罕见,全文录如下:"士之于文也,犹春之雨,夏之霆,山川之出云,草木之成花,实时至气应,感遇于事物之动而发见焉,无所容其私心也。惟无私心以乘之,故常为于不得不为,因其所当为而道之,无一毫故为之意混乎其间,则天下之至文,彰著而不可掩矣,非知道者不能也。知道,则无文人致饰之见,而有天下后世之虑。愚故观夫妱蜼子之文,每三叹焉。《妱蜼子集》者,吾苏练川王先生常宗所为之文与诗也。先生静观天下之理、古今之迹、时世之变,洞明熟察而可验可凭久矣。盖出而行之,扩前圣、救当世,不幸值元叔季,乃潜伏海滨,以图保全。初无营于时,然而忧世之心郁勃于胸襟者,其何能已乎?因发之于不得已之言,凿凿乎如谷菽之可疗饥,断断乎如药石之可祛病,良为拯救元元之利器,惜乎莫有举而用之,徒托诸空言而已。迨至国朝,尝用荐入京修《元史》,毕即引疾东还,亦莫展其用。故凡所见之亲切,虽云礼乐制度焕然维新之日,而区区进补之忠诚,恒为之汲汲而弗容已,则天下后世之虑又不能不于斯发之也。适其性情而不累于客情浮气之妄动,非文人致饰之词,天下之至文与古之名世者同一揆焉者尔。先生殁余二十稔,愚始得之,惟世之知者寡,故深自为徵,录以序之。后之君子见之,当有以叹斯言之可行,而天下不能行,是可与其知道而亶其然哉!先生名彝,常宗字,妱蜼子其别号云。洪武乙亥冬月前载生明郡晚生俞祯序。"

　　此序作于洪武乙亥(1395),此时王彝已卒21年。此后,王彝著述之明清刊本均未提及明钞本《妱蜼子集》及俞祯序言。王彝为人峻厉,不可一世,类古之遗狂。其学远有端绪,其文清劲奥衍,言不蹈袭。同时杨维桢有盛名,王彝却直斥为文妖:"会稽杨维桢之文,狐也,文妖也。噫,狐之妖至于杀人之身,而文之妖往往使后生小子群趋而竞习焉,其足以为斯文,祸非浅小。"(《王征士集》卷三《文妖》)清季陈田云:"杨铁崖擅名元季,王常宗作《文妖》以诋之,李西涯领风雅于成、弘之间,张孟独谓其芜没先进,斗一韵之艰,争一字之巧以诋之。厥后钱牧斋为西涯修怨,至谓孟独窃康德涵之诗;王渔洋为铁崖复仇,至谓常宗拟温、李,堕入恶道。士憎多口,天道好还,亦可畏哉!平心而论,常宗诗类铁崖,本自眷属一家,胡乃操戈同室?都元敬谓常宗文明畅英发,或以此屈铁崖,未可知也。"(《明诗纪事》甲签卷六)

039　坦斋文集五卷

　　叶砥(1342—1421)撰。砥字周道,号坦斋,又号寻乐。浙江绍兴府上虞(今属绍兴)人。洪武四年(1371)以明经取进士,除定襄县丞。八年,坐累谪凉州,处之泰然,杜门修学。建文元年(1399),以荐起翰林编修,与修国史。复升广西按察佥事。永乐初,以坐修史书于靖难事多微词被逮,籍其家,惟薄田弊庐,故书数箧而已。事白,仍命与史事,改考功郎中,任《永乐大典》副总裁,侍讲东宫。永乐九年(1411),乞归,不许。后出为饶州知府,永乐十九年卒,年八十。生平见王直《江西饶州府知府叶公砥墓志铭》(《坦斋文集》附录、焦竑《国朝献征录》卷八十七)、过庭训《本朝分省人物考》卷四十九、徐象梅《饶州府知府叶履道砥》(《两浙名贤录》卷三十五)、万斯同《明史》卷三百八十九。

该集旧钞本,台北图书馆藏。三册。全幅28.2厘米×18.3厘米,无格无框。半页十二行二十一字。钤有“国立中央图/书馆收藏”朱文长方、“休宁汪/季青家/藏书籍”朱文方、“古香/楼”朱文圆印、“无竟/先生/独志/堂物”朱文扁方印、“寿华/轩”白文方、“抱经楼”白文长方、“清仪/阁”朱文方、“贵阳赵氏/寿华轩藏”朱文长方、“菉圃/手钞”朱文方。卷首有《坦斋文集叙》,署“天顺甲申春三月之望资善大夫南京吏部尚书致仕萧山魏骥”。卷末有跋,署“成化丙午六月望日不肖曾孙男冕百拜谨书”。卷一至五收序、记、杂著、说、跋、序、文、墓铭等八十五篇。叶冕跋语后有清黄丕烈手书题记:“《坦斋文集》,吾友香严家藏旧物本也。是书世鲜传本,命书童影钞三册,原稿多阙文,苦无法补校,阅读一过。丕烈识。”

集由叶氏曾孙叶冕所辑而成,稿因火焚毁,叶冕再辑殊为不易。叶冕跋曰:“先曾大父《坦斋文集》一册,凡五卷,共八十五篇,先伯考应天州学正暨先考府君存日久藏于家,将寿梓以贻我后人。正统间,鄱阳许君养晦任肥乡大尹,时力请刊行,先伯考感其意厚,遂以全集畀之,不意其所居厄于火,焚毁不存。先伯暨先考每言及于此,痛愤不胜。冕自涉仕途,于两京及乡里搜罗寻缉,于故椟得若干篇,惜经筵讲义并应制诸作俱莫可得。近因致仕归,感恩之余,躬自抄录成帙,托南都旧友郑宗毅、张潜之购募彼善刊刻者刊刻成书。先曾大父自国初以文名,使今默然无闻,罪孰甚焉。姑以见存诸作绣梓以传矣,俟后有得者,当续成之。谨识。”

040　天游文集十卷

王达(1343—1407)撰。达字达善,号耐轩居士。南直常州府无锡(今江苏无锡)人。家素贫,嗜学不倦,聪敏博闻,元末有儒雅名。洪武初举明经,任大同府学训导。建文元年(1399),以荐入为国子助教。永乐初,以姚广孝荐任翰林编修,与修《太祖实录》。迁侍读学士,与修《永乐大典》,为总裁官。两知贡举,得士尤多。永乐五年(1407)六月卒,年六十五。生平见黄佐《翰林侍读学士王达传》(焦竑《国朝献征录》卷二十)、过庭训《本朝分省人物考》卷二十七、毛宪等《毗陵人物记》卷六。

　　该集明正统五年（1440）安定胡氏刊本，台北图书馆藏。四册。板框21.8厘米×13.7厘米。四周双边，版心黑口，双鱼尾。半页十三行二十字。钤有"国立中央图／书馆收藏"朱文长方。卷首有《王翰林天游文集序》，署"正统庚申秋八月既望正议大夫资治尹礼部左侍郎羊城陈琏序"；继有"洪武壬午秋方外忝知张寅初识"《翰林学士耐轩王先生文集序》，序名下署"门人南平知县安定胡滨镁梓、门人废亭瞿厚编集。"卷末有《书先师耐轩先生天游文集卷后》，署"正统元年孟夏朔旦废亭瞿厚书"；《耐轩先生天游文集》，署"永乐元年六月初吉门生王孚录"。正文题名"翰林学士耐轩王先生天游文集卷之几"，左镌"翰林侍读学士锡山王达达善述，门人南平知县安定胡滨捐资镁行，门人废亭瞿厚编集"。卷一收琴操二十一首、文四首，卷二至八收说、书、箴、铭、赞、辩、讲章、记、序、传、祭文、跋志、讼辞、书、杂说等二百七十五篇，卷九、十收笔筹一百零七篇。

　　王达著述甚富。永乐元年王氏门人王孚于《天游文集》卷末跋曰："《天游文集撮稿》，耐轩先生作也。孚由乡贡入太学，获侍先生于馆下，日观先生所作甚多。若《天游小稿》《梅花百咏》《古今孝子赞》，俱已梓行。有《诗》《书》二经'心法'，学者多传之。《耐轩杂录》五卷，《问津集》一卷，《南归集》一卷，《通书发明》一卷，《天游诗集》十卷，《天游文集》三十卷，编次已完。今于文集中撮其可式者十卷，凡我同志，晨夕得用观焉。"又论其文云："先生之文清婉详雅，玉洁珠明，扫涤陈言，发挥至理。可谓万斛泉源，不择地而出者矣。因目其集曰《天游撮稿》。"

　　然永乐间的十卷本《天游撮稿》虽"编次已完"，似未刊刻。正统五年，门人瞿厚重为编订，仍为十卷，而由南平令尹胡均付梓行世。瞿厚于后序中云："《天游文集》十卷，先师翰林学士耐轩先生王公之所作也。先生以清雄卓越之才，渊源精微之学，道明德立，发于文章，辞理兼到，以此受知太宗文皇帝。爰自成均助教，擢翰林编修，同修《太祖高皇帝实录》。未几，升学士，儒林荣之。越四年，考终于官。先生生平著作甚多，已载于给事中山阳门人王孚之辞。惜夫所采者如《诸子辩》及馆阁巨制咸未见录。厚比见诸乡校，恐久湮坠，乃假归重为增补，编次仍为十卷。慨力绵薄，欲刊未能，迩有南平令尹胡均季渊道经故里，均先生之门人，又居姻亲家，一见兹集，语余曰：先生之文，幸子集之，使弗入刊，终亦湮坠。予官所去建阳书坊不远，盍以此予余，往为入梓，行之四方，以嘉惠后学。使天下后世之士读先生之文，知先生之道，如此不亦可乎？余曰：此吾素心也。"

　　国家图书馆藏明正统间胡滨刊《耐轩王先生天游杂稿》十卷，其内容与台图藏本相同，故知《天游文集》又名《天游杂稿》。正统本《天游文集》十卷,《四库全书总目》著录。于王达诗作,朱彝尊评价不甚高。《明诗综》卷十九录其诗二首,《诗话》谓"其诗太便利,不耐咀嚼"。

041　张鹗庵先生集一卷

张统(?—1403)撰,统字昭季,号鹗庵。陕西西安府富平(今属陕西渭南)人。洪武间举明经,为东宫侍书,十二年(1379)迁通政司左参议,历左通政,十五年出为云南右参政,累迁至左布政使。在滇十七年,三十一年召为吏部尚书。朱棣入南京,自经于吏部后堂。著有《云南机务抄黄》一卷(存清刻本),诗文集《张鹗庵先生集》一卷。生平见郑晓《吏部尚书张公统传》(焦竑《国朝献征录》卷二十四)、过庭训《本朝分省人物考》卷一百〇三、何乔远《名山藏》卷六十一、张廷玉等《明史》卷一百五十一。

《四库全书总目》著录《冢宰文集》一卷,即为此《张鹗庵先生集》一卷,明嘉靖七年(1528)商州学正王道刊本,台北故宫文献馆藏。集由其八世孙张嘉胤辑刊。一册。板框20.3厘米×14厘米。四周单边,版心白口,双鱼尾。半页九行二十字。卷首有《张鹗庵先生集叙》,署"嘉靖丁亥夏六月望日赐进士出身巡按滇西监察御史威远徐岱识"。继有张统像及像赞。正文题名后镌"八世孙庠生张嘉胤辑"。内收记、序等文二十余篇、诗十三首。卷末有《张鹗庵先生集跋》,署"嘉靖戊子菊月前富平训商州儒学学正偃师王道跋"。万历十二年(1584),富平知县刘兑曾辑刊张统、李宗枢、杨爵、孙丕扬四人诗文为《频阳四先生集》四卷,也收张统诗文一卷。今《甲库丛书》第702册内《张鹗庵先生集》一卷底本即为台北藏本。

集由王道辑录、刊布行世:"鹗庵,张先生之号。集先生生平作之之真迹也,历年多沦于湮讹,存而得其真者几希。嘉靖纪元,予以儒员谬任纂修,搜摭先生行实,录之,既而大参政潘公以先生屈吏部异迹名公,赞、咏、书、檄,命予志之。大文宗宪副唐公以滇志载先生著作垒志,命予检录成帙,乃并钦时命,类为一编。仰而读之,其抑扬词气,无非道德,忠义之发越,可易而忽诸?且先生殁百余年,于兹得潘公掀扬,特祠秩祀。其潜德之幽光,亦已阐矣。"(王道《张鹗庵先生集跋》)

清季陈田评曰:"尚书官滇有惠政,治行为天下第一。史称朝士董伦、王景辈谪滇,统接以礼意。余检张适《滇池集》,有尚书《山行晚归》诗云:飞盖追随携酒去,狂童嬉笑折花归。令适续成之,颇称好事,不仅以吏事见长也。尚书之死,郑端简《吾学编》、黄泰泉《革除遗事》、尹直《謇斋琐缀录》等书皆列于建文死事之臣。今检《明史》,成祖入京师,录中朝奸臣二十九人,统与焉,以茹瑺言,宥仍故职。无何,帝临朝而叹,咎建文时之改官制者,乃令统解职务,惧自经死。古称死有重于泰山,死有轻于鸿毛者,其尚书之谓欤!"(《明诗纪事》乙签卷四)

042　松雨轩集八卷(明刻本)

平显(生卒年不详)撰。显字仲微,号松雨。浙江仁和(今属杭州)人。博学多闻,风流蕴藉。洪武间应孝悌力田科,授广西藤县令,降主簿,寻坐事谪戍云南。镇滇之西平侯沐英请于朝,除其伍籍,聘为塾宾。居云南二十年,与同谪云南之史瑾等人交善。永乐四年(1406)东归,"晚以校职归老"(陈霆《重刻松雨轩诗集序》)。生平见徐象梅《两浙名贤录》卷四十七、《(乾隆)云南通志》卷二十三、清嘉庆二十四年刊《平氏宗谱》、《(民国)杭州府志》卷一百四十四。

该集明嘉靖十九年(1540)钱塘钱氏重刊本。国家图书馆、台北故宫文献馆藏。台北藏本二册。板框20.4厘米×12.8厘米。四周双边,版心黑口,双对鱼尾。半页十行二十字。钤有"国立北平图/书馆收藏"朱文方。卷首有《松雨轩诗集序》,署"宣德五年庚戌岁冬十有一月癸酉行在翰林院致事修撰承务郎东吴张洪书";《松雨轩诗集序》,署"景泰元年六月既望云南按察司按察使池阳柯暹撰";《重刻松雨轩集序》,署"嘉靖十九年岁在庚子夏至日赐进士前刑科给事中山西按察司佥事奉敕提督学政致仕进阶朝议大夫邑人陈霆书于水南书院"。正文题名"松雨轩集卷之几",无署名。总收古诗七十四首,律诗三百七首,绝句一百七首。卷末有"松隐记"一则,署"戊子岁清明日松雨老人平仲微书";题记,署"永乐丁亥人日松雨老人为松隐翁契友书于水竹旧居"。嘉靖十九年刊本《松雨轩集》是现存惟一明刊本,今《甲库丛书》第709册内《松雨轩集》八卷底本即为台北藏本。

集当有明初滇南刻本,然散佚不传,嘉靖刻本由平氏裔孙重刻而成:"《松雨轩集》凡若干卷,乡先生平仲微氏诗也。仲微仕国初,既而谪戍滇海,黔国怜其才,请俾脱籍,礼之宾馆者余十年,晚以校职归老,正首脯下。仲微生世多龃,其羁孤困抑、流离顿挫之怀,抚今悼往、生全殁含之感一发之诗。陈子读而悲之,盖拘今楚冠,寓而萍海,登楼而兴思,结草而期报,要其大旨所在然。且和平靡怨,含蓄匪激,冲顾弗浮,信其人之穷,诗之工者也。集初刻于滇南,世远地阻,传者益寡。裔孙本、楷、朴惧遂湮泯,谋重刻以传。"(陈霆《重刻松雨轩集序》)

柯暹于序中赞平显诗文有司马迁之才:"诗文灿然,理气之作也,翰林修撰张宗海以司马子长许之。先生家于浙西之钱唐，为令簿于广西之藤邑永淳，谪于滇南，考终于京都，其足迹半天下，有似于子长先生。学博而行峻，直道而屈身，寓喜怒哀乐于诗文，其高古险怪亦必有似于子长。"（柯暹《松雨轩诗集序》）清季陈田《明诗纪事》乙签卷十三录平显诗十八首，按语谓"余所得《松雨轩集》八卷，乃鲍氏知不足斋本，首有张宗海序，称其歌诗变怪豪放，良非虚语！"

043 松雨轩集八卷（清钞本）

平显撰。平显生平见上条。

该集清咸丰七年（1857）仁和劳权手抄本。台北图书馆藏。四册。板框19.6厘米×13.6厘米。四周单边，版心花口。半页十四行二十四字。钤有"群碧楼"朱文长方、"精钞校本"朱文长方、"正闇／学人"朱文方、"国立中央图／书馆收藏"朱文长方、"明月当窗／夜读书"朱文长方。卷首有嘉靖十九年陈霆《重刻松雨轩集序》；宣德五年张洪《松雨轩诗集叙》；景泰元年柯暹《松雨轩诗集序》。与明嘉靖刊本相较，咸丰七年刊本卷七末多四首诗（其中一首漫漶不清），其余收诗相同。

序前有近人邓邦述手书题记："此书八卷，皆霁卿蝇头工楷所写成者，每卷皆有题识，唯首尾两卷跋语与此集有关耳。霁卿精力过人，校雠之学晚出而突过前贤，益令后之学者不能仰企，真绝诣也。其弟季言与之并驾，有双丁、两到之誉。惜此书有受霉湿处，字已烂损，幸所损无多，而未损处精气犹存。余在京师别见一本，比此完善，亦劳氏手抄，行款字体相同，惜未记为何人所书，或季言与兄各录一本，或霁卿重录一本，皆不可知。他日倘再相逢，当兼收而并蓄也。乙丑三月，群碧记于吴门。"

卷一、卷二、卷三、卷七末有劳权过录鲍廷博题识："乾隆乙未闰十月二十八日，灯下校于知不足斋，是日得国子监助教张君书云：'四库馆所办各省遗书，腊月可以蒇事，书目已办五千五百余篇矣。'咸丰壬子秋，吴兴丁上舍肇庆寄示此集，从渌饮先生校本传出。松雨为吾乡先哲，求之弥久，一朝获之，殊感丁君不靳一瓻之雅意。每卷渌饮有题识，并录存之。九月朔钞此卷，翌日录毕。仁和劳权霁卿记于蟫隐别墅（卷一末）。同是晚校，初五日录毕。夏闲，于池上构一亭子，署名沤喜，轩窗临水，致饶佳趣，秋风渐生，几席东向，差嫌研水易涸，笔头转燥，新制兔毫，又不中书，令人愈越想风日妍美，笔研精良之适。霁卿记（卷二末）。廿九日巳刻校。阴雨。初十日录毕。秋被乍过，既佳光景，怀抱暂开，三度病中值兹节，今年幸此身尚健耳。霁卿记

（卷三末）。午刻校。十二日午后录。昨归留宿玉参差馆，携墨遗阿祢，今早与典叔往答过存诸客，计已五十日不出户庭矣。蝉盦居士书（卷四末）。十月朔，独游湖上，归解后，叔荃适乞假返杭，来寓相寻，留连谭燕，殊慰经年采葛之思。初六日于瑞霞主人许酌，别次日抵家，归后复钞此卷。十三日记（卷七末）。"

劳权于卷五、卷六、卷八末过录题识曰："十一月朔，晨起校于赐书堂。是日长至，晴色可喜。二十日录。手胝，辍数日笔。属有人事，行避去入城，归玉参差馆，点检行李，托环卿具舟，去留情深，迟迟吾行也。下午寻湘晓于霞绮堂，共忆高叔荃下第后倘未往湖州，冀得能一面否。沤喜亭主识（卷五末）。初四日巳刻校。阴。来城已六日，旅中无事，朝莫录此。早起，次闲丈暨剑秋先生枉顾，同出问茶，旋往莱市桥作勾当，归斋，钟动矣。饭罢，录竟，作此寂寂，出门又无所诣，不如向三间蠡壳窗开一尊去耳。二十八日蟫隐漫识，寓仙林寺祝寿房僧寮（卷六末）。元本以五言绝句置后，兹移易之。此卷中秋前所录，为日不复记忆矣。望日记。知不足斋校本补诗七首，唯登聚远楼一首采于云南口志，其余皆沧海遗珠集也。今别编补遗附后，且冀续得逸篇焉。涤饮先生未睹刻本，故讹脱未能尽正。嘉靖重刊之本，闻藏书家尚有之，寄语丁君更为留意耳！咸丰壬子仲冬望灯下，劳权校毕并识（卷八末）。"

劳权（1818—1861）字巽卿，一字平甫，号蟫隐，浙江仁和（今属杭州）人，清中后期藏书家、校勘家。与弟劳格富藏书，精校勘，有名于乡里，有"二劳"之誉。

044　观乐生诗集五卷附录一卷

许继（1348—1384）撰。继字士修，号观乐生。浙江台州府宁海（今属浙江宁波）人。明初官台州府儒学训导，洪武十七年（1384）正月二十六卒，年三十七。生平见方孝孺《许士修墓铭》（《逊志斋集》卷二十二、《观乐生诗集》卷末附）、王琦《观乐生传》（《观乐生诗集》附录）、过庭训《本朝分省人物考》卷五十四、徐象梅《两浙名贤录》卷四十一、《（雍正）浙江通志》卷一百七十六。

该集有明初四明茅仲清刊本。台北故宫文献馆藏。二册。框17.5厘米×11.7厘米。四周双边，板心黑口，双鱼尾。半页十行十九字。钤有"国立北/平图书/馆收藏"朱文方。卷末有《题许士修诗集后》，署"汉中府儒学教授方孝孺希直题"。首卷题名下署"宁川许继士修撰"。正文中偶有前人朱笔校正。卷一收古诗五十五首，卷二收古诗五十二首，卷三收古诗五十首,卷四收古诗五十四首,卷五收律诗六十八首。附录《宜耕轩记》王琦《观乐生传》及方孝孺《许士修墓铭》。明初四明茅仲清刊本《观乐生诗集》是许继惟一存世明刊本,今《甲库丛书》第700册内《观乐生诗集》五卷附录一卷底本即为台北藏本。

许继与方孝孺为友,许氏卒后,方孝孺为其集作《观乐生诗集序》,然此序不载于明初四明茅氏刊本。孝孺于序中曰:"吾友许君士修生乎今之世,而心存乎千古,无一屡之华,一命之势,而其志在乎生民,其所得之深醇、虚明同乎前,而合乎后者,众人知尊之而不能识之。予虽识其所存,而未足究其所穷也。间尝因其诗而求其所自致,温厚和平,归乎至理,而清雅俊洁,出乎天趣。词修而不浮,意凝而不窒,程邵之所存,陶谢之所达,沛乎其两得之于是。"(《逊志斋集》卷十二《观乐生诗集序》)又铭其墓曰:"喜为诗,其高妙处有魏晋人格韵,别自号观乐生。其诗多道其所乐。言畅而旨深,非近世诗人所及也。或传其《观乐》十诗至京师,翰林学士金华宋公见而叹赏之,以为不愧古人。"

许继卒后,王琦作《观乐生传》,谓"其言和以平,其意深以宏。乃澄坐一室,遍观诸经,究其闽奥,参以濂洛诸儒粹语,久之充然若有得者。……与知己语,必忘食。对俗客,或不发一谈,即谈亦不文事。所居有林野溪谷之胜。暇日作五言诗以达其情,清丽靖深,温密间远,得陶柳氏之精造。"清季陈田《明诗纪事》甲签卷二十八录其诗十首,按语云:"集中五言,趋步陶、谢,胸次既高,非徒摹拟。"

045　会稽怀古诗一卷

唐之淳(1350—1401)撰。之淳字愚士,以字行,号萍居。浙江绍兴府山阴(今属绍兴)人。唐肃子。年二十余已有声于时。与方孝孺为友,宋濂极称其文词。洪武间为曹国公李景隆家西席,二十年(1387)曾随景隆北征。建文二年(1400),用方孝孺荐,召为翰林侍读,与修《类要》及《鉴戒录》,与方孝孺同领书局,次年闰三月二十三卒于官,年五十二。生平见方孝孺《侍读唐君墓志铭》(《逊志斋集》卷二十二)、佚名《唐愚士侍读传》(焦竑《国朝献征录》卷二十)、张廷玉等《明史》卷二百八十五。

该集明刊黑口本。台北故宫文献馆藏。一册。板框21.1厘米×13.6厘米。四周单边,版心黑口,双鱼尾。半页九行二十字。钤有"抽壮无／一线剪／怀盈千刀"朱文方、"读书老不入爱酒病还深"白文方、"景德／盦主"朱文方、"国立北／平图书／馆收藏"朱文方。卷首有紫霞子撰《会稽怀古诗序》。

卷末有同郡翁好古撰《会稽怀古诗序》,天台王俊华撰《会稽怀古诗序》。正文卷端题"山阴唐之淳著,长洲戴冠次韵"。唐之淳性好游,足迹遍宇内,于暇日萃诸尝游之所,所为一诗,凡三十首。

　　唐之淳另有《会稽怀古诗》一卷,清道光六年(1826)山阴杜氏知圣教斋刊本。此外,还有《唐愚士诗》四卷,《四库全书》本;《唐愚士诗》不分卷,清钞本。方孝孺于其《墓志铭》中云:"愚士长身巨鼻,博闻多识,练达世故。为文蔚赡有俊气,长于诗而善笔札。每一篇出,人多传道之。洪武中屡欲有荐之者,谢不就。曹国李公好士,为勋戚第一,闻其名,走使者请至家,俾其子师焉,亦因与之讲切,待以宾友礼,征行四方,皆与俱。历燕、蓟、秦、周,过前代废都旧邑、名贤杰士之遗迹,未尝不援笔有赋,词旨超绝,必惊压一时。颇喜饮酒,酒酣谈辨古今,杂以谐谑,竟日夜不穷。"

　　《四库全书》收录《唐愚士诗》二卷附《会稽怀古诗》一卷,"提要"云:"其诗虽未经简汰,金砾并存,而气格质实,无元季纤秾之习。其塞外诸作,山川物产尤足以资考核。《会稽怀古诗》一卷,乃其少作,凡五言古诗三十首,题下各有小序,仿阮阅、曾极、张尧同之例。(《总目》卷一百七十)"

046　高漫士啸台集二十卷

　　高棅(1351—1423)撰。棅字彦恢,号漫士,后更名廷礼。福建福州府长乐(今属福州)人。少有诗名,又工书擅画。永乐元年(1403)以博学能文被征入京,次年授翰林待诏,十一年迁典籍,二十一年二月三十卒于南京官舍。辑有《唐诗品汇》九十卷《唐诗拾遗》十卷,《明史》以为有明三百年,馆阁宗之。著有《高漫士木天清气集》十四卷,《高漫士啸台集》二十卷。生平见林志《漫士高先生墓志》(焦竑《国朝献征录》卷二十二)、过庭训《本朝分省人物考》卷七十、王兆云《皇明词林人物考》卷一、朱彝尊《高棅传》(《曝书亭集》卷六十三)、张廷玉等《明史》卷二百八十六。

　　该集明成化十九年(1483)南京户部尚书黄镐刊本。台北图书馆藏。八册。板框 19.8 厘米×12.8 厘米。四周双边,版心黑口,双黑鱼尾,下鱼尾反白有刻工名:刘、上、刀、方、文等。半页十行二十一字。钤有"曾经/沧海"白文方、"字曰/子清"朱文方、"臣澄/私印"白文方、"国立中/央图书/馆收藏"朱文方、"吴"朱文圆印、"长/元"白文方、"未己书/痴颇/有山癖"朱文方。卷首有残序,署"成化十九年岁癸卯十一月长至日赐进士第资政大夫南京户部尚书前吏部左侍郎三山后学黄镐序"。无名氏作《高漫士啸台集序》,该序后有"后学九仙山人黄镐识"之题识:"右序文一篇,原稿残缺,其姓名不知作于何人之手,观其文势苍古,必与廷礼先生同时之长于诗文者,姑锓其文而阙其名氏,以俟识者补焉。"卷末有成化癸卯冬十二月朔后莆田陈音《啸台集后序》。正文题名后注:"南京户部郎中后学陈潭校正。"总二十卷共收诗八百首。

孤本《啸台集》在高棅生前以钞本流传。成化间莆田人陈音在《啸台集》后序中指出:"先生没百年以来,抄本人各珍秘,而见者希矣!"(陈音《啸台集后序》)其刊刻过程一波三折。高棅卒后,其门人彭伯晖想为之付梓,未成而卒,彭氏之子继承父志,在户部尚书黄镐资助下完成了父辈遗志。黄镐序中指出:"先生平日所作拟古歌行、长篇短句、或律或绝,积有八百首,皆自录之,分为二十卷,名曰《啸台集》。逮先生没,诗稿散落人间。时同乡门人金吾挥使彭伯晖藏有斯集全稿,方锓梓,竟未成而没。成化癸卯冬十月,伯晖之子致仕都阃大用,出斯稿,请曰'此先人未成之志,幸为我成之,使先生之名垂于不朽,亦足以为后世学诗者之龟鉴也。'"(黄镐《啸台集序》)成化刊本经南京户部郎中陈潭校正。陈潭(生卒年不详),字孟明,福建长乐人,明成化二年(1466)进士,历官南京户部郎中、浙江参议。

万斯同《明史》卷三百八十七谓高棅:"博学工属文,尤雄于诗,虽谈笑挥毫而精思力摹者弗能及。闽自林鸿力追唐音,其徒周元、黄元佐之,而棅与王恭颉颃其间,故闽中推诗人必以五人并称。"高棅曾辑《唐诗品汇》九十卷、《唐诗正声》二十二卷为学诗者之门筏,于后世影响巨大,张廷玉等《明史》谓二书"终明之世,馆阁宗之。"(《明史》卷二百八十六)《四库全书总目》著录《啸台集》二十卷《木天清气集》十四卷,"提要"云:"《啸台集》诗八百首,尚稍见风骨,至《木天清气集》六百六十余首,大率应酬冗长之作,'清气'之云,殆名不副实。其初与林鸿齐名,日久论定。鸿集尚见传录,而棅集几于覆瓿,盖亦有由矣。"(《总目》卷一百七十五)

047　王静学文集二卷

王叔英(?—1402)撰。英原名元采,字叔英,以字行,号静学。浙江台州府黄岩(今属浙江台州)人。少孤,曾从外姓陈,后复王姓。笃志力学,洪武中与方孝孺、杨大中、林佑等并被征至京师,辞还乡。洪武二十年(1387)以荐为仙居训导,改德安教授,三十年任职淮安府学,升汉阳知县。建文元年(1401),方孝孺欲复井田,贻书立阻之,召为翰林修撰,上《资治八策》。燕兵至淮,奉帝诏募兵,行至广德,闻京城陷落,哭书绝命词,自经于玄妙观。生平见黄绾《静学王公元采传》、郑晓《翰林院修撰王公叔英传》(焦竑《国朝献征录》卷二十一)、过庭训《王叔英传》(《本朝分省人物考》卷五十四)、张廷玉等《明史》卷一百四十三。

该集清康熙四十九年(1710)刊本。台北图书馆、浙江台州黄岩区图书馆藏。台北藏本二册。板框19.5厘米×13.4厘米。左右双边,版心白口。半页九行二十一字。注文小字双行,字数同。钤有"国立中央图／书馆收藏"朱文长方、"王氏二十八宿研／斋秘籍之印"朱文长方、"恭／绰"朱文方、"退庵／经眼"白文方、"玉父"白文长方。卷首有《王静学先生文集序》,署"康熙乙酉岁一阳月谷旦赐进士出身协镇台州府太平县参将梅溪郭镇邦顿首拜撰"。明万历丙子端阳日万历甲辰进士福建晋江翁仲益原序、明洪武间教谕林佑原序。继有同里史氏黄绾《王静学先生传》,传后注"后学石中玉亭立参考"。目录后注"宛陵汤以化书刻"。卷一收序二十一篇、记十篇,卷二收论二篇、传四篇、墓志铭二篇、书十三篇及题跋、序文等若干篇。卷二收诗十五首。卷末有《静学王先生文集后序》,署"冬腊月吉旦日邑人桃溪谢省世修序";《书静学王先生文集后》,署"成化邑人徐孚敬书";县丞清江杨旻及典史建德徐廷勃同立《明翰林院修撰静学王公忠节祠碑记》,署"万历四年丙子端阳之日赐进士第文林郎知太平县事晋江翁仲益受甫撰并书篆";《翰林修撰静学王公忠节祠碑》,署"万历四年丙子夏四月吉旦知都昌县事后学林贵□顿首拜撰";《建祠缘由》,署"万历四年四月吉旦知太平县事晋江翁仲益立石";《重修王静学先生忠节祠记》,署"顺治庚寅季春上浣邑后学朱元胤长孺甫敬题";及朱捷题识,署"康熙庚寅中秋日后学朱捷岸先氏附识"。

集有王静学乡贤后人整理付梓刊行。郭镇邦序称:"予以甲申冬,钦奉简命协守兹土,于整理戎务之暇,访求邑之人物、文献以资治理。邑之绅士诸君子不以予不敏,出明翰林王静学先生文集一册示予,且虑此集之原板湮没,欲商重付剞劂,以广其传。平邑绅士景仰前贤可窥其一斑矣。予愀然改容曰:静学先生当逊国之余,臣死君,妻死夫,女死父,一家纲维成仁取义。……幸赖邑侯竟陵徐公学博、西泠沈公、古越林公皆欣然有同志,谨录元集登之梓。前后序跋年月姓氏悉皆载入以不泯。"(郭镇邦《王静学先生文集序》)然"适郭公以移镇湖广行,而先生之祠与邑之学宫县署同圮于戊子七月之风,工亦寝止。今(康熙庚寅中秋日——作者注)祠复故墟于百废莫兴之余,重议举刻,凡八阅月甫成集"(朱捷《王静学文集后题识》)。

《四库全书》收录《王静学集》一卷,《总目》云:"是集三十篇,仅存序、记二体,而所上八策及《贻孝孺书》并无之。……是集大抵皆规模昌黎,稍失之拘,而简朴有度,非漫无裁制者比。所存虽少,已可以见其生平矣。前有黄绾所为传,

称其'文章有原本,知时达势,为用世之儒',盖不诬云。"(《总目》卷一百七十)

048　练公文集二卷崇祀录一卷手迹一卷遗事一卷

　　练子宁(？—1402)撰。子宁名安,以字行,号松月居士。江西临江府新淦(今属江西新干)人。洪武十八年(1385)第二人进士及第,授修撰,擢左副都御史、工部侍郎。建文初,改吏部,迁御史大夫。靖难师入,朱棣登基,子宁拒与新朝合作,灭家。生平见郑晓《都御史练公子宁传》(焦竑《国朝献征录》卷五十四)、过庭训《练子宁传》(《本朝分省人物考》卷六十二)、王兆云《皇明词林人物考》卷二、张廷玉等《明史》卷一百四十一。

　　该集明万历三十九年(1611)练绮刻雍正间补刊本。台北图书馆藏。六册。板框20.1厘米×13.4厘米。半页九行二十字。四周双边。版心白口,单黑鱼尾。版心鱼尾上方记题名,鱼尾下注卷数,下书口记刻工,如罗江四、三俊、罗泫等。卷首有《练中丞公文集序》,署"万历己酉孟冬月朔后学泰和郭子章敬撰"。《叙》,署"同邑后学曾樱拜首敬撰"。《中丞练忠贞先生文集序》,署"同邑后学曾植拜首敬撰"。《练忠烈公文集序》,署"万历辛亥夏六月望赐进士出身嘉议大夫河南按察使前奉敕提督福建等处学校副使礼部仪制清吏司郎中丰城徐即登顿首拜撰"。《崇祀实纪》卷首有"万历丁酉夏五月吉水曾同亨《崇祀实纪序》"、"万历丁酉中秋之吉闽长乐后学陈省《崇祀实纪后序》"、"万历癸丑春三月既望知峡江县事蜀南充后学明时举序""雍正六年罗复晋遗事遗稿序"。"手迹"前有万历庚戌岁八月既望同里后学高锡庆《刻练公松月先生手迹小引》。雍正六年秋八月抚州府知府署理临江府事岭南宝安后学罗复晋《大中丞练公子宁先生遗事遗稿叙》。正文题名"练公文集卷上(或下)",署"八代孙生员练增辑,明进士及第吏部侍郎峡江松月练子宁著,同知临江府事琼海王佐辑"。

　　郭子章于万历三十七年所作序中称:"集元分上下二卷,文三十二首,赋诗八十四首。予再酌定练公手迹一卷,而附罗文恭跋《中丞遗事》一卷,凡朝野诗文有系于公者,悉属之练裔。归峡一卷,孙绮自闽归,公移诗文悉属之,而大书重刻,不能无望于司风教者。"

　　曾樱叙练氏铁骨风节云:"先生当文皇帝即位日,缚至御前,语不逊,断其舌。曰:吾欲效周公辅成王。先生手探舌血,大书地上:成王安在乎?先生撄鳞抗颜时,耿耿赤心,祇自甘碎首裂肤,飞魂以绕故主,岂料有波其族亲百五十余人,累遣尺籍二百余人之祸哉!此余谓古今来忠臣义士遭逢惨怛未有如先生之甚者也。"(曾樱《练公文集序》)

049　鹤鸣集十卷后集一卷

谢贞(生卒年不详)撰。贞字仕复,号复古。江西吉安府安福(今属江西吉安)人。元末尝北游,无所得而归。入明,隐居不仕。晚岁以诗学倡导乡里,远近多有从其学者,约卒于永乐间。生平见《(康熙)安福县志》卷四、《(光绪)吉安府志》卷三十七。

该集有旧钞本(清谢涵校并题识)。台北图书馆藏。一册,全幅21.9厘米×14.6厘米。半页九行二十字,朱墨笔校。钤有"云/山"朱文方、"竹/窗"朱白文方、"东壁/图书"白文方、"西园/翰墨"朱文方、"风雨/楼"朱文方、"国立中/央图书/馆考藏"朱文方。首有光绪三十四年戊申(1908)谢氏裔孙谢涵手书《支祖复古公鹤鸣诗集序》,"序于吉安中校讲席"。继有《本集自序》,署"永乐五年丁亥孟秋月安福义历青山谢贞序"。谢氏自序后又有其裔孙谢涵题记。《鹤鸣集》"凡为诗四百五十一首"(谢涵《支祖复古公鹤鸣诗集序》)。

谢涵题记云:"《鹤鸣集》诗,此涵十二世祖复古贞公著也。复古公澹于世累,逸情高致,甘晦终身,即所著之作诗可以想见矣! 其诗已刻版就,湮后遂无继之者,其后得残本于族人家,错讹杂乱。先伯孝廉镜泉令君倩小胥又钞此,乞本邑名进士侯亭阮公订正字句,今书于眉上者是也。余自幼即耽古学,后游桐城,颇知体裁,已将此集订正完好矣! 今将此本奉先生,倘得入选一二入刊,表章之功,感铭曷极。安福谢涵谨上。时丙午。"由序及题记可知,此集原有刻版,然散佚多年,谢涵伯父镜泉得一旧钞本,意改校付梓而未果,涵复对此本校对以梓。

谢贞于永乐五年(1407)自序中云:"余夙尚静泊,耻声利,惟攻文辞,又嗜为古淡,故落落卒不偶世,然白首不悔。或闲居胜日登山临水,孤吟远望,虽无朋从,亦欣欣与物狎,类得其情者。至交游内外,亦多纪述,寓托微远,不必尽达。盖赏晤益寡,而独诣益力焉。晚有一二群从,稍进风格。《易》曰'鹤鸣在阴,其子和之。'因掇拾旧稿,录为几卷,授从子正义,略序其概云。"

《(康熙)安福县志》卷四《谢贞传》言谢贞"善诗,五言法韦、柳,歌律师高、岑"。

050　颐庵文集九卷

邹济(1357—1424)撰。济字汝舟,号颐庵。浙江杭州府钱塘(今属杭州)人。早丧父,颖敏好学,少习《春秋》,洪武十五年(1382)以荐授余杭训导,升中都国子学录,又升国子助教。坐事左迁西安府学教授,未赴,改河间府学。以荐迁平度知州。永乐初,丁母忧。服除,以翰林修撰李贵举,与修《太祖实录》《永乐大典》。从征安南,还,为广东右参政,坐累左迁吏部郎中,数月升左春坊左庶子,授皇孙经,进詹事府少詹事。二十二年(1424)三月初六卒于官,年六十八。洪熙元年(1425)赠太子少保,谥文敏。生平见杨士奇《邹公济墓志》(焦竑《国朝献征录》卷十八)、张廷玉等《明史》卷一百五十二。

该集有明成化间邹煜刊本。台北图书馆藏。四册。板框21.2厘米×14.4厘米。四周双边。版心大黑口,双黑鱼尾。半页十一行二十字。钤有"汪士钟藏"朱文长方、"吴兴刘氏/嘉业堂/藏书印"朱文方、"刘承幹/字贞一/号翰怡"白文方、"淡泉"朱文长方、"大司/寇章"朱文方、"国立中/央图书/馆考藏"朱文方、"海濒逸民/平泉郑履/准凝云楼/书画之印"朱文大方印、"凝云深处/清暇奇观"朱文长方、"刘印/承幹"白文方、"翰/怡"朱文方。卷内有朱笔圈点。卷首有褒恩圣旨,圣旨后署"成化七年五月二十六日。"正文题名"颐庵文集",未著卷数,以文体分卷。内卷一至四收露布、书、志、序等文三十六篇,卷五收古近体诗二十三收,卷六收题跋十一篇,卷七收记七篇,卷八收祭文六篇,卷九收墓志七篇。集后有邹煜小跋。

邹煜跋曰:"《颐庵集》,我祖文敏府君所制也。文敏君洪武初任教余杭,历官至詹事府詹事,永乐初与修高庙实录,领总裁,后辅导仁庙监国南京,以文学著称,所制诗文甚富。吾父康靖公初居家时被水湮,十去其九,□□收者仅十才□□□□□□□□,以传于后世子孙。不肖孙邹济谨识。"

卷首有清厉鹗跋:"颐庵邹公济,字汝舟,杭之余杭人。洪武初,举明经,授本学训导,被荐入翰林,与修高庙实录。永乐间,知平度州,为政廉平,进礼部郎中,累迁左春坊左庶子,侍东宫讲诵,升少詹事,卒。宣庙赠太保,谥文敏。子幹字宗盛,正统己未进士,官至南礼部尚书,赠太保,谥康靖。当北狩时,与于公共事,有守京城功。《颐庵集》十九卷,文笔典雅平正,可与《魏文靖公摘稿》方驾,诗亦清丽。前有淡泉大司寇章,为海盐郑端简家藏本,雒诵再三,如睹球图法物,敬识出处于简首。雍正壬子重九前三日,钱唐后学厉鹗。"

051　溪园集七卷附随闇先生集一卷山溪先生集一卷筠溪先生集一卷

周启(1358—1424)撰。启字公明,号溪园叟。江西吉安府安福(今属江西吉安)人。洪武初,以荐任庐陵训导,改黄冈县学教谕,九载秩满上吏部,考绩优等,循例将升教授于郡学,以老病乞,改长洲县儒学教谕。永乐时召与纂修《永乐大典》,居馆阁凡六年。廷试《大明一统赋》,擢第一。永乐二十一年十二月初四(1424年1月5日)卒于长洲官舍,年六十六。生平见王直《周公明传》(《抑庵文集》后集卷三十四)、《(道光)吉水县志》卷二十二。

该集明景泰四年(1453)吉水周氏刊配补钞本,周渊编校梓行。台北故宫文献馆、湖北图书馆藏。台北藏本包背装。二册。板框22.7厘米×14.6厘米。钤有"国立北/平图书/馆收藏"朱文方。四周双边,板心黑口,双鱼尾。半页十二行二十二字,小字夹行,字数不一。卷首有《溪园集序》(系属钞配),署"景泰四年岁次癸酉夏六月荣禄大夫少傅太子太师吏部尚书泰和王直书"。卷末有景泰四年仲秋望日常州知府嗣孙周源跋。正文题名后注"儒林郎翰林院修撰男迪校正,东流县儒学教谕男进编辑,中顺大夫常州知府孙源同编,江浦县儒学训导孙盘誊录"。

卷一、二收古近体诗百八十一首,卷三收辞赋十八首,卷四至七收序、记、说、行状、墓志铭、杂著。附随阉先生集一卷,明周榘撰;山溪先生集一卷,明周道撰;筼溪先生集一卷,明周迪撰。卷一、卷二,卷六及附集抄配。书中有前人朱笔圈点。此诚如景泰四年王直于序中所言:"《溪园集》者,周先生公明所作也。先生卒三十年,其孙常州府太守源始编类其诗文为十卷,而以曾叔祖台州同知仲方、尊父处士时立、叔父修撰时简之作附焉,总名之曰《溪园集》,命锓梓以传。"

周源于跋语中云:"右《溪园集》七卷附录三卷,先祖溪园先生暨曾叔祖随庵先处士、山溪季父、筼溪四先生之所著也。四先生诗文遗稿甚多,正统壬戌,蠹伤殆尽,遂收拾于残缺之中,所存者如此,亦千百之一二耳。源自童稚侍先祖于宦途,一见所作,辄欣然别录于书笥,故存者独多也。大惧岁久益见泯没,景泰庚午,留内黄时托之族弟绍墀,重别誊录,附二弟潜、浩,命工锓梓于家。今年夏初,潜以书报毕工,故记其岁月于后云。"

052 菫山文集十五卷

李堂(1462—1524)撰。堂字时升,号菫山。浙江宁波府鄞县(今属浙江宁波)人。成化十九年(1483)举于乡,二十三年成进士,授工部主事。历员外、郎中,迁应天府丞、南光禄寺卿,擢南左佥都御史,召为工部右侍郎,总理河道。引疾归。嘉靖三年(1524)卒,年六十三。生平见张邦奇《李公墓志铭》(《张文定公靡悔轩集》卷五)、雷礼《工部侍郎李堂传》(焦竑《国朝献征录》卷五十一）。

《明史·艺文志》著录李堂《正学类编》十五卷、《四明文献志》十卷。《千顷堂书目》著录其《堇山遗稿》十五卷，今存嘉靖间刊本，北京大学图书馆、台北图书馆藏。台北藏本十卷。板框17.9厘米×13.8厘米。左右双边，版心大黑口，三黑鱼尾。半页十行十九字。钤有"吴兴刘氏嘉/业堂藏书记"朱文长方、"四明卢氏/抱经楼/藏书印"白文方、"国立中/央图书/馆考藏"朱文方。卷首有《阳明先生回札》。正文题名后注"嵩渚李先生砵点，甬川张先生黄点"。今《存目丛书》集部第44册、《明别集丛刊》第一辑第72册内《堇山遗稿》十五卷据北京大学藏嘉靖间刊本影印。

《四库全书总目》著录《堇山集》十五卷，"提要"谓"其文根据未深，持论颇多臆断。"（《总目》卷一百七十五）

053　贞白斋诗集三卷

程通（1364—1403）撰。通字彦亨。徽州府绩溪（今属安徽黄山）人。少得家教，动必遵礼，嗜学不倦。洪武十八年（1385）以贡入太学，二十三年以《尚书》应天乡试第一，授辽王府纪善。建文三年（1401）进左长史。朱棣兵起，通从王浮海归朝，上《防御封事》数千言，陈备御策。燕王即帝位，从辽王徙荆州，有言其上封事者，械至京，与二子俱论死，家属戍边。生平见程定《辽府左长史彦亨公行状》、程伯祥《长史公年谱》、程敏政《长史程公传》（以上均见《贞白遗稿》卷八），张廷玉等《明史》卷一百四十三。

该集旧钞本。台北图书馆藏。三册。全幅27.9厘米×16.8厘米。无栏无格，半页八行二十一字。版心题"贞白斋诗集"或"贞白斋诗集卷"。钤有"国立中/央图书/馆考藏"朱文方、"管理中英庚/款董事会保/存文献之章"朱文长方。无序无跋。卷上收古近体诗一百四十九首，卷中收诗一百二十七首及疏、序等二十九篇。卷下收诗一百〇六首。

程敏政《长史程公传》中言程通"有稿百余卷，悉毁于官"。今存者有《贞白先生遗稿》十卷，明天启刊本、清徽州程氏蓝格抄本（存卷一至五）；《贞白遗稿》十卷首一卷《显忠录》二卷续一卷，有《四库全书》本、清嘉庆十一年徽州程邦瑞刊本及清嘉庆十一年刻光绪四年重修本。台北藏钞本《贞白斋诗集》三卷虽然仅为诗，然其存诗数量较《四库全书》、清嘉庆十一年刊本《贞白遗稿》多百六十余首。

程通论诗本性情，其跋《王达善梅花诗》曰："诗乃性情流出者，苟本性情而发，则如风行水面，自然成文。"（《贞白斋诗集》卷中）程敏政谓程通"为诗文不求异而主于理,然辞气超越,专工者反不能及。"(《篁墩集》卷四十九《长史程公传》)《四库全书》据天启本收《贞白遗稿》十卷附《显忠录》二卷,"提要"谓程通诗文"俱醇朴有法"。

054 恒轩遗稿三卷(存前三卷)

韩经(生卒年不详)撰。经字本常,号恒轩。明初绍兴府山阴(今属浙江绍兴)人。洪武初,遇科举法行,乃刻苦为举子业,虽初寒暑雨,手不释卷,废寝忘飧,致成痞疾。后有司屡以经明行修荐,俱以病辞,家居以教授为业。晚岁筑室一所,扁曰"恒轩"。著有《恒轩集》六卷。生平见杨士奇《恒轩韩先生诗集序》(《恒轩遗稿》卷首)。

该集明正统间刊本。台北图书馆藏。二册。板框 18.7 厘米×12.7 厘米。四周双边,版心黑口,双黑鱼尾(鱼尾相向)。半页十行二十一字。钤有"柳蓉/春经/眼印"白文方、"嘉业堂"朱文长方、"吴兴刘氏/嘉业堂/藏书印"朱文方、"刘承幹/字贞一/号翰怡"白文方、"国立中/央图书/馆考藏"朱文方。卷首有《恒轩韩先生诗集序》,署"正统己未秋九月丙戌光禄大夫柱国少师兵部尚书兼华盖殿大学士国史总裁同知经筵事庐陵杨士奇序"。正文题名下注"山阴韩经本常著,男韩阳编次"。卷一收七言律诗一百四十四首,卷二收七言律诗一百十二首,卷三收五言律诗五十二首。今《明别集丛刊》第一辑第 24 册内《恒轩遗稿》残卷即据正统刻本影印。

杨士奇序谓韩氏著述皆发乎情止乎礼义,悉中矩矱:"《恒轩集》者,越山阴本常韩先生之所著也。……洪武初遇科举法行,先生谓功名可引手取,乃刻苦为举子业,虽祁寒暑雨,手卷不释,废寝忘飧,致成痞疾。后有司屡以经明行修为荐,俱以病痞辞,遂家居教授,以淑乡之晚进。筑室一所,扁曰:'恒轩',陶情养性其间,日以吟咏为乐,尤笃意教其子阳以赞先业。先生生平吟咏甚富,五七言律、长短歌行,字字句句,悉中矩矱,缘情序事,温厚清邃,所谓发乎性情、止乎礼仪之作也与。奈旧稿回禄之余,所存止此,可胜惜哉。先生虽物故,子阳以永乐丁酉乡贡进士职,训苏、松二郡学,及教谕润之丹阳。所至能以师道自立,用太常卿吾友姚君友直荐,擢拜监察御史,廉重刚正,克振风纪,中外皆知之。今观先生所著诗,温厚清邃,而忠君孝亲之心累形于篇什之中,由此亦可知阳居官行事之善,未有不本于先生义方家学而致然也。"

《恒轩遗稿》虽仅残存三卷,然是韩经存世之孤本,殊有价值。《四库全书总目》著录《恒轩集》六卷,"提要"谓"是集乃其子监察御史阳所编,凡古体诗二卷,近体诗四卷。语多质直,主于抒写己意而止,非屑屑以文字求工者也。"(《总目》卷一百七十五)以此知《恒轩集》全本乃六卷。

055　玉雪斋诗集三卷

虞谦(1366—1427)撰。谦字伯益,号樵谷。南直镇江府金坛(今属江苏常州)人。以明经贡太学,洪武二十八年(1395)授刑部郎中,建文二年(1400)擢知杭州府。燕兵起,自免归。永乐初擢大理少卿,七年(1409)进都察院右副都御史,寻转左。督两浙、苏、松诸府粮输南、北二京,未几巡抚浙江。仁宗即位,改大理寺卿,朝退得风疾,宣德二年(1427)于官,年六十二。生平见杨士奇《虞公墓志铭》(《东里文集》卷十四)、王兆云《皇明词林人物考》卷二、张廷玉等《明史》卷一百五十、《(康熙)镇江府志》卷三十六。

该集明宣德间刊本。台北故宫文献馆藏。一册。20.8厘米×13.1厘米,包背装。四周双边,版心黑口,双鱼尾。半页十行二十字。内有"国立北/平图书/馆收藏"朱文方章。卷首有《谕祭文》、杨士奇撰《故嘉议大夫大理寺卿虞公墓志铭》。《玉雪斋诗序》,署"宣德元年四月十有六日荣禄大夫少傅兵部尚书兼华盖殿大学士庐陵杨士奇序";《玉雪斋诗集序》,署"奉议大夫佥山东按察司事庐陵后学晏璧书";《玉雪斋集序》,署"永乐甲辰冬十一月二十一日奉议大夫左春坊大学士兼翰林侍读学士兼修国史庐陵曾棨书"。卷一收诗九十二首,卷二收诗八十八首,卷三收诗六十八首。今《甲库丛书》第709册内《玉雪斋诗集》三卷底本即为台北藏本。

南京图书馆另存清嘉庆间刊本《玉雪斋诗集》二卷,台湾藏明宣德间刊本是惟一存世明刊本。

杨士奇《玉雪斋诗集序》曰:"(余)居两京二十年,所得公卿大夫之作,今大理卿京口虞公盖其杰然者也。近得观其《玉雪斋集》,古近体总若干篇,皆思致清远,而典丽婉约,一尘不滓,如玉井芙蕖,天然奇质,神采高洁。又如行吴越间,名山秀水,交错左右,而天光云影,酬应不暇而皆得夫性情之正。虞公盖伟然上追盛唐诸君子之作矣,而论今公卿大夫之作,足以鸣国家之盛者,亦鲜有过于虞公者焉。公学优材裕,洪武中以儒发身,历事四圣,当重熙累洽之世,出入中外三十年,所治皆要职,更事之多而精,斯其诗之所繇昌欤。"

晏璧序虽不吝溢美之词,但虞谦诗之台阁面貌却一览无遗。序曰:"公负经济之材,居有为之位,而神情潇洒,襟度轩豁,政事余闲,形诸歌咏,题曰《玉雪斋诗集》,间以示予。蔼然和平正大之音。古诗词语平淡,不琢不雕;

歌行音调铿锵而有余韵；律诗对律森严，用事切当；绝句句意风流，脱去凡近，不必穷高极远而俊逸清新；心目开朗，不必深思苦索而婉逸沈著，令人击节称叹。赋物陶情雍容闲雅，无不可爱悦，谓非才之得于天者乎？"

056　夏忠靖公集六卷遗事一卷

夏原吉（1366—1430）撰。原吉字维哲。湖广长沙府湘阴（今属湖南）人。洪武二十三年（1390）举乡荐，选授户部主事。建文元年（1399），擢户部右侍郎。永乐元年（1403）进户部左侍郎，三年拜户部尚书，奉命江南治水，治绩显著，为世所称。十九年秋，以反对成祖亲征漠北系狱，洪熙元年（1425）复官，进少保，兼太子少傅。宣德初入阁预机务，宣德五年（1430）正月二十七病卒，年六十六，赠太师，谥忠靖。生平见杨士奇《夏公神道碑铭》（《夏忠靖公集》附录）、杨荣《夏公墓志铭》（《杨文敏公集》卷二十一）、李东阳《夏忠靖公传》（《怀麓堂集》卷三十五）、过庭训《本朝分省人物考》卷八十一、何乔远《名山藏》卷六十一、张廷玉等《明史》卷一百四十九。

该集明正德十六年（1521）湘阴县重刊嘉靖间修补本，台北故宫文献馆、东京静嘉堂文库藏。台北藏本四册。板框 19 厘米×12 厘米。包背装。四周双边，版心白口，双鱼尾。半页九行十七字，小字夹行。钤有"国立北/平图书/馆收藏"朱文方、"梁氏百尺楼藏书记"朱文长方。书中多处字迹漫漶不清，难以辨识。卷首有《夏忠靖公集序》，署"正统八年岁次癸亥春二月谷旦光禄大夫柱国少保礼部尚书兼武英殿大学士国史总裁同知经筵事南郡杨溥书"；《大明夏忠靖公遗事序》，署"弘治十八年乙丑冬至前二日赐进士嘉议大夫掌詹事府事吏部左侍郎兼翰林院学士南昌张元祯敬识"；序后有"夏忠靖公渥恩诰文"、《重刻夏忠靖公诗文遗事案验》。卷末有《题故太师户部尚书夏忠靖公遗事后》，署"弘治十三年庚申六月望赐进士第资政大夫刑部尚书盱江何乔新再拜谨识"；跋，署"弘治辛酉正月廿八日资政大夫太子少保礼部尚书兼文渊阁大学士知制诰经筵国史官会典总裁茶陵李东阳书"；《跋夏忠靖公遗事》，署"弘治十四年春三月朔赐进士及第翰林国史文林郎宁亭后学跋"。内卷一收表、颂、赋、赞等，卷二收五古十首、五律二十一首，卷三收七言古风二十九首，卷四、五收七律一百九首，卷六收七绝七十四首。今《甲库丛书》第 709 册内《夏忠靖公集》六卷遗事一卷底本即为台北藏本。

《重刻夏忠靖公诗文遗事案验》未知何人所作，其言刊刻云："夏公四朝元辅，一代名贤，正德十六年三月内本职巡历湘阴县，实公故里，谒公祠墓，询公子孙，求公生平诗文若遗集，随据公曾孙儒士弘敷、弘济手执公诗文一册,遗事一册,共计一百九十页有奇,纸张字画半将磨蚀,告称:先世文稿多散逸,止留此集,弘敷辈欲刊刻祠室,以垂永久,缘先世并无厚遗子孙,仅足衣食,伏望兴举幸甚等。因据此查得公前项遗集,先年或刻于浙、于苏、于常,盖公宦迹所经之地,后人仰之,乃刻以传,今亦残缺将废,顾湘阴乃申甫降生之里,后人高山景行之地,独乏此刻,俾乡之大夫士不人人诵法兴起,岂非一欠事?且此刻为叶不及二百,计用工食不过数两,费亦甚廉。及查本县近该本道发去犯人杨孟昂折工银三两五钱,又纸价壹钱二分,杨金山、瞿胜纸价银各二钱,共银四两零二分,在库堪以动支,拟合就行,查给刊刻。为此,案仰本县着落。当该官吏照依案内事理,即将近发去犯人杨孟昂等,折工纸价共银四两零二分,查照支出,收买板木,雇募人匠,将公诗文、遗事二册如法并刻二集。"

《四库全书总目》收《夏忠靖集》六卷附录一卷,"提要"云:"原吉诗文集六卷载于《明史·艺文志》,与此集卷数相合,盖即旧本,后附遗事一卷,为其孙廷章所辑,刊板久佚。此本乃国朝康熙乙酉潘宗洛提督湖广学政时得其裔孙之所藏,重为校刊。前有杨溥序,称其诗文平实雅淡,不事华靡。考原吉以政事著,不以文章著……然致用之言,疏通畅达,犹有淳实之遗风,以肩随杨士奇、黄淮诸人,固亦无愧也。"(《总目》卷一百七十)

057　黄文简公介庵集十二卷

黄淮(1367—1449)撰。淮字崇豫,号介庵。浙江永嘉(今属温州)人。年十四充邑弟子员,洪武二十八年(1395)入南京国子监,二十九年中应天府乡试,三十年成进士,除中书舍人。成祖即位,进翰林院编修,入直文渊阁,预机务,专掌制敕。二年(1404)与解缙同为会试主考官,旋进左春坊左庶子兼侍读。五年升右春坊大学士仍兼侍读,辅东宫。成祖北征,受命佐太子监国,忤汉王蠹语,系诏狱十年。仁宗即位,复官入内阁,再迁通政使,复晋少保、户部尚书兼武英殿大学士。宣德二年(1428)年乞休,家居二十年卒,年八十二,谥文简。生平见陈敬宗《荣禄大夫少保户部尚书兼武英殿大学士谥文简黄公墓志铭》(焦竑《国朝献征录》卷十二)、王直《文简公神道碑铭》(《重编王文端公文集》卷二十九)、张廷玉等《明史》卷一百四十七。

该集明初刊本,台北图书馆藏。十册。板框19.5厘米×13厘米。四周双边,版心黑口,双黑鱼尾。半页十二行二十四字。钤有"敬止"朱文长方、"王印/仲道"白文方、"钱桂/森辛/白甫"白文方、"高世/异印"白文方、"德/启"朱文方、"苍茫/斋收/藏精本"朱文方、"吴兴刘氏/嘉业堂藏"朱文长方、"高氏/家藏"白文方、"教经/堂钱/氏章"朱文方、"苍芒斋/藏善本"朱文长方、"国立中/央图书/馆考藏"朱文方、"犀/盒/藏本"白文方、"洞庭/山人"朱文方、"华阳高氏藏/书子孙保之"朱文长方。

卷一题名下注"退直稿",收古诗四十首、长短句五首、律诗四十三首。卷二注"退直稿",收七律九十九首、绝句九十九首、词二首。卷三注"退直稿",收颂、赋、表、赞、箴、铭、说、序。卷四注"入觐稿",收古诗十二首、长短句三首、律诗五十六首、绝句十八首、词一首及颂、赞、铭、说等十六篇。卷五收序、记、题跋、铭。卷六阙,卷七至十二注"归田稿",收碑铭、传、祭文、记、题跋、墓志铭等各体文。

058 省愆集二卷

黄淮撰。黄淮生平见《黄文简公介庵集》条。

该集明宣德八年(1433)刊本。台北图书馆藏。二册。板框20.2厘米×13.5厘米。四周双边。版心黑口,双黑鱼尾。半页十行二十一字。钤有"金元功/藏书记"朱文长方、"国立中央图/书馆收藏"朱文长方。首有残序,署"宣德八年春二月既望荣禄大夫少傅工部尚书兼谨身殿大学士知制诰国史总裁建安杨荣序";《省愆集序》,署"资善大夫太子少保礼部尚书兼武英殿大学士临江金幼孜书";《省愆集序》,署"宣德七年龙集壬子春正月哉生明嘉议大夫太常卿兼翰林学士南郡杨溥序";《省愆集序》,署"是年九月朔日分庵居士黄淮序"。卷上收赋二首、古近体诗百三十五首,卷下收近体诗百三十首。卷末有跋《题黄少保省愆集后》,署"宣德癸丑四月庚子荣禄大夫少傅兵部尚书兼华盖殿大学士庐陵杨士奇题"。

黄淮以立嫡之议为朱高煦所诬,系狱十年。狱内所作,结集为《省愆集》。杨溥序称:"公以宏达有为之才,尽心殚虑以奉其职,大见信用,复俾兼宫僚。及车驾幸北京,皇太子监国,公以春坊大学士辅导。久之,以职务被系者若干年,时其尊府封少保公及母夫人皆在堂,公深自克责,念君亲之恩惟图存庶报称于万一,乃托之诗歌,以舒其抑郁憔悴之怀,故凡风景之接乎目而感乎情者,皆发之于诗。久而成卷,名之曰《省愆集》。仁宗皇帝即位,首释公,复其官,未几进位师保,人皆谓公忠孝之心无间于夷险,而卒获其报也。"

杨士奇跋语亦令人颇多感慨:"读吾友少保黄公永乐中所作《省愆诗集》至于一再,盖几于痛定思痛,不能不太息流涕于往事焉。……时仁宗皇帝在东宫,所以礼遇四臣(蹇义、金忠、黄淮、杨士奇——著者注)甚厚,而支庶有留京邸潜志夺嫡者,日夜窥伺间隙,从而张虚驾妄,以为监国之过。又结壁近助于内，赖上圣明，终不为惑。然为宫臣者胥懔懔脆觥，数见颂系，虽四臣不免，或浃旬，或累月，惟淮一滞十年。盖邹孟氏所谓莫之致而至者也，夫莫之致而至，君子何容心哉！亦反求诸己耳。此'省愆'之所以著志也。嗟乎，四臣者，今蹇、黄二公及予幸尚在，去险即夷，皆二圣之赐，而古人安不忘危之戒，君子反躬修省之诚在吾徒，不可一日而忽之也，故谨书于集后以归黄公，亦以自儆云耳。"

《四库全书》收《省愆集》二卷，"提要"云："其文章春容安雅，亦与三杨体格略同，此集乃其系狱时所作，集以'省愆'为名，当患难幽忧之日，而和平温厚，无所怨尤，可谓不失风人之旨。"（《总目》卷一百七十）

059　解学士先生集十二卷

解缙（1369—1415）撰。缙字大绅，江西吉安府吉水（今属江西吉安）人。洪武二十年江西乡试解元，二十一年与兄解纶同举进士，时年十九。授翰林院庶吉士，改江西道御史，帝以其年少，令还家进业。建文初，以吏部侍郎董伦荐召为翰林待诏。永乐初，擢侍读，与黄淮、杨士奇、胡广、金幼孜、胡俨、杨荣同入直文渊阁，预机务。五年，晋翰林学士兼右春坊大学士。以赞立太子高炽，为汉王高煦所恶，数被谮。先谪广西参议，改交陡，八年下诏狱，妻子宗族徙辽东。十三年正月死于狱中，年四十七。生平见解桐《解学士年谱》二卷（《解学士全集》卷首）、曾棨《春雨解先生行状》（《解文毅公集》附录）、杨士奇《解公墓碣铭》（《东里文集》卷十七）、张廷玉等《明史》卷一百四十七。

该集明初刊本，黄谏编。台北图书馆藏。一册。板框18.3厘米×12.1厘米，四周双边，版心花口，双黑鱼尾。半页十行二十字。卷首有清光绪十八年（1892）叶德辉手书题记。钤有"遇读／者善"白文方、"知圣道／斋藏书"朱文长方、"南昌／彭氏"朱文方、"丽楼／珍藏"朱文方、"国立中央图／书馆收藏"朱文长方、"莅圃／收藏"朱文长方。无序无跋。正文题名"解学士先生集卷之几"，左下署"金城黄谏编辑"。

其收录内容，叶德辉题识有记载："明人解学士集，世不多见。《明史·艺文志》载三十卷，又《春雨集》十卷、《似罗隐集》二卷；西亭王孙《万卷堂书目》载集三十卷，《似罗隐集》二卷，而无《春雨集》；祁氏澹生堂有《春雨集》十卷，无三十卷及《似罗隐集》二卷；虞氏《千顷堂书目》载《似罗隐集》一卷、集二十卷。诸目所载不同，今皆无传本，传者仅《四库》著录之十六卷本也，其本乃其十世孙悦所补辑，未知视明本如何，而实非当日之旧。李东阳《怀麓堂诗话》谓其诗无全稿,真伪相半,茶陵去缙时不远,其言如此,然则明刻殆无可信者矣!《四库提要》云:缙殁后,天顺间,金城黄谏始辑其遗文为三十卷,后亦渐湮。今此本卷首标题结衔有金城黄谏辑编一行,仅诗十二卷:卷一颂及四言、卷二五古、卷三卷四七古、卷五长短句、卷六五绝、卷七卷八卷九七绝、卷十五律五排律、卷十一七律、卷十二七律七排律,卷帙完全,而不及文,不知《提要》何据而云三十卷也?卷首有南昌彭氏朱文方,又有'知圣道斋藏书'朱文长方,知为彭文勤旧藏,椠刻古拙,有元人风味。缙少负神童之目,委巷所传之诗,如'一上一上又一上,一上直到高山上。举头红日白云低,四海五湖皆一望'一首,又咏僧人犯奸荷枷云'精光顶上著紫光顶,有情人受一无情棒。出家人反做在家人,小和尚连累大和尚',均为唐子畏作,前一首载明人《蕉窗杂录》,后一首见《风流逸响》。又《二女踏秋千》诗云'二八娇娥美少年,绿杨影里戏秋千。两双玉臂挽复挽,四只金莲颠倒颠。红粉面看红粉面,玉酥眉并玉酥眉。游春公子摇鞭指,一对飞仙下九天',亦唐子畏作,载《乌衣佳话》。又有《题半身美人》云'天姿袅娜十分娇,可惜风流半节腰。却恨作工无见识,动人情处不曾描',此诗则载六如居士集中,世亦以为缙作。盖历代才人,负一世之盛名,流俗往往以不经之谈附会失实,如唐之罗隐、宋之苏东城(坡)、明之解缙、唐寅,尤为人所脍炙,世传打油之诗,究亦不知谁作,而必托之此数人,虽通人纪载,亦所不免,则甚矣才名之累人也!此本存真去伪,删汰极严,在明刻中信是真本,惟不知黄谏所编只诗无文,而提要误记,抑此本据黄编重刻而存其名,皆无可考,姑从阙如可也。光绪壬辰仲夏之十日,长沙叶德辉识于都门湘潭馆。"

解缙诗文集最早刊本为天顺元年(1457)刊《解学士先生集》三十卷(即《四库全书总目》所谓"天顺初金城黄谏始辑其遗文为三十卷"者);《解学士文集》十卷附录一卷《解学士年谱》二卷,明嘉靖四十一年刊本;《解学士全集》十二卷首二卷年谱二卷,明万历间晏良榮刊本。《解学士文毅公全集》十卷,清康熙五十七年刻本。《解文毅公集》十六卷后集六卷首一卷附录一卷,清乾隆三十二年敦仁堂刻本。台北图书馆所藏黄谏编《解学士先生集》十二卷,只诗无文,不同于大陆所有藏本,惟各卷诗体排序与天顺本相同,然内容又有差异,故本书予以收录。

《四库全书总目》著录解缙《文毅集》十六卷,"提要"云:"缙所著有《白云稿》《东山集》《太平奏疏》等书,殁后多散佚。天顺初金城黄谏始辑其遗文为三十卷,后亦渐湮。嘉靖中,同邑罗洪先复与缙从孙相辑成十卷。《千顷堂书目》又载有《似罗隐集》一卷《学士集》二十卷,今并未见此本。十六卷则康熙戊戌其十世孙悦所纂辑也。缙才气放逸,下笔不能自休,当时有才子之目,迄今委巷流传其少年夙慧诸事,率多鄙诞不经。"(《总目》卷一百七十)清季陈田《明诗纪事》乙签卷三录其诗十二首,按语谓:"大绅诗才气纵横,不暇收拾,流传讹杂,又复过之。朱氏《诗综》洗涤太净,但录寥寥短篇,不足见此公真面,今略广为甄录,逸情胜概,可想见风流人豪也。"

060　解春雨先生诗集一卷

解缙撰。解缙生平见《解学士先生集》条。

该集明嘉靖四十一年(1562)刊黑口本。台北故宫文献馆藏。一册,框21.7厘米×15厘米。左右双栏,板心大黑口,单鱼尾。半页十行二十字。钤有"国立北/平图书/馆收藏"朱文方。无序无跋。内中缺页较多。行字及卷次皆留墨钉,以此推断,此本乃未经校定之试印本。

061　补拙集六卷

杨应春(1370—1441)撰。应春字逢泰。四川重庆府长寿(今属重庆)人。永乐三年(1405)领乡荐,明年会试下第,入太学,与修《永乐大典》,授吏部主事,升郎中。宣德初官云南右参政,进云南左布政使,十年(1435)迁南京太仆寺卿,正统四年(1439)致仕,六年卒,年七十二。生平见雷礼《国朝列卿纪》卷一百五十一、《(雍正)四川通志》卷八。

该集明正统六年(1441)长寿杨氏家刊本。台北故宫文献馆藏。二册。板框19.5厘米×13.7厘米。四周双边,版心粗黑口,双对鱼尾。半页十行二十字。首有《补拙集序》,署"正统六年七月既望嘉议大夫行在吏部左侍郎萧山魏骥序";正统六年龙集辛酉冬十月吉日中宪大夫通政使司左通政池阳余可才序;正统六年岁次辛酉孟春上吉奉议大夫韩府右长史晴川彭义叙。目录页题名后、正文题名后均镌"迪功郎安庆府经历男琦编"。卷一至六总收古近体诗三百四十余首及书一篇、祭文三篇、序一篇。此集是杨应春存世孤本文集,《四库全书总目》《中国古籍总目》俱未著录,今《甲库丛书》第704册内《补拙集》六卷底本即为台北藏本。

集由其仲子杨琦所辑而成。余可才序曰:"《补拙集》者,乃太仆卿西蜀杨公应春字逢泰所作之诗集也。名之曰'补拙'者,公自谦之谓也。公之子名琦者为同安经历,报政之金台,适乃父亦以献绩而至,引年以致仕。琦乃编其乃翁平日所咏诗文,求父旧日寮友天官亚卿魏公叙为首,复领魏公命来请命余叙之。予昔与太仆公同官吏部,青云之交数十年矣,义不容辞。夫士生天壤间,际遇明时,著名当代,留誉后世者,或以功名事业、或以学问文章,若太仆公者明敏特达,卓荦奇伟,居京官、任方面,随其所处,绰著声誉,凡平昔送别赠行题跋吟咏,亦既多矣。况文章天下之公器,朝野之中称扬者亦众矣。触物寓情,乘兴抒怀,若此集者或短章绝句,或律诗歌行,不下数百首。"

魏骥以为杨应春诗歌"成一家之言",其于序中曰:"公政事之余,缘情指事,凡物理之盛衰,人事之消长,以至日用动息,居游合散,于耳目之所属者,靡不寓其意而形之于诗,以成一家之言焉。"

062　思庵先生文粹十一卷

吴讷(1372—1457)撰。讷字敏德,号思庵。南直苏州府常熟(今属江苏苏州)人。其学以儒为本,兼善医术,永乐间以医士举至京,授监察御史,出巡浙江,次年巡贵州。宣德五年(1430)升右佥都御史,再升左副都御史,正统间以老疾辞。天顺元年(1457)卒,年八十六,谥文恪。生平见钱溥《吴公神道碑》(焦竑《国朝献征录》卷六十四)、王鏊《姑苏志》卷五十二、张廷玉等《明史》卷一百五十八。

《千顷堂书目》著录吴讷《思庵集》十一卷《思庵续集》十卷《思庵诗集》八卷《思庵文粹》四册。现存明嘉靖二十七年(1458)范来贤刻本《思庵文粹》十一卷。该集另有清乾隆四年(1739)周耕云钞本。台北图书馆藏。有清乾隆四年孙翼飞题识。八册,全幅26.4厘米×17厘米。半页十一行二十四字。钤有"海虞/文献"朱文方、"莼圃/收藏"朱文长方、"席氏/玉照"朱文方、"小嬛嬛/福地"朱文长方、"琴川张氏"朱文长方、"国立中央图/书馆收藏"朱文长方、"浙东/观察/使章"朱文方、"臣张/燮印"白文方、"词垣珥笔/秘殿绅书/版部持筹/云楼定律"朱文方、"平生减产为收/书三十年来万/卷余寄语儿/孙勤雠诵莫/令弃掷饱蟫/鱼菱友氏识"白文方、"玉堂吉/士画/省郎官"朱文方、"蓉镜/私印"朱文方、"琴川张/氏小嬛/环福地/藏书"朱文方。卷首有《刻思庵先生文粹序》,署"赐同进士出身知直隶、苏州府常熟县事宁波杨子器序"。内中诗二卷,收诗二百余首。

孙翼飞题识曰:"文恪公集,弘治中邑令杨名父重刻,岁久漫漶,复遭乱散失,间有印本存者,亦蟫蚀不完。顷石林周子从藏书家借得,手自缮录,属予校定讹字。回环持读,其文章大率平铺直叙,理约词简,不屑规摹,寄人篱下,诗亦原本性情,天真平淡,无牛鬼蛇神之僻,亦鲜俪叶骈花之习,堂堂乎盛世之元音也。至公奏疏,所以振国纪而恤民隐,忠诚凯切,不让宣公,集中竟未之载,又寒家族谱,公序称首,亦未载入,始知阙佚尚多,周子诚能广搜博采，录成全帙，岂不大观也哉！若公编缉《文章辨体》，玩其凡例序题，堪与真文忠《正宗》抗衡，竟湮灭不传，可叹也！僭校粗毕归还，周子请缀数语于后，因牵连书之。乾隆己未十月望，后学孙翼飞谨识"。

063　两京类稿二十卷

　　杨荣（1372—1440）撰。荣初名子荣，字勉仁。福建建宁府建安（今属福建建瓯）人。建文元年（1399）乡试第一，二年成进士，入翰林为编修。永乐登基，与解缙、胡广、黄淮、胡俨、金幼孜、杨士奇等同入文渊阁，获赐今名。五年（1407）升奉议大夫右庶子兼侍讲。十四年，进翰林院学士兼春坊庶子。十六年胡广卒，继掌翰林院事，十八年进文渊阁大学士。仁宗即位，进太常卿，寻进太子少傅、谨身殿大学士兼工部尚书，宣德五年（1430）进少傅。正统三年（1438）与杨士奇俱进少师，五年乞归，七月初二病卒于途，年七十，赠太师，谥文敏。生平见杨肇有《杨文敏公年谱》四卷（嘉靖刊本）、江镇《文敏杨公行实》、杨士奇《文敏杨公墓志铭》、王直《少师杨公传》（《杨文敏公集》附录）、张廷玉等《明史》卷一百四十八。

　　《千顷堂书目》《明史·艺文志》著录《两京类稿》三十卷。今存《两京类稿》二十卷，明正统十三年（1448）建安杨氏刊本，台北图书馆藏。十二册。板框19.6厘米×12.5厘米。四周双边，版心黑口，双黑鱼尾。半页十行二十字。钤有"吴兴刘氏/嘉业堂/藏书印"朱文方、"国立中/央图书/馆考藏"朱文方、"其万代/子孙永/宝用之"白文方、"朱彝/尊印"白文方、"武溪氏/迎阳楼记"朱文长方、"沈印/似恭"白文方、"敬·斋"朱文方、"林园湖山/草堂诗文/书画金石/碑刻印信"白文方、"刘承幹/字贞一/号翰怡"白文方、"曝书亭珍藏"朱文圆印。卷首有《太师杨文敏公两京类稿序》，署"正统五年春三月前史官国子祭酒兼翰林侍讲嘉议大夫太子宾客致仕豫章胡俨序"；《建安杨文敏公文集序》，署"正统十一年冬十二月望日资政大夫吏部尚书兼经筵官前国史总裁泰和王直序"。目录后有《太师杨文敏公文集序》，署"正统丁卯夏四月之吉嘉议大夫礼部侍郎前翰林学士同修国史兼经筵官吉水钱习礼书"。卷一收赋颂表，卷二至四收记，卷五至十三收各类序，卷十四收墓碑，卷十五至十七收墓表，卷十八至二十收墓志铭。卷末有《两京类稿后序》，署"正统十三年戊辰之岁腊日南京翰林侍讲学士奉训大夫前兼修国史兼经筵官吉水周叙书"。

　　胡俨叙曰："少师建安杨公寿跻七秩，子弟得公平生所为诗文，汇以成编，名曰《两京类稿》而成。""公以英杰之资，卓越之才，简在帝心，恩遇之隆,岂他人所得与哉! 盖尝见公制作之暇,应四方之求,执笔就书,若不经意。及其成也,江河演迤,平铺漫流,言辞尔雅,不事雕琢,气象雍容,自然光彩。譬之春日园林,群英竞秀,清风涧谷,幽兰独芳。及余休致而归,间得见公所作,笔力愈健,波澜老苍,尤深起敬。"

"三杨"秉政之时,文坛台阁诗风正炽。王直论此时台阁诗风时云:"国朝既定海宇,万邦协和,地平天成。阴阳顺序,醇厚清淑之气钟美而为人,于是英伟豪杰之士相继而出,既以其学赞经纶、兴事功而致雍熙之治矣。复发为文章,敷阐洪猷,藻饰治具,以鸣太平之盛。自洪武至永乐,盖文明极盛之时也。"又称杨荣"其学博,其理明,其才赡,其气充,是以其言汪洋弘肆,变化开阖,而自合乎矩度之正。盖汎汎乎盛传于天下,得之者不啻若南金拱璧,宝而藏之,而今不可复得矣"(《建安杨文敏公文集序》)。

朱彝尊评杨荣诗曰:"东杨诗颇温丽,上拟西杨(杨士奇)不及,下视南杨(杨溥)有余。"(《诗话》卷六)《四库全书》未收录《两京类稿》,但收录有正德十年本《杨文敏集》二十五卷附录一卷,"提要"谓:"荣当明全盛之日,历事四朝,恩礼始终无间。儒生遭遇,可谓至荣。故发为文章,具有富贵福泽之气。应制诸作,汎汎雅音。其他诗文,亦皆雍容平易,肖其为人,虽无深湛幽渺之思、纵横驰骤之才,足以震耀一世。而逶迤有度,醇实无疵,台阁之文所由与山林枯槁者异也。与杨士奇同主一代之文柄,亦有由矣。柄国既久,晚进者递相摹拟,城中高髻,四方一尺,余波所衍,渐流为肤廓冗长,千篇一律。物穷则变,于是何、李崛起,倡为复古之论,而士奇、荣等遂为艺林之口实。"(《总目》卷一百七十)

064　谥忠文古廉文集十卷

李时勉(1374—1450)撰。时勉名懋,字时勉,以字行,号古廉。江西吉安府安福(今属江西吉安)人。永乐元年(1403)举于乡,明年成进士。选翰林院庶吉士,授刑部主事。与修《永乐大典》《高庙实录》,进侍读。时勉任事敢言,永乐十九年以三殿火灾,上时务策十五条,忤旨下狱,以杨荣救援复职。仁宗即位,再疏请节民力、谨嗜欲、勤政事、务正学等,激上怒。以不附王振,被诬下狱。宣德初复官,五年(1430)进侍讲学士,再迁翰林学士。正统六年(1441)任国子监祭酒,十一年致仕。景泰元年(1450)卒,年七十七,谥忠文。生平见彭琉《行状》、王直《故祭酒李先生墓表》(《谥忠文古廉文集》附录)、张廷玉等《明史》卷一百六十三。

该集明成化十年(1474)李颙刊本(四库馆臣校改本)。台北图书馆藏。

十册。板框 18.9 厘米×13.8 厘米。四周双边,版心大黑口,单黑鱼尾。半页十一行二十二字。钤有"四库/全书/集部"朱文方、"吴兴刘氏嘉/业堂藏书记"朱文长方、"翰林/院印"汉满朱文大方、"国立中/央图书/馆考藏"朱文方。卷首有《古廉李先生文集序》,署"大明成化十年岁在甲午春三月既望赐进士出身通议大夫国子祭酒进太常寺卿兼翰林侍读学士知经筵官国史总裁致仕门生台北吴节与俭序"。正文题名下注"文字号",题名左列注"门人戴难编集,孙知县颙刊行"。总收赋颂、记、铭、序、赞、表说、叙引、像赞、封事、题跋、书简、传表、状碣、哀祭、碑铭等各体文。正文天头有以挂签形式修改之文字。

吴节序曰:"先生没,遗文多散失。门人戴难衰集得若干篇,谨录成帙,征予序,附其孙知县颙锓诸梓。予承诲于先生久,且故窃惟先生闻望在天下,固不俟著述而可知,然文本乎内而发乎外,欲知先生抱负忠毅,拳拳于爱君不置者,又当于文考之可也。"清朱彝尊《明诗综》卷十八上录时勉诗七首,"诗话"云:"忠文古之遗直,不以诗名,而《扶风》数篇,虽未远拟《秋胡》,要非拙手可办。予尝获公致汤都阃手书,楷法遒劲,乃知书亦能品也。"《四库全书》收录《古廉集》十一卷附录一卷,"提要"云:"时勉学术刚正……前后濒死者三而劲直之节始终如一。其在国学以道义砥砺诸生,人才蔚起。与南京祭酒陈敬宗号'南陈北李',而时勉尤为人望所归,明以来司成均者莫能先也。至其为文则平易通达,不露圭角,多蔼然仁义之言。"(《总目》卷一百七十)

065　重刻涂子类稿十卷

涂幾(约 1313—?)撰。幾字守约,又字孟规,江西抚州府宜黄(今属抚州)人(一云崇仁人)。学于李存,究心陆象山之学。又以能诗文称,与邹矩齐名。生平见《万姓统谱》卷十三、《御选宋金元明四朝诗·御选明诗》姓名爵里一、《(雍正)抚州府志》卷二十四。

《千顷堂书目》著录涂幾有《东游集》(未知卷数)、《涂子类稿》四卷,《明史·艺文志》著录《涂子类稿》十卷,与本条合。明万历十八年(1590)宜黄涂氏家刊本,台湾大学图书馆藏。二册。板框 19.6 厘米×13.8 厘米,四周双边,版心白口,黑双顺鱼尾。半页九行二十字。版心上端镌"涂子类稿",中部镌卷数,下端镌页码。卷首有邹矩《涂子类稿旧序》,卷末有黄漳《书涂子类稿后》。是集首三卷收诸体诗百首,卷四收楚歌二十四首、古赋十篇;卷五至十收各体文,内卷八有《拟燕昭王报乐氏书》《进时事策上皇帝书》。今《乌石山房文库》第 419 册《涂子类稿》即据台湾大学藏本影印。

由邹矩序可知，涂几为文以先秦汉魏宋元诸名家为师。序曰："涂君浸淫涵濡《易》《诗》《书》《春秋》《礼记》、孔子、孟轲、贾谊、司马迁、相如、扬雄、刘向、班固、韩愈、柳宗元及宋诸君子圣贤诸子百家之书，经涉世故、事变艰险，流离颠沛，百折而不馁，其气宜见之于文，沈雄悲郁，佚荡奔逸，剽悍不可浅深，左右回挠。当其得意，犹皎然青田白日，而风雨雷电交作；浩然长江大河，而蛟龙鱼鳖并出；峭然高山乔岳，而梗楠杞梓竞秀也。"

《涂子类稿》十卷除台大藏明万历刊本外，另有明嘉靖十五年黄彰刊本，国家图书馆藏。清朱彝尊《明诗综》卷十一录涂几诗《兵后述怀》一首，"诗话"云："涂君于文，高自矜许，……尝撰《时事策》十九篇，上书孝陵，自称：'臣平生苦学，见于文章。时辈妄推，谓：当与汉唐诸文人略相先后。使居馆阁，纪述圣君贤臣之事业，足以载当世而垂无穷。'亦大言不怍矣。然其文颇牵率。乡人邹矩元方序之，谓'沈雄悲壮，佚宕奔逸'，此欺罔之言也。诗亦平平乏警策。"《四库全书总目》著录《类稿》十卷，"提要"云："今观其集，亦不甚讲经世之学也。"（《总目》卷一百七十六）

066　静斋诗集六卷

黄约仲（生卒年不详）撰。约仲名守，字约仲，以字行，号静斋。福建兴化府莆田（今属福建莆田）人。少负才名，永乐初应诏至京修，官翰林典籍，与修《永乐大典》《四书五经大全》《性理大全》诸书，书成，进翰林检讨。在翰苑二十年，以老乞近乡教职。卒于官。生平见佚名《翰林院检讨黄约仲传》（《国朝献征录》卷二十二）、郑岳《莆阳文献》列传第七十一、《（乾隆）福建通志》卷五十一。

万斯同《明史·艺文志》著录《静斋诗集》四卷。今存《静斋诗集》六卷，明嘉靖十七年（1538）莆田黄献可刊本。台北图书馆藏。一册。板框 19.2 厘米×14 厘米。四周单边，版心细黑口。无鱼尾。半页八行十六字，钤有"国立中／央图书／馆考藏"朱文方、"海日／楼"白文方、"壹庵／长宜"白文方。正文题名后注"莆田黄约仲"。集卷首有约仲孙黄献可撰《刻静斋公诗志略》，署"嘉靖十七年冬十月裔孙献可谨志"。内卷一、二收五、七言古诗十七首，卷三至五收律诗三十二首，卷六收五言绝句二十四首（其中十四首有目无诗）、七言绝句三首。

集由黄氏裔孙黄献可辑刻而成，序曰："公讳约仲，号静斋。少博学工诗，声调祖初唐。永乐初年，召天下文学之士实史馆校诸书，公时以庠士被命入京修《大典》。书成，文皇御西角门亲试《天马歌》《上林晓莺》二诗，擢第一,遂官翰林典籍,迁检讨,在翰苑二十年,以《亲老疏》求近地教职,便禄养。乃命允,除汀州府教授,寻卒于官。其诗文、书法多传于后,惜散落不一。家庭所掇拾,又多或失真。丙申秋,始采阅之,去其重复,仅得六十余篇,录刻之。噫,公之志行孚于朝绅,孝弟信于乡间,名在史录,规讽在庭闱。是诗之刻,志公文耳。志之兼传之也。为子孙者,传其文,忘其训,而不思其行,可乎?噫!嘉靖十七年冬十月裔孙献可谨志。"

067　运甓诗集一卷

李昌祺(1376—1452)撰。昌祺名祯,以字行,别号侨安。江西吉安府庐陵(今属江西吉安)人。永乐二年(1404)进士,选翰林院庶吉士,与修《永乐大典》,擢礼部郎中。仁宗监国,命权知部事,出为广西左布政使,改河南。正统初致仕,后二十余年卒,年七十五。著有《剪灯新话》四卷、《运甓诗集》六卷。生平见钱习礼《李公祯墓碑》(焦竑《国朝献征录》卷九十二)、王兆云《皇明词林人物考》卷二、张廷玉等《明史》卷一百六十一。

该集明蓝格抄本,佚名校,台北图书馆藏。正文内有朱笔标点校正。一册。板框22.6厘米×15.9厘米。版心白口,单鱼尾。半页九行二十一字至二十三字不等。钤有"授经楼/藏书印"朱文方、"旧雨/草堂/珍藏/卷藏/书楼"朱文方、"浙东沈/德寿家/藏之印"朱文方、"鄞蜗寄/庐孙氏/藏书"朱文方、"国立中央图/书馆收藏"朱文长方、"抱经楼/藏善本"白文方。总收诗二百四十首。

李昌祺《运甓漫稿》曾有天顺三年刊本,然散佚不传。《四库全书》即收录天顺三年刊本《运甓漫稿》七卷,"提要"谓:"是编皆古近体诗并诗余,乃天顺三年吉安教授郑纲所编。史称昌祺与修《永乐大典》,凡僻书疑事人多就质。其诗清新华赡,音节自然。陈循序称其'本之以理,充之以气,故雅淡清丽,宏伟新奇,无不该备。不必远较于古,就今而论,千百之中不过数辈'……朱彝尊《静志居诗话》亦谓李祯诗'务谢朝华,力启夕秀,取材结体,颇与段柯古相似'。盖由其一变绮靡纤巧之习,而以流逸出之,故别饶鲜润,迥异庸芜。"(《总目》卷一百七十)

068　退轩集六卷

张彻(生卒年不详)撰。彻字玉莹,晚号退轩。江西临江府新淦(今江西新干)人。永乐二年(1404)进士,改翰林院庶吉士,历官吏部主事、考功司郎中。性刚介,时称为"铁板张"。后谢病归,居乡二十余年,唯闭户读书。

著有《退轩集》六卷。生平见《(隆庆)临江府志》卷十二、《(雍正)江西通志》卷七十四。

该集旧钞本,台北图书馆。卷首有《退轩集序》,署"正统二年秋八月前史官国子祭酒兼翰林侍讲嘉议大夫太子宾客致仕胡俨若思序";《退轩集序》,署"吏部右侍郎赵新序"。无目。卷末有《退轩集后序》,署"正统二年岁次丁巳正月望日临江府新喻县知县武林洪钧序"。二册。全幅 28.7 厘米×19.2 厘米。半页十一行二十一字。钤有"金星轺/藏书记"朱文长方、"家在/黄山百/岳之间"白文方、"结社/溪山"朱文方、"文瑞/楼"白文方、"汪士钟藏"白文长方、"国立中/央图书/馆考藏"朱文方、"我思/占人实/获我心"白文方、"白眼看/它世上人"朱文方、"衣白/山人"朱文方。集乃张彻晚年致仕后辑录而成。胡俨叙称:"吏部郎中金川张玉莹归老于家,乃辑其平生所为诗文若干卷,名《退轩集》,刻以传世,命其子来征序,余以老疾辞。既去,逾时复来,告曰:父命板已□,必得公序冠其端。"今《明别集丛刊》第一辑第 31 册内《退轩集》即据台湾藏旧钞本影印。

集有明刊本,然未见传。吏部右侍郎赵新序云:"吏部郎中张彻玉莹由永乐初元进士选入翰林,得尽观中秘书,其考功清慎端方,推举得人。所为文章渊源有根据,简则数语已足,多至数千百言不穷,如水之流而无限,隔京师四方以文章名家者多见推许,非泛泛者比焉。宣德改年,以老疾告,得暂归。越四年,予巡抚江右,欲强其复用,见其衰甚,不可烦以事。间示予以所作诗文六卷,曰《退轩集》,将以训其子孙,欲锓梓而无可托者。予置诸座右,适新喻令洪钧以公事入谒,见请刻之。居数月,告成,复求序其首。予谓一代之文,以有一代之著作,皆有关于气化,非偶然也。退轩之集,粹然有以成一家言。意其平生清苦,晚得告归,殆天将有以成其志,而鸣国家之盛耶!"

正统二年正月洪钧亦于序中云:"吏部张考功之文,钧德在京师,闻而善之矣。惜未得而见之,叨蒙国恩,得宰新喻,与考功居邑为邻封,每得其文观之,典而显,简而尽,直而不肆,语意兼备,词气浑厚,至于诗赋则温雅多酝藉,务以颂美太平为事,浩浩乎皆自其胸中流出,使人把玩终日,不能释手,不自知其多以投予好之深也。一日以公事诣大府,或晋谒巡抚侍郎赵公于官署,见其座右有曰《退轩集》,语钧曰:张考功之作,能为刻之?钧不可辞,于是捐己俸命工以绣诸梓,因得附名于后。"

069 白香集二卷

沈行(生卒年不详)撰。行字履德,号日休。浙江钱塘(今属杭州)人。

布衣,好诗,成化、弘治间与陈言皆以集句闻名。著有《贯珠编贝集》五卷、《咏物集句》一卷、《香屑集》《梅花集古诗》等。

该集由宋珏校,明万历间刊本,傅斯年图书馆藏。四册。板框14.9厘米×10.5厘米。半页九行十九字。卷首有《咏雪集句序》,署"弘治戊午仲冬望日慈溪杨子器书于海虞官舍",《咏雪集句题词》,署"弘治己未冬日武林丁养浩书于贵阳行寓";正文题名下注"钱塘沈行履德著,莆田宋珏比玉校,姑苏葛一龙震父阅,秣陵叶胤祖肇禧订"。卷上二册。上册《咏雪集句》,下注"七言律诗共二百四十首,内近体诗一百二十首"。下册《咏雪集句》收七言律诗一百二十首。卷下二册。卷首有《咏梅花集句序》,署"弘治十年丁巳九日八十七岁人夏时正书于慈溪灵璧屿之拾穗庄中"。"百香集卷下之一"左镌"钱塘沈行履德著,莆田宋珏比玉校,禹航严顺忍公阅,秣陵叶胤祖肇禧订"。卷下为《咏梅集句》,"咏梅集句"下注"七言律诗共一百二十首,内近体六十二首"。卷下之二《咏梅集句》收七言绝句二百四十四首。钤有"汉鹿斋"朱文方、"稺农"朱文方、"如皋祝寿慈印"朱文长方、"汉鹿斋金石书画印"白文长方、"稺农/藏书"朱文方印。《(乾隆)杭州府志》卷五十八《白香集》条下注曰:"钱塘沈行履德集唐宋元人诗作,《咏雪诗》二卷,《咏梅诗》二卷。"以此观之,《白香集》包含《咏雪诗》《咏梅诗》各二卷,《白香集》实为四卷。

明郑元勋辑《媚幽阁文娱》(崇祯刊本)卷四载有沈春泽撰《白香集序》,此序言该集之刊刻颇详:"履德生长西子湖头,日往来寒烟高树,闲与林居士玉骨香魂,不觉异代相映,造化在手,神妙不测,固宜尔矣。履德既没百四五十年,而其书流落尘土中,六出万株,岌岌乎有雪沉花谢之恨。吾友宋比玉得而秘之数年,始付梨枣,为履德功臣。予读之,藏之又几三年,始践宋子之诺,为之序。予年来瘦影飘蓬,竟为秣陵羁客,胸中郁郁有二大恨:一恨吾家十五松下,古梅百树,每流风回雪之夜,开窗倚笮,南枝初放,前岭半白,此乐遂如隔世。又恨吾乡去光福玄墓诸山不过百里,遇腊尽春来之日,一舟一衲,纵游无赖,万峰雪满则讶花之在地,千村花发则叹雪之在枝,至今梦寐犹香,不知何年更过其下。今履德是集在即,予所谓处处皆梅雪,人人皆梅雪,语语皆梅雪者,予虽偃蹇,亦自谓梅雪中之一人,而又何憾哉!然则宋子之刻之也,岂特履德功臣。癖夫考槃一室,披卷卧游,可以忘世。宋子阐幽之力既宏且勇,予亦感其意而序所以刻是集者如此云尔。"

清光绪三十四年刊《杭州艺文志》卷五《贯珠编贝集》条下注曰:"明钱塘沈行履德撰,《四库》附《存目》。《千顷堂书目》云:《咏物集句》一卷、《咏雪集句》二卷、《咏梅集句》二卷,即此集也。乾隆《志》又收《白香集》,疑亦即此集。"则《贯珠编贝集》当包含《咏物集句》《咏雪集句》《咏梅集句》,其与傅图藏《白香集》内容有重复,至于是否如《杭州艺文志》所言"疑亦即此集",待考。《四库全书总目》著录《贯珠编贝集》五卷,"提要"谓:"是编皆集句之诗,兼取唐、宋、元人之作。'贯珠'言其声之和,'编贝'言其材之富。然牵强凑合,在所不免,视后来《香屑集》之类,其工巧自然百不及一矣。"(《总目》卷一百七十五)

070　东墅诗集二卷

周述(？—1436)撰。述字崇述,号东墅。江西吉安府吉水(今属江西吉安)人。永乐元年(1403)领江西乡荐,明年成进士,与解缙等二十八人同入文渊阁,授翰林院编修,升侍读,擢左春坊左谕德仍兼侍读。宣宗即位,与修两朝《实录》,进左庶子仍兼侍读。正统中以病辞归。生平见王时槐《左庶子周公述传》(焦竑《国朝献征录》卷十九)、张廷玉等《明史》卷一百五十二。

该集明景泰二年(1451)广州府通判周镈编刊本,台北图书馆藏。二册。板框18.0厘米×12.8厘米。四周双边,版心粗黑口,双对黑鱼尾。半页十行十八字。钤有"徐钧／印"白文方、"晓／霞"朱文方、"晓霞／所藏"朱文方、"西山樵子"朱文长方、"徐／安"朱文方、"国立中／央图书／馆考藏"朱文方。卷首有《东墅诗集序》,署"景泰二年岁次辛未冬十一月中浣正议大夫资治尹礼部左侍郎致仕羊城陈琏廷器甫序"。正文题名后镌"广州府通判男镈编"。《存目丛书补编》第97册内藏《东墅诗集》二卷据明景泰二年刊本影印。

陈琏序谓周述:"所作歌诗众体毕备,其词醇而雅,其声和而平,盖由性情之正,出于自然,有非刻意雕琢以为奇者比,可不谓善鸣者欤?矧其文章高古,有经济之才,惜夫不及升庸,以疾卒于官也。其冢嗣镈夙承庭训,恪守家范,由国子生今为广州府通判佐政,公勤,卓有能誉。间取公平昔所作,编成巨帙,以公别号名之,曰《东墅诗集》,求文为序。"《总目》谓周述:"史亦称其文章雅赡,然其诗不出当时台阁之体。"(《总目》卷一百七十五)

071　王文安公诗集五卷

王英(1376—1450)撰。英字时彦,号泉坡。江西抚州府金溪(今属江西抚州)人。家世业儒,十一岁失怙,然刻苦嗜学,登永乐二年(1404)进士,选翰林院庶吉士,与修《太祖实录》。五年授修撰,十四年进侍讲。二十年蒙古入寇,英扈从朱棣北征。仁宗即位,进侍讲学士,迁右春坊大学士兼翰林侍讲学士。宣德五年(1430)升詹事府少詹事。英宗即位,擢礼部左侍郎,十三年特授南礼部尚书。景泰元年(1450)卒,卒谥文忠。生平见陈敬宗《尚书王文安公传》(《王文安公诗集》卷首)、过庭训《本朝分省人物考》卷六十一、《(崇祯)抚州府志》卷十七。

《千顷堂书目》著录王英诗集五卷文集六卷,今存清叶氏朴学斋钞本(有清丁丙跋)、清宋氏荣光楼钞本,皆存南京图书馆。另有《王文安公诗集》五卷,明成化元年(1465)刊本,台北图书馆藏。二册。板框20.7厘米×11.9厘米。四周双边,版心黑口,双鱼尾。半页十行二十五字。钤有"吴兴刘氏嘉/业堂藏书记"朱文长方、"国立中/央图书/馆收藏"朱文方、"柳蓉/春经/眼印"白文方、"博古斋/收藏善/本书籍"朱文方。首有《王文安公英先生文集序》,署"成化元年岁在乙酉春正月既望中宪大夫□改太常少卿兼翰林侍讲学士国史副总裁前国子祭酒门生安城吴节谨叙"。继有南京国子祭酒四明陈敬宗撰《尚书王文安公传》。卷一题名下注"男佑编集"。卷一收五言古诗六十七首,卷二收七言古诗三十一首,卷三收五言律诗一百十六首,卷四收七言律诗一百十二首,卷五收七言绝句三十首。

此成化刊本是王英惟一存世明刊本。成化元年吴节叙称:"(王英)立朝与泰和抑庵王公同以学士知制诰、修国史、主文衡凡三十余年,天下称文章元老者,必归之二王……先生没,子教谕昌信哀集《两京遗稿》为若干卷,将刻而传之……比先生以列卿进位大宗伯,移秩于南。士林慕其流风,缙绅承其高谊,人士景仰奔走,而求文者门无虚日,凡得其片纸只字以为至宝,可谓一代之雄才,儒林之巨手笔者矣,有裨于国家。君子每评先生之文者,谓其春容浩瀚,如长江大河,一泻千里,莫知其所知而终于海,此名言也。其诗体之清新,字法之雄壮,则又全绪焉。"

清季陈田《明诗纪事》录王英诗七首,按语谓:"泉坡早结主知,虽陟清华,未及柄用。史称好规人过,故与三杨龃龉不合。余观东王祭泉坡文云'出入朝廷,敬恭将事,不翕而同,不矫而异。'可以知其旨矣。诗五言如良玉缜栗,迥异当时台阁之体。"(《明诗纪事》乙签卷八)

072　续刻蔀斋公文集十五卷

林志(1378—1427)撰。志字尚默,号蔀斋,又号见一居士。福建福州府闽县(今属福建福州)人。弱冠入郡庠,为博士弟子员。以《易》领永乐九年(1411)乡荐,明年进士及第,授翰林编修,与修《五经四书大全》《性理大全》

《太祖实录》《太宗实录》。历修撰、侍读,至右春坊谕德,宣德二年(1427)卒于官,年五十。生平见宣德二年六月朔日翰林院修撰绍兴王钰《林公行状》(《续刻蔀斋公文集序》卷末附录)、杨士奇《林君墓表》(《东里文集》卷十六)、杨荣《林君墓志铭》(《杨文敏公集》卷二十一)、阙名《林志传》(《续刻蔀斋公文集序》卷末附录)、《(乾隆)福建通志》卷四十三。

该集明万历间福州林氏活字本。台北故宫文献馆藏。四册。板框19.6厘米×12.9厘米。四周单边,版心白口,单白鱼尾。半页十一行十九字。首有洪熙元年(1425)、宣德二年两道御制制诰;《国史名臣·林志列传》;林□《续刻蔀斋公文集序》,署"明万历丁丑孟冬吉旦六世孙□□□笔百拜谨识";《蔀斋先生文集序》,署"正统八年岁在癸亥六月上浣后学小生天台王用盛顿首拜"。全集体例稍显杂乱,卷一至十收序、记、墓志铭、墓表、哀辞、跋语、箴言、铭、说、赞、杂著等文二百十篇,卷十、十一收古近体诗二百四十首,卷十二收策一篇、表一篇、论四篇,卷十三附名公所做行状、墓表、墓志铭、传,卷十四附名公作奠章三篇、哀辞三篇,卷十五附名公挽诗四十三首。今《甲库丛书》第704册内《续刻蔀斋公文集》十五卷底本即为台本藏本。

集由林志六世孙所辑刻,《续刻蔀斋公文集序》曰:"不肖始总角侍先大人长史东□府君,时出家集指示曰:'此高伯祖蔀斋公所著也。蔀斋公方垂髫,驰声黉宇乡会,两举大魁,廷试及第,历官翰苑,辅导东宫,其事业炳炳在国史,其□章略具此集也,汝祖评事省斋府君尝涵泳是集,□等甲第,乃手录遗我,今愿汝曹诵法焉。'不肖受而读之,虽不能尽解,然私心已窃喜之矣。及长,妄意进取,日事章句而于是集有所未遑,遂汗漫书簏中,讫于今三十余载,亦几散逸,而不肖之年已向暮矣。自揣□劣,无裨于世,用方思博综往籍,求免面墙而检阅家藏,复得是集,出函读之,乃知□入人,昔日之所指示者意念深也。用是愧赧不能仰承先志,又恐是集终于遗逸,无以诏来,乃忘固陋,续而辑之,其中如《西园雅集序》《心白斋记》《安素赵尉志铭》《白尚墓表》,至以辞、跋、箴、铭、赞、说、诗、文共六十六篇,皆昔所未有□□续得之者,乃以行状、志铭、表传暨名公奠章、哀辞、挽诗附焉。集既成,因寿诸梓,以永其传。"

陈田《明诗纪事》乙签卷十录林志诗六首,按语谓:"尚默为王孟扬弟子,诗沿闽派,时有警音。"

073　抑庵文集十三卷

王直(1379—1462)撰。直字行俭,号抑庵。江西吉安府泰和(今属江西吉安)人。永乐元年(1403)领乡荐,明年成进士,选翰林院庶吉士,授修撰。入内阁，机密之政皆执笔。升侍读。仁宗即位，进侍读学士、右春坊右庶子。宣德初，进少詹事，正统三年（1438）修《宣宗实录》成，进礼部侍郎，寻进尚书，八年，拜吏部尚书。十三年土木堡之变，英宗被俘，与于谦等拥立代宗，加太子少保，进少傅，进太子太师。英宗复辟，以老病乞休，天顺六年（1462）九月二十三卒，年八十四，赠太保，谥文端。生平见李贤《王公直神道碑铭》（焦竑《国朝献征录》卷二十四）、王兆云《皇明词林人物考》卷五、张廷玉等《明史》卷一百六十九。

该集明景泰五年（1454）应天府丞陈宜刊本。台北故宫文献馆藏。四册。板框 18.3 厘米×12.6 厘米。四周双边，版心黑口，双鱼尾。半页十二行二十二字。卷首有《抑庵先生文集序》，署"景泰五年岁次壬申八月既望资善大夫太子少师兼户部右侍郎翰林院学士知制诰兼经筵官前国子祭酒姻生萧镃序"；阙名《抑庵先生文集后序》。钤有"国立北/平图书/馆收藏"朱文方，"经眼"白长，"寿祺/经眼"白文方。正文题名后镌：翰林检讨男稹编集、积镓梓。卷一至三收记，卷四至六收序，卷七收神道碑，卷八收墓表、铭，卷九、十收墓志铭，卷十一收传，卷十二收哀辞、引，卷十三收题跋、祭文及为方外人士撰写之序。今《甲库丛书》第 703 册内《抑庵文集》十三卷底本即为台本藏本。又线装书局 2013 出版《明代基本史料丛刊》第二辑"文学卷"收永乐、洪熙、宣德、正统、天顺、成化朝稀见史料，内有王直《抑庵文集》。

萧镃序中谓："（王直）资性敏绝过人，而又蒙上之作养，充之以问学，自六经子史百氏之言，横竖钩贯，靡不为己有，故其为文章，浩乎沛然，不必劳心苦思而十数百言下笔立就，其汗漫演迤若大河长川，沿洄曲折，顷刻之间输写万状，略无凝滞之意，其间肆高古若连峰叠嶂，层峦间出，秀气之发，上薄霄汉，不见刻削之态，盖其体之巨，故其声之震也洪；其蓄之深，故其流之及也远，所以成一家言而为当世所推重。"

《四库全书》收《抑庵集》十三卷《后集》三十七卷，"提要"谓王直："在翰林二十余年，朝廷著作多出其手，当时与王英齐名，有西王、东王之目，而直尤为老寿，岿然负一代重望。萧镃作是集序，称其文'汗漫演迤，若大河长川，沿洄曲折，输写万状'。盖明自中叶以后，文士始好以矫激取名，直当宣德、正统间，去开国之初未远，淳朴之习犹未全漓，文章不务胜人，惟求当理，故所作貌似平易，而温厚和平，实非后人所及。虽不能追古作者，亦可谓尚有典型者矣。"

074　重编王文端公文集四十卷

王直撰。王直传见《抑庵文集》条。

该集明隆庆二年（1568）王有霖刊本。台北图书馆、日本静嘉堂文库、日本尊经阁文库藏。台北藏本八册。板框18.7厘米×13.2厘米。四周单边，版心白口，单白鱼尾。半页十行二十字。钤有"国立中/央图书/馆考藏"朱文方。卷首有《重编王文端公文集序》，署"嘉靖癸亥冬十月既望中顺大夫广西梧州府知府前刑部郎中后学庐陵刘教序"；《重编王文端公文集序》，署"隆庆二年岁在戊辰季夏之日中宪大夫四川按察司奉敕提督学校副使邑后学胡直拜撰"；继有王直五世孙题识，署"隆庆二年戊辰五世孙有霖谨识"；致仕敕喻一道；赠谥诰命一道；王直遗像；杨士奇等友人撰像赞；李贤撰《神道碑》；"重编王文端公文集目录"下署"五世孙有正辑录"。正文卷端题"中顺大夫广西梧州府知府后学刘教重编，五世孙有霖校刊"。卷一至三收四、五、七言古诗，卷四至七收五、七言近体诗及诗余。卷八收"经筵讲义"，卷九至四十收奏疏、表、赋、颂、论、辨、说、记、序、题跋、行状、碑铭、墓表、传、哀辞、祭文、赞等各体文。

隆庆二年刘教于叙中称："太保王文端公自永乐至天顺历仕五朝，为国名臣。其文章为海内学者所宗。盖自杨文贞公没，公遂独擅作者之盛。公诗文有《抑庵前后续集》若干卷，皆公之子希诚编辑而梓行之。顾当时酬应浩繁，录稿颇无伦次，未免重复纷杂，卷帙既多，观者病焉。公曾孙翰林编修改斋先生思尝有志删校，未果而卒。（刘）教，改斋婿也，得遍读公之诸集，未尝不惜改斋之志未遂，而无能任其责者也。顷者，公之五世孙有霖携公集谒教山中，以删订重编见属，教虽非能任其责者，而谊不容辞，乃核伪正讹，稍加删次，以类相从，合诸集为一，定为诗七卷，文三十三卷，总题曰《王文端公文集》云。"

王氏五世孙王有霖题识亦云："先文端公前集，高伯祖检讨公编，授门人锓诸梓矣。高祖赠后军都督府经历存斋府君，总前后续集诗集编次入梓，少师萧公镃、祭酒陈公敬宗、吴公节、学士钱公溥、学录梁公栗咸有序。世久日剥，不便览观，先叔祖改斋太史意欲约修未就，有霖追忆其志，恳刘大夫见川先生详校重编，汇为一集，其留驾迎、复乞休诸疏，旧集所未载，今增入之。而散佚者尚多，先公德业文章略载书首名公诸篇，有霖何敢赘？刻成，敬识其岁月云。"

075　东行百咏集句十卷

陈循（1385—1462）撰。循字德遵，号芳洲。江西吉安府泰和（今属江西吉安）人。永乐十二年（1414）乡试第一，明年会试第二，廷试第一，授翰林院修撰，与修《五经四书》《性理大全》。洪熙改元（1425），进侍讲。宣德五年(1430)进侍讲学士。正统七年(1442)进翰林学士,入文渊阁典机务,十年进户部侍郎兼学士。土木堡之变,与兵部尚书于谦拥立代宗,进户部尚书,佐于谦御也先。景泰间进少保,历文渊阁、华盖殿大学士。英宗复辟,谪戍铁岭卫,后释为民。天顺六年(1462)四月自谪地归,同年卒于家,年七十八。生平见姚舜牧《陈芳洲先生传》(《来恩堂草》卷七)、张廷玉等《明史》卷一百六十八。

《明史·艺文志》著录陈氏有《芳洲集》十六卷。现存万历二十一年(1593)刊本《芳洲文集》十卷《诗集》四卷附录一卷;万历四十六年陈以跃刊本《芳洲文集续编》六卷。另《千顷堂书目》著录陈循有《东行百咏集句》八卷。今《东行百咏集句》十卷,存明成化元年(1465)庐陵陈氏刊本,台北图书馆藏。四册。板框 19.5 厘米×14.0 厘米。四周双边,版心黑口,双鱼尾。半页十一行十八字或二十字。钤有"吴兴刘氏嘉/业堂藏书记"朱文长方、"国立中/央图书/馆考藏"朱文方。卷首《东行百咏集句引》,署"天顺壬午春二月朔七十八翁庐陵陈循志"。正文题名后无署名。集乃陈循被谪铁岭时,东行路上集古人诗句而成,存诗三百十首。年谱前有陈循像及《年谱序》,署"永乐丁酉同邑杨士奇赞";《年谱跋》,署"成化元年乙酉四月望不肖男陈瑛泣血顿首谨书"。

《四库全书总目》著录陈循《东行百咏》九卷附《芳洲年谱》一卷,"提要"谓:"是编乃其被谪东行时,集古人诗句以成七绝,初得三百首,复迭和其韵至千余首,集句皆不著姓名,颇多窜易牵就,和韵诸作更多累句。后附年谱一卷,乃其门人王翔所录当时敕谕及循所进诗颂,俱加载其中,亦非体例也。"(《总目》卷一百七十五)

076　寻乐习先生文集二十卷

习经(1388—1453)撰。经字嘉言,号寻乐翁。江西临江府新喻(今属江西新余)人。永乐十五年(1417)乡试解元,明年成进士,选翰林院庶吉士,授编修。宣德元年(1426)与修成祖、仁宗《实录》,任经筵讲官,升侍讲。正统十四年(1449)擢太常寺少卿,景泰四年(1453)三月迁詹事府詹事,九月初七卒于官,年六十六。生平见陈循《习君墓志铭》(《芳洲文集》卷九)、萧镃《习詹事嘉言传》(焦竑《国朝献征录》卷十八)、《(雍正)江西通志》卷七十四。

该集明成化间黄仲昭校刊本,台北图书馆藏。六册。板框 19.8 厘米×13.6 厘米。四周双边,版心黑口,双黑鱼尾。半页十一行二十二字。钤有"国立中/央图书/馆考藏"朱文方、"吴兴刘氏嘉/业堂藏书记"朱文长方、

"新安/汪氏"朱文方、"启淑/信印"白文方、"独山莫/氏铜井文/房之印"朱文方。卷首有《寻乐习先生文集序》,署"景泰四年岁次癸酉三月望日赐进士及第奉议大夫左春坊大学士经筵官吉水刘俨序"。卷末有《寻乐习先生文集后序》,序不全。今《存目丛书补编》集部第97册内《寻乐习先生文集》二十卷据台湾藏明成化间黄仲昭刊本影印。

《总目》云:"集为其子兴化府同知襄所编。其文结构颇有法,而意境太狭,往往失于枯寂,未可云似淡而腴。诗则七言长句清婉,颇似东阳,而他体未能悉称也。"(《总目》卷一百七十五)。

077　守黑斋遗稿十一卷

夏时(1391[①]—?)撰。时字时中,一字中甫,浙江绍兴府上虞(今属浙江绍兴)人。自幼颖悟,善属文。洪武开科,时值中年,不幸失明,无缘科举。困守一斋,因自号守黑子。与弟中孚、中晔自相师友,文成一篇,辄命其弟笔录之,久而成帙,因刊于世。著《守黑斋遗稿》十一卷行世。生平见《(万历)绍兴府志》卷四十三、徐象梅《两浙名贤录》卷四十七。

该集明永乐十五年(1417)上虞叶氏刊正统五年补刊本。台北图书馆藏。清嘉庆十四年黄丕烈、韩应陛各手书题记。二册。板框18.7厘米×12.5厘米。四周双边,版心黑口,双黑鱼尾。半页十三行二十二字。卷首有《守黑先生文集叙》,署"正统五年春正月既望奉议大夫奉敕提调江西学校按察金事前史官郡人王钰叙"。序后有总目录。卷一至五收序四十七篇,卷六至十收记四十七篇,卷十一收书、引、说八篇及诗十二首。正文题名"守黑斋遗稿",下注"上虞夏时时中著"。卷末有《遗稿后跋》,署"永乐丁酉秋下浣日中顺大夫饶州府知府前史部考功司郎中里生叶砥谨识";继有题识,署"正统五年庚申正月既望亚中大夫江西等处承宣布政使司左参政同邑后学张居杰识"。

钤有"韫辉斋/图书印"朱文长方、"百耐/眼福"朱文方、"密均/楼"朱文方、"国立中央图/书馆收藏"朱文长方、"汪士钟藏"白文长方、"读有用书斋"白文长方、"叶树/廉印"白文方、"石/君"朱文方、"树莲/居士"白文长方、"姚印/舜咨"白文方、"潜坤/居士"朱白文方、"蒋祖诒读书记"朱文长方、"甲子丙寅韩德均钱润文/夫妇两度携书避难记"白文长方、"莚圃/收藏"朱文方、"松江读有用书斋金山守山阁/两后人韩德均钱润文夫妇之

[①] 夏时在所作《钱唐湖山胜概记》末署"天顺七年九月谷旦中奉大夫广西布政使司左布政使致仕郡人夏时以正年七十三记",则其当生于洪武二十四年辛未,即公元1391年。

印"白文长方、"古娄韩氏应陛／载阳父子珍藏／善本书籍印记"朱文长方。封面题名右手下端有韩应陛行楷小字题识:"咸丰己未十一月得之金顺甫,价洋银二元五角。"

集由饶州太守叶砥初刻,叶砥序云:"余旧藏守黑先生遗稿,常惧散亡,使没没无闻于后。近在郡斋,公余阅巾箧,手取裒集,命工锓梓,惜不得当时名能文者序以表襮之。余忆自洪武辛未休告南还时,访诸故旧,若先达及吾徒辈人俱凋谢无余矣。方悲慨间,一日先生之从子昌文过余,请记其所居守素斋,因追念先生及其季孚中畴昔从游之好,尤感怆不自禁,为粗述其概以复之,今稿板毕工,乃录其记附左方,庶可知先生所学所守。"

江西布政使司左参政张居杰跋再版云:"右守黑先生遗稿十一卷,前饶郡太守叶公既锓诸梓,而太守即世,其孙应州学正绶与弟纬皆占籍于饶,藏其板于家有年矣。适予按属至饶,得是稿阅之,叹其锓梓时太守公不求闻人为之序,引以表襮之,遂使乡之后学慕先生之文者,欲一见而不可得,良可慨也。矧先生与太守皆吾家姻旧,读其文,思其人,能无概于心欤?故请金宪王公序于卷耑,用传于永久云。"

王钰序前有黄丕烈题识曰:"明初人集,偶见即录,故所收不下数十种,凡有名于当时者勿论已,即有梓本,不甚流布。因见是本,遂证诸向来诸藏书家目录,其名氏、爵里纤悉相合,俾恍然于某某之集标题如是,卷第如是,而吾所以知珍重之者,皆古人有以诏我也。独此《守黑先生文集》,为上虞夏时时中著,自见之,始知之,求向来诸藏书家目录为之左证,无有也,虽繁称博引如家俞邰《明史·艺文志》,按朝代求之,蔑然无有焉,亦奇矣!亦秘矣!则是书之得见,岂不可喜耶?顾余独有感者,守黑为洪武时人,非有明晚近可比,集本颇多,或加采择,遂致湮没不传,乃哀然成帙,皆系古文,非一二风云月露之作,亦随颓波逝水以俱亡,何不幸耶!余就卷中得其身世大概,知守黑怀才未遇,抱道自高,中年失明,留心著述,无显爵高佐于当世,故虽有专集,不登国史,向使无此板本,几几乎与草木同腐矣!幸有集梓以传后,使后人见而知之,胜于闻而知之,不犹可幸耶?因志数语,以见书之幸,而仅存者若此,若此类者,又不凭向来诸藏书家目录,而得之目见者也,何幸如之!嘉庆己巳秋九月二十有六日雨窗记。复翁。"

078　钱塘湖山胜概诗文一卷

夏时撰。夏时生平见《守黑斋遗稿》条。

该集抄本,台北图书馆藏。一册。全幅27.4厘米×18厘米。无栏无格,半页八行十六字。钤有"国立中央图／书馆收藏"朱文长方、"莅圃／收藏"朱文长方、"振绮堂／兵燹后／收藏书"朱文方、"汪鱼／亭藏／阅书"朱文方。卷首有《钱唐湖山胜概诗文序》，署"天顺癸未冬十月上浣中宪大夫太常少卿致仕会稽陈赟惟成书"；卷末有《后序》，署"癸未夏时书于承志堂之南窗是月既望日识"。集中文数篇，诗一百零四首。皆咏钱塘湖山之胜景也。此本另有《钱唐湖山胜概诗文》二卷，清光绪七年（1881）钱塘丁氏刊本，扬州图书馆、暨南大学图书馆藏。

夏时此集皆数日间挥笔而就未假雕饰之作。夏时跋云："予解组归，因足疾不能举，谢绝人事。于南窗下，忽传太常清卿陈公以新刊董嗣杲所唱并公所和《钱唐西湖百咏》长律惠观，予拭目敬诵，诗皆雅正而清新，事皆核实而根据。妙古今之诗史，绝湖山之鉴衡也。然郢曲有和，奈才疏识浅，所谓技不获一者是矣，乃闷然隐几就寝。忽梦往书肆易《江文通集》，恍然中闻对者曰：有。予欣然即以自得。既而复寤，日在卓午，桂子飘香。坐思转清，书几间墨池适具，遂挥毫落纸，得十数绝句，日晡暂息。明旦起，尤爽，得数复加，三日四日五日六日，若泉之达而溪之流也。七日就数，复得《湖山胜概记》一通，浃旬而毕稿，不假雕斲，似觉有神相之。然景物有代谢，时事有盛衰，遇之而感慨，美刺不能无系焉。贵当乎理，但未知视杨郭旧作去取何如耶！自惟生平操觚未尝得成之速也如此，诚愧辞之不工耳，以江淹梦笔，吴□梦蛇，灵运之梦惠连，事为不诬。是则感而兴，偶而得，因而成，亦岂无定数哉！"

会稽陈赟叙集之成书曰："赟向在京师，偶得《西湖百咏》七言律诗一册，共百首。盖宋季杭人董嗣杲所赋者。天顺己卯秋，赟以太常少卿蒙赐老东归，于舟中无事，因取而备阅，依韵和之，亦得百首，然其中所可知者，不过南北高峰、三竺、灵隐、净慈、六桥、孤山、保叔、岳祠、龙井、玉泉诸处之显然者，其他不能识其在何处者甚多也。尝访于杭城之老长，亦多不能详，盖自宋迄元，以至于今二三百年间，荒圮不存者夥矣，宜乎知之者尠也。比因赟问于致政广西方伯夏公以正，且以所私鄙求是正焉。公曰：吾于十分中颇能识其八九，兹不能备谈，笔之于纸，莫可得而详也。今年十月朔，果承公以《湖山胜概记》文一通见示，凡诸胜境，灵踪秘迹，杭人所莫识者，历历如指诸掌，班班可考而有据，何其博哉！兼赋绝句一百首，题悉用董嗣杲之旧，清新酝藉，诵之令人可喜可愕，可以叹咨，可以笑乐，可以兴夫怀古之思，而动盛衰之感焉。况百绝不数日即成，何其捷哉！"

079　东冈集四卷

柯暹（1389—1462 后）撰。暹字启晖，号东冈。南直池州府建德（今属安徽)人。永乐三年(1405)举人,为解缙等赏识,寻选入翰林院,预机宜文字。授户科给事中,十九年以疏谪知交址骥州,未至,逮下狱二年,遇敕,改知永新、吉水二县。后历官至浙江、云南按察使,景泰二年(1451),因病辞归。生平见张廷玉等《明史》卷一百六十四、《(雍正)浙江通志》卷一百四十八。

该集明天顺三年(1459)海盐刘泰等江西刊本,台北故宫文献馆、日本筑波大学图书馆藏。台北藏本二册。板框17.4厘米×12.1厘米。四周双边,版心黑口,双鱼尾。半页十行十九字。钤有"国立北平图/书馆收藏"朱文方。卷首有残序,署"天顺六年壬午重九前赐进士及第翰林院学士奉政大夫国志副总裁永新刘定之撰";《东冈文集序》,署"天顺三年岁在己卯秋七月中吉赐进士朝议大夫南京国子祭酒前翰林侍讲同修国史兼经筵官安成吴节与俭序"。目录为四卷,卷四目录后有"东冈集目录终"。正文无题名,无署名。内卷一收收记十一篇,卷二收记六篇、序七篇,卷三、四收序二十一篇。西南师范大学出版社、人民出版社2012年联合出版《域外汉籍珍本文库》第三辑集第10册内《东冈集》一卷据日本筑波大学图书馆藏本影印。

柯暹著述除天顺三年四卷本外,另有明柯株林等刻本《东冈集》十卷,卷首天顺三年吴节、六年刘定之序,末有天顺三年俞端《书东冈文集卷后》。内文八卷,收各体文近百篇。诗二卷,收诸体诗一百五十余首。此外,又有嘉靖刊本《东冈文集》十二卷(末二卷为附录),存吴节、刘定之序,增嘉靖二十三年(1544)柯焘后跋。《明史·艺文志》著录《东冈集》十二卷当为此嘉靖刊本。《四库全书总目》著录《东冈集》十卷,"提要"云:"刘定之序称其诗文奇崛,出人意表。今观所作文,豪迈有余而落笔太快,少渟潆涵蓄之致,诗亦矢口即成,不耐咀咏,是亦登科太早,才高学浅之效欤。"(《总目》卷一百七十五)

080　薛文清先生全集五十三卷

薛瑄(1389—1464)撰。瑄字德温,号敬轩。山西平阳府河津(今属山西)人。永乐十八年(1420)河南乡试第一,十九年成进士。丁外艰,宣德三年(1428)服除,授广东道监察御史,监湖广银场。正统初,出为山东提学佥事,六年进大理寺左少卿,以忤中官王振,下狱论死,遂得救放归。景泰初,用给事中程信荐,起大理寺丞。景泰二年(1451)升南大理寺卿。英宗复辟,迁北礼部右侍郎兼翰林学士,入阁预机务。后乞归,帝允之。居家讲学著述,天顺八年(1464)六月十五卒,年七十六,赠礼部尚书。成化初,谥文清。

生平见张鼎《薛文清公年谱》(《薛文清先生全集》附录)、彭时《薛公墓志铭》(《明文海》卷四百四十一)、王兆云《皇明词林人物考》卷六、黄宗羲《明儒学案》卷五十三、张廷玉等《明史》卷百九十一。

该集明隆庆万历间赵讷刊本,台北图书馆、英国牛津大学图书馆、日本国立公文书馆藏。台北藏本二十册。板框 22.8 厘米×14.9 厘米。注文双行。四周双边,版心花口,单黑鱼尾。半页九行二十二字。钤有"吴兴刘氏嘉/业堂藏书记"朱文方、"曾在南云/蔡氏听/鹂山馆/群签之内"朱文方、"岁在昭阳/协洽听鹂/山馆钤记"朱文长方、"国立中/央图书/馆考藏"朱文方。卷首有阙名《薛文清公全集序》;薛文清先生遗像;《敬轩薛先生文集序》,署"弘治己酉夏五月端阳门人关西张鼎序";《读书录序》,署"成化二年丙戌夏六月丁酉修职郎国子监丞掌京卫武学事门人伊洛阎禹锡顿首谨识";《河汾诗集序》,署"成化四年冬门人伊洛阎禹锡书";《河汾诗集后题》,署"成化己丑后学蒲坂谢廷桂谨书";薛瑄《读书录自序》;薛瑄《读书续录自序》。继有"凡例"七条,颇有价值:

　　一先生诸集,曩多刊布,然各散见他本,未睹全璧。今裒合汇为一书,而以《读书录》为内集,以《河汾集》为外集,其事行志传碑铭及祠祀巅末题驳诸疏,亦缀其后,以为附集云。

　　一《读书录》又有《读书续录》,而先生自序,以为于读书时有得即录,不觉重复者多,然有取于张子备遗之义,并存不删。至河津侯鹤龄乃取而类分标目,定为八本,非不差次,稍便览观,然分析太繁,更生支离。今刻只依闻喜旧本,使观者抽绪挈条、文义隐显,不至相掩,要以不失言者之意而已。

　　一诗文五卷,策问一卷,各仍旧而以年次先后为序,而后先生片语单词皆登琬琰矣。

　　一先生行实有录、有行状、有志、有传、有碑铭,各汇为一卷,其遗事及吊祭诸文择其可采者附之。

　　一乡祀事文、祠记另为一卷。

　　一从祀大议往复参驳,久而后定。今将祀议盈廷先后疏及庙断恩纶,各存其凡,而疏诸爵里姓名于下,所以示秉彝好德不容泯,而我熙朝褒重儒臣,兴起斯文之意,洋洋可睹矣。

　　一先生集行于四方者有《粹言》,有《从政粹言》,又有《薛杨精粹录》《王薛二夫子粹言》,各有另本,不妨并行。

全集卷一至二十二为内集,收《读书录》《读书续录》;卷二十三至四十八为外集,其中卷二十三至卷三十三收赋、古诗、歌、排律、五七言律诗、五七言绝句,卷三十四至四十八收章奏、书、序、记、哀辞、祭文、碑铭、墓志铭、墓表、赞、箴、杂著等。卷四十九至五十三为附集,内收行状、志铭、碑铭、祭文、奏议、从祀集议、从祀驳议、续请从祀奏议、请表儒臣疏、平阳府公移、乡祠祭文、文清公书院记、重建祠堂记、书从祀议后、请刻全录序等文。

薛瑄以理学名家,世称其学为"河东派",于当时及后世影响甚大。《四库全书》收《敬轩文集》二十四卷,"提要"谓:"明代醇儒,瑄为第一,而其文章雅正,具有典型,绝不以俚词破格。其诗如《玩一斋》之类,亦间涉理语,而大致冲澹高秀,吐言天拔,往往有陶、韦之风。盖有德有言,瑄足当之。"(《总目》卷一百七十)清季陈田《明诗纪事》乙签卷十二录其诗十六首,按语云:"文清古体淡远,律体雄阔,绝句极有风韵,非一时讲声律者所能及。"

081　南州集五卷

徐庸(1389—?)撰。庸字用理。南直苏州府吴县(今属江苏苏州)人。家饶裕,然终生业儒。好诗,有名于乡里。景泰间,曾辑刻《高太史大全集》十八卷。又辑采永乐至正统四朝人诗为《湖海耆英集》十二卷。著有《南州集》五卷,现存抄本。生平见《(崇祯)吴县志》卷四十七、《(道光)苏州府志》卷九十八。

《南州集》存卷一至卷五,清小辋川乌丝栏抄本,傅斯年图书馆藏。一册。板框19.3厘米×14厘米。首有明成化九年(1473)陈顼永序、刘昌敩评。钤有"礼培/私印"白文方印、"扫尘斋/积书记"朱文方印。卷一收古乐府七十首,卷二收五言古诗四十三首,卷三收七言古诗、长短句体一百三十七首,卷四收五言律诗、五言排律、七言绝句一百六十六首,卷五收七言排律、五言绝句十七首。《"中央研究院历史语言所"傅斯年图书馆藏未刊稿钞本·集部》第2册内即据该本影印。

钱谦益云:"杨君谦曰:'用理本富家,以诗著。'其吟咏大抵长于香奁,亦膏粱之余习也。用理同时有贺甫美之、顾亮寅仲、王越孟南、孙宁继康,及常熟陈蒙、吴江吴璩,皆以诗名。"(《列朝诗集》乙签卷七)

082　南山黄先生家传集五十六卷

黄润玉(1389—1477)撰。润玉字孟清,号南山。浙江宁波府鄞县(今属宁波)人。永乐元年(1403),诏徙江南富民实北京,润玉年十三,代父往。十八年举京闱乡试,授建昌府学训导,丁父忧,改南昌府学。宣德时召为交趾道监察御史。正统元年(1436),擢湖广按察司金事。景泰初,以杨士奇荐,迁广西提学金事,调湖广。以李实劾,谪含山知县,以年老致仕。里居二十年,卒于成化十三年(1477)五月,年八十九。生平见杨守陈《黄公润玉墓碣铭》(焦竑《国朝献征录》卷八十八)、过庭训《本朝分省人物考》卷四十八、《(嘉靖)宁波府志》卷三十一、《(乾隆)鄞县志》卷十四、张廷玉等《明史》卷一百六十四。

该集明蓝格钞本,台北图书馆藏。六册。板式 17.7 厘米×13.1 厘米。四周单边,蓝格。半页十行约二十一至二十四字。钤有"四明卢氏/抱经楼/藏书印"白文方、"刘承幹/字贞一/号翰怡"白文方、"吴兴刘氏/嘉业堂/藏书印"朱文方、"国立中/央图书/馆考藏"朱文方、"曾经民国二/十五年江/省文献展/览会陈列"朱文大方。卷首有自述、彭韶撰哀词、文徵明撰像赞等内容。继有《南山黄先生家传集序》,署"景泰庚午三月十日甲寅四明黄润玉序"。卷一至二十收辞、赋、各体诗近八百首,卷六注曰:"天顺辛巳夏避暑草堂之东厢,因阅文公先生训句,乃续二十三首以识所见云。"卷二十一收诗余十一首。卷二十二至二十四收图,卷二十五至五十六收杂著、序、赞、铭、记、墓志铭、行状、祭文、奏稿、杂文等各体文。

目录后有正德十二年夏四月望黄润玉孙黄溥所撰题识。题识记集之刊刻一波三折颇为不易:"《南山文集》目录校定六十卷,此第五次编誊之数也。斯集也,景泰初元岁在庚午,我先大父南山先生官湖臬时,手自誊写十数篇以例,其余名曰《家传集》,自制文以序集端,此为第一次所编也。越八载归田,为天顺丁丑岁,溥时未成童,凡求文者但俾执师齐克和清其稿,而稿多亡散。又越三载之后,凡稿则溥清而稿藏惟谨,有先生布衣交张翁尚朴者,每见藏稿必奖诱乎溥焉。岁壬午,先生《经书补注》既成,溥以斯集完,乃搜逸稿,取岁稿会粹以类而编,诗计十卷,文计二十卷,此为第二次所编也。自时厥后,诗文之稿弥多,各增十卷,以礼、乐、射、御、书、数六字分标其帙,此成化己丑岁为第三次所编。而先生日取以阅,忽数之一帙,人窃去焉。溥且访且求,莫能得,虽记臆以补其帙,而竟弗如前矣。先生卒,南谷先叔父每取诵味,与邻友范君文祥言曰:先君文集微溥之勤,曷克成编?后溥官芜湖,计欲寿梓,详加誊校,取章奏仅存之稿,益于所窃之帙,比前颇增,刊弗果而归矣,此为第四次之编也。迩者林下顾桑榆之景,莫收梓刻之功,幸蒲柳之资能任编辑之贵,又取经书之补注原编,含《山邑志》录本附于末集,庶免二书散□莫稽,总定为六十卷,此即所云第五次之编。而遗逸之稿安得而全备哉!"

黄润玉祖上即世代业儒,深惧后世子孙漠然不知先世之遗文,故《家传集序》云:"(余)后官南昌,入宪台,出督学政,于桂时有应酬诗文,性慵于誊录,稿多散逸。兹来湖湘,因养病休暇,观韩思庵文集'贻诸子孙,俾知吾志'之语,惕然有感,于是搜索逸稿及尝记忆者,类成此集,并书先世遗文不传之由,以遗吾子孙,庶知所珍惜,俾毋蹈吾之所慨。外有《中庸脉落》《大学旨归》二篇,《仪礼戴记附注》五卷,《道德》《阴符》诸释藏之家塾。"

083　育斋先生诗集十七卷归田集三卷拾遗集一卷

高谷(1391—1460)撰。谷字世用,号育斋。南直扬州府兴化(今属江苏泰州)人。弱冠领乡荐,永乐十三年(1415)进士,选翰林院庶吉士。十九年授中书舍人,升左春坊左司直郎。洪熙改元(1425),迁翰林侍讲。宣德九年(1444)主顺天乡试。正统间与修《宣宗实录》,书成,进侍讲学士。十年擢工部右侍郎,入直内阁知制诰。十四年土木堡之变,与于谦共推朱祁钰登基,进工部尚书、少保、东阁大学士兼太子太傅。景泰七年(1456)进谨身殿大学士,为内阁次辅。英宗复辟,谢病归。天顺四年(1460)正月初十卒,年七十。成化初赠太保,谥文毅。生平见李贤《高公谷神道碑铭》(焦竑《国朝献征录》卷十三)、商略《高文毅公传》(《商文毅公集》卷二十六)、张廷玉等《明史》卷一百六十九。

该集明弘治四年(1491)扬州府同知李绂刊本,台北故宫文献馆藏。六册。板框20.6厘米×12.8厘米。四周双栏,版心黑口,双黑顺鱼尾。半页十二行二十一字。钤有"金星辂/藏书记"朱文长方印、"国立中/央图书/馆考藏"朱文方印、"管理中英庚/款董事会保/存文献之章"朱文长方印。卷首有正统、景泰、天顺、成化间敕喻五道。继有《育斋先生诗集序》,署"景泰七年岁舍丙子春三月初吉门生华亭钱溥拜手书于玉堂之署"。钱氏序后有像及多人所作"文义公画像赞"。有高谷自赞。继有李贤《明故工部尚书谨身殿大学士兼东阁大学士高公神道碑》。卷末有汪谐跋、李绂跋。碑文后有总目录。《育斋先生诗集》总收古近体诗一千二百二十首,《归田集》收古近体诗三百四十七首,词一首,《拾遗》收杂诗三十三首。今《甲库丛书》第704册内《育斋先生诗集》底本即为台北藏本。

集由高氏门人卞荣辑录、扬州府同知李绂刻梓行世。钱溥序曰:"先生少承家学,壮历仕途凡四十余年。赓哥明良酬应湖海之作,一皆纯乎冲澹和乐之音,略无谗佞播迁之杂,谓非身际其盛,能之乎诗焉,得而不昌也哉!诗自五七言绝律、长短歌行,总若干卷,其门人户部员外郎江阴卞荣汇次成集,因所号而名之曰《育斋诗集》。"汪谐跋曰："大学士淮南育斋高公,起进士,入翰林,声名日以流布,竟陟台阁,深受主知。当景泰间号多事,公侃侃立朝,一时士大夫倚以为重。公既以文章功业名世,然恒欿然不与人争能,所为歌诗,温厚和平,有长者之风。明白简易,有大人之度,平生风采德器概可想见。公殁几三十年,传稿散失,高平李侯绂贰扬政务之暇,得遗稿于公姻娅郭羽门生陆礩辈,仅二十余卷,慨然欲入梓以传,求余叙诸首简。"

084　东麓山堂诗集七卷

　　李敏(生卒年不详)撰。敏字功父,号东麓,又号浮丘山人。南直徽州府休宁(今属安徽黄山)人。通医术,亦以诗鸣于乡里。与陈有守、汪淮共撰有《新安诗集》。生平见《(康熙)徽州府志》卷十五、《(道光)休宁县志》卷十四。

　　该集明嘉靖间汪淮刊本。台北故宫文献馆藏。二册。板框 17.7 厘米× 11.9 厘米。四周单边,版心白口,单鱼尾,半页十行十八字。钤有"国立北/平图书/馆收藏"朱文方、"邦父维屏"朱文长方。版心下端记刻工姓名,如黄炼、炼、汉、大、大有、东、成、钏等。卷首有《东路山堂集序》,署"嘉靖丙辰重九日书于木鸡轩草堂";六水陈有守《叙李山人诗》,署"嘉靖己亥长至日"。卷末有"附诗"一则,皇甫汸撰。正文卷端题"徽郡李敏功父"。卷一收五七言古诗四十二首,卷二至五收五古二百十四首,卷六收五七言律诗三十三首,卷七收绝句六十七首。今《甲库丛书》第 806 册内《东麓山堂诗集》七卷底本即为台北藏本。

　　该集又名《李山人诗》。六水陈有守序云："李山人生海阳市,弱龄即能声诗,已乃解妙思玄,诠时宪古,对景陈致,感遇兴怀,哀积篇章,汇萃成帙,君子曰《李山人诗》。锵锵唐音,孤高选韵,幽郁骚思,悠扬雅调,沨沨乎薄于古风矣。淮孺王子爱之,录若干篇,属其门人以传。"

　　皇甫汸叙曰："山人生于紫阳阙里,实钟地灵,抱其环资无所于试,迯焉若追迹子长、子厚之逸驾者。游吴越,吊姑苏之墟,探禹穴,泊浔阳,泛彭蠡,望匡庐,过黄泥之坂,览赤壁,登鄂渚,徘徊沅湘九疑之间,悲帝子之不可作,然后税驾归于旧隐东麓之堂,付之吟咏,秀句雄词,锢訇悲壮,律格气魄大率似刘长卿,至其拟摹句法,往往欲逼杜陵。予爱其集,诵之,窃有以得山人之概焉。山人盖不屑于用世,又读鸿宝枕中书,力能生人而方药多秘,如汉韩伯休之流,其《病鹤篇》沈冥高洁,迥绝尘俗,而闲居寄友之什,潜龙雾豹,非其自信,何以放言欺人也耶! 是集之著,足以传矣。"

085 雪厓集一卷

萧晅(1397—1461)撰。晅字仰善,号雪厓,江西吉安府泰和(今属江西吉安)人。永乐二十一年(1423)领江西乡荐,宣德二年(1427)成进士。任南京吏部文选司主事,九载秩满,以考绩优升北京稽勋司郎中,晋云南按察副使。景泰初,擢云南右布政使。以忧去,服初,转湖广左布政使。天顺四年(1461)进礼部尚书,寻转南京礼部尚书。天顺五年卒于官。生平见萧镃《萧公墓志铭》、王直《萧公神道碑》、吴节《大宗伯萧公小传》(《雪厓先生诗集》附)、《(万历)吉安府志》卷十九。

《雪厓集》一卷,乃《萧氏世集》三卷之一,萧伯升辑,清康熙间刻萧氏世集本。台北图书馆藏。三册。板框 18.6 厘米×14.1 厘米。左右双边,版心白口。半页八行十八字。钤有"砚邻/藏板"朱文方、"翰林/院印"汉满朱文大方印、"国立中/央图书/馆考藏"朱文方。卷首有黄冈杜浚《萧氏世集总序》,皖桐方中履《萧氏世集总序》,南昌后学杜士望《萧氏世集序》,萧伯升《世集自序》。诗集收录古近体诗六十七首,卷末附裔孙萧伯生、后学施男跋语。今《存目丛书补编》第99册内《萧氏世集》三卷(含《雪厓集》一卷)据台北图书馆藏清初刊本影印。

086 和杜诗三卷

张楷(1398—1460)撰。楷字式之。浙江宁波府慈溪(今属浙江宁波)人。永乐十五年(1417)领乡荐,二十二年成进士,宣德二年(1427)授监察御史。正统五年(1440)升陕西按察佥事,迁副使,十二年擢都察院右佥都御史。十三年为监军,讨福建邓茂七之乱。景泰元年(1450)为言官劾罢。天顺元年(1457)诏复原官,转南京右佥都御史。四年入贺,冬月初七病卒于京师,年六十三。生平见杨守陈《南京右佥都御史张公行状》(《杨文懿公集》卷七)、李贤《张公神道碑铭》(焦竑《国朝献征录》卷六十四)、《(雍正)浙江通志》卷一百七十二。

楷著述宏富,著有《陕西纪行集》《轻侯集》《介庵集》《归田录》《南台稿》《百琴操》《效颦稿》及《和选诗》《和李谪仙乐府古诗杜少陵七言律》十二卷、《和唐诗正音》二十卷、《和许浑丁卯集》《和高季迪缶鸣集》《和中峰和尚梅花百咏》及《律条疏义》三十卷、《圣迹图》一卷等多种。《和杜诗》三卷,有明刊黑口本。台北故宫文献馆藏。一册。板框 18.6 厘米×11.9 厘米。四周双边,版心粗黑口,双鱼尾。半页十行十八字。正文题名后注"前进士金都御史张楷和"。目录后有张楷自序。卷上收诗四十八首,卷中收诗四十九首,卷下收诗四十三首,总收和杜诗一百四十三首。

张楷自序曰:"予既以高先生所选《正声》为富,而和李、杜二家之诗及玩杜全集如入宝藏,无所措手,近得虞劭庵所注律诗一百五十首,昼夜披究,颇得其微,遂和此一编。或曰少陵博闻稽古,用事有据,虽劭庵亦多阙疑,子今和之,如碔砆美玉,不可俪也。予曰:不然,特和其意与韵耳,引据非可效也。既脱稿,或又以予言或离或近,恐不足以示人,乃于逐篇妄依仿虞注,自为讲说,非敢夸示于人,特释己意,以免疑惑耳。李诗独无注者,以杜诗一本,少陵之意无所附益,必注乃明,李则多以愚意易之,非尽依于白也,故无庸注,学杜君子幸为我正之。"

钱谦益《列朝诗集》乙集录张楷诗十首,"小传"云:"国初诗家遥和唐人,起于闽人林鸿、高棅。永、天以后,浸以成风。式之遍和唐音及李、杜诗,各十余卷,又有并和《瀛奎》三体诸编者,尘容俗状,填塞简牍,捧心学步,只供哕呕。"(《乙集》卷五)清季陈田《明诗纪事》乙签卷十一录其诗二首,按语云:"式之诗在永宣时不落下品,惟《和唐音》《和李杜》不自量力,遂贻捧心之诮。"

087　土苴集二卷附录一卷

周鼎(1401—1487)撰。周鼎又名铸,字伯器,号桐村,又号疑舫。浙江嘉兴府嘉善(今属浙江嘉兴)人。少警敏,长以文学知名。正统中从金濂征闽寇,以功授沭阳典史,坐累下狱,事白告归。归后遨游三吴,卖文为生。吴中墓志、谱牒,多有出其手者。成化二十三年(1487)卒,年八十七。另著有《餐菊斋棋评》一卷。生平见佚名《沭阳典史周铸传》(焦竑《国朝献征录》卷八十三)、徐象梅《两浙名贤录》卷四十七。

《千顷堂书目》《明史·艺文志》著录《土苴集》八卷,今存清钞本《土苴集》二卷《集外诗》一卷续集六卷附录一卷,浙江图书馆藏;清钞本《土苴集》一卷,天一阁藏。另有明正德十二年(1517)张倬刊本《土苴集》二卷附录一卷。台北图书馆藏。一册。板框 19.5 厘米×13 厘米。左右双栏。版心白口。半页十行二十字。卷首有《土苴集引》,署"正德十二年闰十二月后学丹阳都穆著"。钤有"国立中/央图书/馆考藏"朱文方。卷上收杂诗一百首,卷下收杂诗七十一首。

集由周鼎孙婿张倬梓行于世。都穆《土苴集引》云:"诗者,文之精也。欲其句之惊人,言之去陈,岂易能哉!必本之以天质,加之以问学,正之以师友,而又有识以主之,于是吐辞为诗,不期惊人而人自无不惊,不期去陈而陈自无不去……沧浪严氏谓诗有别裁,复有别趣,殆主识而言,而其他日乃以粘滞腐熟为诗之大忌,此则少陵、昌黎之意也。嘉兴周先生伯器有诗二卷,曰《土苴集》。先生尝以文章家名浙水,诗不止是,然语之惊人而陈言之去者,大抵皆在是,可传已。尝记成化庚子穆谒先生于吴城寓馆,时先生年已八裘,不以穆为不肖,待之忘年。穆虽不敢当,然亦不敢忘也。嘉善学生张倬,先生孙婿子也,家藏斯集,与其友沈一之辈锓之于木,俾穆引其端。感念畴昔,恍如隔世,遂不辞荒陋而僭书之。"

088 侗轩集四卷附录一卷

祝颢(1405—1484)撰。颢字惟清,号侗轩。南直苏州府长洲(今属江苏苏州)人。宣德十年(1435)举应天乡试,正统四年(1439)成进士,授南刑科给事中,丁内艰归。服除,起复原职。景泰间升山西左参议,进右参政,历七载,乞归。成化十九年十二月二十九(1484年1月27日)卒,年七十九。生平见李应祯《祝公墓志铭》(《侗轩集》附录)、吴宽《祝公神道碑铭》(焦竑《国朝献征录》卷九十七)、王鏊《姑苏志》卷五十二。

该集明刊本(有抄补),此为祝颢存世孤本诗文集。台北图书馆藏。二册。板框17.4厘米×13.0厘米。左右双边,版心白口,双黑鱼尾。半页十行二十字。钤有"国立中央图/书馆收藏"朱文长方、"休宁朱之赤/珍藏图书"朱文长方、"樗庐/珍藏"白文方印、"朱之赤/鉴赏"朱文方、"卧庵/所藏"朱文方、"陈"白文长方、"朱印/尚忠"朱文方、"尚""忠"朱白文连珠方。无序无跋。有总目。内诗二卷,收诗一百六十首、词三首,不分体,以"朝省"、"登览"、"怀古"、"写怀"、"节序"、"送"、"疾病"、"纪咏"、"宴集"、"杂题"、"宫闱"、"哀伤"等分别标记。文二卷,收记、序、杂著、书、祭文等三十余篇。末附钞碑志、遗事一卷。今《明别集丛刊》第一辑第40册内《侗轩集》四卷附录一卷据明刻抄补本影印。

清钱谦益《列朝诗集》乙集卷六录祝颢诗五首,"小传"云:"惟清广颡修髯,易直强毅,风流谈论,最为人所倾慕。归田之后,一时耆俊胜集,若徐天全、刘完庵、杜东原辈,日相过从。高风雅韵,辉映乡邦,历二十余年,而惟清最后卒。"

089 呆斋存稿二十四卷

刘定之(1409—1469)撰。定之字主静,号呆斋。江西吉安府永新(今属江西吉安）人。少颖敏，博览群籍。宣德十年（1435）领乡荐，正统元年（1436）成进士，授编修，进侍讲。景泰三年（1452）迁司经局洗马，七年进右春坊右庶子。英宗初进翰林学士，迁太常少卿兼侍读学士。成化二年（1466）入内阁，预机务，三年迁工部右侍郎兼翰林学士，四年进礼部左侍郎，五年八月十日卒于官，年六十一，赠尚书，谥文安。生平见彭时《文安刘公定之神道碑》（焦竑《国朝献征录》卷十三）、王兆云《皇明词林人物考》卷二、张廷玉等《明史》卷一百七十六。

该集明弘正间新安刘稼卢州刊本，台北故宫文献馆、天一阁藏。台北藏本六册。板框 25.6 厘米×17.7 厘米。四周双边，版心黑口，双鱼尾。半页十六行二十八字。钤有"国立北／平图书／馆收藏"朱文方、"苍岩山人书屋记"朱文长方、"蕉林／藏书"朱文方、"岑严子"朱圆、"观其／大略"白文方。卷首有《附刻文安公全集序》（系钞配），署"正德癸酉三月既望特进光禄大夫左柱国少师兼太子太师吏部尚书华盖殿大学士门生长沙李东阳谨序"。书中有前人墨笔批校，天头偶有小注。书中多处漫漶不清及破损，字迹难以辨识。

李东阳《呆斋先生文集序》云："我文安呆斋先生遗文若干卷，皆所自择，或以类析，或以岁次。自举业程试，讲章奏疏，应制代言，以至著述赋咏应答之作皆备焉……先生纯确朴厚之心，复出流俗，优游翰林，晚始大用，用亦不久，虽其功业未竟，而其文伟然大鸣于时，固一代之盛哉！……是集先生之子府通判稼刻于庐州，本巨字细，弗便翻阅，其仲子南京太常寺少卿称重刻之。时先生门下士皆散去，东阳独谢政居京邑，谨为序其编之首。"

李东阳《麓堂诗话》谓刘定之"不甚喜为诗，纵其学力，往往有出语奇崛、用事精当者，如《英庙挽歌》《石钟山歌》等篇，皆可传诵"。于此评语，《四库全书总目》"提要"以为"其言可谓婉而章矣"（《总目》卷一百七十五）。

090　完庵集二卷

刘珏（1410—1472）撰。珏字廷美，号完庵。南直苏州府长洲（今属江苏苏州）人。正统三年（1438）举于乡，谒选得官，历刑部主事，迁山西按察司佥事，三载后即请归。成化八年（1472）二月初八卒，年六十三。生平见祝颢《完庵墓志铭》（《完庵集》附录）、张昶《吴中人物志》卷七、文震孟《姑苏名贤小纪》卷上。

珏善行草，兼工绘事，亦能诗。著有《完庵集》二卷，明弘治正德间刘布刊本，台北图书馆藏。二册。板框 22.1 厘米×13.5 厘米。四周单边，版心黑口，单鱼尾。半页十行十八字。钤有"御赐／抗心希古"朱文双龙长方、"汪士钟藏"白文长方、"杨灏/之印"白文方、"继/梁"朱文方、"吴兴刘氏嘉/业堂藏书记"朱文长方、"国立中/央图书/馆考藏"朱文方、"钱印/谦益"朱文方。卷首有《完庵诗集序》,署"弘治十七年夏五月朔旦资善大夫掌詹事府礼部尚书兼翰林院学士延陵长洲吴宽序"。正文题名"完庵集",无署名。集总收诗二百六十余首、词二首。正文末附祝颢《完庵墓志铭》、郡志《传》、《刘先生祠赞》。卷末有《完庵诗集后序》,署"正德壬申光禄大夫柱国少傅太子太傅兼户部尚书武英殿大学士知制诰国史经筵官致仕王鏊序"。该本又有万历二十二年(1594)刘玉成重刊本《重刻完庵刘先生集》二卷,万历重刊本增加郭子章序。今《存目丛书》集部第34册、《明别集丛刊》第一辑第42册内《完庵集》二卷据明万历重刊本影印。

王鏊谓珏"高节清操,年甫五十,脱屣名利,而自乐于山巅水涯,凡有所触,一于诗发之。诗多清妙可喜"。吴宽谓刘珏诗"专法唐人,语多与合"。清钱谦益《列朝诗集》乙集卷六录刘珏诗十五首,"小传"谓其"操履清白,老而好学,工于唐律,时人称为'刘八句'。行草师李邕,画师黄鹤,皆得古人笔意。精于鉴古,访求甚富"。《四库全书总目》著录阙名《完庵诗集》一卷,"提要"考为刘珏撰,谓珏"诗有亮节而乏微情,不能如志(《江南通志》)所称也"。

091　困志集一卷

章纶(1413—1483)撰。纶字大经,浙江温州府乐清(今属浙江温州)人。明正统四年(1439)进士,授南京礼部主事,景泰初擢仪制郎中,上言时政缺失十四事,忤旨下狱,濒死无一语。英宗复辟,擢礼部右侍郎,为帝所重,以性亢直不偕俗,调南京礼部,转南吏部,稍迁南礼部左侍郎,屡有直言,为当事者所不喜,二十年不得迁。成化十二年(1476)辞归。十九年三月二十二卒,年七十一,谥恭毅。生平见谢铎《侍郎章公墓志铭》(《桃溪净稿》卷十一)、何乔新《章恭毅公传》(《椒丘文集》卷二十)、张廷玉等《明史》卷一百六十二。

章纶诗文集现存民国间铅印《敬乡楼丛书》本《困志集》一卷,《敬乡楼丛书》本《章恭毅公集》十二卷附诗集目录一卷。另存《困志集》一卷,明成化十年(1481)乐清章氏家刊嘉靖三十七年(1558)增刊本,台北故宫文献馆藏。此本是章纶惟一存世明刊本。一册。板框23.5厘米×15厘米。左右双栏,版心黑口,单鱼尾,中缝中记困志集及叶数。半页十一行十九字。卷首有"氏族实纪";《困志集序》,署"成化十年甲午夏六月既望赐进士及第正议大夫资治尹南京礼部侍郎前翰林学士侍文华殿讲读直东阁兼修国史钱唐倪谦序"；钤有"国立北/平图书/馆收藏"朱文方。卷首"氏族实纪"后注"嘉靖戊午秋月广西布政司左参议曾孙章朝凤刻"。正文卷端题名下注："门人海虞张惩校正，侄婿永嘉潘廷易编集，乡贡进士男章玄应、国子生男玄会刊藏。"内收赋一首，各体诗一百九十四首。卷末有《题困志集》，署"成化十年甲午闰六月初吉东吴钱溥题于南院之玉亭"。

《困志集》为章纶因言获罪系狱时所作。倪谦《困志集序》谓纶"平生性鲠介，负气节。景泰中为礼部仪制郎中，上言时政缺失十四事，皆关国家之大计，格君心之大猷，不意批逆鳞，触忌讳，诏下锦衣卫狱，三木囊头五百残肤，备尝楚毒，颂系三年。人皆为公危，幸而不死。公茹荼如饴，无所怨悔，惟形诸赋咏以自适。积久成帙，题曰《困志集》。天顺改元，英宗皇帝复登大宝日，素知公忠义，立命出公于狱，擢礼部右侍郎。逾年转南京礼部，召至文华殿，深加奖慰，亲赐以金币。未几，迁南京吏部，复转南京礼部左侍郎。……（公）间出是集见示，予捧诵之，则见其发诸肺腑，协诸声音者，皆和平怡怿，凡以寓夫爱君忧国之诚，思亲怀旧之感，而绝无怨悱抑郁之态焉。故曰在心为志，发言为诗，观公是诗，忠孝之志可知矣"。

092　杨宜闲文集十三卷

杨璿（1416—1474）撰。璿字叔玑，号宜闲。南直常州府无锡（今江苏无锡）人。正统三年（1438）举于乡，四年成进士。除户部主事，升郎中，擢山西参政，升陕西右布政使，转河南左布政使。丁内艰，成化四年（1468）服除，召为户部右侍郎，擢右副都御史，巡抚直隶永平、山海关、居庸等边事，转河南，继奉敕巡抚荆襄流民，十年四月二十七卒于官，年五十九。生平见王俣《杨公神道碑铭》（《思轩文集》卷十三）、叶夔《毗陵人品记》卷七。

《千顷堂书目》著录《宜闲集》十二卷，今存弘治元年（1488）无锡杨氏家刊本《杨宜闲文集》十三卷，台北图书馆藏。六册。板框 19 厘米×12.5 厘米。四周双边，版心大黑口，双黑鱼尾。版心题"宜闲集"。半页十行十八字。钤有"吴兴刘氏嘉/业堂藏书记"朱文长方、"国立中/央图书/馆考藏"朱文方。该集卷次颇凌乱。题名"杨宜闲文集卷之几"，卷一收辞、赞、序、祭文，卷二碑、墓表、墓碣铭，卷三传、题跋、书，卷四题跋，卷五书，卷六书（卷六最后一页却镌"杨宜闲文集卷之五终"，颇错杂），卷六后继为"杨宜闲文集卷之六"，且内容与前一卷六异。其后六卷内容卷次又从卷一始，内容皆为书。全集总为十三卷。卷末有《宜闲文集后序》，署"弘治元年龙集戊申正月初吉前文林郎河南汝宁府推官同邑张九方署"。

集由杨璯之子编刊而成,张九方序曰:"今先生嗣子大学上舍士书痛夫手泽之不完,无以传诸久远,乃劳心焦思,晓夜访求于亲旧间,见其手笔辄录以归,积至弥年,仅得古律若干首,杂著记序若干篇,墓碑铭志若干通,书问简札又若干纸,以次编录,三复较雠,礼请亲友施君克让正其讹赝,楷书誊录,分为若干卷,题曰《宜闲先生文集》,命工刻梓,藏于家庙。其用心密矣,其意以为藉此传诸永久,则先生之精爽长存,可谓虽死而不死。"

093 白社稿十四卷

董暹(1417—1501)撰。暹字长驭,号苏伯。湖广武昌府江夏(今属湖北武汉)人。万历二十八年(1600)举人,三十三年进士,授建阳知县,入为吏部考功司主事,转南留都。寻论归,董暹怡然自得,略不为意。天启二年(1622),起吏部主事,迁郎中。出为江西布政司参议,六年迁广东按察副使,提督学政。生平见《(康熙)武昌府志》卷八、《(乾隆)江夏县志》卷十、《(同治)江夏县志》卷六。

该集启祯间公安李学元广东刊本。台北故宫文献馆藏。六册,全幅21厘米×14厘米。四周单边,板心白口,单鱼尾。半页九行十八字。钤有"国立北/平图书/馆收藏"朱文方。部分版心记刻工名,如一、礼、华、昂、良、刘、心、木、李、子、刘云松、梁、芳、玉、范梓阳、梓、紫玉、永、崇、梓阳、方、印等。卷首有《白社稿序》,署"龙飞元年仲夏年弟莆田陈玄藻顿首百拜";李维桢《蕉源诗稿题辞》;周炳《蕉源诗稿序》;《蚓鸣集自序》,署"天启甲子孟秋月书于瓠园之竹露轩中";《壶园病草自序》;《谵嘲自序》;《垆头吟自序》,署"庚申仲冬海天沧霞道人书于秦淮官舍";《长安杂兴自序》,署"天启乙丑仲冬书于长安邸舍中";《五石篇自序》。正文题名下注"江夏董暹长驭甫著,公安李学元元善甫订"。书中有前人朱墨圈点。卷一收四言诗《隐嘲》十五章,又小赋一首,卷二至六收古诗三百十七首,卷七至十四收近体诗一千二百首,附铭四首,偈语二十五首。卷末有罗浮道民张萱《白社稿跋语》。今《甲库丛书》第874册内《白社稿》十四卷底本即为台北藏本。

《白社稿》由九部分诗作组成,张萱跋语论之颇晰:"萱甫就外傅,辄有梁简文之癖,长而不倦,今白首矣,纷如也。岁丁卯,江夏董公祖督粤学政,萱从诸大夫之后获以间请,因获公《蕉源》《壶园》《春明》《谵嘲》《垆头》《蚓鸣》《饮酒》《长安杂兴》《五石》诸诗而尽读之。时五岭人士不能皆家讽而户诵也,转相抄录,皆如鸡林贾人,萱乃谋于公之同人郡公祖,公安李公辑公诸诗,合而镌之。公诸同好曰:《白社稿》,盖公鄂渚自命名也。镌既讫,适今岳伯莆田陈公祖至,于公素为莫逆,因序于首。玄晏太冲交相为重,悬于国门日月行天矣。"

李维桢序曰:"长驭为诸生即善诗,及举,两得第,两仕为令,而学日精进,才日宏廓。今所行《蕉源稿》者,乐府古诗居多,次之则五言律,而七言古、律若诸体又次之。诗至于唐备,体莫不由乐府古诗出,拟议变化,境与格各有所长。长驭乐府古诗习于太公弓冶,而以诸体先为太公箕裘,其精良固宜。至夫引申触类、不拘不袭,心抠之,神遇之,天随之,若不习,无不利,则有太公所不能喻者,是诸家之轮扁也。余尝叙先生诗,以不为李杜乃能为李杜,而长驭克肖之。"

094　履坦幽怀钞二卷履坦幽怀集二卷

祝淇(生卒年不详)撰。淇字汝渊,号梦窗。浙江杭州府海宁(今属浙江海宁)人。成化、弘治间布衣,师宗濂洛之学,讲学于海滨。以其子得官贵,赠刑部主事。卒年九十一。生平见《(康熙)海宁县志》卷十一、《(民国)海宁州志稿》卷二十九。

该集旧钞本,秋粟氏手书题记。台北图书馆藏。四册。全幅25.6厘米×12.6厘米。无栏无格,半页九行二十五字。卷首有弘治癸亥冬十月朔旦临海蔡潮《履坦幽怀序》,弘治癸亥冬十月望日查焕序。正文题名未标卷几,仅在《履坦幽怀钞》下以小字标"文集"、"诗",故可知该集两卷,文集一卷,诗集一卷。文集收记、书、墓志铭,诗集题名《履坦幽怀钞》,下注"文直先生梦宪祝淇著"。《履坦幽怀集》二卷收诗二百首。集后有《书履坦幽怀集后》跋。《存目丛书补编》第99册内《履坦幽怀钞》二卷《履坦幽怀集》二卷据台北藏抄本影印。

扉页有许秋粟两则题记:右侧为"外抄录一卷,皆此本所遗逸者,又一本乃照最初刊本录出";左侧为"明祝淇撰。淇字汝渊,号梦窗,海宁人,以子莘贵,封刑部主事。《明诗综》作祝祺云,或作淇,此本乃其家刻,以作淇字,则《诗综》误也。是集为余姚胡培所编,凡文一卷、诗一卷。秋粟氏"。中间下部署"秋粟氏","秋粟氏"下有"秋/粟"朱文方。

095　逸窝诗集二卷

彭孔坚(1418—?)撰。孔坚号逸窝。浙江处州府龙泉(今属浙江丽水)

人,成化间贡生,屡试不第,贡入南京国子监。后曾官县丞,既而以薄宦罢归,隐居乡里。弘治十年(1497)彭氏于《逸窝自序》中云:"年已八旬,思无一善可取,妄意欲将谬作锓梓,以示子孙。"则卒年当在弘治十年后,享寿八十以上。生平见彭孔坚《逸窝诗集自序》。

该集明弘治十年(1497)龙泉彭氏原刊本,台北故宫文献馆藏。二册。板框 17.7 厘米×13.4 厘米。四周双边,板心黑口,双鱼尾。半页十行十八字。钤有"国立北/平图书/馆收藏"朱文方。卷首有《逸窝自序》,署"弘治丁巳春龙泉云溪八十老人逸窝彭孔坚书"。正文题名下注"龙泉彭孔坚作"。书中有前人朱笔圈点。卷一收诗二百三十五首,卷二收七言律诗一百七十一首,七言绝句一百六十八首。

此本是彭氏惟一存世诗集,由彭氏自编成集,观其序可知孔坚也是复古派中一员。自序云:"仆自垂髫时学作诗,甫弱冠,父命游邑校,习举业,累科弗偶,就贡入南雍,每与伦辈讲诗,然多尚奇巧虚泛,心甚厌之。因窃自叹举业无成,又废于诗,恐终堕为庸人之归。于是,求古人诗格,效法一二,颇觉有益。既而又薄宦罢归,杜迹逸窝,以应人之求。辱姻家见惠《诗人玉屑》集二册,日惟玩究。儒先所论不一,始知诗中奥妙无穷,大抵律诗难精,一字不可苟在,人熟饱其材,料化陈腐而出新奇,斯为尽善。仆之谬作,不敢有违题意,间有鄙其语句浅易,殊不知仆乃山邑迂士,虽平生有志斯事,第材质凡近,徒劳而无成,况今年已八旬,思无一善可取,妄意欲将谬作锓梓,以示子孙,且原稿多为人假去无存,所刊皆是陆续所记忆者,奈老衰昏眊,所倒乱失叙,后之子孙倘能有志向进,须先取法于仆,然后追踪古作,若晓吟数句便以为是,更不构思改削,则古人徒有日锻月炼之语矣,尚望能有成乎?"

096　逸窝文集一卷

彭孔坚撰。孔坚生平见《逸窝诗集》条。

该集明刊黑口本,台北故宫文献馆藏,一册。板框 18.2 厘米×13.9 厘米。四周双边,版心大黑口,双黑鱼尾。半页十二行二十字。钤有"国立中/央图书/馆考藏"朱文方、"梅花/草堂"白文方。无序无跋。内收序、记、书、赞、祭文等三十篇。内有朱笔点校。

097　玉峰顾桂轩先生全集十一卷

顾恂(1418—1505)撰。恂字维诚,号桂轩,自署金粟居士。南直苏州府昆山(今属江苏昆山)人,顾鼎臣父。少习举业,数试不第,遂弃去,专以吟咏为事。卒于弘治十八年(1505)五月二十六,年八十八。生平见李东阳《顾公墓志铭》(《怀麓堂集》卷八十七)、《(嘉靖)昆山县志》卷十一。

《顾桂轩先生全集》十一卷,清康熙间刊本,台北图书馆藏。八册。板框17.1厘米×12.7厘米。半页十一行二十二字。左后双边,版心大黑口,单鱼尾。钤有"真州吴氏/有福读/书堂藏书"朱文方。卷首有《永思录序》,署"天顺二年秋七月十日应山王教授同邑陈翊书";《桂轩先生自叙》,署"天顺元年岁次丁丑秋七月九日哀子恂泣血谨志";内《永思录》一卷附《永思录赠言》,《永思录》收诗九十余首;《永思录》卷末有天顺甲申冬十一月冬至口夏昶《永思录书后》及叶盛、朱萱、徐容、朱经、周复俊等人各撰后序。《鳌峰稿》五卷,收诗八百余首;《百咏天香集》一卷附《木犀八咏》,卷首有《百咏天香集自序》,署"景泰丙子八月十有五日金粟居士识",李桓《百咏天香题辞》,收诗六十余首;《西湖纪游杂体诗》一卷,卷首有《西湖纪游题辞》,署"吴趋后学张万年拜手题",收诗六十余首;《啖蔗余甘词》一卷,卷首有《啖蔗余甘题辞》,署"后学秦向春拜撰",收词一百三十余首;末《斯文会图诗》、《斯文会觞咏图》各一卷,所收为诸人唱和之作及万历壬寅春仲晚学陆梦履、万历壬寅春三月曾孙顾景运、同邑晚学柴大履、万历甲辰春王三月朱隆栋、后学朱隆栋等题识。黄云《斯文会觞咏图后序》、方鹏后序、许口蛟后序。

顾氏自序谓自作诗歌皆质朴无文:"爰自癸酉迄丁丑,五年之间凡气序之流易,事物之更改,耳目所触,心思所感,辄形于言,成近体诗几百首,然皆一时拉泪之作,类多悲愁痛悼之词。直而无文,朴而近俚,盖工拙所弗较也。"(《桂轩先生自叙》)

098 仙华集八卷

赵同鲁(1423—1503)撰。同鲁字与哲。南直隶苏州府长洲(今属江苏苏州)人。伟躯干,志气高迈,涉猎广泛。下笔千言,喜论当世事。见人之屈抑,与民间利害、时政阙失,愤然若迫于身。能诗文书画,以远祖世居浙江浦江仙华山下,故名其诗文集为《仙华集》。生平见王鏊《赵处士墓表》(《震泽集》卷二十六、《仙华集》卷首附)、《(同治)苏州府志》卷八十六、《(民国)吴县志》卷六十七。

该集明嘉靖十九年(1540)长洲赵氏家刊本,台北图书馆藏。二册。板框17.8厘米×13.3厘米。左右双栏。版心白口,单白鱼尾。半页十行二十字。钤有"太原叔子/藏书记"白文长方、"杨/庭"白文方、"石/君"朱文方、

"庆/曾"朱文方、"莲/泾"朱文方、"朴/学斋"朱文方、"国立中/央图书/馆考藏"朱文方、"岂为/功名始/读书"朱文方。卷首有《赵处士墓表》,属"嘉议大夫吏部左侍郎前詹事府少詹事兼翰林院侍读学士王鏊撰";继有"附录群英启札";目录(不全)。正文题名后注"长洲赵同鲁著"。卷一收古诗十八首,卷二收古诗十二首,卷三收五言律诗十二首、绝句十二首。卷四收赋两篇、颂两篇,卷五至八收书、杂著、序跋、说、铭、墓铭、祭文等各体文三十三篇。卷八后有"嘉靖庚子季冬吉旦不肖男磬谨识"之题识,继有《仙华集后序》,署"嘉靖己亥冬十二月朔日前进士邑人陆粲书"。

此本是赵氏惟一存世文集,由同鲁子赵磬、赵珵编辑刻梓而成。嘉靖十八年赵磬题识曰:"先府君平日著作甚富,堂兄珵尝录成帙,为馆人所假而失之,并亡原稿之全。磬访于亲友乡党间,仅获所存者,复与从兄珵编辑成集,以锓诸梓,不过十之一二耳。痛夫,有美弗传,不孝大矣!后日更获全帙续刻以藏于家,冀以赎万一之罪云。"

陆粲《仙华集后序》谓赵氏:"意度倜傥,喜论当世事。尝受知于巡抚三原王公。值歉岁,三上书请蠲赋,言极剀切。御史理尺籍,诬执民为军。先生贻之书,力陈利害,民赖以免。其他事往往类此。至于文辞亦优健质实,不肯龁骹以谐世好。古所谓直谅多闻者,非斯人欤?自先生与数君子者没,吴中耆旧略尽。后进之士琱琢曼辞,日入于佻巧,而前辈朴雅诚直之意微矣。粲生晚,每慨想其流风遗烈不获一睹以为恨,乃今读先生之文,而重有感焉。或者顾疑其言涉时事,非处士所宜,是殆不然。夫人各有志,刘胜虽清高,未必贤于杜密;使李膺为钟瑾,亦非所安也。彼隐情惜已,自同寒蝉者,直拘士一隅之见,岂所以论夫弘达君子者哉!是集为诗文,通若干首,盖先生之子处州教授磬所自辑录,将刻而传焉。"

099　畏斋存稿续集 一卷畏斋存稿遗稿不分卷

林鹗(1423—1476)撰。鹗字一鹗,号畏斋。浙江台州府太平(今属浙江温岭)人。景泰二年(1451)进士,授江西道监察御史。天顺元年(1457),升镇江知府,调苏州,超迁江西按察使,擢刑部右侍郎。成化十二年(1476)十二月初八卒于官,年五十四,谥恭肃。生平见丘濬《林公墓志铭》(焦竑《国朝献征录》卷四十六)、吴宽《林公神道碑铭》(《匏翁家藏集》卷七十七)、过庭训《本朝分省人物考》卷五十四、徐象梅《两浙名贤录》卷二十八、张廷玉等《明史》卷一百五十七。

该集明正德间刊本,台北图书馆藏。四册。板框 18.6 厘米×12.9 厘米。

左右双边。版心粗黑口,双鱼尾。半页十行二十一字。钤有"秀野草/堂顾氏/藏书印"朱文方、"谀闻/斋"白文方、"莛圃/收藏"朱文长方、"国立中央图/书馆收藏"朱文长方、"范印/奂之"白文方。卷首有残序,署"正德癸酉冬仲月至日莆族人见素俊书于云庄青野",考林俊《见素集》卷七,知残序名《畏斋存稿序》。《续集》收诗九十四首,收祭文、书等六十余篇。《遗稿》收诸亲友所赠诗文,附录收《入祀乡贤祠案验》等。卷末有《畏斋存稿续集后序》。

林俊《畏斋存稿序》:"公孝根天性,礼由天衷,而学周国家用庄肃邃永,意之所至,将力翰世道,而坐回纲常,行高辞寡,屹乎万夫之望,起于乡人,曰'麟为时出矣'。为御史人听冈凤之鸣长于畿郡,于大臬于大藩以贰司寇群幸冠玉之售,薄秦割而轻楚封,事烈明伟,高可视鹤山,次之亦不失阅道辈人。……公之子薇同知寿州,予弟僖实偕官寀有观道焉。廉白家法,薇守之以无愧厥父,僖守之以无愧厥兄,人将曰林氏佳子弟,关西之杨,其无足多矣。斯公泉台之慰,亦予之藉手云庄者也。稿之存不存,奚在憾不憾耶。至宝终出,后之二百年有欧阳子,将有得韩集于李氏敝筐者矣。"

林鄂著作除正德间刊本《畏斋存稿续集》一卷《畏斋存稿遗稿》一卷外,另有正德八年刊本《畏斋存稿》一卷附录五卷,国家图书馆藏;明嘉靖间刊本《畏斋存稿》十卷(存一卷)国家图书馆藏;明万历五年林元栋刊本《畏斋存稿》二卷,天一阁藏。

100　朱静庵自怡集一卷

朱妙端(1423—1506)撰。妙端字仲娴,又字令文,号静庵。浙江杭州府海宁(今浙江海宁)人。永、宣间尚宝卿朱祚次女,十三丧父,嫁周济。济为福建光泽教谕,卒于任,妙端扶柩归。晚年随子周梦龄迁居江宁,正德元年(1506)卒,年八十四。生平见《(康熙)海宁县志》卷十一。

《明史·艺文志》著录《朱静庵诗集》十卷,未见传。传者有《拜经楼丛书》本及清吴骞抄本《静庵集》一卷附录一卷。另有《朱静庵自怡集》一卷,清乾隆间海宁吴骞抄本(清吴骞朱墨蓝三色批校,清姚景瀛跋),台北图书馆藏。一册。全幅26.6厘米×17.6厘米。半页十行二十字。钤有"我生/无田食/破砚"朱文方、"金鉴/堂印"朱文方、"曾归/光弟"朱文方、"拜经/楼吴/氏藏/书印"朱文方、"山不在高有仙则名水不/在深有龙则灵斯是陋/室惟吾德馨苔痕上阶/绿草色入帘青谈笑有/鸿儒往来无白丁可以/调素琴阅金经无丝竹/之乱耳无案牍之劳形/南阳诸葛庐西蜀子/云亭孔子云何陋之有"白文方、"国立中央图/书馆收藏"朱文长方。封面有题签"吴兔床手写朱静盦诗集撮遗"。无序无跋。正文题名"朱静庵遗文",集总收赋一篇、诗五十余首。

清钱谦益《列朝诗集》闰集录妙端诗十八首,"小传"云:"刘长卿谓李季兰为女中诗豪,余于静庵亦云。"清朱彝尊《明诗综》卷八十六录其诗四首,"诗话"云:"静庵诗颇流丽。于归之后,移家海盐,故《淑芳集》《明诗粹》《明诗妙绝》俱作海盐人。"卷末有姚景瀛跋语云:"吾友张君渭渔藏有吴兔床先生手辑朱静盦诗稿本,知余有誊清本一册,嘱为校正,适敝藏被徐君行可以戴文节画扇易去,今复借校,彼此均有讹脱,为两家互补之。乙卯秋中,虞琴记。"

101 竹岩先生文集十二卷

柯潜(1424—1473)撰。潜字孟时,号竹岩。福建兴化府莆田(今属福建莆田)人。正统九年(1444)领乡荐,景泰二年(1451)第一人进士及第,授修撰。三年进右春坊右中允,七年升司经局洗马。天顺元年(1457),授尚宝司少卿兼司经局洗马,四年充东宫讲读官。成化改元(1465),晋翰林院学士掌院事,奉敕纂修《英宗实录》,升詹事府少詹事。成化九年八月十八卒,年五十一。生平见吴希贤《竹岩柯公行状》(《竹岩诗集文集》附录)、王㒜《柯公传》(焦竑《国朝献征录》卷十八)、陈鸣鹤《东越文苑传》卷六、张廷玉等《明史》卷一百五十二。

该集明光泽堂钞本,台北故宫文献馆藏。二册。板框 18.6 厘米×12.4 厘米。四周双边,版心白口,单鱼尾。半页十行二十二字。钤有"国立北/平图书/馆收藏"朱文方。无序无跋。正文题名下注"四世从孙维骐编校"。卷一收疏、议、序,卷二至六收序,卷七收记,卷八收传,卷九收墓表,卷十收碑铭,卷十一收志铭,卷十二收说、赞、祭文、哀辞、书等。

柯潜诗文集刻本有清雍正十一年柯潮刊本《竹岩集》十八卷补遗一卷续补遗一卷,另有清光绪十四年莆田柯氏刊本《柯竹岩集》十八卷补遗一卷续补遗一卷附录一卷。明陈鸣鹤以为柯潜"为文平妥整洁,诗尤清婉"(《东越文苑传》卷六)。清季陈田《明诗纪事》乙签卷十八录柯潜诗六首,按语谓"学士在翰林以名节著,诗亦俊爽出尘"。

《四库全书》收柯潜《竹岩诗集》一卷《文集》一卷补遗一卷,"提要"以为:"(柯潜)惟文集乃传本甚稀,据集首董士宏序,则原集在嘉靖中曾经刊板,然今福建所采进者仅属抄本。又据康太和序知当时已阙逸,今则并康序中所称《记盆鱼序》《愚乐》等作,亦俱未见,殆更为后人妄有刊削,弥致散亡。抄录亦多舛误,弥失其真。今就是集所存诗文各一卷,重为订正,并从郑岳《莆阳文献》、郑王臣《莆风清籁集》中录诗十首文二首,为补遗一卷,附缀于末,以存梗概。其诗冲澹清婉,不落蹊径。文亦峻整有法度,盖其时何、李未出,文格未变,故循循轨度,犹不失明初先正之风焉。"(《总目》卷一百七十)

102 杨文懿公文集三十卷

杨守陈(1425—1489)撰。守陈字维新,号晋庵,又号镜川。浙江宁波府鄞县(今属浙江宁波)人。景泰元年(1450)乡试第一,明年成进士,选翰林院庶吉士。未几,丁父忧、继丁祖忧,居丧七年。天顺二年服除,授编修,与修《大明一统志》《英宗实录》,充经筵讲官。迁洗马,成化八年(1472)进侍讲学士,与修《宋元通鉴纲目》,进少詹事。孝宗嗣位,擢吏部右侍郎,与修《宪宗实录》,以本官兼管詹事府。弘治二年(1489)十月卒,年六十五,赠礼部尚书,谥文懿。生平见何乔新《杨公守陈墓志铭》(焦竑《国朝献征录》卷二十六)、程敏政《杨文懿公传》(《篁墩程先生文集》卷五十)、张廷玉等《明史》卷一百八十四。

该集明正德间歙西黄氏重刊本,台北图书馆藏。十二册。板框19厘米×13.4厘米。左右双边,版心粗黑口,双黑鱼尾。半页十二行二十二字。钤有"结社/溪山"朱文方、"真意"朱文圆印、"文瑞/楼"白文方、"莲/泾"朱文方、"太原叔子/藏书记"白文长方、"泽存/书库"朱文方、"家在/黄山百/岳之间"白文方、"金星轺/藏书记"朱文长方、"穉农/过眼"朱文方、"国立中央图/书馆收藏"朱文长方、"甸清/过眼"白文方、"汉鹿斋金/石书画印"白文长方、"文瑞楼/主人"朱文长方、"此中有/真意"朱文长方、"爱闲/居士"朱文方、"留为/永宝"朱文方、"吟自在诗/饮欢/喜酒"白文方、"当怒读则喜/当病读则痊/恃此用为命/纵横堆满前"朱文方。

卷首有《杨文懿公文集序》,署"弘治十二年九月朔旦通议大夫南京吏部右侍郎前翰林院侍讲学士弟守址谨序";《晋庵稿序》,署"天顺元年龙集丁丑十有二月吉镜川子书于敬梅轩";《桂坊稿序》,署"成化二十年岁在甲辰秋八月望赐进士第嘉议大夫刑部左侍郎盱江何乔新书";《桂坊稿序》,署"弘治纪元龙集戊申冬十一月晦日新安程敏政题";《金坡稿序》,署"弘治二年岁己酉春正月下浣赐进士及第中顺大夫詹事府少詹事兼翰林院侍讲学士致仕新安程敏政序"。此集有文无诗,内《晋庵稿》一卷、《镜川稿》四卷、《东观稿》十卷、《桂坊稿》五卷、《金坡稿》九卷、《铨部稿》一卷。卷三十末注

"安庆桐城秦潮录、新安歙西黄氏刻"。

杨守陈易箦前对其弟守址曰："吾文宜精选,凡有关于道德伦理者,稍工则取之,若止为一人议论者,非极工不取。其溢美过情者,虽工亦去之。"领此遗命,杨守址编选此集,付守陈季子茂仁刊刻行世："公命乃勿敢违,顾其遗稿浩穰,未易悉传。昔在京邸,尝于诸稿中妄意掇取议论、叙事、杂著之文数百篇为三十卷,付公之季子茂仁郎中,先为刊本。其文之未及取与夫五经四书私抄、奏议、诗集,今于南都与公之长子茂元同知翻辑以图续刻,未遂也。而茂仁先所刊本既成,以书来欲得序而传之。窃惟公之德学著于文章者如山之广大,而草木蕃滋,华实兼茂,宝藏兴焉。……今姑就吾目力所及者,辄先取而传焉,其所未及者,取之未已,传之无穷。"(杨守址《杨文懿公文集序》)

程敏政《金坡稿序》谓杨守陈:"起近代,文名满天下,而尤以道德为志,功名富贵无足动其心。盖先生世家四明,自其大父栖芸先生得慈湖心学之传,至先生益大发之,遂取高科入翰林三十余年,凡朝廷稽古代言之事,必与执笔。有讽有规,不为哗世取宠之作;侍经幄则正言不讳,总史事则直书无隐;典文衡则因言考行,收士最多。而群从子弟得于家庭,以经术发身掇魁元官,侍从服金紫者六七人。先生退食自公,以诗文自娱而重以天伦之乐,不自知其身之在散地迫晚境也。"《静志居诗话》谓其"诗格深稳,在唐宋之间"。(《诗话》卷七)

此本台图著录为"明正德间歙西黄氏刊本",当与该集卷三十末所镌刻的"安庆桐城秦潮录、新安歙西黄氏刻"有关,然经比对该本目录及明弘治十二年杨茂仁刊本内容,二者完全一致,惟不同者即在台湾藏本卷三十后多出这几个字。结合杨守址序可知,杨守址和杨茂元并没有再续刻,此本当著录为"明正德间歙西黄氏重刊本"。

103　黎阳王太傅文集一卷

王越(1426—1499)撰。越字世昌。京师大名府浚县(今属河南浚县)人。少补县学生,景泰元年(1450)举京闱,明年成进士,授御史,出按陕西。丁外艰,服除,天顺初超擢山东按察使,七年(1463)再超擢右副都御史。成化改元(1465)迁左副都御使,进右都御史,总督军务,再进左都御史,进三边总制,加太子少保、进太子太保、兵部尚书,提督军务。成化十六年(1480)以军功封威宁伯,进太子太傅。十七年佩征西前将军印,改大同总兵官,镇大同、延绥,兵败,夺爵除名。后诏复左都御史,致仕。弘治七年(1494)又起,总制甘、凉,兼制延、宁两镇,经略哈密,以破敌于贺兰,加少保兼太子太傅,弘治十一年十二月初一卒于军,年七十三,赠太傅,谥襄敏。生平见李东阳《襄敏王公墓志铭》(《怀麓堂集》卷八十三)、王世贞《威宁伯王公越传》(焦竑《国朝献征录》卷十)、张廷玉等《明史》卷十七。

该集明正德间刊本,台北故宫文献馆藏。二册。框 20.3 厘米×13.9 厘米。四周双边,版心黑口,双鱼尾。半页十一行十五字。钤有“国立北/平图书/馆收藏”朱文方,“寿祺/经眼”白文方。内各文体编排较为混杂,收五律十六首,五绝十首,七律一百五十九首,七绝八十四首,词五十首,赋一首。序、墓志铭、祭文等文后,又收乐府九首,继有像赞、墓志铭、文序等。今《甲库丛书》第 713 册内《黎阳王太傅文集》一卷底本即为台北藏本。

钱谦益《列朝诗集》谓王越:“喜为诗,粗豪奔放,不事雕饰。酒酣命笔,一扫千言,使人有横槊磨盾、悲歌出塞之思。”(《列朝诗集》丙集卷三)《四库全书总目》著录王越《王襄敏集》二卷续集一卷,“提要”谓:“越本魁杰之才,其诗文有河朔激壮之音,而往往伤于粗率。”(《总目》卷一百七十五)

104　括囊稿一卷

文洪(1426—1479)撰。洪字功大,又作公大,号希素。南直苏州府长洲(今江苏苏州)人,文徵明祖父。文洪本为酒商,后习举业。成化元年(1465)领乡荐,再试不第,八年与子文林同上春官,林中进士,而洪仅得乙榜,授涞水教谕,三载归,十四年卒,年五十四。生平见《(乾隆)长洲县志》卷二十三、《(同治)苏州府志》卷八十六。

该集明嘉靖间刊本,有笏庵氏手书题记,台北图书馆藏。一册。板框17.8 厘米×13.2 厘米。左右双栏,版心白口。半页十二行二十字。钤有“璜川吴/氏收藏/图书”朱文方、“潘苴坡/图书印”朱文长方、“国立中/央图书/馆考藏”朱文方、“髯/头陀”朱文方、“汪士钟藏”白文长方、“潘氏桐西/书屋之印”朱文长方、“之心/万”朱文方、“公蓼/眼福”白文方。卷首有《括囊稿序》,署“直隶保定府易州涞水县儒学教谕文洪功大”。内总收诗七十六首。

封面有笏庵题识曰:“文洪《括囊集》,虽寥寥数帙,已成世间绝无仅有之本也。癸未四月雨窗,笏庵记。”此集为文洪自选,文洪少喜作诗,且主张诗要发乎性情:“古人于诗,以发情止义为主,故不必工,不必不工。工则泥于雕琢,不工则流于鄙近。予性喜作诗,少与内兄张豫源共学,日有所课,不间寒暑。稍长,从事举业,遂置去不省。潦倒场屋垂三十年,童习忘之久矣。然燕居游赏、间关羁逆,不能终忘也。一时欲言之旨,略已就之彀率间。自评之谓'如春山早莺,初出深谷,舌弱语涩,不能成声'。盖虽不涉于雕琢,而鄙近特甚,以求所谓发情止义而合和平醇厚之旨,何可得哉?暇日检前后所作,汰其已甚,得百篇,联录为册,时自展适,不敢示人,因命《括囊稿》云。"

万历十六年文肇祉辑刻《文氏家藏诗集》本,载文洪诗文集有正德十年李东阳《括囊稿序》。由李东阳序可知《括囊稿》曾有嘉靖前刊本。李东阳序曰:"《括囊稿》者,涞水教谕赠南京太仆丞文君功大所著诗也。其子知温州府林欲刻于郡斋,未果而卒,今南京太仆少卿森手自编校,刻于家……其所为诗文尚风韵,有节制,宁朴而不为巧,宁简而不为泛。故虽月累岁积,而其所自择者止于如此,且其古体有警身慎独语,尤词人艺匠所不能道,非根于经术者能然乎?"朱彝尊《明诗综》卷二十八录文洪诗三首。"诗话"谓:"长洲文氏,世载其德,希素先生实始之……传之交木、甫田,高曾之规矩不改也。"陈田《明诗纪事》丙签卷四录文洪诗一首,按语谓"涞水以名德重,不以诗见长"。

105　定轩存稿十六卷附录一卷

黄孔昭(1428—1491)撰。孔昭名曜,字孔昭,后以字行,号定轩。浙江台州府太平(今属浙江温岭)人。景泰七年(1456)举人,天顺四年(1460)进士,授工部屯田主事,进员外郎,改吏部,成化间进郎中,擢右通政,迁南工部右侍郎。卒于弘治四年(1491)六月十七,年六十四。嘉靖间赠吏部尚书,谥文毅。生平见黄正俌《先考定轩府君行状》、谢铎《黄公墓志铭》、吴宽《侍郎黄公传》(《定轩存稿》附录)、何乔远《名山藏》卷六十九、《(民国)台州府志》卷一百〇一。

该集明乌丝栏钞本,台北故宫文献馆藏。四册。板框 17.5 厘米×12 厘米。卷首有前人手书题记一则。四周单边,板心白口,双鱼尾。半页九行十六字。钤有"国立北/平图书/馆收藏"朱文方。无序无跋。卷一收五七言古诗三十二首,卷二至十收近体诗一百八十余首,其中卷六标"唐县稿",卷七标"江西湖北稿",卷八标"登州稿",卷九标"池州稿",卷十标"奏稿"。卷十一至十五收序、记、行状、墓志铭、祭文、书等文三十余篇,卷十六标"读通鉴续稿",总五十二条。卷十七附录诸亲友所撰墓志铭、传记、祭文等。

孔昭慨诗道中落,有振衰起敝之志。谢铎《黄公墓志铭》云:"公读书不事章句,往往能穷前人所未至。精思之余,下笔沛然,而尤长于诗。尝与予叔父王成山人慨诗道中绝,将力振之。"吴宽《侍郎黄公传》称其诗"质实而理胜"。

106　定轩公存稿一卷

彭大治(生卒年不详)撰。大治字宜定,号定轩。福建兴化府莆田(今属福建莆田)人。正德九年(1514)进士,授南京户部主事,晋员外郎、郎中。出知扬州府,调叙州,丁外艰,服阕,改知韶州,诏迁长芦盐运使,未任,卒于韶州。生平见《(乾隆)福建通志》卷四十四、《(民国)莆田县志》卷三十二。

该集明隆庆六年(1572)桂林知府彭文质刊本,台北故宫文献馆藏。一册。板框19.6厘米×14厘米。四周单边,版心白口。半页十行二十字。首有《定轩彭公存稿叙》,署"隆庆壬申仲春吉旦前进士陈岩山人眷晚生方攸跻顿首拜序"。内收赋一首、歌二首、诸体诗一百十余首、各体文十二篇。卷末有《定轩公存稿跋》,署"隆庆陆年春正月望日不肖文质百拜谨识";隆庆壬申仲春二月望日属下吏临桂县知县翟守谦顿首谨跋。今《甲库丛书》第749册内《定轩公存稿》一卷底本即为台北藏本。

由彭文质跋可见家族文献保存之不易。跋云:"此先大夫定轩公遗稿也。先大夫稿极多,质自幼捧读,何啻五六卷。先大父提学忍庵公亦有文集八卷。壬戌之变,俱遭兵燹,忍庵公集一卷无存,定轩公所遗者裒辑散佚,仅什之一耳,其他若《云南司北轩记》则虽有遗稿而不终,其余无可考已。父没而不忍读父之书,手泽存焉耳。"

107　彭惠安公文集八卷

彭韶(1430—1495)撰。韶字凤仪,号从吾。福建兴化府莆田(今属福建莆田)人。景泰七年(1456)领乡荐,次年天顺元年(1457)成进士,授刑部主事,历员外郎、郎中,以疏得罪,下诏狱。言官论救,释出为四川按察副使,迁按察使。成化十四年(1478)迁广东左布政使,以抗疏忤旨,改贵州。二十年擢都察院右副都御史,巡抚应天、苏、松等处,入为大理寺卿,改抚顺天、蓟州等处。孝宗即位,召为刑部右侍郎,寻兼金都御史巡视浙江整理盐政,进左。弘治二年(1489)还朝,改吏部,四年代何乔新为刑部尚书。以志不能尽行,连章乞归。弘治八年卒,年六十六,赠太子少保,谥惠安。生平见林俊《彭惠安公神道碑》(《见素集》卷十九)、何乔远《名山藏》卷六十九、张廷玉等《明史》卷一百八十三。

该集明嘉靖十八年(1535)四川按察使刘勋刊本,台北故宫文献馆藏。二册。板框19.5厘米×12.3厘米。四周双边,板心小黑口。半页十行二十一字。钤有"苍岩山人书屋记"朱长方、"国立北/平图书/馆收藏"朱文方、

"蕉林藏书"朱文方、"苍岩子"朱圆印、"观其大略"白文方。卷首有《重刊彭惠安公文集引》,著"嘉靖十八年岁次己亥夏五月朔日四川按察使同邑后学刘勋谨书"。卷末有刑部尚书林俊《彭惠安公文集序》、兵部左侍郎郑岳跋。卷一奏议,卷二、三序,卷四记,卷五碑铭,卷六志铭,卷七祭文,卷八附录杨守陈、李东阳、林俊、郑岳等赠序、文序。今《甲库丛书》第713册内《彭惠安公文集》八卷底本即为台北藏本。此外,彭氏存世著述还有明万历间彭继美刊本《彭惠安公文集》十一卷,及《四库全书》本、清抄本《彭惠安公集》十卷附录一卷。

郑岳言该集之刊刻曰:"公胤嗣单微,遗稿散逸。侍御陈公时周尝汇辑,林公见素序之,将梓行未果。今抚守丘君主静雅慕先正,欲表章之。录公遗文,属余订正,将刻之郡斋。其间觉多讹缺,乃从其家求公所谓《滞稿》者,详加校定,厘为七卷云。若名臣录、赞政训等书,久有专刻,兹不复入。晚学寡陋,管窥蠡测,挂漏是咎,爰取纪传、赠送凡为公作者附之卷末,庶后之读是文者,尚有以考其世也。"

林俊序彭绍集,谓彭氏:"公自刑部属以气节行烈自效,及外而藩臬,内而中丞少宰,以至司寇,际我英宗、宪宗,大际我孝宗知遇之盛。方是时,世道允升,士气丕振,公得以翱翔展布其间,伸其志,达其道,公大行其所学。晚而与王端毅、何文肃、张庄简数君子同心辅政,天下称大老。公葆养性灵,探索道奥,翻阅经史百子,每作述评校物品,衡量治势,命词运意根理道而系续纲常⋯⋯平生所著《滞稿》为卷凡若干,侍御陈君时周辑其要,得若干,锓梓以传。"

《四库全书》收《彭惠安集》十卷附录一卷,"提要"谓:"韶正色立朝,岿然耆旧。其文虽沿台阁之体,而醇深雅正,具有根柢,不同于神瘠而貌腴。初名《从吾滞稿》,嘉靖中重刻,乃改题此名。然据郑岳原序,已有'遗稿散佚'之语,则似已非其旧本,故所收诗仅十余首。如《明诗综》载其《临江词》一篇,指斥东里慷慨激烈,足起顽懦,而此集不载。又《莆风清籁集》载其诗十五首,亦半从他书录入,是掇拾散亡,尚多未尽,特赖此一编,幸不至于全佚,是则校刊者之功耳。韶之风节虽不藉文章以传,然文章亦足以不朽。至其巡视浙江,兼理盐法,怜灶户之苦,绘入图上进,各系以诗,具有元结《春陵行》、郑侠《流民图》之意,又不仅以词采工拙论矣。"(《总目》卷一百七十)

108 菊庵集十二卷

毛超(1430—1513)撰。超字仪超,别号菊庵。江西吉安府吉水(今属

江西吉水)人。幼孤家贫,然刻苦向学。成化十三年(1477)领乡荐,十七年
会试以乙榜授太平府学训导,九年考满,迁南兵部司务。又九年,升本部车
驾司员外郎,晋郎中。擢为云南广西府知府,引年乞归。家居以诗文自娱,
卒于正德八年(1513),年八十四。生平见《自撰墓志铭》(《菊庵集》卷十
一)、夏言《菊庵毛公神道碑》(《夏桂洲先生文集》卷十六)、《(道光)吉水县
志》卷二十二。

　　该集明嘉靖十四年(1535)吉水毛氏家刊本,台北故宫文献馆藏。二册。
板框18.4厘米×13.3厘米。四周单边,版心白口,单白鱼尾。半页九行二十
一字。首有《菊庵集叙》,署"中奉大夫湖广布政使司左布政史邑友生泷江
彭杰叙"。卷末有跋语,署"嘉靖乙未仲春之吉里姻后学周凤拜书";《敬书
菊庵集后》,署"乙未正月既望不肖孙伯温谨识"。正文题名后无署名。内
前九卷收古近体诗四百余首,后三卷收记、序、杂文、祭文等三十余篇。《甲
库丛书》第723册内《菊庵集》十二卷底本即为台北藏本。

　　集由毛超之孙毛伯温整理,誊录则由其季孙伯渊,周凤校阅。周凤跋
曰:"是集也,先生之子廷尉一木先生谨藏之。岁久蠹逸,亡者过半。承命而
检理者,则先生之冢孙大中丞东塘公也,其誊稿则季孙伯渊,其正误则不以
无知而属凤焉。"

　　毛伯温跋语言集之刊刻曰:"嘉靖甲午冬,伯温居母丧,丧次见故箧封识
甚密。问故,乃知为先祖太守公遗稿,吾父谨藏之者也。亟启视焉,蠹蚀者
参半矣。吾祖平生制作富矣,兹仅存什一,乃复残缺若此,释今不图,将漫漶
莫考矣。乃偕弟伯渊谛检而备录之,凡诗与文悉以体类,请吾友周朝阳校
正,谨梓之以传不朽。"又述其祖刻苦向学曰:"窃惟吾祖年十四而孤,会家多
难,日寝以贫,乃自知向学,刻苦自信,不少沮辍,于书无能购,辄手录焉。遇
寒则篝灯帐中,每读至夜分,或鸡鸣乃寝。积久,帐之顶黔矣,其学之所得悉
不由师授,今诵集中诸体,皆力追古作,师授者或不及也,可想见其用心矣。
呜呼,艰哉,今子孙茹甘策肥,书册充栋,频年延师训迪,乃不知务学,岂复念
先世哉?兹集之刻,永前休也,且以励后,后之人无志则已,稍有志焉,读是
集也,有弗感弗兴者乎?"

109　一峰罗先生诗文集七卷

　　罗伦(1431—1478)撰。伦字应魁,改字彝正,号一峰。江西吉安府永丰
(今属江西吉安)人。幼家贫,十四授徒于乡以养亲。景泰七年(1456)领乡
荐,成化二年(1466)第一人进士及第,授翰林修撰。以疏劾大学士李贤夺

情,贬福建市舶司提举。李贤卒,召还,复修撰,改南京翰林院。六年以疾辞归,闭门著书授徒。十四年九月二十四卒,年四十八。正德间赠谕德,谥文毅。生平见贺钦《一峰罗先生墓志铭》(《医闾先生集》卷四)、陈献章《罗伦传》(《白沙子全集》卷四)、王兆云《皇明词林人物考》卷三、张廷玉等《明史》卷一百七十九。

该集明正德元年(1506)顺庆府通判盛斯征刊本,台北图书馆藏。四册。板框21.6厘米×14.8厘米。四周双边,版心粗黑口,双鱼尾,下方记刻工名,如下、文等。半页十行二十一字。卷首有《一峰罗先生文集序》,署“正德元年仲冬长至日赐进士中顺大夫顺庆府知府祥符张贤序”。文卷末有正德元年十二月后学姑苏阙名《跋一峰罗先生文集后》。钤有“韫辉斋/图书印”朱文长方、“张珩/私印”白文方、“乌程”朱文圆印、“西邨/居士”朱文方、“国立中/央图书/馆考藏”朱文方、“星叟农/祥之章”朱文长方。内诗集三卷文集四卷,诗集卷一收五七言古近体诗八十二首,卷二收七言绝句五十首,卷三收七言律诗五十首、长短句六首。文集卷一收、序,卷二收说、传、书,卷三收书,卷四收奏、论。

除正德元年七卷本外,罗伦诗文集今存正德十一年刊本《一峰先生文集》十卷附录一卷;嘉靖二十八年刊本《一峰先生文集》十四卷(十四卷本又有明万卷楼刊本、《四库全书》本);明万历十八年刊本《重校一峰先生集》十卷(十卷本又有明活字印本、清康熙六十年活字本、清乾隆二十三年活字本);清道光二十九年江阴罗氏刊本《罗一峰先生集》十卷首一卷补编二卷。

张贤叙盛斯征之刻斯集时云:“同寅盛君斯征既刊罗一峰集于郡斋,余得而披阅之,因窃疑焉。古今人文集多矣,而斯征独刊是集,何邪? 暇日因叩斯征,斯征曰:吾苏人好读书,凡圣经史传诸子百家,洎稗官小说罔不漱其芳润,咀其膏腴,爬罗剔抉,搜狩无遗,故吾苏人之学往往闳中肆外,擅大名于天下,而魁大庭者科不乏人。其不务学者则群聚而笑之,以故仆虽无似,自童卯即勉强学问,甫弱冠获举进士,虑闻见孤寡,不足以裨益政务,故随宦邸所在,必构小轩,左右图书,每自公退食,兀坐其中,俯而观,仰而思,呻其占毕,冀有所得,庸资仕益,偶得一峰集,读而说之,因绣诸梓。”又论其人与文曰:“一峰以宏博硕大之学,□纶经济之才,夺魁大庭,拜官内翰,遂以其所学者欲大布于时,朝夕献纳,冀有匡扶。中忤拳贵,恬退家居,乃谢绝声利,携徒讲道。菁莪济济,蔼满座之春风;弦诵洋洋,溥一坛之化雨。俨然朱子白鹿洞之气象也。其师弟子授受之间,或赠送交游,或摹写景物,发而为文也,汗澜卓踔,灿乎黼黻之章;发而为诗也,迭宕温雅,铿乎金玉之音,有关于世教,有补于民风,而非无益之赘言也。”

朱彝尊《明诗综》卷二十八录罗伦诗一首,"诗话"谓:"一峰专心理学,诗不与韵士争长,而集中《纪梦》诗多至三百余首,难乎免于癖矣。"(《诗话》卷八)《四库全书总目》著录罗伦《一峰集》十卷,"提要"谓:"伦与陈献章称石交,然献章以超悟为宗,而伦笃守宋儒之途辙,所学则殊。《明儒学案》云'伦刚介绝俗,生平不作合同之语,不为软昪之行,冻馁几于死亡,而无足以动其中,庶可谓之无欲'。今览其文,刚毅之气形于楮墨,诗亦磊砢不凡,虽执义过坚,时或失于迂阔,又喜排叠先儒传注成语,少淘汰之功,或失于繁冗,然亦多心得之言,非外强中干者比也。"(《总目》卷一百七十一)

110 巽川祁先生文集十六卷附录二卷

祁顺(1434—1497)撰。顺字致和,号达庵,又号巽川居士。广东广州府东莞(今属广东东莞)人。景泰元年(1450)十七岁领乡荐,天顺四年(1460)成进士,授兵部主事,转户部,预考会试。迁员外郎,进郎中,任会试同考官。成化十一年(1475)以建储,赐一品服,奉诏使朝鲜。升江西左参政,甫三载晋右布政。坐事讦误,左迁贵州石阡知府。弘治五年(1492),丁内艰,服除,升山西右参政,八年晋福建右布政使,转江西左布政使,弘治十年十一月初六卒于任,年六十四。生平见张元祯《江西左布政使祁公墓志》、费宏《祁公墓表》(《巽川祁先生文集》附录)、《(光绪)广州府志》卷一百二十三。

该集明嘉靖三十六年(1557)刊本,明袁炳跋,台北图书馆藏。十二册。板框21.2厘米×15.1厘米。四周双边。版心大黑口,双黑鱼尾。半页九行二十一字。钤有"祁惇/裕堂/宝护"朱文方、"钱大/昕印"朱文方、"潜研堂/藏书记"白文方、"吴兴刘氏/嘉业堂藏"朱文长方、"吴兴刘氏嘉/业堂藏书记"、"国立中/央图书/馆考藏"朱文长方。卷首有《巽川祁先生文集叙》,署"嘉靖丁巳冬十一月朔旦眷后学钟云瑞谨叙"。卷后有《叙祁巽川先生集后》,署"嘉靖丁巳冬十一月既望后学袁炳顿首谨叙"。附录(上)有南昌张元祯《布政使祁公墓志》、费宏《祁公墓表》及祁顺生前好友赠诗、赠序。附录(下)为《贞庵诗》(贞庵,即祁颐,祁顺弟)。

《巽川祁先生文集》诗文皆收。卷一至八收各体诗,其中卷一收颂、赋、哀词、汉江词二首(朝鲜作),卷二、三收古诗七十一首、长短句十六首,卷四至七收近体诗四百一十九首,卷八收五、七言排律十首、联句二十一首。卷九至十六收颂、箴、祭文、序、记、书、传、行状、墓铭、墓表、杂著等各体文。

袁炳跋语以为祁顺之文足成一家之言:"六朝起而文轨芜,因循至于明兴，海内更始，皇风焱煽，锡极之主标理道以示准，耦时之士感熙化而复古，龙蒸虎蔚，盖彬彬然可观已。先生以岭海挺幽，感会风云，扬历中外者无虑数十年，凡夫笼挫物状，挥霍今古，型写治化而弘阐伦纪者，一悉□□作者之风烈。今即其文，想见其为人，约其志洁，故其旨冲和，其行芳，故其词雅淡。其学术正，故议论所至，卓然不诡于圣人，即是以验术业性灵焉。洞若观火，诚足以发道义之蕴，成一家之言也。"

111　式斋先生文集三十七卷

　　陆容（1436—1494）撰。容字文量，号式斋。南直苏州府昆山（今属江苏苏州）人。先世冒徐氏，至陆容始复本姓。天顺三年（1459）领乡荐，成化二年（1466）成进士，授南吏部验封司主事。丁外艰，服除，改兵部职方司，历员外郎、郎中，升浙江右参政。弘治六年（1493）以忤权贵罢归，七年七月十五卒，年五十九。生平见文林《陆公墓志铭》（《文温州集》卷九、焦竑《国朝献征录》卷八十四）、程敏政《参政陆公传》（《篁墩程先生文集》卷五十）、王兆云《皇明词林人物考》卷四、《（万历）重修昆山县志》卷六、张廷玉等《明史》卷二百八十六。

　　该集明弘治十四年（1501）昆山陆氏家刊本，台北故宫文献馆藏。九册。框18.5厘米×14.2厘米。左右双边，板心白口，双鱼尾。半页十二行二十三字。钤有"金元功／藏书记"朱文长方、"国立北／平图书／馆收藏"朱文方、"潘氏所藏"白文方。《归田稿》卷四卷末题："邑人唐曰恭曰信等刻字。"卷首有《式斋文集序》，署"弘治壬戌夏四月上浣嘉议大夫吏部右侍郎前詹事府少詹事兼翰林侍读学士同郡王鏊序"。《浙藩诗稿》卷首有《浙藩稿序》，不全，不知撰人。《归田稿》卷末有跋，署"弘治十四年岁在辛酉六月十有七日都察院观政进士郡人都穆敬书"。继有像赞一则，署"通议大夫都察院左副都御史奉敕巡抚南畿总理粮储安成彭礼撰"。内《式斋稿》二十二卷，《浙藩诗稿》八卷，《浙藩文稿》三卷，《归田稿》四卷。正文卷端题名下镌"式斋先生文集一"，下列小字注："太中大夫浙江等处承宣布政使司右参政陆容文量。"《归田稿》卷四末（即《式斋先生文集》三十七末）注"男伸编侄伟缮写，邑人唐曰恭、曰信等刻字"。

　　《式斋先生文集》另有清咸丰八年潘道根钞本，南京图书馆藏；清抄本，广东图书馆藏。今《甲库丛书》第720—721册内《式斋先生文集》三十七卷底本为台湾藏本。

　　都穆跋曰："故浙江参政太仓陆公有文曰《式斋稿》，曰《浙藩稿》者，其子贡士伸既刻之于梓。今年春,复以公退休之作曰《归田稿》,并刻之以行。仲夏,穆至而工适告完,贡士俾识其后。尝记岁癸丑,公解政东还,抵郡即辱过穆,共觞福济道院,联句池亭,实为归田首唱。今而登公之堂,公虽不可见,而获见其文之全,盖有非偶然者。惟公以高才邃学,历仕中朝余二十年,其所建白皆当世要务,晚而出参藩政,虽制于命,不竟其施,然没未几而述作之富,流布人间,其视得志一时而名随身泯者,果孰多而孰少。若公者,其可以不朽矣。"

王鏊序称:"始吾苏之仕于朝者最名,多文学之士。其在昆山,则有若翰林修撰张君亨甫、太常少卿兼翰林侍读陆君鼎仪、浙江布政使司右参政陆君文量三人,皆能文,而特工于诗。亨甫颇以才自喜,其诗翩翩如浊世公子,奇气溢出,最为时所脍炙。鼎仪志尤高,不肯苟出,出必奇崛奥简,读之或不能句,如商盘孔鼎,识者赏之,而世好之差少。文量不为险峻奇怪,意尽则止,如行云流水,自中法律。亨甫、鼎仪皆官翰林。文量独官兵部,颇以政妨,世知之益少。而三人最号相得,杯酒倡酬,意气所至,不知古人何如耳。……予阅之,则平生倡和之作咸在,又得其文读之,多余所未见者。敷腴宕达如其为诗,而奏议尤有经世之志焉,亦其所以见嫉于时者,乃知前谓特工于诗,亦非知君者也。"

清季陈田《明诗纪事》丙签卷五录陆容诗十七首,按语谓陆容:"与张亨父、陆鼎仪称'娄东三凤',所著《菽园杂记》,王守溪称为明代说部第一。平生不以诗名,而学问既博,掇其佳篇,究非专语性灵者所得比拟。"

112 定山先生集十卷

庄昶(1437—1499)撰。昶字孟旸,号木斋,晚号活水翁,学者称定山先生,江浦(今属江苏南京)人。十一岁充邑庠生,十三补廪膳。景泰七年(1456)领乡荐,成化二年(1466)成进士,授翰林检讨,选庶吉士。与章懋、黄仲昭上《培养君德疏》,忤旨受杖,贬桂阳州判官,改南京行人司副。以忧归,卜居定山二十余年。弘治间,起为南京吏部郎中。罢归卒,年六十三。追谥文节。生平见湛若水《定山庄公昶墓志铭》(焦竑《国朝献征录》卷二十七)、王兆云《皇明词林人物考》卷三、《(万历)应天府志》卷二十八、张廷玉等《明史》卷一百七十九。

该集明正德元年(1506)山西按察使李善刊本,台北图书馆藏。板框20.5厘米×14.7厘米。四周双边,版心大黑口,三黑鱼尾,版心底端镌刻工名,如元、珍、干、完、天、申、沈、五等。半页十行十八字。卷首有《定山先生集序》,署"正德元年余姚王华序"。钤有"彭印/玉麐"白文方、"吴兴刘氏嘉/业堂藏书记"朱文长方、"国立中/央图书/馆考藏"朱文方。附录"定山祠堂记"。卷一收五古九首,卷二收绝句三百十二首,卷三收五律一百九首,卷四、五收七律五百七首。卷六至十收序、记、墓表、墓铭、杂著等九十五篇,词二首。

庄氏著述除正德元年刊本外,现存诗文集另有《定山先生集》十卷,明嘉靖十四年刘缙刊本及嘉靖十四年刘缙刻萧惟馨重刊本;《定山先生集》十卷附录一卷补遗一卷《庄文节公年谱》一卷,清康熙四十一年庄清佐刊本、清道光间刊本。此外,尚有清钞本、《四库全书》所收《定山先生集》十卷本。

于嘉靖十四年刘缙刻萧惟馨重刊本,美国国会图书馆注曰:"按北平图书馆藏是集原印残本,卷内有陈常道等题衔四行,此本题衔于原有四行之后,又增入四行云:'巡按直隶监察御史金溪黄希宪重订,南京户部郎中太康何维同校,应天府江浦县知县庐陵萧惟馨校刊,江西道监察御史邑人朱贤类次。'考侯宗海纂修《江浦埤乘》,惟馨知县事在嘉靖之末,与刘缙中隔七人。惟馨等力不能刻书,而又希附其名于骥尾,遂改换每卷之第一二版(原版每行十八字,改版因多容字数,为每行二十字)。冒称重刻,其亦士夫中之蟊贼矣!"经著者仔细比对嘉靖十四年刘缙刊本及刘缙刻萧惟馨重刊本,二书目录、正文内容完全一致,每卷首二页与其它内容确如美国国会图书馆所言。

庄氏友人余姚王华序曰:"定山之文,得其气于庄骚而矩度于宋儒,其论事明而畅,其说理简而达。其诗格韵风调大抵类后山、简斋,而冲虚豪旷,多其所自得,故其音节纪律虽不拘拘于唐人之步武,而出于近代诗人则既远矣。"显系溢美过甚。故钱谦益《列朝诗集小传》谓:"孟旸刻意为诗,酷拟唐人。白沙推之,有'百炼不如庄定山'之句。多用道学语入诗,如所谓'太极圈儿'、'先生帽子','一壶陶靖节,两首邵尧夫'者,流传艺苑,用为口实。"(《列朝诗集》丙集卷四)《四库全书总目》著录《庄定山集》十卷,"提要"谓:"其文多阐《太极图》之义,其诗亦全作《击壤集》之体。"(《总目》卷一百七十一)由钱氏、四库馆臣评价可窥庄氏诗集之一斑。

113　和唐诗正音四卷

杨荣(1438—1487)撰。荣字时秀,号一斋。浙江绍兴府余姚(今属浙江绍兴)人。天顺六年(1462)举于乡,成化八年(1472)成进士,授南京工部都水司主事,迁员外郎、郎中,为蛊语所中,下诏狱,寻释归。二十三年卒,年五十。吕柟墓志铭谓杨荣"性刚介",钱谦益称其"襟度夷旷"。荣喜诗,尤喜唐诗,著《和唐诗正音》四卷。生平见吕柟《杨公配安人潘氏墓志铭》(《泾野先生文集》卷二十七)、《(雍正)浙江通志》卷一百六十五。

　　该集明成化十四年(1478)吴汝哲刊本,台北图书馆藏。一册。卷内有朱笔圈点。板框20.5厘米×13厘米。四周双边。版心黑口,双鱼尾。徐钧手书题记。半页十行二十字。钤有"晓/霞"朱文方、"徐钧/印"白文方、"爱日馆收藏"朱文长方、"晓霞/收藏"朱文方、"徐/安"朱文方、"国立中/央图书/馆考藏"朱文方。卷首有《和唐音序》,署"成化十四年青龙集戊戌夏四月初吉嘉议大夫南京吏部左侍郎前翰林侍读学士国志总裁直文华殿一品服东吴钱溥撰并书时年七十有一";《和唐寅序》,署"成化戊戌孟夏余姚杨荣时秀自序"。正文题名后镌"余姚杨荣时秀和"。总收古近体诗五百三十首。卷末有《和唐诗正音后序》,署"成化十四年岁舍戊戌秋八月赐进士第中宪大夫南京通政使司右通政眉山万冀书"。继有"爱日馆主跋"。

　　杨荣自叙其成书成因及经过云:"成化丙戌春,余自成均归省,途中无他涉虑,因取杨伯谦选盛唐诗凡五七言律绝五百三十余首,摹仿其意而追和之,冀因是以考见作者志意,以陶吾性情,仅就四百首余。暨归越,以事鞅掌,弗克竟和。继叨壬辰第,官南都水部,辄因公暇补和如数,粤唐诸君子以诗名家者,不下数十人。伯谦所选必有合于风雅之遗,骚些之变,汉魏以来乐府之盛者录之,否则虽多弗取。是以入选者人各十数首、五七首而止,辟则鲁弓郜鼎,制作精致,见者把玩不能释手……盛唐之作去古殆远,虽不足以望三百篇,然有志于学诗者亦行远自迩之意。间出旧稿于同寅,吴君汝哲冀得瑕类少私分寸之誉,而汝哲与善之心有若弗及,辄谋命工以锓诸梓。"

　　卷末有爱日馆主徐钧题记:"右《唐诗正音》四卷,明杨荣时撰。荣时字秀和(著者按,此处应是爱日馆主之误,跋主误为"杨荣时撰,荣时字秀和"。实际是杨荣撰,荣字时秀),余姚人,官至南京工部,取元杨伯谦士宏所选《唐音》五百三十首,而悉和之。卷首有自序、钱溥序各一,为明成化十四年戊戌原刻初印精本,曾藏范氏天一阁。张氏适园所藏之本为荣时孙大章于嘉靖乙酉将其先人旧所绣梓者印而传之,见大章跋中。近将两书检校,而张氏之藏本首序及钱溥序均已复刻,又按卷一第五页、第十七页、第廿三页,卷二第廿七页,共前后四页统于嘉靖间复刻,且复刻之页损字甚多,尚未补入。可见当时觅一成化原刊已属不易,而此则凡复刊本所漫漶者,并未见损一字,可称善本矣。适园所藏系嘉靖复成化本,藏书志称嘉靖刊本,非也。此籍缺首序一页,卷四末连后序共缺十二页,今悉抄补完全,大为可喜。爱日馆主跋。"

　　明人万冀于序中评杨荣《和唐诗正音》甚高,然溢美过甚。其词曰:"唐祚三百年,作者纷纷,求其间善鸣者,若王、杨、李、杜、许、萨诸君子,不过数十人而已。并其所吟咏者,不下数千篇而已,得选正音者仅五百余首而已,此音律之极致,唐人得与于斯者几希……时秀生于唐诸君子百世之下,而以一人之精神知虑能即唐迹和唐律于百世之上,戛乎金玉之音,焕乎星斗之文,汩乎江海之彭拜,与唐诸君子互相颉颃,是何易然!盖时秀幸际圣明熙洽之化,又践履乎道德,出入乎经史,胸次莹然,足以发之声响,不思索而自工,所谓随形而应,匪物刻而雕琢之也。"

清钱谦益《列朝诗集》丙集录杨荣诗六首,"小传"谓其"襟度夷旷,南冠而紫,不废吟咏"(《列朝诗集》丙集卷三)。

114 和陶诗集四卷

周坦率(1442—?)①撰。号坦率道人,南直苏州(今属江苏苏州)人。举人,授嘉祥学谕,后改官亲藩。善诗,尤喜陶体,故有《和陶诗》。

该集明正德八年(1513)周璧刊本,台北图书馆藏。一册。板框20.5厘米×12.2厘米。四周双边,版心黑口,三黑鱼尾。半页十行十九字。首有《和陶诗集序》,署"壬申岁五月朔龙化山人沈文华识";卷末有《跋和陶诗集后》,署"正德癸酉八月上浣愚侄璧拜手谨书"。钤有"希/逸"白文方、"吴兴张氏/图书记"朱文长方、"张珩/私印"白文方、"国立中央图/书馆收藏"朱文长方、"刘承幹/字贞一/号翰怡"白文方、"吴兴刘氏/嘉业堂/藏书印"朱文方、"抱经楼"白文长方、"吴兴张/氏珍藏"朱文长方、"密均/楼"朱文方印、"韩绳/大印"白文方印、"韩绳大一/名熙字价/藩读书印"白文长方、"松江读有用书斋金山守山阁/两后人韩德均钱润文夫妇之印"白文长方。封面有后人"和陶诗集"题签。封页有近人张珩墨笔手书题记曰:"松江韩氏读有用书斋旧藏,今归韫辉斋。戊寅端午重装。希逸记。"内卷一收四言诗十首,卷二至五收五言诗一百二十九首。

周坦率侄周璧《跋和陶诗集后》云:"家祖讷斋公任乐会令,卒于官,世父坦率道人与家君洲隐居士尚髫龀,故遗书俱为海外学者索去。迨归吴,祖母楼夫人命从明师游,习举子,厥后世父中乙榜,授嘉祥学谕,因往司文衡于闽,始得睹陶诗于路次,爱其冲澹平和,不事雕琢,辄和一二,若停云、荣木是也。及抵任,沮于他务,虽曾间和数篇,尚未就绪。后改官亲藩,率多闲暇,

---

① 《和陶诗集》卷四末有《归去来分辞》,题名下注曰:"辛未年乞休致,不允,即用漆韵写怀。"又正文首句云"归去来分,予年七旬,当告归,既自陈情乞休",据此可知,周坦率当生于正统七年壬戌,公元1442年。卒年或在正统末。

兼且致仕未容,遂乘兴遍和不遗一首,较之二苏择可和者之自不同矣。……若吾世父,虽位如隐,虽有禄而恒贫,益由不戚戚于贫贱,不汲汲于富贵故耳。璧蒙荐,厕礼官之末,故在左右得睹是稿,深爱其词气类陶,因录成帙,求致政提学副使章山沈公校正,而序诸首矣。兹者命工刻之,欲寄归以起家君吟咏之兴云。"

沈文华序称:"坦率道人周君一日出《和陶诗》一帙,托予引之。予素非知诗者,何能评坦率诗哉! 坦率襟抱冲澹简远,与物无竞,类陶诗。言志即厥人占厥志,诗可知矣。尝考唐人诗,惟韦苏州逼陶之真。坦率,苏人也,必其从韦门庭中来耶。"

115　雁荡山樵诗集十五卷

吴玄应(1443—1511)撰。玄应字顺德,号曼亭。浙江温州府乐清(今属浙江温州)人。祖上章姓,冒姓吴。吴纶子。聪敏博学,从父宦留都,为邑诸生。领浙江乡荐,登成化十一年(1475)进士。授南礼科给事中,转工科。慷慨敢言,有父风。历湖广少参、陕西大参,累官广东右布政使。劾中官汪直及其党陈钺乱政,疏救马文升,荐王恕、丘浚、杨守陈、何乔新,时论韪之。以被劾归。居乡屏迹泉林,结社赋诗,怡然自得。生平见《(万历)温州府志》卷十一、《(光绪)乐清县志》卷八。

该集明嘉靖三十五年(1556)吴朝凤刊本,台北故宫文献馆藏。六册。板框15.7厘米×13.5厘米。四周单边,版心白口,无鱼尾。半页十行十六字。序、目录及正文版心下部皆镌刻工名,如冯三、王良、刘魁、杨北斗、北斗、吴宽、仕安、张六、熊三、曾崇、刘玉、黄釜刊、张子弘等。首有《雁荡山樵诗集叙》,署"嘉靖三十五年十月二十五日南平游居敬"。正文题名下注"明正奉大夫广东右布政使东瓯曼亭吴玄应顺德撰,福建佥事孙吴朝凤,浙江左布政使闽游居敬校"。卷一至三收古体诗九十二首、乐府二首,卷四至十收律诗六百四十二首,卷十一至十四收绝句五百首,卷十五收词二十三首。

集由吴氏嫡孙吴朝凤辑录、刊刻行世。游居敬《雁荡山樵诗集叙》云:"是集东粤右方伯曼亭吴公所著也。公卒于正德初载矣,比嘉靖丙辰,其孙金宪南冈君汇而辑之,五七言古、五七言律、排律、绝句洎六言联句、词调诸体悉备,凡若干卷。"又称其诗文:"篇章烂然,若琼瑶错陈于前,莫可抉择;又如观于武库,锋刃铓锷,森如晃如,眩目怵心,莫可得而端倪也。……其字皆有据,辞皆隽思。有晋魏之苍而不刻,有唐之丽而不靡,古雅如禹碑周鼎,望之崭然,正截如晋行楚,卒然遇之而部伍不乱也。"

116　适志集十卷

黄钥(1444—1506)撰。钥号月峰。江西抚州府临川(今属江西抚州)人。初学制义,科考不遂,遂厌弃之,以吟咏为乐事。广历四方,所过囊琴箧书,过吴会,抵梁魏,游邹鲁,登泰岳,凡名胜之区,足迹殆遍,所至皆有感而发为诗,以求适志。生平见《(同治)临川县志》卷三十七。

该集明嘉靖三十七年(1558)黄纪长垣刊本,台北故宫文献馆藏。二册。板框19厘米×13.4厘米。四周双边,版心白口,双鱼尾。半页八行十八字。钤有"国立北平图/书馆收藏"朱文方。部分版心记刻工姓名,如力、亨、利、一、头等。集由其子黄纪刊刻。首有《适志集序》,署"嘉靖戊午冬十月之吉赐进士第奉议大夫户部郎中长垣顺庵子张愉顿首识"。卷末有《叙适志集后》,署"嘉靖戊午秋八月吉旦赐进士第户部江西清吏司主事年家晚生李从宜谨书"。正文题名后注"月峰山人临川黄钥著"。内卷七第一页阙,卷末后序第二页阙。卷一收五绝二十首,卷二收五律十三首,卷三、四收七绝五十四首,卷五至十收七律一百十四首。今《甲库丛书》第759册内《适志集》十卷底本即为台北藏本。

李从宜序曰:"余以制家居,抱疴谢客,寥寥无可语者。时梁山君过余庐,谓诗可怡情也。手出月峰翁《适志集》示余,余得而读之,顿忘戚闷,见其在江湖而忧君,忠也;叙家训以示子,义也;述四箴与民祐躬颐神,介也;嘲取索、警奔竞,祛驰弥贪,洁也;怀羁旅、敦友谊,洽情永信,仁也。"

张愉谓黄钥:"卓越之才,淹贯之学,本王国之枌榆材也。一旦厌科举之习,遂忘情利达,友花木而邻山月,以自适其志,又恐所见之限于地也。尝囊琴箧书而遨游海内。过吴会,俯大江之流,以窥晦翁之津涯;抵梁魏,临黄河之险,以探程氏之渊源;游邹鲁,登泰岳之巅,以跻孔孟之高大。凡名胜之区,足迹殆将遍焉。其感事触物,辄操觚染翰,摘而为诗,性情之和畅,盖天才之逸发也。是故敦厚以发其情,微婉以讽其事,爽畅以达其气,比兴以则其义。循工按商,得平子之雅;琢玉雕琼,含叔夜之润;剪雪裁冰,凝子美之清;抽白对黄,振太白之丽。联藻于日月,交采于风云,真正体之巨工,流调之鸿匠也。"

117　邵半江诗集五卷附录一卷

邵珪(生卒年不详)撰。珪字文敬,号半江。常州府宜兴(今江苏宜兴)人。成化五年(1469)进士,授户部主事,官至严州太守。珪善书,小楷得晋、唐人笔意。著有《半江集》六卷。生平见叶夔《毘陵人品记》卷七、《(康熙)

常州府志》卷二十三。

该集明正德十年(1515)宜兴邵天和夷陵刊本,台北故宫文献馆藏。二册。板框17.7厘米×12厘米。四周双边,双鱼尾,中缝上记"邵半江诗"。半页九行二十字。钤有"国立北/平图书/馆收藏"朱文方。卷末有跋,署"正德乙亥秋八月上日寓夷陵男天和泣书"。卷一收五律五首、五言长短句十一首,卷二收七言绝句二十二首,卷三收七律五十一首,卷四收七律八十八首,卷五收七言长短句三十四首。附录有成化十五年(1479)三月程敏政《清江寄寄亭记》、成化十八年九月九日李东阳《送邵君文敬知思南序》、钱塘倪岳《南园别意》。

邵珪善诗,为李东阳所称赏。邵天和跋曰:"先君早岁攻诗,好吟。成化己丑登进士第,历官户曹,虽职务纷纭,治有休闲,不废吟咏。时京师骚人墨士非乏,卒莫之知。惟今少师涯翁先生识先君于剧曹冗牍之中,间尝出示诸作,先君悉和之无滞。涯翁叹服,遂赓倡不辍。每一过门,不俟勒马命仆,未始不入,彼此率以为常。自是词林诸公,知者益众,会无虚日,先号东曹隐者,会送留都彭武选有'半江帆影落尊前'之句,诸公大赏之。宗伯董公作传,因称'半江先生'……此册得诸耳闻口诵,穷搜累辑之余,尤多讹舛失次,终无可考,则亦非图夸隽竞靡,惟以尽一念孝思之诚耳。愚也自抠衣郡校以及登庸二十五年于兹,每思此举而弗暇,幸忤中人,摈投荒僻,得乘燕闲以哀集旧闻,不数日而锓工告具先君之志。"

陈田《明诗纪事》丙签卷六录邵珪诗五首,引李东阳《麓堂诗话》云:"邵文敬善书工棋,诗亦有新意。"按语云:"文敬在当时称好事,诗笔亦雅令潇洒。"

118　京寓稿一卷

倪珣(生卒年不详)撰。珣字佩甫,号海石。浙江宁波府鄞县(今属浙江宁波)人。嘉靖四十五年(1566)以岁贡入太学,万历初官成都,六年移为泰兴教谕。善画墨竹花卉,亦能书法。以文艺名于乡。生平见《(康熙)鄞县志》卷二十下。

该集明万历七年(1579)刊本,台北故宫文献馆藏。一册。板框18.5厘米×11.7厘米。四周双边,版心白口,上黑单鱼尾。半页十行二十字。卷首有《京寓稿序》,署"万历己卯三月四日四明倪珣公白父识"。正文题名后注"四明海石倪珣公白著"。内收诗百余首。卷末有"泰兴县门生"六十五人署名。今《甲库丛书》第803册内《京寓稿》一卷底本即为台北藏本。

此集乃倪珣寓京期间所作之结集,集由泰兴县倪珣门生校刊行世。倪珣序曰："余以周贡计偕京师，盖嘉靖丙寅岁也。候铨二年，为隆庆戊辰九月，得京学除又四年，且五年至万历新元，陟潜山，未行，而以忧回，盖在京凡首尾七阅禩，羁身仕禄，率亦多适闲写情之作，存之敝笥。芮友辈为余刻龟城鄙作，因并索此刻之外有丙寅进京，癸酉出京路作，另四十首亦附刻其后。"

119　思玄集十六卷

　　桑悦（1447—1503）撰。悦字民怿，号思玄居士。南直苏州府常熟（今属江苏）人。成化元年（1465）领乡荐，三试春闱不第，负才游京师。以乙榜得泰和训导，迁长沙府通判，改柳州，丁外艰归，遂不复出。卒于弘治十六年（1503），年五十七。生平见杨循吉《故柳州府通判桑公墓志铭》（《松筹堂集》卷六、黄宗羲编《明文海》卷四百三十一）、佚名《桑悦传》（焦竑《国朝献征录》卷一百一）、王兆云《皇明词林人物考》卷四、张廷玉等《明史》卷二百八十六、《（万历）常熟县志》卷十二。

　　该集明弘治十八年（1505）原刊本，台北图书馆藏。清何焯手书题记三则，又有近人翼庵氏手跋。六册。板框20.4厘米×14.3厘米。左右双边，版心白口，单黑鱼尾。半页十一行二十字。钤有"九/临"朱文方、"张印/拱乾"白文方、"柱权/斋印"朱文长方、"何焯/之印"白文方、"家本/琴川"白文方、"怀玉/居士"白文方、"国立中央图/书馆收藏"朱文长方、"谦斋"朱文长方、"语古"白文双兽方印、"古虞龚/氏图书"朱文长方、"汉巴"朱文长方、"达观"朱文方、"习勤捕拙"朱文长方。有朱笔校点。卷首有《思玄集序》，署"弘治岁乙丑十有八年赐进士柳州计宗道手书"。卷一题名下注"柳州府通判海虞桑悦民怿著，赐进士罗池计宗道惟中校"。卷一至八收杂著、碑、序、记、志、说等文，卷九收赋，卷十至十五收古今体诗四百二十九首，卷十六收诗余十三首。

　　卷十六"诗余"后有康熙三十八年（1699）二月何焯识语："此后残阙，书贾并割截去之，他日得遇善本补完，亦一快也！康熙己卯二月花朝后二日，何焯识。"正文前亦有何焯题识："岁之皋月，从桃花坞蒋氏见民怿真迹一帖，体源荆公，渊近晦翁，亦奇逸无辈云。焯识。"此外，又有何焯题识："按《列朝诗集》中言杨布政子器收拾其遗文以传，岂惟中所编十六卷之外，所谓晚年厌其浮于理而删去者耶？陆氏《武斋书目》云有民怿序，此集无之，当亦在所删中也。海虞少年见民怿之文者少矣，当从毛奏叔斧季兄弟问之。是月晦日，焯又识。"

卷末有朱文钧题识："是集曾藏何义门先生家,卷尾稍有阙失,先生前跋已言之,且惜不得善本补完为快。予得是书之次年春,厂贾持嘉隆间明活字本《思玄集》来,因得补录卷尾,并将卷中缺页补写。又活字本第八卷多赞数言,亦补书于后。先生九原有知,其快当何如耶？翼庵。时清亡后之十一年壬戌三月上浣。"

钱谦益谓："民怿在燕市,见高丽使臣市本朝《两都赋》,无有,心窃耻之,作《两都赋》。慕阮公《咏怀》,作《感怀》五十四章。居长沙,著《庸言》,自以为穷究天人之际,非儒者所知也。吴郡阎起山秀卿作《二科志》,以民怿首列狂简,曰：'狂者未尝无人,至如民怿,可与进取者也。'"(《列朝诗集》内集卷七)《四库全书总目》著录《思玄集》十六卷。"提要"云："史称悦为人怪妄,敢为大言以欺人。朱彝尊《静志居诗话》……称其诗根于太极,则史所云怪妄,不虚也。所作《两都赋》有名于时,然去班固、张衡,实不可道里计,而夸诞如是,浅之乎其为人矣。"(《总目》卷一百七十五)

120　西涯拟古乐府三卷

李东阳(1447—1516)撰。东阳字宾之,号西涯。其先湖广茶陵(今属湖南株洲)人,以成籍隶燕山,遂世为北京人。天顺七年(1463)举顺天府乡试,明年成进士,选翰林院庶吉士。成化元年(1465)授编修,与修《英宗实录》。历侍讲、侍讲学士,成化二十年(1484)充东宫讲官。弘治初,兼左庶子、太常少卿,进太常卿。与修《宪宗实录》,擢礼部右侍郎,继兼文渊阁大学士,预机务,十一年进太子少保、礼部尚书。十六年以太子太保户部尚书兼谨身殿大学士,十八年加少傅、柱国,与刘健、谢迁同受宪宗顾命。正德元年(1506)晋少师兼太子太师、吏部尚书、华盖殿大学士。七年(1512)托老病辞官。家居四年卒,年七十,赠太师,谥文正。生平见杨一清《李公东阳墓志铭》(焦竑《国朝献征录》卷十四)、王兆云《皇明词林人物考》卷三、张廷玉等《明史》卷一百八十一。

该集朝鲜旧刊本,台北图书馆、日本国会图书馆、韩国首尔大学奎章阁藏。台北藏本三册。板框22.5厘米×17.5厘米。四周单边,版心白口,双花鱼尾。半页十行十七字。小字双行,字数同。钤有"国立中央图/书馆收藏"朱文长方、"公理/氏"白文方。卷首有《拟古乐府引》,署"弘治甲子正月三日西涯李东阳书"。正文题名后注"方石谢氏铎鸣治评点,南屏潘氏辰时用评点,门人彬阳何孟春注"。总收拟乐府诗九十八首。

李东阳《拟古乐府引》曰："予尝观汉魏间乐府歌辞,爱其质而不俚,腴而不艳,有古诗言志依永之遗意,播之乡国,各有攸宜。嗣是以还,作者代出,然或重袭故常,或无复本义,支离散漫,莫知适归,纵有所发,亦不免曲终奏雅之诮。唐李白才调虽高,而题与义多仍其旧,张籍、王建以下无讥焉。元杨廉夫力去陈俗,而纵其辩博,于声与调,或不暇恤,延至于今,此学之废盖亦久矣。间取史册所载忠臣义士、幽人贞妇奇踪异事,触之目而感之乎心,喜愕忧惧、愤懑无聊不平之气或因人命题,或缘事立义,托诸韵语,各为篇什,长短丰约,惟其所止,徐疾高下,随所会而为之。内取达意,外求合律,虽不敢希古作者,庶几得十一于千百。讴吟讽诵之际,亦将以自考焉。其或刚而近虐,简而似傲,乐而易失之淫,哀而不觉其伤者,知言君子幸有以正我云。"

四库馆臣论李东阳于明代文学之影响曰:"其文章则究为明代一大宗,自李梦阳、何景明崛起弘、正之间,倡复古学,于是文必秦汉,诗必盛唐。其才学足以笼罩一世,天下亦响然从之,茶陵之光焰几烬。逮北地、信阳之派转相摹拟,流弊渐深,论者乃稍稍复理东阳之传,以相撑拄。盖明洪、永以后,文以平正典雅为宗,其究渐流于庸肤;庸肤之极,不得不变而求新。正、嘉以后,文以沈博伟丽为宗,其究渐流于虚憍;虚憍之极,不得不返而务实。二百余年,两派互相胜负,盖皆理势之必然。平心而论,何、李如齐桓、晋文,功烈震天下而霸气终存。东阳如衰周、弱鲁,力不足御强横,而典章文物尚有先王之遗风,殚后来雄伟奇杰之才,终不能挤而废之,亦有由矣。"(《总目》卷一百七十)

121　翰林罗圭峰先生文集十八卷续集十五卷

罗玘(1447—1519)撰。玘字景鸣,号圭峰。江西建昌府南城(今属江西抚州)人。成化二十二年(1486)举于乡,明年成进士,选翰林院庶吉士。弘治二年(1489)授编修,十八年升侍读。正德元年(1506)迁南太常寺少卿,五年进太常卿,继擢南吏部右侍郎,七年秩满三载,引疾归。十四年卒,年七十三。嘉靖初,赠礼部尚书,谥文肃。生平见夏良胜《罗文肃公行状》(《东洲初稿》卷十四)、费宏《圭峰先生罗公墓志铭》(《费文宪公摘稿》卷十七)、张廷玉等《明史》卷二百八十六、《(乾隆)南城县志》卷八。

该集有明隆庆五年(1571)邵廉校刊本,台北图书馆、日本国立公文书馆藏。台北藏本十二册。卷内有朱笔圈校。板框19.2厘米×12.7厘米。四周单边,版心白口,双黑鱼尾。半页十一行二十二字。钤有"阳湖陶氏涉园/所有书籍之记"朱文方、"希古/右文"朱文方、"国立中/央图书/馆考藏"朱文方、"不薄今／人爱古人"白文长方。卷首有《圭峰先生集叙》，署"隆庆五年辛未秋九月之吉南丰后学邵廉书"；《圭峰文集序》，署"皇明嘉靖五年春二月既望赐进士出身嘉议大夫都察院右副督御史奉敕巡抚江西等地方武陵高吾陈洪谟序"。卷末有跋《圭峰文集后序》，署"嘉靖五年孟夏斗湖居士后学夏良胜谨序"。正文题名后注"南丰邵濂校刊"。卷一至八收序，卷九至十五收记、墓志铭、行状、祭文、杂著、墓表、碑等文，卷十六收赋二首，卷十七收诗一百七十四首，卷十八收调三首。续集卷一至十三及十五收序、记、书、墓铭、墓表、祭文、奏议等，卷十四收诗五十二首。

夏良胜述前后集之刊刻曰："其前集刻常州，本归太学，人不多得。再刻荆州，本与续集奏议刻南畿，流布虽远，恒愧吾乡郡文献之遗也。然皆莫之序者，圭峰之文难知也……高吾先生抚循吾境，稽逸吊古，敦化右文，以风士节为治，先搜致圭峰全集，爰命郡丞余子行义刻于郡斋，且尽发圭峰之所以文者为序。"

钱谦益谓罗玘："少出西涯之门，为诗文振奇侧古，必自己出。"（《列朝诗集》丙集卷五"罗侍郎玘"）《四库全书》收康熙间复刻崇祯三十卷本《罗圭峰文集》三十卷，"提要"谓："玘以气节重一时……其文规模韩愈，戞戞独造，多抑掩其意，迂折其词，使人思之于言外。陈洪谟序称，闻其为文必呕心积虑，至扃户牖，或踞木石隐度逾旬日，或逾岁时，神生境具而后命笔。稍涉于萎陋诎诞之微，虽数易稿不惮。盖与宋陈师道之吟诗不甚相远，其幽渺奥折也固宜，而磊落嵚崎，有意作态，不能如韩文之浑噩，亦缘于是。殆性耽孤僻，有所偏诣欤。然在明人之中，亦可谓为其难者矣。"（《提要》卷一百七十一）

122　罗川蕙雪诗一卷

强晟（1452—1520后）撰。晟字景明，河南汝宁府汝阳（今属河南驻马店）人。成化二十二年（1486）举人，两上春闱不第，以谒选授真宁教谕。弘治年间任秦王府纪善、左长史，正德十五年（1520）引归。生平见朱诚泳《罗川蕙雪诗序》（《小鸣稿》卷九、《罗川剪雪诗》卷首）、《（康熙）汝阳县志》卷九。

该集明弘治七年（1494）秦藩刊本，台北图书馆藏。一册。板框19.8厘米×14厘米。左右双栏，版心粗黑口，双鱼尾。半页九行十六字。钤有"茫圃／收藏"朱文长方、"花雨／山房"朱文长方、"芹／伯"朱文方、"张印／乃熊"白文方、"国立中央图／书馆收藏"朱文长方。卷首有《罗川蕙雪诗序》，署"弘治甲寅孟冬初吉秦藩宾竹道人撰"；继有《罗川剪雪诗引》，署"汝南强晟识"。集总收诗五十余首。卷末有强晟自序。

是集乃强晟任教真宁时,壮志难酬,郁郁间咏雪而成。序曰:"弘治庚戌春二月,晟以不肖再下南宫第,领教得陕之真宁。是年后九月始克赴官,时学宫廧舍敝甚,暂假邑之公馆以居。邑古罗川也,近远皆童山,荒秽满目。矧地僻人稀,知言者鲜,追惟初志,为之慨然。矧又大雪积日,落莫尤甚,放翁所谓名酒过于求赵璧,异书浑似借荆州者,信有之矣。郁郁间无以自娱,因忆昔人雪中故事,各系一律,既霁,得五十余首。虽然才疏句拙,非敢言诗,拥褐呜呜,聊以破闷云耳。倘他日大方见之,取是新题而易以清制,是则晟之望也。敢笔之以俟。"

宾竹道人即朱元璋五世孙秦简王朱诚泳(1458—1498),史载其性孝友恭谨,能诗文。其序《罗川蓺雪诗》云:"予府伴读强晟,向典真宁教日,尝有《蓺雪》之作。观其自叙之辞,亦足知其志矣。盖晟以汝南名家子,早负才气,有声场屋,而固将以取甲科致通显也。惜两会试不第,不获已领教得陕之陋邑,所谓真宁者,则其抑郁之怀,而宜一寓于诗也。弘治壬子之秋,以校艺湖藩,道陕入见,予始识之。明年以提学宪臣檄取会讲于贡院,因悉见其所作,若诗、若文、若短章、若长篇、若诸体,其新奇富丽,有足以动人者。用是援例请于朝,蒙恩许备藩臣,予甚喜之,盖察其人醇实,初不专于诗也,其旧所著有《汝南小稿》及《井天录》,欲与出之,而晟乃固辞,姑从所请,第以此编,题意甚新,间多俊语,而诗林君子必有取焉。因命绣梓,与好奇者共之。"

123 心斋稿六卷

李麟(1458—?)①撰。麟字仁仲,号心斋。浙江宁波府鄞县(今属宁波)人。成化二十二年(1486)领乡荐,弘治六年(1493)成进士,授工部营缮司主事,九年改兵部,历员外郎,晋郎中。出为江西参议,迁四川参政。正德五年(1510)升广东按察副使,丁太夫人忧,服除,八年晋贵州副使,迁布政使,请老归里。生平见吴惠《贵州按察副使李君赠言序状》(《心斋稿》卷末附)、《(嘉靖)河南通志》卷二十九、徐象梅《贵州布政使李仁仲麟》(《两浙名贤录》卷三十七)、《(雍正)浙江通志》卷一百九十。

《千顷堂书目》及万斯同《明史稿·艺文志》均著录《心斋稿》六卷,今存

---

① 张邦奇《心斋稿序》中言李麟:"自成进士逾二纪,历数迁乃获参川藩政,而年且及耆矣。"李麟中进士在弘治六年(1493),"逾二纪""年且及耆",则其在正德十二年(1517)年时,时年六十岁,以此推之,李麟当生于天顺二年(1458),卒于嘉靖初年。

明正德间四明李氏刊本,台北图书馆藏。八册。板框 21.6 厘米×14.9 厘米。四周双边,版心大黑口,双鱼尾。半页九行十八字。钤有"国立中央图／书馆收藏"朱文长方、"金星轺／藏书记"朱文长方。此集是李麟惟一存世著述。首有《心斋稿序》,署"正德庚辰岁秋闰八月几望赐进士第中宪大夫湖广按察司副使奉敕提督学校前翰林院检讨经筵馆同修国史邑人张邦奇常甫谨书";《读心斋稿》,署"正德十二年岁在丁丑冬十二月望旦赐进士出身前吏科给事中关中张原书"。卷一收序、志、铭,卷二收古体诗五十二首,近体排律八首。卷三至六收近体诗四百八十首及祭文,卷六附录友人撰挽诗及序、行状、祭文、题跋等。卷六后附《跋心斋稿后》,署"正德庚辰闰八月二十七日四川参政麟陂鲁大有谨跋";《中丞国声秦公答请序心斋稿书》,署"正德庚辰七月十九日寓鄂年生秦金顿首拜启"。

张邦奇《心斋稿序》谓李麟:"为诗文慕古作,不逐时好。弘治癸丑试礼部,李文正公擢置魁选,自是历官中外,感时触物,往往寄兴声咏,积凡若干卷。盖先生于六籍子史,旁及庄列之属与近世诸名家之书,无所不读,故于文词阐幽渺,得诸经论世故,取诸史陶情咏物,则贯百家而时出之,至其沉厚雄骏,盖专师韩杜而得其要,故能杰然为一代作,而精金殊璧,将为后世珍无惑焉。顾其操持猷略,驾轶时流,而迂陟每不及常格,虽不平之怀时或见之咏叹之间,而卒磊砢肮脏,不欲为诡遇。自成进士逾二纪,历数迁乃获参川藩政,而年且及耆矣。于以见先生之自负为何如,而亦岂易窥哉!"

鲁大有跋语谓:"心斋李先生文章魁天下,声望著海内,一官两皋十年不调,知者惜之,而自处裕如也。近始大参蜀藩,予忝同年同袍之雅,获睹心斋诗集。格高而气昌,信其浩养有素,居安资深,故无入而不自得焉耳。"

124 北潭傅文毅公集八卷附录一卷

傅珪(1459—1515)撰。珪字邦瑞,号北潭。京师保定府清苑(今属河北保定)人。成化二十二年(1486)举于乡,明年成进士,选翰林院庶吉士,授编修,与修《明会典》及《孝宗实录》。历中允、谕德,降修撰,寻迁中允。历侍读学士、翰林学士,擢吏部侍郎。正德六年(1511)进礼部尚书。遇事敢言,正德八年陈时弊十事,语多斥权幸,因致仕归。卒于正德十年,年五十七。嘉靖初,追赠太子少保,谥文毅。生平见李时《傅文毅公行状》、冯阑《傅文毅公神道碑铭》、崔铣《傅尚书传》(以上俱见《北潭傅文毅公集》附)、张廷玉等《明史》卷一百八十四。

《千顷堂书目》著录其《北谭集》二卷又《文毅公集》八卷。今存《北潭傅文毅公集》八卷附录一卷,嘉靖四十五年(1566)重刊本,台北故宫文献馆、台湾大学图书馆藏。台北故宫藏本四册。各册封面题名下分注元、亨、利、贞。板框 19.1 厘米×13.7 厘米。四周双边,版心白口,单黑鱼尾。半页十行二十字。部分版心下端记刻工姓名,如"于鲸""于鲸刻"。钤有"吴兴刘氏嘉/业堂藏书记"朱文长方。卷首有《北潭傅文毅公集序》,署"嘉靖丙寅岁冬十月之吉赐进士出身荣禄大夫太子太保户部尚书眷晚生高耀谨序";《北潭稿序》,署"嘉靖十九年岁次庚子秋八月望通议大夫詹事府詹事兼翰林院学士经筵日讲修玉牒官前国子祭酒门生上海陆深谨序";《北潭稿引》,署"弘治十八年乙丑秋七月初吉赐进士出身左春坊左中允兼翰林编修经筵讲官同修国史清苑傅珪书"。内前四卷收诗二百六十余首、词一首、联句十一首,后四卷收序、记、说、传、墓铭、神道碑、祭文等各体文五十余篇。卷八末附录李时《傅文毅公行状》、冯阑《傅文毅公神道碑铭》、崔铣《傅尚书传》。今《明别集丛刊》第一辑第 73 册、《甲库丛书》第 727 册内《北潭傅文毅公集》八卷底本即为台北故宫藏本。

傅珪举进士后始弃举子业,习古文辞。自序曰:"为诗文所治之稿仍取故居之地名之,不欲忘所自也。稿中率多应酬之作,仅取毕事,盖史职所限,且学脱而才不充,无怪其不足观如此,知不足观矣。必存稿者,特以续先人柳庄之余,俾弟子辈有所承学,非敢为传远之计也。"其自谦如此。朱彝尊《明诗综》、陈田《明诗纪事》均仅录傅珪诗一首,未论其诗文价值影响。

125　谢子象诗集十五卷附录一卷

谢承举(1461—1524)撰。承举字文卿,更字子象,号野全子。南直应天府上元(今属江苏南京)人。少有才名,然十举不第,无奈退耕为业。卒于嘉靖三年(1524)三月十七,年六十九。卒后以子谢少南贵赠承德郎、刑部主事。生平见顾璘《野全谢先生同继室赠安人汤氏合葬墓志铭》(《息园存稿》文卷五)、王兆云《皇明词林人物考》卷三、《(乾隆)江南通志》卷一百六十五。

该集明嘉靖二十二年(1543)上元谢少南京师刊本,台北故宫文献馆藏,青岛博物馆存残卷(存卷一至十二)。台北藏本四册。板框 19.6 厘米×12.7 厘米。左右双边,版心白口,单鱼尾。半页九行十九字。卷首有《刻谢子象诗集序》,署"嘉靖癸卯夏六月朔资善大夫掌詹事府事太子宾客礼部尚书兼翰林院学士经筵日讲官西蜀张潮撰"。卷末有《序刻谢子象先生诗集后》,署"嘉靖癸卯仲夏晦日赐同进士出身刑部四川司主事同里晚生陈凤书";

《刻谢子象诗集后序》,署"嘉靖癸卯夏望后三日赐进士出身吏部稽勋司郎中同里晚学石城许榖撰";《跋》,署"嘉靖壬寅九月既望不肖孤少南谨识"。正文前附南刑部尚书顾璘《墓志铭》、礼部主事杨循吉《赞》。今《甲库丛书》第758册内《谢子象诗集》十五卷附录一卷底本即为台北藏本。

谢少南跋语曰:"右刻先子诗,诸体共五百七十一首,词二十八首,总一十五卷。近岁陈宪部羽伯、许司勋仲贻相与铨校,皆断自三十年后,诸稿视不肖所葺录仅十之三,视所藏遗稿,才十一耳!他如志、传、标掇、一联一句之类,都人士犹多所传颂,然稿中皆不载,则知散佚固亦众矣。"

顾璘论明初诗坛时谈及承举曰:"国朝诗至成化、弘治间再变。维时少师西涯李公主清婉、尚才情,吏部郎中定山庄公主浑雄,征君白沙陈公主沈雅,并尚理致,名各震海内。吾金陵有二才子:曰谢氏子象,徐氏子仁,凌踔词苑,陶冶其模廓。谢得其雄,徐得其婉,名亦不细。"(顾璘《谢先生同继室赠安人汤氏合葬墓志铭》,《息园存稿》文卷五)

126 泉斋勿药集十四卷

邵宝(1460—1527)撰。宝字国贤,号二泉,又号泉斋。南直常州府无锡(今属江苏无锡)人。成化十六年(1480)举于乡,二十年成进士,出知河南许州。擢为户部员外郎,晋郎中,再晋江西提学副使。历浙江按察使,正德二年(1507)迁右布政使,改湖广左布政使,四年擢右副都御史,总督漕运,以忤刘瑾致仕。五年瑾诛,起巡抚贵州,寻升户部右侍郎,转左,兼左佥都御史,请致仕归。嘉靖初,诏起南礼部尚书,未赴。嘉靖六年(1527)卒于家,年六十八,赠太子太保,谥文庄。生平见杨一清《邵公神道碑铭》(焦竑《国朝献征录》卷三十六)、叶夔《毗陵人品记》卷八、张廷玉等《明史》卷二百八十二。

该集明正德、嘉靖间刊本,台北图书馆藏。十册。板框18.4厘米×14.0厘米。左右双边,版心白口,单白鱼尾。半页十行二十字。钤有"吴兴刘氏嘉/业堂藏书记"朱文长方、"国立中/央图书/馆考藏"朱文方。无序无跋。"泉斋勿药集目录"下注"邵宝字国贤号二泉南直无锡人成化甲辰进士仕至礼部尚书"。正文卷九至十二收古近体诗四百十一首、词五首,余收各体文一百七十九首。邵宝诗文集著述除《泉斋勿药集》十四卷外,另有《容春堂前集》二十卷(正德十三年刊本),《容春堂后集》十四卷(嘉靖间刊本),《容春堂续集》十八卷《容春堂别集》九卷。后嘉靖十三年汇以上诸集为《容春堂集》六十六卷,有多种明清刊本。此《泉斋勿药集》十四卷社科院文学所(缺卷四至六)、天一阁(存卷一至十)也有藏,但台北藏本最全。

清钱谦益《列朝诗集》丙集卷五录邵宝诗一百三首,"小传"谓:"西涯既殁,李、何之焰大张,而公独守其师法,确然而不变,盖公之信西涯与其所自信者深矣。"清朱彝尊《明诗综》卷二十五录宝诗六首,"诗话"云:"二泉诗如平原弥望,虽尽翦荆榛,惜少芳华可采。"《四库全书》收《容春堂前集》二十卷后集十四卷续集十八卷别集九卷,"提要"云:"宝举乡试,出李东阳之门,故其诗文矩度皆宗法东阳……其文边幅少狭,而高简有法,要无愧于醇正之目。《明史·儒林传》称其学以洛闽为的,尝曰:'吾愿为真士大夫,不愿为假道学。'其文典重和雅,以李东阳为宗而原本经术,粹然一出于正,殆非虚美。其诗清和淡泊,尤能抒写性灵。"(《总目》卷一百七十一)清季陈田《明诗纪事》丙签卷八录邵宝诗七首,目邵宝谓茶陵诗派中人,按语云:"文庄诗格平衍,其蕴藉入古处,则学为之也。在茶陵诗派中,不失为第二流。"

127 白湖存稿八卷

郑汝美(1461—1517)撰。汝美字希大,号白湖居士。福州府闽县(今属福建福州)人。闽县郑氏为望族,世业儒。汝美弘治二年(1489)领乡荐,六年成进士,授户部湖广司主事,榷税九江,历员外郎、郎中。十六年使湖藩,便道归省,遂不复出。卒于正德十二年(1517),年五十七。生平见董玘《白湖郑公墓表》(《白湖存稿》卷首)、《(乾隆)福州府志》卷三十九。

明朱睦㮮撰《万卷堂书目》卷四、焦竑《国史经籍志》卷五、万斯同《明史·艺文志》卷百三十六均著录《白湖稿》或《白湖集》八卷。今存惟一明刊本《白湖存稿》八卷,明嘉靖七年(1528)三山郑氏家刊本,台北图书馆藏。四册。板框18.6厘米×13.3厘米。四周双边,版心大黑口,单黑鱼尾。版心无题名。半页十行二十字。钤有"四明卢氏/抱经楼/藏书印"白文方、"吴兴刘氏嘉/业堂藏书记"朱文长方、"国立中/图书/馆考藏"朱文方。卷首有《白湖存稿序》,署"嘉靖七年戊子春二月下浣赐进士出身嘉议大夫都察院右副督御史奉敕巡抚保定等府地方兼提督紫荆等关闽小泉林庭棉序"。序后有郑汝美画像及自赞一帧。继有会稽董玘撰"故进阶朝列大夫户部郎中白湖郑公墓表"。正文题名后注:"闽郑汝美撰,辰州董汉策编。"前七卷为诗,后一卷为文。卷一、二收古诗十二首,卷三至七收近体诗四百七十七首,卷八收序三篇、记一篇、书二篇。卷末有郑汝美子郑允璋跋,署"嘉靖戊子仲春望日不肖孤允璋百拜识";《跋语》,署"嘉靖戊子二月朔铅山费寀跋";继有《题白湖存稿后》,署"嘉靖戊子四月癸亥东郡后学林琼题";继有《白湖存稿后序》,署"嘉靖□□三月既望南京崔桐纂"。

郑允璋跋语曰："先府君白湖先生诗文掇拾于散失之余,仅得此八卷,藏之家笥余十年尔。不肖梓行弗早,因循惰慢,诚天地间一罪人也。负兹惭惧,未尝一日感释于怀。客冬十月,不肖授官水曹,有事于清源。至值河冻事简,方图所以自赎,而集苟成,维时谊斋董子编之,双柏林子校之,怡庵刑子书之,三子笃通家之号,赞力实多焉。缅惟先生胸趣轩豁,才思□敏,有所感发,辄信口而成,应人所须,亦少有加之意者,然则是集之传,固非不肖敢必特遗我后人,得世守之,以为一家文献云。"

林庭㭊序云："集凡八卷,公为诗文率不经意,兴到伸纸,立可千百言,一时酬应之作,多不存稿。今稿所存殆千百之什一云尔。清才逸气,迥出风尘之表,读者可以想见其人矣。"

128　恒阳集三卷

石珤(1464—1528)撰。珤字邦彦,号熊峰。京师真定府藁城(今属河北石家庄)人。成化二十二年(1486)举人,次年与兄石玠同举进士,选翰林院庶吉士,授检讨,与修《大明会典》,迁修撰。正德元年(1506),擢南京侍读学士,历南国子祭酒、礼部侍郎兼翰林学士,掌院事。十六年拜礼部尚书,兼学士,掌詹事府事。嘉靖元年(1522),改吏部尚书。三年兼文渊阁大学士,参预机务,进太子太保、武英殿大学士,加少保。以上书忤帝意,乞归。嘉靖七年卒,年六十五,谥文隐,隆庆初改谥文介。生平见佚名《石文隐公珤传》(焦竑《国朝献征录》卷十五)、王兆云《皇明词林人物考》卷三、张廷玉等《明史》卷一百九十。

该集明见君子阁蓝格抄本,台北图书馆藏。三册。板框20.1厘米×12.5厘米。板心上方记"见君子阁"。八行十八字。钤有"泽存/书库"朱文方、"国立中央图/书馆收藏"朱文长方。无序无跋。总收诗近九百首。

石珤现存著述另有《熊峰先生文集》四卷,明皇甫汸删定,明嘉靖间刊本,国家图书馆、上海图书馆藏。《熊峰先生诗集》七卷《文集》三卷,清康熙九年刊本,中科院图书馆、上海图书馆等藏;该诗集七卷文集三卷本又有《四库全书》本、清钞本。《雄峰集》不分卷,清钞本,南京图书馆藏。《雄峰先生文集》二卷,清钞本,国图藏。于其版本流变,四库馆臣曰："皇甫汸尝删定其集为四卷,岁久板佚。国朝康熙丁未余姚孙光恳为藁城知县,得别集遗稿于其家,合而重刊之。嗣闻真定梁清标家有其全集,乃购得续刊,共为十卷,即此本也。一卷至四卷为诗,五卷六卷为文,七卷至九卷又为诗,十卷又为文,盖刊板已定,不能依类续入,故其体例丛脞如是也。"国图藏明嘉靖刊本《熊峰先生文集》四卷收古近体诗一百九十二首,赋三首,其余为记、序、碑、志铭、祭文、对、说、传、赞等各体文。以此观台北藏明蓝格抄本《恒阳集》三卷,则此本当殊有价值。

钱谦益谓石珤"其为歌诗,淹雅清峭,讽谕婉约,有词人之风焉"(《列朝诗集》丙集卷五)。朱彝尊《静志居诗话》谓石氏"虽位列中台,其诗多塞产而不释……近见东南文士,有推少保诗为北方之冠者,又或谓得长沙之指授,皆未尽然。其诗颇类明初西江一派"(《诗话》卷八)。《四库全书》收康熙本《熊峰集》十卷,著录《别本熊峰集》四卷,"提要"谓:"珤出李东阳之门。东阳每称后进可托以柄斯文者,惟珤一人……珤诗文皆平正通达,具有茶陵之体。"(《总目》卷一百七十一)

129　梧山王先生集二十卷

王缜(1464—1523)撰。缜字文哲,号梧山。广东广州府东莞(今属广东广州)人。成化二十二年(1486)举人,弘治六年(1493)进士,选翰林庶吉士,授兵科给事中,进礼科右给事中,擢工科都给事中。正德元年(1506),出为山西左参政,改云南左参政,超擢福建右布政使,寻转左,再晋都察院副都御史,巡抚应天、苏、松、嘉、杭诸地。丁内艰归,七年服除,诏起抚治郧阳,调南刑部右侍郎。嘉靖二年(1523)擢南户部尚书,卒于任,年六十一。生平见黄佐《南京户部尚书王公缜传》(焦竑《国朝献征录》卷三十一)、《(万历)广东通志》卷二十四、张廷玉等《明史》卷二百○一。

该集明刊本,台北图书馆藏。十二册。板框 18.9 厘米×14.1 厘米。左右双栏,版心线黑口,单黑鱼尾。半页十行二十字。钤有"西涮祝氏□度/符堂较订印"朱文长方、"吴兴刘氏嘉/业堂藏书记"朱文长方、"吴兴刘氏/嘉业堂藏"朱文长方、"祝印/文彦"白文方、"国立中/央图书/馆考藏"朱文方。无序无跋。卷一至卷十收奏疏六十六篇,卷十一、十二收序文三十二篇,卷十三收引、跋、箴、铭等十一篇。卷十四至二十收近体、古体诗四百三首(卷十八另附有《交南遗稿》七首)。

130　博趣斋稿二十三卷

王云凤(1465—1517)撰。云凤字应韶,号虎谷。山西辽州和顺(今属山西晋中)人。成化十九年(1483)领乡荐,二十年成进士,除礼部主客司主事。弘治四年(1491)进员外郎,九年进郎中。十一年谪陕州知州,迁陕西按察司佥事,提督学校,十四年晋副使。正德二年(1507)升山东按察使。丁母忧,服除,升国子祭酒,五年改南京通政司右通政,病归。复起右佥都御史巡抚宣府,丁父忧归里。十二年卒,年五十二。生平见吕柟《虎谷先生王公云凤墓志铭》(焦竑《国朝献征录》卷六十三)、马卿《虎谷王公传》(《中丞马先生文集》卷三)、王兆云《皇明词林人物考》卷三。

该集明正嘉间刊本,台北图书馆藏。三册。板框 18.7 厘米×13.6 厘米。左右双栏,版心白口,单黑鱼尾。半页十行二十字。钤有"国立中/央图书/馆考藏"朱文方。卷首有《博趣斋稿序》,署"万历戊寅东月生明日汤逢士第文林郎知固安县事寿阳晚学张梦蟾顿首撰"。内诗赋十一卷,收赋二篇、辞一篇、古近体诗二百余首;文十卷,收各体文七十余篇;卷二十二、二十三收邵宝、乔宇、王琼、赵鹤、杭济、何孟春、陈钦、李赞、李贡、强晟、傅潮、彭桓、刘瑞、张志淳等二十四人送其赴陕州之诗文。

于王云凤晚年失节之事,明黄景昉在《国史唯疑》中论曰:"刘瑾末年欲收罗人望,蔡清、王云凤俱以致仕起两京祭酒。蔡未闻命卒。王辄请瑾临太学,如鱼朝恩故事,复请校刻瑾近行法例,永俾遵守。云凤甫释褐,知礼蔡清为师,中缘忤李广谪,生平可观,不意末路披猖至此。晋人犹以侣乔宇、王琼并称三凤,不知何说。"于"三凤"之说,清季陈田继论云:"河东三凤,白岩(乔宇)品学政绩称最,晋溪(王琼)、虎谷(王云凤)俱以交纳嬖幸为玷。虎谷文采较晋溪差优。如'洮水南分羌部落,铁城西控汉山川','天连瀚海云常惨,风起龙沙客自愁'……皆可诵也。"(《明诗纪事》丙签卷八)

131　东泉文集八卷

姚镆(1465—1538)撰。镆字英之,号东泉,浙江宁波府慈溪(今属浙江慈溪)人,弘治六年(1493)进士,除礼部主事,晋员外郎、郎中。擢广西按察佥事提学,正德中升贵州按察使,寻进福建右布政使,转山东左布政使,在山东五年以政事闻,十五年(1520)升右副都御使,巡抚延绥。嘉靖元年(1522)破吉囊,升工部右侍郎,改兵部,寻于嘉靖四年晋右都御使,提督两广军务,以破岑猛功,晋左都御史。疏请改设流官治理土司地方,以中时弊被纳。被劾落职归。著有《东泉文集》八卷。生平见翟銮《姚公镆墓志铭》(焦竑《国朝献征录》卷五十七)、过庭训《本朝分省人物考》卷四十八、《(嘉靖)浙江通志》卷四十七、《(雍正)宁波府志》卷十七。

该集明嘉靖二十六年(1547)梧州府同知郑尚经刊本,台北图书馆藏。十六册。板框 17.6 厘米×14.7 厘米。左右双边,版心白口,单白鱼尾。半页十行二十字。钤有"吴兴刘氏嘉/业堂藏书记"朱文长方、"国立中/央图书/馆考藏"朱文方。卷首有《东泉文集叙》，署"嘉靖丁未春三月吉通议大夫兵部右侍郎兼都察院左佥都御史奉敕提督两广军务兼理巡抚门人张岳叙"。正文题名后无署名。总收序、记、疏、祭文等一百四十七篇。正文末有《东泉先生文集后序》，署"嘉靖乙巳孟春青华山人子夫王镕拜识"；《叙东泉文集后》，署"嘉靖丁未岁春三月中旬后学桂林冯承芳书"；《跋东泉文集后》，署"梧州府同知慈溪郑尚经顿首谨书"。此本另有明嘉靖二十六年刻清重修本，南京图书馆藏。

翟銮《墓志铭》谓姚镆"赋性方严，度宇恢豁，不龌龊较尺寸，复恺悌长厚，门人亲炙如慈父。胸臆淹博，涵养高明，遇事问是非，不计利害"。《四库全书总目》著录《东泉文集》八卷，"提要"谓："是集序记二卷，奏疏四卷，杂文一卷，学政事宜一卷，文皆啴缓，尤多吏牍之辞，盖镆本以武略见也。"（《总目》卷一百七十六）

132　云松诗略八卷

魏偁（生卒年不详）撰。偁字达卿，号云松。浙江宁波府鄞县（今属浙江宁波）人。少博涉群书，期以立言名世。成化二十二年（1486）贡士，弘治时以贡授石城训导。为诗以三唐为宗，尤喜学温庭筠、李商隐，与学士杨守陈、杨守阯相倡和。著有《经书仅悟》《核充子茶余诗话》《闻见类纂小史》《读史编》《云林诗略》等，今存《云松诗略》八卷。生平见《（康熙）鄞县志》卷十五、《（雍正）宁波府志》卷二十六、《两浙名贤录》卷四十七文苑。

该集明弘治七年（1494）石域县儒学刊本，台北故宫文献馆藏。二册。板框18.7厘米×12.5厘米。四周双边，版心粗黑口，双对鱼尾。半页十行十八字。卷首有《云松诗略序》，署"弘治七年龙集甲寅秋中下沐赐进士出身征仕郎礼科"，署名残缺。序后有总目，总目后注有"文江罗秀璋刊"。继有"出赀刻板石城儒学门生姓名"，总四十二人列名。正文题名下注"门人应山县儒学训导吉水萧赞摘编，赐进士翰林院庶吉士泰和欧阳鹏评点，门人石城县儒学生员黄吉、杨敏等刊行"，"诗歌词赋总三百零四首"。卷末有萧赞《书云松诗略后》，跋语残缺。集为其在仕时所作，归田后所作诗则不复得传。今《甲库丛书》第728册内《云松诗略》八卷底本即为台北藏本。

诗集乃魏偁门人所编刊。萧赞序曰："（先生）授业之余，应人求文与诗，未始不辞，辞之不得，然后授笔即成，既成未始不发愧，赞念有学者而必自谦若此乎？因恳请畜稿观之，文几数百篇，诗余三千首，捧而阅之，若百宝充库,骇目惬心,殊不能舍。自贺向之所恨于斯,释矣。既而赣郡节推张公瓃行部石城,获览先生之作,固欲召工绣梓,先生力辞焉。赞不自料,请先生□□□石人标识其尤者,每体摘拾一二首,多不过三四十首,以为矜式,窃名曰《云松诗略》,谓不能遍录其全也。"(《书云松诗略后》)

阙名《云松诗略序》曰:"应山司训萧君赞为诸生时,尝摘其庠师石城贰教魏先生偶字达卿者所作诗,谒求翰林庶吉士欧阳鹏先生评点,其发乎情之正,而为言之醇者,离若干卷,题曰《云松诗略》,因其号而名之,且著未集其全意也。萧君既宦游,石城之庠士黄吉、杨敏辈复锲梓以传诵诸人人,间以黄泰来请序其首。先生尝为吾修邑志,见其爬剔无遗,铺叙有体,予方重其人,欲识之而托契斯文未能也。乃获睹兹集,长篇短什一能摆脱尖新剪剃芜秽,其高古类周鼎商卣,其绮丽类吴绫蜀锦,其明莹光媚类隋珠荆璧,而气格雄逸,意思含蓄,又非类昔人琢肝肾、拈须鬚求工于一字,而不免寒俭有僧态者,先生其能言之士哉!用是益重之焉。"

133　巢云馆诗集十二卷

赵善鸣(1466—1547)撰。善鸣字和甫,号凤日。江西吉安府庐陵(今属江西吉安)人。万历十九年(1591)领乡荐,累上春官不第,以谒选得彭泽县教谕。丁外艰,服除,补蒙阴教谕,主教历山书院。迁湖广枝江令,转盐城,再转宛平。以政绩卓异,擢刑部员外郎,晋郎中,冤案多有平反,以敢言著称。以执法忤旨,几遭不测,旋释归里。数荐不起,里居十年卒,年六十八。生平见曾燠《江西诗征》卷六十二、《(光绪)吉安府志》卷二十九、《(民国)吉安县志》卷三十五。

该集明庐陵赵氏刊本,台北图书馆藏。四册。板框 20.1 厘米×13.3 厘米。四周单边,版心白口,单鱼尾。半页八行十七字。钤有"泽存/书库"、"韩镛/之印"朱文方、"国立中央图/书馆收藏"朱文长方。首有《巢云馆诗集序》,署"东蒙公鼐孝与父"。《自序》,署"庐陵赵善鸣和甫识于公交车"。正文题名"巢云馆诗集卷之几",后注"庐陵赵善鸣和甫著"。卷一至八收古诗二百九十一首,卷九至十一收近体诗二百五十六首,卷十二收赋骚五首、诗余二十四首。

赵氏自序曰:"善鸣童子时,为王父所爱。行必携,坐必膝,夜必鞠而卧,未尝手书识字,一切从口诏之。王父好吟而务精,比于音韵反切,靡不究晓。而病无可谭者,间举以诏童子,童子省者半也。鸣十五而王父捐背,几忘所省。非久,鸣登公车,乃理王父口诏,稍肆力焉……公车多暇,颇忆先训,绰有著述之思,欲以觚翰见长,自托于文囿,为选而选,为唐而唐,忽焉成帙矣。

会自燕还,客久而蠹生,故有《蠹余》一册存……《蠹余》而外,得兹刻十二卷,则年来所为。欲肆力又目为祟,欲弃去又耻无闻之所倘得者也。计自今马齿渐至,鸡肋将闲,可以毕肆力而希有闻,窃有志焉而未逮也。"

公鼏序称:"先生博综好古,不耦时好,屡困公车,寄禄邹鲁之乡,居蒙山下三载,予仅挹其赢余,而微溉其膏馥,则见夫晔益春旭,肃洁霜清。渊乎湖海之无涯涘,朗乎日星之无翳隐。其在蒙也,陋巷敝毡,如岩廊帟厦也。藜羹脱粟,如鼎食堂馔也。居则课子读书,扫轨闭关,有据梧之适焉;出则与诸生讲诵谈咏,有舞雩之乐焉。而又含彰敛彩,若虚若无,骤而就之,不以所有自见。会臬台雅知其卓然作者,乃延至西室,相与扬榷千秋之事,铨称一代之品。先生稍商其次第于予,因得以窥班请益,间乃出视其古今诸体,受而卒业。大率渊源汉魏,沉浸盛唐,穷极变化,而发于性灵;驰骋才情,而就于矩镬;根理合道,而不涉宋人章句,议论之波,炼格摛词,而不入近代拟议雕模之陋。盖江右流派之失,得此而荡;学诗两敝之结,得此而解。因叹向者知先生之浅,遇先生之暮也。间尝升其堂而叩其奥,揆厥所元,盖有自焉。"

134　甘泉先生续编大全三十三卷

湛若水(1466—1560)撰。若水字元明,号甘泉。广东广州府增城(今属广东广州)人。少失父,十四岁入学,十六岁就读郡庠。弘治五年(1492)二十七岁举于乡,闻陈献章心性之学,遂不应春闱而从陈献章究心性之学,献章视其为传人。献章卒,十七年始北上应试,就读于南京国子监。十八年成进士,选翰林院庶吉士,授编修。正德七年(1512)丁内艰,奉枢归葬,服满,于西樵山建书院讲学。嘉靖元年(1522)回京复职,与修《武宗实录》,明年转翰林院侍读,三年晋南京国子监祭酒,七年升南京吏部右侍郎,次年转左,升南礼部尚书,又转南吏部、南兵部尚书。十九年七十五岁致仕,讲学于各地。三十九年卒,年九十五,赠太子少保,谥文简。生平见佚名《南京兵部尚书湛公若水传》(焦竑《国朝献征录》卷四十二)、郭棐《粤大记》卷十四、张廷玉等《明史》卷二百八十三。

该集明嘉靖三十四年(1555)刻万历二十一(1593)修补本,台北图书馆藏。三十二册。板框 20.4 厘米×14.4 厘米。四周双边,版心白口,单白鱼尾。半页十行二十字。部分版心页下中缝记刻工名,如选、伦、三、明、天、器、凤、中、兑、八、以运、介、廷、德、万、邹、邦、刘等。钤有"吴兴刘氏嘉/业堂藏书记"朱文长方、"国立中/央图书/馆考藏"朱文方。卷首有《甘泉先生大全续编序》,署"嘉靖乙卯岁季冬之吉赐进士第中顺大夫前嘉兴府知府门人泰和郭应奎顿首拜书"。内前十五卷及后十一卷为各类文。序类三卷,记类三卷,书简三卷,墓表一卷,墓志铭二卷,祭告文三卷。卷十六、十七为五古诗,卷十八为七古诗、五绝诗,卷十九、二十为七绝诗,卷二十一为七律诗,卷二十二为歌类,辞类、赞类,卷二十三、二十四为杂著,卷二十五至二十八为答问,卷二十九、三十为湛子约言,卷三十一为心性书,卷三十二为非老子,卷三十三为岳游纪行录。

郭应奎于序中曰:"《甘泉先生大全》若干卷,尝刻于羊城,先生官大司马以前之集也。今其续编若干卷,则先生致政以后之集。"清朱彝尊《明诗综》卷二十八录湛甘泉诗二首,"诗话"谓:"甘泉论诗,推崇定山、白沙,以定山为精金千炼,谓'诗法如是,学者亦必出于是'。"清季陈田《明诗纪事》丁签卷十三录甘泉诗三首,按语云:"甘泉诗莫名其体,似道家演诀而非诀,似释家说偈而非偈,盖参合宋《击壤》、明定山诸派而成者也。"

135　山斋吟稿三卷

郑岳(1468—1539)撰。岳字汝华,号山斋。福建兴化府莆田(今属福建莆田)人。七岁而孤,养于舅父林峒。弘治二年(1489)领乡荐,六年成进士,授户部贵州司主事,移疾归。十二年起补刑部主事,以疏忤旨,旋免,历浙江司员外郎,十四年出为湖广按察司佥事。正德初,擢广西兵备副使,调广东,以治绩优进江西按察使,擢左布政使。以宁王朱宸濠诬劾,削职为民。宁王诛,起四川左布政使,以忧未赴。嘉靖初起右副都御史,巡抚江西,甫三月,召为大理寺卿,进兵部右侍郎,转左,以"议大礼"忤旨夺俸,力请致仕。家居十五年,卒于嘉靖十八年(1539),年七十二。生平见何维骐《兵部左侍郎郑公岳传》(焦竑《国朝献征录》卷四十)、过庭训《本朝分省人物考》卷七十四、清李清馥《侍郎郑山斋先生岳》(《闽中理学渊源考》卷五十四)、张廷玉等《明史》卷二百〇三。

该集明嘉靖十七年(1538)柯维熊校刊本,台北故宫文献馆藏。一册。板框21.2厘米×13.1厘米。四周单边,板心白口。半页九行二十字。钤有"国立北/平图书/馆收藏"朱文方。卷首有《山斋吟稿序》,署"嘉靖十有七年戊戌夏六月乡晚学师山马明衡谨书"。书中有前人墨笔圈点。正文题名下注:"不肖男泓辑录,二山林大辂选校,石庄柯维熊评校。"卷一收五七言古诗三十首,卷二收五律七十九首,卷三收七律六十一首,七绝十二首。卷末有《序山斋翁诗集卷后》,署"嘉靖十七年戊戌夏六月之吉晚学生石庄柯维熊书"。

该集录郑岳自登仕至归田间所有诗作。马明衡评郑氏诗文曰:"公于诗,无所不读,游情汉魏,涉迹晋唐,然卒归于大道。每触事兴怀,脱口肆毫,若不经意,而庄严质雅,敦厚和平,物理人情,粹乎备矣,刻于辞者,反无以过也。盖公天性敦朴绝机阱,好学亲贤,至老不倦。于其光明正大之操,而知其必为君子者,方诸梅溪,盖无愧焉。诗录自登仕至归田,上下四十年间,略备公履历之概,其立朝赠答诸篇忠悫悃诚,溢于言外,所及地方职守,咸得枢要,熟而覆之,尤足以见公于君臣朋友之间,天常民彝,其厚若此。使世之士得是编而读之,虽未识公仪刑,然洗濯胃肾,绝去彤饰,于以养光明正大之操,而振前辈之余风,其于君子之道,不庶几乎!是则,诗之教也,余故不论其声律之微而著。夫诗之本旨,使读者知所求焉尔。公著述甚富,其文则别自有集,诗亦有全集云。"

《四库全书总目》著录郑岳万历间刊本《山斋集》二十四卷,"提要"述其著述及诗文集版本流变曰:"岳有《莆阳文献》已著录。其所著诗文有《蒙难录》《西行纪》《南还录》《山斋吟稿》《漫稿》《净稿》《续稿》《奏议》,因雕本燹毁,所存不过数种。是集乃万历中其曾孙炫搜辑重锓,凡诗七卷,文十七卷。"又引《明史本传》评郑岳云:"其屡拒中官崔文之干请,争宁王宸濠之侵占,又以争兴献王祔庙,忤旨夺俸,其居官颇著风节。而为江西按察使时,与李梦阳互讦;为兵部侍郎时,又为聂豹劾罢。所与龃龉者乃皆正人,盖其天性孤介,非惟与小人相忤,即君子亦不苟合也。其文章落落远俗,固亦有由焉。"(《总目》卷一百七十一)文津阁本《四库全书总目》曰:"今观所作,当信阳、北地初起之时,文格未变,犹恪守茶陵之矩度,虽条畅有余,奇丽不足,而质实平易,不染涂饰钩棘之伪体,固宜以其人存之者矣。"(《(文津阁)四库全书总目》集部六别集五)

136　一斋诗集四卷一斋别集九卷

陈熙庠(1469—?)撰。熙庠字宗文,号一斋,一号垂目山人。湖广黄州府蕲州(今属湖北蕲春)人。其先原籍河南杞县,从事荆藩,隶仪卫司,因落籍于蕲。美髯修干,恬于世嗜。日坐两山精舍,讨论问学。善诗画,尤邃于医,不问贫富,咸趋其急,诗医画皆有名于时。生平见《(嘉靖)蕲州志》卷七。

该集明嘉靖二年(1523)蕲阳张诰刊本,台北图书馆藏。四册。板框18.6厘米×12.8厘米。四周单边,版心白口,双黑鱼尾。半页九行二十字。钤有"吴兴刘氏嘉/业堂藏书记"朱文长方印、"伯/原"朱文方印、"国立中/央图书/馆考藏"朱文方印。卷首有《一斋诗集序》,署"正德十二年丁丑岁仲冬月望后二日涧松陈咏书于东虚之读易精舍"。别集卷首有《一斋诗别集引》，署"嘉靖癸未仲春之吉文林郎同郡贞庵甘泽书于一见堂"；《刻一斋诗别集成跋其后》，署"嘉靖癸未季春之吉友人莲湖居士张思学谨跋"。"一斋居士诗集"正文题名后注"蕲阳陈熙庠宗文著，郡人刘樽宗器校正，门人张诰佩之编刊"。"别集"正文题名后注"蕲阳陈熙庠宗文著，门人张诰佩之编刊"。正文内有朱墨笔圈读。《一斋诗集》收近体诗二百九十首。别集卷一至六收近体诗二百二十首，卷七收五古三十首，卷八收三五七言古诗歌词三十一首、联句三首、词四阕、杂著六篇。全卷末有二跋，一署"嘉靖二年夏四月一日之吉郡人葵斋傅京跋"；一署"嘉靖癸未岁十一月长至之吉门人张诰识"。

集由甘泽誊写，张诰编刊。甘泽序云："近读《一斋诗别集》，短吟长什，感时会景，备古今之体，极风雅之妙，戛然铿锵，皆自肺腑中流出。若此则一斋虽不用世，与绍等然，撰著才美，竟不多让，其视假借穿窬之行，夺名于虚窜者，为不侔矣。是不可无传，缮写而绣诸梓，用以垂不朽云。"张诰言别集之刊刻云："诰自幼从一斋先生游，辱先生待以忘年之契，其惓惓顾爱教养于诰者，恩已至矣。常念先生之诗若文未得大闻于世，兹与同门友哈伯高氏鸠工锓梓，以广其传，俾世之君子观其诗，览其文，可以知其为人矣。"

陈咏论一斋之生平为人云："一斋居士，予契家老友也。少失怙，弱冠偕其弟小斋自相磨厉，坐青灯，披黄卷，虽风雨寒窗不辍，咸谓由此而取科第，唾手可就。及壮，苦多病，小斋亦不幸而夭，遂弃举子业，养疾于大冶之东方山，既而游武昌、登黄鹤、访回仙，溯流而上，历沔阳、泛洞庭，抵荆衡诸郡，乃为山邀水请者阅十余寒暑，胸次洒落，锐意于诗，诗名大振南楚。近年复病足杜门，益肆力于诗，有唐人风，而其书法亦不下晋人，脱略世故，不事生产，暇则濡毫引纸，作无声诗以自娱乐。"

张思学序《别集》云："昔六一居士谓世所传诗之精者，多出于古穷人之辞也。余窃以为不然，及观吾友一斋之诗，始信其不我欺。一斋自幼博洽子史，沉酣载籍，惜乎命与时违，竟未得展其所蕴，而厄于穷。平居闭门扫轨，优游涵泳，无所顾虑。虽䘐甀生尘，处之裕如，故其著述率皆萧散冲澹不群，譬如深山道人，草衣木食，芒鞋竹杖，与世无竞接之者，虽王公贵人，自尔敛衽起敬，世徒喜其诗之精，而不知其穷之久，养之深而后精也。"

137　韵语拾遗八卷

王崇献（1470—1555）撰。崇献字季征，号茍塘。山东兖州府曹县（今属山东曹县）人。河南右布政使珣第四子。弘治八年（1495）领乡荐，九年成进士，选翰林院庶吉士，改礼部主事。以刘瑾擅权，引疾归，瑾衔其避己，削籍为民。瑾诛,起兵部主事,升郎中,复引疾归。嘉靖七年(1528)起为南京通政司右参议,再晋太仆寺卿,十二年拜右佥都御史,三疏乞归。生平见于慎行《曹南葤塘王先生传》(《韵语拾遗引》卷首)、焦竑《国朝献征录》卷六十一《王公珣传》附录、过庭训《本朝分省人物考》卷九十五、《(雍正)山东通志》卷二十八之三。

《千顷堂书目》及万斯同《明史稿·艺文志》著录崇献有《双溪诗集》《韵语拾遗》(均未注卷数)。今存《韵语拾遗》八卷,明嘉靖间曹县知事王守身刊本,台北图书馆藏。三册。板框18.9厘米×13.1厘米。四周双边,版心白口,双黑鱼尾。半页九行十六字。钤有"会稽钮/氏世学/楼图籍"朱文方、"杨慎/私印"朱文方、"国立中/央图书/馆考藏"朱文方。卷首有《韵语拾遗序》,署"嘉靖二十四年九月□日署曹安福王仲玉顿首拜书";东阿于慎行《曹南葤塘王先生传》;《韵语拾遗引》,署"嘉靖三十二年四月八十四岁翁葤塘识"。全集收五言绝句二十六首,七言绝句二百四十二首,五言律诗六十九首,七言律诗二百三十九首,排律四首、古风四首、拟古七首、拟骚三首,歌行十一首,叹三首,哀四首,柏梁二首。

此本是王崇献惟一存世著述。王氏自论其集之成书云:"予旧有《韵语》数卷。嘉靖丁未,洪水入城,沦失殆尽。今日收拾遗稿,复得数篇,漫录成帙存之,自备遗忘,且以贻之家庭子侄辈,使知手泽之不易存,相与收藏勿坠,以为衣钵之一脉耳。中间间有率尔摅怀,不拘拘于韵谱者,但取其声音协比而已,杂文若干,续附于后。"

王仲玉序称:"应感谐声而文,于思之谓诗,其中懿者其思确,其诗也弗虭,其中慝者其思涆,其诗也弗轨。天廷之鼓,始于大乙;黄钟之乐,起于元气。诗岂可易言哉!曹,故古也,代有作者,而炳前耀后,极父子兄弟之盛,以甲于天下曰惟王氏。余署曹教,若南野翁之事业及家学之渊源,则既闻其详,而弗及见矣。犹幸中丞葤塘公获展拜觐德于数年之间。公早擅魁名,累扬宦烈,学博而邃,识广而穆,才冲而敏,文浑而庄。虽年逾七秩,惟左右图书是娱。谈论间辄证引古人,无贤愚少长,咸获其益。诗不轻作,作则郁有雅韵。"

138　东冈小稿六卷

李昆(1471—1532)撰。昆字承裕,号东岗。山东莱州府高密(今属山东高密)人。弘治三年(1490)进士,授刑部广西司主事。丁内艰,服阕,起补礼部仪制司。十一年丁外艰,服除,改兵部武库司,升本司员外郎,转郎中。正德初以忤权阉刘瑾,谪知解州,四年(1509)升陕西按察司佥事,寻晋副使。八年升湖广按察使,明年进右布政使,十年调陕西,转左布政使,擢都察院右副都御史,巡抚甘陕。十二年被劾下诏狱,谪浙江按察副使。嘉靖即位,命其整饬蓟州等处军务,次年召入为兵部右侍郎,转左,四年(1525)以病乞归,十一年卒于家,年六十二。生平见毛纪《东岗李公昆碑铭》(焦竑《国朝献征录》卷四十)、阙名《李昆小传》(《东冈小稿》卷首附)、张廷玉等《明史》卷一百八十五。

《千顷堂书目》著录《东冈小稿》(未注卷数),今存《东冈小稿》六卷,明嘉靖初刊本,台北图书馆藏。二册。板框 16.9 厘米×12.8 厘米。左右双边,版心白口。半页十行十八字。钤有"玉函／山房／藏书"、"国立中／央图书／馆考藏"朱文方。卷首有《东冈小稿序》,署"正德辛巳仲春姑苏顾璘谨序";《东冈诗集序》,署"嘉靖二祀岁次癸未季夏丙午晚生台雁山人黄绾识"。目录末有阙名撰"李昆小传"。正文题名后注"东桥顾璘批点,棠陵方豪批点"。卷一下注"兵部右侍郎,予告归(山东通志)"。六卷总收诗三百余首。卷末有《序东冈集》,署"正德十五年闰八月十有二夕棠陵山人方豪思道漫书于富阳江上";《跋东冈小高后》,署"嘉靖甲申春正月余姚晚学毛复谨跋"。

顾璘以为李昆论诗与其相合,继论其诗曰:"格律浑健,意兴清真。慕君亲、乐友朋,恳恳乎发诸性,而骋华角险之习不略见焉。"毛纪为其作《碑铭》,称其"为文平淡有理趣,不喜作艰涩语。诗尤工于五言,得意处有唐人风致"。

139　鹭沙诗集二卷

孙伟(生卒年不详)撰。伟字朝望,号鹭沙。江西临江府清江(今属江西樟树)人。弘治十五年(1502)进士,授南工部主事。历员外郎、郎中,上疏言事十六条,言甚剀切。出知云南鹤庆府,以土官作乱,解仕归。自幼善属文,肆力汉唐,博洽高古,日与郡守徐问赓咏,遂以诗文名家。卒年五十六。著有《鹭沙集》。生平见阙名《孙伟传》(《鹭沙诗集》卷首附)、《(隆庆)临江府志》卷十二、《(雍正)江西通志》卷七十四。

该集明嘉靖间龚一鹏陕州刊《清江二家诗选》本,台北图书馆藏。一册。板框 18.2 厘米×13.8 厘米。四周单边,版心白口,单白鱼尾。版心下部记刻工名,如其、吉、宜等。半页九行十八字。卷首有《叙清江二家诗选》,署"嘉靖丁巳腊月清江阁熊遂识"。熊序后有孙伟及敖英小传。小传云:"孙公讳伟,字朝望,号鹭沙。壬戌进士。由南京工部,历守鹤庆府。敖公讳英,字子发,号东谷,辛巳进士,由南京刑部,历山陕西、河南提学,四川右辖。"又述二集刊刻云:"二集将合刻,适刺史龚君一鹏来汴,遂授之,俾刻于陕州。龚亦清江俊士,少攻于诗,故乐成斯举。惭予谫谬,妄事评点,漫焉蠡海,岂曰知音,达识。"钤有"国立中∕央图书∕馆考藏"朱文方。内卷一收古近体诗七十三首,卷二收近体诗百二十七首,总二百首。正文熊逵评注。如首诗《赠严太史介溪先生北上》(六首)下评曰:"和平温雅,得风体";《读养斋灾伤奏稿》该诗天头注曰:"道到极处,闻者哽咽";再如卷二《赠南院殿读介溪先生升北监祭酒》(五首其二)诗末评曰:"道实事,恰妥帖。"

　　熊逵序云:"国朝重熙鸿化,蒸陶湛濡,一时声律蔚乎有斐,盖自李何以来,作者上窥盛唐,振出时辈,莫可殚述。如吾邑清江孙、敖二公,其际时之会乎? 才之摛也,可以观风矣。孙刻有《鹭沙集》,敖有《心远堂诗草》。《鹭沙集》藻丽天逸绎出,其奇如扁舟下峡,迅棹莫御,又如晓蕚被露,新沃可掬。《心远堂诗》兴幽思远,词古调雅,如老鹤孤振,清修绝尘,又如草铺横野,望绝蹊径。要皆超悟上乘,足称名家,伯埙仲篪,齐谐翕豫,未易以区别之也。岁秋北上,小奚捡二刻置舆中,予得而读之。长途忘倦,暇日复类次各体,以便讽咏。孙刻三百四十余篇,今选仅二百篇。与敖刻合为一帙,题曰《清江二家诗选》,爰付梓人,用贻同志。"

　　《四库全书总目》著录熊逵编选《清江二家诗》四卷(孙伟诗二卷、敖英诗二卷),评曰:"二人皆与逵同乡里,逵因删录其集各为二卷,并为之评点,然去取不甚允惬,且往往滥载寿诗,殆以桑梓之故,因诗以存其人,又书成于嘉靖丁巳,是时严嵩已败矣,而伟集开卷即录送嵩北上诗六首,亦可以不必也。"(《总目》卷一百九十二)清季陈田《明诗纪事》录孙伟诗二首,按语谓:"鹭沙诗颇似宋人《江湖小集》。"(《丁签》卷九)

140　顾沧江诗集五卷

　　顾文渊(约1473—?)撰①。文渊字静卿,号沧江。浙江杭州府仁和(今属杭州)人。成化间诸生,举业蹭蹬。早岁有名诗坛,晚岁游历四方,愤懑无聊之感发而为诗,著有《沧江集》。今存《顾沧江诗集》五卷。生平见《(康熙)钱塘县志》卷三十二。

　　该集明嘉靖三十五年(1556)仁和顾言刊本,台北故宫文献馆藏。二册。板框18.3厘米×12.0厘米。包背装。四周单边,版心白口,单鱼尾。半页八

① 《顾沧江诗集》卷六有《壬午腊孟河寄子》诗,内颈联云"堪笑羁途虚半世,那知穷腊阻修程。"据文渊孙顾言嘉靖丙辰(1556)所撰序,可知此"壬午"是嘉靖元年(1522),此年顾文渊"半世",则其约生于成化九年癸巳,即公元1473年。其卒年当在嘉靖末。

行十八字。钤有"国立北平图／书馆收藏"朱文方。卷首有《沧江先生诗集序》，署"赐进士出身南京刑部郎中前翰林院庶吉士长洲张勉学撰"；《勉沧江顾静卿不遇文》，署"正德壬申秋望日赐进士第资政大夫刑部尚书致仕王鉴之书"。卷末有顾言《沧江诗后序》，署"嘉靖丙辰一阳月朔旦吉不肖孙言敬斋沐稽首百拜飏言"。正文题名"顾沧江诗集"，左下注"明仁和沧江顾文渊著，南京水部郎中外孙许岳校编"。集分五卷，然正文前目录分上下两部分，总收诗二百首。今《甲库丛书》第 728 册内《顾沧江诗集》五卷底本即为台北藏本。

此集是顾文渊惟一存世著述，由其孙顾言辑录而成，顾言跋语曰："先大父沧江翁诗集成编，不肖言敬斋沐稽首百拜飏言曰：大父少负大志，通《毛诗》，博究坟籍子史，凡骚赋、选律诸家，自楚汉魏以来巨匠宗工卷盈缃帙，罔不挈入玄览，超悟冥会。所为古诗文警敏，援笔立就，要之根原理性，触引天灵，或感遇殊情，激烈慷慨，振义委命，不怨不尤，以故儒林缙绅先达长者莫不折节式庐，许以国器。时原明吴公辨荆璞于先，玉华盛公叹遗珠于后，冰壶秋月，翕然称明，但璞乏三刖，珠不闇投，脱颖濡期，囊琴益固，遂发叹曰：男子志四方，大者不得流泽当年，垂名竹帛，亦不当依违局蹐，终老牖下……诸所游历几二十年，得意兴言，目形心寓，虽含章未发，托迹江湖，然遐想藻思，游神物外，即司马子长古称好游，不能过也。乃若嗜学忘年，缔交敬久，行兼四勿，德懋五常，惠与厚施，报专知己，金声玉色，逸凤潜麟，以言之不肖，莫能模谢门墙，刿堂奥乎？言先为水部郎，浚泉徂徕，大父轻车至，止以续岱岳、阙里之游，授言是帙。迨补入南比部，得与表兄许子瞻联省署，因启帙，相与类次雠校，爰质同年张内翰，叹赏至再，序于简端，亟命入梓，而诗文全集不下千余首，家君方在检辑，嗣而图之。"

长洲张勉学论诗本性灵，其论文渊诗曰："是作也，直而婉，质而不俚，绮而不浮，和平而不诡于道。其篇什虽不越近格，而要之直写性灵，大都得古人遗美哉！飒飒乎其殆慰予之思。"又言："其所作凡及人伦物理、感遇登临之际者，超出畦径，率津津然有余味，非直留连风景、耽恋湖山之乐而已，此又得性情之正，而古调之所由协者也。"

141　峰溪集五卷峰溪外集一卷附录一卷

孙玺（1474—1544）①撰。玺字朝信，号峰溪道人，浙江嘉兴府平湖（今

---

① 唐顺之《山西按察司佥事峰溪孙公墓志铭》载："（玺）前后仕途二十八年，归十年为嘉靖甲辰六月二日而卒，距其生成化甲午正月六日享年七十有一。"据此可知，孙玺生于成化十年（1474），卒于嘉靖二十三年（1544）。

属浙江嘉兴)人。弘治十四年(1501)举浙江乡试,正德三年(1508)成进士,除兴化知县。四年升扬州府同知,未几升南京宗人府经历。旋丁外艰归。服除,进山东按察司佥事,调云南佥事,擢山西参议。嘉靖十四年(1544)以老罢归。著有《峰溪集》。生平见唐顺之《佥事孙公玺墓志铭》(唐顺之《荆川集》文集卷十四、孙玺《峰溪集》附录)、过庭训《本朝分省人物考》卷四十四、徐象梅《山西按察佥事孙朝信玺》(《两浙名贤录》卷三十七)、《(天启)平湖县志》卷十四。

该集清钞本,台北图书馆藏。一册。全幅27.3厘米×17.3厘米。半页八行十六字。版心下方注刻工名,如金汝南(或作金)、陈义、顾言(或作言)、陈志(或作陈)、云、顾成(或作顾)等。钤有"张/芹伯"朱文方、"国立中央图/书馆收藏"朱文长方。卷首有《峰溪先生集叙》,署"万历乙亥夏四月既望赐进士出身朝列大夫南京国子监祭酒前翰林院国史编修通家晚生姚弘谟拜手书"。附录有唐顺之《山西按察司佥事峰溪孙公墓志铭》;题识,署"万历三年乙亥谷雨日不肖男植百拜谨识";《跋金宪公云山履历后》,署"隆庆己巳春日不肖男孙植百拜书于留省";《皋金孙公宦游诗画记》,署"康熙己酉立冬前二日同里后学曹溶顿首跋于嵩斋";《皋金孙公宦游诗画记》,署"家年后学钱继章顿首拜撰";《皋金孙公宦游诗画记》,署"姻家后学寓村褚廷琯顿首跋"。卷一收拟乐府十四首,卷二收近体诗六十二首。卷三下注"正德辛巳",收近体诗九十六首,卷四收绝句四十九首,卷五下注"廷试策",收策、记、说、书、墓志铭等。《峰溪外集》一卷,收告示、词讼、田野等论说。

于集之内容,万历三年(1575)孙植题识论及《峰溪集》《峰溪外集》云:"先公登第后,与同年友唐文襄、方棠陵、钱东畲诸公时有赓咏,稿逸不存。及正德辛巳后,植自童卯始知从先公请得篇什,手录存之。至嘉靖壬寅后,植以刑部主事再请告蒙恩终养于家,乃获朝夕省侍,遇有作者,皆得备录以存。通凡古诗四言一首,五七言十二首,律诗五七言百首,绝句五七言四十九首,三五七言二首,谨为校录,付之梓人。近访求故戚家,又得七言古诗一首,五言律四首,七言律六首,则在正德戊寅先公宦维扬时,与诸寅僚雪舟联韵者。文则制策一道,先公手以示植。记一首,存之手册。而序一首,说一首,碑记一首,墓志铭二首,《书雪舟联韵后》一首,盖亦求得之故戚家。《书杜律赵注后》者,则家存杜刻也,其上书一首,检诸遗帙,而公牍之在令邑、佐郡与金皋山东、督屯畿内者,则于故箧断简中得之,录为《外集》。"

万历十五年姚弘谟于《峰溪先生集叙》论孙玺诗曰:"其诗冲淡纯雅,直写胸臆,若大羹玄酒,浑金璞玉,而渊然之味,油然之光,咀之而愈深,遏之而愈扬也。文疏畅条达,根极理要。论事亹亹,词必达意,光明爽朗,类其为人。其《上御史》一书,伟词正气,星斗芒寒,至今读之犹令人发上指冠也,其褫小人之魄无足怪者。"然《四库全书总目》著录《峰溪集》五卷《外集》一卷,四库馆臣评孙玺诗文曰:"是集乃其子刑部尚书植所编。玺先世居松江之华亭,南有九峰,东有盛溪,自号曰峰溪道人,并以名集。卷一至卷四为诗,多往来滇晋道中游览之作。卷五为文,不过试策、书启之类。外集则其任扬州时所颁条令也。"(《提要》卷一百七十六)

142　王肃敏公集不分卷

王廷相(1474—1544)撰。廷相字子衡,号浚川、平厓。河南开封府仪封(今属河南兰考)人。弘治八年(1495)举于乡,十五年成进士,选翰林院庶吉士,授兵科给事中。正德三年(1508)以言事谪判亳州,改知高淳。召拜监察御史,巡按陕西。九年被诬下狱,谪赣榆县丞,十一年调宁国知县,升松江府同知。历四川按察佥事、山东提学副使、山东右布政使,迁右副都御史,巡抚四川。嘉靖七年(1528)入为兵部侍郎,迁南兵部尚书,召拜右都御史,加兵部尚书,掌院事。二十年被劾,革职为民。二十三年卒,年七十一,谥肃敏。生平见高拱张卤《少保王肃敏公传》(《王氏家藏集》卷首)、于慎行《浚川先生王公廷相墓表》(焦竑《国朝献征录》卷三十九)、《(万历)开封府志》卷十八、张廷玉等《明史》卷一百九十四。

该集明蓝格钞本,傅斯年图书馆藏。与《南州集》合为一函,五册。板框18.6厘米×13.7厘米。钤有"汉阳叶/氏藏书"朱文长方、"昆臣"白文方、"汉阳叶/名澧润/臣甫印"白文方、"群碧/楼"朱文长方、"史语所收藏/珍本图书记"朱文长方。内含《沟断集》《台史集》《近海集》《吴中稿》《泉上稿》《家居集》《鄂城稿》《浚川集》等八书。前六书前有王廷相自序:《沟断集序》,署"嘉靖元年十月朔日浚川王廷相子衡甫序"。该集收弘治十五年至正德四年所撰赋一首、诗一百一首、文六篇;《台史集序》,署"嘉靖元年腊月望日浚川王廷相子衡父书于山东臬司之见山亭",该集收赋二首、诗一百四十五首;《泉上稿序》,署"嘉靖丁亥夏五月朔日浚川王廷相序",该集收诗五十五首、文四篇;《家居集序》,署"嘉靖丁亥七月望日序",该集收诗三十二首、文二十六篇;《近海集序》,署"嘉靖贰年正月人日浚川王廷相子衡序",该集收赋二首、诗百十八首、文三篇,《决遄叟述》一篇正文失收;《吴中稿序》,署"嘉靖三年三月朔日浚川王廷相子衡序",该集收赋一首、诗一百首。《鄂城稿》收诗八十九首、文八篇。《浚川集》收杂著、策问、书简各体文,内中有百二十五篇文未见于《王氏家藏集》中。此本未见他处著录,殊为珍贵。2014年《傅斯年图书馆藏未刊稿钞本》集部第2册内《王肃敏公集》一卷据明蓝格钞本影印。

其《近海集自序》云:"赣榆去海止数里,一往返不崇朝而达,可谓近矣。予以正德甲戌春谪丞于此,丙子夏转宁国,二年间望洋大观者,屡矣,岂非吾生一伟游乎? 夫海有潮汐岛、溆洲渚之胜,有霞彩日华蜃气之变,有珊瑚水碧骊珠蚌胎之宝,有蛟龙鲸鳌鹜鸰鹄鹤之育,盖不可尽称也,莫不入吾吟咏而效其助。其蓬来方丈扶桑灵槎瑶草羽人之属,虽非真有,亦足以寄兴于超旷,凡以使我忘天弃斥之琐尾,而乐于尘垢之外者,非兹乎哉? 故题其集曰《近海》,标予之乐于海者如此也。"

清钱谦益《列朝诗集》丙集卷十一录王廷相诗三十首,"小传"谓:"子衡五七言古诗才情可观,而摹拟失真,与其论诗颇相反。今体诗殊无解会,七言尤为笨浊,于以骖乘何、李,为之后劲,斯无愧矣。"朱彝尊《明诗综》卷三十一录其诗十九首,"诗话"云:"浚川诗格,诸体稍牺,惟五言绝句,颇有摩诘风致,下亦不失为裴十秀才、崔五员外。"陈田《明诗纪事》丁签卷三录王廷相诗二十四首,引王世贞《艺苑卮言》曰:"王子衡诗如外国人投唐,武将坐禅,威仪解悟中不免露抗浪本色。"按语曰:"子衡刻意学诗,粗漫之篇诚如昔人所讥,遇有合作,如游五都市中,动获奇宝。"

143　高吾诗稿十卷

陈洪谟(1474—1555)撰。洪谟字宗禹,号高吾。湖广常德府武陵(今属湖南常德)人。弘治八年(1495)领乡荐,明年成进士,授刑部主事,转员外郎,丁外艰归。服除,正德初改南户部员外郎,迁郎中,奉差催督苏、杭等处逋负,以功擢漳州知府,升江西参政,擢贵州按察使。丁内艰,服阕,起补云南按察使。嘉靖元年(1522)擢山东左布政使,转江西,升右副都御史巡抚江西。八年迁兵部右侍郎,寻转左,罢归,年五十八。生平见蒋信《高吾陈先生洪谟行状》(焦竑《国朝献征录》卷四十)、《(雍正)湖广通志》卷五十、《(嘉庆)常德府志》卷三十七。

该集明嘉靖十三年(1534)聂璜刊本,台北图书馆藏。六册。板框18厘米×13.4厘米。四周双边,版心白口,单黑鱼尾。半页十行二十字。钤有"苍岩山人/书屋记"朱文长方、"吴兴刘氏/嘉业堂/藏书印"朱文方、"刘承幹/字贞一/号翰怡"白文方、"国立中/央图书/馆考藏"朱文方。卷首有《高吾诗集序》,署"赐进士出身嘉议大夫都察院右副都御使奉敕巡抚云南等处地方吴兴顾应祥拜手序"。卷末有《高吾先生诗稿跋》,署"嘉靖甲午正月上浣南京刑部广东司主事前常德府推官门生剑江高宇顿首拜书"。卷一收五古二十六首,卷二收七古十六首、戏达禽语二首,卷三、四收五律一百十八首,卷五至八收七律三百五十首,卷九收排律六首,卷十收绝句百四十六首。

其门生高宇谓其师诗作:"有戞金镂玉之节焉,有温柔敦厚之体焉,有抒斯道之和、飏太平之盛之概焉,真足以淑小子寿斯世矣。"顾璘曾撰《高吾诗集序》云:"公自为士,以至登公卿,莫不以古人自期待。故随宦所成,辄出物表,以其树功之显,故必进诸岩廊之上,则士大夫宗之为领袖;以其执节之峻,故必退诸丘壑之下,则苍生望之为霖雨。非公自高其身,而能巍巍若是乎哉?……声律体裁即所谓期古人而出物表焉者,虽作之殊地,要自高吾山所养发也,为题曰《高吾诗集》云。"

144 高吾静芳亭摘稿八卷

陈洪谟(1474—1555)撰。洪谟生平见《高吾诗稿》条。

该集明嘉靖间刊本,台北图书馆藏。三册。板框17.5厘米×12.9厘米。四周双边,版心白口,单黑鱼尾。半页九行十八字。版心上部镌"高吾摘稿"。首有都察院右副都御使吴兴顾应祥《高吾静芳亭摘稿序》;都察院左佥都御史虞山陈察《题高吾先生诗集》;嘉靖甲午正月上浣南京刑部广东司主事门生高宇《高吾先生诗稿跋》。《存目丛书补编》第97册、《明别集丛刊》第一辑第95册内《高吾静芳亭摘稿》八卷底本即为台北藏本。

《四库全书总目》著录《静芳亭摘稿》八卷,谓:"是集为洪谟所自定,以致仕之后,居高吾山下,筑亭山中,榜曰'静芳',故以名其集。又自称高吾子,故亦曰《高吾摘稿》。其诗音节谐畅,而意境不深。盖宏正之间,风气初变,渐趋七子之派,而未尽离三杨之体也。《明史·艺文志》有《陈洪谟文集》二卷,不载其诗。今乃独有诗集,而文集未见传本。考此本卷首标题之下俱有诗集二字,知尚别有文集,故以示别,非史误也。"(《总目》卷第一百七十六)

145 傅山人集十三卷

傅汝舟(1476—?)撰。汝舟字木虚,一字远度,号丁戊山人。福建福州府侯官(今属福建福州)人。好读佛、老之书,通堪舆等杂学。弱冠弃诸生,晚慕仙家服食之术,舍乡井求仙访道,遨游四方,交于海内名流如郑善夫、高瀔、黎民表等。晚归乡里,年八十余卒。生平见陈昌积《傅磊老刘抱一游仙内传》(《龙津原集》卷一)、《(乾隆)福建通志》卷五十一。

　　该集明万历间刊本,台北图书馆藏。十二册。板框21.1厘米×13厘米。四周单边,版心白口。半页八行二十字。钤有"国立中/央图书/馆考藏"朱文方。内《七幅庵草》一卷、《吴游记》一卷、《唾心集》二卷、《步天集》二卷、《英雄失路集》二卷、《拔剑集》三卷、《筌筊集》二卷。卷首有《七幅庵叙》,署"大泌山房李维桢本宁父撰";《七幅庵自叙》,署"万历壬子闰月望日"。《七幅庵草》后注"七幅主人傅汝舟远度父著"。《吴游记》题名后注"扶桑下臣傅汝舟远度甫著,控鹤仙史张可仕文寺甫校"。《唾心集》前有《唾心集叙》,署"万历丙辰秋日友人顾起元撰";《唾心集自叙》,署"江东傅汝舟草记";《唾心集跋》,署"西极文翔凤撰"。《唾心集》正文题名后注"唾心道人傅汝舟远度甫著"。《步天集》卷首有《步天集叙》,署"大泌山人李维桢本宁父撰";《步天集跋》,署"盟弟梁父山人艾天启题";《步天集自叙》,署"丙辰七夕江东傅汝舟记于桂花香里"。正文题名后注"步天长傅汝舟远度父著"。《英雄失路集》卷首有《英雄失路集叙》,署"丁巳盟弟张可仕文寺书于紫薇庵里";《英雄失路集自叙》,署"丁巳菊花开时紫白仙人自记"。正文题名后注"中原傅汝舟远度甫著"。《拔剑集》卷首有《读拔剑集》,署"遁园顾起元书";《拔剑集自序》,署"六月十七日傅汝舟自纪"。正文题名后注"江东布衣傅汝舟远度著"。《筌筊集》卷首有《题筌筊集赋》,署"天五岳文翔凤撰"。正文题名后注"筌筊主人傅汝舟远度著"。

　　郑善夫谓傅汝舟诗"渊致潇散,多发之性情"(《少谷集》卷九《前丘生行已外篇序》)。《四库全书总目》著录《傅山人集》三卷,"提要"谓傅汝舟:"诗刻意学郑善夫,喜为荒怪诡谲之语。王世贞比之言法华作风语,凡多圣少。然奇崛处亦颇能独造,特旁门曲径,不入正宗耳。"(《总目》卷一百七十八)

146　颖江漫稿十四卷颖江漫稿续编一卷

　　符锡(生卒年不详)撰。锡字宜臣。江西临江府新喻(今属江西新余)人。弘治十四年(1501)举人,后屡试不第,遂以嘉靖三年(1524)谒选,授韶州判官。历太仆寺丞,十七年擢韶州知府,在任多有惠政。生平见《(雍正)广东通志》卷四十。

　　该集明刊本,傅斯年图书馆藏。八册。板框21.4厘米×16.4厘米。四周单边,版心白口,单鱼尾。鱼尾下镌"颖江漫稿卷几"。半页十行十八字。钤有"家在/黄山百/岳之间"白文方、"金星韶/藏书记"朱文长方、"群碧/楼"朱文长方、"开卷有益"朱文长方、"史语所收藏/珍本图书记"朱文长方。

正文题"颖江漫稿"（诗）或"颖江漫稿"（文），题名后无署名。内诗七卷，收诸体诗六百余首、词十一首，文七卷，收各体文一百十余篇；又《续编》一卷，收诗十一首。

147　东石近稿三卷

王蓥（生卒年不详）撰。蓥字时祯，又字时正，号东石。江西金溪（今属江西抚州）人。正德六年（1511）进士，授礼部主事，历员外郎、郎中，擢浙江提学副使。以父老乞归养亲，终不复出。归后，与同邑洪北山、黄卓峰、吴疏山共为翠云讲会，学者宗之。平见《（雍正）江西通志》卷八十二、《江西诗征》卷五十五。

《千顷堂书目》著录王蓥《东石文集》（无卷数），未见传。传者惟《东石近稿》三卷，明嘉靖三十一年（1552）黄文龙刊本，台北图书馆藏。二册。板框 18.2 厘米×12.9 厘米。四周单边，版心白口，无鱼尾。半页十行二十字。钤有"国立中央图/书馆收藏"朱文长方。卷首有《东石近稿序》，署"嘉靖壬子岁冬十一月朔赐进士第前征仕郎吏科给事中少初山人同郡徐良傅谨书"。正文题名后无署名。总收序、记、墓志铭、祭文等三十九篇。

此集乃王蓥嘉靖二十五年（1546）至三十一年间著述。徐良傅序谓："先生于书编辑叙正无虑十数种，大抵以翊世教、明心学为主，而其所自著有类稿，有续稿，已梓行。吴太守石亭、章督学介庵序之。自嘉靖丙午以迄今，兹为近稿，则先生子婿黄文龙惟中所次，且欲梓之，与前二稿并传，而属序于予。"

148　苍谷集选一卷

王尚𬘡（1478—1531）撰。尚𬘡字锦夫，号苍谷。河南汝州郏县（今属河南平顶山）人。弘治八年（1495）举于乡，十五年成进士，除兵部职方主事。正德三年（1508）转吏部稽勋司，历员外郎、郎中，七年出为山西布政司左参政，引疾还。家居十七年，嘉靖初以荐除陕西左参政，迁浙江右布政使，嘉靖十年（1531）卒于官，年五十四。生平见薛应旂《苍谷先生传》（《方山薛先生全集》卷二十六）、朱睦㮮《王公尚𬘡传略》（焦竑《国朝献征录》卷八十四）。

该集明嘉靖四十二年（1563）郏城王氏刊本，台北图书馆藏。一册。板框 20.4 厘米×14 厘米。上下双边，版心白口，单鱼尾。半页九行二十字。钤有"国立中央图/书馆收藏"朱文长方。卷首有《苍谷集选序》，署"嘉靖癸亥岁正月赐同进士出身翰林院国史检讨征仕郎顺阳李蓘拜撰"。继有"附录全集诸旧序"：嘉靖辛亥九月十一日韩邦奇序、马理《苍谷集录序》、孙允中《苍谷集录序》、党以平《苍谷集录序》、王崇庆《序苍谷集录》、王世爵《苍谷集录序》、吕颙《苍谷集录序》。收古体诗十七首，近体诗五十二首，文则收疏、辩议、书简等十数篇。

该集乃尚纲友人李蓘于王氏已梓集中摘录而成。李蓘序曰："余昔养疴林中，好阅当代诸先辈诗，其在吾豫州者尤惓惓焉。当时是，郏城王刺史一之初刻其先大夫苍谷公全集成，有以授余者，余伏读之，嘉叹绩日，不能已已，因拈鄙意所向为一编箧之，今七年矣。去冬，公之季子四之以候选来京师，就予求观之，喜其篇什简而便于行也，遂取去寿之梓。"

清朱彝尊《明诗综》卷二十八录尚纲诗二首，"诗话"云："苍谷结仲默为姻娅，订献吉、德涵、子衡、庭实、粹夫诸君为矜契。然其诗如入邪径狭巷，未达周行，较之升堂入室之彦尚远。马伯循序之，止许其能取友，可谓善于立言。"清季陈田《明诗纪事》丁签卷九录尚纲诗一首，按语谓："锦夫与李、何游，苦意追摹，合作终鲜。"

149　升庵选禺山七言律诗一卷

张含(1479—1565)撰。含字愈光，号禺山，别署禺同山人。云南永昌军民府(今属云南保山)人。正德二年(1507)乡试解元，七上春官不第，遂弃科考，遍游梁、宋间，泛览山水，觞咏自娱。平生与杨慎最交厚。卒于嘉靖四十四年，年七十七。生平见王兆云《皇明词林人物考》卷六、《(天启)滇志》卷十四、《(光绪)永昌府志》卷四十二。

该集明嘉靖三十九年(1560)锡山华云刊本，台北故宫文献馆藏。一册。板框18.9厘米×13.7厘米。左右双边，板心白口，单鱼尾。半页十一行二十一字。卷首有《禺山律选序》，署"嘉靖庚申夏仲南京刑部郎中致仕锡山补庵居士锡山华云"；《序升庵选禺山七言律》，署"嘉靖丙辰春日岷野曾玙序"。钤有"国立北/平图书/馆收藏"朱文方。正文题名下注"滇张含愈光著，蜀杨慎用修评选，滇邵惟中希舜校，吴华云从龙同校"。书中有前人墨笔校注。总收诗二百〇八首。

华云以为："禺山之律效法盛唐，而得少陵风骨，盖天下之选。"曾玙《序升庵选禺山七言律诗》曰："太史杨升庵选禺山张子七言律凡若干首，属予序。余诵之，飒飒乎，俊逸浑成，耳悦心畅，若有所兴起焉者……若禺山者，七言从律而能工者也。平生志概不羁，李闻既落，不复谒选，贾于林丘，于兹八十矣。吟弄不止七言律,而七言律独工,亦盛气之煦,元声之发也乎。"

朱彝尊谓:"禺山虽北学于献吉,然诗不尽出其流派,而一以用修为归。观其襞积字句,乏自运之神,方之用修,远不逮也。"(《静志居诗话》卷十一)《四库全书总目》著录《禺山文集》一卷《诗集》四卷,"提要"谓:"其学出于李梦阳,又与杨慎最契,故诗文皆慎所评定。慎序有曰:'张子自少不喜为时文、举子语,见宋人厌弃之犹腻也。其为文必弓、左,字必苍、雅。'其推挹甚至。然其病正坐于此,故襞积字句而乏熔铸运化之功。明人别有雕镂堆砌一派,含其先声欤。"(《提要》卷一百七十六)

150　中丞马先生文集四卷诗集四卷诗余一卷外编一卷

马卿(1480—1537)撰。卿字敬臣,号柳泉。河南彰德府林县(今属河南林州)人。弘治九年(1496)领河南乡书,十八年成进士,选翰林庶吉士。正德二年(1507)授户科给事中。转工科,进左给事中,出守大名府。十年迁浙江按察副使,十二年改山西提学副使,十四年迁参政。嘉靖二年(1523)进浙江右布政使,坐事左迁云南鹤庆知府,七年升参政,转按察使,擢福建右布政使,转南太仆寺少卿,丁外艰归。十一年服除,擢副都御史,总督漕运,巡抚凤阳,十五年二月九日卒于官,年五十八。生平见穆孔晖《马公墓志铭》、崔铣《右副都御使马公行状》(《四库全书》本《洹词》卷十)、朱睦㮮《马公卿传》(焦竑《国朝献征录》卷五十九)。

《千顷堂书目》著录马卿《抚漕奏议》二卷、《马氏家藏集》(未注卷数)、《家集》四卷。今存《中丞马先生文集》四卷《诗集》四卷《诗余》一卷《外编》一卷,明林县马氏三阳书屋刻崇祯九年(1636)赵王府补修本,河南图书馆、台北图书馆藏。台北藏本八册。板框 18.7 厘米×13.1 厘米。四周双边,版心白口,单鱼尾。半页十行二十一字。钤有"金星韶/藏书记"朱文长方、"兰荪/披阅"朱白文长方、"吴兴刘氏/嘉业堂藏"朱文长方、"怀新馆/藏书记"朱文长方、"徐坚/藏本"白文方、"吴兴刘氏嘉/业堂藏书记"朱文长方、"邓尉徐氏藏书"朱文长方、"国立中/央图书/馆考藏"朱文方。卷首有《叙马公家集》,署"万历戊子上元川西后学张应登顿首书";《中丞马先生文集重刻序》,署"崇祯九年岁在丙子愚甥赵王义易道人(朱厚煜)序"。正文题名后注"明通议大夫都察院右副都御使总督漕运巡抚凤阳等处前翰林院庶吉士隆虑马卿撰"。内《文集》收各体文一百四十余篇,《诗集》收赋三篇、诸体诗五百二十余首,《诗余》收词二十七首。

151　石龙集二十八卷

黄绾(1480—1554)撰。绾字宗贤,号久庵,又号石龙。浙江台州府太平(今属浙江温岭)人。师事谢铎、王守仁。正德五年(1510)以荫补后军都督府都事,遂寻告归,居家潜心阳明之学。嘉靖元年(1522),以荐起南京都察院经历,进南工部员外郎。累疏乞休,未允。六年,授光禄寺少卿,转大理寺,改少詹事兼侍讲学士,充讲官,与修《明伦大典》,进南礼部右侍郎。十八年,任南礼部尚书兼翰林学士。安南内乱,受命为安抚使,以迟缓不行,为帝斥退。卒于嘉靖三十三年(1554)九月,年七十五。生平见李一瀚《礼部尚书兼翰林院学士黄公行状》(焦竑《国朝献征录》卷三十四)、徐象梅《两浙名贤录》卷四、张廷玉等《明史》卷一百九十七、《(民国)台州府志》卷一百〇一。

《千顷堂书目》《明史·艺文志》均著录《石龙集》二十八卷,今存明嘉靖间刊本,台北图书馆藏。十二册。板框19.7厘米×14.8厘米。左右双边,版心白口,单白鱼尾。半页十行二十字。钤有"十羽/斋"朱文方、"吴氏藏/书之印"朱文长方、"吴兴刘氏/嘉业堂/藏书印"朱文方、"刘承幹/字贞一/号翰怡"白文方、"柘馆"朱文方、"吴琪/之印"白文方、"国立中/央图书/馆考藏"朱文方。首有嘉靖十二年春三月十九日王廷相《石龙集序》。继有王廷相手书题识,识曰:"熟读大稿三月,乃作此。而于先生之学犹未尽探也,不知可以附之末否,望教之,幸幸。廷相白。"此本是黄绾惟一存世明刊本,今《明别集丛刊》第一辑第100册内《石龙集》据明嘉靖本影印。卷一收赋八首,卷二至七收古近体诗二百二十五首、词一首,卷八至二十八收论、杂文、序、记、书、题跋、传、行状、碑志、碣铭、墓表、祭文等各体文。

王廷相《石龙集序》云:"余读《石龙集》,知黄子学有三尚,而为文之妙不与存焉。何谓三尚?明道、稽政、志在天下是也。明道而不切于政,则空寂而无实用;稽政而不本于道,则陋劣而非经术,不足以通天下之情,亦不足以协万物之宜。其为志也,得其偏隅而迷其综括,欲周天下之变,难矣……其论治也,提纪纲,达经权,弘礼乐,酌刑赏,核治忽,计安危,严君子小人之辩,契恤民弭乱之术,无不中其几宜,而准其剂量,谓于政有不稽乎哉?夫道明则仁义由德性成,学术正,风教端矣;政稽则皇极建,治化流,民物遂,社稷奠矣。……黄子之文,当以无意求之可也。故曰学有三尚,而为文之妙不与存焉。"

152　殷给事集选三卷附录一卷

殷云霄(1480—1516)撰。云霄字近夫,号石川。山东兖州府寿张(今属山东泰安)人。七岁读书,弘治十四年(1501)举于乡,十八年成进士,明年以疾归,结屋石川上以为读书之所。正德六年(1511)病愈赴京,授靖江知县,八年改青田,十年擢南京工科给事中,十一年七月初七卒于官,年三十七。生平见崔铣《石川殷近夫墓志铭》(《崔氏洹词》卷十五、《殷石川集》附录)、殷云霄《石川子传》(《殷给事集选》卷下)、王兆云《皇明词林人物考》卷五、张廷玉等《明史》卷二百八十六。

该集明抄本,皇甫汸选编,台北故宫文献馆藏。一册。四周无界栏行格,板心白口。半页九行十六字。钤有"黍花源/里人家"朱文方、"带经草堂"白文长方、"国立北/平图书/馆收藏"朱文方、"葛起/龙印"白文方。卷首有《殷给事集选序》,署"嘉靖辛丑秋七月望吴郡百泉山人皇甫汸子循父撰"。正文题名下注"凤阳殷云霄"。卷上收古今诗三十首,卷中收古今诗三十八首,卷下收序、记、传十二首。附录一卷,为殷云霄好友著序文或赠答之作。如陈守愚《刻石川集序》、边贡《送殷近夫谢病归寿张》、徐祯卿《石川子歌》、何景明《送殷近夫》、孙一元《赠殷靖江二十韵》、郑善夫《赠殷近夫》等。卷首有无名氏撰题识:"近夫诗予不得多见,文尝于毗凌瞿生见,见抄本视此殆倍,此为皇甫司勋所选,乃仅似场稗囊屑耳!予往岁曾坐飡道室看,诗十得一,文十得三。"

皇甫汸序谓:"鲁国《殷给事集》二卷,李子植卿寄我于曲梁,一曰《瀛洲》,一曰《芝田》,皆其领邑时撰缀也。陈氏叙曰'殷子之作,奚啻倍是,而火于任城,兹殆其烬余耳。'余山居寡营,颇耽群艺,遂选其近古者,汇分之,都为一集,以俟好事者梓而传焉。昔人谓州县之职徒劳人耳,讵不然哉。盖政务丝棼,法网茶密,兼之牒诉倥偬婴其怀,尘容磬折违其好,抉摘苛觚,易启其衅,关白请覆,不尽其才。而观察以此优劣铨衡,因之上下,故驰竞巧宦者蒙采拔,而恬澹立逆者尝坎壈矣。"

崔铣《近夫墓志铭》谓:"近夫爱谓程氏、朱氏书,其为文非秦汉人语不习,又以诗者抒情表志,风人于善,自汉魏至唐作者,皆辨其音节而拟之。"

153 殷石川集十卷

殷云霄撰。云霄生平见《殷给事集选》条。

该集明嘉靖二十八年(1549)关中张光孝编刊本,台湾故宫文献馆藏。四册。板框19.8厘米×13.7厘米。内《石川瀛洲集》一卷、《石川芝田集》一卷,以上二卷版心记"石川诗稿";《石川文稿》一卷、《石川芝田稿》一卷、《石川金陵稿》(附)一卷,以上三卷版心记"石川文稿"。以上五卷正文题名下无署名、板式、行款为四周双边,版心黑口,单鱼尾。半页十行二十字。另有《石川奏疏》一卷,无署名;《明道录》二卷,署"寿张石川殷云霄近夫编著",四周单边,版心白口,单鱼尾。半页十行十八字。《海愚录》二卷,左右双边,版心黑口,单鱼尾。半页十行二十字。附《石川赠言》。钤有"国立中/央图书/馆考藏"、"希古/右文"朱文方,"阳湖陶氏涉园/所有书籍之记"、"苍岩山人/书屋记"朱文长方,"国立中央/图书馆/藏书"朱文方、"不薄今/人爱古人"白文长方。卷首有嘉靖己酉三月之望关中后学张光孝《殷石川集序》。明李梦阳《刻海愚录序》;正德戊辰二月殷云霄《题明道录》明陈守愚《刻石川集叙》。

陈守愚《刻石川集叙》云:"子殷子于世三十有七载尔,厥出则莫,厥宦则僻,厥没则蚤,交游上下,不尽时髦。德行文章,未洽广远……今年夏,余邑侯余姚胡子用信以所梓石川《瀛洲》《芝田》二稿见示,兼命叙其首简。余喜且愧,报之曰:兹固门弟子之责,以遗宰者,忧奈何?又曰:发潜德、垂表训,宰之大谊也。夫先生之所制作,奚啻倍是,辛未灾于任城,迄今未能搜撼四方,及门之士倘有随录而珍藏之者,幸相与裒而绩之,他日苟有所成就,将曰缘侯之谊之鼓之也。"

殷云霄诗文集现存版本除皇甫汸选编明抄本《殷给事集选》三卷、明嘉靖二十八年张光孝刊《殷石川集》十卷本外,另有《石川瀛洲遗集》一卷《石川文稿》一卷《芝田遗集》一卷《芝田稿文》一卷附《金陵稿》一卷,明嘉靖十年胡用信刊本;《石川集》五卷附录一卷,明嘉靖二十八年王廷刊本;《殷石川集》一卷,盛明百家诗本;《殷石川集》十一卷(内《石川集》六卷、《石川遗稿》二卷、《石川奏疏》一卷、《明道录》二卷),明万历末重刊修补本(此本藏上海图书馆。上图藏本著录为明嘉靖二十八年刊本,然该本"明道录"题名下署"寿张石川殷云霄近夫编著,孙殷棐汝文督刻,殷逢育伯赞、殷逢庆叔德、殷逢原季德、殷逢时、殷以敬主一校梓"。殷逢育、殷逢庆、殷逢原、殷逢时四人署名较"孙殷棐"低二字格,殷以敬又较以上四人低二字格,以此推断,殷以敬当为殷云霄玄孙,即三世孙。另考谢肇淛[1567—1624]《小草斋文集》卷十六《参知俞公新修寿张学宫碑记》,内云"癸丑三月,弭节安平,始进邑父老子弟劳苦之。于是,广文李君颙若茂才李正芳、殷逢育等俨然称曰……",此"癸丑"为万历四十一年[1613],学宫在寿张,文中茂才殷逢育当为殷云霄重孙。以此推断,此本当刊刻在万历末年)。

《四库全书总目》著录《石川集》四卷附录一卷,"提要"评殷云霄曰:"史称云霄尝作蓄艾堂,聚书数千卷,以作者自命,多与孙一元唱和,诗派亦与相近。然大抵才情富赡,而骨格未坚。"

154　木兰堂集二卷

胡缵宗(1480—1560)撰。缵宗字孝思,一字世甫,号可泉,又号鸟鼠山人。陕西巩昌府秦安(今属甘肃天水)人。弘治十四年(1501)领乡荐,正德三年(1508)成进士,授翰林检讨,与修《孝宗实录》。五年谪嘉定州判,八年因政绩迁潼川知州,十年以惠政入为南户部员外郎,升郎中,改吏部,出知安庆府。嘉靖二年(1523)移知苏州府,迁山东布政司左参政,改浙江。历河南布政使,以右副都御史巡抚山东,改河南。嘉靖十八年(1539)开封火灾,引咎乞归。家居十余年,因诬入诏狱,得众人救,杖而后释归。卒年八十一。生平见佚名《可泉胡公缵宗墓志铭》(焦竑《国朝献征录》卷六十一)、王兆云《皇明词林人物考》卷五、张廷玉等《明史》卷二百〇二。

该集明嘉靖八年(1529)吴郡徐圭等刊本,台北图书馆藏。二册。板框16.4厘米×13.3厘米。左右双栏,版心白口,单鱼尾,底端刻工名,如宅、仁、天、泽等。半页十一行二十字。钤有“国立中／央图书／馆考藏”朱文方、“长白敷／槎氏董／斋昌龄／图书印”朱文方。首有《木兰堂集序》,署“嘉靖十五年孟春既望姑苏门人袁裘”。正文题名后注“国子生吾郡陈淳校,国子生门人长洲归仁编”。卷上收赋三首,古体诗三十二首,古辞一首,近体诗一百九十首,联句四首。卷下收题辞、赞、铭、序、引、说、记、对、辞、箴、题、书、跋、祭文、墓志铭等各体文七十三篇。卷末有小注“《木兰堂集》诗文凡二卷,嘉靖己丑首夏吾郡后学生朱整、徐圭重校编刻梓”。

胡缵宗论诗文主张以先秦汉魏为宗:“文莫盛于退之,而文之体则变矣;诗莫盛于子美,而诗之体则变矣。故文必以六经为准,而秦汉次之。诗必以三百篇为准,而汉魏次之。舍是虽工犹为弃源而寻委,舍根而培枝也。”(袁裘《木兰堂集序》)袁裘以为胡氏:“文出入秦汉而根于六经,诗出入汉魏而源于三百篇,其视昌黎、少陵若弗屑者,而亦未始不合也。”朱彝尊《明诗综》卷三十八录胡氏诗三首,按语谓:“孝思诗未入格,顾沾沾自喜,到处留题。当永陵南巡,作诗纪事,有云:‘穆王八骏空飞电,湘竹英皇泪不磨。’用事殊不伦,乃刻之于石,致腾谗者之口,其得免死,幸也……其意气有不可及者。然诗实牵率,晋江王道思序之,称其‘宏深精毅’,盛归美于秦风,毋亦嗜秦人之炙者与?”四库馆臣评其诗:“激昂悲壮,类近秦声。无妩媚之态,是其所长;多粗厉之音,是其所短”。(《总目》卷一百七十六)

155　钤山堂诗抄二卷

严嵩(1480—1566)撰。嵩字惟中,号介溪。江西袁州府分宜(今属江西新余)人。弘治四年(1501)领乡荐,十八年成进士,选翰林院庶吉士,授编修。移疾告归,读书钤山中七年。后起,进侍读,领南京翰林院事,为祭酒。进礼部右侍郎,寻转左,久之进南京礼部尚书。嘉靖间官吏部尚书,入直武英殿,居首辅,主持朝政二十余年。以得帝眷,而贪横日甚。后朝官屡劾,阁臣徐阶等结帝意以击嵩,嵩渐失帝眷,嘉靖四十一年(1562)被劾,削籍归。旋因其子严士蕃再被劾,籍没其家。四十五年病卒,年八十六。生平见王世贞《大学士严公嵩传》(焦竑《国朝献征录》卷十六)、王兆云《皇明词林人物考》卷六、张廷玉等《明史》卷三百〇八。

该集明嘉靖十九年(1540)昆山卢梗校刊本,台北故宫文献馆藏。一册,18.1厘米×12.7厘米。左右双边,板心白口。卷半页九行十七字。钤有"寿祺/经眼"白文方、"国立北/平图书/馆收藏"朱文方。首有《钤山堂诗抄叙》,署"嘉靖庚子秋七月甲辰既望门人慈溪赵文华谨识";赵文华叙文后有序庵、浚川、渔石、梅国、久庵及鹭沙等数人《说钤山堂诗》。正文题名下注"渔石唐龙批,鹭沙孙伟评,门人卢梗校,山人周雨抄"。书中有前人墨笔圈点。卷一收古诗七首、歌行八首、五律六十六首、五言排律六首。卷二收七律四十六首、七言排律一首、五绝三首、七绝三十五首。

赵文华序中引严嵩论诗云:"诗无定法,要在养得,活泼心地,如洪钟随叩而万谷咸响,山岳易状而体势具尊,都使人捉摸不定,乃为隽妙,如元微之论杜,所谓上薄风雅,下该沈宋,言夺苏李,气吞曹刘。掩颜谢之孤高,杂徐庾之流丽,而为之总萃,意不可无也。"又论严嵩诗曰:"今观斯抄,其游咏物理,根极雅旷,若渊明、灵运汩乎与之终身,既而密勿登用,感遇见怀,纪述赓和,则灏灏噩噩,为明堂清庙,划然止乎大雅。"

156　振秀集二卷

严嵩撰。严嵩生平见《钤山堂诗抄》条。

该集明嘉靖三十五年(1556)顾氏昆明刊本,国家图书馆、台湾故宫文献馆藏。台北藏本二册。板框17.7厘米×13.3厘米。左右双边,版心白口,单鱼尾。半页九行十八字。钤有"张珩/私印"白文方、"韫辉斋/图书印"朱文长方、"汪氏/天葵"朱文方、"张""珩"朱文连珠方印、"国立中/央图书/馆考藏"朱文方、"葱玉/张氏"白文方、"韫辉/斋印"白文方。首有《振秀集小引》,署"嘉靖甲寅冬十有一月朔升庵杨慎书";《振秀集序》,署"嘉靖甲寅长至日门下后学皇甫汸书于南中五华精舍";《振秀集序》,署"嘉靖乙卯上巳日后学勾吴顾起纶书于滇南南云亭";嘉靖乙卯顾起纶《振秀集序》。内总选诗一百五十五首。今《甲库丛书》第740册内《振秀集》二卷底本即为台北藏本。

集由顾起纶自《钤山堂全集》中录出，其序云："明兴自弘治以来，海内作者翕然遵古，渐还风人标格，然得其门而入者未之多见也。今太师严相公早游艺苑，震耀当代，晚陟台阶，独迈前哲，其所赋诗兴与境会，情与调闲。道冲思澹，遗王公之浮迹；学古识旷，寄江海之退心。每丝纶之暇，不废酬藻，往往得句，旁搜隐索，苦吟旬日，义适典谟，时中风雅，其好古博尚类若此者。一日，纶侍公寓，直出杨修撰皇甫开州所编《诗选》见视，乃按帙翻阅，借为公曰：谢宣城澄江之句，陈思王清夜之咏，岂尚篇章之富邪？公不以迂狂为嫌，遂授以钤山直庐全集，命为是选，得古近体凡一百五十有五首。较之风雅体变而兴同，调殊而理合，悉芳音之菁英，新声之婉丽者也。"

皇甫汸云："《振秀集》二卷，今师相介溪严公诗也。选而名之者，昆陵顾子起纶采陆平原赋语也。公凤擅扰天之才，早游金马之署，闲于诗辞，为海内所推宗。晚陟台司，易榛艺苑。调高律细，方之前古，即沈隐侯、张燕公可与并论，而公犹抱冲虚，曾不满假，每征好于同声，求是于一得。其所著《钤山堂集》尝寄杨太史选于滇中，又视予小子选于澶州，兹其三更端矣。昔人作诗，欲妇人童子悉晓其义，至选诗苟学士大夫一不惬意，辄芟而不存，然探珠拣金，不可谓弃者非宝也。以公之才之识，诗之上乘，当自得之，何必起予乃加品藻，猥兹末学，亦殚雌黄？孟襄阳诗成，往往自毁其草，人固愿购之不置，岂非良工独苦，而鉴美必传邪？公之翊赞万机，总摄百揆，其延揽翕类若此矣。"

157　南还稿一卷

严嵩撰。严嵩生平见《钤山堂诗抄》条。

该集明嘉靖间刊本，台北故宫文献馆藏。一册。框20.3厘米×14.8厘米。四周双边，板心白口，单鱼尾。半页八行十八字。钤有"国立北/平图书/馆收藏"朱文方。书中有前人墨笔点校。集乃严嵩南还归家之作。总收诗四十二首。今《甲库丛书》第740册内《南还稿》一卷底本即为台北藏本。

王世贞谓严嵩"好为诗，清雅有态，然不能为沉雄之思，文亦类之"（《大学士严公嵩传》）。钱谦益《列朝诗集》录严嵩诗十七首，"小传"谓其："初入词垣，负才名……其诗名《钤山集》者，清丽婉弱，不乏风人之致。直庐应制之作，篇章庸猥，都无可称。王元美为郎时，讥评其诗以为不能复唱渭城者也。"（《列朝诗集》丁集卷十一）《四库全书总目》著录《钤山堂集》三十五卷，"提要"谓严嵩："虽怙宠擅权，其诗在流辈之中乃独为迥出。王世贞《乐府变》云：'孔雀虽有毒，不能掩文章。'亦公论也。"（《总目》卷一百七十六）

158　旗峰诗集十卷

　　林春泽(1480—1583)撰。春泽字德敷,号旗峰。福建福州府侯官(今属福州)人。正德五年(1510)举人,九年成进士,授户部主事,迁员外郎。武宗南巡,谏者皆廷杖、罚跪,春泽抗疏救之,皆得免。坐事谪宁州同知,转吉安,迁肇庆同知,擢南刑部郎中,出为程番知府,为忌者所中,以侯调归。以长寿称人瑞,卒于万历十一年(1583)四月十五,百有四岁。生平见陈文烛《林公墓志铭》(《二酉园续集》卷十七)、《(乾隆)福建通志》卷四十三。

　　《千顷堂书目》著录《人瑞翁诗集》十二卷,今存万历八年刊本。另林春泽有《旗峰诗集》十卷,清朱格钞本,台北故宫文献馆藏。二册。板框19.3厘米×12.2厘米。四周双边,板心白口,单鱼尾,半页十一行二十五字。钤有"登府手校"白文方、"国立北/平图书/馆收藏"朱文方、"云日校"朱文长方。中缝中间记"重修闽志采访书",下记"天一阁抄本"。此十卷抄本《旗峰诗集》出于十二卷本《人瑞翁集》。卷首有《旗峰诗集前序》,署"赐同进士出身中宪大夫江西赣州府知府前南京山西道监察御史乡晚生李丕显顿首百拜";《书旗峰诗叙》,署"嘉靖辛卯孟冬朔日门人棠邑常序书"。正文题名下注"晋安旗峰林春泽著,门人棠邑常序梓行,泰和陈昌积集,卢陵吴炳校正"。总收诗八百四十二首。卷末有嘉靖甲寅夏六月望日晋江柯乾敷《旗峰诗集后序》。

　　现代版本家王重民先生曾睹清抄本《人瑞翁诗集》十卷,其于提要中云:"按《存目》载春泽所撰《人瑞翁集》一卷,《提要》云:'原本十二卷,今未见传本。'按十二卷之说,盖本于《千顷堂书目》,此其原本也,则原本实仅十卷,《千目》羡二字。此抄本上鱼尾下刻'重修闽县采访书'七字,下鱼尾下刻'天一阁钞本'五字,盖道光间陈寿祺等纂修《福建通志》时,就天一阁藏本传录者。卷内有'登府手记'印记。"

　　李丕显序称:"《旗峰诗集》所以集旗峰先生平生咏歌之言,汇为一集……先生之诗,固不命意骨削,而其格绝寡调,虽自平易敷词而具寓意,无远上溯风雅,下轧晋唐;虽曹刘颜谢之录,罔不旁搜曲采,故其为诗者汪洋宏敞,衡肆于百家。"其门生常序更赞乃师为"振古豪杰,心事如天日,政理如金玉,问学如渊海,形诸咏歌,极诸家之变态,成一家之自得,与崆峒、少谷、大复齐名。爱君忧国之情,悼时悲俗之意,出处进退之节,阴阳鬼神之理,备矣,非以诗名家者流也。是故金台以前诸诗如履旷野,豫章之后诸诗如驰峻岘。声因物感,情以时迁,变化之妙,不得已也"。然四库馆臣谓:"春泽少与郑善夫游,互相切磋,故其诗颇有体裁,但乏深思厚力耳。"(《总目》卷一百七十六)

159　汪白泉先生选稿十二卷

汪文盛（1482—1541）撰。文盛字希周，号白泉。湖广武昌府崇阳（今属湖北）人。正德五年（1510）举于乡，次年成进士，授饶州推官，饶有治绩，征授兵部主事，以偕同官谏武宗南巡，受杖阙下。嘉靖初，进郎中，出知福州。历浙江、陕西提学副使，迁云南按察使，十五年（1536）擢右佥都御史巡抚云南，召为大理卿，以疾归。生平见廖道南《汪文盛传》（焦竑《国朝献征录》卷六十八）、王兆云《皇明词林人物考》卷七、过庭训《本朝分省人物考》卷七十六、张廷玉等《明史》卷一百九十八。

该集明嘉靖间崇阳汪宗伊校刊本，台北故宫文献馆藏。五册。板框19.5厘米×13.8厘米。四周双边，板心白口，双鱼尾。半页十行十八字。钤有"国立北／平图书／馆收藏"朱文方。无序无跋。正文题名下注"博南杨慎选，子宗伊校"。前三卷为诗，总收诗八十四首。后八卷为文，总收序、记、表、疏五十四篇。

《四库全书总目》著录文盛《节爱汪府君诗集》二卷，"提要"谓文盛："诗多虚响，不出北地、信阳门径。"（《总目》卷一百七十六）

160　南沙先生文集八卷

熊过（约1483—1557）撰。过字叔仁，号南沙子。四川叙州府富顺（今属四川自贡）人。嘉靖七年（1528）领四川乡荐，明年成进士，选翰林院庶吉士。改兵部武选司主事。丁内艰，服除补原官。坐事入诏狱，以僚友救，改礼部祠祭司主事，擢郎中。忤严嵩，再谪云南白盐井副提举，量移常州府通判，调湖州通判，又坐事左迁安吉州同知，寻削籍，斥为民。归后杜门绝交游，惟以读书为事。嘉靖三十六年（1557）卒，年七十五。生平见赵用贤《熊南沙先生墓志铭》（《松石斋集》卷十七）、张廷玉等《明史》卷二百八十七。

熊过与杨慎、赵贞吉、任瀚合称"蜀中四大家"。赵用贤撰《熊南沙先生墓志铭》，载其著有《南沙文集》十二卷、《庙议》二卷、《六书订解》八卷、《先天历法考异》四卷、《土圭测景图论》二卷、《读史蠡测》四卷、《皇明大事纪》十卷、《乐府琳琅》六卷、《冰厅摭言》二卷、《南中异物志》一卷、《三礼直解》十二卷，此外尚有家言尤夥，遗命勿传。存者有《周易象旨决录》七卷（有嘉靖间刊本）、《春秋明志录》十二卷（有清抄本），均为《四库全书》所收。存世诗文集有《南沙先生文集》八卷，明隆庆二年（1568）刻万历十五年补刊本，台北图书馆藏。三册。板框18.2厘米×12.7厘米。半页十行二十字。四周双边,板心白口,单鱼尾。钤有"国立中央图/书馆收藏"朱文长方、"希逸/读过"白文方、"金星轺/藏书记"朱文长方。卷首有《南沙文集叙》,署"隆庆戊辰八月朔赐进士第中宪大夫钦差巡抚四川等处地方都察院右佥都御史门人严清叙"。正文题名后注"富顺熊过著"。内前四卷为疏、序、记、书,后四卷为题、跋、引、传、墓志铭、墓表、祭文、杂著等。卷末有《南沙文集跋》,署"隆庆戊辰八月朔不肖子敦朴顿首敬跋"。今《甲库丛书》第767册内《南沙先生文集》八卷底本即为台北藏本。

熊敦朴隆庆二年《南沙文集跋》言集之编刊云:"右家君集八卷,为文一百七十首。始,家君居馆中,有《秘书稿》;为郎署,有《兵曹稿》《祠曹稿》;谪滇,有《南中稿》;再谪吴兴,有《镇静堂稿》,及先后《家居集》等,凡为诗若文者以若干首,皆散亡不可纪录。朴自丁巳迄今十二年所,遍加蒐辑,得诗文千余篇,奈多脱误,虽家君不暇自釐正也。于是,择其不甚讹舛者,类而举之。诗名《存稿》者,已有别刻,余为外集,盖俟他访有得,并近稿通续其后,为全集也。岁乙丑,叔父南墩公以侍御按两河,携是编如大梁,将谋锓梓,会以病免归,不果。今年秋,中丞寅所先生严公移镇蜀,首加问讯,则以是编遗之,刻于成都,版归富顺,藏诸大业山堂。"

161　编苕集八卷

黄卿(1483—1540)撰。卿字时庸,号海亭,又号编苕,又自署朝僎山人。山东青州府益都(今属山东青州)人。正德二年(1507)领乡荐,明年进士,授武进知县,改涉县。调应州知州,所至皆以能称,擢南刑部郎中。嘉靖初简放太原知府,升浙江右参政,忤时宰,调陕西,再迁江西,寻进江西左布政使。嘉靖十九年(1540)卒于入觐道中,年五十八。生平见《(嘉靖)青州府志》卷十四、《(雍正)山东通志》卷二十八之三。

该集明嘉靖二十一年(1542)江西刊本,台北故宫文献馆藏。四册。板框19.0厘米×12.9厘米。四周单边,版心白口,无鱼尾。版心中部镌题名卷数。半页十一行二十二字。卷首有《编苕集序》,署"嘉靖二十一年冬十月望日濮阳苏祐序"。正文题名后注"朝僎山人海亭黄卿"。卷一收赋十三篇,卷二收拟乐府诗八十三首,卷三、四收五七言古体诗一百三十六首,卷五至七收五七言近体诗二百三十首,卷八收序、记文三十五篇。今《甲库丛书》第746册内《编苕集》八卷底本即为台北藏本。

集在黄卿卒后二年梓行于世。苏祐序曰:"是集益都海亭黄公稿也。称'编苕',从其所自名也。余与公同乡,知公素矣,而宦辙所之,恒不相值。岁己亥,公起废,参江藩,转左右辖,余亦来督学政,始朝夕论聚,互倾其平生,然见其稿犹未悉,而公寻以入觐卒于越。今年春,公伯子含以是集寄余豫章,余始得观其全,爰命校官郑天行氏偕陈生兰化校,将付诸梓人,适宗藩既白雅尚文事,见而爱之,请刻以传。"

《四库全书总目》录《海岱会集》十二卷,录"明石存礼、蓝田、冯裕、刘澄甫、陈经、黄卿、刘渊甫、杨应奎八人唱和之诗"。四库馆臣继评曰:"八人皆不以诗名,而其诗皆清雅可观,无三杨台阁之习,亦无七子摹拟之弊,故王士禛称其'各体皆入格,非苟作者'。观其社约中有'不许将会内诗词传播、违者有罚'一条。盖山间林下,自适性情,不复以文坛名誉为事,故不随风气为转移。而八人皆闲散之身,自吟咏外,别无余事,故互相推敲,自少疵类。其斐然可诵,良亦有由矣。"(《总目》卷一百八十九)清季陈田《明诗纪事》丁签卷十四录黄卿诗四首,按语云:"编苕诗特矜练,在《海岱会集》中别自一格。"

162　林次崖先生集十八卷

林希元(1483—1567)撰。希元字茂贞,号次崖。福建泉州府同安(今属厦门)人。以儒士中正德十一年(1516)举人,明年成进士,授南大理评事,执法不阿,南留都有"铁汉"之称。嘉靖改元,以疏得罪,谪泗州州判,弃官归。以方献夫、霍韬荐,复起为大理寺丞。嘉靖十四年(1535)以议辽东兵变,再谪钦州知州。十八年迁广东按察佥事,掌盐、屯二政,改督学,转云南。值安南莫登庸篡国,力请讨之,疏凡六上,坐是中计典归。嘉靖四十五年(1567)卒,年八十五。生平见佚名《云南按察司佥事林公希元传》(焦竑《国朝献征录》卷一百〇二、《林次崖先生集》卷首)、张廷玉等《明史》卷二百八十二、《(康熙)同安县志》卷八。

该集明万历四十年(1612)同安知县李春开刊本,台北故宫文献馆、日本宫内厅书陵部藏。台北藏本八册。20.8 厘米×12.8 厘米。四周单边,版心白口,单鱼尾。半页十行二十一字。钤有"国子监"满汉大朱文方、"国立北/平图书/馆收藏"朱文方。版心下记刻工名,如潘俊、詹栋、詹明、黄二、李宇、叶冬、黄荣、黄贵、布廷、布六、王添立、添立、郑宇、潘元、刘、刘大、陈、孙仲、陈泉、洪明、王、潘贵、贵、王立、占栋、詹成、成、占文、占同、格、黄汝、陈格等。卷首有《林次崖先生文集叙》,署"万历壬子仲夏月同安县事建武后学李春开晦美甫于慎独斋中";《林次崖先生集序》,署"万历壬子夏五月朔赐进士湖广按察司按察使奉敕政敕常镇兵备前礼部仪制司郎中邑人后学蔡献臣体国甫书于仰紫堂"。目录前有万历己丑蔡献臣撰《明大理寺寺丞林次崖先生传(邑人物志)》。正文题名下注:"后学蔡献臣汇编,侄孙林道推重订。"内奏疏四卷,书二卷,序三卷,记碑一卷,杂著二卷,传一卷,墓志铭墓表一卷,祭文二卷,诗二卷总二百五十首。

蔡献臣《林次崖先生集序》:"先生力学刻苦,自草茅中即锐然有当世之志,其学专主程朱,而折衷于王顺渠、欧阳南野之间,不尽名已见,尤不喜阳明良知新说……今读其疏,纤悉剀切,尽关天下大计,即晁贾欧苏未能过之。其他诗若文,雄劲典质,俱发其中之所欲言,而大指不背于紫阳,即年逾大耋,室如悬罄,而桑梓利病不惮再三为地方诸公往复,其志气磊磊落落,虽犀可刳,虹可贯,奔育可夺矣……是集校选,初属蔡敬夫参政,会赴楚藩不果。故余不揣谬为代斫,而诗则刘国夏宪副共之,封事全收,余汰一二,庶几无复未见全书之恨。"

清人王鸣盛评林希元云:"林次崖先生自少承乡先正蔡氏虚斋绪论,笃志圣贤之学,乃予读其集中之文,则惟有关经济者居多。若聚生徒、立门户、叫呶争斗以为护道者,皆先生所不取……其不欲以道学名,故独得道学之真,而发之于经济,亦有其实也。"(《西庄始存稿》卷二十五)《四库全书总目》著录《林次崖集》十八卷,"提要"谓"希元之学宗其乡人蔡清,故于明代诸儒惟推薛瑄、胡居仁。与王守仁同时,而排其《传习录》最力。虽与守仁门人季本同年相善,而与本之书亦不少假借其师。其祭守仁文,但推其功业而已,无一字及其学问也。至其气质刚急,锐于用世,则类其乡人陈真晟……非惟学问辟姚江,即文章亦辟北地、信阳。故其诗文皆惟意所如,务尽所欲言乃止。往往俚语与雅词相参,俪句与散体间用,盖其素志原不欲以是见长云。"(《总目》卷一百七十六)

163　雪舟诗集六卷

贾雪舟(1484—约正德末)撰。雪舟,扬州(今属江苏扬州)人,武人,好诗文。与李梦阳、孙太初有倡和。

该集明嘉靖间维扬贾氏家刊本,台北故宫文献馆、日本国立公文书馆藏。台北藏本二册。19.3厘米×13.5厘米。上下双栏,板心白口,双鱼尾。半页九行十八字。钤有"国立北/平图书/馆收藏"朱文方。卷首有《雪舟诗序》,署"嘉靖戊戌孟冬望日赐同进士出身文林郎浙江前监察御史奉敕提督南直隶学校东郡张相拜书";《雪舟诗序》,署"嘉靖庚子岁孟冬十又六日广陵桑乔拜书";《雪舟诗集序》,署"嘉靖癸卯夏四日赐进士出身中宪大夫奉敕提督学校山东按察司副使润州吕高山父撰"。正文题名"雪舟诗集卷之几"，无署名。卷一收至四收七律二百四十九首，卷五收五律八十二收，卷六收五绝八首、七绝十五首、五古五首、七古八首。今《甲库丛书》第759册内《雪舟诗集》底本即为台北藏本。

桑乔《雪舟诗序》云："雪舟诗凡二卷，留台贾君之遗稿也，其子箕山刻而藏诸家。予初遇箕山于京师，见其修整雅饬，事行与吾儒类，心甚敬之。及后联姻，乃知雪舟之善教，箕山之贤有自来也。我国家重熙累洽，其文人豪士既务自砥砺，奋发于道义，驰骋于文章，彬彬乎方驾汉唐矣，而一时司兵炳者，亦皆安恬愉逸，无所用武，去而兼事文业，游心艺苑，以自表见。如雪舟者，素以才敏著，事无巨细，为之必奏绩，尤为当道所委遇。计其平生行役，道途鞅掌纷迫，文墨填委，若不能一时暇，而乃作为诗歌，吟咏悠游，非性笃好，及素能之，畴克尔哉。承州人士悉为予道雪舟之贤云，不啻能诗也已。"

164　鸥汀集二卷续集一卷附录一卷鸥汀渔啸集二卷鸥汀长古集二卷鸥汀别集二卷

顿锐（1489—?）撰。锐字叔养，号怀玉山人。京师顺天府涿州（今属河北）人。武胄，正德五年（1510）领乡荐，六年成进士，时年二十三，文望时名震都下，授高淳知县，入为户部主事，改代府右长史。乞归，誓不复出。少负才名于乡里，晚年卜居怀玉山，尤以吟咏自适。生平见阙名《顿锐传》（明万历元年刊本《鸥汀长古集》卷首附）、《（光绪）顺天府志》卷九十七、《（民国）涿县志》第六编人物。

《鸥汀集》二卷，明嘉靖间刊本，台北图书馆藏。板框19.8厘米×14.4厘米。四周单边，版心白口，单鱼尾。半页九行十九字。钤有"东始山房／图书记"白文长方、"国立中／央图书／馆考藏"朱文方、"管理中英庚／款董事会保／存文献之章"朱文长方、"于熙学"朱文长方。卷首有《怀玉山亭记》，署"皇明嘉靖己丑秋九月廿有四日翰林院侍讲学士经筵讲官同修国史兼撰诰敕日录西蜀亭溪张潮书"。正文题名下注"涿鹿顿锐著，同郡史阙疑校"。上卷收杂著二篇、古诗二十六首、五律四十六首，卷下收律绝百八十五首。续集收五言排律一首、古乐府一首、七言古风二首、五言绝句十首。附录收友人诗作五首。

《鸥汀渔啸集》二卷，明嘉靖三十四年（1555）刊本，台北故宫文献馆藏。二册，框20.2厘米×14厘米。四周单边，板心白口，单鱼尾。半页九行二十字。卷首有《鸥汀渔啸集叙》，署"嘉靖三十四年秋七月朔日赐进士第河南布政使司右参政前监察御史山东按察司提学副使河中右山裴绅撰";《鸥汀渔啸集前序》,著"嘉靖三十四年秋七月户部江西清吏司主事承德郎后学信阳岳东升谨撰";卷末有《鸥汀渔啸集序后》,著"嘉靖三十四年秋七月辛丑赐进士第知信阳州事海虞邹察谨书"。正文题名下注"涿鹿顿锐著,同郡杨瀹校"。上卷收古诗五十七首,下卷收律绝百二十三首。

邹察言《渔啸集》之刊刻云:"涿鹿鸥汀顿公负隽才,登进士,仕官地曹,以疾乞隐于怀玉皋湖之间,足迹罕入城市,故能肆力典籍,得《三百篇》之遗响,遂名诗家。其所著《鸥汀集》暨别集已经屏城鹤峰二史先生刻行于世,兹《渔啸集》二卷,我范溪焦先生隆尚乡德,复绣之梓……鸥汀公以盛年勇退,适志林壑,遐慕玄风,无一毫怼憾不平之气。其所养之纯邃可知,故所著二集,众体具备,冲澹古雅,简拔平直,有离骚之幽思,有汉魏之微奥,庶几天然之和矣。"

《鸥汀长古集》二卷,有明万历元年(1573)涿鹿顿起潜鄢陵刊本,台北故宫文献馆藏。二册。框19.1厘米×12.7厘米。四周单边,板心白口,单鱼尾。半页九行十九字。钤有"国立北/平图书/馆收藏"朱文方。卷首有《鸥汀长古集序》,署"万历癸酉中冬月一日赐进士第中顺大夫成都府知府前户部郎中东京及泉梁策顿首撰";阙名《传》。正文题名下注"涿鹿顿锐叔养著,不肖孤起潜校刊"。其收录内容,梁策序云:"于是肃几殚精,博极采辑,得四言古诗五十六章,五言古诗三十二章,七言古诗三十五章,楚辞十一章,古乐府四十四章,铨次成峡,分上下两卷,并未刻者五七言律诗四十五章,绝句三十一章,录附卷末。"

集由其子搜辑,梁策选录。其子顿起潜曰:"此予先人诗也。诗备各体,盖先后爱而刻之,故多错出无分,汇其未刻者,在稿本百余首,又先人绝笔手泽在焉。予惧其久而逸也,兹欲统为翻刻,顾禄薄吏冗,弗克以偿吾志,姑取其《长谷》合已刻未刻者,衰而成集,即以律绝续其后,别为法本以传。"(梁策《鸥汀长古集序》)

《鸥汀别集》二卷,四周单边,版心白口,白鱼尾。半页十行二十一字。钤有"于熙学"朱文长方、"东始山房/图书记"白文长方。正文题名下注:"涿鹿顿锐著,同郡田汝麟校。"卷上收古诗十七首、律诗六十二首。卷下收绝句百六十四首。

朱彝尊《明诗综》卷三十九录顿锐诗九首,"小传"云:"长史时名藉甚,北人语云:'涿郡有才才一石,锐得其八。'诗颇警拔,微嫌冗长耳。"(《诗话》卷十)《四库全书总目》著录其《鸥汀长古集》二卷《前集》二卷《别集》二卷《续集》一卷《渔啸集》二卷《顿诗》一卷,"提要"云:"其五言古诗,气韵清

拔,颇为入格;七言古诗,跌荡自喜而少剪裁;近体专尚音节,数篇以外意境
多同,盖变化之功犹未至也。"(《总目》卷一百七十六)

165　淳朴园稿三卷外集一卷外集补一卷

沈祐(1488—1537)①撰。祐字天用,号紫硖山人。浙江嘉兴府海盐(今
属浙江嘉兴)人,居海宁。入王守仁门,淹博多通,锐情用世,然其志未售,正
德间以赀官王府典膳。工诗好交游,建淳朴园于硖石西山,有芙蓉溪、柳塘、
藕花湾等,与孙一元、董沄、朱朴、僧明秀等赓唱往来。生平见《淳朴园稿》附
潘沄《淳朴园记》、吕泰《可止轩记》及《(光绪)嘉兴府志》卷五十七。

该集明崇祯七年(1634)海盐沈氏家刊本,台北故宫文献馆藏。二册,框
20.3 厘米×12.8 厘米。四周单边,板心白口,版心上端镌"淳朴园稿"。半页
九行十九字。钤有"国立北/平图书/馆收藏"朱文方、"新安/汪氏"朱文方、
"启淑/信印"白文方。卷首有《淳朴园稿序》,署"阳明山人王守仁题";《淳
朴园稿题辞》,署"崇祯戊寅岁中秋月夕吴本泰书于使星槎";《淳朴园稿
序》,署"后学谈迁仲木撰";《淳朴园稿识》,署"天启四年岁次甲子孟春望日
不肖玄孙沈藩百拜谨识";裔孙沈瑞《刻淳朴园稿》。《补淳朴园稿纪略》,署
"裔孙沈翼世"。正文题名后注"盐官紫硖山人沈祐著,同里后学蒋薰较
阅"。《淳朴园稿》三卷收各体诗四百六十余首、杂著十五首、赋一首、记二
首;《外集》《外集补》均录沈祐友人所撰记、铭、诗等一百余首。卷末有《淳朴
园稿跋》,署"嘉靖庚子岁清和月朔日门人唐俞百拜谨书,崇祯甲戌年立春日
玄孙显恩追敬刊行"。今《甲库丛书》758 册内《淳朴园稿》底本即为台北藏本。

集由沈氏裔孙沈瑞等人所刻。沈瑞序曰:"古之有道德而隐者,命为高
隐,非隐是高,以道德故高也。先山人读书慕古,幼以廊庙苍生为己志,及其
中年不隽,遂决意以灌园蒔圃自老。好施赈急,家故素封,而口不言财。居
家怵怵焉,孝友率性,节植盟心,闲则寄情吟咏耳。不欲以诗自名,而一时景
企如董萝石、孙太初、朱西村、陈勾溪、许九杞、吴南溪、僧雪江辈趾相藉于
户,各以其诗见投,未免因事见酬,浸而成帙……(先祖)所著别业曰'淳朴
园',已而弇其集曰《淳朴园稿》,旧几失传,及孙复祖留心搜拾者久之,随得
随录,汇计四百六十首有奇,并诸名公赠答百有余首,予兄弟惴惴寿诸梓。"

---

① 卷一《辛巳初度》有"三十四年庞老家,兴来今日酒须赊",卷二《戊子元日》有"四十一番看
好春",据此推知,沈祐当生于弘治元年(1488)。又据《淳朴园稿》卷末嘉靖庚子(1540)唐
俞序中"无何,年仅半伯而遽世"可知,沈祐当卒于嘉靖十六年丁酉(1537)。

吴本泰述沈祐山人生活云："吾乡正嘉间有沈天用先生,淹博多通,锐情用世之业,数奇,耻与少年角逐,竟以栖逸自娱。家于紫薇山之麓,辟园曰'淳朴园',有涵虚阁,藕花湾,白鸥沙柳,塘渡鹤矼,通樵径、杞菊阑诸胜,颇极幽蒨之致。角巾布袍,哦咏其中,积帙寝繁以富。时关中孙太初山人自北地、信阳外,横出一枝,少所许可。南游浙、越,独交许台仲、董子涛若而人,先生与坛坫焉,相与杯酒留连,抵掌唱和,故老犹传说其轶事云。"又评其诗曰："先生之诗,清泠澹远,翛然尘外,而肮脏激楚之气,隐见其中,犹有先人持钱镈椎元兵之风概,故非腐生呫嗫语也。譬则幽谷之兰,有王者之香。今先生下世已百余年,淳朴园亦已荒烟蔓草,而其诗有贤裔孙刻而传之。"

王守仁有序论及沈祐云："予时将有两广之役,仆夫已戒途,而沈子天用溯江相□□出其袖中稿,进曰:'此业成,实贻门墙羞。门墙之内,首学术,次事功,恶用此无何有之业为。'予曰:'果无何有耶? 则真学术也,真事功也。子见我生平谆谆尔,子见我生平仆仆尔,以为有何有乎? 以为无何有乎? 子今日为诗若歌以赠我行,以为有何有乎? 以为无何有乎? 李、杜诗章,李、杜学术也,李、杜事功也,两公皆不登科目者也。子以不竟子志而逃之,读癙寐歌以为是,无何有乎? 子浅之乎? 觑李放杜,悲矣。'吾以授吾子弟,类收之门人著作各种中。"

166　黄潭先生文集十卷

黄训(1490—1540)撰。训字尹言,又字学古,号黄潭。南直徽州府歙县(今属安徽黄山)人。嘉靖四年(1525)举于乡,八年成进士,授嘉兴知县,以考绩卓著擢兵部主事,历郎中。十九年简放湖广按察司副使,未至任而卒,年五十一。生平见《(嘉靖)歙县志》卷二十五。

该集明嘉靖三十八年(1559)新安黄氏刊本,台北图书馆、台北故宫文献馆藏。八册。板框17.4厘米×12.3厘米。四周双边,版心细黑口,上白单鱼尾。半页十一行二十一字。卷首有《黄潭先生文集序》,署"嘉靖龙集己未八月上浣之吉赐进士资善大夫都察院右都御史兼兵部右侍郎奉敕总督南直隶、浙江、福建等处军务兼巡抚浙江等处地方眷生胡宗宪撰"。正文题名左下注"新安黄潭黄训著,门人木峰陈辉校"。内文七卷,收序、记、书、赞、铭、祭文、行状、传等文三百九篇,诗三卷,收诸体诗一百九十五首。今《甲库丛书》第768册内《黄潭先生文集》十卷底本即为台北图书馆藏本。

胡宗宪序曰："吾乡黄潭先生少负异禀,有远志。其始为诸生时,即留心古文,每下笔必以韩子之文为师法,间出举子业以示人,即业举者无不敛手以避之。迨后以试事谒余叔祖康惠公于留都,公大奇之,曰'韩昌黎复出矣'。时则以古文相许重耳。既而,予伯兄瓶山与先生同学于紫阳书院中,日从事于性命之学,时先生之文则由显入微、由粗入精,而浸淫于道德之旨矣……先生之文凡四变,而要其指归则惟不急于自试,以拘于俗学也,而后有志于古之文,惟其不溺于古之空文以陷于迂儒也,而后蕴而为道德,发而为经济,以适于今之用,盖信乎其载道之文而可传且久矣。"

167　沅溪诗集　一卷

何鳌(1497—1559)撰。鳌字巨卿,号沅溪。浙江绍兴府山阴(今属浙江绍兴)人。正德八年(1513)举于乡,十二年成进士,授刑部主事。以建武宗南巡被杖,历员外郎、郎中。嘉靖初,擢湖广按察金事,迁四川布政司参议,寻迁山东副使,兵备徐州。丁外艰,历陕西副使,备兵潼关,迁江西左参政。历贵州按察使、河南右布政、江西左布政,所至皆有能声。进右副都御史,巡抚山东,改两广总督,命既下,旋被劾逮系至京,继左迁福建参议。召为应天府丞,寻复右都御史,总理河道,进南京兵部右侍郎,改刑部,三十一年(1552)进尚书,三十五年致仕,三十八年卒,年六十三,赠太子少保。生平见季本《沅溪何公鳌墓志铭》(焦竑《国朝献征录》卷四十五)、过庭训《本朝分省人物考》卷五十、徐象梅《两浙名贤录》卷三十七、《(万历)绍兴府志》卷四十一。

该集明万历间刊本,台北图书馆藏。一册。板框 19.9 厘米×13.7 厘米。四周单边,版心白口,单黑鱼尾。半页十行二十字。钤有"国立中央图/书馆收藏"朱文长方。版心中缝下记刻工名,如有、士、上等。卷首有《刻沅溪何公诗选序》,署"万历辛丑秋月吉旦赐进士第嘉议大夫巡抚山东督理营田提督军务都察院右副都御使前翰林院庶吉士理科给事中锡山万象春序"。正文题名后注"山阴何鳌著、莆田黄松林选,男何景宪、侄孙何继高、婿王应吉、孙婿朱敬循同校"。总收古诗九十首。

168　王柘湖遗稿二卷

王梅(? —1539)撰。梅字时魁,号柘湖。浙江嘉兴府平湖(今属浙江嘉兴)人。嘉靖十年(1531)领乡荐,明年成进士,选翰林院庶吉士,改刑部主事,坐事谪判滁州,卒于官。生平见《(康熙)滁州志》卷二十一、《(雍正)浙江通志》卷一百七十九。

该集明蓝格钞本,台北故宫文献馆藏。一册。板框 21 厘米×14.3 厘米。

有格框,四周单边,版心白口,无鱼尾。半页十行十八字。首有嘉靖癸卯十月朔太仓陈如纶《王柘湖遗稿序》。内卷一收赋一首、颂一首、古近体诗百二十四首,卷二收律绝八十一首、杂著十四篇。卷末有《王柘湖遗稿后序》,署"嘉靖癸卯岁十月八日赐进士第奉直大夫知太仓州事前工科给事中平湖冯汝弼撰"。此为王梅惟一存世诗文集著述。今《甲库丛书》第772册内《王柘湖遗稿》二卷底本即为台北藏本。

王梅诗文集当有明嘉靖刊本。冯汝弼与王梅同年中进士,其序《王柘湖遗稿》曰:"王子才雄气豪,志凌千古。尝言人生真如白驹过隙,所赖以不朽者功业、文章耳……余谋所以为王子不朽者,乃即其弟庠生校索其遗稿,得诗若文凡若干篇,同年太仓陈子德宣为之论叙,遂梓以传。"陈如纶亦于序中曰:"王时魁既没之五年,吾太仓守冯侯惟良就其弟校抄得诗文遗稿,尝览而歔欷曰:'时魁不可作矣,而传其文是在我。'遂属吴山人恂校编为二卷,刻之。"

陈如纶论王梅其人其诗曰:"(梅)雅抱冲淡,喜山水,日徜徉郎邪诸胜处,凡意兴所适,即发于诗歌。盖与欧阳永叔相上下,识世道者犹以台辅属焉。天命弗延,竟以病而没,所为稿散佚毁弃,仅存一二,然皆羽翼皇猷,敷切理要,根柢人伦,扬榷时务。沨沨焉有裨于天下,非为藻绘章句,流连景光已也。且其雕琢既工,模拟浑成,置诸古撰,弗易辨。"

王梅酷嗜山水,兴会所至,诗思泉涌。诗学盛唐,其绝句闲雅冲淡,颇清新有味。朱彝尊《静志居诗话》谓:"柘湖风神韶亮,得无累之神。绝句小诗,尤见清拔。"(《诗话》卷十二)

169　秋佩先生遗稿四卷

刘𦍌(1467—?)撰。𦍌字惟馨,号秋佩,别号凤山。四川涪州(今属重庆涪陵)人。弘治十一年(1498)举于乡,明年成进士。丁外艰,服阕,授户科给事中,以劾刘瑾,廷杖削籍归。家食者七年,又两罚饷边三百石,产尽倾。瑾败,起金华知府,在任三年,举治行卓异,为瑾余党所阻,再罢。嘉靖初再起长沙知府,迁江西副使,以疾卒。著有《秋佩学士集》四卷。生平见萧彦自撰《秋佩生作墓志铭》(《明文海》卷四百五十四),张廷玉等《明史》卷一百八十八,《(民国)涪州志》卷十一等。

该集明嘉靖三十一年(1552)谭棨涪州刊本,台北图书馆藏。二册。板框17.5厘米×11.5厘米。四周双边,版心白口,无鱼尾。半页十行二十字。卷首有《秋佩刘先生文集序》,署"嘉靖四年岁在乙酉秋八月赐进士出身翰

林苑侍讲经筵官名山叶桂章书";《秋佩先生文集序》,署"赐进士第前承事
郎史科都给事中山阳龙津杨上林撰";《秋佩先生文集序》,署"赐进士第奉
政大夫南京礼部郎中宝应后学朱曰藩顿首拜书"。卷末有谭榮《刻秋佩刘公
遗稿序》,署"嘉靖旃蒙赤奋若之岁屠维单阏月吉赐进士第太中大夫前奉敕
督理粮储陕西布政司右参政涪陵少嵋谭榮撰";《秋佩翁遗稿小引》,署"嘉
靖戊申二月朔季男步武熏沐谨书"。卷一收其奏议二十六篇,卷二收记十一
篇,卷三收序、杂著及引等十八篇(内中有《秋佩生作墓志铭》一篇),卷四收
书五篇。

集由谭榮刻于涪州。谭榮序曰:"秋佩刘谏议先生正德中以直谏显,予
为弟子员时,读其遗稿,则叶太史为之序,嘉靖庚戌予承乏南徐饬戎。一日,
检笥见公论逆瑾疏,读之思得全集,将梓以传,谓其本在涪,不易致也。季
春,公仲子步武以谒选顾予于徐,予喜迎而问之曰:'令先君遗稿存乎?'仲子
曰:'携至,愿梓之是在君矣。'启囊以归予。予捧而读,则仲子亦自附为之
序……序成,并全集属徐守何君萃、砀山令李君坦刻之。不洽旬,予以先孺
人忧去,萃擢怀庆同知行,坦因疾乞休,刻仅二十帙,余解予所,予弗快。辛
酉,徐侯少塘来守涪,予相与谋卒业。未几,侯以忧归秦。嗟乎,谏议之言,
固宋儒所谓天地之正气,天地之奇气也。缘延十年而不能完书,非数与? 云
谷沈侯来牧是邦……亟鸠人匠缮书锓梓,凡三月就绪,视南徐刻为工。"

清季陈田《明诗纪事》录刘菕诗一首,按语谓:"惟馨于正德初劾刘瑾、
马永成、谷大用、张永、魏彬、丘最、罗祥、傅舆等云:'此辈投闲抵隙,诬上行
私。一言一笑,都有机关。一止一行,揣知上意。府库钱帛,用如泥沙;玉带
蟒衣,施及童稚。章奏落其掌握,机务因之自决。败祖宗之家法,伤清朝之
治化。累陛下之初政,成天下之祸乱。若失今不言,异日祸端养成,乱本固
牢,事已无及,责将谁归?'史但称刘健、谢迁去位,菕与刑科给事中吕翀各抗
章乞留,语侵瑾,廷杖削籍,于惟馨事实首尾尚未完备。《秋佩集》世罕传本,
《四川通志》亦未知其卷数。余获此集,亟登一诗,详录劾瑾等疏语,以补史
阙。"(《明诗纪事》丁签卷八)

此集《千顷堂书目》《明史·艺文志》均未著录,该集乃刘菕存世孤本诗
文集,极有价值。

170 明太保费文宪公诗集十五卷

费宏(1468—1535)撰。宏字子充,号鹅湖。江西广信府铅山(今属江
西上饶)人。成化(1483)十九年举于乡,二十三年进士第一,授翰林修撰。

弘治九年（1496）改左春坊左赞善，十八年升左谕德兼侍讲。正德二年（1507）进礼部右侍郎，寻转左，五年晋尚书。六年以文渊阁大学士预机务。九年，被劾致仕归。嘉靖元年（1522），起原官，加太子少保，进吏部尚书，谨身殿大学士，再入阁。嘉靖三年进少师，兼太子太师、华盖殿大学士，代杨廷和为首辅，六年为张璁、桂萼所构致仕。家居八年，十四年桂萼卒，张璁去位，再起为首辅，仅三月即卒于官，年六十八，赠太保，谥文宪。生平见夏言《费公墓志铭》（《桂洲文集》卷四十九）、李开先《湖东费相国传》（《李中麓闲居集》卷九）、王世贞《嘉靖以来首辅传》卷一、过庭训《本朝分省人物考》卷六十、张廷玉等《明史》卷一百九十三。

　　该集明嘉靖间铅山知县黄中刊本，台北故宫文献馆藏。六册。框17.6厘米×12.0厘米。四周双边，板心白口，单鱼尾。半页十行二十字。钤有"国立北/平图书/馆收藏"朱文方。无序无跋。正文题名下注"后学铅山知县黄中刊行，次男懋良类编，冢孙延之校正"。全卷分"孝字集"（内五言律诗卷一、五言排律卷二、五言绝句卷三、五言古诗卷四）、"友字集"（七言律诗卷五）、"睦字集"（七言律诗卷六）、"姻字集"（七言律诗卷七）、"任字集"（七言律诗卷八、七言排律卷九、七言绝句卷十）、"恤字集"（七言古诗卷十一、长短句卷十二、联句卷十三、六言卷十四、词卷十五）。

　　嘉靖末隆庆初时首辅徐阶系费宏门人，作有《费文宪公集序》，然未载黄中刊本。序云："《费文宪公集》八卷，凡为诗四百五首，文四百十篇，巡按江西侍御吴君遵之所刻也。昔岁癸未，阶滥出公之门，公尝诏之曰：文章可以观人，其文如长江大河，则其人必能有所容受承载；若如溪涧之流，虽其清可以鉴，然而为用微矣。阶谨再拜识之。退而考公之文，出入经传，平正弘博，无一不如其言。又退而观公之为人，其度廓乎有容，其气象浑厚惇大，足以任天下之重，又无一不如其文。于是始悟为文之法，而窃自幸独获闻公之教，庶几有所成就，以无忝于门下士。"（《世经堂集》卷十三）

　　陈田《明诗纪事》丙签卷九录费宏诗二首，按语谓："世宗朝，先以议礼，次以斋醮，君子小人迭为消长，然其初政，如费文宪、杨文襄、石文隐辈，未尝不倾心延接，君赓臣和……张璁、桂萼以议礼贵，忌宏宠。萼言：'诗文小技，不足劳圣心，且使宏得冯宠灵，凌压朝士。'未几宏、瓛皆去。"

171　兼山遗稿二卷附行实一卷

王崇文（1468—1520）撰。崇文字叔武，号兼山。山东兖州府曹县（今属山东菏泽）人。王珣季子。弘治二年（1489）举山东乡试，六年成进士，选翰林院庶吉士，授户部主事，进员外郎、郎中，出为大同知府。正德二年（1507）擢江西按察副使，提督学政。晋山西参政，调四川，十二年擢河南右布政使，转左布政使，寻升右副都御史，巡抚保定等处，兼提督紫荆关等关隘。以疾归，正德十五年（1520）卒，年五十三。生平见佚名《兼山行实》、贾咏《王公墓志铭》（《兼山遗稿》卷下附）、过庭训《本朝分省人物考》卷九十五、《（光绪）曹县志》卷十三。

　　该集明嘉靖三十二年（1553）曹县刊本，台北图书馆藏。四册。板框20.1厘米×13.6厘米。四周单边，版心白口。半页十一行十七字。钤有"阳湖陶氏涉园／所有书籍之记"朱文长方、"莐圃／收藏"朱文长方、"国立中央图／书馆收藏"朱文长方、"阙里"白文长方、"少复／收藏"白文方、"孔印／昭咏"白文方、"鹤／舟"朱文方。首有曹县县署发布刊刻《兼山文稿》牌照一文，继有《刻兼山先生文集序》，署"嘉靖岁舍癸丑季冬吉旦赐进士第文林郎池州府推官门下眷晚生同邑杨迥顿首书"。集后有其子王偁题识。卷上收古近体诗、联句、集句总一百八十余首及词三首，卷下收序、引、记、题跋、赞、祭文、书、杂说、家书等七十余篇。附录行实、墓铭及《家世更阅》《宦游嘉绩》等。

　　刻兼山遗稿牌以公文形式对刻稿作了说明："巡按山东监察御史项：为公务事照得兼山王先生文章、政事海内驰名，平生制作不为不多，今所存者十无二三，若不梓行，恐久而湮没，不无可惜，为此牌。仰本县官吏，照牌事理，即将发去《兼山遗稿》照，依四书格样楷书，措处梨板，募工刊刻，以便广传。再照原稿誊录。差讹颇多，仍行校正停当，方可登刻。毋得违错，未便，须至牌者"。王崇文门生杨迥序集之刊刻曰："吾曹兼山王先生德行、文章擅名海内，没余三十载，其门人龙泉项子廷古巡按山东，始访其遗文，得诗若干首，杂文若干篇，校而刻之。"

　　王偁题识曰："此先君子之遗稿也，稿以遗名，其所不备者多矣。不肖生也愚昧，他不及知，惟闻先君官户曹，奏议四册，国体练达，深得献纳之宜，为当时同官者所推重。又《请封继母孔氏》一表，情恳恳切，圣主嘉之，特恩不以为例，此皆先君忠孝之大节，而遗稿不载。是虽河患暴至，有不可以人力为，顾所遗者独此二事，岂先君之灵以君亲为分内事，而不欲示之人耶？抑忠孝之诚无假于文词，而自不可泯耶？当稿帙全备之时而力不能传，今幸犹传之者而稿不备，冥冥之中不知先君之心以为何如也。刻成，识数语于后，用彰不肖之罪恶，且以见先君之所以取重于人者，有不专于此也。"

172　具区集三卷

赵鹤(生卒年不详)撰。鹤字叔鸣,号具区。南直扬州府江都(今江苏扬州)人。弘治五年(1492)举人,九年进士,授户部主事。历郎中,出知建昌府,左迁南安同知,正德六年(1511)擢知金华府,终官山东按察副使。生平见欧大任《广陵十先生传》(《欧虞部集》十五种之一)、顾璘《山东按察副使赵鹤传》(《具区集》卷首)、过庭训《本朝分省人物考》卷三十一、王兆云《皇明词林人物考》卷四、万斯同《明史》卷三百八十八。

该集明嘉靖间江都葛氏刊本,台湾故宫文献馆藏。一册。版框 18.7 厘米×12.9 厘米。四周单边,版心白口,上单鱼尾。半页十行十九字。版心鱼尾下注题名。卷首有顾璘《山东按察副使赵鹤传》。正文题名后注"赵鹤著,葛涧选"。内收诗一百八十余首。赵鹤终生嗜学不倦,少喜诗,晚以注五经、考论历代史实为事。顾璘谓:"叔鸣诗耻凡语。于古爱谢灵运,于唐爱孟郊,于元爱刘因,尝曰:'此道不易浅,浅则庸耳下矣。'"(《山东按察副使赵鹤传》)

173　饥豹存稿八卷附录一卷

李万平(1471—1553)撰。万平字惟衡,号茫湖。江西南昌府丰城(今属江西宜春)人。诸生,屡试不举。以次子李遂官都察院副都御史,故得封赠为吏部员外郎。嘉靖三十二年(1553)卒,年八十三。生平见邹守益撰《墓志铭》、罗洪先撰《墓表》、李玑撰《行状》(《饥豹存稿》卷末附)、《(康熙)丰城县志》卷十。

该集明嘉靖三十八年(1559)丰城李氏家刊本,台北图书馆藏。四册。板框 19.7 厘米×14.4 厘米。四周双边,版心白口,无鱼尾。半页九行十八字。钤有"溢楼/所藏"白文方、"国立中央图/书馆收藏"朱文长方、"郦衡叔/经眼记"朱文长方、"黎印/经诰"白文方、"重/笏"朱文方、"抱经楼"白文长方。卷末有《饥豹存稿后语》,署"嘉靖己未孟秋吉旦不肖孙材泣血顿首书于广陵公所"。卷末有郦衡叔手书题记,记曰:"《饥豹稿》向不见著录,此嘉靖绵纸本,况有词调一卷,亦近世之所珍矣。衡叔漫记。"正文题名后注"明诰封奉政大夫刑部尚书郎丰城李万平著,孙材校刊"。卷一收五、七言古诗二十八首,卷二、三收五、七言近体一百五十五首,卷四至七收绝句四百五十首,卷八收词调三十七首。卷八后附录邹守益撰《墓志铭》,罗洪先撰《墓表》,李玑撰《行状》。

万平此稿生前亲自选编成集,由其孙李材刊刻行世,李材序曰:"先大父茫湖翁髫龀时即颖敏异群儿,弱冠游庠序,雄文逸绝,试辄收其最等,一时名公卿交口荐誉之。于时方崇尚举子业,自经书时艺之外,不复他及。中才既局于所见,不晓诗为何物,虽高才亦困于所业,不暇为诗,而西江自王黄以后,音韵眇然,即虽有逸才异志,不困于所业者,亦无所从入也。翁独以天才颖契,或赠饯临歧,或因事感触,皆冲口立成,不假思致。其雄豪博赡之才,既自足以纾其幽思逸抱,而其命意调词舒促抑扬之节,委婉感激,尤有得于骚人风致,于风教要为有裨,不为徒作。晚岁益淡泊谦冲,谆谆然以履素持盈为诲,故其气益敛,其词旨益温厚,读者要当得其用意深处,若徒以其词而已,则非所以论翁之诗也。翁平生所著有《萃散录》《冗游稿》《遵晦录》《东游纪程稿》《北游稿》《东隅录》《回生录》《南行集》《桑榆录》,合诗文几三千余首,而总题之曰《饥豹稿》,以自寓也。先殁一年,尽检诸草以授曰:'付子斯文,此予生平情兴所寄,经涉多难,稿帙散亡,今所存仅拾之叁肆,念能不轻弃前人旧业者必汝也。'谨再拜稽首,受而藏之,曰不肖材不能光扬令德,其敢忘付托以贻大人忧?翁今殁又五年,乃得以暇日检辑遗编,躬字校录,得古体二十八首,近体一百伍拾伍首,绝句四百伍拾首,词调叁拾柒首,悉付梓人。盖翁既殁,即短什残篇,莫非遗范所在,不敢毁其存也。刻既成,并书其命授编校之由,厕之卷末,虚其简端,将托之名世君子,以图其不朽云。"

174　定斋王先生文略一卷

王应鹏(1475—1536)撰。应鹏字天宇,号定斋。浙江宁波府鄞县(今属浙江宁波)人。正德二年(1507)领乡荐,明年成进士。五年授嘉定知县,莅任三年以治绩优等擢监察御史,巡按山东。十二年清戎八闽兼理鹾政,复擢河南提学副使,迁大理少卿。嘉靖改元(1522),擢金都御史,巡抚顺天,又改抚山西,整饬边备。丁外艰,服阕,嘉靖十年进右副都御史,协理院事,十二年以上疏失书职名,下诏狱,免归。十五年八月十八卒于家,年六十二。生平见佚名《定斋王公应鹏家传》(焦竑《国朝献征录》卷五十五)、过庭训《本朝分省人物考》卷四十七、《甬上耆旧诗》卷八小传、徐象梅《两浙名贤录》卷四十、万斯同《明史》卷二百八十五。

该集明蓝格抄本,台北故宫文献馆藏。一册,板框21.2厘米×14.2厘米。四周单边,板心白口。半页十行二十一字。无序无跋。钤有"国立北／平图书／馆收藏"朱文方。内收序二十五篇、记七篇、书七篇、祭文二篇、说一篇,诗二十首。

朱彝尊《明诗综》卷三十八录王应鹏诗四首,"小传"引李杲堂(1622—

1680)语云:"先生诗浑涵高脱,即置诸开元之际,可谓大家。其视学畿内,告诫诸生以为学先立志,不得轻议正人长者,自绝于名教,文章无徒仿摹字句,其中索然致贻学术之祸。'一何深中后来学者之病,痛切其言之也!"清季陈田《明诗纪事》戊签卷十录应鹏诗二首,按语谓"定斋诗颇有秀句,如'良月便从今夜得,好诗还到故山吟','钟声出岫客初到,月色满庭僧未归',皆可诵也"。

175 穆文简公宦稿二卷

穆孔晖(1479—1539)撰。孔晖字伯潜,号玄庵。山东东昌府堂邑(今属山东聊城)人。弘治十七年(1504)举山东乡试第一,明年成进士,选翰林院庶吉士。正德二年(1507)授翰林检讨,与修《孝宗实录》。以忤刘瑾,调南礼部主事。瑾诛,还旧职,七年迁南国子司业。丁继母忧,服阕,改翰林侍讲,充经筵讲官。嘉靖元年(1522)主顺天乡试,三年与修《武宗实录》,书成,升左春坊左庶子兼侍讲学士,未几,掌翰林院事。历尚宝卿、南太仆寺少卿、南太常寺卿,十三年以病归。十八年八月卒于家,年六十一,赠礼部右侍郎,谥文简。生平见王道《文简穆公孔晖墓志铭》(焦竑《国朝献征录》卷七十)、谢肇淛《穆孔晖传》(《居东集》卷五)、过庭训《本朝分省人物考》卷九十六、王兆云《皇明词林人物考》卷五、张廷玉等《明史》卷二百八十三。

该集有明聊城朱延禧校刊本,台北图书馆藏。二册。板框19.5厘米×12.5厘米。四周单边,版心白口,单黑鱼尾,上方记书名。半页九行二十字。钤有"国立中/央图书/馆考藏"朱文方。无序无跋。卷上收序、记、祭文、连珠等文二十四篇,卷下收赋二首、诗六十三首。

孔晖初工古文辞,已而研经六籍,潜心理学。虽二氏诸书时择其精者详说之。久之,抉去藩篱,颖脱超诣。孔晖论心学之要曰"鉴照妍媸,而妍媸不著于鉴;心应事物,而事物不累于心。自去自来,随感随应,如鸟飞过空,空体弗碍"(谢肇淛《居东集》卷五《穆孔晖》),识者服其妙悟。

176 屠简肃公集十四卷

屠侨(1480—1555)撰。侨字安卿,号东洲。浙江宁波府鄞县(今属浙江宁波)人。弘治十七年(1504)领乡荐,正德六年(1511)成进士,授监察御史。丁母忧,服阕,起复巡按居庸等关隘。嘉靖改元(1522),出知保定府,调延平,屡迁至广东布政使。改官刑部尚书,转左都御史,加太子太保。嘉靖三十四年正月十一卒于官,年七十六,赠少保,谥简肃。生平见程文德《屠公行状》(《皇明名臣墓铭》坤集)、吕本《东洲屠公侨墓志铭》(焦竑《国朝献征录》卷五十四)、徐象梅《两浙名贤录》卷三十七、张廷玉等《明史》卷二百〇二。

该集明嘉靖四十四年(1565)鄞县屠氏家刊本,台北故宫文献馆藏。四册。板框 19.9 厘米×12.5 厘米。四周双边,版心白口,黑单鱼尾。半页九行二十字。卷首有资政大夫南京兵部尚书张时彻《太子太保屠简肃公集序》,署"皇明嘉靖四十四年春王正月望日"。内诗九卷,收古近体诗三百八十余首,文五卷,收各体文三十四篇。卷末有跋,署"皇明嘉靖四十四年夏五月朔日光禄寺署丞不肖男大来百拜谨识"。今《甲库丛书》第748册内《屠简肃公集》十四卷底本即为台北藏本。

屠侨子屠大来言集之成编曰:"岁在乙卯,先公卒于京师。今大司寇武昌冯公天台、赵公敦厚寅谊日,即苦次检阅遗编,得先公诗文,以诲来曰:此尊公手泽也,尊公勋业载之国史,勒之太常,当不磨矣,汝归营葬后随登梓与之并传,恐日久散失,非人子所以仰承先志之意,汝其谛听,毋忘斯言。受命以来,凡先公身后之事理所当尽,势所可为,靡不竭心弹力,以求无负所托。而独于锓梓一端,久□未就,非□二公之□也,实力不能以兼举耳。朝夕竞惕,□□□□日积月居,召工计之,乃出自箧中手自誊录,□诸宪副叔父、少司马从兄相与考订,复质之大司马张公、少司马范公裁正允当,历旬月而工始告完。盖展转十年,方得以成先公之盛典,践二公之明训。"

张时彻评屠侨诗文曰:"其所为诗文色泽雅驯,富盈缃帙,率与酣畅艺林者比雄,要之天性诣悟,非目刻而为之也。"(《屠简肃公集序》)清季陈田《明诗纪事》戊签卷十一录屠侨诗三首,按语云:"简肃不以诗名,特有风韵。"

177 鹤江先生颐贞堂稿六卷

蔡昂(1480—1540)撰。昂字衡仲,号鹤江。祖籍嘉定,后隶淮安府山阳(今属江苏淮安)。正德二年(1507)举于乡,九年进士及第,授翰林院编修。嘉靖元年(1522),先后与修《武宗实录》《大明会典》,十一年迁侍讲学士,充日讲官,以讠圭误谪湖州府通判,次年复职。十六年升礼部右侍郎兼翰林学士,十九年转左。同年卒,寿六十一,赠礼部尚书。生平见林尧俞等《礼部志稿》卷五十六、《(乾隆)江南通志》卷一百六十六。

该集明刊本,台北故宫文献馆藏。一册。包背装衬装。板框 17.9 厘米×13 厘米。左右双边,板心白口,单鱼尾。半页十行十九字。钤有"国立北/平图书/馆收藏"朱文方。正文题名下注"门人上元许谷编辑,武进薛应旂校正"。无序无跋。卷一收赋三篇、歌三首,卷二收古诗十八首,卷三收七言古诗十二首,卷四收五律二十四首,卷五收七律四十九首,卷六收五绝七首、七绝三十九首、诗余二首。

陈田《明诗纪事》戊签卷十二录蔡昂诗二首,引朱彝尊《诗话》云:"希尹谏草两陈,再答阙下,其调知寿州也,故事京官外谪,出都时以眼纱自蔽过部门,选人拥其马不前。希尹掷纱于地曰:'吾无愧于官,俾汝辈见吾面目可耳。'蔡鹤江送以诗云:'元祐党人沧海上,贞元朝士晓星前'。王耕原送以诗云:'君不见盘中紫脂蟹,畴昔横行今安在。又不见坐上虎皮裀,当日负嵎思杀人。世间反复那可数,鄙夫何事用心苦。'盖以刺谗人也。"

178　桂洲先生文集五十卷

夏言(1482—1548)撰。言字公谨,号桂洲。江西广信府贵溪(今属江西鹰潭)人。正德五年(1510)领乡荐,十二年成进士,授行人,十五年擢兵科给事中,奉诏核斥锦衣冒侵田,疏劾中官,迁都兵科给事中,转吏科。嘉靖初,擢少詹事兼翰林学士掌院事,十年(1531)进礼部左侍郎兼翰林学士,旋进尚书。又加太子太保,进少傅、太子太傅,兼武英殿大学士,入参机务。首辅李时卒,晋吏部尚书、华盖殿大学士,继为首辅。与严嵩交恶,渐失帝意,嘉靖二十七年夺职放归。时曾铣河套对蒙之战失利,严嵩攻讦夏言受曾铣贿金,交通为奸利,遂被斩于西市,年六十七。生平见王世贞《大学士夏公言传》(焦竑《国朝献征录》卷十六)、王兆云《皇明词林人物考》卷六、张廷玉等《明史》卷一百九十六、林日瑞《夏桂洲先生年谱》(《夏桂洲先生文集》)。

该集明万历二年(1574)建阳书户吴世良刊本,台北图书馆藏。二十册。板框20.6厘米×14.2厘米。四周双边,版心白口,双黑鱼尾。半页十一行二十二字。钤有"梁小云/过眼"白文方、"长沙梁/氏小云/藏书"朱文方、"阳湖陶氏涉园/所有书籍之记"朱文长方、"国立中/央图书/馆考藏"朱文方、"希古/右文"朱文方、"不薄今/人爱古人"白文长方。版心下部记刻工姓名,如人言、黄二、詹一、丘二、林荣、詹世(或作世)、蔡贵、龚林等。无序无跋。卷一正文题名下注"赐进士出身特进光禄大夫上柱国少师兼太子太师吏部尚书华盖殿大学士贵溪夏言撰,赐进士出身中宪大夫山东按察司副使奉敕巡察海道前光禄寺少卿子婿吴春辑,甥吴莱校刻,□□□重校"。卷三末页最左列下镌"建阳书户吴世良梓"。卷四十九末页倒数第二列镌"万历二年岁次甲戌孟冬之吉书林吴世良刊于望斗楼"。内卷一至十四为诗卷,总收诗一千三百余首(卷十四收赋十五篇),卷十五至十八收词一百二十一首。

卷十九至五十收各体文。卷末附夏言辨冤奏折一道,署"嘉靖贰拾柒年叁月初贰日致仕吏部尚书夏言","抱本臣夏永志"。此奏折书口镌"卷之本"三字。

《中国古籍总目》著录五十卷本《桂洲先生文集》有二刻,一为万历二年刊本(即本条);一为万历三年贵溪吴莱校刻本,傅斯年图书馆、台湾大学、日本国立公文书馆藏。然检万历三年刊本,除其前面增加杨时乔《刻夏文愍公全集序》(傅斯年图书馆藏本另有万历三年吴莱题识)、夏言像、夏言年谱、数十道恩纶录及卷三、卷四十九末页无吴世良刊刻标记外,板式、行款、内容等与万历二年刊本完全一致。另杨时乔于序中云:"公故有集,浙巡蹉察史全刻之,闻变,剷去。公婿宪副吴君春遵遗言收存散乱并著年谱,未竟,子大官君莱今始锓梓,问序于乔。"据此可知,万历三年刊本当以万历二年吴世良刊本为基础在卷首增加了遗像、年谱、恩纶录等内容,并请杨时乔为序重刊而成。

朱彝尊《明诗综》卷四十一录夏言诗八首,"诗话"谓:"贵溪游览赠酬之作,不及分宜,而应制诗篇,投颂合雅,不若袁文荣之近于袭也。"(《诗话》卷十)。《四库全书总目》著录其《桂洲集》十八卷,"提要"谓:"言未相时以词曲擅名,然集中词亦未甚工。诗文宏整而平易,犹明中叶之旧格。"(《总目》卷一百七十六)

179　孙孝子文集二十卷

孙堪(1483—1553)撰。堪字志健,号伯泉。浙江绍兴府余姚(今属绍兴)人。右副都御史孙璲长子。弱冠补学官弟子,善骑射,亦长于古文词。嘉靖四年(1525)以父荫授锦衣卫左所正千户。五年再中武举,晋指挥同知,八年迁都指挥佥事,十五年改锦衣卫南镇抚司管事,二十二年迁都督佥事管前军都督府事。三十二年卒,年七十二,赠都督同知。生平见孙升《伯兄都督佥事堪行状》(焦竑《国朝献征录》卷一百〇八)、赵贞吉《孙孝子传》(《赵文肃公文集》卷十八)、张廷玉等《明史》卷二百八十九。

该集明嘉靖四十一年(1562)余姚孙铤刊本,台北图书馆藏。八册。板框 19.8 厘米×13.4 厘米。左右双边,版心细黑口,单鱼尾。半页十行二十字。首有《孙孝子文集序》,署"嘉靖癸亥仲秋之吉赐进士通议大夫工部左侍郎食二品俸致仕前奉敕总督漕运兼理河道盐法右副都御使八十二岁翁友人龚辉撰";《刻先伯兄集引》,署"嘉靖庚申四月朔旦南京礼部尚书弟升顿首谨述"。正文题名后注"古越伯泉孙堪著"。内文十卷,收各体文百余篇,诗十卷,收古近体诗三百五十余首。内卷一至十收序、记、说、杂著、行状、祭文、奏疏、书等各体文一百七篇;卷十一至二十收古近体诗三百六十余首。卷二十末镌"礼部儒士山阴戴相录,同邑人王木刻"。集末有《刻先伯考集述》,署"嘉靖壬戌冬十月吉翰林院编修侄男铤百拜谨述"。今《甲库丛书》第808册内《孙孝子文集》底本即为台北藏本。

孙铤言集之刊刻曰:"都督先伯考集,先文恪公校之引之,且刻而未也,遗命以属铤。锦衣兄申命至再,铤方忧伤在疚……伯考于先公友爱至笃,而教铤辈至严,犹父也。美而不扬,厥罪惟钧。矧有成命,乃次为二十卷,文百七首,诗三百六十六首,各十卷,多先公所定。壬戌冬甫及禫事而刻成。"嘉靖三十九年(1560)南礼部尚书孙升序其兄《孙孝子文集》曰:"伯兄卒,余偕侄钰收遗文得若干篇,诗得若干首。每读之,辄欷歔掩卷不忍读也。先伯兄少负奇质,侍先公明于忠孝大节,见古名家撰制辄能仿效体裁而笔之篇,为诸生称异才,历武阶不忘文事,老益壮。余滥竽词林,先伯兄与词林诸君游,间出所作观焉,未尝不称之异之,以为孙长公,才不独武士之奇也。"又论其诗文曰:"伯兄为文尚理与气,诗根情性,大篇短章累百千。总之,比协天常,发明往训,洞悉世故,旁极物情,兴至则书,扣之即应……其理直,其气昌,是故言出而人重之。"

180　石矶集二卷

孙继芳(1483—1541)撰。继芳字世其,号石矶。湖广岳州府华容(今属湖南)人。正德二年(1507)举于乡,六年成进士,除刑部主事,谢病归。起改兵部,升员外郎,以谏武宗南巡受廷杖。迁郎中,擢云南提学副使。嘉靖五年(1526)黜归,二十年卒于家,年五十九。著有《矶园稗史》三卷(清抄本),《石矶集》二卷。生平见孙宜《先提学府君行实》(《洞庭渔人集》卷四八)、李维桢《孙公严宜人墓志铭》(《大泌山房集》卷九十三)、佚名《孙公继芳传》(焦竑《国朝献征录》卷一百〇二)、《(康熙)岳州府志》卷二十三、《(乾隆)华容县志》卷七。

《千顷堂书目》、万斯同《明史》均著录《石矶集》二卷,今存明嘉靖二十九年(1550)华容孙氏家刊本,台北故宫文献馆藏。一册。17.1厘米×12.7厘米。四周单边,版心白口,白单鱼尾。半页九行十八字。钤有"国立北/平图书/馆收藏"朱文方。首有《石矶集》,署"嘉靖庚戌仲夏晦日子宜再书"。正文题名后镌"华容孙继芳撰"。卷上收五七言古诗二十四首、五言律诗三十七首;卷下收七律四十一首,五七言绝句二十首。总收诗一百三十二首。

继芳生前遗稿诗文皆备,然以梓人之故,仅刻其诗,文未知其所。孙宜

《石矶集序》曰:"嘉靖辛丑,大夫既卒,不肖匍匐北归,瘠毁之余,始获编类遗草,皆随体区裁,因制列卷,题曰《石矶集》,宝之家笥,以期刻传。虽然,文也者,士之末也。乃大夫之所树立,则危言劲气,动于缙绅,直疏嘉猷,著在廊庙,成规懋训,沾被士儒,遗德诞仁,沛之闾井。属纩之日,邑人无识不识,无不洒泣者,斯可与流俗道哉! 集凡十三卷,诗五卷文三卷杂著三卷《东山录》二卷,录成,谨流涕叙之。是岁季秋十日。"又曰:"大夫集十三卷,拟尽刻之矣,将举事而梓人以归告,乃于是姑刻其诗,析卷上下,不渎分焉。岁嘉靖庚戌仲夏晦日。"

《石矶集》二卷为孙继芳惟一存世诗文集。《四库全书总目》及今《中国古籍总目》均未著录。孙继芳登甲科后所交皆"一时文人何、李、康、徐、颜、王、崔、薛,靡不投袂,盍簪赓酬倡和,师箴友道,翊赞良深。"然其不尽力于诗文,此诚如清季陈田所谓:"副使立朝有风节,诗其余事。"(《明诗纪事》戊签卷十一)。

181 费钟石先生文集二十四卷

费寀(1483—1549)撰。寀字子和,号钟石。江西广信府铅山(今属江西上饶)人,费宏从弟。正德二年(1507)举于乡,六年成进士,选翰林庶吉士,授编修。以不附朱宸濠,被诬致仕。嘉靖改元,以原官起复。与修《武宗实录》,嘉靖四年(1525)以编修兼左春坊左赞善,六年进南京尚宝司卿,改右春坊右庶子兼翰林侍讲,晋南京通政使司右通政,掌南京翰林院国子监祭酒,历南礼部右侍郎、南吏部右侍郎、兵部左侍郎、礼部尚书掌詹事府事,二十四年加太子少保,二十六年加太子太保,十二月十三卒于官,年六十六,谥文通。生平见严嵩《费公神道碑》(《钤山堂集》卷三十八)、薛应旂《费文通公传》(《方山薛先生全集》卷二十四)、张廷玉等《明史》卷一百九十三、《(康熙)广信府志》卷十六。

该集明隆庆四年(1570)太仓季德甫刊本,台北故宫文献馆、日本国立公文书馆藏。台北藏本八册。板框 18.2 厘米×13 厘米。左右双边,板心白口,单鱼尾。半页十二行二十二字。版心中缝上记"钟石先生文集",版心下记刻工名,如陆汉、周涌、陆。钤有"又氏绍"朱文方、"谢道承印"白文方、"春草堂图籍真赏"朱文长方、"李璁图书"白文方、"金锋珍赏"朱文方、"王华"朱文方、"璁印"白文方、"国立北/平图书/馆收藏"朱文方。卷首有《刻钟石先生文集小引》,署"隆庆四年岁在庚午六月既望赐进士出身嘉议大夫江西等处提刑按察司按察使奉恩致仕进阶一级门生太仓季德甫顿首书";《钟石先生文集序》，署"赐进士出身南京尚宝司卿致仕进阶朝列大夫前中顺大夫南京太常寺少卿改江西按察司佥事奉敕提督学校旧教下晚生上元许谷顿首谨撰"。内卷一至六收诗赋，卷七收词二十七首，卷八至二十四收经筵讲章、表、谥议、奏疏、记、序、题跋、引、铭、赞、说、策问、书、启、祭文、志铭、神道碑、墓表、行状、行实等各体文。卷末有《钟石先生文集跋》，署"隆庆辛未岁仲秋吉乡晚学新淦朱孟震顿首谨书"；《跋语》，署"隆庆辛未春日不肖男懋谦百拜谨书"。

集由其子费懋谦辑编、费寀门生太仓季德甫助其刊刻行世。懋谦跋语谓："先君诗文散失者多矣，家兄竭力搜访，不肖重加辑录，表兄风谷捐俸相助，始克成集。然力未能刻，又得竹隅先生刻之。盖竹隅既归林下，乃复有此盛举，挂剑之义不是过也，凡为吾门子孙者，其感当何如耶！"季德甫序谓："先生隆德懋功，当垂信史，而其雄文杰作可爱可传者尚未刻行，固后死者之责也。遂致书先生之叔子怀石君，得所著诗文凡二十四卷，乃先生之伯子少石君所手录者。于是稍加校辑，付工锓梓，未及半，以岁侵用诎停焉。适崇明二尹风谷孙君于先生世有姻好，闻之，捐俸以助，始克完工。"

2015 年西南师范大学出版社和人民出版社联合出版的《域外汉籍珍本文库》第五辑集部 20 册、《甲库丛书》第 747 册内《费钟石先生文集》二十四卷据明隆庆四年刊本影印。

182 岁稿不分卷

谷继宗（生卒年不详）撰。继宗字嗣兴，号少岱。山东济南府历城（今属山东济南）人。正德八年（1513）举人，嘉靖五年（1526）进士，官宜兴知县，因事罢归。谷继宗尝遇积忧而瞽，后得良医而复明。与李开先为诗友。生平见《（乾隆）历城县志》卷四十、《（道光）济南府志》卷四十九。

《岁稿》一书，《千顷堂书目》《明史·艺文志》《中国古籍总目》均未著录。今存《岁稿》不分卷，明嘉靖十年（1531）傅汉臣刊本，台北故宫文献馆藏。一册。板框 15.2 厘米×13.3 厘米。四周单边，版心白口，无鱼尾。半页九行十三字。卷首有《岁稿序》，署"嘉靖辛卯癸未月现川傅子汉臣撰"。正文题名后注"东郡少岱子谷继宗著"。内总收谷氏诗二百余首。卷末有孙光辉跋语。今《甲库丛书》第 766 册内《岁稿》一卷底本即为台北藏本。

谷继宗与同年友人平度傅汉臣论诗曰："今之操觚者，动拟汉魏唐人。夫五言选诗十九首，苏、李尚矣，太白天然飘逸，苟非以盛唐为门径，则又无以入少陵之阃奥，至于词工所论，少陵亦曰宪章汉魏，取材于六朝。诗学其来固不可漫然为者,是故宋元绝响,我明正印。新集梓行,绰有可表,大段不涉盛唐则辞不壮丽;不师少陵,则调不沉郁,此近体所式,又不可舍此二端。"（傅汉臣《岁稿序》）

孙光辉于卷末跋语中曰:"迩来,空同、大复、华泉四五大家者作,大倡雅音,骎骎逼古,海内翕然从之。少岱则躏华泉而进,且未见其止也。今观此集,体裁雅而不佻,辞气俊而不俳,音节泽而不乱,情思委备而自不诡于风人。"钱谦益《列朝诗集》丁集仅录继宗诗一首,"小传"谓其"富于篇什,以倚待立就为能,故可传者绝罕。"（《列朝诗集小传》丁集上）王世贞《艺苑卮言》附录谓谷氏诸体中"所为乐府,微有才情"。陈田《明诗纪事》戊签卷十六录谷氏诗一首,引《山左明诗钞》曰:"王季木《齐音》诗:'七子为诗本四家,太常笔底盛烟霞。华峰一柱夸难尽,群玉璘珣更满车。'注云:'济上之诗,以边庭实为鼻祖,若刘函山、李于鳞、许殿卿、谷少岱,不可胜数,"济南名士多",从昔然矣。'"

183　在涧集二十卷（存前九卷）

顾可久（1485—1563）撰。可久字与新,号洞阳。南直常州府无锡（今属江苏无锡）人。正德八年（1513）举于乡,明年成进士,授行人。以谏武宗南巡,受廷杖。左迁国子学正,寻以忧去。嘉靖初,起户部员外郎。以议"大礼",复遭梃杖。后进郎中,出知泉州府,改赣州,以广东副使致仕归。嘉靖四十二年（1563）卒于家,年七十九。生平见皇甫汸《顾公墓志铭》（《皇甫司勋集》卷五十二）、过庭训《本朝分省人物考》卷二十八、毛宪《毗陵人品志》卷九、《（万历）常州府志》卷十四。

该集明嘉靖间刊本,台北图书馆藏。二册。板框17.4厘米×12.9厘米。左右双边,版心白口,单鱼尾。半页十行十八字。卷首有《顾洞阳诗集序》,署"嘉靖辛亥秋晋江遵岩居士王慎中序"。正文题名后注"句吴顾可久"。前九卷总收赋二篇、哀辞二篇、诗四百一十余首。今《甲库丛书》第751册内《在涧集》底本即为台北藏本。

王慎中序曰:"毗陵无锡顾洞阳公好为诗,其学于古无所不窥,而皆以资为诗,诗日益工,好日益笃,虽晚而不倦,积日之多,其诗至千余篇,可谓富矣。约乎礼而不迫,优于兴而不放,文质相宜,华实各得。诵其诗不知其用意立法之至者,亦悦其有和平之声,洋洋乎其可爱玩而咏叹也!"

《四库全书总目》著录顾可久《洞阳诗集》二十卷,"提要"谓:"是编标曰'洞阳诗集',而子目俱题《在涧集》。考《千顷堂书目》,可久有《在署草》八卷、《在疚草》二卷、《温陵集》六卷、《虔州草》一卷、《珠崖草》一卷、《在涧集》十九卷,无'洞阳集'之名,盖总汇诸集,名曰'洞阳',而仍各自为书也。"可见,《洞阳诗集》即是《在涧集》。又评其诗曰:"古体颇散漫,律体多乏坚老,七言绝句尤学质朴而不成。"(《总目》卷一百七十六)

184　柳溪遗稿十卷(存五卷)

钱如畿(1485—1555 前后)①撰。如畿字公锡,号柳溪。南直安庆府桐城(今属安徽桐城)。约生活于弘治、嘉靖间。以县学生游京师,俟谒选浙江布政司都事,不果而归,与兄如京讲学龙眠。构别业于柳溪河滨,周植柳树,故自号柳溪。工诗古文词,著有《柳溪遗稿》。卒年七十左右。生平见《(道光)桐城续修县志》卷十六。

该集明嘉靖三十五(1556)桐乡钱氏刊本,钱元鼎编。台北图书馆藏。二册。板框 17.8 厘米×13.1 厘米。四周单边,版心白口,单黑鱼尾。半页十行十八字。部分版心下端镌刻工姓名,如"余介夫刻""叶宝刻""叶实""余""余刻"等。钤有"梦古轩"白文长方、"国立北/平图书/馆收藏"朱文方。卷首有《叙柳溪钱先生遗稿》,署"嘉靖丙辰冬日龙溪外史陈元吉识";《柳溪先生诗集引》,署"嘉靖丁巳夏日眷生皖江汪万顷拜书";婿方点序,署"子婿方点拜手谨书";钱元鼎序,署"嘉靖丁巳季夏不肖男元鼎百拜谨书"。陈元吉序后镌"书林石斋余立刻",方序后镌"书林双溪叶重、见泉华仁刻"。正文卷端题"柳溪钱如畿著,婿方点录,必思陈元吉较,男元鼎编。"其他卷题名后注"桐城钱如畿公锡父著"。正文虽属残卷,然目录全。据目录,内卷一、二收古体诗八十一首,卷三至九收近体诗九百八十四首,卷十收诗余九首。

集由钱氏子钱元鼎编辑。元鼎序曰:"鼎自童子时,日侍先君笔砚,凡先君所作辄记之不忘。先君恐夺鼎志,切戒勿耽。鼎初以无妨举业,不觉久而成癖,遂致暴弃,莫能仰承严训,近始以先君戒鼎者为豚儿可承,戒悔何及也? 先君手稿数千言,鼎历历能诵,屡欲梓传,以为悦亲之助,因变故不果。今虽次第图成,先君又不及见之,是著作之趣、承欢之心两有,所乘值兹工

① 《柳溪遗稿》卷四《乙酉初度》云:"四十春光又一年",另卷四又有《丁亥元日》诗,首句云:"短发苍髯四十三",结合诗题,则乙酉年(1525)著者四十一岁,丁亥年(1527)四十三,以此推知,钱如畿当生于成化二十一年乙巳,即公元 1485 年。钱氏婿方点序中言:"癸丑(1553),内弟实夫(即钱元鼎)持其集过赤城草堂,拜先君",此钱元鼎拜见方点父,意在请方父删校钱如畿诗集,然删校工作未始,方父、钱如畿先后病逝。于是,元鼎复奉币请桐城陈元吉(字必思)删校父集,结合嘉靖丁巳(1557)陈元鼎序,此时钱如畿已卒,陈氏"阅岁月始克成编",则钱如畿当病逝于嘉靖三十四年(1555)前后。

成,检阅之余,其容己于感慨思慕之悲乎……先君之和平浑厚,无雕刻靡丽之习,题咏虽多,要非漫作,所谓《秋怀》《云虚》《静退》诸集并入遗稿者,盖先君处变之作,鼎终无以自释焉尔。观者当自得之。"

汪万顷于序中称钱氏:"日与骚人墨客抚景寻芳,徜徉诗酒。其昭旷之识,洞视今古,恢阔之度,尘芥六合。凡世之可喜可愕、可忻可戚之事,居之晏如也。有竹林之放达,而弗流于傲;有漆园之逍遥,而弗入于荡。先生性情可谓得其正矣。是故,发为诗歌,天动神流,景与情会,超度时调,悠然大雅。诵其诗,可以论其世。是故,念昔之作,可以观其高尚之志;《秋怀》之集,可以观其处变之量;《幽居》《课农》诸什,可以观其盘桓之贞。凡一歌一咏,罔非畅其自得之趣。至于易箦一诗,又超然与造化游矣。谓非《三百》之遗响乎哉!"

185　巽峰集十二卷附录一卷

尹襄(1485—1527)撰。襄字舜弼,号巽峰。江西吉安府永新(今属江西吉安)人。正德六年(1511)进士及第,选翰林院庶吉士,授编修,与修《武宗实录》。迁侍讲,进司经局洗马,卒于嘉靖六年(1527)二月十一日,年四十二。生平见董玘《巽峰尹公墓志铭》、费宷《巽峰尹公墓表》、《司经局洗马尹君襄传》(《巽峰集》附录)、《(万历)吉安府志》卷二十、《(雍正)江西通志》卷七十八。

该集有明嘉靖二十七年(1548)永新尹氏家刊本,台北故宫文献馆藏。六册。板框 17.7 厘米×13.1 厘米。左右双边,版心白口,单鱼尾。半页九行二十字。首有《巽峰先生文集序》,署"嘉靖三十一年岁在壬子春正月既望赐进士出身中顺大夫詹事府少詹事兼翰林院侍读学士前南京国子祭酒经筵讲官兼修国史玉牒友末海隅黄佐顿首书";《巽峰集序》,署"嘉靖辛卯春正月之望赐进士出身通议大夫南京礼部侍郎前国子祭酒右春坊太子右赞善经筵讲官同修国史莆阳林文俊序"。附录祭文一道、董玘《巽峰尹公墓志铭》、费宷《巽峰尹公墓表》、林文俊《挽诗序》、挽词、祭文及嘉靖戊申秋七月望门人曹韩《书巽峰集后》、门人郑威《巽峰先生集后序》、门生高狮跋语、尹祖懋跋语。内卷一名《吉士稿》,收其在初入翰林时所作诗文,卷二至四收古近体诗二百余首,卷五收讲章、阁试、馆课,卷六至十二收序、记、墓志等文。今《甲库丛书》第 747 册内《巽峰集》十二卷附录一卷底本即为台湾藏本。

其子尹祖懋题识谓其父集原为十卷,后辑其散佚增益为十二卷:"先君大故在嘉靖丁亥之春。戊子,世父八洲公入南比部,取遗稿以往,托知厚在留者校之，次其所宜传为集十卷。逾年，世父移官闽中，就闽刻焉。又十年，先君门人治芜，得南祀、宫坊诸稿，复刻之芜城，寻以贻懋，今皆藏在家塾。惜校录未详，卷有阙讹尔。丙午，懋西来，悉携原草，暇即绪正搜辑，得十二卷，募工梓之。"

林文俊序称："吾友太子洗马巽峰尹公既没，其兄秋官副郎舜章君哀其遗文，得若干卷，将刻以传……今观是集，所载则又多予所未见者，而皆典则雅淡，不为瘦词硬语，棘人喉舌而意味隽永，体裁庄重，读之者知为有道君子也。巽峰之于文不吝应酬，至于其没之年，求者多谢却之，独取旧所为删润改窜，手自抄录，付其子祖懋藏之。是时年方四十二，遂若预为身后之虑者，岂亦其兆与？是集多其所自选，别有藏稿若干卷不在集中。"该集后又有清光绪七年(1881)尹襄裔孙桃珠、蟠珠等重刊本。

《四库全书总目》著录《巽峰集》十二卷附录一卷，"提要"谓尹襄："其文持论颇纯正，而波澜结构则未造古人。"(《总目》卷一百七十六)

186　游蜀吟稿二卷

刘天民(1486—1541)撰。天民字希尹，号函山。山东济南府历城(今属山东济南)人。正德二年(1507)领乡荐，九年成进士，除户部主事，调吏部文选司。十四年以谏武宗南巡，受庭杖，改吏部稽勋主事。嘉靖初迁员外郎、郎中。三年(1524)以谏大礼，复受杖，谪知寿州。七年调南京宗人府经历，旋改南刑部郎中，九年迁河南按察副使，分巡大梁，十一年改四川，十四年被劾罢官。嘉靖二十年卒，年五十六。生平见李开先《刘先生天民墓志铭》(焦竑《国朝献征录》卷九十八)、王兆云《皇明词林人物考》卷四、《(乾隆)历城县志》卷四十、《(道光)济南府志》卷四十九。

该集明嘉靖十六年(1537)咸宁司马泰刊本，台北故宫文献馆藏。二册，板框17.7厘米×12.2厘米。左右双边，板心白口，单鱼尾。半页八行二十字。钤有"国立北/平图书/馆收藏"朱文方。卷首有《游蜀吟稿序》，署"嘉靖十有五年冬十月望赐进士第山东按察使中川陈讲序"。正文题名下注"济南函山子"。卷上收诗一百十首、赋一首，卷下收诗一百三十七首。卷末有《序游蜀吟稿后》，署"嘉靖丁酉夏五月既望咸宁司马泰序"。

此集乃天民分巡四川时所作。司马泰序曰："余昔按江北时，函山刘子居寿州。逮函山转汴臬而余出典怀郡，彼此相临，每相知爱。居顷之，函山移蜀，余亦去怀如嘉，不相闻者三载余。前年，余不能嘉，再更济南，而函山已家居矣。政暇，每过函山草堂，辄坐语移晷，裨益良多。一日出所为《游蜀吟稿》见示,余授读,既见其贯穿骚选,出入盛唐,兴象格律高远雅隽,虽驰声艺圃者恐未之或先,不特咀齿牙、媚耳目,信可昭迩而俟后哉。诗凡二卷。扬成都刻过半,余取而讫之,以广传布,俾百世之下知明诗有历下刘函山氏云。"

陈讲评天民诗曰:"读其赋有屈宋之凄清焉,读其古选,有汉魏之冲淡焉,读其近体,有盛唐之雄浑焉。"李开先《墓志铭》称天民"诗文书翰,为世所推尚。晚年为词曲,杂俗间雅,歌者便之。盖虽假金元之音以泄不平,亦可见才之优赡,无往不宜也。"《四库全书总目》著录刘天民《函山集》七卷,"提要"云:"今观其集中,如《拟宫词》五十首、《古别离》《宿楚相祠》等作,尚可谓怨而不怒者。特其摹仿太多,不能卓然自成一家耳。"(《总目》卷一百七十六)。

187　方斋存稿十卷

林文俊(1487—1536)撰。文俊字汝英,号方斋。福建兴化府莆田(今属福建莆田)人。正德二年(1507)举乡试第一,六年成进士,选翰林院庶吉士,授编修,与修《武宗实录》。擢右春坊赞善,升南国子祭酒,改北,官至南吏部侍郎。嘉靖十五年(1536)卒,年五十,赠礼部尚书,谥文修。生平见费寀《林公墓志铭》(焦竑《国朝献征录》卷二十七)、湛若水《林先生神道碑文》(《泉翁大全集》卷六十六)、《(乾隆)福建通志》卷四十四。

《千顷堂书目》著录《方斋存稿》(未注卷数),今存《方斋存稿》十卷,清抄本,台北图书馆藏(清汪兆铨题记)。七册。全幅30.0厘米×17.3厘米。半页九行二十八字。钤有"汪兆/铨观"朱文方、"濠堂/藏本/之一"朱文方、"经德堂/汪氏所藏/经籍碑/版图书"朱文方、"濠堂/藏本"朱文长方、"管理中英庚/款董事会保/存文献之章"朱文长方、"国立中/央图书/馆考藏"朱文方。无序无跋。卷首有《本传》、费寀《林公文俊墓志铭》、湛若水《林先生神道碑铭》。内表一卷,疏一卷,序四卷,记、说一卷,志铭、祭文一卷,杂录一卷,诗一卷,收诗一百二十余首。目录后清汪兆铨题记云:"此是当时四库进呈本,副本存翰林院,故有翰林院印,有四库缮校人签记。今问之林氏,云未见刻本,殆未付刻也。敝藏有《网山集》(震无咎斋钞本),宋林亦之著,亦福清林氏。两书皆无刻本,可珍可贵,且喜其出于一家。宣统元年三月番禺汪兆铨识。"

《四库全书》收录林文俊《方斋诗文集》十卷,"提要"云:"史称其文章醇雅,今观其诗,亦从容恬适,不事雕琢,国朝朱彝尊辑《明诗综》乃独不载之,当由未见此本,非黜之不录也。"

188　杨司空文集二卷外集二卷

杨麒(? —1548)撰。麒字仁甫,号四泉,江西广信府上饶(今属江西上饶)人。正德二年(1507)举于乡,十六年进士,除长乐知县。以忧归,起补浚县,征授吏部主事,升员外郎,擢福建按察佥事,饬建宁兵备,迁南通政参议。历应天府丞、南光禄寺卿,擢工部侍郎,进南工部尚书,嘉靖二十七年(1548)九月二十四卒于官。生平见欧阳必进《四泉杨公墓志铭》(《杨司空外集》卷二、《国朝献征录》卷五十二)、《(同治)广信府志》卷九、《(道光)上饶县志》卷二十二。

该集明嘉靖三十九年(1560)上饶杨氏家刊本,台北故宫文献馆藏。四册。板框17.2厘米×12.4厘米。四周双边,版心白口,双鱼尾。半页十行二十字。卷首有《刻杨司空四泉先生集序》,署"嘉靖庚申三月小尽日赐进士出身奉议大夫通政使司右参政奉诏致仕前以刑部员外郎予告侍养昆山张寰撰"。目录后有杨麒内弟毛烜题识,署"岁甲子五月既望内弟毛烜谨识"。题识言集之内容曰:"翁集分卷二,共计奏稿二十一、序二十一、说八、箴一、论三、记五、跋二、祭文一十九、志铭十、传一、状二、诗五十九。又《外集》分卷二,共计诰敕一十七、谕祭文二,及恩荫恤典、崇祀、宦迹、状铭,诸公祭文附焉。末附其先大夫志铭。嗟,文不存稿,落落无绪。日寻月搜,类聚数年,编集成篇。领姊氏命,为刻之。工完,僭陈其此云。"

昆山张寰序谓杨麒:"先生学术本于有德,功业究乎大儒。其文典而实,纯而曲畅,体裁浑成,而思致古雅,遇之而莫能御,仰之斯不可及,真若泰山河海之在宇内,岂若彼一丘一壑者之可以同年而语乎哉!"

189　昆仑山人集八卷

张诗(1487—1535)撰。诗字子言,号昆仑山人。京师顺天府宛平(今属北京)人。曾从吕柟学制义,从何景明学诗。举业未谐,遂以能诗交于诸缙绅,游踪半天下,卒于嘉靖十四年(1535),年五十。生平见李开先《昆仑张诗人诗传》(焦竑《国朝献征录》卷一百十五)、王兆云《皇明词林人物考》卷十一。

该集明嘉靖二十年(1541)吴郡方九叙等校刊本,台北故宫文献馆藏。一册,板框17.5厘米×12.1厘米。左右双栏,板心白口,单鱼尾。半页十行十八字。钤有"国立北/平图书/馆收藏"朱方印。卷首有嘉靖岁次辛丑仲夏一日王桩《昆仑山人集叙》。集由吴方九叙、吴童汉臣校、吴王桩校、吴许应元校、瓯王侹校。卷之七缺页五、九。各卷标注创作时间,卷一题名下注

"丙戌丁亥作",收诗六十八首;卷二"戊子作",收诗三十六首;卷三"己丑作",收诗六十首;卷四"庚寅作",收诗四十七首;卷五"辛卯作",收诗七十一首;卷六"壬辰作",收诗三十六首;卷七"癸巳作",收诗四十三首;卷八"甲午作",收诗四十二首。总收诗四百〇三首。今《甲库丛书》第758册内《昆仑山人诗》八卷底本即为台北藏本。

集由吴郡方九叙等人校刊。王樨《昆仑山人集叙》云:"昆仑张山人,燕人也。居郡下,环堵萧然,少应举业,不偶,退隐草堂,锐志典籍,博综简帙,歘有诗名,冠佩士慕其谊者往往载酒登访谈狎,终日忘神焉。山人所交亦皆海内英杰,词人赋客多与契结,得其诗,忻诵如获宝玩,然山人自秘,罕睹全集。迨嘉靖乙未,山人既卒,其诗稍稍能缉录。于时十洲方子、南衡童子、茗山许子、冲白王子皆雅重山人,悯其诗久或亡逸,相与校精驳、纪岁次,择其粹者刻诸梓,以广布不朽,俾明诗人知有山人云。"

刘储秀《京口赠张昆仑山人子言》诗云:"万里翩翩骑鹤来,依然乘雪此观梅。还逐浮云过吴会,直寻灵药向蓬莱。参军紫髯还复长,叔夜青眼几曾开。何人知有神仙骨,花前且醉流霞杯。"

钱谦益《列朝诗集小传》载:"张氏学举业于吕泾野,学诗于何大复。顺天府试士,令自负卓凳以进,拂衣而去。北渡滹沱,陟太行,广览黄河素汾,遍游洛川、伊阙,南走留都,上金、焦,历吴会,探禹穴,还大梁,晤李空同于吹台,哭大复于汝南,乃旋京师。所居一亩之宫,择隙地种竹,风雪飘萧,欣然相对。兴至,跨一蹇驴,信其所之。风雨饥寒,必穷极佳山水而后反。在武林与孙太白论诗,太白自夸其'青厓贴天日,下照芝草斑'之句,不减曹氏父子。子言掉头大笑,太白为之夺气。子言笑谓坐客:'今日昆仑山压倒太白矣。'状貌魁杰,戟髯如武夫,人以燕山豪士称之。著《骂鬼》《诘发》《笑琳》《七子》等文,曼衍谲怪。草书狂放有笔力,李中麓尝戏之曰:'君书揭之壁间,不独惊人,亦可以驱鬼也。'岳氏《今雨瑶华》,以昆仑为首。"

朱彝尊《静志居诗话》云:"岳氏(岳岱)《今雨瑶华》以昆仑山人诗压卷,然诗实不工。方棠陵(方豪)诮之曰:'君诗虽佳,第情实如无山称山,无水赋水,非欢而畅,不威而哀是已。'是亦切中其病。"清季陈田《明诗纪事》丁签卷十七录张诗诗作三首,按语云:"山人诗亦有奇致,以较太初,去之尚远,李开先推之过甚,何耶?"

190　横山遗集二卷

徐爱(1487—1517)撰。爱字曰仁,号横山。浙江绍兴府余姚(今属浙江绍兴)人。正德二年(1507)举于乡,次年成进士,除知祁州,正德七年以治绩擢南京兵部车驾司员外郎,十年升南京工部都水司郎中。十一年归家省亲,明年五月十七卒,年三十一。生平见萧鸣凤《徐君墓志铭》(《横山遗集》附录)、佚名《南京工部郎中徐爱传》(《国朝献征录》卷五十三)、过庭训《本朝分省人物考》卷五十一、徐象梅《两浙名贤录》卷四、张廷玉等《明史》卷二百八十三。

　　该集明嘉靖十三年(1534)汶上路氏浙江刊本,台北图书馆藏。四册。板框 19.1 厘米×12.6 厘米。左右双栏,版心黑口,双黑鱼尾。半页九行二十字。钤有"吴兴刘氏嘉/业堂藏书记"朱文长方、"国立中/央图书/馆考藏"朱文方。卷首有《刻徐横山集引》,署"嘉靖甲午五月望日白鹿山人浙蔡宗衮书"。卷上诗不分体,收各体诗一百五十余首。卷下收记、序、传、书等文。集后附录墓志、奠文。中有《明故奉议大夫南京工部都水清吏司郎中徐君墓志铭》,署"赐进士出身文林郎云南道监察御史山阴萧鸣凤撰"。

　　集由徐爱八十三岁老父整理而成。蔡宗衮《刻徐横山集引》记集之成书,颇令人恻然心伤:"曰仁殁于正德丁丑,年方三十有一,距今嘉靖甲午去世十八年矣。其父古真翁年逾八十有三,一日踽踽而告予曰:'吾爱子逝矣,形骸不可复矣,检其遗言则有存者,吾将寿之梓,以永吾情。吾身存,阅其言之存,犹吾儿之对语也;吾身亡,得其言之存,犹吾儿之后死也。吾寄吾情而已,工拙皆所弗计,愿执事少加印可,即付之梓人矣。'予闻古真之言,恻然父子真情,自不觉泫然而感动也。乃正其讹,补其缺,删其可删,什存七八。曰仁天资淳和,蚤游阳明之门,闻道甚慧,心之精灵必有贯天地而长存者……惟□古真之情,具述其意于左方。集上下二卷,附亲友哀辞一卷。录成,适汶上路公廉宪浙省,恤同志之蚤世,体古真之钟情,遂捐俸梓之,以成其志。"

　　徐爱为王守仁妹夫,笃志于阳明良知之学,萧鸣凤为徐爱撰墓志铭曰:"今都御史阳明先生守仁学行高天下,而犹以师道为己任,君乃得所师承,进叩于海日,耳濡目染,若探金渊玉海,不殖而自富;退质于阳明,日闻格言趋正学,如树美材于贞松劲柏之中,不扶而自直。观其立志植行,剖别义利,必以圣贤为可几。及鸣凤窃从缙绅后一见,时英贤美意、向负才气者不为不多,然求如君渣滓绝少,不烦澄汰,盖十不能一二也。君肌肤玉雪,精神莹然,一见知为灵瑞之物。"

　　《明史》载:"良知之说,学者初多未信。爱为疏通辨析,畅其指要。守仁言:徐生之温恭,蔡生之沉潜,朱生之明敏,皆我所不逮。爱卒,年三十一,守仁哭之恸。一日讲毕,叹曰:安得起曰仁九泉闻斯言乎?率门人之其墓所,酹酒告之。"(《明史》卷二百八十三《徐爱传》)

191　龙石诗集八卷

许成名(？—1558 后)撰。成名字思仁，号龙石，山东东昌府聊城(今属山东聊城)人。正德六年(1511)进士及第，选翰林院庶吉士，授编修，历经筵讲官、侍读，与修《武宗实录》，升侍读学士，充《大明会典》之《文典》纂修官。前后为讲官十年，宗阳明之学，甚为当时名流所推重。嘉靖十六年(1537)任太常寺卿、国子监祭酒，改南吏部右侍郎，升礼部右侍郎兼翰林学士、礼部左侍郎。嘉靖二十六年八月致仕。生平见过庭训《本朝分省人物考》卷九十六、《(雍正)山东通志》卷二十八之三、宋弼《山左明诗抄》卷五、《(嘉庆)东昌府志》卷二十八。

该集明嘉靖四十二年(1563)刊本，国家图书馆、台北故宫文献馆藏。台北藏本二册。板框 18.4 厘米×1.29 厘米。左右双边，版心白口，单白鱼尾。半页十行二十字。台湾藏本钤有"国立北/平图书/馆收藏"朱文方。首有《龙石集序》，署"嘉靖癸亥季春清明日赐进士第前资政大夫奉敕总督宣大山西军务兼理粮饷兵部尚书兼都察院右都御史濮阳苏祐撰"。正文各卷题名下署"聊城许成名思仁甫著"。内诗集一上、二上、三上、四上、龙石诗集(未注卷次)、六下、七下、八下，收诗三百三十余首。

苏祐序云："公盛年举进士出身第一，读中秘书，历春坊学士司成，以至宗伯。盖终其身竹素园中过目朗诵，援笔力就，宜缀累陈编，蹈袭凤轨。乃今细观诸撰述，清新俊逸，健拔谨严，如芙蓉浸江，晴霞散绮，又如武库振刷，队仗森整，何其幽秀端凝之若是邪，殆所谓渐进自然者矣。"朱彝尊《明诗综》卷三十九录成名诗一首，引朱中立语曰："龙石诗气平音和，盖晚唐之佳者。"

192　龙石先生诗钞一卷附文一卷

许成名撰。成名生平见《龙石诗集》条。

该集明丁懋儒编，明万历三年(1575)聊城丁氏芝城刊本，台北图书馆藏。四册。板框 19.6 厘米×15 厘米。四周单边，版心白口。半页十行二十字。钤有"莅圃/收藏"朱文长方、"国立中央图/书馆收藏"朱文长方、"阳湖陶氏涉园/所有书籍之记"朱文长方、"端溪何叔子/瑗玉号蓬/盦过眼/经籍金石/书画印记"朱文方等。卷首有残序，序无题名亦无作者，后署"嘉靖癸亥季春清明日"，考序之内容，与《龙石诗集》卷首苏祐所撰序同，则此残序属苏祐撰。继有小序，署"万历三年岁在乙亥八月中秋懋儒谨识"。正文题名下注"赐进士出身通议大夫礼部左侍郎兼翰林院学士修国史经筵日讲聊城许成名著,门人同邑丁懋儒编"。内收诗三百八十余首,附叙、记等文数篇。

　　丁懋儒题识言集之刊刻云:"师翁没时,懋儒留北雍,及归,将收拾遗稿诠次。已为门人□□□□尽取去,久未登梓,而家藏复散失。内弟汝化所录者,舜泽先生较刻,然奏疏、辞赋各体皆弗备。后遍搜莫可得也。客岁过家,于内兄汝立处取所录与濮集,参考得若干首,附文数篇,刻芝城以公海内修文之士,为明诗备一家之言。夫翁在馆阁三十余年,著述甚富,今诗才十之二三,若文即余昔所见者多未收,后死者之责,乌得而逭诸。虽然诗莫盛于唐,如诸名家不过数十首,而选集人仅数首,则似不必多也。"

193　龙湖先生文集十四卷

　　张治(1488—1550)撰。治字文邦,号龙湖。湖广长沙府茶陵(今属湖南长沙)人。正德十一年(1516)举人,十六年(1521)进士,选翰林院庶吉士,授编修。嘉靖初,大礼议事起,附和张璁、桂萼,与修《明伦大典》。七年(1528)擢左春坊左赞善,历谕德,以翰林学士宣谕安南,未行。二十年擢南吏部右侍郎,进尚书,召拜礼部尚书,兼文渊阁大学士,入阁预机务,加太子太保。嘉靖二十九年卒,年六十三。生平见雷礼《张公治传》(焦竑《国朝献征录》卷十六)、王兆云《皇明词林人物考》卷六、何乔远《名山藏》卷七十五。

　　该集明嘉靖三十三年(1554)茶陵彭宣刊本,美国国会图书馆、日本国立公文书馆、尊经阁文库、台北故宫文献馆藏。台北藏本十二册,板框18.3厘米×13.7厘米。半页十行十八字。左右双栏,板心白口,单鱼尾。钤有"苍岩山人/书屋记"朱文长方、"东山/平生/珍赏"朱文长方、"国立北/平图书/馆收藏"朱文方、"澄/园"朱文方、"蕉林/藏书"朱文方、"世杰/之印"白文方、"竹铭/藏书/之印"朱文方、"世杰/印信/长寿"白文方、"东山/宝珣"朱文方、"竹铭/所藏"朱文方、"苍岩子"朱圆印、"观其/大略"白文方。卷首有嘉靖癸丑季春吉旦雷礼《龙湖先生文集序》。卷末有嘉靖甲寅冬十二月门人武进薛应旂《龙湖先生文集序》;嘉靖甲寅夏五月朔门人陈柏《龙湖先生文集后序》。集中有前人朱笔校注,天头有小注。

　　卷一至十收颂、奏疏、序、记、杂文、祭文、墓志铭等一百十八篇,卷十一至十四收古近体诗五百二十首,另有词调七首、歌吟五首。

　　张治而立之年入值翰林,志存经济治世之学。雷礼序曰:"翁自辛巳入翰林,既与文正(李东阳)之甲申同运而志存经济,不安于萎儒掇华袭馨以窃章句,凡军旅、刑狱、钱谷、水利之数,□天、边隘、夷险、地图、修阻、户口、登□,无不讲求其法,而欲通之以托于世。既而列宫寀掌艺苑,柄两京铨政,校文武士铢铢两两,不淆毫厘。论人才正若邪、忠若佞,义色直言,凛莫敢犯。至所崇奖名节士,又恐不及,故海内缙绅相与属望于翁者久而孚矣。"薛应旂乃张治门生,其序中谓张治文章根诸性情:"吾师龙湖张先生挺生南楚,径趋高峻。旂初以文受知于场屋,既以吏事事先生于南部,见先生直躬正气,侃然不回,而好善疾恶,无少假借,盖信道之笃而果于自任者也。故其为文皆根诸性情道理,而光明俊伟,一洗菁藻浮华之习,此其志盖直欲上窥邃古,而不屑以后世之文自命矣。"

清季陈田《明诗纪事》戊签卷十四录张治诗一首,按语谓其"五七言律体,特饶清音。"

194　勾吴集六卷

华云(1488—1560)撰。云字从龙,号补庵。南直常州府无锡(今属江苏无锡)人。少学于邵宝,又入王守仁之门。嘉靖二十年(1541)进士,授户部山东司主事,榷税九江,以廉能称,改南兵部车驾司。进刑部江西司郎中,不拜,乞休归。回乡筑真休园,藏书法名画于其中,日优游其中,或携同好遍游林泉,有古贤达之风。性豪爽,工文辞,曾与顾可久、华察、张选等结碧山吟社。嘉靖三十九年卒,年七十三。生平见王慎中《南京刑部郎中补庵华君云圹志》(《国朝献征录》卷四十九)、马森《补庵华先生墓表》(华允成《华氏传芳集》卷五)、毛宪《毗陵人品志》卷九、《(万历)常州府志》卷十三。

王世贞谓华云著述甚富,有《北游集》《近游集》《绿云窝集》《剑光阁集》《真休集》等。今存《勾吴草》六卷,明万历十七年(1589)无锡华氏家刊本,台北故宫文献馆藏。一册。板框19.3厘米×13.5厘米。左右双栏,板心白口,单鱼尾。半页九行十八字。钤有"国立北/平图书/馆收藏"朱文方。卷首有《华补庵先生诗集序》,署"万历己丑春日嘉议大夫南京兵部右侍郎年家子吴郡王世贞撰"。序后有总目录。目录后有华之充文一则。正文题名后注"勾吴补庵华云著,冢孙之充编次校梓"。收诗约一百二十余首、词四首,不分体。俞宪《盛明百家诗》录其诗三十余首为《华比部集》。

王世贞《华补庵先生诗集序》云:"嘉靖间,无锡有华从龙先生,弱冠而自邑诸生游太学可二纪,而以《尚书》魁顺天荐,又十年而成进士,业五十余矣。为郎未六岁而自免,盖徜徉于湖山之社又一纪余,而以考终。先生故好为古文辞,不以经术废,以故得晚达而古文辞有俊声……先生之诗得之文氏诸君子为多,故不欲列划钩索以崇其格而极其变,然大要和平有蕴藉,语必实际,蔼然盛世之遗响也……所著诗凡数十百卷,多散佚。而其存者曰《勾吴集》,

曰《近游集》，曰《北游集》，曰《江州集》，曰《改南集》，曰《真休集》。其子司谕明伯鸿胪存叔辈能习先生之诗，而不能梓，至其孙太学之充始梓之。"

195　李氏居室记五卷

李濂（1488—1566）撰。濂字川甫，号嵩渚。河南开封府祥符（今属河南开封）人。正德八年（1513）乡试第一，九年成进士。除知湖广沔阳州，迁宁波府同知。官至山西按察司佥事，理屯政，会提学缺，摄其事，嘉靖五年（1526）以大计免归，时年三十八。后四十年均在乡闲居，卒于嘉靖四十五年（1566），年七十九。生平见李堂《同知李侯事略》（《董山集》卷十五）、王兆云《皇明词林人物考》卷六、张廷玉等《明史》卷二百八十六。

该集明嘉靖二十三年（1544）大梁李氏家刊本，台北图书馆藏。二册。板框17.9厘米×13.4厘米。半页九行十八字。四周单边，版心白口，白鱼尾。卷首有《李氏居室记序》，署"嘉靖癸卯夏六月庚辰嵩渚山人李濂川父志"。有总目录。正文题名后注"大梁李濂著"。集后有《书居室记后》，署"嘉靖甲辰三月甲子国子生男莘叟顿首识"。《存目丛书补编》第95册内《李氏居室记》五卷底本即为台北藏本。

朱彝尊《明诗综》卷三十五录李濂诗九首，"诗话"云："《嵩渚集》凡百卷，最称繁复，然不甚剪裁。"《四库全书总目》著录《嵩渚集》一百卷，"提要"谓此集李濂所自订，"皆于'七子'之外，挺然自为一格。大抵笔锋踔厉，泉涌飙驰，而裁剪尚疏，不免才多之患。濂跋石珤《熊峰集》，谓'诗文传世，岂贵于多'，其说良是，而自定己作，乃不能尽剪榛楛。信乎，割爱之难也。"（《总目》卷一百七十六）又著录《李氏居室记》五卷，"提要"谓"是编乃其退老居乡，筑别墅于郊外，有堂有亭，各为撰记，室中器物，悉制箴铭，以寓规警。盖林居放志之作，故随所欲言，不以修词为意云。"（《总目》卷一百三十）陈田《明诗纪事》戊签卷六录李濂诗二十六首，按语谓："余检《嵩渚集》，大约近体胜于古体，七言胜于五言。川父尤留心乡邦故实，所著《汴京遗迹志》二十四卷，博综典洽，几与《长安志》《雍录》抗行。又撰《祥符乡贤传》八卷、《祥符文献志》十七卷，著述繁富，不仅以诗歌擅名已也。"

196　南中集钞三卷

杨慎（1488—1559）撰。慎字用修，号升庵。四川成都府新都（今属四川成都）人，大学士杨廷和子。正德二年（1507）举于乡，六年第一人进士及第,授翰林修撰。丁母忧归,服阕,复入翰林院,为经筵展书官,校《文献通考》。世宗即位,充经筵讲官,与修《武宗实录》。嘉靖三年(1524)大礼议事起,两上疏议大礼,跪哭谏,受廷杖下诏狱,谪戍云南永昌金齿卫。嘉靖三十八年七月初六卒于昆明寓所,年七十二。生平见游居敬《翰林修撰升庵杨公墓志铭》(《明文海》卷四百三十四)、何乔远《名山藏》卷八十六、陈文烛《杨升庵太史慎年谱》(焦竑《国朝献征录》卷二十一)、张廷玉等《明史》卷一百九十二。

该集明嘉靖二十年(1541)刊本,台北故宫文献馆藏。一册。板框 20.7厘米×13.5 厘米。左右双边,板心黑口,双鱼尾。半页九行二十字。钤有"国立北/平图书/馆收藏"朱文方。卷首有《叙南中集钞》,署"嘉靖辛丑夏四月朔遂宁杨名书"。书中偶有前人朱笔圈点。卷一收诗二十九首,卷二收诗四十五首,卷三收诗三十八首。

另有明嘉靖三十二年刊本《南中集钞》五卷附录一卷,冯都成、韩述甫辑。台北故宫文献馆藏。一册、版框 19 厘米×13.5 厘米。四周双边,板心白口,双鱼尾。半页九行二十字。卷首有《刻南中集钞叙》,署"是岁孟冬既望木泾周复俊书";《升庵南中集续钞题辞》,署"嘉靖癸丑孟冬十月朔珥江刘大昌序"。钤有"万卷/楼藏"朱文方、"韩氏/藏书"朱文方、"国立北/平图书/馆收藏"朱文方。书中有前人朱墨笔圈点。正文题名下注"门人江阳冯都成、韩述甫校录"。卷一收诗十六首,卷二收诗二十八首,卷三收诗二十首,卷四收诗二十三首,卷五又分上下卷,收诗四十二首。附录《读景川曹侯开河碑》一篇。

周复俊《刻南中集钞叙》云:"嘉靖癸丑夏五,余三使南陲,访升庵先生于连然海庄,未觌也。久之,缄鲤征鸿,贻音授简,以《南中集钞》梓绣未精,丁宁雕易,先生诗刻在人间若《南中集》二卷《南中续集》二卷《手书升庵诗》二卷《升庵杨先生诗》二卷,皆已映色璋珪,腾辉虹汉。顾鸿辞丽藻,登载实繁。裔楮残章,散遗不少。近从记忆,远逮搜披小市孤林,方珉片碣,凡仁祠洞宫之留题,竹宇松亭之挥洒,凉缣暑箑之所流传,渔舸樵扉之所敛蓄,旷若二时,俄成三箧。而又获连然诸生入门高弟,知余笃好,千里惠将亡异鳞屋飞珍、鸡林荐馥矣……先生之诗,权衡千古,操纵百氏,列锦合綦,含英茹实。驱驰汉魏,肯与颜、谢比肩;掩抑齐梁,何啻徐、阴接垒。斯则奎纬有章,神化所至,非东吴菰芦中人所能知也。"

197 升庵玉堂集一卷

杨慎撰。杨慎生平见《南中集钞》条。

该集旧钞本,台北图书馆藏。一册。板框 26.4 厘米×17 厘米。半页十行十八字。钤有"独步/堂印"白文方、"国立中/央图书/馆考藏"朱文方、"新安/汪氏"朱文方、"启淑/信印"白文方、"管理中英庚/款董事会保/存文献之章"朱文长方。卷首有《升庵玉堂集序》，署"嘉靖癸丑吴周复俊撰书"，集中有朱笔校点。

周复俊序曰："《南中集钞》二卷既锓诸木，安宁诸生丘文举复贶升庵诗若干。昉正德辛未迄嘉靖甲申，乃先生擢龙头步玉堂与出使川途，摘藻勇文，抒志和情而作也……夫地缘情立则往迹可遵，素逐景移则今适可想。迹之往也，履也；适之今也，亦履也。君子惟安其素履耳矣，于先生性分，奚加损焉。是故标以崇名，厘为一卷，庶俾升梯岱华，寰宇毕陈，击汰沧瀛，鳌鲸悉睹云耳。"

198　安宁温泉诗一卷

杨慎撰。杨慎生平见《升庵玉堂集》条。

该集明嘉靖间滇中刊本，台北故宫文献馆藏。一册。板框 16.4 厘米×11.1 厘米。四周单边，板心黑口，单鱼尾。半页七行十五字。钤有"国立北/平图书/馆收藏"朱文方。正文题名下注"成都杨慎著"。首即杨慎自序，序后附诗一首，此诗即该集所谓"《温泉诗》一卷"。

钱谦益《列朝诗集》丙集卷十五录杨慎诗一百八十首，"小传"谓其"沈酣六朝，揽采晚唐，创为渊博靡丽之词……援据博则舛错良多，摹仿惯则瑕疵互见。窜改古人，假托往籍，英雄欺人，亦时有之。要其钩索渊深，藻彩繁会，自足以牢笼当世，鼓吹前哲。肤浅末学，趋风仰止，固未敢抵隙蹈瑕，横加訾謷也"。《四库全书总目》录杨慎《升庵集》八十一卷，"提要"谓："慎以博洽冠一时，其诗含吐六朝，于明代独立门户；文虽不及其诗，然犹存古法，贤于何、李诸家窒塞艰涩、不可句读者。盖多见古书熏蒸沉浸，吐属自无鄙语，譬诸世禄之家，天然无寒俭之气矣。至于论说考证，往往恃其强识，不及检核原书，至多疏舛。又恃气求胜，每说有窒碍，辄造'古书'以实之，遂为陈耀文等所诟病，致纠纷而不可解。"（《总目》卷一百七十二）陈田《明诗纪事》戊签卷一录杨慎诗五十九首，按语谓："升庵诗，早岁醉心六朝，艳情丽曲，可谓绝世才华。晚乃渐入老苍，有少陵、谪仙格调，亦间入东坡、涪翁一派。"

199　研冈集□□卷（存卷一至十二、卷十七至二十四）

杜柟（1489—1538）撰。柟字子才，号研冈。河南开封府临颍县（今属河南漯河)人。正德十一年(1516)领乡荐,十六年成进士,授户部广东司主事,改兵部。嘉靖五年(1526),升通政使司右参议,六年转左。丁忧,服除,十年三月复原职,十月升右通政,十五年转左。十六年晋都察院右金都御史,卒于官,年五十。生平见王廷相《研冈杜公墓志铭》(《内台集》卷六)、高叔嗣《研冈先生集序》(《苏门集》卷五)、王兆云《皇明词林人物考》卷六、过庭训《本朝分省人物考》卷八十七。

该集明嘉靖间刊本,台北图书馆藏。五册。板框 17.6 厘米×13 厘米。四周单边,版心白口。半页十行十八字。卷首有《杜研冈集序》,署"嘉靖乙未蜡月朔日仪封王廷相子衡甫序"。《研冈集序》,署"嘉靖辛卯秋九月初吉相台崔铣仲凫甫序"。《研冈先生集叙》,署"山西左参政祥符高叔嗣谨序,明嘉靖十四年上党栗应宏撰"。《研冈集序》,署"明嘉靖十四年三月晦日上党栗应宏撰"。钤有"国立中/央图书/馆考藏"朱文方。正文题名后注"颍川杜柟撰,醒川杨本仁校"。卷一收四言古诗六十六首,卷二至四收赋十七首,卷五、六收乐府杂调一百〇七首,卷七至十二收五七言古诗三百三十一首。

集乃杜氏嘉靖十四年(1535)乙未前诗文之合集。王廷相序云:"临颍研冈杜子集齐乙未以前诗文若干卷,乃以序问余……研冈之集,气冲笔健,学博思深,吐语符道德,发虑中经纶,其见愈真,其机愈含,其情愈切,其言愈婉,可以厚人伦,可以植风教……真得乎六籍之周行,斯文之会通矣。"

栗应宏序杜柟诗文集云:"其意冲,其旨密,其致和以雅,其辞博以理,其质而纾,文而不靡。其高不及浊,而清不及微,可谓彬彬君子,卓然能名其家矣。"

200　承庵先生集八卷附录一卷

胡松(1490—1572)撰。松字茂卿,号承庵。南直徽州府绩溪(今属安徽黄山)人。正德八年(1513)举南京乡试,次年成进士,授嘉兴府推官,召为陕西道御史,出按山东,寻引疾归。嘉靖六年(1527),起浙江道御史,以论桂萼忤旨,谪为廉州府推官。进福建按察佥事,分部泉州。迁布政司参议,转河南按察副使,兵备大名,进云南右参政,擢贵州按察使,进广东右布政使,转左,以母忧归。服除复故官,寻拜右副都御史,督理河道,再以故官总督漕运兼抚江北,入为户部右侍郎,转左。二十九年拜工部尚书,上疏乞归。隆庆六年(1572)卒于家,年八十三。生平见王世贞《承庵胡公行状》、汪道昆《承庵先生胡公墓志铭》、江珍《尚书胡公传》(俱见《承庵先生集》卷末附)、张廷玉等《明史》卷二百八十九。

该集明万历间歙邑刊本,台北故宫文献馆藏。八册。板框 19 厘米×11.6 厘米。四周双边,版心白口,单鱼尾。半页九行十八行。钤有"沧州后裔"白文方、"雪岩"朱文方、"国立北/平图书/馆收藏"朱文方。版心下部记刻工名黄锋。卷首有《尚书胡公集序》,署"晚学休宁吴子玉谨撰"。正文题名下注"绩溪胡松著"。卷一至四收奏议、表、序、记、行状、墓志铭、杂著等五十篇,卷五收古体诗三十九首,卷六至八收近体诗三百四十首。附录收王世贞撰《承庵胡公行状》、汪道昆撰《承庵先生胡公墓志铭》、江珍撰《尚书胡公传》及友人张佳胤、向程、萧敏道、陈嘉策等撰奠诔、万士和撰《礼部请恤典状》等。

吴子玉谓胡氏:"发之文章歌诗,率自得之言,深厚尔雅,无求合之而自叶其所至。集中计文五十篇,诗三百余篇,而林间之作居十之八,要以家居暇豫,得全其天,顺于志而出之真也。"

201　金子有诗集一卷

金大车(1491—1536)撰。大车字子有,号方山。其先为默伽(今沙特阿拉伯麦加)人,明初归义,赐姓,居南京,遂为上元(今属江苏南京)人。嘉靖四年(1525)举人,后累试不第,以旅病卒,年四十四。大车与弟大舆皆有诗名。入顾璘所倡"青溪社",与顾璘、许谷、谢少南、陈凤从等为诗文友。生平见陈凤《金子有传》(《金子有集》附录)、王兆云《皇明词林人物考》卷八。

该集清抄本(清黄丕烈题识、清张蓉镜题识),台北图书馆藏。一册。全幅26.0 厘米×16.2 厘米。半页九行二十字。钤有"墉"朱文方、"己丑进/士文史/图书"白文方、"宋氏兰挥/藏书善本"白文长方、"菊"朱文圆印、"希/逸"白文方、"国立中央图/书馆收藏"朱文长方、"钱大/昕观"白文方、"士礼/居藏"白文方、"讷夫"白文长方、"在处有/神物/护持"朱文方、"瑛宝/观"朱文方、"味/经"白文方、"吴兴张/氏韫辉/斋曾藏"朱文方、"蓉/镜"朱文方、"双/清"白文方、"蓉镜/珍藏"朱文方、"张珩/私印"白文方、"韫辉斋/图书印"朱文长方、"韫辉/斋"白文方、"清/河"朱文方。卷首《金子有传》,署"明进士文林郎前河南南阳府推官同里友人陈凤著";有序,署"明嘉靖甲子黄姬水序";明侯一麟序。集为其卒后,弟金大舆与友人刻其遗诗而成,收诸体诗八十八首。卷末有《刻金子有集后语》,署"嘉靖壬寅仲冬既望吏部文选司员外郎石城许谷记"。

《金子有传》前有清黄丕烈题识曰:"此明人金氏昆仲子有、子坤诗集也,检家俞邰《补明史·艺文志》云:'金大车《子有集》二卷(上元人,嘉靖乙西举人)、金大舆《子坤集》二卷(大车弟,与大车皆从顾璘学诗)'。今得此二集,卷数全不符,未知何故。余因其宋兰挥藏旧抄本收之,且子有五上春官,不第而卒,余亦同此遇阨,然年四十四而即殁,余遇阨则同,享年已优于子有矣!生平所好在诗,故偕其弟子坤受业于顾公华玉之门。华玉固诗坛老宿也,金氏昆仲远道来师,遂与吾吴诸君子相识,可见师友之益不可废。余近年喜吟咏,无可师,凡友皆师也。若者是,吾师而效之;若者否,吾师而戒之。学问之道,岂不在朋友讲习哉?观二公之题后及传于此道三致意焉,吾揭此以示儿孙,俾知世守云。道光癸未中秋后三日,石湖串月时也。秋清逸士记,时年六十一。子有祖籍江宁,又与余贯合,亦一奇也。莪夫。"清末张蓉镜识曰:"书衣,明人集之罕见者,黄氏莪翁手跋,戊戌夏散逸。芙川珍藏。"

清钱谦益《列朝诗集》丁集录大车诗十九首,"小传"云:"子有弱龄为京师诸名辈赏异……诗法襄阳、随州,每摇笔执卷,顷刻立就。"

202　金子坤诗集六卷

金大舆(生卒年不详)撰。大舆字子坤,号平湖。其先为默伽(今沙特阿拉伯麦加)人,明初归义,赐姓,居南京,遂为上元(今属江苏南京)人。嘉靖间应天府诸生,与兄举人大车俱学于顾璘,以诗齐名。生平见王兆云《皇明词林人物考》卷七。

该集清抄本,台北图书馆藏,附于《金子有诗集》后。子坤集钤有"坦率/平生只/此心"白文方印、"双清"白文长方、"雪苑宋氏兰/挥藏书记"朱文长方、"有竹轩"朱文椭圆印、"虞山/张氏"朱文方、"守学好古"朱文圆印。卷首有《金子坤集序》,署"吴郡黄姬水志淳父撰"。总收诗五百余首。清朱绪曾《金陵诗征》卷二十录大舆诗八首,"小传"谓:"平湖高才,困于诸生,旷达豪迈,不问家产,名日起而贫日甚。黄淳甫(黄姬水)序谓'大都清新婉丽,迥逼钱、刘'。"

203　弘艺录三十一卷附录五卷

邵经邦(1491—1565)撰。经邦字仲德,号弘斋,学者称弘毅先生。浙江杭州府仁和(今属浙江杭州)人。正德十一年(1516)举于乡,十五年成进士,除工部主事,以疏忤旨,夺俸一月。进员外郎。丁内艰,服除,改刑部。嘉靖四年(1525)上疏斥桂萼、张璁,受廷杖,下诏狱,发镇海卫充军。嘉靖四十四年(1565)卒于戍所,年七十五。生平见邵经邦《弘斋先生自传》(《弘艺录》卷三十二)、《(康熙)仁和县志》卷十六、张廷玉等《明史》卷二百〇六。

邵经邦以讲学自任,尝采古今论学语发明其旨,为《弘道录》,又删掇诸史为《弘简录》,所著诗文则别为《弘艺录》。今存《弘艺录》三十一卷附录五卷,明嘉靖间刊本,台北图书馆藏。此本是邵氏惟一存世明刻本。八册。板框 17.2 厘米×12.4 厘米。左右双栏,版心黑口,双黑鱼尾。半页十行十八字。钤有“大雷/经锄堂/藏书”白文方、“国立中央图/书馆收藏”朱文长方、“家在元/沙之上”朱文长方、“倪模/之印”白文方。无序无跋,惟卷首有《艺苑玄机》七十三条,论作诗之法。正文题名后注“明仁和弘斋邵经邦学,闽白石林魁平厓林釴评”。卷一收四言章句、古乐府,卷二至六收古体诗,卷七至十五收近体诗,卷十六收诗余、杂体,总收诗九百余首、词十五首。卷十七至三十一收各体文一百余篇。附录五卷:《承休献稿》四卷,《承休替稿》一卷。

朱彝尊《明诗综》卷四十二录经邦诗一首,“诗话”谓其诗:“少敦琢,第‘七子’盛行之日,不沿其流派,正见鲠骨处。”《四库全书总目》著录《弘艺录》三十二卷,“提要”谓:“经邦上武宗疏及中兴、保治、日食、建言诸疏,皆慷慨激烈,足以见其志节。其他诗文则类皆抒写胸臆,不屑屑以研炼为工。卷首《艺苑玄机》七十三条,专明作诗之法,以严羽‘诗有别才非关学’之说为不然,且谓《清庙》‘缉熙’,莫非至理所寓,未可不谓之诗,人惟狃于习俗,谓与经生不同,故往往黏皮带骨。观其持论,其宗旨概可知也。”(《总目》卷一百七十六)

204 允庵先生诗集六卷

张逵(约 1491—1535)撰。逵字懋登,初号龙泉,更号允庵。浙江绍兴府余姚(今属浙江绍兴)人。正德十一年(1516)领浙江乡荐,十六年成进士,选翰林院庶吉士。嘉靖元年(1522)授刑科给事中,三年以伏阙争“大礼”,廷杖下狱。寻进右给事中,又以劾郭勋忤旨,黜吴江县丞,复坐李福达狱逮问,谪戍辽东边卫。居十载,以母死不得归,哀痛而卒。隆庆初复官,赠光禄少卿。生平见徐象梅《两浙名贤录》卷二十五、萧彦《掖垣人鉴》卷十三、张廷玉等《明史》卷二百〇六、《(乾隆)绍兴府志》卷四十八。

该集嘉靖四十三年(1564)信丰知县张翊元编刊本,台北图书馆藏。二册。板框 19.4 厘米×12.6 厘米。四周单边,版心白口,单白鱼尾。半页九行二十字。卷首有《司谏允庵张公疏略诗集序》,署“赐进士出身尚宝司丞兼翰林院五经博士前管理内阁诰敕校录御文泰和两湖陈昌积拜书”;《允庵先生诗集序》,署“嘉靖甲子春王三月望日后学信丰俞献可顿首拜撰”。正文题名后注"前邢科右给事中翰林院庶吉士张逵著,嗣子信丰县知县张翊元编刊,后学信丰俞献可校正"。各卷总题名"允庵先生诗集",各卷题名后注明本卷诗稿名及撰著时间。内《初稿》卷一,"正德庚辰第春官以前作";《翰苑稿》卷二,"正德辛巳选读中秘书时作";《谏垣稿》卷三,"嘉靖壬午至丁亥任邢科给事中迁右给事中时作";《南迁稿》卷四,"嘉靖丁亥谪丞吴江时作";《居东稿》卷五,"嘉靖丁亥被逮,戊子至乙未谪戍辽之宁远时作";而卷六则为后嗣摘其联句若干种附录而成。集总收诗五百余首。"允庵先生诗集补遗卷之六(终)"下镌"信丰县曾朝用刻"。

卷五末有张逵子张翊元题识:"此先君临终诗也,复有诗《别同戍东洲夏公方山卢公》,遗言以'衰绖入殓,欲自附于王子明'云。时翊元方侍先大父居越,稿不及收,呜呼,痛哉!"

此集本为诗集,然考陈昌积序,仅于集中言"公由翰林庶吉士任今职,奏疏准法晁、陆,其他大篇短章,多取苑骚杜韩,咸足著其志者",未及其诗。以此可见张逵诗作于诗坛之地位。

205 与泉先生集□□卷(存卷上)

徐渐(生卒年不详)撰。渐字德安,号与泉。浙江宁波府鄞县(今属浙江宁波)人。世居郡治月湖之东。正德八年(1513)领浙江乡荐,后八上春官不第,年四十余即赍志以殁。著有《与泉先生集》(今残存一卷)。生平见张渊《与泉先生诗序》(明嘉靖二十九年刊本《与泉先生诗》卷首)

该集明嘉靖二十九年(1550)张渊刊本,台北故宫文献馆藏。一册。板框24.1厘米×16.8厘米。四周单边,版心白口,上单白鱼尾。半页八行二十三字。钤有"国立中央图/书馆收藏"朱文长方。卷首有《与泉先生诗序》,署"嘉靖庚戌岁仲春之吉赐进士第推兴化府事门生张渊谨序"。现残存一卷,题"与泉先生诗卷上"。收诗一百七十余首。今《甲库丛书》第748册内《与泉先生集》底本即为台北藏本。

张渊序曰:"与泉徐公世居鄞月湖之东,资性颖拔,经史淹博,而尤邃于《易》。正德癸酉领乡荐,刚毅慷慨,虽屡空而无动于中,吟咏成帙,人以公辅期之,献艺南宫者凡八,而竟莫遂焉。年方逾强仕,而赍志以殁,实快群望。渊不敏,旧为门墙之辱。丁未春,偶为时录,列官于闽之莆,将就道,震器子谦氏出遗稿二帙以示,渊既喜且悲,盖谓公怀洪治之才,励正直之气,抱经济之志,而不得少试于时,而幸获诸作,实有陶、李之风。观于此者,或可识公之蕴尔。公余汇辑,命工以梓。"

206 兵部集一卷

吴檄(生卒年不详)撰。檄字用宜,号皖山。南直安庆府桐城(今属安徽桐城)人。正德十四年(1519)举人,十六年进士,除襄阳推官。迁户部主事,历兵部郎中,出为湖广参议。历山东、云南副使,迁陕西参政,卒于官。生平见《(乾隆)江南通志》卷一百六十七。

该集嘉靖间刊蓝印本,台北图书馆藏。一册。左右双边,版心细黑口,无鱼尾。半页十行十八字。首有《兵部集序》,署"嘉靖十七年孟冬月望日后学西蜀蒋芝谨序"。正文题名后注"舒州吴檄"。内总收诗一百二十四首。今《甲库丛书》第757册内《兵部集》底本即为台北藏本。

蒋芝谓吴檄诗歌:"其气昌,其言达,汉魏盛唐以下皆达言也,言达者实茂,其诸先生之诗乎?是故可以伟矣。"(《兵部集序》)

207 长谷集十五卷

徐献忠(1493—1569)撰。献忠字伯臣,号长谷。松江府青浦(今属上海)人。嘉靖四年(1525)举于乡,再试不第,谒选知奉化县,寻弃官。与何良俊、董宜阳、张之象同游,四人俱以文章气节名,时称"四贤"。隆庆三年(1569)卒,年七十七,门人私谥"贞宪先生"。生平见王世贞《徐先生墓志铭》(《弇州山人四部稿》卷八十九)、何三畏《徐奉化长谷公传》(《云间志略》卷十四)、钱谦益《徐长谷先生小传》(《金石文》前附)、《(乾隆)娄县志》卷二十二。

该集明嘉靖四十四年(1565)松江知府袁汝是刻本,国家图书馆、台北图书藏。门生董宜阳编次。台北藏本四册。板框18.0厘米×14.0厘米。钤有"四明卢氏/抱经楼/藏书印"白文方、"刘承幹/字贞一/号翰怡"白文方、"吴兴刘氏/嘉业堂/藏书印"朱文方、"国立中/央图书/馆考藏"朱文方。卷首有《长谷集序》,署"赐进士知松江府事前工科给事中石首袁汝是著"。正文题名后注"华亭徐献忠伯臣"。今《四库存目》集部第86册内《长谷集》十五卷据明嘉靖刻本影印。

献忠爱吴兴山水之胜,于此构舍为终老之所。王世贞墓志载其致仕后生活云:"(舍内)五柳双桐,偃蹇枝门,疏棂净几,奇书古文,间以金石三代之器。葛巾羽氅,徜徉其间。客至则留小饮,听去。春容寂寥,随取而足。时命单舫渔童樵青于苕雪菰芦间,不复可踪迹也。故司空刘公、蒋公、司寇顾公诸大老为耆英之会于岘首,迫欲得君以重斯社,君不峻拒,一再往,后了不复恋。"

朱彝尊谓徐献忠:"诗亦冲澹无累句,特少警拔耳。"(《诗话》卷十四)《总目》引彝尊之语,以为"足为定评"。

208　剌明漫稿一卷

郑威(? —1542)撰,威字伯震,一字沙村。福建福州府闽县(今属福建福州)人。嘉靖五年(1526)进士,任南京大理评事,嘉靖十三年出为宁波知府。所著有《剌庭漫稿》《剌明漫稿》。生平见《(乾隆)福州府志》卷三十九。

该集明嘉靖四十五年(1566)闽县郑应星浔州刊本,台北故宫文献馆藏。一册。板框 16.6 厘米×12.1 厘米。左右双边,板心白口,单鱼尾。半页十行十八字。钤有"国立北/平图书/馆收藏"朱文方。卷首有《郑氏家藏二集稿序》署"嘉靖丙寅春楚人向淇识";《剌明漫稿前序》,署"嘉靖十五年长至日前进士州民丰坊存叔序"。正文题名后注"闽沙村郑威著,不肖男应星重刻,应学整录"。内收诗九十余首及序、记、墓志铭、墓表、祭文等十七篇。卷末有《剌明漫稿后序》,署"嘉靖丙申岁孟冬月既望属吏富顺唐曜拜手谨书";《棘庭剌明后跋》,署"嘉靖四十五年岁次丙寅初夏浔州府儒学训导不肖男应星泣识"。

郑应星跋语云:"先子初在大理,继守宁波,为任不同,而同以文事饰吏治,所著各有漫稿,古诗律绝、序铭诸杂著略备。戊戌春,悬车在林下者甫五载,是谓壬寅,不幸六月十有一日弃世。应星时备廪员,未有以慰先志,顾于棘庭、剌明二稿敢不珍重以藏乎? 不料丁巳春,倭患猖獗,大侵吾闽,闽之人士屋宇实多残灭。星也慈白在堂,窃负而逃,是稿未及收之,罪也,罪也。幸今在浔课诸生,暇得取而刻之,盖仿先子刻先大父稿之意。然先子刻先大父之稿,取之于遗忘散失之中,其为力也难。至于星刻先稿,不过守成法、遵旧编,无难能焉,仅足以赎其不能守之罪也。所可恨者,先子尚有续稿,先时未及刻之,突被倭火,而稿竟无踪焉,是则倭之为害,而星之不善继述,有负于先志多矣。诚天地间一不肖子也,诚天地间一不肖子也!"

209　瓯东文录五卷

项乔(1493—1553)撰。乔字迁之,号瓯东,晚号九曲山人。浙江温州府永嘉(今属浙江温州)人。正德十四年(1519)举浙江乡荐,嘉靖八年(1529)

成进士,授南工部主事,转兵部,进员外郎、郎中。十四年出为江西抚州府知府,十五年调庐州府。十七年丁内忧,服除,补知河间府。升湖广按察副使,二十四年谪福宁州同知。二十五年迁松江知府,二十六年迁福建金事,升广东左参议,二十八年迁河南副使,坐事入狱,事白,擢广东左参政。三十二年卒于任,年六十一。生平见罗洪先《项公乔墓表》(《国朝献征录》卷九十九)、过庭训《本朝分省人物考》卷五十六、王兆云《皇明词林人物考》卷七、万斯同《明史》卷三百〇一。

该集明嘉靖三十一年(1552)刊后代修补本,台北图书馆藏。五册。板框20.3厘米×13.7厘米。双栏。版心白口,单黑鱼尾。半页十行二十字。钤有"孝存老人/积书教子/子孙宝之/事事条理"朱文方、"吴兴刘氏/嘉业堂藏"朱文长方、"时敏斋/郑氏积/书之章"白文方、"好古/敏求"朱文方、"吴兴刘氏嘉/业堂藏书记"朱文长方、"国立中/央图书/馆考藏"朱文方。卷首有《瓯东文录序》,署"嘉靖辛亥孟秋望后五日赐进士出身中议大夫都察院右金都御史前奉敕巡抚贵州等处地方治生三洲李义壮稚大甫书";项乔《文录小序》,署"嘉靖三十一年壬子正月三日书于南雄公署"。卷一至四收疏、记、序、书、杂著、祭文、传类、志铭、状、说、判、颂、词等各体文,其中收诗二十四首。

项乔序论文曰云:"言之不文,行之不远。文学者,不能无也。文于今世,盛也,极矣。然或减换字样,棘口聱牙,使人不能句读;或谈天雕龙、弄花题鸟,于义理无所当;或千篇一律,惟依样而画葫芦;或一篇一套,惟专事轮辕之饰。予不知其所以为文者,果何说也。文之古训曰诗言志,曰辞达而已矣,曰文章不关世教,虽工无益也。故古文莫如五经,虽其体裁不同,要皆同于关系世教,能达修辞之意而已矣。如风文如水之波澜,然惟能诚吾之意念,念与世教相关,遇得意时举笔疾书,惟意所到,意尽则止。其纵横开合,翻腾点化之妙,未尝有待于雕琢也。譬之风行水上而无伐天和,其波澜横斜曲直,翻来覆去,亦应有自然之片段凑理,又岂工于雕琢者之所能成哉! 此天下之至文也。"

李义壮序谓项氏学问以存诚为本:"早年泛滥于百家,已尽弃去,潜心于德性而刊落其枝叶,醇如也……可以见天人之际矣,可以见性命之微矣,可以见义利之辩矣,可以见体用之原矣,可以见天下国家之略矣,可以见天地鬼神之奥矣。今海内斯学之宗盟,若吉州邹东郭、罗念庵、毗陵之唐荆川,及吾广之黄泰泉、王青罗数君子尤号杰然者。先生所至,往往切问而近思,即闻一善言,见一善行,罔不虚受而实践,若不知其为在人在我者,故涵育并包,渊澄静定,取之吾心之不可穷而发之。文章者不可御,概乎其于辞,浩乎其于气,而沛乎其于道也。"

210　省庵漫稿四卷

陈近(1493—1557)撰。近字良会。南直苏州府常熟(今属江苏苏州)人。正德十一年(1516)领乡荐,十二年成进士,除福清知县,以治绩优征为监察御史。以疏救同官朱淛、马明伦受廷杖,下诏狱,谪合浦主簿,后累官至河南按察副使。帝幸承天,坐供具不办落职,后频荐不起。生平见张廷玉等《明史》卷二百〇七、《(乾隆)江南通志》卷一百四十、《(同治)苏州府志》卷九十九。

该集明万历间海虞陈氏家刊本,台北图书馆藏。八册。板框20.9厘米×13.8厘米。左右双栏,版心白口,单鱼尾。半页十行二十二字。钤有"刘承幹/字贞一/号翰怡"白文方、"吴兴刘氏/嘉业堂/藏书印"朱文方、"国立中/央图书/馆考藏"朱文方、"王梦/鼎印"朱文大方。卷首有《省庵先生集序》,署"皇明赐进士第中顺大夫南京鸿胪寺卿年家晚生王樵撰"。正文题名"省庵漫稿卷之几",左署"海虞陈近著,孙国华编辑,曾孙星枢较梓。"卷二由曾孙宿枢较梓。卷三四无署名。内卷一收古近体诗一百九十余首,卷二至四收奏疏、书启、序文、志铭、祭文、杂著及词四首。

王樵《省庵先生集序》:"秋官大夫陈君间过予,出其先集,示予曰:'此先大父省庵公之文也。先大父弱冠举进士,为侍御史。嘉靖初以论大礼谪官合浦,稍迁至廉察,寻以讦误还山,日夕惟闭户读书,仕宦几三十年,清贫如寒士。平生工于文,尤独喜欧阳公之文。此数卷者,乃其仅存者耳,愿乞一言以垂不朽。'予受而读之。其论事不繁,主于意达,而忠恳切至,足以动人。其诗清远,得风人之体。信哉!其有得于欧阳公也……公蚤年合浦之行与夷陵事同,及位藩省去执政不远,而遽谢去,优游于云林泉石之间者二十年。其归闲之乐,视欧阳公则有余矣。大夫君清修练达,文学蕴藉,不啻似之。"

211　徙倚轩诗集一卷

金銮(1494—1587)撰。銮字在衡,号白屿。陇西(今属甘肃)人。在陇西时从天水胡缵宗中丞习制举业。明正德、嘉靖间随父侨寓南京,以年长,家中落,遂弃举业,专习歌诗。淡泊名利,好交游,所交者皆四方豪士。与金陵盛世秦、吴怀梅等人为挚友。工诗散曲,名重一时。卒年九十四。著述传世者有《徙倚轩诗集》一卷。生平见《(康熙)上元县志》卷十一。

万斯同《明史·艺文志》著录《徙倚轩诗集》二卷,今存一卷,明任近臣

刊本,台北故宫文献馆、天一阁博物院藏。台北故宫藏本一册。板框 17.8
厘米×12.5 厘米。左右双边,版心白口,无鱼尾。半页九行二十字。钤有
"国立中/央图书/馆考藏"朱文方。正文题名"徙倚轩诗集",左下署"门甥
任近臣校梓"。内收五律诗六十二首。今《甲库丛书》第 758 册内《徙倚轩
诗集》一卷底本即为台北故宫藏本。

何良俊《四友斋丛说》指出:"南都自徐髯仙后,惟金在衡銮最为知音,
善填词,其嘲调小曲极妙,每诵一篇,令人绝倒。"(《四友斋丛说》卷三十七)
钱谦益《列朝诗集》丁集卷七录金銮诗三十八首,"小传"谓金銮:"诗不操秦
声,风流宛转,得江左清华之致。"朱彝尊《明诗综》卷四十三录金銮诗十二
首,"诗话"云:"白门诗家有金琮元玉、金丹赤侯、金大车子有、金大舆子坤、
金钶竹溪,均著诗集。诸金之中,吾必以在衡为巨擘焉。其五七言近体风情
朗润,譬诸斛角灵犀近之,游尘尽辟矣。至若'明月照人千里共,凉风吹面五
更多'尤为警策。"陈田《明诗纪事》戊签卷二十二录金銮诗十七首,按语谓:
"山人诗清圆浏亮,无当时叫器之习。词曲亦是当家。有《萧爽斋词集》,惜
少传本。"

212　雅宜山人集十卷

王宠(1494—1533)撰。宠字履吉,号雅宜山人。南直苏州府吴县(今
属江苏苏州)人。诸生,八试不举,以年资贡礼部,入太学。时与祝允明、文
徵明并称"吴中三家",又以诗闻,兼善词曲。嘉靖十二年(1533)四月三十
卒,年四十。生平见文徵明《王履吉宠墓志铭》(《四库全书》本《甫田集》卷
三十一)、文震孟《姑苏名贤小纪》下、何乔远《名山藏》卷九十六、过庭训《本
朝分省人物考》卷二十三、张廷玉等《明史》卷二百八十七《文徵明传》附。

该集明嘉靖十六年(1537)王氏原刻隆庆六年补修本,王守辑,台北故宫
文献馆藏。四册。板框 17.0 厘米×12.8 厘米。左右双边,版心白口,单鱼
尾。半页十行十八字。钤有"巴陵方氏/传经堂/藏书印"朱文方、"国立北/
平图书/馆收藏"朱文方、"无竟/先生/读志/堂物"朱文长方、"吴氏筠/清
馆所/藏书画"朱文方、"方功惠/藏书印"朱文方、"巴陵方/氏珍藏"白文长
方、"巴陵方/氏所得古/刻善本"朱文方。集由上海董宜阳及王崇门人朱浚
明刊于世。卷首有《王履吉文集序》,署"嘉靖戊戌至日通议大夫都察院右
副都御使前翰林院检讨国史官天水胡缵宗撰";《雅宜山人集序》,署"前进
士承德郎兵部武选司主事翰林院庶吉士袁袠撰";《雅宜山人集序》,署"嘉
靖丙申七月一日中宪大夫太常寺少卿前史科都给事中王守撰";《中丞王履

约先生集序》，署"隆庆六年岁在壬申夏四月茂苑徐显卿撰"；序，署"丁酉七月望日门生朱浚顿首谨书"；《王履吉集序》，署"嘉靖戊戌孟秋望日姑苏顾璘"。卷末附文徵明所作墓志铭。正文题名后注"明吴郡王宠撰"。内诗八卷，收所作诸体诗，按体分卷，于题名或诗体下注以"嘉靖稿"或"正德稿"字样，以示编年之意；文二卷，收所作赋及诸体文。

王守序曰："余弟履吉氏弱冠攻古文辞，才情俊逸，川至云起，垂二十年，著述盖千余篇。余幼共席砚、交师友，蓬蒿环堵，弹琴咏歌，响响朝夕相乐也。中岁慕禄仕，散游四方。遽意遂弃余而逝耶，余悲夫才哲者之夭伤，顾余蹇劣以独存，每读其文，未尝不呼天而泣也，乃选其诗八卷文二卷，因年编次，庶可考其进云。"

文徵明于《墓志铭》中谓王宠："为文非迁、固不学，诗必盛唐，见诸论撰咸有法程。"顾璘谓王宠诗："古体五言沉郁有色，可愤可乐，盖类曹植、鲍照；七言跌宕浏丽，号幽吹而霭春云，盖类杜甫、岑参；近体亦步骤杜、参而自抒神情，殆与盛唐诸家相雄长，可谓诗人也。"文徵明、顾璘虽盛称其诗，然朱彝尊引王世贞语云："王履吉如乡少年，久游都会，风流详雅，而不尽脱本来面目。又似扬州大宴，虽鲑珍水陆而时有宿味"；朱氏又自评王宠曰："履吉亦中材尔。诸公惜其早亡，誉之未免过实。"(《明诗综》卷四十三)《四库全书总目》著录《雅宜山人集》十卷，"提要"谓其："大抵才力富赡，而抑郁之气激为尤厉，亦往往失之过觕，文则非所留意。"(《总目》卷一百七十六)

213　林榕江先生集三十卷

林炫(1494—1545)撰。炫字贞孚，号榕江。福建福州府闽县(今属福建福州)人，林庭㭊之子。正德八年(1513)举福建乡试，明年成进士，授礼部主事，改南兵部，历礼部郎中。嘉靖初以"议大礼"忤执政，被斥家居，悠游林泉，以觞咏自适。后起官通政司参议，未上，嘉靖二十四年(1545)卒，年五十二。生平见《(万历)福州府志》卷二十九、万斯同《明史》卷二百五十、《(乾隆)福建通志》卷四十三。

该集明嘉靖二十七年(1548)闽县林氏家刊本，国家图书馆、台北故宫文献馆藏。台北藏本十册，包背装。板框19.2厘米×12.6厘米。四周双边，板心白口，双鱼尾。半页九行十七字。钤有"国立北/平图书/馆收藏"朱文方。版心下记刻工姓名，如余三、黄五、五、陈三、石、即、余五、希周、陈林、直轩、石泉、陈五、子美、王良、良、正泉、余九、余四、江田、田、张甫、扬六、江一、江得成、一清、清、五等。卷首有《先大夫榕江先生集序》，署"嘉靖戊申秋朔不肖男世璧百拜敬书"（版面破损，部分字迹缺佚）。正文题名后注"不肖男世璧编梓"。

于集之内容，其子世璧序曰："计凡得赋二首，七释一首，风雅体八首，乐府杂调八十一首，五言古体三十三首，七言古体二十六首，五言律体一百五首，排律四首，七言律体八十八首，排律二首，五言绝句三十七首，七言绝句三十八首。总凡四百二十有五首，皆诗类，厘为一十卷。又奏疏五首，事宜状一首，家传一首，序六十七首，碑文一十首，记一十四首，传七首，志铭一十九首，行状五首，书启九首，祭文一十九首，杂文四十五首，总凡二百有二首，皆文类，厘为二十卷。"此外，林炫尚有别著"如《皇明名臣言行集录》《困知记笺》《卮言余录》凡若干卷，谨藏于家塾，未能尽梓为憾，然尚有俟于他日也。若夫先君子之状、传、志铭所辱名公称表者，凡得三篇，附于小子璧所述编年、行实，敬用纪于终录，庶高明君子览阅之余，可以概夫先公生平云。"（《先大夫榕江先生集序》）

又世璧跋语云："戊申春月，读礼之暇，辄不自揣，遂忘其固陋，手缀先稿，一一仿次以编，凡八阅月而其集始成，乃敬付之梓人以传焉……先君子少颖异，有奇志，既弱冠登第，乃愈益嗜读书，虽夙负卿佐之期，而先公方且驰情篇翰，游心作述矣。嘉靖乙酉春，遂以留都仪部大夫引疾南还，乃始得揽结烟霞，深栖晦迹，而大肆力于文章之间，于是历览群氏，流观百家，诵读之余，摘为词章，著为编什，冈不浩浩汗汗，铿铿锵锵，灼灼灿灿，于是乎扬眉骚雅，称为文宗，然先君子方自视若欿如也。岁乙巳之秋，束装赴阙，天下咸谓先君子必且大展其经纶康济之学，扬为勋猷，发为事功，殆不止为林壑文章之杰而已。奈何乎银台之命甫下，而先公不可复作矣。虽然，勋业者德之庸敷而为可象者也。文章者，德之华昭而为可传者也。是故勋业盛当时，而文章光百世，然则若我先君子者，其将不为百世之豪邪。璧也谫劣委琐，不能尽述休美，以酬冈极之思，乃敬附其所闻与其所感者如此，亦聊以寓乎展侧终天之慕羹墙无已之情尔，岂曰能不坠其先业，而光昭其先人令德云乎哉！"

214　玄素子集五十六卷

廖道南（1494—1547）撰。道南字鸣吾，号玄素子，湖广武昌府蒲圻（今属湖北咸宁）人。正德八年（1513）举于乡，十六年成进士，选翰林院庶吉士，授翰林编修。嘉靖四年（1525）纂修《明伦大典》成，迁右春坊太子中允。六年，充日讲官。十二年谪徽州府通判，次年复原职。二十六年（1547）卒于家,年五十四。生平见胡直《廖中允道南传》(焦竑《国朝献征录》卷十九)、王兆云《皇明词林人物考》卷十二、过庭训《本朝分省人物考》卷七十六、《(康熙)武昌府志》卷八、《(同治)蒲圻县志》卷七。

廖道南与张治、童承叙同年,同称"楚中三才"。廖氏生前有大名,生平著述甚富,著有《楚纪》六十卷、《殿阁词林记》二十四卷,诗文集则有《玄素子集》五十六卷。今存《玄素子集》五十六卷,明嘉靖十五年(1536)至二十二年(1541)刊本,台北图书馆藏。四十册。板框 20 厘米×14.6 厘米。左右双边,版心白口,单白鱼尾。半页十行二十字。版心下端镌刻工姓名,如和仲、仲、元、受、守中、仁、宅、何元秀、宣、淳、冈、罩、日、琏等。钤有"南蛮/蔡氏"朱文方、"西印/生伯"白文方、"吴兴刘氏/嘉业堂/藏书印"朱文方、"刘承幹/字贞一/号翰怡"白文方、"苍岩山人/书屋记"朱文长方、"国立中/央图书/馆考藏"朱文方、"壬辰以后/任舫钤记"朱文长方、"伯水蔡氏/任舫所藏"朱文长方、"南楼/积/古之章"朱文长方、"餐霞/居士"朱双龙方、"生蕙/草堂"朱文方、"任昉/流/览/所及"朱文扁方、"怡情/林皋/之隈"朱文方、"君/周"白文方等。卷首有《玄素子诗集序》,署"嘉靖丙申春正月望日五岳山人吴郡黄省曾撰"。

内《玄素子集》二十一卷(庚辰至癸卯)、《戴星集》二卷、《艺苑集》六卷、《词垣集》五卷、《讲幄集》三卷、《卿云文集》一卷、《疏牖集》十卷、《文华大训箴解》六卷、《拱极集》二卷。庚辰至癸卯二十一集共收古近体诗近二千六百首;《词垣集》收赋、颂、乐章百五十篇;艺苑、讲幄、疏牖共收文近二百五十篇。成诚如黄省曾在序中所谓"诗以岁统类,以体分目"。

清钱谦益《列朝诗集》未录廖氏诗,而于童承叙小传中言及道南"才名甚著,其诗尤芜浅不及录"(《列朝诗集》丁集卷二)。朱彝尊《明诗综》卷四十二录廖氏诗一首,《诗话》评道南诗:"望之若精选体,然其质钝,辖句束字,易于滞涩。"(《诗话》卷十一)陈田《明诗纪事》戊签卷十四录廖氏诗一首,按语其:"诗句襞字褒,不称其名"。

215 鹤田草堂集二卷

蔡云程(1494—1567)撰。云程字亨之,号鹤田。浙江台州府临海(今属浙江台州)人。正德十四年(1519)举于乡,嘉靖八年(1529)成进士,授兵科主事。历广西右参政、云南按察使,迁广东右布政使,转左。三十三年任兵部右侍郎,次年转左,三十六年都察院右都御史,掌院事。三十八年迁南刑部尚书,四十年转北,四十一年致仕归。卒于隆庆元年(1567),年七十四,赠太子太保。生平见《(康熙)临海县志》卷八。

该集明嘉靖三十四年(1555)南京刊本,台北图书馆藏。二册。板框18.8厘米×13.3厘米。四周双边,版心白口,双白鱼尾。半页九行十八字。版心上方记书名"鹤田集"。钤有"吴兴刘氏/嘉业堂/藏书印"朱文方、"刘承幹/字贞一/号翰怡"白文方、"国立中/央图书/馆考藏"朱文方。卷首有《鹤田草堂集叙》,署"嘉靖乙卯夏六月吉赐进士出身南京户部郎中门人增城胡庭兰顿首谨叙";《序鹤田草堂诗集》,署"嘉靖岁丁巳秋九月朔赐进士出身中顺大夫江西按察司奉敕提督学校副使前刑部郎中眷晚生王宗沐顿首书";《读鹤田草堂集》,署"壬寅孟夏八月禺同山人张含谨志"。全集总收诗三百五十二首。

王宗沐论云程之学养气性曰:"先生早岁吐口为律,再官留都,视学滇南,晚益清雅遒畅,翛然物外,不沦粉泽,所著成帙,读者知其汩汩乎治世之音也。然先生学在希圣,气局和霁端整。炙之若和风甘雨,浸入机理,不见涯际,盖庶几所谓无雪无傲,与喜怒不形者。"张含序谓:"其诗之辞之气之兴之调之格之致,咸存古则焉。则存则神注矣,神注则风炽矣,风炽斯可以言诗矣,故其诗严而密也,则得乎唐之初之工焉;闳而邃也,则得乎唐之盛之精焉;婉而壮也,则得乎唐之中之畅焉;清而俊也,则得乎唐之晚之蔚焉;绚华而缀采也,则得朝之六之丽焉"。

《四库全书总目》著录《鹤田草堂集》十卷,"提要"谓"是集诗三卷文七卷。云程当王李盛行之时,独无摹拟剽窃之习,可谓不转移于风气,然根柢颇薄,亦不能自树一帜。"(《总目》卷一百七十七)《总目》所云十卷本《鹤田草堂集》,卷首有胡庭兰序、王宗沐序、张含序及蔡宸思崇祯十六年(1643)《小引》,此为蔡云程孙蔡宸思崇祯十六年刊本。临海县博物馆存明刊本《鹤田草堂集》十卷(存卷四至十)。

216　内方先生集十卷

童承叙(1495—1543)撰。承叙字士畴,号内方。湖广承天府沔阳州(今属湖北仙桃)人。正德十五年(1520)举湖广乡试第二,明年成进士,选翰林院庶吉士,授编修。连丁外艰,嘉靖十一年(1532)起复,任经筵展书官,十三年充经筵讲官。与修《宝训》《实录》《会典》诸书,十四年充会试同考官,寻迁右春坊右中允,十五年升司经局洗马仍理司业事。十八年进左春坊右庶子,二十一年以先墓历年弗扫,乞假归,寻病卒。生平见张治《童公墓志铭》(万历二十五年苏潢刊本《内方文集》卷首)、陈文烛《内方童先生传》(《二酉园文集》卷十一）、王兆云《皇明词林人物考》卷六、《(光绪)沔阳府志》卷九。

该集明万历十七年(1589)沔阳童氏家刊本,台北图书馆藏。三册。板框19.5厘米×13.7厘米。四周单边,版心白口,单白鱼尾。半页十行二十字。钤有"金星轺/藏书记"朱文长方、"吴兴刘氏嘉/业堂藏书记"朱文长方、"抱经楼"白文长方、"此中有/真意"朱文长方、"情之/所钟"白文长方、"文瑞楼/主人"朱文长方、"双松/书屋"白文长方、"刘承幹/字贞一/号翰怡"白文方、"吴兴刘氏/嘉业堂/藏书印"朱文方、"国立中/央图书/馆考藏"朱文方等。部分版心中缝下记刻工名,如廖尚聪(或作尚聪、聪)。卷首有《翰林童内方先生文集序》,署"万历己丑仲夏吉旦赐进士出身资政大夫南京兵部尚书参赞机务前南京礼工二部尚书侍经筵与修会典门生翁大立顿首撰"。集由童承契、童承㚜、门人郭朴、门人张舜臣、门人汤宾校。卷一收谕祭文、经筵讲章、宪庙乐章、四言古诗,卷二收五言绝句、五言律诗,卷三收五言律诗、七言绝句,卷四收七言律诗,卷五收七言古诗,卷六收拟乐府,卷七收乐府、歌、吟、悼文。前七卷总收诗六百余首。卷八收赋、奏疏,卷九收箴、颂、序,卷十收书、杂著。《四库未收书辑刊》第5辑第26册内《方先生集》据民国十二年沔阳卢氏刊本影印。

翁大立称童氏诗文"赋类贾谊,文类司马迁,诗类杜甫。文之稍从时调者,间出于柳苏之间,故其富者视云梦,清者视潇湘,奇者视太岳,三楚之间称独步。令子光禄君守履汇其遗集若干篇,诸体咸备"。朱彝尊《静志居诗话》谓其"与张文邦、廖鸣吾号'楚中三才'。永陵以从龙侍臣遇之,诗篇比廖差优,论者拟之'夏云秋水,不可方物',失其伦矣"(《诗话》卷十一)。

217　两溪先生存集十四卷附录一卷

骆文盛(1496—1554)撰。文盛字质甫,号两溪。浙江湖州府武康(今属浙江湖州)人。正德十四年(1519)举于乡,嘉靖十四年(1535)成进士,选翰林院庶吉士,授编修。两典文衡。以严嵩当路,愤而于二十一年称病还乡,遂不起。结茅山中,以泛览泉林为乐。三十三年卒于家,年五十九。生平见孙陞《骆公文盛墓志铭》(《国朝献征录》卷二十一、万历刊《骆两溪集》附录)、过庭训《本朝分省人物考》卷四十六、王兆云《皇明词林人物考》卷八、董斯张《吴兴艺文补》卷三十四。

该集明隆庆三年(1569)武康知县金九皋刊本,台北故宫文献馆藏。八册。板框19.8厘米×12.6厘米。左右双边,板心白口,单鱼尾。半页九行十八字。卷首有《两溪先生诗集序》,署"赐进士第嘉议大夫两京兵工二部侍郎德清蔡汝楠撰";《两溪先生存集序》,署"晋陵金九皋撰"。卷末有《跋两溪先生集》,署"隆庆己巳孟冬之吉后学周维新顿首书"。钤有"皖江/丁氏/藏书"朱文方、"国立北/平图书/馆收藏"朱文方。书中有前人墨笔圈点。目录后有白石蔡汝楠撰《两溪先生诗评》。《校刻纪》,署"隆庆三年冬十月吉旦刻成于证道禅堂"。《校刻纪》末题"武林夏良刻"。附录有隆庆庚午十二月既望锡山俞宪《盛明百家诗选骆翰编集序》。内卷一收赋一篇、拟乐府诗二十余首,卷二至三收古体诗三十八首,卷四至七收近体诗近三百首、词六首,卷八至十四为各体文。

考蔡汝楠序:"公子鸣銮叹公之篇章既不苦构,而又流散者多,没后数年竟类次之,可占能嗣公文。汝楠携公集曩宦江西守饶州,王君健旧令武康,最为知公,得集刻而传之。"此集当是嘉靖三十九年刊本《两溪先生遗集》七卷诗余一卷。另,晋陵金九皋在隆庆本序中言:"戊辰(隆庆二年,1568)冬,承乏兹土,不喜得邑,喜得公……已而造公之庐,登太史之堂,环堵萧然,故寒士居也。清气袭人,则又欣欣若有得者,乃先生之子节之。求先生遗稿焉,出诗文杂著共凡若干卷……已先令漳南王君得先生诗梓之,司马白石蔡公序诸首。至是节之以余于先生有知也,授全帙俾余序。"此外,隆庆己巳(三年,1569)周维新于序中曰:"先是,少司马白石蔡公刻两溪诗集于豫章,板留公署,兹令嗣少溪君志绳先业,间尝出遗稿数首示余……于是哀萃而锓之。"此为隆庆三年刊本《两溪先生存集》十四卷附录一卷。骆氏诗文集另有明万历四十一年武康四先生集本《骆两溪集》十四卷附录一卷。

蔡汝楠序称:"公所为诗冲澹尔雅,辞句整秀,惟其直写情素,故得如其为人。第取誉廉,故诗不强吟,吟亦不多也。不施而昌,诗贞曜特懋,非公复谁继之?"《四库全书总目》著录《骆两溪集》十四卷附录一卷,"提要"谓:"蔡汝楠刻其诗集七卷,并为之评点。卷首汝楠序,即为诗集而作。此集益以杂文、笔记七卷,盖杨鹤所续增也。其诗文皆于浅弱之中时有清远之致,盖文盛官翰林时,以不附严嵩,遂移疾不出,后贫病垂死,有以千金求居间者,尚力挥之,至殁无以葬。事具吴尚文序及卷末尚文书事中,是其胸次本高,故吐言不俗。特编次者欲取卷帙之富,未能尽蔚其榛楛耳。"(《总目》卷一百七十七)

218 泾林诗文集八卷

周复俊(1496—1574)撰。复俊字子吁,号木泾子,南直苏州府昆山(今江苏昆山)人。与王同祖、顾梦圭齐名,时称"昆山三俊"。嘉靖四年(1525)

中南直省试,十一年成进士,授工部主事,进员外郎、郎中,擢四川提学副使。以太夫人年高,遂谢病归。丁内艰,服除,以故官改补云南,备兵鹿沧,以平乱功迁本省左参政。历四川按察使、右布政使,转云南左布政使,迁南太仆寺卿,乞休,诏许致仕。万历二年(1574)卒,年七十九。生平见于慎行《木泾周公墓志铭》(《谷城山馆文集》卷二十)、《(万历)重修昆山县志》卷六、《(乾隆)江南通志》卷一百五十三。

该集明嘉靖间张文柱校刊本,台北图书馆藏。八册。板框 20.4 厘米×14.8 厘米。四周单边,版心白口,单黑鱼尾。半页九行十八字。部分版心下记刻工名,如万民太、孙士金、刘克明、孙士仙、刘永祚、万得禄、苗居、刘秉艾、车鸾志等。钤有“吴兴刘氏/嘉业堂/藏书印”朱文方、“刘承翰/字贞一/号翰怡”白文方、“国立中/央图书/馆考藏”朱文方。无序无跋。卷二题名后注“东吴阎卿木泾周复俊著,西蜀太史升庵杨慎评选,同邑文元滇池张文柱校”。卷一收赋三首、辞五首、古诗八十五首。卷二收赋,卷三收近体诗一百七十五首,卷四至八收叙、记、传、议、说、论、题辞、跋、引、辨、赞、墓志铭、行状、祭文等一百四十五首。卷五版心下注“娄东周氏冰壶堂钞”。卷八末附《赠奉直大夫工部员外郎先考府君行略》。

钱谦益《列朝诗集》丁集卷三录复俊诗三首,“小传”谓其“居官贞介,三十年一节。里居杜门扫轨,凝尘晏然。至滇中,交杨用修,雅相衿许。为监司,久于滇蜀,故游履歌吟,于西南为多”。朱彝尊《明诗综》卷四十六录周氏诗二首,“诗话”谓其诗“诸体多肤浅,不足观”(《诗话》卷十二)。

219　潼谷集十卷

王三省(约 1497—?)撰。三省字诚甫,号潼谷。陕西西安府朝邑(今属陕西渭南)人。正德十四年(1519)举人,嘉靖二年(1523)进士,授大名知县,调长垣,以治绩能,征为吏部主事,历员外郎、郎中,转户部。十年出为彰德知府,嘉靖十四年转保定。以疾归,誓不复出。生平见《(万历)续朝邑县志》卷六、《(乾隆)朝邑县志》卷四。

该集万历八年(1580)至十三年太原刊本,台北图书馆藏。六册。板框17.8 厘米×14.9 厘米。四周单边。版心白口。半页十行十七字。钤有“古莘陈/氏子子孙孙/永宝用”朱文方、“龙山蛰/庐藏/书之章”白文方、“国立中央图/书馆收藏”朱文长方。卷首有《刻潼谷先生集序》,署“万历乙酉春仲赐进士出身中奉大夫四川布政使司右布政使致仕太原王道行顿首撰”;《潼谷集序》,署“万历乙酉孟春上元日赐同进士出身文林郎知山西阳城县事年家晚生新城王象蒙顿首拜撰";《刻潼谷先生集序》,署"万历乙酉中春三日赐进士出身中宪大夫山西太原府知府汝南吴同春撰"。目录后注"礼",卷一收赋十一首,卷二、三收古体诗九十一首,卷四至七收近体诗四百八首,卷八收诗余三十一首,卷九、十收序、记、传、杂文、祭文五十九篇。卷末有《潼谷集跋》,署"万历乙酉孟春上元日判山西太原府事通家晚生古瀛郡东光刘应文顿首拜撰"。跋语,署"不肖男嗣美顿首拜撰"。《潼谷集后序》,署"万历甲申嘉平月知沁水县事年家晚生赵兰顿首拜撰"。

王三省嗣男王嗣美跋语言集之刊刻云:"庚辰秋,予拜官太原司刑,时家君在梓里,不肖以隔远,昕夕不获躬菽水,顾养之谓何而可自已?于是具舆马遗仆走迎。乃家君则素慕晋地山川人物之胜,思一睹之不可得,兼以素忆不肖,故遂弗惮远涉,蹑霍岭、渡汾曲,追觅羊舌、祁奚诸人之遗迹,其耳目所得,辄形之诗歌,及一时与一二知己相应酬者,首尾所制,长篇短什,共若干首,录之成帙,名曰《如晋稿》。不肖惧其久而泯泯也,乃捐俸命诸梓,以俟知音者采焉。夫家君素抱奇,扼于数弗竟厥施,其抑郁跌宕之气,多见诸吟咏间。尝著有《西溟全集》行世,兹不具论,姑论其在晋者如此云。"万历甲申赵兰云:"王公著有诗文若干篇首,哀然一全帙,久韬笥箧,青萍未见。岁甲申,若孙太原司理君始出全集惠余。捧读再四,见其文轶屈宋,诗拟魏唐,大都不炫奇,不侈藻,冲容尔雅,而天然色相,自称神品,诸家罕俪矣。"

太原王道行云:"先生以令长高第,征入吏部,已调户部,自奉职循理外,读书为古文词而已。未几,出守,甚有政绩,方需次召用,辄移病自免,无何卒。当是时,天下不知有潼谷先生也,又六十年为万历之癸未,而先生之集始出,则先生之孙为吾郡司理,实剞劂之,于是天下之人读其集,乃知有先生,是先生取于造物者廉,而造物之还厚先生也……叙记诸作婉而章,典而有致,未尝诘屈其词以伤雅道,有先进遗风。赋则《渔父》《卜居》之流也。五言古冲淡简质,气骨可尚。七言古妍丽圆转,酷似初唐。律体小纵而情境冥合,叩之,俱中金石,其动愈出解,解皆有妙趣。"

220　五龙山人集十卷附录一卷

王同祖(1497—1551)撰。同祖字绳武,号五龙山人,又号飞泉道人。南直苏州府昆山(今属江苏昆山)人。文徵明甥。少孤,博综群籍,中正德十四年(1519)举人,十六年成进士,选入翰林院庶吉士,得肆力于学,经史子集、阴阳律历、山经地志及稗官小说靡不披阅。嘉靖元年(1522)授编修。以疏忤旨,夺职放归。久之复原官,兼春坊校书,进南国子司业,三十年正月八日卒,年五十五。生平见文徵明《王绳武墓志铭》(万历刊《五龙山人集》附录)、《(万历)重修昆山县志》卷六、张大复《昆山人物传》卷七、《(乾隆)江南通志》卷一百四十。

该集明嘉靖末年王氏德安刊本,台北图书馆藏。八册。板框20.3厘米×13.9厘米。四周单边,版心白口,无鱼尾。半页十行二十字。钤有"吴兴刘氏/嘉业堂/藏书印"朱文方、"刘承幹/字贞一/号翰怡"白文方、"国立中/央图书/馆考藏"朱文方。版心上镌本卷体裁,版心右下角偶记刻工名,如真、仁、祥三、应、古、胡、定、宁、唐、登、殷、胡一定等。卷二末有"安陆后学刘绍恤谨跋"、"不肖孙炳璇百拜谨识"。正文题名后注"明昆山王同祖绳武父著"。卷一、二为奏疏,卷三至六收近体诗三百首,卷七至十收杂著、墓志铭、行状、祭文等。附录文徵明《明故国子司业兼司经局校书王绳武墓志铭》、王逢年跋语。

王逢年跋曰:"不肖称孤之又明年,值岛夷之警,板荡江南,有《我徂东山》之诗作。余与伯兄既蒙家难,毕力二丧即徂。逐兵戈中负先太史公遗书,若抱祭器。兄素多病,作《述哀赋》,以南征有《忆乡》五言、《风高》《吴门夜》《野旷》《金陵秋》,为流辈腾誉。兄工于诗,如此时家为狐窟,沧桑惨然,而遗书独存,且得就诸梓于楚德安郡,则吾先太史孙吾兄之次子也,兄又不及见。嗟乎,太史文章驰声肃庙。谈者评远出庐陵,近接何李派。有太史手录二编已刊于周府,稍有异同,全集序则立言家元美颇述其详。"

221　守株子诗稿二卷

沈恺(1497—约1578)撰。恺字舜臣,号环溪、凤峰,又号九华山人。松江府华亭(今属上海)人。嘉靖七年(1528)举人,次年成进士,授刑部主事,历员外、郎中,出为宁波知府,量移临江,以功迁湖广按察副使,进左参政。庚戌时入贺万寿,时严嵩柄国,媚者竞趋附,恺于例谒外,未尝造其门,以此忤严嵩,遂托亲老乞归。穆宗登极,时年届七十,即其家拜太仆寺卿,不赴,家居卒,逾八十。有《守株子诗稿》二卷,《环溪集》二十六卷,《夜烛管测》二卷。另见著录有《东南水利》八卷,《沈子论衡》二卷。生平见何三畏《沈太仆凤峰公传》(《云间志略》卷十二)、张时彻《凤峰沈公恺祠碑》(《国朝献征录》卷八十五)、王兆云《皇明词林人物考》卷八、过庭训《本朝分省人物考》卷二十六、《(乾隆)华亭县志》卷十四。

该集明嘉靖间刊本,国家图书馆、台北故宫文献馆藏。另有明抄本,上海图书馆藏。台北藏本二册。板框18.5厘米×13.2厘米。左右双边,板心白口。半页十行十八字。钤有"国立北/平图书/馆收藏"朱文方。卷首有自序《守株子诗稿小引》,署"守株子沈恺书"。正文提名后注"云间守株子沈恺著,门生朱煦朱焕编次"。卷一收赋二首、古体杂著六十首、词一首、五言古体四十首,卷二收五言律八十首、五言排律三首、七言律七十四首、七言绝句六十首、五言绝句四十四首。卷二第三十八、三十九页残缺,以空白页补之。今《甲库丛书》第767册内《守株子诗稿》二卷底本即为台北藏本。

沈恺《引》曰:"恺海滨庸猥,素不能诗,然日来颇耽吟咏,读汉魏唐大家等作,每神酣焉。穷日矗矗,不忍释手,每一兴发,思有所托,辄为之抚缶击节而歌,翛然乐也。尝客居,怀乡恋故,情之所感,木石动容,不容自默。间山居野处,或涉岩壑,探幽胜,看云听鸟,乘风坐月,至与山僧野老相酬答,皆不能无言。言有尽而情不可终,则系之以诗,诗以继夫言之所不逮也。然皆一时漫就,殊不似诗家语,其不忍弃去者何?要之托物抒思、缘辞寄兴,姑存之,聊以识一时事尔。若谓闻诸人人以待知音,则恺岂敢。"

222　笔峰文集一卷

王凤灵(1496—?)撰。凤灵字应时,广州府顺德县(今属广东佛山)人。与兄凤仪同中正德十一年(1516)举人,十二年成进士,授刑部主事,出为襄阳太守。丁内艰,服除,起补淮安。擢陕西学宪,未抵,遭谤归。起补霸州兵备,迁广右大参,欲赴,忌者以考察竟罢之。生平见《(道光)广东通志》卷二百七十八。

凤灵著有《淮阳急稿》《淮阳漫稿》《淮阳汇稿》《淮阳净稿》各二十卷,皆未见传。传者惟《笔峰文集》一卷,明乌丝阑抄本,台北故宫文献馆藏。一册。板框18.4厘米×11.8厘米。半页九行二十四字。四周双边,版心粗黑口,双对鱼尾。无序无跋。正文无总题目,而以"赠送文三十首"领起。今《甲库丛书》第750—751册、《四库存目丛书》集部第74册、《明别集丛刊》第二辑第29册内《笔峰文集》底本即为台北藏本。

《总目》著录凤灵《笔峰存稿》五卷,谓:"(凤灵)卒以好激论天下事见忌,罢归,死于倭难。生平所著有《淮阳急稿》及《漫稿》《汇稿》《净稿》各二十卷,旋皆散佚。兹集乃其孙介所搜辑,至崇祯时板漶,玄孙梦旸又重刊之,凡文四卷,赋诗一卷。"(《总目》卷一百七十六)

223　林东城文集二卷

林春(1498—1541)撰,春字子仁,号方城,后更号东城。原籍福州府福清(今属福建福州)人,以祖林闰戍籍隶泰州,因占籍泰州(今属江苏泰州)。少师从王艮习良知之学。嘉靖七年(1527)举于乡,十一年成进士,授户部主事,调礼部主客司,又调吏部文选司,进郎中。丁内艰,服除,起补原官。二十年十一月卒于京师,年四十四。生平见唐顺之《林东城墓志铭》(《荆川集》文类卷十四)、过庭训《本朝分省人物考》卷三十一、张廷玉等《明史》卷二百八十三、《(道光)泰州志》卷二十一。

该集明嘉靖二十五年孔文谷浙江刊本,台北图书馆藏,四册。板框 19.6 厘米×13.4 厘米。左右双边。版心白口,单白鱼尾。半页十行二十字。版心鱼尾下镌"东城集"。钤有"刘承幹/字贞一/号翰怡"白文方、"吴兴刘氏/嘉业堂/藏书印"朱文方、"国立中/央图书/馆考藏"朱文方、"四明卢氏/抱经楼/藏书印"白文方等。卷首有嘉靖丙午秋九月山阴龙溪王畿《东城子文集序》。"林东城文集卷之下毕"后镌"姑苏章仕写、绍兴夏怨刻"。内有数页大片无文字部分。卷上收序类,卷下收书类。卷末有嘉靖壬子春三月望冯良亨《东城文集后序》;嘉靖岁壬寅冬十二月上浣张淳《林东城先生文集后序》;"嘉靖庚戌岁端阳日不肖子林晓晖"跋语,跋后注"万历庚子岁孙佳材百朋万瞻曾孙之邓之翰之麟等藏于嘉树堂"。

黄宗羲于《明儒学案》中云:"先生师心斋,而友龙溪,始闻致良知之说,遂欲以躬践之。日以朱墨笔点记其意向臧否醇杂,以自考镜。久之,乃悟曰:'此治病于标者也,盍反其本乎?'自束发至盖棺,未尝一日不讲学。虽在吏部,不以官避嫌疑,与知学者挟衾被栉具,往宿寺观中,终夜刺刺不休。荆川曰:'君问学几二十年,其胶解冻释,未知如何如也。然自同志中,语质行者必归之。'由此言之,先生未必为泰州之入室,盖亦无泰州之流弊矣。"(《文选林东城先生春》,《明儒学案》卷三十二《泰州学案一》)

224　觳音集四卷

王良枢(1499—1557)撰。良枢字慎卿,号庚阳。浙江湖州府乌程(今属浙江湖州)人。以国子生选授广东布政司司理,两考皆称职,后告归。嘉靖三十六年(1557)卒,年五十九。生平见明徐献忠《庚阳王君墓志铭》(《长谷集》卷十五)、《(乾隆)乌程县志》卷十四。

该集明嘉靖三十年(1551)吴兴王氏原刊本,国家图书馆、台北故宫文献馆藏。台北藏本二册。板框 17.4 厘米×12.8 厘米。左右双边,版心白口,白单鱼尾。半页十行十八字。卷首有《刻觳音集自述》,署"嘉靖岁次辛亥孟冬日吴兴王良枢慎卿甫述"。正文题名下注"吴兴庚阳山人王良枢著",集总收其古近体诗四百余首。今《甲库丛书》第 759 册内《觳音集》四卷底本即为台北藏本。

《(同治)湖州府志》卷五十八载"良枢自广东布政司理问告归,理旧所为诗,凡六卷,名《觳音集》,及哀《藻林》《燕游》二集并刻之,徐献忠序"。今后二集未见传。

王良枢自序曰:"夫诗学渊矣,岂肤受谫识可探测涯涘?余自髫卯习举子业,积三十年,屡试弗就,乃弃而学为吟咏,与二三物外友放情声律,以寄意兴,固未可与言诗也。去年春,谒选归,忽遭奇疾,伏枕半载,几就木矣,见侄庠生文炳、文炯、文耀辑余旧稿,得若干首,请刻以贻手泽。余以病亟弗暇顾,今幸延余息,窃禄岭表,又苦寒暑弗调,沉疴间作,恐旦夕委沟壑,与蒿营同朽腐也。辄不自量,追从儿辈之请,附以《入广稿》十七首,使后之为子若孙,尚知有不学无似如枢者,庶几垂戒之一道耳。若曰欲其传焉,是重获罪于大方,虽死亦不足赎,又何以刻为?"

225　张庄僖公文集六卷

张永明(1499—1566)撰。永明字钟诚,号临溪。浙江湖州府乌程(今属浙江湖州)人。嘉靖十三年(1534)举于乡,明年成进士,授芜湖知县。十九年以治行最,擢南京刑科给事中,二十四年出为江西布政司参议,二十七年升云南按察司副使,三十年擢江西布政司参政,主督版籍。三十三年擢河南按察使,以忧归。三十六年起补陕西按察使,迁山西左布政使,明年晋右副都御史,巡抚河南,四十一年拜刑部尚书,改左都御史,四十五年为言官被劾,辞官归家,寻卒,年六十八,谥庄僖。生平见潘季训《张公行状》、李春芳《张公墓志铭》及申时行《宫保张庄僖公传》(皆《张庄僖公文集》卷首附)、过庭训《本朝分省人物考》卷四十六、张廷玉等《明史》卷二百〇二。

该集明万历三十七年(1609)张氏家刊修补本,台北图书馆、日本静嘉堂文库藏。台北藏本六册。板框 20.1 厘米×13.9 厘米。四周单边。版心白口,单黑鱼尾。半页九行十八字。钤有"一六/渊海"朱文方、"翰林/院印"朱文方、"刘承幹/字贞一/号翰怡"白文方、"吴兴刘氏/嘉业堂/藏书印"朱文方、"国立中/央图书/馆考藏"朱文方。首有《张庄僖公文集序》,署"万历己酉孟冬吉日前江西道监察御史巡按直隶侍经筵官外孙朱凤翔百拜稽首谨撰",序后有"六世孙男亮业、亮工、亮采、亮弼、亮棐百拜补刻"。目录左列注"男天秩兆元天德谨辑,玄孙泰帱嘉汉怀重校"。内《礼集》所收为诰命、祭文、赞诔、碑志之类,像及像赞。《乐集》《射集》皆南垣谏草,为官南京给事中时所作,《御集》《书集》为官中州时疏略及在部院疏奏,《数集》为家训、语录、杂著、诗文,诗仅十余首,又附其卒后诸人所作墓铭、行状等为《外纪》。今《明别集丛刊》第二辑第53册内《张庄僖公文集》即据万历三十七年刊本影印。

《四库全书总目》著录《张庄僖文集》五卷,"提要"云:"其文平实质朴,不尚雕华,而多有用之言。"(《总目》卷一百七十二)

226　楼溪先生集三十六卷

崔廷槐(1499—1560)撰。廷槐字公桃,号楼溪。山东莱州府平度(今属山东青岛)人。嘉靖元年(1522)举山东乡试,五年成进士,授山西阳曲知县。谪陕西神木典史,调京师束鹿知县,迁户部主事,进郎中,出为四川提学佥事。生平见《(雍正)山东通志》卷二十八之三。

《千顷堂书目》著录其《楼溪集》三十六卷。今存《楼溪先生集》三十一卷(存前三十一卷),明万历间东莱胡来贡校刊本,台北故宫文献馆藏。六册。板框19.1厘米×13.9厘米。半页十行十八字。四周双边,版心细黑口,单黑鱼尾。无序。正文题名后注"胶东崔廷槐楼溪撰,高梁王时济龙坞选,东莱胡来贡顺庵校"。内前十五卷收诗三百二十余首,卷十六、十七收词十八首,卷十八至二十九收各体文百余篇,卷三十、三十一收"杂志"五十四则。今《甲库丛书》第766册内《楼溪先生集》底本即为台北藏本。

《(道光)重修平度州志》卷十八"列传四"称崔氏"诸任有正直声,尤长于学问"。清季陈田《明诗纪事》戊签卷十六录廷槐诗七首,《临淄》诗云:"山县古临淄,城尘净晚飔。呼僮解宝剑,邀客换金卮。云抱齐王冢,川回夏禹祠。不堪风雨夜,花落野棠枝。"《潼江》诗云:"潼川江水抱村斜,两岸青山似若耶。一叶小舟双荡桨,月明撑入刺桐花。"陈田按语谓:"楼溪诗,清脆可诵。"

227　石阳山人建州集一卷

陈德文(1499—约嘉靖末)撰。德文字子器,号石阳山人。江西吉安府泰和(今属江西吉安)人。嘉靖四年(1525)举人,十七年任福建政和县令,历建州知州,入为工部员外郎,官至顺天府治中。生平见《(同治)泰和县志》卷十二、《(光绪)泰和县志》卷十二。

该集明嘉靖间休宁李元仲刊本,国家图书馆、台北故宫文献馆藏。台北藏本一册。板框14.9厘米×11.3厘米。四周单边,版心白口,黑单鱼尾。半页九行二十一字。无序无跋。卷首题名后注"吉人陈德文子器"。总收诗三百八十六首。卷末镌"门人休宁李元仲□□□□"。今《甲库丛书》第 808 册内《石阳山人建州集》一卷底本即为台北藏本。

陈德文现存著述除嘉靖间李元仲刊本《石阳山人建州集》外，另有嘉靖十九年张杞刻《石阳山人病诗》一卷，内收其任政和县令时所作诗三十九首，有嘉靖十八年陈德文题识及张杞跋；明刊蓝印本《石阳山人蠡海》二卷，卷内诗作于建州任上。卷上收诗话六十余则，卷下收《病诗》六十四首；嘉靖刻蓝印本《陈建安诗余》一卷，收词四十七首；嘉靖二十八年苏继等蓝印本《孤竹宾谈》四卷，为其以顺天府尹行部永平时随笔所作。

228　袁礼部诗二卷

袁袠（1499—1548）撰。袠字补之，号谷虚子。南直苏州府吴县（今属江苏苏州）人。弱冠以儒士试应天乡试，不中，后补郡学生。嘉靖七年（1528）举南直乡试，十七年成进士，授庐陵知县。以考绩最，二十二年迁礼部仪制司主事，二十五年转员外郎，次年引疾归，卒于嘉靖二十七年三月十四，年五十。生平见陆师道《袁君墓志铭》（《袁礼部集》卷首附）、《（同治）苏州府志》卷八十。

该集明嘉靖三十六年（1557）吴县袁氏家刊本，台北图书馆藏。一册。板框 18.2 厘米×12.9 厘米。四周双边。版心白口，单黑鱼尾。半页九行十七字。钤有"廷梼／之印"朱文方、"曹溶／之印"白文方、"洁／躬"朱文方、"吴兴刘氏／嘉业堂／藏书印"朱文方、"五砚／楼藏"白文方、"贞节／堂图／书印"朱文方、"国立中／央图书／馆考藏"朱文方。首有《袁礼部诗序》，署"嘉靖三十六年岁在丁巳五月八日中宪大夫巡抚南直隶都察院右金都御史眉山张景贤撰"；长洲陆师道《明故承德郎礼部仪制清吏司署员外郎主事袁君墓志铭》。正文题名下注"仪制员外郎袁袠补之著"。卷上收诗一百四十六首，卷下收诗一百四十首。卷末有袁袠十世从孙袁廷梼题识，署"乾隆五十二年仲冬朔十世孙廷梼谨书"。今《明别集丛刊》第二辑第 52 册内《袁礼部诗》即据明嘉靖三十六年刊本影印。

乾隆五十二年袁廷梼题识言集之所得曰："先世六俊公以文章著海内，各有专集，详于《明史·艺文志》，然刊版者谷虚公《礼部集》、胥台公《永之集》而已。廷梼自幼意求先人遗墨，曾得谢湖公诗文稿一册、志山公诗稿一册。《永之集》版固完好，藏于祠堂，而《礼部集》版已散失，求其印本，数年不得，近有友人来告曰：周漪塘有之。漪塘是吴中藏书家，廷梼未相识，即介友以币赎归。书分二卷,卷首有曹秋岳小印二方,知为倦圃藏书,中有圈点,亦倦翁手笔欤?转辗归予,若有冥贶,当与遗墨共宝藏之,他日更得陶斋公、卧雪公诗文稿,以汇成'六俊遗集',是则廷梼之素愿也,爱记岁月以竢。"

张景贤《袁礼部诗序》曰:"皇明肇兴,风雅大振。缙绅文士以其中所蕴畜者,发为诗歌,皆以唐为准,然亦颇分南北。南尚婉则,北主格力。虽体裁各别,音节互殊,外若不同,中实相济,皆足以宣和平之音,谐自然之乐,以为一代文明之盛者也。同年袁君补之以能诗知名江南,既卒十年,其子梦麟谒余于毗陵,手遗诗一遍相示。清雅典雅,皆能直道其意中事,非苟作者。欲梓以传,征言为序。同年之雅,义不可辞,因为撰次如此。"

229 沱村先生集六卷

史褒善(1499—1562)撰。褒善字文直,号沱村。京师大名府开州(今属河南濮阳)人。嘉靖七年(1528)举于乡,十一年成进士,授行人,擢监察御史,巡按湖广。以疏论守陵宦官忤旨,谪判滁州。历迁南吏部员外郎,上防倭疏,条陈江防六事,擢副都御史。建瓜洲城,以防倭功擢南大理寺卿兼南京右金都御史,提督江防,致仕归。生平见韩邦奇《沱村史子考绩序》(《苑洛集》卷二)、《(雍正)畿辅通志》卷七十三。

《千顷堂书目》著录其《沱村文集》(未注卷数),今存万历三十三年(1605)澶州史氏家刊本《沱村先生集》六卷,台北图书馆藏。八册。板框19.8厘米×13.8厘米。四周单边,版心白口,单黑鱼尾。半页十行二十四字。钤有"吴兴刘氏嘉/业堂藏书记"朱文方、"国立中/央图书/馆考藏"朱文方。卷首有《沱村先生文集叙》,署"吴下张寰撰";《沱村先生集续跋》,署"定陶年弟曹邦辅撰"。卷首题名后注"门人余姚诸大圭编次,后学澶洲张指南校刊"。内收奏疏三卷四十余篇,书柬一卷百篇,古近体诗一卷近二百首。杂著一卷,收赋一首、拟古乐府诗二首、词三首及序、引、记、祭文等二十余篇。卷末有《沱村先生文集跋》,署"万历乙巳二月吉赐进士第礼科右给事中眷晚生朱爵顿首拜撰";跋,署"嘉靖丁巳十月吉门生诸大圭拜手顿首跋"。该集国家图书馆残存一卷(卷六),台北藏本为完帙。

张寰序谓史氏:"凡叙、记、碑、铭,孰非先秦两汉典刑;总书、状、谏、传,尽是永嘉、正始元韵。其排律近体则拾遗联镳,其古曲歌行则供奉并驾。说者多方之陆敬舆、裴中立、韩稚圭、范希文,良以其功业、文章、道德、气节有足与四哲比迹者,今难以指偻也。"

230　龙津原集六卷

陈昌积(生卒年不详)撰。昌积字子虚,号两湖。江西吉安府泰和(今属江西吉安)人。嘉靖十七年(1538)进士,授礼部主事,直内阁,管理诰敕,升尚宝司丞兼五经博士,罢归。以文名一时。生平见王兆云《皇明词林人物考》卷五、《(万历)吉安府志》卷二十八、《(雍正)江西通志》卷七十九。

该集明嘉靖间毛汝麒等校刊本,台北图书馆藏。十二册。板框19.3厘米×13厘米。四周单边,版心白口,版心下部记刻工姓名,如京、王、石、公、斥等。半页十行二十一字。钤有"四明卢氏/抱经楼/藏书印"白文方、"吴兴刘氏/嘉业堂/藏书印"朱文方、"刘承幹/字贞一/号翰怡"白文方、"国立中/央图书/馆考藏"朱文方。卷首有残序,署"石浅生杨一清顿首";洹野崔铣《读陈子子虚文感赠》;《序》,署"寅弟王廷相顿首东塘老先生文宗门下己亥六月二十一具";题识,署"廿八日五鼓年家侍生孙存顿首拜";题识,署"侍生王宗沐顿首拜";题识,署"嘉靖戊子六月廿日崔凤征拜书于壶春堂中";跋语,署"弟梦凰谨跋"。

正文题名下注"浙露山毛汝麒、乐泉祝教校刻、泰和陈昌积著"。卷一收碑,卷二至四收序,卷五收墓志铭、行状、祭文,卷六收启、书。

《四库全书总目》著录陈畅积《陈两湖集》三十四卷,"提要"云:"(昌积)尝手删其文为《龙津稿》,后其子文扬、文振又益以古今体诗,合为此集。其诗文悉才调富有,而驰骤自喜,细大不捐。"(《总目》卷一百七十七)清季陈田《明诗纪事》戊签卷二十录昌积诗一首,按语谓"子虚诗调浏亮"。

231　山居杂著不分卷

吴兖(约生于万历初,约卒于崇祯初)撰。兖字鲁于,号茶山樵。南直常州府武进(今属江苏常州)人。万历二十八年(1600)举人。家世烜赫。兖淡于仕进,卜筑茶山路,名"兼葭庄"。年五十三自为棺,名曰大歇龛,镌铭其上。兖美须髯,好为诗歌古文词。生平见《(康熙)常州府志》卷二十七、《(光绪)武进阳湖县志》卷二十六。

该集明崇祯间刊本,台北图书馆藏。三册。板框19.6厘米×14.3厘米。四周单边,版心花口。半页八行十六字。钤有"国立中/央图书/馆考藏"朱文方。卷首有残序,后署"止园居士亮采于题于竹香庵";有自序,署"茶山樵吴兖鲁于父题"。版心下端镌本页篇目。内收诗文不分,有序、记、赞等文十余篇,诗九十余首。

吴衮自序云:"余养疴茶山,平日交游及少年嗜好,一切屏绝寂寞,无以送日,聊借笔墨自遣。其寄情托兴,总不越此阶除篱落。间尝窃自叹文章不能经世,又不能闭户看屋梁营千秋不朽之业,而徒然批风抹月弄鸟嘲花,做此冷淡生活,腕中有鬼,宁无聊揄我乎?余何知山中人,作山中语而已。"

其兄吴亮(字采于)题其集曰:"公车未登仕版,干云直上,度雪方洁,便悠然有遁思。其所构别业,又皆撤荆棘,薙草莱,累土疏泉,牵萝园竹处,众人不必争之地,任愚公不可几之功,今且郁芊成林翳,然有濠濮间想矣。顾余兄弟又未免有室家昏嫁之累,意虽适,神未王。鲁于近丧其耦,自将一雏,翩翩如孤云野鹤,游心不滓,得趣更深。由是寄情托兴,发为诗文,自有一种超然、淡然之韵。读之如饮清泉、嚼古雪,令人热心猛气销释殆尽,此则余兄弟所未能而鲁于所独也。因披《山居杂著》,弁数语以归之。"

232 田深甫诗二卷

田汝稑(生卒年不详)撰。汝稑字深甫,号莘野,河南开封府祥符县(今属河南开封)人。田汝籽弟。举正德十一年(1516)河南乡试,屡试春官不第,乃谒选兵部司务。汝稑嗜酒耽诗,少游于李梦阳之门,与左国玑齐名,人呼为"田左",故其为诗宗盛唐。生平见王兆云《皇明词林人物考》卷十、陈田《明诗纪事》戊签卷十二。

该集清蓝格抄本,台北图书馆藏。二册。板框21.0厘米×14.7厘米。蓝格,左右双边,单鱼尾。半页九行十九字,钤有"梁印/清标"白文方、"蕉林/藏书"朱文方、"黄冈刘氏/校书堂/藏书记"朱文方、"国立中/央图书/馆考藏"朱文方、"秋碧"朱文葫芦形印、"苍岩"朱文方、"黄冈刘/氏绍炎/过眼"朱文方。首有《刻田深甫诗叙》,署"嘉靖癸亥秋八月九日赐同进士出身文林郎大理寺署左寺正邑人陈柬撰;序,署"嘉靖辛酉九月朔赐同进士出身翰林院国史检讨征仕郎顺阳李裴撰。卷末有《书左田诗后》癸亥八年戊午梦洲陈柬识。卷上收古乐府四首、五古诗十四首、七古诗十三首,卷中收五律诗八十七首,七律诗二十六首。

集由汝稑同乡陆柬删订:"吾邑《田深甫诗》六卷,若干篇。盖深甫殁后,其子龙见辈所掇遗稿也。贾户部子荐携之都下,予与翰林李子田共诠之,得一百四十四篇,定为一卷,刻之。"

俞宪《盛明百家诗》录其诗三十余首为《田莘野集》,"小传"谓其"专尚气骨,不作卑弱语"。钱谦益《列朝诗集小传》谓其"性不闲拘絷,晚登仕途,常怏怏不快意"。

233　赵骊山先生类稿四十一卷

赵统（1500—?）[1]撰。统字伯一，陕西西安府临潼（今属陕西西安）人。嘉靖元年（1522）举于乡，十四年（1535）成进士。初授临汾知县，性素刚直，拒请托、绝馈遗，立社仓之法，使流民复业者千余家。又作社学，修文庙，建尊经阁，师生学舍凡数百，多善政。转知蒲州，擢户部郎中。二十六年（1547）入狱，至万历元年（1573）始赦归。生平见《（雍正）陕西通志》卷六十三。

万斯同《明史·艺文志》及《传是楼书目》著录赵统有《骊山集》十四卷。今存明万历三十一年刊本。另有《赵骊山先生类稿》四十一卷（缺卷十三至卷十六），明蓝格钞本，台北图书馆藏。八册。板框20.4厘米×15.2厘米。左右双边，版心白口，双鱼尾。半页十行二十字。无序无跋。正文题名后注"新丰赵统著"。内卷一至二十四为诗（缺卷十三至卷十六），卷二十五至三十三为文，卷三十四至三十七为诗话。

《四库全书总目》著录万历三十一年刊本《骊山集》十四卷，"提要"云："卷首有朱勤美序，称其'命意搜微，多出己见。大都骨力莽苍，学殖淹博，稍稍融透，莫难雁行献吉'。然则明讯其未融透矣，何不悟而犹刊以弁集也。"

234　吉阳山房摘稿十卷

何迁（1501—1574）撰。迁字益之，号吉阳。湖广德安府安陆（今属湖北孝感）人。嘉靖二十年（1541）进士及第，除户部主事，改吏部，谪九江判官。起南吏部主事，历郎中，晋南光禄少卿，改北，再改太仆少卿。以右佥都御史巡抚江西，进右副都御史，总督漕运兼抚淮阳。擢南刑部右侍郎，严嵩败，以嵩党革职闲住。万历二年（1574）卒，年七十四。生平见王世贞《何公迁神道碑》（《弇州四部稿续稿》卷一百二十九）、过庭训《本朝分省人物考》卷七十八、张廷玉等《明史》卷二百八十三、《（道光）安陆县志》卷二十八。

该集明嘉靖三十八年（1559）江西布政使张元冲刊本，台北故宫文献馆藏。四册。板框18.2厘米×13.7厘米。四周单边，板心白口。半页十行二

---

① 卷一《狱言自叙》言："余寡舛逮诏狱于西安左卫，移长安咸宁、临潼诸县及西安府者且逾二十年，岁时不能忘言，而言之诗赋者稿且积多，既隆庆末幸跻恤例。是年日食日得归省城通义坊。次年，万历改元，冬至日大归丰屋，得苟安俟死膊下矣。今行年八十有二，然尚无他恙……万历辛巳三月十有八日新丰赵统叙。"万历九年辛巳（1581），赵统八十二，以此推知，其生于弘治十三年，即公元1500年。

十字。版心下部记刻工姓名,如剑八,丰,丰八,丰熊。卷首有《吉阳先生文集序》,署"嘉靖三十八年岁次己未八月吉皇明进士亚中大夫江西布政司右参政前奉敕提督江广学校刑部郎临海王宗沐"。钤有"苍岩山人/书屋记"朱文长方、"国立北/平图书/馆收藏"朱文方。内诗集六卷文集四卷,诗各卷题名为《山中卷》《试仕卷》《归省卷》《省中卷》《谪行卷》《南都卷》,计收诗七百五十余首。文四卷,收序文、祭文及杂著等。今《甲库丛书》第779册内《吉阳山房摘稿》底本即为台北藏本。

王宗沐谓何迁诗文皆合于道:"吉阳何公少以才雄于时,其为文浑厚峻肆,如洞岳沧海,壮峙弘深不可涯涘;诗律严意邃,出入于杜甫六朝,而构结深密,痕瘢尽涤。或气和平郁纡,大约根六经而折衷之。"黄宗羲《明儒学案》谓:"先生之学,以知止为要。止者,此心感应之几,其明不假思,而其则不可乱。非止,则退藏不密,藏不密,则真几不生,天则不见。此与江右主静归寂之旨大略相同。湛门多讲研几,而先生以止为几,更无走作也。其疏通阳明之学,谓'舍言行而别求一心,外功力而专任本体,皆非王门种子',亦中流之一壶也。(《明儒学案》卷三十八《何侍郎吉阳先生迁》)"

清季陈田《明诗纪事》戊签卷二十一录何迁诗二首,按语谓:"迁游南太学,为湛甘泉讲学弟子。嘉靖癸丑、甲寅间,华亭(徐阶)与欧阳南野(欧阳德)、聂双江(聂豹)、程松溪(程文德)讲学于京师灵济宫,学徒云集至千人。丙辰而后,诸公或殁或去,惟华亭尚在,而讲坛为之一空矣。戊午,迁自南来,为太仆少卿,复推华亭为主盟,再兴灵济之会,盛有时名。及巡抚江西,人以为附和相嵩得进,厚敛以遗嵩父子,人言喷喷。嵩败,而迁以严氏党罢矣。迁归后犹开席授经。"

235　少泉诗文选十八卷

王格(1502—1595)撰。格字汝化,号少泉。湖广承天府京山(今属湖北荆门)人。嘉靖四年(1525)中湖广乡试,五年成进士,选翰林院庶吉士,以"大礼议"忤执政,贬永新知县。迁刑部主事,改户部。监税苏松,进员外郎、郎中,出为河南按察司佥事,分巡河北。以行宫火灾事,杖而削籍。隆庆初,叙籍耆旧,授太仆少卿致仕。里居五十余年,万历二十三年(1595)卒,寿九十四。生平见李维桢《太仆少卿王公行状》(《大泌山房集》卷一百十三)、王兆云《皇明词林人物考》卷七、张廷玉等《明史》卷二百八十六、《(光绪)京山县志》卷十一。

该集明嘉靖末年京山王氏家刊本,台北图书馆藏。二册。板框18.9厘米×13.8厘米。四周单边。版心细黑口,单白鱼尾。半页十一行二十一字。首有《王少泉集略序》,署"嘉靖癸亥春二月望日鹿坡山人高岱序"。卷末有《附李检庵方伯书》,署"隆庆戊辰季冬七日心学书"。钤有"名儒/世家"白文方、"颖川/篾友"朱文方、"涌石/山房"朱文长方、"吴兴刘氏/嘉业堂/藏书印"朱文方、"承雅"朱文椭圆印、"抱经楼"白文长方、"练江/陈昂/之印"朱文方、"东/阜先/生后人"白文方、"国立中/央图书/馆考藏"朱文方、"颖川/郡印"白文方、"刘承幹/字贞一/号翰怡"白文方。正文题名后注"京山王格撰,同邑高岱选,男王宗予、宗彦、婿唐应莲校刊"。《存目丛书》集第89册内《少泉诗集》十卷底本即为台北藏本。

王世贞曾序《王少泉集》,谓王格:"于意非不能深,不欲使其淫于思之外;于象非不能极,不欲使其游于见之表。才不可尽,则引矩以囿之;辞不胜靡,则为质以御之。盖公之诗若文出,而好驰骛者俱恍然而自失也……公于诗若文不作贞元而后语,然能脱摹拟洗蹊径,以超然于法之外,不得以一家目之也。"(《弇州四部稿》卷六十八文部)钱谦益《列朝诗集》丁集卷三录王格诗四首,"小传"云:"嘉靖初,唐应德(唐顺之)、屠文升(屠应埈)辈倡为初唐诗,汝化亦与焉。"朱彝尊《静志居诗话》谓:"少泉矢口信笔,不费推敲,合作者寡,并非洞庭渔人(孙宜)之比,南风自此,继梦泽(王廷陈)而代兴者,鲜矣。"(《诗话》卷十二)

236 玩易堂诗集六卷

杨育秀(1502—?)撰。育秀字克实,号原山。江西广信府贵溪(今属江西鹰潭)人。嘉靖元年(1522)举江西乡荐,五年成进士,历官至吏部文选司郎中,十八年被劾,斥为民(见《明史》卷九六)。秀喜文学,善诗词。生平见《(乾隆)贵溪县志》卷七。

该集明嘉靖三十八年(1559)五台释惠郎募资刊本,台北故宫文献馆藏。六册。板框20.1厘米×14.1厘米。四周双边,版心粗黑口,单黑鱼尾。半页十行十九字。卷首有《奉读玩易堂诗集叙语》,署"嘉靖三十七年戊午冬十二月下浣之吉赐进士出身朝列大夫陕西布政司参议抚治商于甥徐光启顿首拜书"。正文题"玩易堂",题名下署"明嘉靖丙戌进士奉政大夫考功郎中杨育秀原山"。正文前有总目。全集总收辞赋八篇、诗一千三百余首、词四十首。正文末镌刻"己未秋日续刊"。

杨育秀乃徐光启外舅,徐光启言其舅氏生平及为文云:"外大父石泉先生计偕携家居京师旅邸,生舅父原山先生,方五六岁,携谒同郡汪石潭先生。

先生称知人,一见目为奇童,且曰'不但进取成名,是所树立,当复希踪古人'。光启幼即受学于舅父。舅父弱冠后遂登第。久之,补官兵部,移官吏部,通八年耳,年三十八去国。其当官大节,具见集首册,附刻许松皋冢宰送别诗及叙文语中。家居杜门,不事表襮。所得于天,所成于己,所遇于事,一沛然修之于辞,其用志之笃,谐寓之专,造诣之邃,具见于所《寄云漪李逸人书》。今惠朗上人已刻附之集首简矣。上人云:盍就《三百篇》、楚、秦汉、魏晋、唐诸作,以斯上下而古今之肢节,全体之分萃,意兴格调之会通,断可识矣。"

237　任文逸稿六卷

任瀚(1502—1592)撰。瀚字少海,号忠斋,又号五岳山人。四川顺庆府南充(今属四川南充)人。嘉靖元年(1522)领乡荐,八年成进士,选翰林院庶吉士。历吏部主事、员外、郎中,十二年转左春坊左司直兼翰林检讨,充经延讲官,十九年被劾,以"举动任性,蔑视官府"斥为民。家居五十年,万历十九年十二月初八卒,年九十一。生平见王兆云《皇明词林人物考》卷七、张廷玉等《明史》卷二百八十七、《(民国)新修南充县志》卷十三。

该集明万历间刊本,傅斯年图书馆藏。二册。板框 17.3 厘米×11.2 厘米。左右双边,版心白口,上单鱼尾。半页九行十九字。钤有"古潭州/袁卧雪/庐收藏"白文方、"史语所收藏/珍本图书记"朱文长方。卷首有《任文逸稿序》,署"万历辛卯夏日五岳山人沔阳陈文烛撰";《任文逸稿叙》,署"万历庚寅季夏顺庆府知府王九德顿首谨叙"。正文题名后注"明宫坊太史任瀚少海著"。集不按体排列,略显杂乱。卷一收策,卷二收书、赋、碑、记、序,卷三收记、序,卷四收序、杂说,卷五收题、引、碑、墓志铭、传,卷六收记、序、题辞、书等。

任瀚论文独取韩昌黎之说。沔阳陈文烛叙云:"先生起异代,而与之(司马相如、严君平、王褒、扬雄——作者注)并驱,正而芭,曲而中,体格高妙,而长于持论,有如空中楼阁,云流霞布,顷刻万态,望之有金琅气而不可即。又如深山穷谷,呼吸沆瀣,丹砂余粒,鸡犬舐之,皆得飞升。鼎炉茶灶,俱非人间物。昔人言古今文人类多不护细行,鲜能以名节自立。先生在翰林,耻媚权贵人;在考功又屏去权贵人,私人恬淡寡欲,有箕山之志,可谓彬彬君子者矣。先生论文自司马子长之后,独取韩昌黎,有气力昭代,尚无柳柳州。"(陈文烛《任文逸稿序》)归家后"嘉陵江上有山田数亩,钓台一区,不足资口食,而先生唯日坐草庐中,弹琴著书,澹然忘老"(王九德《任文逸稿叙》)。

任浣早有文名,与陈束、王慎中、唐顺之、赵时春、熊过、李开先、吕高有"嘉靖八才子"之誉。清季陈田《明诗纪事》戊签卷九录任瀚诗四首,按语谓其诗:"音节抗朗,在'嘉靖八子'中自为一派,与'前后七子'略近。"

238　明善斋集十二卷后集二卷

江以达(1502—1550)撰。以达字于顺,号午坡。江西广信府贵溪(今属江西鹰潭)人。嘉靖元年(1522)举江西乡试,五年成进士,授刑部主事,历员外郎、郎中,出为福建佥事,迁湖广提学副使,以忤楚藩系狱,后放归,二十九年病卒于家,年四十九。生平见张廷玉等《明史》卷二百八十七、《(同治)广信府志》卷九、《(道光)贵溪县志》卷二十二。

该集明隆庆三年(1569)纪振东刊本,台北图书馆藏。四册。板框 19.8 厘米×14.1 厘米。四周单边。版心白口,单黑鱼尾。半页十一行二十一字。钤有"吴兴刘氏/嘉业堂/藏书印"朱文方、"刘承幹/字贞一/号翰怡"白文方、"国立中/央图书/馆考藏"朱文方。版心下记刻工名,如蒋国伦、江思太、许一伦、陈二、麦惟骏、麦惟亮、任子宾、梁世清、余其珊、魏茂伯、刘汝瑞、伍士章、江尚惟、梁元信、黄彦教、梁亚六、周宗孔、李汝茂等。卷首有《南塘先生文集序》,署"隆庆己巳夏五望日治生李义壮稚大甫拜手撰"。卷末有《明善斋集后序》,署"隆庆己巳夏六月朔属下小吏纪振东顿首百拜书"。卷一至五收序、卷六至八收书,卷九收传,卷十收祭文,卷十一收杂著,卷十二收记、说、辨、解。后集二卷,卷一收守议,卷二收学议、虏议、狱议、功议等。

江氏署史纪振东云:"先生浑噩之风鲜有存矣,且士贵逢时言本扬历,故仰赞王猷者,其词宏以丽;扬榷治道者,其旨核以征……公为文赋上则正始,俯祛末习,漱六籍之芳润,撷百氏之英勇,衔腴绚质,殚素扬芬。以雅谟为上乘,以秦汉为三昧,会诠英哲之旨,冀成一家之言。综妍饰羽之遗,芟除殆尽,故能力倡高轨,呈虎变于艺林;一洗颓波,谢萤息于晨草。神情式振,缛靡已刊。譬之黄钟奏于六间,而雅韵毕宣;霓电彻于九阆,而激光咸露。可谓文园之宗匠,昭代之矩公矣。"

239　午坡文集四卷

江以达撰。以达生平见《明善斋集》条。

该集明嘉靖末抚州刊隆庆五年(1571)补刊本,台北图书馆藏。四册。板框 19.6 厘米×14.9 厘米。四周单边,版心白口,单黑鱼尾。半页十行二十字。钤有"冯氏/辨斋/藏书"朱文方、"慈溪耕余楼"白文椭圆印、"吴兴刘氏/嘉业堂/藏书印"朱文方、"刘承幹/字贞一/号翰怡"白文方、"国立中/央图书/馆考藏"朱文方。卷首有《午坡先生文集序》，署"隆庆辛未十月朔旦赐进士出身中宪大夫江西按察司副使奉敕整饬吉临袁兵备兼分巡门生晋江林一新谨序"。内卷一收五言绝句一首，七言绝句六十三首、五言律诗九十三首、七言律诗一百零六首、歌行十七首、词调五首，五言古风十二首、七言古风八首。余三卷为序、记、书、祭文、墓铭、祷疏等一百二十余篇。

隆庆五年十月林一新序集之刊刻曰："午坡先生没若干年，门人中丞蔡公从其家收所遗稿若干篇，授抚州守黄君铸校刻之。既而公有督漕新命，以行不及序也。后十余年，一新副江臯。先生之子应芝、应兰请序焉⋯⋯先生中年而没，其夐然自拔者已不可复见，而仅见于遗言。诸孤皆幼，散逸者多，即今幸存而可校者，犹不免于鲁鱼亥豕之讹谬，此一新所为萦怀而愧不能传信者也。虽然使复迟而不序，则又终负于先生而过滋甚矣，故谨序其校刻之端，俟知先生之至者，且就正焉。"

《四库全书总目》著录《江午坡集》四卷，"提要"云："朱彝尊《静志居诗话》曰'午坡以北地文出庐陵、眉山之上'，又谓'昌黎诗不逮文，尚染习气'云云。今考其语，见集中所载《张东沙集序》。然其《与霍渭崖论文书》云'模形者神遗，斫句者气索，景会者意脱，蕊繁者苓衰。譬诸画地为饼，以啖则难。刻木为人，束之衣冠，与之酬色笑而施揖让，则不可。'其于正、嘉之时，剽窃摹拟之病又未尝不知之，而趋向如是，何耶?"(《总目》卷一百七十七)

240　胡庄肃公遗稿八卷

胡松(1503—1566)撰。松字汝茂，号柏泉。南直滁州(今属安徽)人。幼嗜学，少有大志。嘉靖七年(1528)举于乡，明年成进士，除东平知州。迁南兵部员外郎，进郎中，迁湖广参议，进山西提学副使。三十年秋，上"边务十二事"，帝嘉其忠恳，进左参政。亦因疏忤权贵。适寇入侵，科道官劾其虚议无补，遂被斥为民。家居十余年，以赵文华荐起陕西参政，转浙江按察使，进右布政使，转江西左布政使。擢右副都御史巡抚江西，以勘乱功，迁兵部右侍郎，转左，改吏部。迁南兵部尚书，参赞机务。寻以吏部尚书召入。四十五年十月二十二卒，年六十四，赠太子少保，谥恭肃。生平见李春芳《庄肃胡公松墓志铭》(《贻安堂集》卷七)、万士和《胡公墓表》(《万文恭公摘稿》卷九)、王兆云《皇明词林人物考》卷七、过庭训《本朝分省人物考》卷四十一、清张廷玉等《明史》卷二百○二。

该集明隆庆三年(1569)滁州刊本,台北图书馆藏。八册。板框20.8厘米×14.5厘米。四周单边,版心白口,单黑鱼尾。半页九行二十字。钤有"真州吴氏/有福读/书堂藏书"朱文方、"国立中央图/书馆收藏"朱文长方。版心鱼尾下署"庄肃公遗稿"。卷首有《胡庄肃公遗稿叙》,署"隆庆三年八月之望南海霍与瑕书"。卷末有《胡庄肃公遗稿后序》,署"隆庆己巳秋七月之吉赐同进士出身山东等处承宣布政使司奉分守辽海东平道兼理边备右参议郡人王可立序"。卷一、二收古近体诗四百二十六首,卷三至八收序、记、杂著、志铭、祭文、书等各体文。

霍与瑕序称:"(公)既退处,乃读秦汉古书,究濂洛精义。游会稽,探禹穴,历览台荡庐阜,以发舒其潇洒寥廓之况,遍访世之闻人,与上下其议论,以要诸中措而为文,骎骎然方驾古之作者矣。尤留心当世之务,凡所报书知旧道及民间利弊,时事艰难,指摘痛切,规画周尽,了然可见之行事。……公才不世出,然惟其用之未尽,而处山林之日多,是以养益深,蓄益厚,气益浩,文益奇,诸所制作咸可以垂示永久。盖天之所以成公者,固不止一世人物而已也。公文集刻于家者曰《胡氏集》,曰《东游稿》,刻于楚者曰《南浮集》,刻于秦者曰《西征集》曰《愚忠疏草》,刻于江浙者曰《浙垣稿》曰《督抚奏议》等书,迭出互见,未会大全,而其他散逸者尤多。王侍御复斋公按滁,访寻得遗文古风近体诗三百六十九首,叙六十四首,记一十五首,杂著一十七,志铭表传一十八,祭文六,书柬一百八十八,付李州守刊行。"

241　诵余稿八卷

徐袍(1503—1540)撰。袍字含章,别号白谷。先世衢州柯山人,以祖领兵镇浙江金华,遂隶籍金华府兰溪(今属浙江金华)。约生于弘治末年。性颖敏,十二为邑诸生,嘉靖十三年(1534)领乡荐,未官而卒。著有《诵余稿》八卷,此外见于著录的尚有《意求录》《五经旁注》《洪范图》《枫山实纪》《仁山年谱》,然未见传。生平见邹元标《白谷徐公墓志铭》(《愿学集》卷六)、《(光绪)兰溪县志》卷五。

该集明嘉靖间兰溪徐氏家刊本,台北图书馆藏。二册。板框20.9厘米×13.5厘米。四周双边,版心白口,单黑鱼尾。半页十行二十字。版心鱼尾上记题名"徐白谷先生集",版心下方记刻工名,如邹邦达(或作邹达)、李葵等。钤有"吴兴刘氏/嘉业堂/藏书印"朱文方、"刘承幹/字贞一/号翰怡"白文方、"国立中/央图书/馆考藏"朱文方。首有《诵余稿序》,署"嘉靖己亥立夏徐袍识"。序后有总目录。正文题名后注"明乡进士敕赠承德郎工部署员外郎事主事兰溪徐袍撰,侄用检谨辑"。卷一收辞赋类十一首,卷二收古体诗类十二首,卷三收近体诗八十二首,卷四收记序类二十篇,卷五收传类五篇,卷六首赞文类四篇、箴类五篇,卷七收书类六篇,卷八收杂文类十四篇。

徐氏自序云:"《诵余稿》者,余读书之余所作稿也。余自知学以来好读《左氏传》《离骚》《史》《汉》诸家,间尝效其体裁作为文章,得数十篇,自谓支离失真,去古逾远也。以寄岩亭凌子请评焉。寻复悔之曰:文辞之学,末技尔,而模拟标夺,牵己以从之,无乃已惑乎。于是撤去旧习,求濂洛之书而读之,以上寻六经之绪意,或可以少进于旧,而辗转迟会,竟犹未免为乡人也,不为可忧之甚哉!既凌子以旧稿返,乃复益以近作若干,类为一帙,付儿辈藏之,使知俗学之难变,而辨志之方宜谨之于早也。"

徐袍服膺良知之学,邹元标撰"墓志铭"论曰:"公早年慕古文辞,所排缵逼真名家,继而悔,曰:雕虫小技,壮夫不为。颙颙慕尚正学……新建说出,群喙争鸣为异端。公幽探密证,独嗜其旨。手《传习录》为赞,称说以自迪迪人,常恨不得亲受业门墙,称私淑焉……公常言曰:儒学不失其自然而已。自然者,天天即理也。理本如是,学亦如是,故君子顺天。"

242 少湖先生文集七卷

徐阶(1503—1583)撰。阶字子升,号少湖。松江府青浦(今属上海)人。嘉靖元年(1522)举于乡,次年成进士,授翰林院编修。以抗疏论去孔子庙号事,谪延平推官,迁黄州同知,擢浙江按察金事,进江西按察副使。召拜司经局洗马兼侍讲。丁母忧,服除,进国子祭酒,擢礼部右侍郎,改吏部,进礼部尚书。加太子太保,进少保,兼文渊阁大学士,预机务。时严嵩为首辅,阶外事嵩甚谨,内深自结于帝,终逐嵩。改吏部尚书,进勋柱国,兼太子太傅,建极殿大学士。后为高拱所扼,致仕归。卒年八十有一,赠太师,谥文贞。生平见王世贞《徐公行状》(《弇州山人续稿》卷一百三十六)、申时行《徐公墓志铭》(《赐闲堂集》卷二十三)、吴道南《徐文贞公年谱》(《国朝内阁名臣事略》卷七)、何三畏《徐文贞存斋公传》(《云间志略》卷十二)、冯时可《太师徐文贞公传》(《重刻岩栖稿》卷五)、张廷玉等《明史》卷二百一十三、《(乾隆)青浦县志》卷二十七。

该集明嘉靖十三年(1534)延平刊本,台北图书馆藏。六册。板框 19.4 厘米×14.4 厘米。版心黑口,四周单边,无鱼尾。半页九行二十字。钤有"希古/右文"朱文方、"阳湖陶氏涉园/所有书范之记"朱文长方、"不薄今/

人爱古人"白文长方、"国立中／央图书／馆考藏"朱文方。版心下端镌刻工姓名，如二、三、官等。卷首有《叙少湖先生集》，署"嘉靖甲午岁夏四月吉日奎湖张真书于延之栖鹤堂"。《少湖先生文集叙》，署"大中大夫湖广布政使司右参政前仪制郎中龙津黄焯撰次"。内文六卷、诗一卷。集后有《少湖子集后叙》，署名残缺（据嘉靖三十六年宿应麟刊本，署名为"嘉靖甲午孟夏乙丑临海颐庵林元伦书"）。

张真谓徐阶诗本性情、文根诸道："子学圣人而有得者，故其为文也，直写胸中所见，而凡一句之奇，一字之险者，亦必刊而去之。每曰'文若此，得无戾于理乎？'其为诗也，本诸性情而不入纤巧藻丽门户；每曰'诗若此，得无失其正乎？'其训诸生也，则因病设方，随问而对，亦每曰'言以人异，得无激而过高，抑而反卑乎？'故诵其文者，喜其可以明道也；咏其诗者，喜其可以验性情也；读其语录者，喜其可以反己而自攻其失也。"黄焯亦于《少湖先生文集叙》中言徐阶"其文郁乎有章，渢乎有余味。有温柔敦厚之气，而无佶屈聱牙之失；有光明正大之体，而无穿凿傅会之病"。

《四库全书总目》著录徐阶嘉靖十三年延平刊本《少湖文集》七卷，"提要"谓："是集乃阶外谪延平府推官时，三年秩满北上，延平士人哀其前后诸作，为之付梓。凡文五卷语录一卷诗一卷，大都应酬之文十居六七，皆不足以传，特用志遗爱云耳。"（《总目》卷一百七十七）

243　虎泉漫稿四卷

施经（1503—？）撰。经字引之，号虎泉。浙江杭州府钱塘（今属浙江杭州）人。以昭信校尉举武魁，任杭州卫千户，嘉靖三十五（1556），入俞大猷麾下，于浙东、福建沿海参与抗倭。好诗，入西湖诗社。与祝时泰、王寅、童汉臣、谢榛、张时彻、沈明臣、卢沄、包大中、方九叙、陈鹤、张诗等唱和，尤与丰坊交密。生平见邵应魁撰《虎泉漫稿序》。

该集明嘉靖三十六年（1557）刊本，台北图书馆藏。四册。板框18.5厘米×12.5厘米。四周单边，版心白口，单白鱼尾。半页九行十九字。钤有"茫圃／收藏"朱文长方、"国立中央图／书馆收藏"朱文长方。卷首有《虎泉漫稿序》，署"嘉靖三十四年旃蒙单阏之岁十二月丙午春日赐进士出身考功郎南禺丰道生序"；《虎泉漫稿序》，署"会稽海樵山人陈雀撰"。正文题名后注"杭郡施经撰"。集总收古近体诗八百三十余首。卷末有《读虎泉漫稿》，署"晋江榕斋子邵应魁书"；《读虎泉漫稿》，署"嘉靖岁丁巳仲冬长至日梅岑陶积拜书"。

邵应魁后序论《虎泉漫稿》之成因云:"《虎泉漫稿》何? 杭城虎泉施君漫吟逸稿也。始余与施君同武会兵部,察其貌,毅而温,其言侃而正,倾盖间辄相叹为旧识,论文谈射,渥如也……岁丙辰,施君持内檄赞画于大都督俞翁麾下,余时为总府中军官,得辱同寅,则与协恭赞决,凡戎务之未明,攻击之未熟,必谘访于施君,以措之行事,悉合机宜。夫以十余年愿见之友,忽获聚首朝夕,取益滋多,已叩泄胸中之奇矣。丁巳秋,余得拜擢直隶把总,将告别,施君泫然,特出其所为诗凡数百篇,汇为四卷,以示余……余俯而读,唱而兴,黯而思,靡靡忘倦,盖知其为恳恻至文,不复知其为漫吟逸稿也。余友豪雄之知诗者寒松邓君、松坡黎君、见鲁杨君、少渚张君、从野孟君,咸啧啧称颂,谓得汉魏盛唐家法。虑其无以惠远,谋锓梓以广其传,各捐俸资刊成之。"

陈嶉论施经诗学宗尚之变迁曰:"余甫二十时,旅食京邸,武林施虎泉在焉,遂以诗交。时虎泉宗杜甫,予亦宗杜甫,士人皆相称传。后十年,余来钱塘,则与西湖诗社童南衡、方十洲、冯小海、张华山、钱玄石朝夕入社诗。时予与南衡辈又宗初唐六朝,虎泉则习沈、宋、徐、庾语。居数年,南衡、十洲、小海相继入仕,华山、玄石皆先后弃世,惟予与虎泉往来湖山,怡情诗酒不衰。今年虎泉武荐入京,过辞予,因留宿论诗,则知养益深而格益精矣。袖中出所著诗一帙,各体不下千余言,辞皆清逸,意则温和,临风一诵,泠然成音。"(陈嶉《虎泉漫稿序》)

244　虎泉诗选四卷(缺卷二)

施经撰。施经生平见《虎泉漫稿》条。

该集明嘉靖四十三年(1564)刊本,台北图书馆藏。三册。板框 18.2 厘米×13 厘米。左右双边,版心白口,单黑鱼尾。半页九行十八字。钤有"国立中/央图书/馆考藏"朱文方。部分版心下记刻工姓名,如杨石友、闽人杨石友刊、刘庶(或闽人刘庶刊)等。首有《虎泉诗选序》,署"嘉靖四十三年十月望日赐进士出身前考功郎南禺世史丰坊序"。集不全,缺卷二。正文题名后镌"钱唐施经引之撰",集总收诗四百余首。

丰坊论施氏之人与文、书云:"虎泉子以昭信校尉举武魁,为人廉恪恺悌,孝于母,友于弟,辑和其姻旅,礼上弗阿,待下以恩信。乐与贤士游,表里莹豁,终始弗渝。当无事时,亦与吾辈谈经推文,敏悟洞诣。为诗慕骚雅、汉魏、晋唐名家。得其体裁,清而不羸,和而不淫,畅而不浅,奇而不僻,壮而不捍,邃而不晦,质而不俚,华而不靡,轨而不拘,变而不荡,博而不杂。其书亦有晋唐之法,以是缙绅之士翕然称之。数年来,东夷犯顺,都御史征虎泉子将兵,奔命闽浙之间,屡犯险难而身先士卒,斩获甚众。(《虎泉漫稿序》)"

245 皇甫司勋集五十卷

皇甫汸(1504—1583)撰。甫汸字子循,号百泉。南直苏州府长洲(今属江苏苏州)人。嘉靖四年(1525)举南直乡荐,八年成进士,除嵊县令。引疾乞改国子博士,十一年出为曲周令,迁工部虞衡司主事,巡视畿道,谪黄州推官,十九年迁南吏部员外郎。丁外艰,服除,补吏部司勋员外郎,谪开州同知,改处州,三十四年迁云南按察金事,以计典免官。万历十一年(1583)卒,年八十。生平见王兆云《皇明词林人物考》卷八、张廷玉等《明史》卷二百八十七。

该集明嘉靖间刊本,傅斯年图书馆藏。十六册。左右单边,版心白口,上单黑鱼尾。半页十行十九字。钤有"群碧楼"、"百靖斋"、"嘉靖刊本"等朱文长方。无序无跋。卷一收赋六首,卷二收四言骚体十首,卷三至十四收古体诗二百四十首,卷十五至三十四收近体诗一千三百十八首,卷三十四至五十收颂、赞、铭、序、题辞、碑铭、书牍、记、杂著等一百二十余篇。卷末注"男枞谨校"。

胡应麟曾作《题皇甫司勋集》,然未见嘉靖间刊本《皇甫司勋集》。今摘录部分胡序以见皇甫汸诗文特色:"皇甫子循之诗之于中唐也,之文之于六代也至矣。诗调本中唐,而取材齐梁,取韵韦柳。故五言律高华迥出,闲远有余,视大历诸子,情致少乏,而品格过之;文四六偶俪之中有翩翩自得之妙。先是吴中为六代者数家,类矜局未畅。昌谷、伯虎书尺工美,诸体蔑闻。至子循操笔纵横,靡弗如志,几化于六代矣。以较江左诸人,虽渊藻不足,而神令殊超。总之名家本朝而必传来世者。第诗自五言律外,余率非长,而文亦不能为宋人之表启,则才具所限也。子循于琅琊先达,而两公后起,掩之弗能平。晚年多发其意,序论中又以济南删其诗,作谕歉文存于集。余生平不识子循,顾其能,诚有足尚,即殊好,弗可泯没也。因题卷末云。"(《少室山房集》卷一百○五)

皇甫汸与莫如忠、许邦才、周天球、沈明臣等共入王世贞所标"四十子"之列。朱彝尊谓皇甫汸:"清音藻思,五言整于小谢,五律隽于中唐,惟七言蕙弱……且曰:'有志慕古而力不逮,心耻时尚而薄不为。'又言:'关中之诗犷,燕赵之诗厉,齐鲁之诗侈,河内之诗矫,楚之诗荡,蜀之诗涩,晋之诗鄙,江西之诗质,浙之诗啴,吴下之诗靡。'有高视一世之概焉。要其五言清真朗润,妙绝时人。"(《静志居诗话》卷十三)清季陈田《明诗纪事》戊签卷五录皇甫汸诗三十五首,按语谓皇甫汸:"五律清裁雅调,自是一时之俊,五古亦是当家。至模范魏、晋、熔铸齐、梁,于子安(皇甫浑)稍逊一筹。"

246 濯缨余响二卷

朱东阳(1504—?)撰。东阳字清溪。浙江绍兴府山阴(今属绍兴)人。弱冠后不偕于世俗,不事家人生产。漫游吴越十年,以布衣终其身。卒于万历二十年后,寿八十余。喜为诗。著有《濯缨余响》二卷。

该集明万历间山阴朱氏刊本,台北图书馆藏。四册。板框19.4厘米×13.4厘米。四周单边,版心白口。半页九行十八字。钤有"阳湖陶氏涉园/所有书籍之记"朱文方、"城西/草堂"朱文方、"国立中央图/书馆收藏"朱文长方、"柳泉/书画"白文方。卷首有《刻清溪朱公濯缨余响诗集叙》,署"万历壬辰日月阳止前进士奉政大夫守工部尚书郎敕金河南按察使予告年家晚学黄猷吉谨叙"。正文末有《濯缨余响后序》,署"万历二十年岁在壬辰孟冬之既望同郡后学奚觉生吕元顿首撰"。正文题名后镌"越山阴清溪朱东阳著,男南雍南英南金校梓"。内收古体诗六十八首,近体诗三百二十九首,附词十三首。卷末吕元序后有清同治九年徐时栋题识。

黄猷吉序谓:"清溪公家万山中,客游三吴,三吴多诗人,广交而博闻。万山中多诗料,撷而藏诸胸腑,复嗜吟,兼有其质,不事家人生产,作业以笔舌代耕,乃不以笔舌经意。神情闲远,韵致萧散,若洪冥凤举,于九埏八垓之外,兴之所到,寄诸声诗。诗不必绳准古人,以遇为体,以心为匠。时而冲雅,时而壮丽,时而横逸,时而稳密。吊古则九原可作,述怀则满腔如出。即景则绰约而多态,投赠则婉至而钟情。盖全首为完璧,摘句为碎金,而总之乎隽永焉。"

徐时栋题识曰:"《清溪漫稿》,又名《濯缨余响》,二卷,一本,同治八年十二月十八日城西草堂徐氏收藏,明年二月重订。此等小集皆吾友陈树珊驾部司训会稽,为余收买者也。数十种尽买之,故不能区别,其中山会人集多不佳。此集乃明山阴人诗也,亦单弱无味,诗余尤全无风韵,始知言之不文,行之不远,古之人真不余欺哉! 二十六日,时栋识。"

247 枫潭集钞二卷枫潭文钞二卷

万虞恺(1505—1588)撰。虞恺字懋卿,号枫潭。江西南昌府南昌(今属江西南昌）人。嘉靖十年（1531）举江西乡试，十七年成进士，授无锡知县，擢南兵科给事中，累迁至山东参议、福建副使、贵州粮储参政、湖广按察司副使、福建右布政使。丁忧归，服阕，补山东布政使，寻改山西左布政使，擢南京都察院右佥都御史，提督操江，进右副都御史，总理粮储，寻以南刑部右侍郎改北，致仕归。万历十六年（1588）卒，年八十四。生平见邓以赞《万公行状》（《邓定宇先生文集》卷四）、王锡爵《枫潭万公墓志铭》（焦竑《国朝献征录》卷四十六）、《（雍正）江西通志》卷六十九。

该集明嘉靖四十年（1561）刊本，台北图书馆、日本国立公文书馆藏。台北藏本四册。板框 19.1 厘米×13.1 厘米。左右双边。版心小黑口，单白鱼尾。半页八行十六字。版心上部记"竹坡斋"，下部记刻工名，如何镃、何钹、段锐、谈召写等。卷首有辛酉仲冬吉日谢东山《枫潭诗序》；嘉靖丁巳岁夏六月己酉少初山人徐良傅《枫潭集序》；嘉靖辛酉腊月既望九华山人顾起纶《枫潭集钞叙》；嘉靖庚申中秋日霁寰居士吴维岳《枫潭集序》。正文题名下注"南昌万虞恺著，临川徐良傅评编，孝丰吴维岳评校，无锡顾起纶评选"。内《集钞》不分体，二卷总收诗一百五十首；《文钞》收奏疏及各体文二十篇。《四库未收书辑刊》第 5 辑第 19 册内《枫潭集钞》二卷底本即为台北藏本。

248　水部稿三卷

许应元（1505—1564）撰。应元字子春，号陭堂、茗山。浙江杭州府钱塘（今属浙江杭州）人。年十五为博士弟子，嘉靖四年（1525）举人，十一年成进士，选庶吉士。以忤执政，竟不得入翰林。出知泰安州，改泰州。征授刑部员外郎，历郎中。出为夔州知府，二十八年擢四川按察副使，转广西。三十四年迁辽东苑马寺卿，以母丧归。起补福建参政，四十一年任云南按察使，明年迁广西右布政使，四十三年卒于官，年六十。生平见侯一元《许公应元墓志铭》（焦竑《国朝献征录》卷一百〇一）、王兆云《皇明词林人物考》卷八、《（万历）杭州府志》卷八十一。

该集明嘉靖二十五年（1546）奉节知县赵鸣凤刊本，台北故宫文献馆藏。三册。18.5 厘米×13.2 厘米。四周单边，板心白口，单鱼尾。半页八行十七字。钤有"翰林院印"满汉文大朱文方，"国立北／平图书／馆收藏"朱文方。卷首有《水部稿叙》，署"三台山人杨元长卿撰"。卷末有跋，署"嘉靖丙午春知奉节属吏昆山赵鸣凤谨书"，跋残缺不全。正文题名下注"渤海许应元"。卷三第四、六、十一、十五、二十一、二十四、二十七页缺。卷一收各体诗一百〇二首，卷二收序、记、传、墓铭等十三篇，卷三收祭文、行状、书等十七篇。

今《甲库丛书》第 770 册内《水部稿》三卷底本即为台北藏本。

杨元序云："《水部稿》者,茗山许先生官郎署时所著也。嘉靖乙巳来守夔,奉节令赵君请刊之郡垒。余辱先生之知,乃僭为之叙……先生以疏通之才,恢之以博洽之学,大肆力于文。思玄而韵远,理粹而意精,叙事似子长,论道如退之。古诗宗建安,近体仿摩诘,珠辉玉润,兼诸家之所长,殆犹麟凤。然世所希产,人所快睹,矧斯集也。发越性灵,嘉惠来学,世宜珍传,固不可得而秘也。粤龚黄蜚声循吏,而乏操觚之业;沈宋著续词林,而非识治之才。先生文章宗工,治益光美。昔人所难,先生所易矣。"

朱彝尊引皇甫汸语,谓应元:"子春短律凄清,长歌瑰壮。"(《明诗综》卷四十六)清季陈田《明诗纪事》戊签卷十八录应元诗十一首,按语谓:"嘉靖初,薛君采(薛蕙)、陈约之(陈束)辈倡初唐之体,一时七古颇少劲健之篇。陑堂《杨参军歌》声调颇壮,惜集中此例不可多得耳。五律亦流动自然。"

249　涟川诗集八卷

施峻(1505—1561)撰。峻字平叔,号涟川。浙江湖州府归安(今属浙江湖州)人。嘉靖十年(1531)领浙江乡书,十四年成进士,除南刑部广西司主事,迁员外郎,进郎中。简放青州知府,以内计罢归。四十年卒,年五十七。生平见徐献忠《青州知府施公峻行状》(焦竑《国朝献征录》卷九十六)、徐中行《涟川施公暨配安人沈氏合葬墓志铭》(《天目先生集》卷十六)、王兆云《皇明词林人物考》卷八。

该集明嘉靖三十八年(1559)刊本,浙江大学图书馆、台北图书馆、美国哈佛大学哈佛燕京图书馆藏。台北藏本六册。板框 18.6 厘米×12.9 厘米。左后双边,版心白口,单白鱼尾。半页八行十六字。卷首有《涟川诗集序》,署"赐进士资善大夫两京刑部尚书长兴若溪顾应祥撰";《涟川先生诗集序》,署"华亭徐献忠撰";《涟川七言律诗百首序》(附录),署"嘉靖己未六月朔上党李敏德书于吴兴之墨妙亭";《涟川七言律诗百首小序》(附录),署"嘉靖戊午四月望日书"。序后注"吴人俞策书,楚人温厚刻"。正文题名后注"吴兴施峻平叔著"。内收古体诗五十首、近体诗五百六十余首。

徐献忠以为施峻之诗"实自开元、大历之间,专事风格而辅以律调,求之作者则摩诘之和厚,文房之秋郁,盖皆咀其华要,综其矩矱,未尝杂以繁声,离其雅道可以为诗矣"(《涟川先生诗集序》)。徐中行《墓志铭》谓施峻"独好声诗……在僚辈间俨然以诗自重,或不中程度,直以意弹之。复不能容人短长,每面折之而多不堪"。《四库全书总目》著录《涟川诗集》八卷,"提要"

云：“朱彝尊《静志居诗话》谓平叔‘以七律自诩，然殊不见好。诸体过修边幅，未免气馁’。是集有顾应祥序，亦谓‘唐以后诗，音调格律相尚，锻炼益工，其气益弱’。亦似微致不满焉。”

250　樊氏集七卷

樊鹏（1506 年—?）①撰。鹏字少南，号南溟子。河南汝宁府信阳（今属河南信阳）人。嘉靖五年（1526）进士及第，六年授安州知州，多惠政。迁南京户部员外郎，转工部，进郎中，以母老疏辞养亲，不许，寻于十四年升陕西按察副使，备兵固原。丁内艰，服阕，寻卒。游何景明、边贡之门，与唐顺之为友。生平见过庭训《本朝分省人物考》卷十三、王兆云《皇明词林人物考》卷七、《（雍正）河南通志》卷六十五、《（乾隆）信阳州志》卷八。

该集明嘉靖十三年（1534）孔天胤陕西刊本，台北图书馆藏。四册。板框 17.4 厘米×12.6 厘米。四周单边。版心白口，双白鱼尾。半页十行二十字。钤有“阳湖陶氏涉园／所有书籍之记”朱文长方、“希古／右文”朱文方、“不薄今／人爱古人”白文长方、“国立中／央图书／馆考藏”朱文方。卷首有《樊子少南诗集序》，署“嘉靖十五年丙申春二月丁亥浒西山人康海德涵序”；《樊子集序》，署“嘉靖丙申中秋月平凉赵时春序”；《樊氏集序》，署“北平张诗撰”；《刻樊氏集叙》，署“文谷孔天胤叙”。各卷正文题名后注“信阳南溟子樊鹏著，汾州文谷子孔天胤刻”。卷一题名下注“信阳集”，卷二“安州集”，卷三“北都集”，卷四“中都集”，卷五“南都集”，卷六“关中集”。集总收赋五首，古诗一百七十首，近体诗三百八十首。另卷五收颂一首。

赵时春序曰：“弘治正德之间，中州君子嗜古宏雅者，盖彬彬乎显且盛矣。夺龙颔之珠，而完赵室之璧者，人自以为无与让，则我有明之风化，魏乎炎汉盛唐之间，而上夏乎姬周者，抑诸君子实有功焉。吾尝忧夫盛衰之相因，而嗣之者之弗广也。樊子乃能力起而任之，其源出于何大复氏，独坚壁立玄甲之帜，不袭其师说，灿然成一家言，视大历以还蔑如也。峥嵘山斗之气，沿五六十年，而诸君子翰之不少衰，则我有明之人文不亦既昭矣乎。”张诗序谓：“南溟子者与诗师大复先生，而南溟子天性高明，娴于辞翰，独振言匹数代之雄，为冠海内，载烨天下，翩翩乎蛟龙之乘风云，鸾凤之翔霄汉。集

①　《樊氏集》卷六《望月台（并序）》云：“余于嘉靖十四年兵备固原，司中积石为台，名曰樊子望月台，赋以为纪。”本卷又有《六歌去关西时作》其三曰：“有子有子游泮宫，生年三十学未成。四体疾疢恒相婴，无兄无弟为孤零。”则樊鹏任职陕西按察副使时在嘉靖十四年（1535），该年樊氏三十，以此推知，樊鹏当生于明正德元年，即公元 1506 年。

中诸体辞旨文腴,音调遒逸,夺目惊心,真不世之著作也。"

樊鹏论诗曰:"初唐诗如春园未放之花,含蓄浑厚,生意勃勃。盛唐则淘洗条理,而生意稍薄矣。近日海内名家自许古人,而乏温柔敦厚之旨,少含蓄浑成之趣,所以然者,孜孜于杜,未尝引而上之也。夫杜,亦诗之变体,折衷于古风,斯诗为下。今人守其绳墨,不离尺寸。"(《(乾隆)信阳州志》卷八)钱谦益《列朝诗集》丙集卷十二录樊鹏诗四首,"小传"谓樊氏:"尝师事何仲默……其论诗一以初唐为宗,亦原本于仲默也。"清季陈田《明诗纪事》戊签卷十六录樊氏诗二首,按语谓"少南大复弟子,五言差胜"。

251 卢月渔集一卷附挽章一卷

卢沄(1506—1568)撰。沄字润之,号月渔。浙江宁波府鄞县(今属浙江宁波)人。性颖敏坦率,不喜仕进。精医术,以医为业。能诗善弈,与沈明臣、吕时为诗友,亦称山人。隆庆二年(1568)卒,年六十三。生平见沈明臣《卢月渔传》(《卢月渔集》卷首)、《(康熙)鄞县志》卷十七。

该集明万历间刊本。台北图书馆藏。一册。板框 16.8 厘米×12.4 厘米。左右双边,版心白口,单鱼尾。半页九行十七字。卷首有沈明臣撰《卢月渔传》。正文题名后注"四明卢沄润之著,友人沈明臣嘉则选"。集为卢氏卒后,沈明臣选其诗而成,内录诗一百六十一首。附章为沈一贯、徐渭等人纪悼追思之作。今《甲库丛书》第 809 册内《卢月渔集》底本即为台北藏本。

沈明臣《卢月渔传》载其人曰:"性坦率,人语合辄示肺肝。诸所睹,奇不奇辄诧叹异之。性又绝灵悟,精医,高处合卢扁仓公。奇中,第不恒,人颇沉浮之。嗜樗蒲戏,嗜以弈樗蒲,与人博,博昼夜。寒暑食饮,岁时俱废,博徒朋计倒其橐。极贫落,不少悔。工诗,诗合唐人矩度。雅不好倡韵,终其身唯和韵。诗成辄弃草不留,然亦多不忘。人问其旧作,能缕缕诵也。与朱近臣善,两人尝论诗,争若大阋,夜惊邻寝;昼行市中,骇市中人,两人旁若无人云。近臣亦客死于海……沈明臣录其诗得百有六十一首刻以传,曰《月渔集》。"

252 思补轩漫集八卷

尹台(1506—1579)撰。台字崇基,号洞山。江西吉安府永新(今属江西吉安)人。嘉靖七年(1528)举江西乡荐,十四年成进士,选翰林院庶吉士,授编修。历中允、修撰、谕德、侍讲,迁南国子监祭酒,改北,进少詹事,兼侍读学士,升南吏部侍郎,进南礼部尚书。万历二年(1574)致仕,七年卒,年七十四。生平见胡直《尹洞山先生台传》(《国朝献征录》卷三十六)、过庭训《本朝分省人物考》卷六十八、《(万历)吉安府志》卷二十。

该集明嘉靖四十年(1561)莆田林润刊本,台北故宫文献馆藏,江西鄱阳县图书馆存卷二至卷四。台北藏本四册。板框19.0厘米×12.5厘米。左右双边,版心白口,单鱼尾。半页九行十八字。钤有"国立北/平图书/馆收藏"朱文方。首有《思补轩诗集叙》,署"嘉靖辛酉秋七月望日门人盱江王材顿首谨叙";《思补轩漫集引》,署"嘉靖庚申孟秋十日洞麓居士尹台题"。卷末有辛酉仲秋朔旦尹台子尹重民跋语,跋语残缺。卷一、二收古体诗九十四首,卷三至八收近体诗五百八十二首。今《甲库丛书》第773册内《思补轩漫集》底本即为台北藏本。

尹台自序曰:"(予)谬窃第,入中秘,猥以职业所专隶,凡遇校试、答赠及诸使觐所去,反不能无动其猎心。然视昔苦志攻炼摹拟剽袭之尚,则诚知愧悔,顾于词句愈劣矣。积今二十五六年,笥草存逸互半,儿子重民请因隙收辑之。余既病,其亡所裨益,特念自筮仕来,出入忻悲离合之故,往往籍是足想记,又所述间涉伦谊,有不忍并绌之者。属时公廨新葺思补轩成,爰命史抄拾其中诸少作一不与焉,汇成三帙,题曰《漫集》,明所录聊著今昔自寄宣,不敢僭附作者之林云尔。"

尹台另有万历三十五年(1607)黄承玄刊本《洞麓堂集》三十八卷。《四库全书》收其《洞麓堂集》十卷,"提要"谓尹台之作:"虽乡曲之词,例皆溢美,今核其所作,尚不尽诬云。"(《总目》卷一百七十二)清季陈田谓尹氏"不以诗名,撷其佳作,雅质风藻,不愧名家"(《明诗纪事》戊签卷十九)。

253　五岭山人文集二卷

邝元乐(1507—?)撰,元乐字仲和,号五岭山人。广东广州府南海(今属广东广州)人。早年学于湛若水。嘉靖十年(1531)举于乡,嘉靖二十八年任广德知州,三十二年转广西郁林知州,三十七年迁山东宁海知州。晚年解组归里,设教羊城,继阐湛若水心性之学。生平见《(乾隆)广德州志》卷二十四。

该集有明清祕阁朱丝栏钞本,台北图书馆藏。二册。板框17.1厘米×12.1厘米。四周双边,版心白口,单鱼尾。半页九行二十四字。版心下缝隙记"清祕阁"。钤有"国立中央图/书馆收藏"朱文长方。无序无跋。正文题名后注"公讳元乐,字仲和,号五岭山人,历仕奉宜大夫、广德、郁林、宁海三州事,所著有《郁州遗稿》"。卷上收序三十篇,卷下收记四篇、引、说、论、表、祭文、书等三十一篇。

254 太乙诗集五卷

张炼(生卒年不详)撰。炼字伯纯,号太乙,又号双溪渔人。陕西武功(今属陕西咸阳)人。嘉靖二十三年(1544)进士,授行人,历刑科给事中,累官至湖广按察司佥事。生平见萧彦《掖垣人鉴》卷十四、《(雍正)陕西通志》卷六十。

该集明万历三十年(1602)古邰张氏家刊本,台北图书馆藏两部,一部四册,一部三册。板框20厘米×14.9厘米。左右双边,版心白口,单鱼尾。半页十行二十字。卷首有万历壬寅岁冬吉赐进士第知西乡县事关廷访《刻太乙张老先生诗集序》。集未分卷,然以"诗体"自然断为五卷。今《存目丛书补编》第99册、《明别集丛刊》第二辑第98册内《太乙诗集》五卷底本即为台北藏本。

《总目》著录《太乙诗集》五卷,谓:"其集曰'太乙'者,太乙山名,在武功。王维所谓'太乙近天都'也,炼以自号,因以名集。其诗源出长庆,而更加率易。"(《总目》卷一百七十七)

255 鹡鸣集四卷

俞宪(1508—1572)撰。宪字汝成,号岳率,又号是堂。南直常州府无锡(今属江苏无锡)人。嘉靖十年(1531)举南直乡荐,十七年成进士,授刑部主事,以事谪湖广推官,二十七年迁绍兴府同知,三十年迁南刑部员外郎,寻出为江西按察佥事,三十三年进山东右参议,分守辽海东宁道,历山西按察副使,官至湖广按察使。归后与安如山、王现等结五老会,纵情诗酒。卒于隆庆六年(1572),年六十五。生平见王兆云《皇明词林人物考》卷八、过庭训《本朝分省人物考》卷三十八。

该集明嘉靖二十七年(1548)景陵魏寅等刊本,台北图书馆藏。一册。板框17.8厘米×12.6厘米。四周单边,版心白口。半页十行二十一字。钤有"国立中央图/书馆收藏"朱文长方、"王氏二十八宿研/斋秘籍之印"朱文长方、"恭/绰"朱文方、"遐庵/经眼"白文方、"玉父"白文长方。部分版心下记刻工名,如李、李淳、吴荣、李晕、郑宜、蒋邦佑、李栋、李稳、佐等。首有序,署"嘉靖二十八年钱塘田汝成叔禾撰"。正文卷端署"鹡鸣集乙巳鹤楼逋客"。集内乙巳年作二十九首,丙午年作九十六首,丁未年作一百十二首,戊申年作十五首。

田汝成《鹡鸣集序》:"盖闻凤凰喈而贤才昌,平露生而百职叙,鹡鸟鸣而下有迁人,气类感兆,有明征矣……俞子衷抱冲粹,绝无憾尤。山水邀游,寮侪征逐，或抚时触事，聿萌魏阙之思，往往形之歌谣六义。间作莫不旨含风雅，蕴发性情，不为愤怼讽刺之词，以伤和平之体，达人大观之义，殆庶机焉。不然，以柳子厚之才华，伍猿鸟而赋囚山，辞则戚矣。白乐天之旷逸，听琵琶而湿衫袂，趣则卑矣。怀琐琐于穷通，虽文何足道也？俞子居楚四年，而量移越郡。去之日，辑其在楚时所著，年为一简，分凡四卷，以质学使三石乔子，乔子读而嘉之，为之题曰《鸬鸣集》，从谪所始也。予因得而卒业焉。自今往也，俞子方将羽仪霄路，效瑞明时屏鸬鸟于柜山，赓凤鸣于阿阁矣。"

256　毂下集二卷当奕集二卷鸬鸣集四卷金陵集一卷去楚集一卷蓬莱集一卷

俞宪撰。俞宪生平见《鸬鸣集》条。

该集明嘉靖间递修本，台北故宫文献馆藏。四册。板框 18 厘米×12.3 厘米。四周单边，板心白口。半页十行二十一字。部分版心下记刻工名，如荣、鼎、李栋、稳、宜、晃、李淳、李晃、郑宜、蒋邦佑、李鼎、栋、蒋邦佐、李稳、佐、吴荣。钤有"国立北／平图书／馆收藏"朱文方。卷首有《毂下集叙》，署"嘉靖戊申中春既望关中乔世宁景叔氏叙"；《鸬鸣集叙》，署"嘉靖二十八年仲冬朔赐进士出身中宪大夫福建按察司副使奉敕提督学校前广东提学金事钱塘田汝成叔禾撰"。《金陵集序》，署"嘉靖壬子秋九月晦日吴兴白石山人蔡汝楠识"。《蓬莱集》，署"嘉靖庚戌秋九月晦资善大夫礼部尚书致仕前詹事府少詹事兼翰林院学士台人久庵黄绾识"。《毂下集》首卷题名下注"壬寅癸卯"，《当奕集题》首卷题名下注"己丑至庚子"，《鸬鸣集》首卷题名下注"乙巳"，《金陵集》卷首题名下注"辛亥"，《去楚集》卷首题名下注"戊申"，《蓬莱集》题名下注"戊申己酉庚戌辛未"。各集卷首俱有题评。《毂下集题评》《当奕集题评》《鸬鸣集题评》，三题评后皆署"嘉靖二十七年中春朔乡进士门人岳阳易道鲁、蕲阳杨旦、巴丘罗瑶、景陵魏寅编刻"。《金陵集题评》，后署"嘉靖壬子季秋朔后学余干县知县林兆金、安仁县知县吕焯编刻"。《去楚集题评》，后署"嘉靖二十八年孟冬日乡进士绍郡门人胡升、范栌、胡崇曾、邵畯编刻"。《蓬莱集题评》，后署"嘉靖辛亥夏五门人会稽令咸宁唐时举编刻"。以此知此集乃嘉靖间续刊而成。

蔡汝楠序《金陵集》云："是堂俞子子留署尚书郎来金江西按察司事，溯讲席以前所为诗，得若干首，题曰《金陵集》。而汝楠来自衡州，经南浦，俞子乃出是集，属题评之。又溯《金陵集》以前诗凡数集，亦得览观，而汝楠盖重有感焉……俞子之诗由六朝入，以大历终者也。由六朝入而不安于六朝，而又下之;以大历终,而不安于大历,而又上之。下上拟议以为声音之所止,故其尽物似康乐,然兴寄远而淘洗净;无六朝之蹊径,精思似大历,然声格高而气味厚,非大历之寝衰……俞子之用志日凝于神而超悟之妙,已见大端。"

王绾序中称俞宪诗与盛唐名家相角立,显系溢美:"友人是堂俞君过山居,以《蓬莱集》示予。蓬莱者,越山之别名,是堂迁谪之所也。君处迁谪而志不改、情不变,兴常新、气常舒,声常锵然而有音。是集也,要其指归直与盛唐名家相角立,可以雄视一世矣。"朱彝尊《明诗综》卷四十七仅录俞宪诗一首,按语谓:"汝成手辑《盛明百家诗》,足称好事。而甄综未当,舍彼兰蕙,反存菉葹。卷首题识,都不成文。"(《静志居诗话》卷十二)《四库全书总目》著录《盛明百家诗》三百卷,《提要》云:"是编所录诸集,每人各冠以小序,略如殷璠《河岳英灵集》例,然其学沿'七子'之余波,未免好收摹仿古调、填缀肤词之作。又务以标榜声气为宗,不以鉴别篇章为事,故略于明初,而详于同时。至以其子渊、沂之诗列为二家,殆有王福畤之癖矣。"(《总目》卷一百九十二)引此二家之评,亦可见俞氏为学之取向、识见之高下。

257 沈山人续集十卷

沈霭(生卒年不详)撰。霭字伯雨,以字行。南直扬州府兴化(今属江苏泰州)人。嘉靖间布衣,能诗,与其兄雷、弟霭筑三髯雅居于湖上,饮酒赋诗。生平见《(咸丰)重修兴化县志》卷八《文苑》。

该集明嘉靖四十年(1561)王中孚刊万历四十一年(1613)孟城王百祥修补本,上海图书馆、台北图书馆藏。台北藏本二册。板框20厘米×13.5厘米。四周单边,版心白口,单黑鱼尾。半页九行十八字。钤有"国立中央图/书馆收藏"朱文长方。卷首有《沈山人续编诗叙》,署"嘉靖岁次甲子九月望日西野山人王中孚顿首书于南宫之官舍"。内卷一收"楚词"二十首,卷二收"乐府"二十六首,卷三至八卷收古近体诗三百余首。卷末有《跋沈山人诗后》,署"万历癸丑孟城后学王百祥书于风木堂中"。

既言"续集",则沈霭诗集当有前集行世。王中孚跋语曰:"庚子之岁,先君以贡事寓金陵承恩寺中,适江右老学究久病谋归,无以为装,因向先君曰:'予有板刻一付,乃公乡人诗也。桑梓之遗,远人之急。先生得无意乎?'读之,知为兴化沈山人诗。山人亦素善先君者也。乃出橐中装易之,及欲刷行,而中多残缺,遍索于昭阳亲友,绝无此集。几欲付之丙丁。今年春,偶从闽友方伯郊馆中检得旧本,始能校阅诠补,复为完刻。然书成而先君已不及见矣。"

258　射阳先生存稿四卷

吴承恩(生卒年不详)撰。承恩字汝忠,号射阳山人。南直淮安府山阳(今属江苏淮安)人。少习举子业,然困顿场屋,以岁贡赴京谒选,隆庆元年(1567)授浙江长兴县丞,二年以诬罢官。起补荆府纪善,后乞归。卒于万历八年(1580)左右,享年七十余岁。黄虞稷《千顷堂书目》卷八著录其有"《西游记》",另有《射阳先生存稿》四卷。生平见《(光绪)淮安府志》卷二十八。

该集明万历十八年刊本,台北故宫文献馆藏。二册。包角线装。板框19.5厘米×12厘米。左右双边,版心白口,单鱼尾。半页十行二十二字。小字双行二十二字。《吴射阳先生存稿叙》,署"万历庚寅夏日五岳山人陈文烛撰";李维桢《吴射阳先生集选叙》,署"南新市人李维桢本宁父撰"。卷末有《跋》,署"万历己丑仲春七日通家晚生吴国荣顿首书"。正文卷一题名下注"射阳吴承恩汝忠撰,震冈丘度志中校"。卷一收赋一首、骚一首、古体诗二十八首、近体诗八十一首、颂六首,卷二收序二十五篇,卷三收论、表、赞、杂著、志铭、诔、祭文、跋、启二十九篇,卷四为"障词"二十六首,词四十二首。

集由吴承恩之表孙汇刻而成,吴国荣跋语云:"射阳先生髫龄即以文鸣于淮,投刺造卢,乞言问字者恒相属,顾屡困场屋,为母屈就长兴,倅又不谐于长官,是以有荆府纪善之补。归田来,益以诗文自娱十余年,以寿终。奈绝世无继,手泽随亡。乌乎,伤哉。昔人谓生前富贵,死后文章。先生所值一何奇也。文福难兼,而造物忌多,取信矣。丘子汝洪亲犹表孙,义近高弟,从亲交中遍索先生遗稿,将汇而刻之,庶几存十一于千百,为先生图不朽耳。谋诸荣,荣以张子以衷、蔡子世卿皆辱先生忘年交者,相与校焉。"

陈文烛《吴射阳先生存稿叙》云:"吴汝忠卒几十年矣,友人陆子遥收其遗文,而表孙进士丘子度梓焉,问叙于陈子。往陈子守淮安时,长兴徐子与过淮,汝忠往丞长兴,与子与善,三人者呼酒韩侯祠内,酒酣论文论诗,不倦也。汝忠谓'文自六经后,惟汉魏为近古;诗自《三百篇》后,惟唐人为近古。近时学者徒谢朝华而不知畜多识,去陈言而不知漱芳润,即欲敷文陈诗,溢缥囊于无穷也,难矣。'徐先生与余深韪其言。今观汝忠之作,缘情而绮丽,体物而浏亮,其词微而显,其旨博而深。明堂一赋,铿然金石,至于书、记、碑、叙之文,虽不拟古何人,班孟坚、柳子厚之遗也;诗词虽不拟古何人,李太白、辛幼安之遗也。盖淮自陆贾、枚乘、匡衡、陈琳、鲍照、赵嘏诸人,咸有声艺苑,至宋张耒而盛。乃汝忠崛起国朝,收百代之阙文,采千载之遗韵,沉辞渊深浮藻云峻,文潜以后,一人而已,真大河韩山之所钟哉。汝忠与宝应朱子价自少友善,其文名与之颉颃,乃子价为太守,而汝忠沉于下寮。兹稿出,当与《山带阁集》并传,射阳陂之上,有两明珠也,因缀数语冠于简端。"

李维桢亦谓承恩之作:"与七子中所谓徐子与者最善,还往倡和最稔,而按其集独不类七子友,率自胸臆出之,而不染于色泽;舒徐不迫,而亦不至促弦而窘幅。人情物理,即之在耳目之前,而不必尽究其变。盖诗在唐与钱、刘、元、白相上下,而文在宋与庐陵、南丰相出入。至于扭织四六若苏端明,小令新声若《花间》《草堂》,调宫徵而理经纬,可讽可歌,是偏至之长技也。大要汝忠师心匠意,不傍人门户篱落,以钓一时声誉,故所就如此。"朱彝尊谓:"汝忠论诗,谓'近时学者,徒欲谢朝华之已披,而不知漱六艺之芳润,纵诗溢缥囊,难矣'。故其所作,习气悉除,一时殆鲜其匹。"(《诗话》卷十四)

259 使楚稿一卷附录凤山赠别一卷

戴经(生卒年不详)撰。经字伯常,号楚望。先世湖州德清(今属浙江湖州)人,父文润为良医,家安陆州郭外,后遂隶籍为承天府钟祥(今属湖北荆门)人。父卒,经年七岁,母徐氏年二十九,克励清操,抚其成人。嘉靖初授锦衣卫千户,积功至指挥使兼领诏狱。经虽为武职,然为人恂然仁恕,所交皆海内高名之士。士大夫被逮系者,经多护之,故士大夫多好与之交。经好阳明之学,亦有诗名。生平见《(民国)钟祥县志》卷十九。

《千顷堂书目》载戴经有《戴楚望诗集》(未知卷数),未见传。民国《钟祥县志》载戴经"所著文集百卷及诗集若干卷,有光为之序"。戴经诗文集散佚甚多,今存《使楚稿》一卷附录《凤山赠别》一卷,明蓝格抄本,台北故宫文献馆藏。一册。包背装。板框18厘米×13.1厘米。四周单边,版心白口。半页十行二十字。钤有"国立北/平图书/馆收藏"朱文方。首有戴时宗序。内收诗四十四首、记三篇、序一篇,附《凤山赠别》一卷,则收众人所赠诗文。

归有光曾序戴经诗文集,不载《使楚稿》,然其序殊有价值:"世宗皇帝自郢入继大统,戴楚望以王家从来,授锦衣卫千户,其后稍迁至卫金事,尝典诏狱。当是时,廷臣以言事忤旨鞠系者,先后十数人,楚望亲视食饮汤药衣被,常保护之,故少瘐死者。其后往往更赦得出……嘉靖四十四年,予中第居京师,楚望数见过,示以所为诗。其论欲远追汉魏,以近代不足为。予益异之。予既调官浙西,遂与楚望别。隆庆二年春,朝京师,楚望之子枢哀其平生所为文百卷,谒予为序。"(《四部丛刊》影康熙本《震川先生集》卷《戴楚望集序》)

260 东川诗集二卷

白世卿(生卒年不详)撰。世卿字汝衡,陕西巩昌府秦州(今属甘肃天水)人。正德十四年(1519)乡试中举,嘉靖八年(1529)进士,授芮城县令。历户部主事,累迁山东按察司佥事。生平见《(乾隆)直隶秦州新志》卷八。

该集明嘉靖间东郡方元焕校刊蓝印本,台北故宫文献馆藏。板框18厘米×13厘米。四周单边,版心白口,单鱼尾。半页九行二十字。钤有"国立北/平图书/馆收藏"朱文方。正文题名后注"天水白世卿撰,东郡方元焕校"。钤有"国立北/平图书/馆收藏"朱文方。无序无跋。卷上收古体五首、七绝二十一首、五绝四首、六言五首、五律七十三首,卷下收七律八十七首,内总收诗一百九十五首。

261 寓岱稿一卷

仲言永(生卒年不详)撰。言永字子常,号鹤年。南直隶高邮州宝应(今属江苏宝应)人。嘉靖四年(1525)举人,二十二年(1543)任泰安州知州。著有《寓岱稿》。生平见《(万历)宝应县志》卷八。

该集明嘉靖二十四年(1545)泰安刊本,台北图书馆藏。一册。板框19.5厘米×12.7厘米。四周单边,版心白口,无鱼尾。半页七行十七字。首有新安汪子卿《寓岱稿序》,署"嘉靖乙巳岁涂月朏书于蓬玄太空洞天";《寓岱稿序》,署"明进士济南沧溟李攀龙撰";古齐郡野史少岱子谷兰宗嗣兴撰《寓岱诗稿序》,署"嘉靖二十五年孟冬吉旦书于一亩儒宫";《刻寓岱稿叙》,署"嘉靖乙巳嘉平月朔门人邹弘文拜书"。正文题名后注"明泰安守鹤年仲言永著"。内皆五言近体诗,总六十六首。卷末有《寓岱稿序》,署"嘉靖丙午仲冬治下晚学王克孝顿首拜书"。今《甲库丛书》759册内《寓岱稿》底本即为台北藏本。

集乃仲言永任泰安知州时游历之作。汪子卿序曰:"鹤年仲侯之守岱也,道以绥民,文以饰政,退食瞻帷,邑邑愉愉,形诸歌咏,逾年得近体若干篇,曰《寓岱》,岱彦邹子仲礼、邓子和父刻而传之……仲侯之为诗也,本之以和平之情,发之以纯厚之气,养之以含弘之道,而充之以博硕之学,不剞劂而奇,不亢激而壮,不组绘而有文绮。是故于闻警晨起,见少陵之忧焉;于登岳饮寺,见樊川之旷焉;于长路古亭,见右丞之精焉;于观海惠剑,见高岑之雄且丽焉。"

李攀龙谓:"《寓岱稿》于怀览古昔,壮游幽赏所作,已怆爽不可读,至

'落日过重城'、'霜寒月影在空阶'数语,不涉色象,冲泊闲远,夜夕栖寄,荒莽岑寂,尚可为情哉!"

262 清华堂稿摘存六卷附录一卷

陈凤(生卒年不详)撰。凤字羽伯,号玉泉,又号元举。南直应天府上元(今属江苏南京)人。嘉靖四年(1525)举南直乡荐,十四年成进士,授南阳府推官,改彰德。以治绩优擢授刑部主事,历郎中,出为江西佥事,改四川,官至陕西参议。生平见顾璘《介寿堂记》(《息园存稿》文卷四)、《(万历)上元县志》卷十。

该集明嘉靖间刊本,台北故宫文献馆藏。二册。17.5 厘米×12.5 厘米。包背装衬装。四周单边,板心小黑线。半页九行十六字。钤有"苍岩山人书屋记"朱长、"镇易梁氏"朱文方、"国立北/平图书/馆收藏"朱文方。卷内文字旁有圈点。目录后有冯惟讷文一则,杨慎文一则。正文卷端题"南都陈凤著,新都杨慎批点,北海冯惟讷编"。内收五古诗五十二首,七古诗二十首,五律诗五十九首,七律诗五十三首,五绝诗三十首附六言绝八首,七言绝二十九首。附录杨慎《升庵先生诗启》及长诗十首。今《甲库丛书》第 776 册内《清华堂稿摘存》底本即为台北藏本。

集中部分诗作有杨慎评点,如卷一《田居杂诗》(癸丑岁作)其九后,杨慎评曰:"近似陶公,叙事明晰,必传之作也。"又在第十四首后总评曰:"田居十四首,首首有思致。"卷二《息县道中书所闻呈汝南贾使君》后评曰:"调在高岑之间,无晚唐喻凫苟鹤之衰飒,结妙!"冯惟讷评陈凤诗曰:"五言古体初启唐人扃钥,后入晋魏阃奥;七言歌行豪逸雄俊,真得盛唐三味,固已迥绝流调矣;五七言近体雅秀清畅,王、孟之流也;惟五言绝少伤平淡。古人云'字少意多,薄有让焉',领谕正副本,所宜损益,略加点订,例具各卷之首。其文句之未会于鄙心者,亦附点出以俟裁订。门下宗工,旷视千古。承学之见,未窥一斑。勉承借听,竭其愚谬,惟高明采择,则驽骀之后有千里焉。"

263 龟陵集三十五卷

蔡宗尧(生卒年不详)撰。宗尧字仲父,号东郭子。浙江台州府临海(今属浙江台州)人。嘉靖十六年(1537)举浙江乡试,选授松陵教谕,迁瑞金知县,改当涂。好吟咏,著有《龟陵集》。生平见《(康熙)临海县志》卷九、《(民国)临海县志稿》卷二十二。

《明史·艺文志》著录《龟陵集》二十卷，今存《龟陵集》三十五卷，明嘉靖二十八年(1549)松溪叶呆校刊本，台北图书馆藏。此诗文集是蔡宗尧惟一存世诗文集。六册。板框18.6厘米×12.8厘米。四周单边，版心白口，单白鱼尾。半页十行二十字。部分版心下记刻工名，如熊一、吴二、金、周二、郑二、张一、张自等。钤有"四明卢氏/抱经楼/藏书印"白文方二枚(大小、字形不同)、"刘承幹/字贞一/号翰怡"白文方、"吴兴刘氏/嘉业堂/藏书印"朱文方、"汪印/廷宁"白文方、"泰/克"朱文方、"国立中/央图书/馆考藏"朱文方。内文二十一卷，文集首有《龟陵集序》，署"嘉靖己酉春二月文林郎知松溪县事山渔丘詹曰贞书"；《龟陵集序》，署"嘉靖己酉花朝松溪峘峰叶逢阳叙"；嘉靖己酉三月之望东郭蔡宗尧序；《龟陵集叙略》，署"嘉靖壬寅孟冬三日东溟李海会于西郊商公旧墟之竹亭序"。文集正文题名后注"临海龟陵蔡宗尧著，松岩符验定正，南明俞时歆选录，松溪门人叶呆校刊"。卷一收赋十五首，卷二至二十一收记、传、叙事、序、碑铭、跋、书、辩、说、祭文、琴操、乐府、词等二百七十六首，诗十四卷。卷首有《龟陵诗集序》，署"嘉靖己酉仲夏松溪训导学虚徐钟彦书"。正文题名后注"临海龟陵蔡宗尧著，松岩符验定正，南明俞时歆选录"，总收古近体诗八百六十余首。诗集卷末有《跋龟陵文集后》，署"嘉靖己酉仲夏松溪儒学训导凌溪周世雄书"；《叙刻龟陵集后》，署"嘉靖己酉秋朔吉松溪门人叶呆顿首百拜书"。叶呆跋有后人心宸题识："戊子六月廿一晒书，重整朽处断简残编，琪花瑶草，先大夫之训也。"今《明别集丛刊》第二辑第77册内《龟陵集》即据明叶呆刊本影印。

门人叶呆《叙刻龟陵集后》云："我师东郭蔡先生之集刻独以龟陵名，何居？以志本也……先生性嗜山水，至则登庐峰、叩禅岩，凡环松胜莫不临眺赏咏。恋古人则心照神交，抚时事则慷慨悲歌。小子获览数章，未尝不颐解神游。不求全制以究厥蕴，可乎？一日偕同门严子扬秀、叶子诗第请之，先生出全集，凡四帙，目□□□文思深哉！忠爱发越，其董贾之遗乎？诵其诗，泱泱乎其风雅也哉；绎其赋，美哉！丽乎！跨两都而骋上林矣。金相玉振，不饰而华，诚游艺之巨工，摛翰之哲匠也……于是锓梓斯集也。"

钱谦益《列朝诗集》丁集卷十录宗尧诗五首，"小传"谓："松溪诸生刻其文曰《龟陵集》。多识古文奇字，诘曲取裁，殆亦圭峰(罗玘)之流亚，出于嘉靖中年，故知其蔑视李、王矣。老死青毡，世不复知其氏名，可感也。"

264　翔鸿集一卷

张之象(1508—1587)撰。之象字月麓，一字玄超，号王屋。松江府上海龙华里(今属上海)人。以诸生入国子监,五试不举,益发愤读书,博览群籍,专力治古。嘉靖末以例监授浙江按察司知事,迁布政司经历。性倜傥,不能为小吏俯仰,隆庆元年(1567)投劾归。万历十五年(1587)正月初一卒,年八十一。生平见莫如忠《王屋张公墓志铭》(《崇兰馆集》卷十九)、王彻《王屋先生传》(见《唐诗类苑》正文前《王屋先生传》)、王兆云《皇明词林人物考》卷十一、张廷玉等《明史》卷二百八十七。

该集明嘉靖三十四年(1555)朱大英刊本,台北图书馆藏。二册。板框16.4厘米×12.9厘米。左右双边,版心线黑口,单白鱼尾。半页十行十八字。鱼尾下镌题名"翔鸿集",下记刻工姓名。卷首有《翔鸿集序》,署"嘉靖乙卯冬十月朔日明南京国子监司业前史官同郡朱大韶撰"。钤有"刘承幹/字贞一/号翰怡"白文方、"吴兴刘氏/嘉业堂/藏书印"朱文方、"柳蓉/春经/眼印"白文、"博古斋/收藏善/本书籍"朱文方、"国立中/央图书/馆考藏"朱文方。正文题名后注"云间张之象玄超著"。总收诸体诗一百十余首。

此集乃朱大韶弟大英所为刊,大韶序云:"《翔鸿集》者,余友王屋山人张君玄超避难往来金陵时所著诗也……是集也,今年(嘉靖乙卯——作者注)秋,余弟大英得之山人馆中,持献余于学舍。时秋暑甚炽,余张灯读之终卷,汗沾沾下不止。余弟从旁侍,见余喜动眉宇,请曰'兄爱之耶? 弟将刻之以传。'余因而序之。"

张之象自述曰:"余少治举子业,即窃有意于述作,谓一旦得与俊义计偕,际鹓鹭之末簉,未必无一言以润色鸿业,黼黻大猷,并于世之作者,固余之志也。五上有司,落羽而归,余倦且休矣。幸有敝庐在浦上,水竹幽寂,岁时奉亲,耕钓之暇,取故业反复寻究之,庶几成一家言,以要之后世之知我者,又余之志也。往年,狂寇突至,里无宁宇,余亦仓皇出走,始适吴兴,旋上金陵。金陵故旧游地也,一时故人如何元朗叔皮昆季、许仲贻、邢伯羽、盛仲交、姚原白,四方贤豪若朱子价、吴汝忠、吴而待、黄淳甫氏,愍余奔走,相与慰藉,余稍获栖息焉。然桑梓在念,势不能久客。方投故间,而金革之惨、里胥之扰,又促余长征矣。故余三岁之间,往来金陵者数数焉。皇皇旅人,卒岁中野,六翮未齐,难以高举。目伤残之状,巧不能绘图;愤时事之失,力不能叫阍。欲结客以死难,囊无厚赀;欲挽戈以向敌,勇不副志。忧来无绪,欲语谁从? 故一时愤惋不平之意,咸形之诗耳!"

朱大韶谓之象往时之作,"冲融夷怿,皆和平之音",惟兹集"则忧时感事,真有哀鸣嗷嗷之意"。大韶读之终卷,为之"汗沾沾下"。亦生同命相怜之慨:"山人以鸿渐之仪,思奋风云之遇,而时谬不然;复值离乱,鸡群为伍,蓬蒿是困,宜其所悲愤者,有不容已已矣。然世网变幻,其来不测,达观与浅见之士言亦不类,情事偶忤,辄兴怅惘,意味消阻,词旨悲凉,噤不能吐一壮语,此与儿女子何异? 余观山人,虽往来奔走,羁旅无聊,酒边思生,景会言出,藻泽敷腴,无索莫不堪之状,且色不失于囊空,气犹奋于舌在。山人之达观,冥冥轩举,岂俗情所能羁维者哉。”

莫如忠于《墓志铭》中言张之象:“博综群籍,囊括百氏,勒成一家言,与海内士别建旗鼓而驰,斯诚伟矣。迨其潜神积思,久而神诣,时发之诗若文。其诗尔雅冲澹,兴寄廖远,有魏晋风;其文闳深奥衍,出入东西京,不作晚近语。”

265　赵太史诗钞六卷

赵贞吉(1508—1576)撰。贞吉字孟静,号大洲。四川成都府内江(今属四川内江)人。嘉靖七年(1528)举人,十四年进士,选翰林院庶吉士,授编修。迁右春坊右中允。二十九年,京师戒严,贞吉疏言合帝意,擢左春坊左谕德兼河南道监察御史。以触怒严嵩,廷杖,下诏狱,谪荔波典史,量移徽州通判。稍迁南京文选司主事,进郎中,升光禄寺少卿,进右通政光禄寺卿,再进户部右侍郎,又以忤严嵩夺官。隆庆改元(1567),起礼部左侍郎兼翰林院学士,掌詹事府,寻进南礼部尚书。三年秋兼文渊阁大学士,预机务,加太子太保。六年与高拱政见不合,引疾归,家居五年,万历四年(1576)卒,年六十九,赠少保,谥文肃。生平见胡直《赵文肃公贞吉传》(焦竑《国朝献征录》卷十七)、过庭训《本朝分省人物考》卷一百○七、王兆云《皇明词林人物考》卷八、张廷玉等《明史》卷一百九十三。

该集明隆庆间原刊本,台北图书馆藏。一册。板框21厘米×15厘米。左右双边,板心白口。半页十行十六字。钤有“国立北/平图书/馆收藏”朱文方。无序无跋。卷一《馆中稿》,收诗六十首;卷二至四为《行役稿》,收诗一百七十九首;卷五《留都稿》,收诗十二首;卷六《家居稿》,收诗三十五首。

钱谦益《列朝诗集》丁集卷十一录赵贞吉诗十四首,“小传”谓贞吉:“为诗骏发,突兀自放,一洗台阁婵媛铺陈之习。其文章尤为雄快,殆千古豪杰之士,读之犹想见其眉宇云。”《四库全书总目》著录贞吉明万历刊本《文肃集》二十三卷,“提要”谓:“贞吉学以释氏为宗,姜宝为之《序》,曰:今世论学者,多阴采二氏之微妙,而阳讳其名,公于此能言之,敢言之,又讼言之、昌言之,而不少避忌。盖其所见真,所论当,人固莫得而訾议也。其持论可谓悍矣。”(《总目》卷一百七十七)

266　进讲录五卷附录一卷

赵贞吉撰。贞吉生平见《赵太史诗钞》条。

该集明文曲山堂刊本,台北图书馆藏。四册。板框 16.5 厘米×13.6 厘米。左右双边,版心白口,单黑鱼尾。半页九行十六字。版心鱼尾下注卷数,下端注"文曲"。钤有"王氏二十八宿研/斋秘笈之印"朱文长方、"恭/绰"朱文方、"退庵/经眼"白文方、"玉父"白文长方、"国立中央图/书馆收藏"朱文长方。无序无跋。正文题名后注"讲官臣赵贞吉"。讲章始于隆庆元年,每一讲章后注明日期。卷一为"圣驾临雍讲章",卷二至五为"日讲直解"。附录"国学讲章"(西厢诸生会讲)。

267　皇甫水部集二十四卷

皇甫濂(1508—1564)撰。甫濂字子约,号理山。南直苏州府长洲(今属江苏苏州)人。嘉靖七年(1528)充郡学增广生,十三年举南直乡试,二十三年成进士,除工部都水主事。丁内艰,服除,起原官。官至福建兴化府同知。三十五年入觐,投劾归。与兄冲、汸、涍并有诗名,称"皇甫四杰"。卒于嘉靖四十三年,年五十七。生平见皇甫汸《水部君墓志铭》(《皇甫司勋集》卷五十七)、过庭训《本朝分省人物考》卷二十三、王兆云《皇明词林人物考》卷八、张廷玉等《明史》卷二百八十七。

该集明隆庆三年(1569)刊本,台北故宫文献馆藏。十册,板框 17.0 厘米×11.7 厘米。左右双边,板心白口,单鱼尾。半页八行十六字。钤有"真州吴氏/有福读书/堂藏书"白文长方、"国立北/平图书/馆收藏"朱文方。卷首有《皇甫水部集序》,署"隆庆己巳长至日兄汸子循撰"。正文题名后注"吴郡皇甫濂子约撰"。正文有缺页。书中有前人朱笔圈点批校。皇甫汸述集之内容曰:"总得乐府五十一首,五言古诗一百七首,七言古诗三十四首,五言律四百六首,排律三十四首,七言律一百五首,五七言绝句一百六十首。杂文十三首,勒为二十卷。传诸词苑,始自甲辰之后,附以癸卯之前,由仕始也。"

皇甫汸序曰:"《皇甫水部集》者,季弟子约所撰也。吾家世擅藻艺,并妙声诗,取友于埙篪,接翼于鸣雁。子约生而聪颖不凡,方臻童乌之龄,即占咏鹅之句。子安所叙基稿,是已其为人也。释恋域中,抗情物外,虽志薄三公,而不忘一第,遂帷研时义,案辍雅音。世庙甲辰,果擢南宫第二,犹以屈于一人为恨。取忌铨曹,两授水部,非其好也。乃玩弄爵服,厌弃簿书。览卫生之经,求引年之术。朝谒屡违,省期不顾。贾傅承谴,马卿倦游,子约近之矣。至奉使楚甸,左宦梁园,稍迁郡佐,地接武夷,每探历胜境,物色畸人。既辑客郢之篇,复积居闽之草。岁在丙辰,沿牒入觐,投劾自免。台檄交驰,坚辞不就。其山居也,诛茸三亩,披味双玄,戒阍者勿妄通宾,惟高僧大士时获瞻晤。郡庭邑室,绝迹罕臻……晚耽诗品,永托琴心。悉屏垢氛,洞析名理。故其为诗,每出闲旷,弥觉冲逸,兼好绿华紫清之章,贝叶珠林之偈,景纯振响于仙游,摩诘摅怀于禅寂,兴到斯成,曾无造次应酬之语。"

朱彝尊《明诗综》卷五十录皇甫濂诗七首,"小传"谓:"子约宦亦不达,与诸兄同诗稍不逮也。"陈田《明诗纪事》戊签卷五录皇甫濂诗九首,引宋征舆语曰:"子约盛有才名,其诗颇伤浮急",按语谓:"子约诗步趋晋、宋、盛唐,善于言情,读之令人增骨肉之重,近体微伤局促。"

268　赵浚谷诗集六卷文集十卷首一卷

赵时春(1509—1568)撰。时春字景仁,号浚谷。陕西平凉府平凉(今属甘肃平凉)人。年十四中陕西乡试,嘉靖五年(1526)成进士,选翰林院庶吉士,六年授刑部主事,八年调兵部武库司主事。九年以疏触帝怒,下锦衣卫狱,斥为民。十八年起任翰林编修兼司经局校书。明年与罗洪先、唐顺之上疏请太子临朝,触帝怒,复斥为民。二十九年以俺答入侵京师,起兵部职方司主事,协防京师。三十年迁山东按察司兵备佥事,三十一年进副使,三十二年以右佥都御史巡抚山西,提督雁门诸关,兵败于俺答,被劾回籍听调。隆庆元年十二月二十七(1568年1月25日)卒于家,年五十九。生平见周鉴《浚谷赵公行实》(《赵浚谷先生集》附录)、徐阶《赵公墓志铭》(《世经堂集》卷十八)、王兆云《皇明词林人物考》卷七、张廷玉等《明史》卷二百。

时春诗文集现存明隆庆五年刻《浚谷赵先生文粹》五卷、嘉靖二年刊本《赵浚谷诗集文集》十六卷、嘉靖四十四年刊本《赵浚谷诗集》六卷文集十卷首一卷、万历八年(1580)周鉴刊本《赵浚谷先生集》十七卷。其中,《赵浚谷诗集》六卷文集十卷首一卷,明嘉靖四十四年(1565)刊本,傅斯年图书馆藏。十八册。左右双边,版心白口,单鱼尾。半页十行二十一字。卷首有《浚谷先生集序》,署"时嘉靖壬戌春殿赐进士钦差巡抚江西等处地方兼理军务都察院右副都御史滁阳柏泉胡松序";嘉靖四十四年李开先序。内诗六卷文十卷,首一卷。首一卷为《永思录》《赵浚谷疏案》。总收诗一千五百余首,文二百八十余篇。

时春在朝时,以天下为己任,与罗洪先、唐顺之为友,时有"三翰林"之目。亦有诗名,名列"嘉靖八才子"(其余七人为陈束、王慎中、唐顺之、熊过、任瀚、李开先、吕高)。李开先序《浚谷诗文集》,谓其"诗有秦声,文有汉骨,朴厚而近古,慷慨而尚义,此三秦风气"。清黄宗羲《明文海》录时春文二十六篇,评语云:"浚谷之文,奇崛顿挫,精神透于纸背,在唐亦杜樊川流亚。"清钱谦益《列朝诗集》丁集录其诗三首,"小传"云:"景仁慷慨磊落,抵掌谈天下事,靡不切当。以边才自负,遇战阵披甲跃马,身当虏冲。屏废家居,每闻警,未尝不投袂而起也。《浚谷集》诗六卷,大率伸纸行墨,滚滚而出,优浪自恣,不娴格律。李中麓云'浚谷诗有秦声',信然。"清朱彝尊《明诗综》卷四十录时春诗二首,"诗话"云:"景仁慨当以慷,如击唾壶,不必中节。"《四库全书总目》著录《赵浚谷集》十六卷、《别本浚谷集》十七卷,"提要"谓:"春素以将略自命,不屑屑以诗文名,然《明史》本传称其读书善强记,文章豪肆,与唐顺之、王慎中齐名。今观其诗文,多慷慨自喜,不可拘以格律。"

269　西曹诗集九卷

高岱(1510—1567)撰。岱字伯宗,号鹿坡。祖籍京师,后徙居京山(今属湖北),遂为京山人。嘉靖十年(1531)领乡荐,二十九年成进士,除刑部主事。时董传策、张翀、吴时来等疏劾严嵩父子不法事,诏逮系狱,欲置诸人重典。岱言于尚书郑晓,得遣戍,又为治装,送之郊。嵩以此迁怒高岱,会景王之国,出岱为长史,不久卒于任所。生平见徐学谟《高岱传》(《徐氏海隅集》文集卷四十)、过庭训《本朝分省人物考》卷七十七、王兆云《皇明词林人物考》卷七、《(康熙)京山县志》卷七。

该集有明嘉靖末年刊黑口本,台北故宫文献馆藏。二册。板框19.1厘米×12.9厘米。四周双边,板心黑口,单鱼尾。半页八行十八字。钤有"国立北/平图书/馆收藏"朱文方、"苍林/藏书"朱文方、"苍严山人书屋记"朱长印、"苍严子"朱圆印、"观其大略"白文方。卷首有《西曹诗集序》,署"嘉靖肆拾贰年岁在癸亥孟春之日明朝列大夫四川布政使司右参议吉人胡直撰";《西曹集序》,署"嘉靖庚申秋七月中元日明承德郎尚宝司司丞濮阳李先芳撰";《西曹集序》,署"嘉靖庚申冬十月朔日明翰林院检讨征士郎顺阳李袭撰";《西曹集序》,署"嘉靖辛酉春二月望日明奉议大夫礼部郎中汝南张九一撰"。正文卷端题"京山高岱著"。总收古近体诗四百五十余首,卷九收赋五篇。今《甲库丛书》第791册内《西曹诗集》九卷底本即为台北藏本。

李先芳序《西曹诗集》云:"自丙辰岁,余迁比部,与伯宗为同舍郎。伯宗性介寡合,余兄事之甚谨。朝夕论议,不啻以石投水,饮醇自醉也。每有作,必相裁而后发。伯宗论古诗取法汉魏,拟近体型范盛唐。自十二子李杜之外,不淆目中,骎骎风雅之门墙矣。非欲睥睨前人,慎所宗也。故所作种种,具有张本,及上拟苏李,下逮鲍谢,诸篇虽文通不能过也。又尝疑词人不检细行,而鲜通世务,故尺短寸长,工此失彼,今之通病也。伯宗躬俭素,重然诺,举趾有度,一介不轻取。”

钱谦益《列朝诗集》丁集卷五录高岱诗四首,“小传”谓:“伯宗初与李伯承(李先芳)结社长安,进王元美于社中。及于麟诸人鹊起,而伯宗左迁去,遂不与‘七子’之列。伯宗诗体略与伯承相似,而时多矜厉之语,开‘七子’之前茅。于麟《诗删》录伯宗诗甚富,盖亦追其筚路蓝缕之绩欤?伯宗自论其诗,以为近孟襄阳,则相去远矣。”

270 重刻南溪先生集四卷首一卷附录二卷

邓汝相(1510—1589)撰。汝相字仲弼,号南溪。江西建昌府南丰(今属江西抚州)人。嘉靖十三年(1534)举于乡,授祁阳知县,升云南宾川知州,谢病归。家居二十余年,万历十七年(1589)卒,年八十。生平见陈荐《南溪邓先生墓志铭》(《重刻南溪先生集》附录)、《(同治)南丰县志》卷二十四、《(光绪)建昌府志》卷八。

该集万历末年南丰邓氏绣椿堂刊本,江西图书馆、台北图书馆藏。台北藏本四册。板框21.0厘米×12.9厘米。四周单边,版心白口,单黑鱼尾。半页八行二十字。钤有“刘承幹/字贞一/号翰怡”白文方、“吴兴刘氏/嘉业堂/藏书记”朱文方、“国立中/央图书/馆考藏”朱文方。卷首有《邓南溪先生文集序》,署“楚祁门人陈荐撰”;《南溪邓先生集序》,署“睡庵居士汤宾尹题”;《祁阳原刻序》,署“嘉靖庚申一阳月吉湘源蒋蕴善谨书”;《祁阳原刻序》,署“嘉靖庚申冬十一月朔日仁轩李长春谨书”;《祁阳原刻序》,署“嘉靖庚申十一月致仕治生漆廷资拜书”;《祁阳原刻跋》,署“嘉靖庚申十一月祁阳训导中都怀远胡科谨跋”;《祁阳原刻序》,署“嘉靖辛酉正月既望乡进士义务知县致仕治生张拱北顿首书”;《南溪先生续集后序》,署“万历癸巳正月人日门人李良牧顿首谨识”。继有邓汝相像及赞语。首一卷为“乡贤实录”、《邓南溪刺史传》《拟祀乡贤看详》《祁阳县举祀名宦呈状》等。正文题名后注“南丰南溪邓汝相著,门人楚石陈荐正,孙(邓)继科、继□、继昌、曾孙一色、一举重校”。卷一卷二为诸体诗,收诗近二百首,卷三卷四收记、传、序等杂文七十篇,附录二卷为陈荐所作《墓志铭》及祭文、赠序、书启等。

李良牧序曰:"先生诗文集庚申岁刻于祁阳,致政以来酬应益富,癸未之秋,先生谓良牧幼受业门下,可与言诗,属编次焉。自惟久负陶铸,罔窥作者之轨,然忝从二三子后职也,何敢辞,既类正成帙以复于先生。先生付仲子元英,将刻为世守。越七年,先生为九京之游,仲子既免丧,则归侍矣。季子元宾痛成命未就绪,索前稿登梓,逸不可得,肶箧检已所藏手泽,得诗百十六首,文十篇,其他属门人代笔者不敢混入,盖贵真不贵多也。"

271　可泉先生文集十五卷

蔡克廉(1511—1560)撰。克廉字道卿,号可泉。福建晋江(今属福建泉州)人。嘉靖七年(1528)领乡荐,明年成进士,授户部主事,改刑部。坐张延龄狱事,谪广德州同知。量移庐州,迁南礼部员外郎,进郎中,出为贵州提学佥事,未行,丁外艰归。服阕,起补江西提学佥事,升广东提学副使。擢浙江右参政、江西按察使,升江西右布政使,寻擢佥都御史,巡抚江西。进都察院右副都御史,总督漕运,入为户部右侍郎,寻转左,进南京户部尚书。三十九年卒于官,年四十九。生平见《(万历)泉州府志》卷二十、《(乾隆)福建通志》卷四十五、《(乾隆)晋江县志》卷十。

该集明万历七年(1579)晋江蔡氏刊本,台北图书馆藏。八册。板框19.2厘米×12.9厘米。四周双边。版心白口,单黑鱼尾。半页九行二十字。钤有"吴兴刘氏嘉/业堂藏书记"朱文长方、"国立中/央图书/馆考藏"朱文方。部分版心下记刻工名,如熊二、王一、叶一、陆、奇、伯、付、徐、林、日、子、谟等。首有《蔡可泉先生文集序》,署"万历戊寅年腊月谷旦赐进士出身承直郎南京刑部广东司主事年家晚生苏浚谨序"。正文题名后注"晋江蔡克廉道卿著"。卷一至五收序,卷六收记、颂,卷七至十收奏疏,卷十一收志铭,卷十二收祭文,卷十三收杂著,卷十四收诗六十六首,卷十五收公移。卷末有杨廷相《序可泉先生文集后》;又《识文集后》,署"万历己卯季春□□男应龙、应麟谨识"。

其子记集之成编、刊刻云:"(父)为文未尝艰深诡袭,令人不可摸捉。务在发挥心源,根极理要,且融悉今古情事,学士家宗之。若其建白注措,类皆忠爱。所发中时膏肓,行之章章明效,至今所在有余思焉。盖大人以功业显文章,以学术经世务,固非徒沾沾翰墨未已也。惜乎,天年不假,著作靡竟,笥中所遗宿草,未遑手校,已逸其三之一矣。不肖兄弟冲弱即不及侍先大人,督晦百凡,隳者惴惴焉,惟弗克振是惧。兹幸逐队京国间,睹海内名公巨卿皆有所托,以永于世,又安忍吾大人之精华终泪没无传已哉,敬录而梓之。始事于万历戊寅仲秋之朔,成于己卯仲春望日,因以所闻纪于末。"

《四库全书总目》著录《蔡可泉集》十五卷,"提要"谓:"克廉少与乡人王慎中齐名,而其文乃远不及慎中。苏浚序称克廉秉枢执钺时,慎中已跧伏故园,日寻欧、曾之绪,而克廉方锐意事功。论者谓慎中'阒寂丘园,故文独工'云云。是当时已有定评矣。"(《总目》卷一百七十七)

272　寓武林摘稿不分卷

吴世良(生卒年不详)撰。世良字叔举,号云坞山人。浙江严州府遂安(今属浙江杭州)人。嘉靖十六年(1537)举浙江乡试,明年成进士,授长洲知县,多善政。改国子监博士,历官广德州判官、广信府通判。性阔达不羁,负气忤俗,不治生产,赋诗纵酒。殁之日,家徒四壁。诗文甚富,惜多散佚。生平见《(雍正)浙江通志》卷一百八十二、《(光绪)严州府志》卷十九、《(民国)遂安县志》卷七。

《千顷堂书目》著录世良有《云坞山人稿》十七卷,未见传。另著录《寓武林摘稿》不分卷,今存明嘉靖刊本,台北图书馆藏。二册。板框20.3厘米×13厘米。四周单边,注文双行。半页七行十六字。全书无序无跋,亦无目录。各卷正文题名后注"明进士浙古睦吴世良著"。诗按体分八类,文则分传、志、记及叙文两类。依次为七言排律类,五言排律类,乐府类,七古歌行类,五言古诗类,七言律诗类,五言律诗类,七言绝句歌诗类,传、志、记类,叙文类。集中多留墨钉,当为板刻未成而试刷印之本。

273　朱镇山先生集二十卷

朱衡(1512—1584)撰。衡字士南,号镇山。江西吉安府万安(今属江西吉安)人。嘉靖十年(1531)领乡荐,明年成进士,除尤溪知县,徙婺源。以治绩优等,征授刑部主事,进郎中。出为福建提学副使,擢山东布政使,升右副都御史,巡抚山东。擢工部右侍郎,改吏部,升南京刑部尚书,寻以工部尚书兼副都御史总理河漕。隆庆元年(1567),加太子少保,召还掌部事。万历二年(1574),言官劾以刚愎,再疏乞归。万历十二年卒,年七十三。生平见于慎行《镇山朱公衡行状》(焦竑《国朝献征录》卷五十)、胡应麟《万安朱公墓志铭》(《少室山房集》卷九十二)、过庭训《本朝分省人物考》卷六十八、张廷玉等《明史》卷二百二十三。

该集明万历十九年(1591)岭南陈宗愈婺源刊本,台北故宫文献馆藏。五册。板框 20.7 厘米×13.5 厘米。左右双边,板心白口,单鱼尾。半页九行十八字。钤有"诗龛/居士存/素堂/图书印"朱文方、"瀵川洪轼/澄藏书"朱文长方、"国立北/平图书/馆收藏"朱文方、"真州吴氏/有福读/书堂藏书"朱文方、"诗龛/书画印"朱文方。卷首有《朱镇山先生集序》,署"万历辛卯八月朔前进士通议大夫兵部左侍郎新都汪道昆书"。江道昆序文第一页中缝下记"吉人刘约"。正文题名左注"庐陵朱衡士南甫著,岭南门人陈宗愈抑之甫校刊"。内诗八卷,收诗六百五十余首,文十二卷,收各体文一百四篇。

汪道昆言曰:"(朱衡)子光禄集先生诗八卷文十二卷,版而传之,陈婺源为光禄门人,领剞劂之役,则以先生于民社为旧令尹,于师门为王父师司马……吾见其为雕镂、为刻画,吾见其为丹垩、为绮疏,此大匠之绪余,居肆者之臣虏也。故经世者谟谟,明者壹禀于道。名家者技,技精则进于道矣……则其所论著本之以宋儒之心得,时出之以炎汉皇唐之弘词,以此经世则如羊角、如扶摇,以此名家则如于喁、如众窍,吾党直以股鸣、以短鸣、以翼鸣者耳,恶能竞金和而赴玉节乎哉。是役也,县大夫倡之,婺人士群然应之。《诗》有《甘棠》,歌有'衮衣章甫',皆是物也已焉哉。"

274　耆龄集一卷

冯迁(1512—?)撰。迁字子乔,号樵谷。南直松江府青浦(今属上海)人。布衣,能诗。隆庆、万历间与朱邦宪齐名,称"云间二妙"。父冯淮,弟冯遽,俱能诗,父子兄弟间常自相唱和。平生以砚田糊口,虽与名公大卿多有往来,却耻事干谒,裹足里门,萧然贫士,与山人游谭剿说者不同。著有《长铗斋集》七卷。生平见朱家法《冯子乔先生行状》(《朱季子草》卷二)、何三畏《冯山人父子传》(《云间志略》卷二十)、《(嘉庆)上海县志》卷十四。

该集明隆庆五年(1571)新都汪稷刊本,台湾故宫文献馆藏。一册。18.3 厘米×13.7 厘米。左右双边,板心白口,单鱼尾。半页八行十六字。钤有"吴兴刘氏嘉/业堂藏书记"朱文长方、"陵隐痴子"白文不规则形印、"国立中/央图书/馆考藏"朱文方。部分版心下记刻工姓名,如沈乔(或作"长洲沈乔刊")、仇朋(或作"锡峰仇朋刊"、"仇")、计万镗(或作"计")、沈元一等。注文双行。卷首有《耆龄集序》,署"赐进士出身承德郎刑部山东清吏司主事邑人孙应魁撰"。书末有序跋二篇:一《耆龄集序》,署名"陇西董子元撰"。一《耆龄集跋》,署名"隆庆辛未春日新都汪稷书于好德轩"。跋曰:"辛未二月,先生届六十,群公咸赋诗为贺,先生倚韵答谢,计若干首,稷敢请梓以传,比部孙先生序之于首。"

集乃冯迁隆庆五年六十寿诞,友人三十八人赠诗为贺,迁乃一一赓和,因刻为《耆龄集》一卷。正文题名后注:"隆庆辛未,迁贱齿及耆,三月十九日初度,蒙群公赋诗为贺,自笠翁相公以至家弟子潜凡计三十八人,得诗三十余首。五月初旬,梅雨霖淫,江馆无事,因次第奉和以谢。"赠诗者,既有"凤峰沈太仆(沈恺)"、"中方范太仆"(范惟一)、"文石朱司业"(朱大韶)等缙绅名人,亦有"王小石"、"刘少村"等布衣诗人。卷末另有朱察卿题识一则。

孙应魁序云:"予尝暇日阅览《江皋集》,气格浑厚,词调清雅,似开元、大历间人语,殆古作者之流欤!……子乔早岁攻古文词,而益密其作。五七言近体皆清丽雅淡可□,观所著《长铗》诸稿,亦足见其概矣。今年春,先生甲子已六十,海上士大夫与先生善者,抒辞为先生寿,盖自御史大夫笠江潘公而下,诗凡若干首,先生依韵赓和,汇成一帙,足以占其蕴藉之富,兴致之高,而其用心亦勤矣。"

275 东征漫稿二卷

包大中(1514—1568)撰。大中字庸之,号三川。浙江宁波府鄞县(今属浙江宁波)人。为诸生。因病立志于诗书画,学于文徵明。有四方之志,遍游吴中、留都、京师,后入赀为部从事,司尚书章印,迁长芦都转运司知事,至长芦,条瓚政十余事,商民称便。以治绩优,转福建建阳县丞,兼摄寿宁令,与征倭寇,为纪功官,多所筹划。隆庆二年正月十九卒,年五十五。生平见张时彻《三川包君墓志铭》(《芝园集》定集卷四十一)、《(康熙)鄞县志》卷二十上。

该集明嘉靖三十六年(1557)四明包氏建阳刊本,台北故宫文献馆藏。一册。板框17.5厘米×11.5厘米。四周双边,版心白口,单白鱼尾。半页八行十八字。版心鱼尾下镌"东征漫稿卷上或卷下"。卷首有《东征漫稿序》,署"嘉靖丙辰冬一阳月谷旦赐进士出身奉训大夫秀水侍山钟一元书于长溪郡之冰壶秋月堂"。正文题名后注"四明包大中著"。内收诗九十余首。卷末有《东征漫稿后序》,署"嘉靖丁巳春季海上龙山人顾名儒撰";后序,署"嘉靖丁巳夏四月望日新安石峰汪尚庸跋";《东征漫稿跋》,署"嘉靖丁巳仲春望四明包大中跋于建阳官舍"。今《甲库丛书》第805册内《东征漫稿》底本即为台北藏本。

包大中跋语言集之刊刻曰:"大中自少壮游览海内,得从诸名公之后恒

以词赋自娱,岁益深而嗜益笃,垂二十余年,踪迹几遍半天下。北抵沙漠,南
尽沧溟,其间所遇虽喜怒哀乐自殊,而吟咏罔辍,计其篇不下数百,自不敢妄
阅于人,盖以山讴渔唱,讵可曳声于阳春白雪之门哉?适余与戎务海徼,冲
历寒暑,自分菲劣,固不若班孟坚遭际一时之盛,而得效纪勒之功。其间危
险艰辛、抑郁无聊、慷慨激愤之际,不觉盈诸篇叶者仅百余首,不过几履历之
时事耳,敢以词家窃附而自取效颦之诮耶?时因蓉翁董府尊、侍翁钟郡守诸
公辈同事戎机,辱持归,备阅而正之,即收录命梓,遂题曰《东征漫稿》,然非
大中之志也。"

　　集名《东征漫稿》,盖因东征倭寇其间有感而发。汪尚庸跋语曰:"嘉靖
丙辰冬,倭夷寇福宁,盘据三沙海屿,抚按道檄召三川与余同典戎务。比至,
遂与州守侍山钟公将兵剿击,冒矢石、历艰危,君参筹赞画,一德一心,而悼
时感物,吟咏犹昔。既而寇平,乃出示一帙,则两举东征,今昔手稿也。但见
真率混融,天趣逸发,叙事引物,不为形声体格牵扰,与李杜绳墨矩矱酷相类
颉颃,越棠陵诗豪然欤?盖由醇谨修饬,襟度旷达,是故发为声诗,亦清绝不
凡,尤为脍炙人口,岂漂辞刻意绝性真之自然者所可同乎?"

　　张时彻《墓志铭》称包大中:"学诗学书学画,诗宗谢榛,书若画师文衡
山氏,称入室。"《四库全书总目》著录包大中《包参军集》六卷,"提要"谓包
氏:"以尝预征倭之役,故称'参军'。是集随事立名,曰《薄游集》,曰《武夷
集》,曰《归来集》,曰《台雁集》,各一卷;曰《东征漫稿》二卷。"(《总目》卷一
百七十八)以此知《东征漫稿》乃《包参军集》六卷中之一部。

276　沧溟先生集十四卷序目一卷附录一卷

　　李攀龙(1514—1570)撰。攀龙字于麟,号沧溟。山东济南府历城(今
属济南)人。九岁丧父,然立志于学。嘉靖十九年(1540)举山东乡荐,二十
三年成进士,试政吏部文选司,明年移疾归。二十五年,除刑部广东司主事。
二十九年进员外郎、郎中。三十二年外出为顺德知府,三十五年擢陕西提学
副使,告病归。隆庆改元(1567),起为浙江按察副使,二年迁布政司左参政,
旋擢河南按察使,未几以母丧归。四年八月二十突发心痛卒,年五十七。生
平见殷士儋《李公墓志铭》(《沧溟集》附录)、王世贞《李先生攀龙传》(《弇
州四部稿》卷八十三)、王兆云《皇明词林人物考》卷九、张廷玉等《明史》卷
二百八十七。

　　该集扉页题"沧溟诗集",日本延亨五年(清乾隆十三年,1748 年)京都
向荣堂刊本,傅斯年图书馆藏。十册。牌记页镌"《沧溟诗集》,济南李攀龙

著,南濒关先生校,皇都书林,向荣堂广文堂。"左右单边,版心白口,单黑鱼尾。鱼尾上镌"沧溟集"。半页十行二十字。卷首有延享戊辰春三月浪华关世美《李沧溟诗集序》;隆庆壬申七夕西蜀友人张佳胤《李沧溟先生集序》。前五卷收乐府诗及三、四、五、七言古诗,卷六至十四收五、六、七言律诗、绝句。附录殷士儋《明故嘉议大夫河南按察司按察使李公墓志铭》、王世贞《李于麟先生传》及诸好友所撰祭文、挽诗。

关世美序曰:"近世我东方作者斐然继起,诗家之政亦一变矣……夫文章之道与世污隆,所谓关乎气运者,然矣哉。自周而后,汉魏六朝均之古体,而各自有一代风也。至唐而近体始兴,覆篑于初,大成于盛,陵夷于中晚,至宋元而古唐之音几乎熄矣。明兴,空同、大复攘臂倡复古,先驱中原,自时厥后,掉鞅于文,囿者往往群聚。有于鳞氏出,亦斯大建旗鼓,而其设律也,最严整矣。攻诸左右,六步、七步乃止齐焉。古体则超乘汉魏,近体亦并辔开、天。当时诸子著鞭弭以会者,皆为之避三舍,岂不严然一巨帅乎?"

明代复古风尚于日本影响甚大,以致江户中后期刊刻明名家诗文成一时风潮。"后七子"李攀龙著述更多次在日刊刻。亨保十四年(1729)红都书肆嵩山房刊本《题沧溟尺牍尾》二卷卷末有冈良畅跋语:"沧溟集行,而操觚家稍稍知龙泉大阿,然尚犹望之,斗间紫气,不可企及矣。属者又有抄其尺牍,余获而藏焉。夫挈瓶之徒往往谓简牍易就,是以铅刀相属,不能扬其龙文。今刻兹书,尚欲使寒乡士,目未见彼集者,亦知巧冶冶铸□锻炼不苟也。"窥斑见豹,睹二书可明李攀龙在东瀛之影响。

277 沧溟先生集三十卷附录一卷

李攀龙撰。攀龙生平见"沧溟先生集十四卷"条。

该集明晋陵张弘道等刊本,南京图书馆(丁丙跋)、台北图书馆藏。台北藏本十六册。板框22.2厘米×14.8厘米。左右双边,版心白口,单黑鱼尾。半页十行二十字。部分页面版心下端记刻工姓名。钤有"子翔/集古"朱文方、"王/伯子"白文方、"子翔/氏"朱文方、"国立中央图/书馆收藏"朱文长方。正文题名后注"济南李攀龙于麟撰,晋陵张弘道成孺校,陈廷策。"卷一至五收乐府诗及三、四、五、七言古诗,卷六至十四收五、六、七言律诗、绝句。卷十五至三十收赋、颂、序、记、传、墓志铭、祭文、杂文、书等各体文。附录殷士儋《李公墓志铭》、王世贞《李于麟先生传》及诸好友所撰祭文、挽诗。

台北图书馆另有一部张弘道校刊本《沧溟先生集》三十卷附录一卷,四册。板框22.1厘米×14.8厘米。钤有"希古/右文"朱文方、"国立中/央图书/

馆考藏"朱文方、"高平/范氏/藏书"白文方、"不薄今/人爱古人"白文长方。

李攀龙为"后七子"领袖,得大名于环宇,然自明末至清毁誉参半。钱谦益《列朝诗集》丁集卷五录李攀龙诗二十八首,"小传"谓攀龙"宦郎署五六年,倡'五子''七子'之社,吴郡王元美以名家胜流,羽翼而鼓吹之,其声益大噪。及其自秦中挂冠,构白雪楼于鲍山、华不注之间,杜门高枕,闻望茂著,自时厥后,操海内文章之柄垂二十年。其徒之推服者,以谓上追虞姒,下薄汉唐。有识者心非之,叛者四起;而循声赞诵者,迄今百年,尚未衰止。"(《列朝诗集》丁集卷五)

《四库全书》收《沧溟集》三十卷附录一卷,"提要"云:"明代文章自前后七子而大变,'前七子'以李梦阳为冠,何景明附翼之。'后七子'以攀龙为冠,王世贞应和之。后攀龙先逝,而世贞名位日昌,声气日广,著述日富,坛坫遂跻攀龙上。然尊北地、排长沙,续'前七子'之焰者,攀龙实首倡也。殷士儋作攀龙墓志,称文自西汉以来,诗自天宝以下,若为其毫素污者,辄不忍为,故所作一字一句摹拟古人。骤然读之,斑驳陆离,如见秦、汉间人;高华伟丽,如见开元、天宝间人也。至万历间,公安袁宏道兄弟始以赝古诋之。天启中,临川艾南英排之尤力。今观其集,古乐府割剥字句,诚不免剽窃之讥,诸体诗亦亮节较多,微情差少。杂文更有意诘屈其词,涂饰其字,诚不免如诸家所讥。然攀龙资地本高,记诵亦博,其才力富健,凌轹一时,实有不可磨灭者。汰其肤廓,撷其英华,固亦豪杰之士。誉者过情,毁者亦或太甚矣。"(《总目》卷一百七十二)

278 石屋存稿六卷

许应亨(1515—1554)撰。应亨字子嘉,别号石屋。浙江杭州府钱塘(今属浙江杭州)人,许应元弟。嘉靖十九年(1540)举顺天乡试,二十三年成进士,授南刑部贵州司主事,二十七年妻卒,归乡。迁郎中,卒于嘉靖三十三年十月,年四十。好吟咏,与沈仕、侯一元、茅坤、金大舆等往来唱和。生平见于慎行《石屋许公墓志铭》(《谷城山馆文集》卷二十二)、《(万历)杭州府志》卷五十六、《(康熙)钱塘县志》卷二十二。

《千顷堂书目》著录《石屋存稿》六卷,今存明嘉靖三十九年(1560)仁和许应元建阳刊本,台北故宫文献馆藏。二册。板框 20.0 厘米×13.3 厘米。四周单边,版心白口,单白鱼尾。半页八行十八字。首有《石屋许先生存稿叙》,署"嘉靖庚申季秋月谷旦赐进士第中宪大夫山东按察司副使安成刘佃拜书"。卷末有《跋石屋存稿后》,署"嘉靖丙辰仲春朔日辽东盖州卫儒学教授古彭城王锐顿首谨跋";《石屋存稿后跋》,署"嘉靖庚申菊月望日建阳令南海邹可张书"。收古近体诗一百六十余首、赋二篇,附《乞养病疏》《再乞养病疏》及书启二篇。今《甲库丛书》第779册内《石屋存稿》底本即为台北藏本。

集在许应元卒后,由刘佃刊刻而成。刘佃序云:"余每从同年中访求君之遗稿而不可得。戊申岁,君之兄著山许公为闽大参,余自闽郡叨转山东臬司,辞公,公出其存稿六卷以示余,余亟请梓之。公以书遗曰:'亡弟生平颇耽吟咏,今幸赐之梓行,俾得附青云以施后世,信可不至澌灭也。'余持归自建,展玩移月,诵其诗,锵锵乎有余韵焉;味其文,飒飒乎有余思焉;探其志,皇皇乎有余悲焉……乃付建阳尹邹子校正,刻于书坊。"

集有辽东盖州卫儒学教授王锐校阅。王锐跋曰:"(余)官辽左,幸遇今围卿钱塘许公,时时忘分,相与论文。一日,出乃弟正郎石屋先生存稿一部,命锐校正之。锐辞不获,因得卒业焉。稿凡为古近体诗、赋、教问答六卷,诸序、记、铭、志肆卷,《玄谷子》三卷,翻阅数肆,为正其讹谬,体别为类而反命于公。先生早以甲科官郎署,甫三年,即移疾家居,斥远声利,专以奉亲养性为事,暇则属文著书。其于声诗盖天得也。今观其玄远之思,古澹之词,当与陶、谢、王、孟相上下,而其性情之和粹,胸次之辽爽,造诣之渊懿,自可得于缀辞之外。信乎有德有言君子矣。年止四十,未究其志而没,惜哉,惜哉。然幸存此稿,亦可以垂不朽。"

279　陈山人小集一卷

陈鹤(1516—1560)撰。鹤字鸣野,一字九皋,号海樵。浙江绍兴府山阴(今属浙江绍兴)人。少颖悟绝伦,袭其祖军功,得百户,时年十七。后弃官,著山人服,逾粤岭,游吴渡越,遍交海内名士。后客金陵四载,嘉靖三十九年(1560)卒于邸舍,年四十五。生平见徐渭《陈山人墓表》(焦竑《国朝献征录》卷一百五十五)、《(康熙)山阴县志》卷三十三。

该集明嘉靖十六年(1537)歙县方廷玺刊本,台北故宫文献馆藏。一册。板框18厘米×13厘米。四周单边,板心白口。半页九行十八字。钤有"国立北/平图书/馆收藏"朱文方。卷首有《陈山人小集叙》,署"明四川汤绍恩撰"。正文题名后注"越海樵陈崔注,歙南岑方廷玺校刻"。卷末有《陈山人小集后叙》,署"嘉靖甲午仲夏朔旦杭郡十洲山人方九叙撰";宝山主人李釜《跋陈山人小集》,署"嘉靖丁酉岁季冬望日跋"。今《甲库丛书》第808册内《陈山人小集》底本即为台北藏本。

四川汤绍恩序称:"会稽古之名家而品题之,若谢康乐如初发芙蓉,贺狂客如空中楼阁,虞学士之五绝,陆放翁之三逸,斯皆哀然为一代称首。其风流标致,雄浑隽雅,亦多有不可及者。及晚得海樵陈子所著小集,三复披阅,自乐府古风以至律排、绝句诸体之什,又各曲尽夫□然之妙,似有不能穷□□□,盖会四子之长而进取之者也。"钱谦益谓陈鹤:"其所自娱戏琐,至吴歈越曲,绿章释梵,巫史祝咒,棹歌菱唱,伐木挽石,薤词傩逐,侏儒伶倡,万舞偶剧,投壶博戏,酒政阄筹,稗官小说,与一切四方语言,乐师蒙瞍,口诵而手奏者,一遇兴至,靡不穷态极调。于是四方人无不向慕。"(《列朝诗集》丁集卷十)

陈鹤著述除嘉靖十六年刊本《陈山人小集》一卷外,另有嘉靖三十年陈大纶序刊本《陈海樵律诗》二卷、隆庆元年(1567)刊本《海樵先生全集》二十一卷。《四库全书总目》著录《海樵先生集》二十一卷,"提要"云:"明自中叶以后,山人墨客,多以诗遨游公卿间,然有才者纤诡,使气者粗疏,体格芜杂,率同一辙。朱彝尊《诗话》称'鹤才锋虽钝而铸词差醇,似比诸家稍胜'。考卢梦阳序称其'筑室飞来山麓,闭户伏枕,手不释卷,足不下床者七年',盖卷轴较多,故与枵腹拈韵者异也。其绝句颇为清隽,不止彝尊所摘律诗数联。然趁笔而出,往往利钝互陈,视孙一元《太白山人集》尚未足旗鼓相当焉。"(《总目》卷一百七十七)

280　岩潭诗集十二卷

王廷榦(1516—?)撰。廷榦字维桢,号岩潭。南直宁国府泾县(今属安徽)人。七岁能文,嘉靖十年(1531)举于乡,明年成进士,年仅十七,除行人。迁南刑部主事,改户部,历员外郎、郎中。出知福建福宁,迁台州,仕至九江知府。生平见《(乾隆)江南通志》卷六十七、《(光绪)重修安徽通志》卷二百二十六。

《千顷堂书目》著录《岩潭稿》(未知卷数)。今存《岩潭诗集》十二卷,明嘉靖三十二年(1553)代州张定刊本,台北故宫文献馆藏。四册。板框18.2厘米×13.0厘米。左右双边,版心白口,单鱼尾。半页十行十八字。版心上部镌"岩潭诗集"。卷首有《岩潭诗集序》,署"嘉靖癸丑孟秋日赐进士第中宪大夫四川提邢按察司副使前刑部郎中年生德清蔡汝楠著";《岩潭诗集序》,署"嘉靖癸丑中秋日赐进士奉政大夫同知处州府事前南京吏部稽勋司郎中吴郡皇甫汸撰"。卷末有《岩潭诗集后序》,署"嘉靖岁乙卯夏六月既望属吏南康县知县曾迪跋"。正文题名后注"泾川王廷榦撰"。内《奉使稿》三卷、《寓闽稿》一卷、《佐台稿》二卷、《留署稿》三卷、《守江稿》一卷、《两浙稿》一卷、《南安稿》一卷,总收各体诗七百余首。今《甲库丛书》第771册内《岩潭诗集》十二卷底本即为台北藏本。

曾迪后序云:"读岩翁之集,味其远不忘君,近不遗亲,交不遗故,则夫纲纪于彝伦而维系于风教者,固可概见哉。矧词意之冲澹而无雕削之习,永隽而鲜浮蔓之气,感慨而绝怨尤之伤。谓杜陵之家范,风雅之遗音,非耶? 达观今古者必有得其深者矣。"清季陈田《明诗纪事》戊签卷十八录廷幹诗一首,按语谓:"皇甫子循《上大司徒》书云:'廷幹与越郡蔡汝楠并以弱龄渐翼鸿逵,双曜丽采,驰声艺苑。虽终、贾复作,严、路再生,蔑以加焉。'亦友朋假藉之词耳。今核所作,殊不尽然。"

281　渭上稿二十五卷

南轩(1517—1597)撰。轩字叔后,号阳谷先生,陕西关中(今属陕西渭南)人。嘉靖十六年(1537)举于乡,三十二年成进士。丁内艰,服阕,授刑部主事,改吏部。三年考绩优,进考功员外郎、郎中,擢四川宪副。为严嵩所嫌,遂弃官归。万历改元(1573),起知寿州,迁广平同知,分巡川南,晋山东左参议。致仕归渭上,以文章自娱。万历二十五年卒,年八十有一。生平见沈一贯《南公墓碑》(《喙鸣文集》卷十七)、李维桢《南少参家传》(《大泌山房集》卷六十七)、《(光绪)渭南县志》卷八。

该集明万历十六年(1588)关中南氏刊本,台北图书馆藏。八册。板框18.2厘米×14.3厘米。左右双边,版心白口。半页十行十八字。版心上端记书名"渭上稿"。钤有"刘承幹/字贞一/号翰怡"白文方、"吴兴刘氏/嘉业堂/藏书印"朱文方、"国立中/央图书/馆考藏"朱文方。卷首有《渭上稿叙》,署"万历戊子秋日芮国山人王学谟书";《渭上稿叙》,署"赐进士及第翰林院修撰华郡王庭顿首拜撰";《阳谷先生渭上稿叙》,署"万历戊子春门下士贾玙鲁玉甫著"。目录末镌"馆甥杨光训书,门人武用望校"。正文题名后注"关中南轩叔后甫著"。卷一至三收古体诗八十六首,卷四至八收近体诗二百十五首。卷九至二十五收赋、族谱、奏疏、表、记、序、论、说、跋、书、墓表、行状、墓志、祭文等各体文。卷二十五后注"门人秦邻晋书,谷敏学校"。卷末有《跋刻家大人集后》,署"万历乙酉重阳日季男南师仲百拜谨跋"。今《明别集丛刊》第三辑第52册内《渭上稿》即据万历间南氏刊本影印。

南师仲跋语言集之编刊曰:"(家大人)著述称宏富矣,乃家大人志不在是,故稿多散落。今年跻古稀,不废铅椠。余恐其久而湮也,遂出箧中私收者,僭加编次,与弟侄暨家大人门下士数十辈校录付梓,藏之家塾,以示后人……余刻家大人集,得诗三百有六首,赋六首,文一百五十有六首,为卷凡二十有五,为帙凡八,嗣出者拟成续录,以税驾于渭上也,故总系之《渭上稿》云。"

贾玙《阳谷先生渭上稿叙》云:"今观所为诗若文,毋事组绘,直掇归旨,法与象生,景随意至。其雄朴苍重,当与华下称东西秦矣……今观先生,宁质而俭,毋雕而靡;宁独而至,毋模而杂。总之,不负关中之气者也。"王学谟《渭上稿叙》称:"吾友南子叔后夙以瑰奇藉甚缙绅间,爰自癸丑射策甲科,与相国马文庄公读中秘书,遂有声词林……文章典美,而忧时策事、渊谋深识,时见于毫素间。诗辞逸兴翩翩,可与唐人方驾。独其操翰于褥食露寝之余,鸿造有如是,斯已富矣。"

沈一贯撰《阳谷南公墓碑》称南氏:"文法西汉,诗法汉魏、盛唐,书法章、颜。"

282 昆明集二卷

顾起纶(1517—1587)撰。起纶字更生,号玄言。南直常州府无锡(今属江苏无锡)人。诸生,从父顾可闲携之京师,入国子监,累不举。谒选得云南某卫经历,累官至郁林州同知。罢归,构别墅于惠山寺塘泾旁。豪于文酒,好读书,工书古文辞。卒于万历十五年(1587),年七十一。生平见《(嘉庆)无锡金匮县志》卷二十二、《(光绪)无锡金匮县志》卷二十二。

该集明嘉靖三十四年(1555)昆明五华书院刊本,台北故宫文献馆藏。一册。板框 16.1 厘米×11.4 厘米。左右双边,版心白口,单鱼尾。半页九行十八字。卷首有《书昆明集》,署"嘉靖乙卯岁三月望日杨慎书";《昆明集序》,署"嘉靖乙卯孟春吉日皇甫汸子循甫著于五华经舍"。钤有"国立北/平图书/馆收藏"朱文方。正文卷端题"句吴顾起纶著,成都杨慎编选,长洲皇甫汸评点"。内收各体诗二百首。今《甲库丛书》第810册内《昆明集》二卷底本即为台北藏本。

杨慎序谓:"九华山顾子长治英朗雅素,为三吴高士。始游两都,词林闻人共乐与之。余尝评其《玄言集》,在孟襄阳、韦苏州之间,及览兹集则益征其尽出开元,标格大历,情性信名家也。不然者,何有声于台阁?如今之介溪严公、龙湖张公悉与倡酬寄赠,载之集。观子之才之志,且未遇若此,则知否之有泰,命之有时,岂不谬哉!"皇甫汸序云:"毗陵九华顾子发迹世家,委情艺苑,尤闲于诗。谢六朝之浮艳,振三唐之沉响,为里中华学士、王职方所叹赏。早游两都,复为上公所推,乃乞官迤服,辞燕甸、遵鲁墟、达淮徐、入闽越、浮湘汉、历牂牁、遒臻于滇。朝跻太华,夕泛昆池,翩翩然不为吏局所染。探奇以纾藻绘,参戎而备记室,子长明远颇同概矣,故其言不独清新俊逸,而兴寄幽旷,动合风雅,宁不可方轨名家也!"

起纶曾辑《国雅》二十卷《续国雅》四十卷,内中于洪武至隆庆间诗人皆有品评。《四库全书》收录,"提要"云:"所录诗篇采摭颇富,然起纶当嘉、隆之际,太仓、历下声价方高,故惟奉《艺苑卮言》为圭臬,持论似乎精诣,而录诗多杂庸音。又声气交通,转相标榜。其入品者,洪武至正德仅七十九人,嘉、隆两朝乃至五十三人,而附见名姓者,尚不在其数,大抵与起纶攀援唱和有瓜葛者居多。"(《总目》卷一百九十三)。

283　草禺子八卷

万衣(1518—1598)撰。衣字章甫,号浅源。江西九江府德化(今属江西九江)人。嘉靖十九年(1540)领乡荐,明年成进士,授南刑部主事。丁外艰,服阕,二十四年补刑部主事,历员外郎、郎中。擢为云南副使,迁福建参政。丁内艰,服阕,除湖广参政,迁福建按察使,四十三年晋湖广右布政使,以河南左布政使致仕。万历二十六年(1598)卒,年八十一。生平见李维桢《河南左布政使万公墓志铭》(《大泌山房集》卷七十九)、《(雍正)江西通志》卷九十二、《(同治)德化县志》卷三十二。

该集明万历四十五年(1617)刊本,台北图书馆藏。八册。板框20.5厘米×14.2厘米。四周单边,版心白口,单黑鱼尾。半页九行十八字。鱼尾上方记"草禺子迁谈"或"草禺子"。钤有"刘承幹/字贞一/号翰怡"白文方、"吴兴刘氏/嘉业堂/藏书印"朱文方、"四明卢氏/抱经楼/藏书印"白文方、"国立中/央图书/馆考藏"朱文方。卷首有《草禺子迁谈自序》,署"万历丁酉岁浔阳八十翁浅源山人书于北山草堂";《万先生草禺子迁谈序》,署"万历丁巳秋八月既望赐进士及第翰林院编修文林郎蒲邑眷晚生赵师尹顿首谨书"。正文题名后注"明进士河南左布政使浔阳万衣著,后学南京刑部主事豫章金廷璧阅,男南京刑部湖广司主事嗣达较"。卷首有目录。除卷七为杂诗外,余皆为文。附录李维桢撰《万衣墓志铭》,赵师尹撰《万衣继配杨氏墓志铭》及崇祀乡贤公移。

其自叙称:"先汉距古未远,其文醇浑简重,先质后文。后汉始标作者,如杜、傅、崔、黄诸辈,赋、颂、诗、诔暨杂文行世,体渐备而质渐漓。语云'一哄之市不胜异意焉,一卷之书不胜异说焉',代使之尔。逮于今,气挽先秦,词轶上汉,漪欤盛哉!余何人也,焉用文之。夫春虫好吟,夏蛙成声,时所感也。余束发嗜古,尝愿学一先生之言而未能,意兴所到,间一发抒,抉秘探玄,顾惭管蠡,忧天闵土,甚有欷歔。至杂而赋颂,琐而规条,亦每赘及,要之廓落靡当,括而名曰《迂谈》,不欲语人,听所散失,非情也。一日,呼诸儿若孙,分搜笥中,得曩所贮手草若干篇,令各录帙以去。"

赵师尹序称:"吾邑万浅原先生捷颖深诣,远览博综,诸所抒发,独造玄超,非学一先生之语。尝读《草禺子》,其为议论辞章以及经世感时,并是名理石画⋯⋯论议自为谈为班,诗歌自为屈为宋。经世感时,何有于颍川、涑水、长沙、广川哉! 先生沉静清约,归来三径满然,日命楮墨为事,所著更有《人纪新书》若干卷,惟一生得力处在六经,会神处在律数,故其为文若此。"

284　复初山人和陶集五卷附赋一首

谢承佑(约1518—?)撰。承佑字德顺,号复初山人。海阳(今属山东海阳)人。现存《复初山人和陶集》五卷。生平见朱林《复初山人传》(《复初山人和陶集》卷首)。

该集明嘉靖二十二年(1543)江都钱良佐金陵刊本,台北图书馆藏。二册。板框17厘米×12.5厘米。四周双边,版心白口,无鱼尾。半页八行十六字。首有《复初山人和陶集序》,署"嘉靖壬寅初冬既望少北山人盛若树顿首书于钟阳洞";《序》,署"嘉靖壬寅仲冬长至门人诏安卢彦顿首百拜谨序";朱林《复初山人传》。正文卷一收四言诗六十首,卷二至五收五言诗一百二十八首、辞赋三首。卷末有《复初山人和陶集后序》,署"嘉靖壬寅季秋重阳后三日门人饶平张绍顿首谨序";《书复初山人和陶集后》,署"金陵学古子王臣国相顿首谨志";《重刻复初山人和陶集后跋》,署"嘉靖癸卯腊月上浣江都龙冈钱良佐顿首谨跋"。钱良佐序后附《江行忆晚妆赋》一首。今《甲库丛书》第759册内《复初山人和陶集》五卷底本即为台北藏本。

集名《和陶集》,亦可见谢氏诗学之取向。钱良佐序曰:"予自少侍家君游宦西江,稍长访道金台,欲求交天下之高人逸士而不可得,至三五年前始闻海滨有复初山人者,笃志圣贤之学,不以闻达求于世,其气度磊落如鸥鹭野鹤,飘飘乎紫云之上,即欲携书剑而从之游。因家君致政归田,予独子难以长往,然而未尝有时刻少离于怀也。一日,得见山人《和陶集》,取渊明、东坡二集并观之,见其诗律冲淡,文词雄迈,真无愧于渊明,而东坡之和斯下矣。虽然,予未见其人也,但读其诗、察其意,岂特文词焉已耳? 其立心、其制行弗阿以随,弗私以刻,盖有不可拔者,以存诸其中,而陶征士不得专美于古矣。"

285　新刻淮厓倪先生遗稿二卷

倪润（生卒年不详）撰。润字伯雨。大河卫（今属江苏淮安）人。嘉靖二十三年（1544）进士，授南城县令。以考绩为天下第一，擢工部主事，督龙江及芜湖抽税，俱著清节。力遏中使恣暴，斥监守贪墨，转都水员外郎，以忧归。润好理学，辑有《云门录》。生平见《（万历）淮安府志》卷十四、《（乾隆）江南通志》卷一百四十三。

该集明万历六年（1578）淮海朱维藩刊本，台北图书馆藏。三册。板框18.5厘米×12.5厘米。四周单边，版心白口，白单鱼尾。半页十行二十一字。卷首有《淮厓倪先生遗稿叙》，署"万历六年夏五月望日门生朱维藩顿首拜书"。正文题名左下镌"淮郡甲辰进士淮厓倪润著，丁丑进士门生朱维藩编"。内卷一收论十二篇，卷二收记、传、序、说、铭、书等三十八篇及诗六首。今《甲库丛书》第782册内《新刻淮厓倪先生遗稿》二卷底本即为台北藏本。

朱维藩于序中赞其师："发之为文如黄钟大吕，无艳媚可以悦人之目，而理适悠然；又如江河之在地，曼衍曲折不可穷竟，而血脉之畅敷也。"

286　茂荆亭稿十卷

吴京（生平不详）撰。京字朝卿，明嘉靖、万历间乌程（今属浙江湖州）人。嘉靖二十年（1541）补弟子员，屡试不第，嗜古守贫，以著述为事。

该集明万历四年（1576）乌程吴氏原刊本，台北图书馆藏。三册。板框17.7厘米×12厘米。左右双边。版心白口，单黑鱼尾。半页九行十九字。钤有"抱经楼"白文长方、"吴兴刘氏嘉／业堂藏书记"朱文长方、"国立中／央图书／馆考藏"朱文方。卷首有残序，署"吴郡弇山人王世贞撰"；《茂荆亭稿跋》，署"友人志庵卢舜治撰"；《茂荆亭稿序》，署"万历丙子孟冬郡人凌迪知撰"。各卷卷首有目录。正文题名后注"乌程吴京朝卿著，弟吴襄忠卿校"。卷十由"男中贤校"。集内卷一、二为序类，卷三为记类，卷四为祭文类，卷五、六为书启类，卷七为传类，卷八为论类，卷九为题跋类，卷十为志铭状类。卷末有卢舜治《跋友人》。今《明别集丛刊》第三辑第十二册内《茂荆亭稿》十卷即据万历四年刊本影印。

卢舜治跋语云："万历改元，余始还初衣于苕上之庐，而朝卿即俨然造焉，则揖余而出《茂荆亭》一编矣。夫冒尘埃、戴星月凡几，庸讵知子之岩观而川游者宕如也？阅簿书、司管钥凡几，庸讵知子之枕经而稽书者宥如也？

罹罪言、速官谤凡几,庸讵知子之不出户庭声闻江表者焕如也？嗟乎,即三事以絜长比大,其人之贤不肖抑何如也。余因奖其志行与文学,遂从而叹之曰：吴中人多鄙夷,虽上之不过希钟釜之谋,次之即琐琐存筐箧之计。如朝卿甘守于穷檐,笃于好古,可谓独立之士,能去彼而取此。及读《茂荆》之集,又朴乎其为言也。"

凌迪知序称："朝卿方弱冠时,持其稿谒先大夫,先大夫叹曰：文则文矣,而不求工于媚世,得非鼓瑟齐门乎？文固未易知,知文亦未易也。已而朝卿就试,果不得志于有司,顾好古益锐,复持稿谒先大夫,先大夫亦献楚不售,欲就选天曹,评其稿,啧啧焉,唏嘘焉……朝卿今梓其稿示余,余因之重有感也。"

287　东游小稿一卷

谢东山(生卒年不详)撰。东山字少安,自号高泉子。四川潼川州射洪(今属四川遂宁)人。嘉靖二十年(1541)进士,授兵部主事,历郎中,嘉靖三十一年擢贵州提学副使,以右副都御史巡抚山东。历仕中外二十余年,以慷慨负奇,博雅好事称。生平见《(嘉靖)潼川志》卷六、《(光绪)新修潼川府志》卷二十一。

该集明刊本,台北故宫文献馆藏。一册板框 17.5 厘米×11.7 厘米。四周单边,板心白口。半页八行十八字。版心中缝上端记题名"东游小稿",下端记页次。钤有"国立北/平图书/馆收藏"朱文方。无序无跋。正文题名后注"射洪谢东山撰"。总收诗二十六首。

陈田《明诗纪事》戊签卷二十一录东山诗一首,引《剑阁芳华集》云："东山慷慨负奇,博雅好古。"按语谓："少安督黔学时,取贵州宣慰司训导张道所辑《贵阳图经》删正之,厘为十二卷,乞杨升庵为序。又辑明七律诗二十九卷,其《七星轩夜坐》诗云：'酒酣抵掌青天月,诗就挥毫白雪篇。'又《哭杨升庵》诗云：'昆明池上木兰桡,一幕青天映锦袍。'颇有豪气。"

288　吴瑞谷集十六卷

吴子玉(生卒年不详)撰。子玉字瑞谷。南直徽州府休宁(今属安徽黄山)人。少好学,过目成诵。嘉靖间以岁贡授应天府训导,博野工古文词,一时名流多与之游。当道嘱其编书,适六月盛暑,坐劳瘁卒于公署,年七十。生平见《(乾隆)江南通志》卷一百六十七、《(光绪)重修安徽通志》卷二百二十四。

《千顷堂书目》《明史·艺文志》著录《吴瑞谷集》五十三卷,今存《吴瑞谷集》十六卷,明隆庆六年(1572)休宁何其贤刊本,台北故宫文献馆藏。六册。板框19.2厘米×12.9厘米。四周单边,版心白口。半页十行二十字。部分版心下记刻工姓名,如黄钺、钺、黄钻、熊、旧、曲等。钤有"国立北/平图书/馆收藏"朱文方。卷首有《刻吴瑞谷集序》,署"隆庆壬申季春既望休宁何其贤小愚撰"。正文卷端题"新都大鄣吴子玉著,白岳何其贤阅"。总收序、寿言、题、记、传、行状、墓志铭、书、杂著、祭文等各体文一百七十一篇。

台北图书馆又有明万历间新都吴守中等刊本《吴瑞谷集》十六卷。八册,板框19.3厘米×13.7厘米。半页十行二十字。四周单边,版心白口。钤有"莛圃/收藏"朱文长方、"哲/卿"朱文方、"国立中央图/书馆收藏"朱文长方。卷首有长洲刘凤《吴瑞谷先生集序》;万历协洽岁之则且月吴守中《吴瑞谷先生诗集小引》。卷首题名后注"新都大鄣吴子玉著,陆海吴守中阅"。卷一至六收五七言古诗二百一首,卷七至九收五律二百五十首,卷十至十二收七律二百二十九首,卷十三收排律十七首,卷十四至十六收绝句二百五十四首。

吴子玉属复古派阵营中一员,故极尊李攀龙。钱谦益《列朝诗集》丁集卷十五录子玉诗一首,"小传"谓其:"学博而敏,数千言立办。诗文九十余卷,以诘曲填砌为工。其于近代文章专推李于麟。而吴中刘子威叙子玉之集,极其称许,所谓同声相应也。"(《列朝诗集》丁集卷十五)《四库全书总目》著录吴子玉《大鄣山人集》五十三卷,"提要"谓其:"文规模李攀龙,集中分体二十,皆以某部为题。其叙事、志略、说谱等目,并出臆造。"(《总目》卷一百七十八)

289　后溪诗稿一卷后溪文稿一卷

刘世伟(生卒年不详)撰。世伟字宗周,号后溪。山东济南府阳信(今属山东滨州)人。少颖敏,博闻多识。习举子业,以廪生例贡入太学,嘉靖中谒选颍州同知,补陕西宁州,继迁浙江宁波府别驾,谢病归,悠游林下数十年。著有《厌次琐谈》一卷,《后溪诗稿》一卷《文稿》一卷《过庭诗话》二卷。生平见《(康熙)阳信县志》卷九、《(民国)阳信县志》卷五。

该集明嘉靖、隆庆间前川毛效直刊本,台北故宫文献馆藏。一册。板框18.5厘米×12.8厘米。四周单边,版心白口,单鱼尾。半页九行十八字。钤有"国立北/平图书/馆收藏"朱文方。首有《刻后溪刘别驾诗引》,署"前川毛效直子温撰"。正文题名后注"羊心刘世伟著"。《后溪诗稿》收诗九十八首,《文稿》收序、记、传、祭文等十一篇。今《甲库丛书》第 812 册内《后溪诗稿》一卷《文稿》一卷底本即为台北藏本。

毛效直序曰:"汉魏而下,诗莫盛于唐。而我朝之诗实继其盛,奇才雅志、藻辞腴旨,盖彬彬矣。兹固人文之著,风会之隆矣。后溪刘学尧下士也,播之于诗,才正而通,协律而婉。沨沨乎,盛世之风焉。声调之美,实匹群哲,风雅之盛,不在兹矣。余爱而藏之,复惟散逸是惧,因倩工刻之,倘见采亏衡鉴之末,实增文献之光矣。篇什俱在,览者当自得之。"世伟著有《过庭诗话》二卷,《四库全书》收录,"提要"谓其"全书皆拾'七子'之绪余,实于汉、魏、盛唐了无所解,于宋诗亦无所解也"。

290 顾左使集八卷

顾言(1520—1580)撰。言字子行,号西岩。浙江杭州府仁和(今属浙江杭州)人。嘉靖二十五年(1546)举于乡,明年成进士,授工部都水司主事,三十年晋员外郎,以疏忤严嵩,谪直隶太平府通判,升江西临江府同知,入南刑部郎中。未几,出为广东惠州知府,晋本省按察司副使,丁外艰,服阕,起四川副使,升福建右参政,转左。晋云南按察使,擢云南右布政使,调贵州左布政使,万历五年(1577)致仕,八年卒,年六十一。生平见张瀚《西岩顾公墓志铭》、赵应元《西岩顾公传》(《顾左使集》卷首)、《(民国)杭州府志》卷一百二十八。

该集明万历二十九年(1601)顾汝学四川刊本,台北图书馆藏。二册。板框 20.7 厘米×13.1 厘米。四周双边,版心白口,单鱼尾。半页九行十七字。部分版心下端记刻工,如陈忠士、忠士、李尧、李江、龚魁等。钤有"紫筠/楼"朱文方、"管理中英庚/款董事会保/存文献之章"朱文长方、"国立中/央图书/馆考藏"朱文方。卷首有《西岩先生诗集序》,署"万历甲申季冬之吉归善门人杨起元顿首书";继有万历十七年九月十五日"诰命"一篇;《广东惠州府志列传》;《惠州府前守西岩顾公生祠记》;张瀚《西岩顾公墓志铭》;赵应元《西岩顾公传》。正文题名后注"虎林西岩山人顾言子行著"。卷一《西河稿》,收诗一百六十七首。卷二《入燕稿》,收诗三十四首。卷三《入粤稿》,收诗一百四首。卷四《入蜀稿》,收诗二十七首。卷五《入闽稿》,收诗十八首。卷六《入滇稿》,收诗三十六首。卷七《入黔稿》,收诗七首。卷八《还草堂稿》,收诗二十七首。全集总收诗四百二十首。卷末有顾汝学《先大夫西岩公诗集跋语》。

此集乃顾言生前所刻诗文集之结集。顾汝学跋语云:"先大夫西岩公鬐年庭受学于曾大父沧江翁，已复授以诗赋诸古文词。盖弱冠而学成，举进士，历官二京、东粤、闽、蜀、滇、黔之间，所为诗若文日益富，而性闲适，每寄兴于吟咏，故其诗为尤富。先大夫于宦辙所经尝有刻，晚而名其集曰《倦游》，乃家居诸稿则未之入也。自黔中致政归，方与诸缙绅先生结社湖山，递相唱和，并诠次所著述，成一家言。不二年而奄然谢世矣，有志未就，痛忍云哉！甲申岁，东粤杨复所太史吊先大夫于其家，不肖学爰取先后诸稿，属太史编目序之，因更以今名，则太史仿书爵意也。顾先大夫督泉徂徕，及游白下，诸稿俱逸不存，而所存者亦仅仅不能无散失。孤等失检藏之罪，悔何及耶？不肖学徼先世宠灵，亦忝官白下，业已重梓曾大父集，毕先子之志矣。兹幸游西蜀副臬司，又先子冠履之地也，感今怆昔，而所携集宛在笥中，因载拜乞序于大宗伯棠轩李公。公怜而允之，爰以付之剞劂氏。集成，非敢谓有加于先大夫也，聊以毕孤等之志耳。"

291　鹿城诗集二十八卷

　　梁辰鱼（1520—1592）撰。辰鱼字伯龙，号少白。南直苏州府昆山（今属江苏昆山）人。少为诸生，累试不举，以例贡入太学。精音律，喜度曲。壮年以后，遍游大江南北，投谒达官贵人，亦有生计之想。嘉靖三十七年，曾北上应顺天乡试。四十一年欲入浙江总督胡宗宪幕未果。四十五年春寄居金陵，与诸名士游，或出入青楼酒肆，纵酒狂歌，数年后始返乡，中间又曾北游青、兖诸州。晚年名益起，穷亦日甚，而仍不改积习。卒于万历二十年（1592），年七十三。生平见王兆云《皇明词林人物考》卷十一、张大复《昆山人物传》卷八、《（同治）苏州府志》卷九十三。

　　辰鱼以曲得大名于世，所撰散曲集名《江东白苎》二卷《续稿》二卷，有明刊本。又作《江东廿一史弹词》传世。传奇较著者有《浣纱记》及《鸳鸯记》（已佚）、《红绡妓手语传情》（已佚）。辰鱼亦能诗文，今存明末清初抄本《鹿城集》二十八卷，台北图书馆藏。四册。全幅 24.0 厘米×16.1 厘米。钤有"张子稣／珍藏书／画图记"朱文方、"小娜嬛／福地张／氏收藏"朱文方、"伯夔／长寿"白文方、"老梅"朱文葫芦形印、"玄冰室／珍藏记"朱文长方、"国立中央／图书馆／藏书"朱文方、"玉堂吉／士画／省郎官"朱文方、"汲古／阁／收藏"白文方、"刚伐邑斋／所藏书画"朱文长方、"平生减产为收／书三十年来万／卷余寄语儿／孙勤雒诵莫／令弃掷饱蟫／鱼莞友氏"白文方、"曾藏／张蓉／镜家"朱文方、"湘潭袁氏／沧州藏书"朱文长方。卷首有《梁伯龙诗序》，署"嘉靖戊午中夏既望衡山文徵明序"；《梁伯龙乐府序》，署"隆庆壬申季秋南京大理寺卿琅琊王世贞撰";《梁伯龙鹿城集序》,署"万历壬午阳月东海友人屠隆撰"。此集为梁辰鱼诸集之合编本,内收乐府及古近体诗一千余首。台北图书馆另藏旧抄本《鹿城诗集》十卷。

隆庆六年(1572)王世贞撰《梁伯龙乐府序》,以为梁辰鱼乐府诗"其音发于籁,而辞缘于情,古未有二也"。屠隆序谓梁辰鱼古近体诗:"隽才丰气,往往合作……其为诗,当其绸缪间多情语,当其萧散间多旷语,总之玄霜绛雪,非世所常珍。"清朱彝尊《明诗综》卷五十录梁辰鱼诗二首,"诗话"谓其"诗律犹未细,粗能骈赡而已"。

292　秉烛堂押歌诗选一卷秉烛堂淘沙文选一卷竹窗闲谈一卷

陈所有(生卒年不详)撰。所有字彦冲,号四楼。福建兴化府莆田(今属福建莆田)人。嘉靖二十五年(1546)举福建乡试,官合浦知县。性简傲,以诗歌自豪。精行草书法。纵游江南诸名胜,多有题咏。生平见《(乾隆)福建通志》卷三十八、《(乾隆)莆田县志》卷二十二。

该集明万历十四年(1586)云阳荆光裕刊本,台北故宫文献馆藏。二册。板框18.3厘米×13厘米。四周单边,版心白口,无鱼尾。半页八行十六字。卷首有《刻秉烛草堂押歌诗选序》,署"万历十年壬午仲夏望后云阳门人荆光裕拜书于滇南督学公署"。正文题名后注"莆四楼陈所有著,门人荆光裕重锓"。《秉烛堂押歌诗选》收诗一百五十余首。"诗选"卷末有《陈思楼诗集旧序》,署"嘉靖丙寅菊月望后山阴南□□□□顿首拜撰"。《秉烛堂淘沙文选》一卷,正文题名后注"莆阳四楼陈所有著,平南门人韦俊民选"。内收记五篇、序一篇、书五篇、启二篇、杂文一篇。《竹窗闲谈》题名后注曰:"四楼逸叟闲居不出径,亦不接客,晚逢西源老人、雪蓬处士,每携手寻僧,枕流坐石,暮归竹窗下,秉烛闲谈,辩释疑义,兴阑则联床梦蝶,月已三更矣。"卷末有《秉烛堂淘沙文选序》,署"丙午乡荐官合浦……万历癸未仲春花朝平南门人常俊民顿首拜撰";《秉烛堂二选序》,署"万历乙酉春日五岳山人沔阳陈文烛玉叔撰"。

集由其门人荆光裕所刊。光裕序曰:"四楼先生集,丙子岁已捐俸寿诸金陵矣。先生□教屡以全帙句句字字皆工者可数,间有笙镛缶砾杂鸣,而予顾存之,谓何盖谦之也。不佞受先生爱最殷,又不可不成先生谦德。迩者□士滇南,公暇,风朝月夕,辄出先生诗,命审音童子歌之,宛转再四,得其押板者百有余首,标曰'秉烛草堂押歌诗选',与前集并传于世,且附令子嘉燕数首于篇终者,亦刻坡许及少坡之意云。"

无名氏序曰:"古今有高才之士,而沦于下位、晦于山林者不少,是以鲍照屈于参军,左思淹于记室。彼天之所与,负奇怀伟,而发之于文词之间者,亦足以夺其位矣。莆阳陈彦冲文不为奇字之学,诗不作锦囊之句,书不待笔冢之劳,而其浑融者得于班、马,俊逸者得于高、岑,遒劲丽藻者得于钟、王、张、赵。髫髫游金陵,纵观六朝遗址,缔交海内豪杰,故其人有三晋之风,关辅之气。雄心劲略,直与嵩华争高,然终不得游金门、登玉堂,而淹于一令。殷璠所谓有高才而无贵位者,诚哉是言也。"

293　皆春园集四卷

陈完(生卒年不详)撰。完字名甫,号海沙。南直扬州府通州(今属江苏南通)人。嘉靖二十五年(1546)举于乡,后数赴春闱不第,遂弃举业。家为本邑巨族,因以吟咏自适,又寄情声色,填词度曲,调习家姬演戏。生平见《(光绪)通州直隶州志》卷十三。

该集明万历间陈大科刊本,陈完自辑。南京图书馆、台北图书馆藏。台北藏本八册。板框 19.3 厘米×13.3 厘米。钤有"吴兴刘氏/嘉业堂/藏书印"朱文方、"菊/农"朱文方、"臣士/堁印"白文方、"刘承幹/字贞一/号翰怡"白文方。左右双边,版心白口,单鱼尾。半页九行十八字。内诗二卷,文二卷。是集卷端有袁随《皆春园集叙》,末有《皆春园集后序》,署"通家后学卢纯臣后撰"。今《存目丛书》集部第 182 册、《明别集丛刊》第五辑第 24 册内《皆春园集》四卷底本即为万历间刊本。

南京藏本卷端另有万历丁亥仲春望日汤显祖《皆春园集叙》;万历丁亥暮春姚汝循《陈海沙先生集序》。汤序中谓陈完有"杂剧二十种余",未见他人著录。《四库全书总目》著录《皆春园集》四卷,"提要"云:"其诗多恬适敷畅,而不见性情,较黄省曾《五岳山人集》,格调相似,而才力尚不能逮也。"

294　方麓居士集十四卷戊申笔记一卷紫薇堂札记一卷

王樵(1521—1599)撰。樵字明逸,号方麓。南直镇江府金坛(今属江苏金坛)人。年十七补邑诸生,嘉靖二十五年(1546)举于乡,明年成进士,授行人,丁内艰,服阕,起补故官。迁刑部主事,丁外艰,服除,起故官,晋刑部员外郎,以疾归。万历初,起补浙江佥事,擢尚宝卿,以忤张居正,乞归。居正殁,起南鸿胪卿,晋南太仆少卿,历光禄卿、大理卿、刑部右侍郎,以右都御史致仕。万历二十七年(1599)卒于家,年七十九,赠太子少保,谥恭简。

生平见王锡爵《方麓王公墓志铭》(《方麓居士集》卷首)、张廷玉等《明史》卷二百二十一、《(乾隆)江南通志》卷六十三。

王锡爵《墓志铭》载王樵著述甚富,除有《周易私录》《尚书日记》(明刊本)、《诗考》《周官私录》《春秋辑传》《四书绍闻编》(万历间刊本)、《读律私笺》(万历间刊本)、《考定周易参同契》《老子解》《王氏族谱》《宗约》《家训》《迟庵府君年谱》《言行录》《紫薇堂札记》《省往录》《重修镇江府志》(明万历刊本)、《方麓居士集》等。

该集明万历间刻崇祯八年补刊本,台北图书馆藏。十册。板框 19.6 厘米×13.3 厘米。四周单边,版心白口,单鱼尾。半页十行二十字。部分版心下记刻工名,如黄朝。钤有"吴兴刘氏/嘉业堂/藏书印"朱文方、"国立中/央图书/馆考藏"朱文方、"孙/敉"白文方、"伯/观"白文方、"刘承幹/字贞一/号翰怡"白文方。无序无跋。卷首有王锡爵《方麓王公墓志铭》,墓志铭后注"崇祯乙亥秋日孙男观宗较梓于文集之首"。卷一至十三收疏、序、记、书、传、行状、墓志铭、金陵杂记、铭赞、箴颂、祭文、杂著等各体文。卷十四收各体诗一百三十二首。附《戊申笔记》一卷《紫薇堂札记》一卷。

朱彝尊《明诗综》卷四十八录王樵诗五首,"小传"谓:"方麓研心著书,自言六经毕其四。诗特游艺,然清婉轶伦。"(《诗话》卷十三)《四库全书》收录《方麓集》十六卷,"提要"谓:"《江南通志》称其性素简默,至谈经则娓娓不倦,故文章具有根柢。又《通志》述樵之言曰:'士大夫以留心案牍为俗吏,文墨诗酒为风雅。夫饱食官禄,受成吏胥,谓之风雅可乎!'故其文章颇切实际,非模山范水、嘲风弄月之词。其诗虽不能自辟门径,而冲和恬澹,要亦不失雅音。盖当'七子'争驰之日,尤能守成、弘先正之典型焉。"(《提要》卷一百七十二)

295 春明稿文十卷诗三卷附填郧续稿一卷

徐学谟(1521—1593)撰。学谟字叔明,一字太室。苏州府嘉定(今属上海)人。嘉靖二十九年(1550)进士,授职方司主事,改稽勋司。丁内艰,服除,补礼部主事,历员外郎,出知荆州府。抗景王侵民田,因免归。隆庆改元,起南阳知府,迁湖广副使,分巡襄阳,被劾罢归。万历初再起湖广按察使,迁副都御使,抚郧阳。入为刑部侍郎,晋礼部尚书加太子少保。二十一年(1593)卒,年七十三。生平事迹见申时行《徐公墓志铭》、王锡爵《徐公神道碑》、郭正域《徐公行状》(以上墓志铭、神道碑、行状俱见《徐氏海隅集》附录)、王兆云《皇明词林人物考》卷十、《(万历)嘉定县志》卷十一。

该集明万历十一年癸未(1583)嘉定徐氏原刊本,台北图书馆藏。该本缺文编十卷,仅余诗三编及《镇阳续稿》一卷。黑格白口,左右双边,单黑鱼尾。半页九行十五字。首有万历癸未夏至日归有园居士徐学谟《春明稿序》。《填郾续稿》目录后有学谟自识:"《填郾续稿》盖成于《海隅集》既梓之后,为近体诗二十四首。曩谢郾事,携之入京邸,会迫鞅掌之役,是稿散佚乱帙中者五年。顷从敝笥检拾,因念古人单辞片语,犹或吝情珍惜,乃余之呕哕,即连篇累牍,直不过覆瓿具尔。顾尝靡费日力,未敢舍然委弃之也,姑刻附《春明稿》末云。"今《存目丛书补编》第97册内《春明稿》三卷附《镇阳续稿》一卷底本即为台北藏本。

《总目》著录《春明稿》十四卷,谓:"是编皆其以尚书召起再入都时所作,故以'春明'为名。凡文编十卷、诗编三卷、续编一卷,文编末四卷为《齐语》,皆所著杂说……学谟与王世贞里闬相近,而立论如此,颇不为习俗所染。然诗多懦响,终不能副所言也。"(《总目》卷一百七十八)

296 留余堂集四卷

潘季驯(1521—1595)撰。季驯字时良,号印川。浙江湖州府乌程(今属浙江湖州)人。嘉靖二十九年(1550)进士,除九江府推官,先后历官监察御史、大理寺丞、右佥都御史、右副都御史、刑部右侍郎、右都御史、工部尚书兼左副都御史。万历五年(1577)擢南京兵部尚书,参赞机务,改刑部,十二年罢。再起为工部尚书,兼右副都御史,总理河道、提督军务,二十三年卒于任,年七十五。生平见王锡爵《印川潘公季驯墓志铭》(《王文肃公文草》卷八)、申时行《潘公传》(《赐闲堂集》卷十八)、张廷玉等《明史》卷二百二十三。

该集明万历二十六年(1598)吴兴潘氏家刊本,台北图书馆藏。左右双边,版心白口,单鱼尾。半页九行二十字。卷首有万历戊戌上元后三日古鄞白杜里人余寅《留余堂集序》。今《存目丛书补编》第99册、《明别集丛刊》第三辑第14册内《留余堂集》四卷底本即为台北藏本。

朱彝尊《明诗综》卷四十九录季驯诗一首,"诗话"云:"印川自嘉靖乙丑受命治河,至万历庚辰工成。著有《宸断大工录》。先后四总河务,晚辑《河防一览》……立意在筑堤束水,借水刷沙,以此奏功。百年以来,俱守其指画,可谓能捍大患者。独怪天启初,补谥列朝名臣,而公独不与焉。录其诗,为之叹息。"

297 浣所李公文集存十卷附警心要语一卷

李贵(1522—1571)撰。贵字廷良,号文麓,更号浣所。江西南昌府丰城(今属江西宜春)人。从邹守益游,习性命之学。嘉靖三十一年(1552)举于乡,明年成进士,选翰林院庶吉士,三十四年授编修。三十六年丁内艰,服除,补原官。隆庆改元(1567),出为四川按察司副使,以父老养亲,请告归。卒于隆庆五年二月二十四,寿五十。著述现存《宋五先生郡邑政绩》一卷,诗文集《浣所李公文集》十三卷(存十卷)。生平见吕光洵《四川按察司副使李先生贵墓志铭》(《国朝献征录》卷九十八)、过庭训《本朝分省人物考》卷五十八、《(同治)丰城县志》卷十二。

该集万历十年(1582)湖广刊本,台北图书馆藏。三册。板框 22.2 厘米×15.2 厘米。左右双边,版心白口,单黑鱼尾。半页九行二十字。卷末有《太史浣所李先生集后序》,署"万历壬午秋仲之吉湖广布政使司督理粮储左参政门人沈子木顿首谨书"。钤有"刘氏东周珍藏"朱文长方、"国立中/央图书/馆考藏"朱文方。正文缺前三卷,卷四收序,卷五引,卷六记、疏、颂、原论、杂著、议,卷七书、启、传,卷八墓表、志铭、行状,卷九祭文,卷十至十三读书札记。附《警心要语》(读象山先生语录札记)。

沈子木序称:"先生文不作汉以后语,诗不作唐以后语。今阅兹集,具见先生胸中之奇。其丽也若璆明珠炫,其变也若波谲云散,其清也若羽振宫沉,其壮也若鲸吞虎攫。黯然其长,油油然其光,诚可与李、何嗣美继响,而视诸竞一言一字之工者星渊矣,乃若先生自得之妙,则固涵泳性灵,默契道体,以存诚为实地,以慎独为功夫,而警心要语,莫非身体而力行之,由是而诗焉文焉,要皆宣泄其精神心术之蕴,而超出于笔画蹊径之外者。"

298 华阳洞稿二十二卷

张祥鸢(1522—1586)撰。祥鸢字道卿,号虚庵。南直镇江府金坛(今属江苏金坛)人。嘉靖三十八年(1559)进士,授户部主事。历员外、郎中,左迁河东盐运司运判,进云南知府。万历元年(1573)引疾归,十四年卒,年六十五。生平见王兆云《皇明词林人物考》卷十一、过庭训《本朝分省人物考》卷二十九、《(雍正)江南通志》卷一百四十三。

该集万历十七年金坛张氏家刊本,国家图书馆、南京图书馆、台北故宫文献馆藏。台北藏本八册。板框 21 厘米×14.4 厘米。四周单边,版心白口,单鱼尾。半页十行二十字。部分页下有刻工姓名,如陈千瑞、兴培等。钤有

"吴兴刘氏嘉／业堂藏书记"朱文长方、"四明庐氏／抱经楼／藏书印"白文方、"国立中／央图书／馆考藏"朱文方。卷首有万历庚寅孟春龚文选《华阳洞稿序》；万历己丑南至同里王樵《华阳洞稿序》；礼部员外郎于孔兼《虚庵华阳洞稿叙》。内文十三卷，诗九卷，附录一卷。今《甲库丛书》第797册内《华阳洞稿》底本即为台北藏本。另《四库全书存目丛书》集部第132册内《华阳洞稿》二十二卷据万历间刊本影印。

　　清钱谦益《列朝诗集》丁集卷三录张祥鸢诗十五首，"小传"云："道卿与'七子'同时，亦相往还，其诗以清润为主，不染叫嚣之习，故不为时人所称。"清朱彝尊《明诗综》卷四十四录祥鸢诗六首，"诗话"谓："道卿诗潇洒绝俗，颇类永嘉四灵。"《总目》著录《华阳洞稿》二十二卷，谓："祥鸢多与嘉靖'七子'相往还，而诗能不涉其窠臼，然所造则尚未深也。"（《总目》卷一百七十八）

299　思则堂续稿一卷

　　孙钰（1523—1573）撰。钰字文鼎，号剑峰。浙江绍兴府余姚（今属浙江宁波）人。孙堪子。弱冠袭补京卫武学弟子。三十一年以荫授锦衣卫千户，次年中武举，署指挥同知。历都指挥使佥事，升南镇抚司管事，迁都指挥同知，历后军都督佥事、同知，管锦衣卫事。万历元年（1573）八月十八卒于官，年五十一，赠右都督。生平见孙爌《从兄剑峰公钰行状》（《姚江孙月峰先生全集》卷十、焦竑《国朝献征录》卷一百〇七）、《（光绪）余姚县志》卷二十三。

　　钰虽世武职，然不废文业，好读书，喜吟咏。著有《思则堂稿》四卷，惜未见传。今存《思则堂续稿》一卷，明隆庆四年（1570）翟汝孝刊本，台北图书馆藏。一册。板框17.1厘米×12.9厘米。四周双边，版心白口，单鱼尾。半页九行十九字。卷首有《思则堂续稿序》，署"密郡楼村翟汝孝识"；残序，署"隆庆庚午嘉平上旬容峰山人钰识"。正文题名后注"古越剑锋孙钰著，密郡楼村翟汝孝选"。收古近体诗二百五十余首。今《甲库丛刊》第808册内《思则堂续稿》底本即为台北藏本。

　　翟汝孝序曰："剑锋子忠孝世系，敦崇本实，翰苑宗工，复得家传，是故感遇赠送辄操瓢染翰，率自肺腑流出，无斧凿痕。温厚和平，具古风人体，乃其性情之正，足征勋业之伟哉！予与剑锋子契结金兰，有同社好，每衔杯倡句，顷刻立就，敏捷之才殆天授也。兹刻《续思则堂稿》而附其说于篇端，且嘉其自强不息之心，匪值此集已也。"

　　孙钰从弟孙爌为其撰《行状》，谓钰"喜为歌诗，时时招四方骚人墨客结为诗社友。宴饮之间,篇章烂然。其诗法陶、孟,有冲淡之味,见者称之,以为即今世之词卿不能绝也"。

300　袁鲁望集十二卷

袁尊尼(1524—1574)撰。尊尼字鲁望,号吴门。南直苏州府吴县(今属江苏苏州)人,袁袠子。嘉靖二十二年(1543)举于乡,四十四年成进士,授刑部主事。改南礼部,转吏部,历员外郎、郎中,出为山东提学副使,万历二年(1574)致仕归,寻卒,年五十一。生平见王兆云《皇明词林人物考》卷十一、张廷玉等《明史》卷二百八十七。

《千顷堂书目》著录尊尼《袁鲁望集》十二卷,今存万历十二年(1584)姑苏袁氏家刊本,上海图书馆、复旦大学图书馆、台北图书馆藏。台北藏本二册。板框17.9厘米×13.6厘米。左右双边,版心白口,单黑鱼尾。半页十行十八字。钤有"国立中央图/书馆收藏"朱文方。卷首有《袁鲁望集序》,署"琅琊王世贞撰";《袁鲁望集序》,署"沔阳陈文烛玉叔著"。正文题名后注无署名。正文诗六卷,收古近体诗二百八十八首;文六卷,收序、记、传、议、疏、墓志铭、行状、祭文等34篇。

王世贞序谓尊尼:"文远尊昌黎,而近实规宋金华氏。诗贵钱、刘,而不欲舍吾吴弘、正之步。"陈文烛序称尊尼诗:"质有西京而工六朝之宏藻,骨原建安而兼三唐之正声。辞秀调雅,意新理惬。在泉为珠,著璧成绘,翩翩一家言。"由溢美之词可窥其复古指向。《四库全书总目》著录《鲁望集》十二卷,"提要"云:"是集纯为'七子'之体,故王世贞序极称之。"(《总目》卷一百七十八)清季陈田《明诗纪事》己签卷十五录尊尼诗五首,按语谓:"鲁望诗才华不及乃翁,出语雅令,不落叫嚣之习。"

301　太室山人集十六卷附录一卷

韩应嵩(1524—1598)撰。应嵩字中甫,号定轩,又号太室山人。湖广襄阳府光化(今属湖北老河口)人。年十三补博士弟子员,万历十八年(1590)贡生,官宁都县丞,忤中官,告归。二十六年卒,年七十五。生平见李荫《韩太室先生墓志铭》(《太室山人集》附录)、《(光绪)襄阳府志》卷二十四、《(光绪)光化县志》卷六。

该集明万历三十二年韩光祐晋陵刊本,华东师大图书馆、台北图书馆、台北故宫文献馆藏。台北图书馆藏本八册。板框19.9厘米×13.1厘米。四周单边,版心白口,单白鱼尾。半页九行十八字。钤有"希古/右文"朱文方、"国立中/央图书/馆考藏"朱文方、"阳湖陶氏涉园/所有书籍之记"朱文长方、"不薄今/人爱古人"白文长方。卷首有梁溪邹迪光《太室山人集叙》、晋陵吴亮《太室山人集叙》、太原王穉登《太室山人集序》、吴郡冯时可《韩太室先生集序》、万历甲辰端月十日李荫《韩中甫先生集序》。正文题名后注"楚郧韩应嵩中甫著"。内诗六卷,收古近体诗四百五十余首,词二首,文十卷,赋二篇,各体文一百五十余篇。今《甲库丛书》第810册内《太室山人集》十六卷底本为台北图书馆藏本。

王穉登序中谓韩氏:"诗文沈雄典雅,尚气格而薄摘辞。先风神而后蹊径,一切务为性灵情致之语,不屑意雕镂绣绘。诗自建安、黄初、开元、大历,文自汉东西京而下非其所向也。诗取格杜拾遗、高常侍,文取格班、扬、刘、贾。"显系复古中一员。

302　鸣玉集一卷

张逊业(1525—1560)撰。逊业字有功,号瓯江。浙江温州府永嘉(今属浙江温州)人,张璁次子。八岁以恩荫入太学,授中书舍人。晋尚宝寺丞,迁两淮都转运使判官,充南京光禄寺署正,迁顺天府通判,进太仆寺丞。嘉靖三十九年(1560)暴病卒,年三十六。著有《鸣玉集》《使郢集》《瓯江集》。生平见王世贞《瓯江张君逊业墓志铭》(《弇州四部稿》卷八十八文部、焦竑《国朝献征录》卷七十二),侯一元《太仆瓯江张先生墓表》(《二谷山人近稿》卷五),《(万历)温州府志》卷十一、《(光绪)永嘉县志》卷十六。

该集明松阳徐梦易校刊本,台北图书馆藏。一册。板框17厘米×12.3厘米。四周双边,版心细黑线,双鱼尾。半页九行十七字。卷首有徐梦易《鸣玉集序》,序残缺不全。正文卷端题名后注"永嘉张逊业著,松阳徐梦易校"。总收五七言古近体诗约百首。今《甲库丛刊》第811册内《鸣玉集》底本即为台北藏本。

王世贞所做《墓志铭》中称其"于诗歌擅宏丽,又能纵笔为行草,一时声称籍甚"。徐梦易谓其:"五言近体灿若舒锦,无处不佳;君之五言古制披沙拣金,往往见宝;长篇如回雪迎风,疏文错袭;短句如落花依草,琐屑零璘。"(《鸣玉集序》)

303　玄扈楼集不分卷续集不分卷

汪道昆(1526—1593)撰。道昆字伯玉,号南溟,又号太函。南直徽州府歙县(今属安徽黄山)人。嘉靖二十五年(1546)领乡书,明年成进士,授义乌知县,三十年晋户部江西司主事,三十二年改兵部,三十三年进武库司员外郎,三十六年晋郎中。出为襄阳知府。四十年升福建按察副使,备兵福宁。时值倭寇日盛,道昆以破倭功,进福建按察使。四十三年,进都察院右金都御史,巡抚福建,罢归。隆庆四年(1570)起郧阳巡抚,五年擢右副都御史,巡抚湖广。六年进兵部右侍郎。万历元年(1573)转左,三年告归。二十一年卒于家,年六十九。生平见喻均《汪南明先生墓志铭》(《山居文稿》卷七)、王兆云《皇明词林人物考》卷九、张廷玉等《明史》卷二百八十七。

该集清稿本,台北图书馆藏。四十八册。板框 19.6 厘米×14 厘米。封面题"稿本玄扈堂集"。蓝格,版心白口,单白鱼尾。半页九行十八字。版心上端刻印"玄扈楼集"。钤有"坚/白"白文长方、"国立中央图/书馆收藏"朱文长方。内正集为赠序、寿序、诗文序。续集八册。钤有"吕晚邨家藏图书"朱文长方、"独山莫/氏铜井文/房之印"朱文方、陈鳣肖形印("仲/鱼/图/像")、"坚白"白文长方、"国立中央图/书馆收藏"朱文长方、"陈仲鱼/读书记"白文长方。内收序一百二十八首,及杂著二十九篇。

汪道昆与余曰德、魏裳、张佳胤、张九一等一起入所谓"后五子"之列。汪氏虽位居"后五子"之列,然其取法宽泛,非仅仅师法汉魏盛唐诸子。喻均于《墓志铭》中言汪道昆:"在郎署时,业称博物,力追古作者。迨释闽事,屏迹缑中,益肆力旧业。书自东汉而下,诗自中唐而下,一寓目辄屏去,而所醉心者则六经、《左》《国》《战国策》《庄》《老》《淮南》、子长、相如、刘向、班固及《楞严》《华严》诸释典,苏、李、曹、王、潘、陆、颜、谢及李、杜、王、孟诸篇什,日置案头,与相上下。其取则远,故目有高标;其庀材严,故臆无凡调。至濡墨抽毫,托思深沉,研玄微于象外,缀要眇于毫端。"

复古派后期遭讥甚多,汪道昆亦不能幸免。沈德符云:"王、李'七子'起时,汪太函虽与弇州同年,尚未得与其列。太函后以江陵公心膂骤贵,其《副墨》行世,暴得世名,弇州力引之,世遂称元美、伯玉,而'七子'中仅吴明卿、余德甫俱出其下矣。汪文刻意摹古,仅合处。至碑版纪事之文,时援古语以证今事,往往扞格不畅,其病与历下同,弇州晚年甚不服之。"(《万历野获编》卷二十五)钱谦益《列朝诗集》丁集卷六录道昆诗三首,"小传"谓:"伯玉为古文,初剽袭空同、槐野二家,稍加琢磨。名成之后,肆意纵笔,沓拖潦倒,而循声者犹目之曰大家。于诗本无所解,沿袭'七子'末流,妄为大言欺世。"

304 吴悟斋先生摘稿十四卷

吴时来(1527—1590)撰。时来字惟修,号悟斋。浙江台州府仙居(今属浙江台州)人。嘉靖二十八年(1549)领浙江乡荐,三十二年成进士,除松江府推官,以抗倭功擢刑科给事中。三十九年三月以劾严嵩父子不法事,下诏狱,旋谪戍横州。隆庆元年(1567)诏复故官,擢顺天府丞。隆庆二年晋南右都御史,提督操江。被劾,贬云南副使,复被给事中韩楫所劾,落职闲住。万历十二年(1584)起湖广副使,寻擢左通政,进刑部右侍郎,转吏部,十五年拜左都御史,十八年被劾,乞归,未出都寻卒,年六十四,赠太子太保。生平见林一焕《吴忠恪公行状》(《(光绪)仙居县志》卷十六)、何三畏《云间志略》卷三、张廷玉等《明史》卷二百一十。

《明史·艺文志》著录吴时来《江防考》六卷《悟斋稿》十五卷。今存《吴悟斋先生摘稿》十四卷,明刊本,台北故宫文献馆藏。五册。板框20.5厘米×12.6厘米。四周单边,板心白口,单鱼尾。半页九行十九行。书中有前人墨笔批校。钤有"国立北/平图书/馆收藏"朱文方。正文题名后注"门人横州施懋王应斗辑,浙水郑国望邵汝爱选"。无序无跋。卷一、二收古体诗五十首,卷三至六收近体诗三百七首,卷七至十四为序、记、碑、传、行状、墓志铭等各体文。今《甲库丛书》第796册内《吴悟斋先生摘稿》十四卷底本为台北藏本。

《明史》称:"时来初以直窜,声振朝端。再遭折挫,沈沦十余年。晚节不能自坚,委蛇执政间。连为饶伸、薛敷教、王麟趾、史孟麟、赵南星、王继光所劾,时来亦连疏乞休归。"(《明史》卷二百十)

305　陆子野集一卷

陆郊(1527—1570)撰。郊字子野,号三浦。南直苏州府昆山(今属江苏昆山)人,寓居松江华亭(今上海松江区)。其祖天秩以赀雄于乡,至郊家日落。少负赢疾,日惟读书习诗,间临古帖以自娱。与武进唐顺之、海盐钱薇、沈名臣等为文字交。卒于隆庆四年(1570),年四十四。生平见《(崇祯)松江府志》卷四十二。

该集明隆庆间张文柱编刊本,台北故宫文献馆藏。一册。板框19厘米×14厘米。四周单边,板心白口,双鱼尾。半页九行十六字。集乃其卒后张文柱编次,其子张伯生侵梓。卷首有《陆子野集叙》,署"隆庆辛未二月二日赐进士南京太仆寺卿前云南布政使司左布政使进阶通议大夫致仕吴郡周复俊撰"。正文题名后注"三浦陆郊子野著,滇池张文柱仲立编"。书中有多处虫蠹。录诗三十六首。其作得先达文人莫如忠等赏识,以为其"诗类孟襄阳,书类颜平原,人品类王儒仲"。

《(崇祯)松江府志》卷五十四谓陆郊:"子野神情俊迈,好古力学,玄襟至性,恒以婥嬛趋顺为末流,朋侪契合,诗篇往返,薪荛不吝。遇稍不协,悄焉沈响。尝饬其子应阳云'他时毋混刻吾诗,古名家流传无穷惟二三十篇,今书淫木蠹,无益也。'"陆郊酷嗜唐诗,将卒,呼其子伯生歌王维诗,赏叹不置,语无他及。

306　逋客集四卷

袁表(生卒年不详)撰。表字景从,福建福州府闽县(今属福建福州)人。嘉靖三十七年(1558)举人,后屡试不第。万历初授中书舍人,迁户部员外郎,出为黎平知府,以病免归,卒年五十有七。纂修《福州府志》二十四卷,《逋客集》四卷。生平见陈鸣鹤《东越文苑传》卷六、《(乾隆)福建通志》卷五十一。

该集明万历十九年(1591)赵士芳刊本,台北故宫文献馆藏。一册。板框18.9厘米×12.8厘米。四周单边,版心白口,白单鱼尾。半页八行十八字。卷首有《逋客集序》,署"万历辛卯暮春奉敕提督陕西学校按察副使前户部郎中友人丹阳姜士昌序";《敬题逋客集》,署"万历辛卯阳月之吉门下晚生赵世芳顿首拜手书"。正文题名后注"晋安袁表景从甫著"。内收诗二百四十余首。今《甲库丛书》第797册内《逋客集》四卷底本即为台北图书馆藏本。

袁表于闽中有诗名,以盛唐为宗。与马荧辑明初闽中林鸿、郑定、王褒、唐泰、高棅、王恭、陈亮、王偁、周玄、黄玄诗为《闽中十子诗》三十卷,刊行于世。后世所称"十才子",即由此始。清钱谦益《列朝诗集》乙集录原表诗三首,"小传"谓:"(表)与诸名士结社嵩山乌石间,精研格律,为闽人所推。"(《列朝诗集》丁集卷三)

307　嘉树斋稿七卷

吴继茂(生卒年不详)撰。继茂字用时,又字叔承,徽州府休宁(今属安徽休宁)人,由鸿胪寺序班,升应天府经历,晋平凉府通判。卒于万历三十年以前。著有《北游集》《竹西集》(皆未见传),传者惟《嘉树斋稿》七卷。生平见《(康熙)休宁县志》卷五。

该集明刊本,傅斯年图书馆藏。八册。半页九行十八字。集由吴明春编校。卷首有《吴叔承诗叙》,署"大泌山人李维桢本宁父";《吴叔承先生诗序》,署"明万历辛丑清和月二十日平涵居士朱国祯顿首撰";《嘉树斋稿序》,署"万历辛丑中秋喻均邦相甫撰";《吴别驾叔承先生诗序》,署"万历辛丑春孟六之日友弟詹景凤撰,适园居士金邦达书"。正文题名后注"新安吴继茂叔承著,男吴明春编校"。卷一收五七言古诗六十五首,卷二至七收近体诗八百三十六首。卷末有跋,署"万历壬寅新秋日弟吴继裘书于怀橘堂"。

喻均邦谓吴氏诗:"诸体靡所不备,合之得数万言,计若干卷,莽莽荡荡,若泛长江,望海门,洲渚萦回,岛屿交错。时而微波,时而怒涛,时而千帆交驶,时而万橹俱停。令人恫心怵目,应接都忙,非束方隅、限偏曲者可比。其托惊寄兴,往往在物情之外,似近而远,似浅而深,而结体创调,一取师心,不落蹊径。古诗其阴铿、何逊之流亚乎?律诗其钱起、郎士元之雁行乎?殆未可从今人中求之矣。"李维桢谓吴氏诗:"类其为人,直述胸臆,冲夷清远。"朱国祯赞吴氏:"(以)才发为诗,各极其体,各极其变。"

308　耕余集一卷云水记时一卷随游漫笔三卷倭奴遗事一卷

钟薇(1528—1611)撰。薇字汝思,号面溪,又号东海散人。南直松江府华亭(今属上海)人。稼穑终生。微时不喜文墨,迨子宇淳贵,始折节读书,穷搜遍览,遂成通儒。万历三十九年(1611)八月初五卒,年八十四。著有万历间刊本《耕余集》一卷《云水记时》一卷附录三卷《倭奴遗事》一卷。另有《面溪集》《云间纪事》《野史》见于著录,然未见传。生平见冯时可《钟面溪先生传》(《燕喜堂稿》卷十三)、《(嘉庆)松江府志·古今人传》卷五十四。

钟氏耕作之暇,寄傲山水诗文。万历二十四年尝游楚,又尝游浙,久之,合其山居杂咏、游览纪怀之作为一帙,总名之曰《耕余集》。内《耕余集》一卷、《云水记时》一卷、《随游漫笔》三卷、《倭奴遗事》一卷。明万历间蔡懋孝刊本,台北图书馆藏。六册。板框17.7厘米×12.6厘米。四周单边,版心白口,单白鱼尾。半页八行十六字。部分版心下记刻工姓名,如吴伦、潘垣、孙讷等。钤有"国立中央图/书馆收藏"朱文长方、"希逸/读过"白文方。卷首有《面溪诗集引》,署"赐进士及第特进光禄大夫柱国少师兼太子太师吏部尚书建极殿大学士知制诰经筵事国史总裁致仕邑人徐阶书";《耕余集自序》,署"万历元年春王正月东海散人述"。正文题名"耕余集卷之始"下注"云间钟薇汝思著,蔡懋孝幼君校刊"。内总收诗一百八十首;《云水记时》一卷,版心上镌刻"云水集"。卷首有目录。总收各体诗二百六十首。

《随游漫笔》三卷,收其游楚、游浙,登天目、武夷、太和、庐山、齐山、九华山等所作游记八篇。四周双边,版心白口,单鱼尾。半页七行十五字。版心上镌刻"长江记行"、"游太和山记行"、"游庐山记"、"游齐山记"、"游九华山记"、"东澌记游"等。卷首有《游二天目记引》,署"万历乙未夏五九山散樵陆树声题时年八十有七"，陆《引》后有钟薇小识；继有陆树声手札并钟薇题识："仆居闲读陶南村九成《游志编》，则恍若操杖履从之上下岭，如顷读公《游二天目记》，直可与之并行，不揣为题数语，老耄无文，殊愧唐突，惟览讫一笑掷之也。即日树声再顿首。""平泉陆老师耄年手札不减少时风致，宝玩不能释去，附梓以俟观者，若抚周文雅操，神采可想见矣。"继有题识，署"八闽李多见撰"。该游记分三部分：《游天目记》《丙申春日楚游草》《东湘纪游》。又《倭奴遗事》一卷，左右双边，版心白口，单鱼尾，鱼尾上镌"倭奴遗事"，版心下端注页码。正文题名后注"东海钟薇辑，时年七十有五"。半页八行十八字。

钟氏自谓："余少业农，卒以废学，忘情于耒耜，间以食其力而不知有所慕。性褊隘，不善交俗。暇则颇沈志群籍，吟弄篇咏，以消岁月。居无何，岛夷寇境，席卷旧业，兵疫相仍，邑里成虚。感兹，益谢绝世故，摆落纠纷，唯养形是念，治生之事并废。客有策余曰：'昔人所谓形可为槁木，心不可为死灰，子恶能以灰槁乎？当随事适情，与物无忤，寓形于虚舟飘瓦，则无往而非养也。'余深韪之。往往耕作之暇，寄傲于山水闲情以自娱。每闻佳山水，辄投耒往焉。登览有会意处，尝慷慨叹曰：'形纤芥于大荒，寓浮沤于百岁，尚可以哀乐置其衷哉！'或块然坐以移日，从者促之，曰：'人生贵适趣耳，外复何求？'有所感触，率意成章，不暇顾音节，唯藉以涤达性灵，淘洗胸次而已。平生足迹所及者，靡不皆然。久之，合并山居杂咏、游览寄怀，仅累成帙。"

嘉靖末，四境多故，民多疾苦。致仕徐阶之《诗引》颇可玩味："后倭夷、矿卒、虐吏、奸徒相继扰乱，民嚣然丧其常业，而所谓林栖涧隐者，遂皆奔走衣食，不暇为诗。不惟工者不可得见，即其粗浅枯槁之音亦几绝响。余每考观诗学之废，未尝不窃慨于世道之下也……面溪钟君所为诗若干篇，其抒发性灵，模写景物，尚书笠江潘公亟称之，以为和平简远。盖诗学于是复兴矣。古有观风之使，采里巷所咏歌，献之天子，以察治忽而审所从违，有如采君诗献诸阙下，夫岂非圣治之一征哉！"

309　修禊阁稿二卷

张汝元（生卒年不详）撰。汝元字太初。南直应天府江宁（今属江苏南京）人。嘉靖、万历间诸生，以诗受知于陈文烛，与吴子玉、胡应麟等交往唱和。生平见《（同治）上江两县志》卷十六。

该集万历十七年（1589）秣陵张氏刊本，台北图书馆藏。一册。板框19.9厘米×12.4厘米。四周单边。版心白口，单黑鱼尾，版心鱼尾上方记

"修禊阁"。半页七行十七字。钤有"汪鱼/亭藏/阁书"朱文方、"爱日馆收藏印"朱文长方、"国立中央图/书馆收藏"朱文长方、"振绮堂/兵燹后/收藏书"朱文方、"长林/爱日"白文方、"徐钧/印"白文方、"晓/霞"朱文方二(大小、字形不同)、"希逸/读过"白文方、"爱日馆金石/书画印"朱文椭圆印、"晓霞/藏本"朱文长方。卷首有《张太初修禊阁稿序》,署"大障山人休宁吴子玉著";张汝元《修禊阁稿题辞》。正文题名左镌"秣陵张汝元太初撰,黄应登征甫、马大壮仲履校。"卷末注"万历己丑季夏杀青竟"。总收诸体诗一百五十余首。

《修禊阁稿题辞》云:"余前既已梓其楚游诸什,以问于四方。而是集也,则余从修禊阁中所漫赋者也。友人从臾嗣木之,而余系之曰……矧余菰庐迹隐,湮乐情深,故每抚事而抽毫,间亦怀人而掞赋。敝帚之嗜,久不自持,而秃颖所存,遂烦掌记……是编也,虽不足以属左广之前矛,庶几可供大方之覆瓿矣。遂竟杀青,用忘嘲白,而校雠之役,则征甫仲履实有昌歜之癖焉。"

吴子玉序汝元集,赞其诗:"艳而有法,邃而多致。清之不憔,实之阂碍,诸体俱善而尤矜于古选歌行。"《四库全书总目》著录张汝元《张太初集》八卷,"提要"谓其:"以诗受知于学使陈文烛,文烛为序而刊之。其七言短歌,间有作意,而陶冶未精,他体则更减色。文烛序中多引二谢以下诗人拟之,盖奖成后进之意,不必甚确也"。(《总目》卷一百八十)

310　金台乙丑稿一卷

方新(生卒年不详)撰。新字德新,号定溪。南直池州府青阳(今属安徽池州)人。嘉靖二十八年(1549)举南直乡试,三十五年成进士,授行人,擢山西道监察御史,巡按陕西。四十五年以上书言灾变,触帝怒,斥为民。隆庆元年(1567)起复原官,巡视京营,明年擢湖广按察司佥事,巡按广西。生平见过庭训《本朝分省人物考》卷三九、张廷玉等《明史》卷二百〇七、《(光绪)重修安徽通志》卷一百九十一。

该集明定溪书屋刊本,台北故宫文献馆藏。一册。板框17.5厘米×10.7厘米。四周单边,板心白口,单鱼尾。半页六行十六字。版心中缝上记"定溪书屋"。钤有"国立北/平图书/馆收藏"朱文方。无序无跋。正文卷端题"池阳方新著,四明柴繁编"。内收其古近体诗四十一首,为方氏在京时所作。今《甲库丛书》第797册内《金台乙丑稿》一卷底本即为台北藏本。

311　山园杂著一卷山园十二记一卷

王世贞（1526—1590）撰。世贞字符美，号凤洲，又号弇州山人、弇山人。南直苏州府太仓（今属江苏太仓）人。嘉靖二十二年（1543）领乡书，二十六年成进士，除刑部主事，历员外、郎中。三十五年出为山东按察司副使，三十八年，以父丧归里。隆庆二年（1568），起补河南按察司副使，晋浙江左参政，迁山西按察使，丁母忧归。服阕，万历元年（1573）起湖广按察使，晋广西右布政使，擢太仆寺卿，四年除南大理寺卿，未任被劾罢归。十五年补南兵部右侍郎，十七年升南刑部尚书，乞归。十八年卒，年六十五，赠太子太保。生平见王锡爵《王公世贞墓志铭》（焦竑《国朝献征录》卷四十五）、陈继儒《王元美先生墓志铭》（《陈眉公先生全集》卷三十一）、张廷玉等《明史》卷二百八十七。

此集明写刊本，台北故宫文献馆藏。四册。板框 19.8 厘米×14 厘米。左右双边，版心白口，单鱼尾。半页八行十五字。卷末有王世懋《山园诸记跋》，署"弟世懋敬美甫顿首书"。钤有"吴兴刘氏嘉/业堂藏书记"朱文长方、"国立中/央图书/馆考藏"朱文方、"层楼"白文方、"楼外/春深"白文方、"韩氏祖/孙父子/兄弟世/传科第"朱文方、"圣/佩"白文方、"张淳"朱文方、"云无心以出岫"朱文圆印、"玄淡斋"朱文长方、"留余堂"朱文长方、"玉堂/学印"白文方。

是集辑其自咏弇山园诸诗、记弇山园诸文十四篇，而于卷首冠以园景图绘四帧。按钱大昕所撰年谱，弇山园始建于嘉靖四十五年，增修于隆庆六年。王世贞万历四年告归后，栖息园中，因取《山海经》语以名园。故可推知，是书之刻当在万历四年以后。

312　伏阙稿二卷

王世贞撰。世贞生平见《山园杂著》条。

该集明写刊本，故宫博物院图书馆藏。一册，高 19.5 至 20 厘米不等，广十四厘米。左右双边，板心白口，单鱼尾，中缝上记伏阙稿，中记卷上或卷下及叶次。半页九行十六字。钤有"国立北/平图书/馆收藏"朱文方。正文卷端题"吴郡王世贞元美著"。总收诗一百四十余首。这些诗已辑入《弇州四部稿》内。

313　孙山甫督学诗集四卷

孙应鳌（1527—1584）撰。应鳌字山甫，号淮海。贵州都匀府凯瑞安抚司(今属贵州凯里)人。祖籍如皋,以先祖戍贵州清平卫,遂家焉。嘉靖二十五年(1546)举乡试第一,三十二年成进士,选翰林院庶吉士。三十四年授户科给事中,出为江西按察佥事,四十年任陕西提学副使,升四川右参政。隆庆元年(1567)任湖广布政使,旋升右佥都御史,巡抚郧阳,罢归。万历元年(1573),起故官,再抚郧阳。二年擢大理寺卿,三年晋户部右侍郎,旋改礼部,充经筵讲官,掌国子监祭酒事,五年以病辞。十一年起刑部右侍郎,进南工部尚书,不赴。十二年卒于家,年五十八,赠太子太保,谥文恭。生平见陈尚象《孙应鳌墓志铭》(《(万历)贵州通志》卷二十三)、莫友芝《孙淮海先生应鳌传》(《黔诗纪略》卷五)。

该集明嘉靖四十五年(1566)刊本,国家图书馆、台北故宫文献馆、日本静嘉堂文库藏。台北藏本二册。板框 18.1 厘米×12.6 厘米。四周双边,版心白口,单白鱼尾。半页十行二十,小字双行。钤有"国立北/平图书/馆收藏"朱文方。卷首有《刻孙山甫督学诗集序》,署"鸿濛处士任瀚著";《督学诗集序》,署"嘉靖乙丑冬十二月关中门生乔因羽撰"。正文题名后注"如皋孙应鳌著,南充任瀚批评"。正文自卷五始,至卷八止。四卷总收诗四百〇九首。卷八后附任瀚《淮海操(有序)》《送淮海孙公升观察使序》及颜鲸《赠淮海先生拜大中丞节制三藩序》。今《甲库丛书》第 795 册内《孙山甫督学诗集》底本即为台北藏本。

王重民《中国善本书提要》载《孙山甫督学诗集》云:"是集始卷五,终卷八,凡四卷,正与乔因羽序所记卷数相合,此本为因羽刻于关中正学书院者,所刻当仅有此数。然其何以自卷五开始,则必因接续前一诗集编卷数者。"今据明朱睦㮮《万卷堂书目》著录"《山甫集》八卷"及清范邦甸《天一阁书目》著录"《孙山甫督学集》八卷,刊本。前四卷缺"可知,王重民断语有误,此本足本应为八卷,且此八卷足本日本静嘉堂文库藏有,亦为明嘉靖四十五年刊本。

清莫祥芝辑孙应鳌《孙文恭公遗书》六种二十卷,内《淮海易谭》四卷、《四书近语》六卷、《学孔精言舍诗钞》六卷,《教秦绪言》《幽心瑶草》《补辑杂文》及附录各一卷。清季陈田《明诗纪事》己签卷十一录孙应鳌诗十二首,按语谓其"五古超旷之致,大类薛文清(薛瑄),七律亦轩轩俊爽"。

314　白云楼摘集四十卷

陈公纶(生卒年不详)撰。公纶字次经,号古台子,又自号天台玉室道人。浙江台州府临海(今属浙江台州)人。嘉靖末、万历初诸生。六试省闱不售,遂弃举子业。博古好学,筑白云楼,以所积书籍庋藏其上而纵览之。又苦心诗艺,善五言律,清新婉致,得句则酣嬉颠倒,举酒放歌。生平见《(康熙)临海县志》卷九、《(雍正)浙江通志》卷一百八十一。

该集明万历五年(1577)至六年真赏斋刊本,台北图书馆藏。十册。板框17.5厘米×13.2厘米。左右双边,版心白口,上方记书名。半页十行十八字。钤有"铁琴铜/剑楼"白文长方、"国立中/央图书/馆考藏"朱文方。卷首有《白云楼诗集序》,署"万历戊寅秋日赐进士及第南京礼部尚书前两京祭酒学士管理诰敕会典国史纂修官华峰秦鸣雷书";《白云楼诗集序》,署"万历六年岁在戊寅秋九月樱宁居士王宗沐书于龙场山中"。"白云楼摘古目录"下注"天台玉室道人陈公纶次经父"。正文题名后注"天台玉室道人"。内五言古体四卷、七言长篇四卷、五言律诗十二卷、七言律诗十六卷、五七言绝句四卷,总收诗二千三十九首。

王宗沐序曰:"陈子之作,先以格律定准,律选歌吟,一不诡于古人。久之,洽而畅,熟而忘,然后跌宕自命,率以意匠嘲描风物,陶写喜怒,信手所到,既不期合于古人,卒未尝不式程焉,而其风神壮逸,以不穷为奇,则其自悟解也。"钱谦益《列朝诗集》丁集卷九录公纶诗六首,"小传"谓其:"自称天台玉室道人,有《采碧集》,其自叙以为本东野农夫,因徙郡城,诵读为章。逢行,迹不出其乡,独六客钱塘。平生好诗歌,耻趋谒,自禁谀语,以'玉室'名其诗,不欲著其姓字云。"

315 东巡杂咏一卷

张佳胤(1527—1588)撰。佳胤字肖甫,初号泸山,又称崛崃山人。四川重庆府铜梁(今属重庆)人。嘉靖二十九年(1550)进士,除滑县知县,以功擢户部主事,改兵部。迁礼部郎中,谪陈州同知,迁蒲州知府。累迁至都察院右佥都御史,进右副都御史巡抚保定。入为兵部右侍郎,寻兼佥都御史巡抚浙江,加右都御史,拜兵部尚书,寻兼右副都御史总督蓟、辽、保定,加太子少保、太子太保。万历十六年(1588)卒,年六十二,后赠太保,谥襄敏。生平见刘黄裳《居来张公行状》(《崛崃先生集》卷六十五附录)、王世贞《张公墓志铭》(《弇州四部稿续稿》卷一百二十三)、过庭训《本朝分省人物考》卷一百八、张廷玉等《明史》卷二百二十二。

该集明万历间活字本,台北故宫文献馆藏。一册。板框17.8厘米×12.4厘米。四周单边,板心白口,单鱼尾。半页九行十八字。钤有"国立北/平图书/馆收藏"朱文方。正文卷端题"铜梁张佳胤著"。内总收诗五十六首。

集为张佳胤以兵部右侍郎兼金都御史巡抚浙江时，一路东行，触景生情，发而为诗，辑而成集。今《甲库丛书》第792册内《东巡杂咏》底本即为台北藏本。

钱谦益《列朝诗集》丁集卷六录佳胤诗十二首，"小传"谓其"节镇之暇，轻裘缓带，宾礼寒素，鼓吹风雅，文士之坎壈失职者，皆援以为重，高才贵仕兼而得之，近代所罕见也。肖甫诗三十余卷，才气纵横，而乏深雅之致。"朱彝尊《明诗综》卷五十二录佳胤诗八首，"诗话"谓："肖甫以功业显，其诗亦多慨忼奋厉之气，与仰屋梁著书者不同。人皆称其近体不若五古，较胜十筹。"（《诗话》卷十三）《四库全书总目》著录张佳胤《崛嵎山房集》六十五卷，"提要"谓："佳允（胤）为郎时，与王世贞诸人相酬和，'七子'仕宦多不达，而佳允（胤）镇雄边，定大变，以功名始终。论者谓其诗文才气纵横而颇乏深致，盖雄心大略，不耐研思于字句间也。"（《总目》卷一百七十八）

316　正始堂诗集二十四卷

陆君弼（1528—1613）撰。君弼字无从。南直扬州府江都（今属江苏扬州）人。自少至老治博士家言，好读书，博涉多闻。贩夫走卒、贤豪长者莫不结交，有诗名，声名藉甚。万历间议修史，与魏学礼、王穉登同被征，未上而罢。卒于万历四十一年（1613），年八十六。生平见《（康熙）扬州府志》卷二十五、《（雍正）江都县志》卷十五。

该集明万历间刊本，台北图书馆藏。八册。板框16.9厘米×13.3厘米。左右双边，版心白口，单鱼尾。半页九行十八字。钤有"吴兴刘氏嘉/业堂藏书记"朱文长方、"国立中/央图书/馆考藏"朱文方。部分版心下记"肖文举刻"。卷首有《正始堂全集序》，署"万历辛亥冬望日仁和何伟然书"；《正始堂全集叙》，署"万历辛亥嘉平月天都社弟潘之恒，南州社弟邓文明书"；《正始堂集叙》，署"延州吴梦旸撰，闽中洪宽书"；《陆无从先生集序》，署"大泌山人李维桢本宁甫，江都后学夏应芳书"。正文题名后注"广陵陆君弼无从甫著、社友潘之恒景升甫校"。集以时分，卷一至二十四题名下分别注：丁卯戊辰己巳稿、庚午辛未稿、壬申稿、癸酉甲戌稿、丙戌稿、戊子稿、己丑庚寅稿、辛卯稿、甲申乙酉稿、庚寅辛卯稿、壬辰稿、癸巳稿、甲午稿、乙未稿、丙申稿、丁酉稿、戊戌稿、己亥稿、庚子稿、辛丑稿、壬寅稿、癸卯稿、甲辰稿、乙巳稿。总收诗一千五百余首。又天津图书馆、吉林大学图书馆亦有藏，然皆非全帙。

潘之恒序陆氏诗文之转变云："先生生世庙初年，逢文明泰运，弘、正之习未远,隆、万之气未靡,酝酿诗书之圃,揖让礼乐之乡,亦既汰羹未毫,俨然百岁人矣。吟社者更数辈,接引后进者百余曹,而有造者可缕指。时而登坛标帜,不为名高;时而联臂踏歌,不为特操。其初之近济南、弇州也,而有不近者存,以骨力神骏,不易湔涤。既而中立不阿,易蜀弦、掩吴趋、却秦诅楚,而未尝为孤调,以灵光莹彻,不为汩没。其时会其气,聚其人,力备而天赋全,何遽以初自嫌,而以晚自慊哉?吾故曰观先生之全而后可与言诗,因搜校全集,偶窥一斑,而缪为此臆说。"

李维桢以为陆君弼有二异:"(诗)体无不具,无不合作。长于诗者,不必长于文。先生短章碎金,大篇尺璧,人间熙事盛典,冀幸一言为重。至于网罗千古、经纬百氏为郡县志,鸿儒良史,见者敛衽韬翰,此一异也……先生毫素,伸纸挥毫,敏倍壮夫,神采色泽,照映稠人,此一异也。"又赞其文曰:"先生之为文,识伟而学能副之,才逸而法能御之,格高而气能剂之。有风雅之温厚和平,有骚些之凄紧深至,有两京之朴茂雄浑,有六朝之靡曼精工,有唐宋之舒缓流畅,各撮其胜而调于适,亦难以一家名先生。"

钱谦益《列朝诗集》丁集卷九录陆君弼诗十五首,"小传"云:"无从称诗,起嘉靖末年,推尊王弇州,几欲铸金顶礼。弇州叙平生文字四十余人,顾不及无从。久之,海内争抨王、李,无从亦心动,悔其少作,而迄不能改也。"又论陆君弼同时及稍后诗坛风尚云:"自嘉靖末,迄今八十余年,七子之风声浸淫海内,熏习之深,沦肤易髓,爱慕者固甘寄其藩篱,而抨击者亦暗堕其窠臼。无从而后,若俞羡长、何无咎、梅禹金、潘景升,才调故自斐然,皆不免沦胥以没,可叹也!"清季陈田《明诗纪事》庚签卷二十七录陆君弼诗六首,按语谓:"无从才调翩翩,俊语叠出,虽染指弇州,尚不至如牧斋所讥。"

317 汉上离歌一卷

程应魁(生卒年不详)撰。应魁一名福生,字孟孺,号六岳山人。明万历间玉山(今属江西上饶)人。官中书舍人。工书法,篆分真草,无一不工。善画,笔下墨梅,清瘦绝伦。有《汉上离歌》一卷。

该集明万历间刊本,台北故宫文献馆藏。一册。板框17厘米×12.3厘米。四周单边,版心白口,无鱼尾。半页八行十五字。卷首有《汉上离歌题辞》,署"万历乙亥仲春日汉上七十翁苏山陈柏书"。其正文题名《汉上离歌》(有序)后注"玉山程应魁孟孺甫",集总录其与友人离别时所作诗二十首,附友人和诗数首。其序云:"陈太公自挂冠井陉,年今七十,倡为郭南社。甲戌秋,余浮沔,长公和叔以余受知次公督学使者,乃馆之数月,闻孙二甫皆与倡酬,得诗凡若干,太公题其篇曰《三世赓歌》云,兹录别言一帙,志余小子离索之怀,不敢徼惠社中诸词人耳!"卷末有《书汉上离歌后》,署"乙亥仲春望日社友陈文燮书";《跋》署"友弟汉上陈汝堪书"。今《甲库丛书》第813册内《汉上离歌》底本即为台北藏本。

陈汝堪跋语曰:"往年孟孺浮淮时,曾与家叔使君相为倡和,今所传盖有《梅花馆集》云。无何,孟孺访王中丞公于江夏,因晤不佞于郭南社,又与家大父大人及不佞兄弟时时赓吟。乃其去也,依然不舍,形诸咏歌,并别社中诸君者,得凡若干首,题曰《汉上离歌》。"

陈文燮序曰:"玉山程孟孺去年秋访大人于汉上,余得窃闻其论,因馆之数月,与郭南社中诸子一时倡和,盖已盈帙。今兹行矣,更各赋一章以别,得凡若干首,并载之集中。予观孟孺诸诗,调逸而不激,词雅而不俗,兴狂而不靡,庶几哉风人之旨。至论交谊,即苏、李何让焉。不佞因坠数语,以见兹歌所繇起云。"

318　潜学稿七卷

邓元锡(1529—1593)撰。元锡字汝极,号潜谷。江西建昌府南城(今属江西抚州)人。嘉靖三十四年(1555)乡试中举,不复会试,而从邹守益、刘邦采、刘阳诸宿儒论学。潜心研读,讲学著述,逾三十五年,学问大进。以名数被荐,万历二十一年(1593)授翰林院待诏,有司督促就道,未行卒,年六十五。生平见黄浑《潜谷邓先生元锡行略》(焦竑《国朝献征录》卷一百十四)、《征君先生传》(乾隆八年重修本《潜学稿》卷首)、张廷玉等《明史》卷二百八十三、《(同治)建昌府志》卷八。

《千顷堂书目》著录《潜学稿》十七卷。今存《潜学编》十二卷,明万历三十五年左宗郢刻本。《潜学稿》十九卷,明崇祯十二年刊本,傅斯年图书馆、台湾大学图书馆、哈佛大学哈佛燕京图书馆藏;天津图书馆、苏州图书馆有明崇祯十二年刻乾隆八年重修本,亦为十九卷。本书著录《潜学稿》七卷,明万历间活字本,台北图书馆藏。六册。板框20厘米×14厘米。左右双边,版心白口。半页十行二十一字。钤有"仲宪/父"白文方、"过周/屏印"白文方、"莅圃/收藏"朱文长方、"书樵/珍玩"朱文长方、"葛萧翼/鲁氏书/籍之章"朱文长方、"海丰吴/氏家藏"朱文长方、"盟影"白文长方、"良瞿堂"白文长方、"葛洁/萧印"朱文方、"靖调/父"白文方、"葛/萧"朱文方、"靖/调氏"白文方、"葛/萧"朱文扁方印、"梅华/书屋"朱文方、"萧/印"朱文方、"靖/调/氏"白扁方、"葛萧/私印"白文方、"芦/中人"朱白文方、"翼/鲁/

氏"朱文方、"百年谁／复是知心"朱文长方、"葛鼒／私印"朱文方、"贵潜□／儒学记"朱文长方、"北／广"白文方、"诞／节"朱扁方、"葛／鼒之／印"朱小方。卷首有万历戊寅夏四月七十一翁里中王材《潜学稿序》。内收元锡所作序记、杂著、书启、墓志铭等文，无诗。今检万历刊本、乾隆重修本可以发现，七卷本内容与万历本卷六至卷十二、乾隆本卷一至卷十二大体相似，但在板式、行款、内容、排序等方面又有很多差异，故本书予以著录。

集名《潜学稿》，取"退而潜学"之意。王材序云："友人邓汝极氏饬躬缮性，雅志高古，自举乡书，辄不偕计上，杜门养亲。亲终，庐墓所居，常谢绝世纷，夙宵惟矻力前代之载，闻当代诸名哲有所论述，亟求而亟录之，精研疾书，务发擿其要，综贯今古，上窥神化，俯究名理，盖勤心者二十余年。著《六经绎义》若干卷，《法迁史》八书，《斥封禅》《辨异教著》二十一书若干卷，诸杂著文诗若干卷，以谂于余。余读之累数月，而未能味其详也，叹曰：渊乎、博乎、闳乎、密乎，神晶义采，焕郁郁乎，而一由于正教大道，无或奇邪荡谲之识间其中，若往代著作者之为病也，其可传哉！……汝极自名其所著统曰《潜学稿》，言退潜而学若此。"

后人谓元锡："渊源王守仁，不尽宗其说。"(《(光绪)江西通志》卷一百五十五)。《四库全书总目》著录《潜学稿》十二卷，"提要"云："此其所作杂文及语录也。其语录力辟心学，在当时尚为笃实，文章则颇为朴僿，未足擅长。"(《总目》卷一百七十八)陈田《明诗纪事》已签卷十一录邓元锡诗三首，按语谓："汝极讲学辟佛甚严，异于姚江之末派，诗亦不入击壤窠臼。"

319　同春堂遗稿四卷

刘熠(生卒年不详)撰。熠字符丽，号东沙。浙江嘉兴府海盐(今浙江海盐)人。嘉靖十九年(1540)举浙江乡试，选官，仕至监察御史。生平见《(光绪)海盐县志》卷十五。

该集清顺治十六年(1659)盐官刘氏家刊本，台北图书馆藏。板框 19.6 厘米×13.6 厘米。左右双边，版心白口，无鱼尾。半页八行二十字。版心上部镌"刘侍御集"。钤有"国立中／央图书／馆考藏"朱文方。卷末有崇祯十年刘熠曾孙刘泓《先侍御东沙公集后序》；顺治十六年夏五月玄孙刘维栋跋。正文题名后注"盐官刘熠东沙著"。《存目丛书补编》第 99 册、《明别集丛刊》第二辑第 86 册内《同春堂遗稿》四卷底本即为台北藏本。

《总目》著录《同春堂遗稿》四卷，谓："韵语皆非所长，古文亦不入格。"(《总目》卷一百七十七)

320　宋金斋文集四卷

宋诺（1530—1585）撰。诺字子重，号金斋。京师河间府故城（今属河北衡水）人。嘉靖三十四年（1555）举于乡，四十四年成进士，授户部福建司主事，历员外郎、郎中，谪四川忠州知州。抵任五日，隆庆三年（1569）迁南户部员外郎，进郎中，出知东昌府。丁内艰，服除，起知郧阳。调河南，寻以亲老归。不数年起补兖州知府，万历十三年（1585）入觐，卒于京，年五十六。生平见于慎行《金斋宋公墓志铭》（《谷城山馆文集》卷十九）、《（雍正）畿辅通志》卷七十四。

该集明万历间周世选开封刊本，台北图书馆藏。四册。板框19.2厘米×14.1厘米。四周双边，版心白口，单黑鱼尾。半页九行十八字。钤有"刘承幹／字贞一／号翰怡"白文方、"吴兴刘氏／嘉业堂／藏书印"朱文方、"国立中／央图书／馆考藏"朱文方。卷首有都察院左副都御史周世选《刻宋金斋文集序》。正文题名后注"甘陵金斋宋诺著，东光慎斋王嘉言校，男吉祝、孙声著同编"。卷末有万历庚寅重阳日不肖男吉祝《刻先君文集跋》。今《存目丛书补编》集部第97册、《明别集丛刊》第二辑第68册内《宋金斋文集》四卷底本即为万历间刻本。

《总目》著录《金斋集》四卷，谓："是集文三卷，诗一卷，而别以策对、书启之类附入诗后，其历官条教又标政绩一目，体例颇为糅杂。集中大抵宦游应酬之作。"（《总目》卷一百七十七）

321　白贲堂诗草十四卷

郑洛（1530—1600）撰。洛字禹秀，号范溪，又号塞翁。京师保定府安肃（今属河北徐水）人。嘉靖三十四年（1555）举于乡，明年成进士，授山东登州府推官。选授广东道御史，出为四川参议，历山西参政、浙江左布政使。万历二年（1574）以右佥都御史巡抚山西，明年移大同，进右副都御史。六年夏，擢兵部右侍郎，明年以左侍郎总督宣大、山西军务，十四年以功进兵部尚书，加太子少保，进太子太保，十七年诏理戎政。十八年七月，洮河用兵，诏郑洛兼右都御史，经略陕西、延宁、甘肃、宣大、山西边务。鞑靼侵袭，受旨西征。被劾归。万历二十八年卒，年七十一。生平见过庭训《本朝分省人物考》卷五、《（雍正）畿辅通志》卷七十一、张廷玉等《明史》卷二百二十二、《（光绪）保定府志》卷五十三。

该集明万历二十七年（1599）方登瀛刊本，台北故宫文献馆藏。二册。板框19.4厘米×12.4厘米。左右双边，版心白口，单鱼尾。半页九行十八字。部分版心下记刻工姓名,如文,李文,张儒,张中,中,沈聪,沈聘等。卷首有《白贲堂诗草序》,属"万历己亥至日赐进士第资政大夫户部尚书前奉敕总督两广军务五省直粮储两京左右侍郎都察院金都御史应城陈蕖撰";《大司马范溪郑公诗序》,属"万历九年岁在辛巳冬十月望日通议大夫兵部右侍郎前巡抚应天保定陕西宣府四镇地方铜梁张佳胤撰"。张序后镌"己亥秋日新都后学方登瀛书重刻"。正文卷端题"遂州塞翁郑洛著"。内诗分体,收录其五七言古体诗一百余首、五七言近体诗七百余首。今《甲库丛书》第796册内《白贲堂诗草》十四卷底本即为台北藏本。

张佳胤序谓郑洛:"日手一编,其中兴至,酌所造秫酿微酣,辄歌咏为古为律为绝为乐府为歌行,计得万一千六百二十余言,题曰《阳和稿》,识所游地也。不佞一日西谒公,公饮不佞室中,出稿属以序。不佞退而卒业,窃叹公材岂偏至者比哉? 大要公之材甚高,气无所不之,理无所不会。境生而情,不以情诎境;情协而韵,不以韵束情。意常超于法之表,机每游于力之外。雕镂者让工,钩猎者让博。出入古今之际,时或归诸自然之宗,盖公于二氏之旨深也。"

陈蕖以为郑氏诗:"不假雕饰,丰融典则,色泽蔚矣,而骨体坚持,才情畅矣。神致隽永,沨沨乎有二南之思焉。"

322　休休斋集七卷

管大勋(1530—?)撰。勋字世臣,号慕云。浙江宁波府鄞县(今属浙江宁波)人。嘉靖三十七年(1558)领浙江乡荐,四十四年成进士,选翰林院庶吉士,改礼科给事中。慷慨敢言,以亢直忤时,出为江西临江知府,擢四川提学副使,迁按察副使。谪延平知府,以湖广按察副使督湖广学政,擢广西右布政使,转左,调福建左布政使,官至南京光禄寺卿。生平见《(乾隆)鄞县志》卷十六、《(雍正)江西通志》卷六十一。

该集明万历六年(1578)刊本,台北图书馆藏。二册。板框20.9厘米×14.2厘米。四周单边,版心白口,单黑鱼尾。半页八行十八字。部分版心下端记刻工姓名,如义、山、龙等。钤有"刘承幹/字贞一/号翰怡"白文方、"吴兴刘氏/嘉业堂/藏书印"朱文方、"国立中/央图书/馆考藏"朱文方。卷首有残序,署"万历戊寅夏五月余寅君房甫撰";《休休斋叙》,署"万历丁亥岁中春朔日檇李郭子直谨撰"。正文题名后注"古鄞世臣甫管大勋著,友君房甫余寅评,人正甫张应斗阅"。内收其古近体诗五百八十余首,附词七首。卷末有万历六载岁建安杨肇《休休斋集后序》。

余寅谓："兹集仅录其再为郡延平时不满三岁,得诗数百首,大抵叙述什七,寄兴什三,而显者什七,而微以邃者什三,故语有爱究,情有委至,机有悬解,调有谐达,时时乎见之。"

323 剑溪谩语七卷

管大勋撰。大勋生平见《休休斋集》条。

该集明万历六年(1578)原刊本,台北故宫文献馆藏。一册。板框 21.5 厘米×14.5 厘米。四周双边,板心白口,单鱼尾,中缝上记"剑溪谩语"。半页九行十八字。钤有"国立北/平图书/馆收藏"朱文方。明黄成乐《刻剑溪谩语引》中缝下记有刻工名吴卿。卷首有残序,署"万历戊寅夏五月余寅君房甫撰";《刻剑溪谩语引》,署"万历戊寅端午日治下前直隶松江府同知晚生黄成乐顿首拜书";《剑溪谩语序》,署"万历六载岁集戊寅仲秋之吉旧寅建安杨肇拜撰"。第一页缺,卷七末缺。卷一、二、六收古体诗九十二首,卷六题名下注"此以下乃丙子冬丁丑春往来觐中作也"。其余四卷收近体诗一百三十首、艳曲八首,另卷七内七绝一首,有目无文。

集乃管氏生前自编。杨肇叙云:"公以文学擢高第,摛英秘阁,秉橐掖垣,遂持文节于天地西南之境,雄词杰句,布获区宇,见者莫不宝之,为明珠拱璧,锵然、瓓然,荣达至矣。迄今再领延郡,卧理剑阁,凡览日月星辰、山川云雾、鱼龙草木之状,尽皆探其灵秘,而畅于诗词。故其雄放浩荡,若九华丽天,怒涛下击,鲸鳌擘而东注千里也;其晶莹幻遉,若翠蚪绛□,潜于浚渊,吐光怪而上贯星汉也。约其旨趣,则怨怼愤激,若涉洞庭、调潇湘,咏叹乎羁旅迁客之思。读之,令人哀婉凄断,冷然兴穷悴之嗟……公汇新诗,厘为七卷,题曰《剑溪谩语》,付梓传焉。"

黄成乐序云:"《刻剑溪谩语》者,郡伯管公莅剑语也。语本风雅,悉关世教。何谓谩也?乃自命曰:'谩,谓望道未见。'非耶!夫公由翰苑起家,且历谏垣,守临江,涉督学,所至题咏述作盈帙,顾独梓剑中语者,以□剑人也,因请卒业,遂私梓之,用代甘棠云。况公之莅剑也,政稣惠洽,物各得所,故其发之声诗,率皆敦厚和平,而江湖廊庙之思,又蔼然语外。至于训迪诸生,敷贲川谷,尤谆谆焉。加之意无论士庶,感发思奋,即九峰将增而高,剑水将增而深,何莫非公品题之助耶?《传》称'声音之道于政通',其信然哉!其信然哉!若公之文章,自有定价,海内识不识,孰不知宝也。他日坐政府赞密,勿当出其语以弼成都俞之治,兹稿特窥豹之一斑耳。"

324 刻中丞肖岩刘公遗稿十卷

刘良弼(1531—1583)撰。良弼字赉卿,号肖岩。江西南昌府南昌(今属南昌市)人。嘉靖四十三年(1564)领江西乡荐,明年联捷成进士,授金坛知县。隆庆三年(1569)选云南道御史,六年巡按福建。万历四年(1576)按顺天,六年擢大理寺右寺丞,八年升右少卿,九年转左,十年升太仆寺卿。十一年改光禄寺卿,以右佥都御史巡抚广西。同年十月初三卒,年五十三。生平见刘云龙《刘公肖岩府君行状》、万恭《肖岩刘公墓志铭》、苏浚《中丞刘老先生神道碑》(以上俱见《刻中丞肖岩刘公遗稿》卷末附)、雷礼《国朝列卿纪》卷一百五十、《(光绪)江西通志》卷六九。

该集明万历十二年(1584)刘云龙刊本,傅斯年图书馆藏。十册。半页十行十九字。卷首有《刘肖岩先生奏议序》,署"赐进士出身工部主事门生蔡国炳顿首拜撰"。隆庆三年、六年及万历六年、十年、十一年诰敕五道。卷一至五收疏五十七篇,卷六为文稿,收其所作序、记、祭文等十五篇,卷七为诗稿,收诸体诗五十首,末三卷为尺牍。正文后附录刘云龙《先考中宪大夫巡抚广西都察院右佥都御史刘公肖岩府君行状》、万恭《肖岩刘公墓志铭》,晋江门生苏浚《中丞刘老先生神道碑》。末有跋语《中丞肖岩刘公后跋》,署"万历甲申冬十月不肖孤云龙泣血书于念岩草庐"。

集乃良弼卒后其子刘云龙辑其遗稿而成。云龙跋语云:"兹帙也,先大夫遗也。遗楮墨绪,用博词人声,匪先大夫心也。梓之,尤匪先大夫心也。独不肖孤云龙念先大夫三朝筮仕,一节自明,诸所摅建明,唯兹谏奏议帙可垂不朽,杂以词赋,即技也,亦神所留也,均之不朽也。不肖孤卒哭辄读,读辄涕下,以见先大夫遗,如见先大夫也。爰梓之,且丐于贤达者叙之,光先大夫遗也。嗟呼,存遗稿于今日,无禅草于当年,先大夫心事皎皎,宜与天下后世共之也。"

良弼立朝侃侃,正色敢言。卷内《恳乞圣明慎刑疏》《纠劾剥商官吏疏》《发问奸贪官疏》《遵例举劾官员疏》《举劾有司官员疏》等,颇可见其正色敢言本色。故《(光绪)江西通志》卷一百三十七"小传"谓良弼:"正色敢言,不少阿附。时巨珰冯保弄政,首疏参劾,谓其罪浮于刘瑾。"

325 九愚山房集十二卷

何东序(1531—1612)撰。东序字崇教,号肖山。山西平阳府猗氏(今山西临猗)人。嘉靖三十一年(1552)举山西乡荐,明年成进士,授户部主事,迁郎中,督饷辽阳,以疏忤旨,落职闲住。寻起补刑部郎中,简放徽州知府,被劾听勘。隆庆初补衢州知府,迁山东副使,备兵紫荆,擢都察院右佥都御史,巡抚榆林,再擢右副都御史,丁内艰归。万历四十年(1612)卒,年七十二。生平见李维桢《何中丞家传》(《大泌山房集》卷六十六)、《(雍正)山西通志》卷一百三十八。

该集万历间刊本,台北图书馆藏。八册。板框 19.2 厘米×14.0 厘米。四周单边,版心白口,单黑鱼尾。半页九行十八字。钤有"梁印/一彦"白文方、"刘承幹/字贞一/号翰怡"白文方、"吴兴刘氏/嘉业堂/藏书印"朱文方、"梁印/一彦"朱文方、"梁一/彦印"白文方、"臣彦"朱白文长方、"国立中/央图书/馆考藏"朱文方。卷首有《九愚山房集序》,署"万历己亥长至之辰赐进士出身进阶朝议大夫诏起陕西布政使司左参议稷山年生七十二叟承斋梁刚书";《九愚山房集序》,署"万历庚子岁陬月二十六日赐同进士出身中宪大夫贵州山东按察司提学副使前翰林院国史检讨年侍生顺阳李襄顿首拜书"。正文题名后注"河东何东序著,稷山梁刚校"。古乐府一卷、四言古诗一卷、七古一卷、七律五卷、五律一卷、五言排律一卷、五绝一卷、七绝一卷,总收诗九百十九首。

台北故宫文献馆另有明万历间刻清乾隆间刊本《九愚山房诗集》十三卷,板式、行款、收诗数量与台北图书馆藏本同,所不同者卷首有萧大亨序、乐和声(即岳和生)序、万历己亥梁刚序、万历庚子新都汪以时序、河东丁诚序及编校者、刊印者姓名,并将卷十二拆分为卷十二、十三两卷。

何东序另有《九愚山房稿》九十七卷(万历三十一年刊本),内诗十三卷,余收疏稿及各体文。《四库全书总目》著录《九愚山房诗集》十三卷,"提要"云:"其诗未能入格,而尤喜作古乐府,凡郭茂倩《乐府诗集》古题,拟之几遍,甚至郊庙乐章亦仿为之。然唐人已不能拟汉、魏,而东序欲为唐人所不能,不亦难乎?"(《总目》卷一百七十八)

326　陈恭介公集十二卷

陈有年(1531—1598)撰。有年字登之,号心谷。浙江绍兴府余姚(今属浙江绍兴)人。嘉靖三十一年(1552)举顺天乡试,四十一年成进士。授刑部主事,改吏部,迁验封司郎中。万历元年(1573)忤冯保、张居正,谢病归。居正卒,十二年起稽勋郎中,迁太常寺少卿,以右佥都御史巡抚江西,被劾归。寻荐起督操江,累迁吏部右侍郎,转左,擢南京右都御史。二十一年与吏部尚书温纯共典京察,未几,代温为吏部尚书。明年,称疾乞归。二十六年卒,年六十八,赠太子太保,谥恭介。为官以风节称。生平见孙鑛《陈公行状》(《孙月峰先生全集》卷十)、张师绎《陈恭介公传》(《月鹿堂文集》卷四)、清张廷玉《明史》卷二百二十四。

《千顷堂书目》著录《陈恭介公集》十二卷,今存明万历三十年余姚陈氏家刊本,天津图书馆、嘉兴市图书馆、台北故宫文献馆藏。台北藏本八册。板框 21.3 厘米×13.3 厘米。钤有"国立北平图/书馆收藏"朱文方、"树德/堂印"朱文方。四周单边,版心白口,无鱼尾。半页九行二十字。部分版心下端记刻工姓名,如"吉、同"等。卷首有《陈恭介公文集序》,署"万历壬寅岁孟冬月吉水旧治通家晚生邹元标顿首拜撰";《陈恭介公文集序》,署"赐进士第云南布政使司参议前南京兵部武库司郎中治下晚学生张璧顿首拜撰"。正文题名左下署"明余姚心穀陈有年著,吉水南皋邹元标校正,万戴昆岗张璧同校,从子陈启孙付梓,冢子陈启端编辑"。内奏疏五卷,序一卷,记、传、跋、启一卷,墓表、墓铭、行状行实一卷,祭文及诗合为一卷(卷九),内诸体诗八十余首,书三卷。卷十二附《忆秦娥》词二首。《甲库丛书》第 801—802 册内《陈恭介公集》十二卷底本即为台北故宫藏本。

邹元标序中谓陈氏"文沉深奥郁,出入先辈,思与古作者齐轨。公殆驰骋艺苑,非苟作者,然公之传者非文也。"未及其诗。

327　皆非集二卷附一枝轩吟草一卷

万达甫(1532—1603)撰。甫字仲章,号纯初,又号纯斋。浙江宁波府鄞县(今宁波)人。万表之子。少为诸生,学于钱德洪、王畿、唐顺之。为文典偶有精诣,然再试不售,因弃去。袭世职为指挥金事,进浙西运总,以迕误罢。岩居五载,勤于学,精于禅家玄旨。再起备倭,官至广东海防参将。以忤当道,遂去任归乡。卒于万历三十一年(1603)九月二十二,年七十三。与焦竑、冯梦桢、屠隆为诗文友。主要传记资料有李志《(万公)行状》、陈鸣华《纯斋万公暨黄夫人墓志铭》、焦竑《万纯初传》(《皆非集》卷首)。

该集明万历间四明万氏刊本,台湾故宫文献馆藏。一册。板框 20 厘米×13.3 厘米。四周单边,版心白口,单黑鱼尾。半页九行十八字。钤有"国立北/平图书/馆收藏"朱文方。卷首有《皆非集叙》,署"万历丁巳花朝日其表弟屠本畯撰",卷上首有缙云李志《行状》、焦竑《万纯初传》、屠隆《万纯初先生诔》(并序)。《皆非集》首卷正文题名后注"四明万纯初居士万达甫著,男邦孚校,侄邦宁书"。卷上收诗一百十余首,卷下收诗九十余首。《一枝轩吟草》正文题名后注"万邦孚汝永甫著,弟邦宁汝本甫校"。集中有前人墨笔圈点,正文中多处字迹漫漶不清。今《甲库丛书》第808册内《皆非集》二卷附《一枝轩吟草》底本即为台北藏本。

屠本畯叙谓万达甫:"声诗之道,言志者也,体务清真,韵惟温雅。是故错玉成器,贵在无邪。掷弹金有声,自然入听。且纯初参□,情多雅正,故其诗不诡不颇。"

328 艾熙亭先生文集十卷附诸公赠诗一卷

艾穆(1533—1600)撰。穆字和甫,一字纯卿,号熙亭。湖广岳州府平江(今属湖南)人。嘉靖四十年(1561)举湖广乡试,除阜城教谕,入为国子助教。万历初,擢刑部主事,进员外郎。以劾张居正夺情被杖,谪戍凉州。居正死,起户部员外郎,迁四川佥事,擢光禄少卿,历南鸿胪卿,召拜太仆寺卿,万历十九年(1591)以右佥都御史巡抚四川,病归。生平见王兆云《皇明词林人物考》卷十二、《(雍正)湖广通志》卷五十六。

《千顷堂书目》著录艾穆《熙亭集》十卷,今存《艾熙亭先生文集》十卷附《诸公赠诗》一卷,集由明平江艾日华编校,万历间刊本,台北图书馆、中科院图书馆藏。台北藏本十册,板框21厘米×14.8厘米。左右双边,版心白口,单黑鱼尾。半页十行二十字。钤有"大学/士章"朱文方、"国立中/央图书/馆考藏"朱文方、"刘承幹/字贞一/号翰怡"白文方、"吴兴刘氏/嘉业堂/藏书印"朱文方、"子孙/世保"白文方、"蕉林/藏书"朱文方、"蕉林/梁氏书/画之印"朱文方、"观其/大略"白文方。正文题名后注"平江艾穆和甫著,沔阳陈文烛玉叔、新淦朱孟震秉器、高邑赵南星梦白、临海王士性恒叔校,不肖孙日华辑"。内文八卷,卷一奏疏十篇,卷二至六收序、记、传、墓志、祭文等文七十五篇,卷七、卷八收书牍六十余篇,卷九、十收近体诗二百余首;《诸公赠诗》收艾穆好友陈文烛、龙膺、赵南星、汤显祖、孙斯亿等所撰与艾穆相关诗歌百余首。

朱彝尊《明诗综》卷六十七录艾穆诗七首,"诗话"云:"艾公与吾乡沈纯甫先生同论江陵夺情,其谪戍一西一南……西窜之后,诗律颇效空同,自公而后,南风多死声矣。"清末陈田《明诗纪事》己签卷十三录艾氏诗九首,按语谓其诗"摹杜,特挟奇气"。

329 文起堂集十卷

张献翼(1534—1601)撰。献翼字幼于。南直苏州府长洲(今属江苏苏州)人。少有文名,然连试不举,入赀为国子监生,遇试亦不利,因弃科举,一意为诗歌。献翼平生行止放诞,好狎声妓,不羁礼法。诗歌早年追随王世贞,后期与袁宏道、江盈科等人友善。生平见王世贞《张幼于生志》(《弇州四部稿续稿》卷一百〇九)、《(同治)苏州府志》卷八十六、《(民国)吴县志》卷六十七。

该集明万历四年(1576)刊本,台北图书馆、日本国立公文书馆藏。台北藏本十册。左右双边,版心白口,单黑鱼尾。半页八行十八字。钤有"刘承幹/字贞一/号翰怡"白文方、"吴兴刘氏/嘉业堂/藏书印"朱文方、"止舫/藏书"白文方、"国立中/央图书/馆考藏"朱文方。卷首有皇甫汸《文起堂集序》;徐缋《文起堂集序》。《存目丛书补编》第99册内《文起堂集》十卷底本即为台北藏本。

《四库全书总目》著录《文起堂集》十卷,谓:"其诗文多参以俳偶,盖献翼虽颇与李攀龙笔札往还,而与皇甫汸尤契,故学其含咀魏晋,而未能成家云。"(《总目》卷一百七十八)

330　读文介公诗二卷

宫永建(1534—1615)①撰。永建字克昌,号恒山。扬州府泰州(今属江苏泰州)人。性孝友,重然诺。父丧,家贫,从舅氏贷木与弟均偿,弟五十年不应。建病革,召子景隆偿之。永建弱冠饩于学宫,已代弟受过,因此除名。七旬失明,逾十年复炯炯如故。卒年八十有二。孙继兰、曾孙伟镠、玄孙梦仁三代成进士。生平见《(崇祯)泰州志》卷六、《(康熙)扬州府志》卷二十六。

该集明末刊本,台北图书馆藏。二册。板框15.4厘米×13.6厘米。半页八行十五字。有栏无格。版心白口,无鱼尾。版心上部镌"读文介公诗前集"或"读文介公诗后集"。无序无跋。钤有"国立中/央图书/馆考藏"朱文方。正文题名后注"文介宫公讳永建字克昌别号恒山,史官刘同升晋卿氏鉴定,男宫景隆辑,授孙男宫继兰、曾孙宫伟镠录次"。诗分前集、后集。前集收各体诗一百五十四首、词三首。后集收诗一百三十九首、词一首。正文每首诗皆有墨笔圈点。

---

① 《读文介公诗前集》有《新年戏笔(有序)》:"每岁元日至谷日,晴则嘉,阴则否,占是日所属之得失,偶赋一律,纪之。此万历三十年也。"又有《予长老妻一岁。癸卯,予年七十,甲辰为老妻诞辰。白发相守,人世所难,但其间艰苦备尝,忽漫俱老。因念其始嫁归宁,予往讯之,庭有两柑树,时未霜色,尚翁翠,徘徊其下,摘以遗予。岁月不停,盖五十年矣,抚时兴怀,为赋一律》长诗,则癸卯年(万历三十一年,1603)宫永建七十,以此前推,作者当生于嘉靖十三年甲午,公元1534年。

331　宸华堂集十卷(缺卷一、二)续集一卷

　　程正谊(1534—1612)撰。正谊字叔明,号居左。浙江金华府永康(今属浙江金华)人。隆庆元年(1567)举浙江乡荐,五年成进士,授武昌府司理,迁刑部主事。万历十一年擢云南副使,十四年任广西左参政,二十年任河南按察使,二十六年任四川左布政使,二十八年擢顺天府尹,赴京途中闻以所贡蜀扇不工,罚及僚属,因引罪自陈归。家居至万历四十年卒,年七十九。生平见张廷玉等《明史》卷二百八十三、王崇炳《金华征献略》卷十、《(光绪)永康县志》卷七。

　　该集明万历二十七年(1599)华阳知县张埏刊本,台北图书馆藏。五册。板框19.2厘米×13.1厘米。四周单边,版心白口,单白鱼尾。半页九行十八字。部分版心下记刻工姓名,如陶学恭、王大弟、翁正复、王继元等。钤有“阳湖陶氏涉园/所有书籍之记”朱文长方、“国立中/央图书/馆考藏”朱文方、“希古/右文”朱文方、“不薄今/人爱古人”白文长方。卷首有《刻宸华堂集》,署“万历二十七年己亥十月朔日洱上史旌贤廷征甫顿首撰”;《跋宸华堂集后》,署“万历二十七年岁次己亥七月既望属吏华阳县知县古郫张埏顿首撰”。正文题名后注“古婺程正谊叔明著,楚郫后学张埏校”。目录内诗二卷,收诗二百一十余首,文八卷,收各体文百篇,《续集》收文二篇。

　　张埏序其集曰:“今读其文,浑浑噩噩,洋洋洒洒,根以名理,而气格翩翩欲仙。其叙事简而核,藻而不秽;称述典而雅,详而有体。左腴马骨,不足方之。古诗肩汉魏,轶江左,居然风雅之遗。近体照耀沈、宋,驱骋元、白,排阊盛唐康庄。至感时忧世,酷似杜少陵。若诗余则秦一黄二,难乎前已。惜不睹其大全,兹特存什一于千百耳……公渊源世德,积庆深长,湛为道学,浮为英华,一动作不漓天性,一字句具见本来。即心即学,即学即政,经纬万务,莫究所施。”

332　刘子诗二卷

　　刘性甫(生卒年不详)撰。性甫本名伯生,号大鹤,以字行。湖广孝感(今属湖北孝感)人。嘉靖四十四年(1565)进士,弟伯燮、同郡刘绍恤中隆庆二年(1568)进士,时称“安陆三刘”。伯生授上蔡知县,擢南吏部主事,以母老乞归,读书养亲。著有《刘子三种》九卷,《刘子诗》二卷。

　　《刘子诗》二卷,明刊本,台北故宫文献馆藏。一册。板框18.5厘米×

13.0 厘米。四周双边,版心白口,单黑鱼尾。半页九行十八字,卷上收诗七十九首,卷下收诗七十二首。

333　南有堂集一卷

王穉登(1535—1613)撰。穉登字百谷,一字伯谷,号玉遮山人。南直苏州府长洲(今属江苏苏州)人。少有才名,能诗书,有大名于时。万历间与同邑魏学礼、江都陆弼(又名陆君弼)、黄冈王一鸣同被召修国史,未上而史局罢。与皇甫汸、莫如忠、许邦才、周天球、沈明臣等入王世贞所举“四十子”之列。擅名吴中诗坛三十余年。万历四十年十二月十六日(1613 年 2 月 5 日)卒,年七十八。著述甚富,今存万历四十二年《王百谷集》二十一种四十二卷。生平见李维桢《王百谷先生墓志铭》(《大泌山房集》卷八十八)、邹迪光《王征君传》(《石语斋集》卷二十)、张廷玉等《明史》卷二百八十八。

该集明万历间著者手稿本,台北图书馆藏。二册。板框 22.7 厘米×15.7 厘米。四周单边。半页八行二十字。钤有“寸草/心斋”白文长方、“国立中央图/书馆收藏”朱文长方、“长州蒋氏十印斋藏书”朱文长方、“莛圃/收藏”朱文长方、“蒋香生氏秦汉/十印斋考藏记”朱文长方、“德大/审定”朱文方。首列《明史·文苑传·王穉登传》,正文题名下注“丁未元日起”。

钱谦益谓:“伯谷为人通明开美,妙于书及篆隶。好交游,善结纳,谭论娓娓,移日分夜,听者靡靡忘倦。吴门自文待诏殁后,风雅之道未有所归,伯谷振华启秀,嘘枯吹生,擅词翰之席者三十余年。闽粤之人过吴门者,虽贾胡穷子,必蹐门求一见,乞其片缣尺素,然后去。”(《列朝诗集》丁集卷八)王氏虽擅吴中词坛三十余年,然朱彝尊于其诗其人颇不以为然:“伯谷诗亦华整,第嫌肉胜于骨。至袁文荣所赏‘色借相公袍上紫’、‘书生薄命原同妾’等句,媚灶之词,近于卑田乞儿语矣。”(《诗话》卷十四)清季陈田《明诗纪事》己签卷十六录王穉登诗二十一首,按语谓:“百谷才情妙绝,弇州《四十子》诗云:‘百谷命世才,兴文自绮岁。’赏叹逾恒,顾不录于五子之列,殊不可解。”

334　拟塞下曲一卷附录一卷

万世德(1536—1603)撰。世德字伯修,号丘泽,晚号震泽。山西太原府偏头关千户所(今属山西偏关)人。年十八补弟子员,隆庆四年(1570)举山西乡试,五年成进士,初授南阳知县。历元城、宝坻,入为兵部主事,擢员外郎,进陕西按察司金事,备兵西宁。因副将兵败降官。起为赵州知府,迁山东按察金事,备兵辽左,进按察司副使,备兵怀隆。万历二十五年(1597),擢都察院金都御史,专理海防军务。援朝战起,入朝,以釜山战役胜倭寇,擢都察院右副都御史。二十八年回国,以右副都御史兼兵部右侍郎,总督蓟辽,三十一年以疾卒于任,年六十八,赠太子太保、兵部尚书。生平见《(雍正)山西通志》卷一百二十一、《(乾隆)宁武府志》卷八。

该集明万历二十一年(1593)丁此吕越中刊本,台北图书馆藏。一册。板框20.3厘米×14.1厘米。四周单边,版心白口,半页八行十五字。部分版心下记刻工姓名,如戴得立、得立、朱文相、文相、杨才、杨、才等。钤有"国立中/央图书/馆考藏"朱文方。卷首有《拟塞下曲引》,署"万历辛卯夏六月谷旦云中万世德伯修甫书于湟中邸";《拟塞下曲序》,署"万历癸巳元夕友人屠隆纬真父撰并书";《塞下集序》,署"万历壬辰孟夏望豫章朱多熚宗良书"。正文题名后注"云中万世德伯修著"。内收边塞诗七十四首,附录《土木驿回銮曲》四首、《送邓中丞开府云中》《入塞曲》十首。卷末有万历癸巳豫章友人丁此吕《题塞下曲后》。

集乃万世德拟和之作。万世德序曰:"余日侍少保(郑)公谈机宜外,间及艺文,公因出《拟塞下曲》一编,盖公封虏王时作,所咏亦款贡事居多。余爱而读之数四,间以隙暑妄拟,得百首有五。先是有作如关边镇者并附之,得十有八,共合百二十三首,出以示客。"屠隆序云:"少保有《塞下曲》诸篇,伯修和之,得诗如干首寄余山中。叙关塞之险雄,则气吞绝漠。写壮士之骁武,则志激风云。谭上将之于襄,则伐光庙簇。述征戍之劳苦,则情感闺帏。总之凄抑流丽,悲壮沉雄。"

335　白门稿略一卷

王世懋(1536—1588)撰。世懋字敬美,号麟洲。南直苏州府太仓(今属江苏太仓)人,王世贞弟。嘉靖三十七年(1538)举于乡,明年成进士。以其父王忬滦河战事失利被戮,与兄扶榇归里。隆庆元年(1567)起复其父原官,世懋除南礼部主事,寻改北。迁尚宝寺丞,出为江西布政使参议,迁陕西按察副使,改福建,迁南太常少卿,移疾归。万历十六年(1588)卒于家,年五十三。生平见王世贞《少卿敬美行状》(《弇州四部稿续稿》卷一百四十)、王锡爵《麟洲王公世懋墓志铭》(焦竑《国朝献征录》卷七十)、赵用贤《太常王敬美传》(《松石斋集》卷十三)、张廷玉等《明史》卷二百八十七。

该集明万历五年(1577)平陵史继书编刊本,台北图书馆藏。一册。板框 18.8 厘米×14.6 厘米。四周双边,版心白口,单黑鱼尾。半页十行十九字。钤有"吴兴刘氏嘉/业堂藏书记"朱文长方、"国立中/央图书/馆考藏"朱文方。卷首有《白门稿略序》,署"万历丁丑秋七月友人岭南黎民表书"。正文题名后注"吴郡王世懋敬美著,平陵史继书元秉编次,盱眙李言恭惟寅校正"。内收五古七首,七古七首,五律十九首,七律二十八首,七绝十七首。这七十八首诗已辑入《王奉常集》。

黎民表序曰:"《白门集》者,盖游金陵诸诗也。敬美是时方壮齿盛气,铦锋括羽以摩作者之垒,肆笔命篇则已瑰玮跌宕,隳括便丽,铄开元、大历而上之,匪惟才挚,亦渐渍使然也。"

王世懋早岁服膺李攀龙及其兄王世贞,取法对象亦为汉魏、盛唐。然晚年诗艺大进,眼界渐宽,又受时风影响,颇厌模拟剽窃之风。其《艺圃撷余》论诗推崇格调,然并不偏执,故《四库全书总目》谓《艺圃撷余》:"成书在《艺苑卮言》之后,已稍觉摹古之流弊,故虽盛推何、李,而一则曰:我朝越宋继唐,正以豪杰数辈,得使事三昧,第恐数十年后,必有厌而扫除者,则其滥觞末弩为之也。"(《总目》卷一百九十六)故其后期撰制,力避模拟之痕。朱彝尊《明诗综》卷四十七录世懋诗四首,《诗话》云:"敬美才虽不逮哲昆,习气犹未陷溺。"(《诗话》卷十四)《四库全书总目》著录《王奉常集》六十九卷,"提要"云:"世懋名亚于其兄世贞,而澹于声气,持论较世贞为谨严。厥后《艺苑卮言》为世口实,而《艺圃撷余》论者乃无异议,高明、沉潜之别也。但天姿学力皆不及世贞,故所作未能相抗耳。"(《总目》卷一百七十八)

336　天远楼集二十七卷

徐显卿(1537—1602)撰。显卿字公望,号检庵。南直苏州府长洲(今属江苏苏州)人,后迁居宜兴。隆庆元年(1567)举于乡,次年成进士,选翰林院庶吉士,授编修,累迁至左谕德兼翰林侍读、国子监祭酒。万历十五年(1587)由詹事府詹事兼翰林院侍读学士,掌院事,旋升礼部右侍郎仍兼侍读学士,十六年任吏部左侍郎,十七年三月罢归,三十年(1602)卒。生平见申时行《祭徐少宰文》(《赐闲堂集》卷三十四)、《(万历)宜兴县志》卷八。

该集明万历间刊本,台北图书馆藏。十二册。板框 20.4 厘米×13.9 厘米。四周双边,版心白口,单黑鱼尾。半页九行十九字。钤有"刘承幹/字贞一/号翰怡"白文方、"吴兴刘氏/嘉业堂/藏书印"朱文方、"抱经楼"白文长方、"国立中/央图书/馆考藏"朱文方。卷末有跋,署"万历己亥孟夏日显卿序"。正文题名后注"吴郡徐显卿公望著"。《存目丛书补编》第 98 册、《明别集丛刊》第三辑第78册内《天远楼集》二十七卷底本即为万历间刊本。

337　棣萼北窗吟草十三卷

　　谢杰(1537—1604)撰。杰字汉甫,号绎梅。福建福州府长乐(今属福建福州市)人。隆庆四年(1570)举福建乡试,万历二年(1574)成进士,除行人。四年以副使册封琉球,以功擢光禄丞,晋少卿。十八年迁右通政,十九年转南光禄寺卿,二十年迁顺天府尹,二十一年以右副都御史,巡抚南赣。二十三年进南刑部右侍郎,二十六年转北,进户部尚书,总督仓场,三十二年卒于官,年六十八。生平见谢肇淛《叔祖绎梅公行状》(《小草斋文集》卷十七)、《(万历)福州府志》卷五十四、张廷玉等《明史》卷二百二十七。

　　该集明万历间刊本,台北图书馆藏。七册。板框22.1厘米×15厘米。四周单边,版心白口,单鱼尾。半页十行二十字。部分版心下记刻工名,如"周见、吉安周见刊"。钤有"国立中/央图书/馆考藏"朱文方、"希古/右文"朱文方、"阳湖陶氏涉园/所有书籍之记"朱文长方、"不薄今/人爱古人"白文长方。卷首有《棣萼北窗吟草小言》,署"万历癸卯朱明之吉知非子汉甫杰书于退思轩";礼部尚书于慎行《天灵山人旧集叙》;礼部尚书冯琦《天灵山人旧集叙》;礼部尚书李廷机《天灵山人旧集叙》;兵部侍郎兼巡抚湖广陈省《天灵山人旧集叙》;副都御使巡抚山西魏允贞《天灵山人旧集叙》。正文题名后注"闽长乐谢杰汉甫著"。集分赋类、拟古类、五古类、七古并歌行类、七律类、排律类、五绝类、七绝类、杂著类,总收赋二篇、诸体诗一千余首。

　　其集旧名《天灵山人集》,谢杰自序称:"棣萼北窗者,从祖都宪约庵公所构,以怡诸祖者也……窃念兹轩者,都宪终于斯,祖父二通议老于斯,黄陂楚臬、琼州、象山暨诸文学习于斯,而杰实生于斯,谓非天池灵峰之秀所钟焉不可也,故余集向名《天灵山人》,而易以今名者,志不忘也。且也吾乡闻人辈出,项背相望,则天灵也者,乃先达后进所公之名山,岂余一人所敢独专乎?不若名之《棣萼北窗》,犹可一家私而有也……春草之堂以西,棣萼之窗以北,与别墅之在东山者如初一辙,则夫澄江之练,蔷薇之花,安知奕世而下,无以南熏继响者,书以竢之。"

　　冯琦谓谢氏诗:"法而雅,详而典,肌丰而骨强,色正而语和。咏物则妍丽于徐庾,述事则沉酣于子美。事无牵会,语无凑泊。因实境所至而因以命之意者,合于古人之所谓情,而余所称写真者耶。"李廷机谓"公诗固从读书穷理中来,而材趣自足,故辞赡而气遒,致密而响逸,足以规摹前秀,鼓吹休明,称诗颖已"。以冯、李序观之,谢杰亦复古派中之一员。

338　余学士集三十卷续集不分卷

余孟麟（1537—1620）撰。孟麟字伯祥，号幼峰。南直应天府江宁（今属江苏南京）人。万历二年（1574）第二人进士及第，授编修，与修《大明会典》。迁南国子监司业，历洗马、侍读学士，掌院事，二十年晋祭酒，二十一年上疏乞归。家居二十余年，卒于泰昌元年（1620），年八十三。生平见雷礼《国朝列卿纪》卷二十三、《（道光）上元县志》卷十六。

该集明万历二十八年（1600）重刊本，台北图书馆藏。另日本尊经阁文库亦有藏本。台北藏本二十册。板框 19.5 厘米×14.2 厘米。四周双边，版心白口，单鱼尾，版心上端记书名。半页八行十六字。钤有"吴兴刘氏嘉／业堂藏书记"朱文长方、"谈氏延／恩楼／收藏印"朱文方、"国立中／央图书／馆考藏"朱文方。卷首有《余学士集叙》，署"万历乙未夏赐进士及第南京吏部右侍郎前詹事府少詹事兼翰林院侍读学士正史副总裁经筵讲官国子监祭酒衡郡曾朝节顿首撰"；《余学士先生集叙》，署"万历戊戌孟秋上浣之吉赐进士第中宪大夫奉敕巡抚浙江都察院右佥都御史门人瀛海刘元霖谨叙"；《余学士先生集序》，署"万历乙未阳月既望赐进士第南京福建道监察御史门人朱吾弼撰"；《余学士先生集序》，署"万历庚子仲冬至日赐进士及第翰林院国史编修承事郎年家晚学顾起元顿首书"；《余学士先生集叙》，署"万历戊戌中秋日门人豫章袁懋谦谨叙"。正文题名后注"秣陵余孟麟著"。前十六册为《余学士集》三十卷，内诗九卷、文二十一卷，其中奏、疏、策及露布等亦辑入集中。后四册为《续集》不分卷，依次为律诗、古诗、绝句、序、记、传、墓表、墓铭。

集乃重刊本，顾起元曰："学士幼峰先生集凡若干卷，业板行矣，已而中毁。侍御朱公，先生门下士也，谓先生立言之盛，意在斯编，请更梓人，纬诸遏贯。刻既竣，先生授简起元，俾书其事。"曾朝节赞余孟麟诗曰："先生之诗雄浑沈郁，绳墨汉魏，裁之以体，不以情趣流失而伤于易；程之以律，无一字经生口吻，以趋于纤细卑弱。甚矣，先生之娴于诗也。文亦先生之手谈也，神闲识朗，从容一枰之上而有余思，所蓄贮者厚，故辨而裕；所陶洗者精，故华而整。盖先生之于词，亦其天性，所耽嗜者在此矣。"

339　后吴越游十二卷

王叔承（1537—1601）撰。叔承初名光胤，字叔承，以字行，后改字承父，晚再更字子幻。号昆仑山人。南直苏州府吴江（今属江苏苏州）人。少孤，受博士业,以好古谢去。家贫,赘妇家,复为妇翁所逐,不予一钱,遂携妇归奉母,而贫益甚,喜为古文辞。性嗜酒,喜交友。又好游历,曾漫游吴越、湖湘、闽楚、齐鲁、燕赵等地,所至必有诗文纪之。万历二十七年(1599)卒,年六十五。生平见申时行《王山人子幻墓表》(《赐闲堂集》卷二十二)、王世贞《昆仑山人传》(《弇州四部稿续稿》卷七十四)、张廷玉等《明史》卷二百八十八。

《千顷堂书目》著录王叔承《吴越游》十七卷、《后吴越吟》二十一卷。现存万历刊《潇湘编》二卷、《后吴越游》十二卷、《岳色编》二卷。《后吴越游》十二卷,明万历十四年(1586)吴江知县徐元刊本,台北图书馆藏。六册。板框19.9厘米×12.3厘米。四周单边,版心白口,单鱼尾。半页九行二十一字。版心上部镌刻工姓名,如“刘淳卿、吴郡刘淳卿刻”。钤有“吴兴刘氏嘉/业堂藏书记”朱文长方、“靖/宇”白文方、“赵氏/铸铣/过目”朱文方、“归安/赵景/南印”白文方、“国立中/央图书/馆考藏”朱文方。卷首有残序,署“是岁秋孟雍丘徐元书于晋陵道中”;《王承父后吴越游编序》,署“弇山人王世贞撰友人周天球书”;《王承父后吴越游诗集序》,署“同郡王世懋撰”;《王子幻后吴越游诗序》,署“万历丙戌九月九日海东友弟顾养谦书于辽阳开府别署”。正文题名后注“松陵王叔承承甫著”。集不分体,总收诗一千三百余首。卷末有跋,“万历丙戌顾冶世叔甫书于梁鸿山草堂”;江夏丁应泰跋;丙戌八月锡山顾宪成跋。

集由吴江知县徐元刊刻行世。王世懋序曰:“(叔承晚年)自喜为诗,豪益甚。县令今侍御徐君闻而重之,固要与见,已为捐月俸二十金刻其近稿,曰《后吴越游》,时人两贤之,则今之游士所为勤造请而不得者也。”

王世贞谓王叔承:“材甚高,工力甚至,以故其句就而色自傅、声自律,篇就而用恒有余。当其忽然而至,沛然而出,风驰电击,纵横跳跋于广莫之外,使人心悸魄夺而不可禁,而悠悠旆旌,徒御不惊之气象,自如也。及乎刿心为字,琢字为句,或陡削峭拔,或宛曲绵丽,骤读之而恍然若新,既讽之而又恍然若故,则人工之极,叶玉而与真玉同,求其雕镂之迹不可得也。承父于诸体无所不精,歌行尤其至者。五七言绝、五言古律小次之,七言又次之。其编可十卷,五卷而前犹不能尽去何、秸巧儁之累,五卷而后则以茂功之不败,而兼万彻之大胜,无余憾矣。”王世懋亦赞曰:“承父于诸家声律靡所不工,而尤长于七言歌行,顷刻数百千言,如荆卿相泣,樊舞阳裂眦,灌将军骂坐,又如陈思王初见,丁敬礼傅胡粉、说俳优,数千言后整衣冠陈皇王之道,可喜可愕,种种变幻,真能以牛溲马浡为药饵,嬉笑怒骂为文章,李、何以还,于斯为盛。”

王叔承与皇甫汸、莫如忠、许邦才、周天球、沈明臣等并入王世贞所举"四十子"之列,其论诗坛复古云:"诗衰于宋、元,北地起而复古,一代摹拟之格,此其创矣。历下一变,锻炼淘洗,脱凡腐而尚精丽。然才情声律,未极变化,故用豪句构壮字自高。或晦而杂叠,复而致厌,始多宗之,后且避之也。弇州与历下,同名而异用,又变而博大僻远,汪洋磅礴,无所不出入,安究其底,则死骨未寒,非之者过于慕之者矣。"(《列朝诗集》丁集卷九)钱谦益"小传"谓:"承父为诗,豪宕莽苍,天才烂发,最为王元美兄弟所推。"清朱彝尊谓:"承父才情奔逸,下笔不能自休。其论诗不甚倾心王、李,大旨谓'事与景者,天地所自有之物,偶遇而收之。情与意者,吾所本有之物,偶触而发之。彼吾役也,吾不彼役也',斯言良是。惜其所作,牵率者十九。"(《诗话》卷十四)《四库全书总目》著录叔承《壮游编》三卷,"提要"谓:"其气节怀抱,亦非当时山人墨客以诗句为市者比"(《总目》卷一百七十八)。

340　迁江集二卷

余佑(1537—?)撰。佑字顺甫,号鹤山,自号白鹤山人。浙江宁波府鄞县(今属浙江宁波)人。嘉靖间任上饶主簿,十九年(1540)升柳州府迁江知县,致仕归。

该集明嘉靖四十年(1561)余绍芳四川刊本,台北故宫文献馆藏。二册。板框18.5厘米×12.5厘米。四周单边,版心白口,无鱼尾。半页九行十八字。版心中部镌"白鹤山房"及页次。卷首有《迁江集自序》,署"嘉靖二十八年岁在己酉春三月朔旦广西柳州迁江县知县四明白鹤山人余佑识"。内收古、近体诗二百四十余首。卷末有跋语,署"嘉靖四十年岁在辛酉中秋日不肖男绍芳百拜谨书于蜀藩之居俟轩"。今《甲库丛书》第759册内《迁江集》底本即为台北藏本。

余佑家族乃鄞地诗书之家,家学浓厚。余佑自序曰:"国朝始,余高祖封郎中友竹先生,隐德弗耀,居常以习礼作诗为事。曾大父大参钝庵先生、伯祖方伯静庵先生家学相承,文章、政事所至有纪。先君郡博菊庄先生文学见推时辈,而尤精于诗,晚有手稿行于世。嗣后,族姓虽繁,而向学者少,书香之泽,几至斩绝。不敏恪守庭训,不敢怠荒,而深以不能阐扬先志是惧。间尝效颦吟咏,又为性资所限,体格不高,仿之前人,十不一二也……嘉靖岁庚子,改令迁江,事简而暇,因忆旧作若干首,录而收之归笥,命仲子绍芳汇次而珍藏之,以贻后之人,亦书香之一绪也。因题之为《迁江集》云。"由此观之,集所录乃其平生所作之选本,非仅迁江一地之作。

此集由余佑子余绍芳付梓行世:"右《迁江集》,家君尹迁江时以暇录旧作,凡二卷,归而授之不肖芳,谨珍藏之⋯⋯兹集久而或失为罪,诚在不肖也,谨梓之以贻后。然家君惟好吟咏,此特旧作耳。近日优游林下,寄兴适情,著作必富,俟不肖归田,别为续集,用是以纪岁月云。"后余绍芳果有继刻。张时彻曾为余佑后期诗集作序:"公前有《迁江集》,既已梓之。今集二裒,则归隐后所编次者也。自号鹤山,故题曰《对鹤楼续集》云。"(《芝园集》定集卷二十七《余长公集序》)

341　漱艺堂文集二十卷

张一桂(1540—1592)撰。一桂字稚圭,号玉阳。祖籍徽州府歙县,父为贾人,行贾至开封府祥符(今属河南开封),遂家焉。嘉靖四十年(1561)领乡书,隆庆二年(1568)成进士,选翰林院庶吉士,四年授编修。与修《穆宗实录》,书成,晋修撰,兼掌诰敕,补经筵展书官,进侍讲。张居正殁,桂充经筵讲官。万历十二年(1584),擢右春坊右谕德,左迁南兵部员外郎,十六年擢南国子司业,次年拜祭酒,十九年入为太常卿,管祭酒,寻擢南吏部右侍郎。二十年改礼部右侍郎兼侍读学士,寻转左,卒于途,年五十三。生平见于慎行《玉阳张公行状》(《谷城山馆文集》卷二十八)、赵志皋《张公一桂墓志铭》(焦竑《国朝献征录》卷三十五)、赵用贤《张少宗伯传》(《松石斋集》卷十三)。过庭训《本朝分省人物考》卷三十七。

该本明万历三十八年(1610)刊本,台北图书馆藏。十册。板框21.9厘米×14.3厘米。四周单边,版心白口,单黑鱼尾,上方记"漱艺堂存稿"。半页九行二十字。钤有"国立中/央图书/馆考藏"朱文方。卷首有残序,署"万历庚戌春三月既望赐进士出身嘉议大夫兵部左侍郎在告门生汪应蛟顿首拜撰";《漱艺堂集序》,署"万历庚戌仲秋谷旦赐进士第奉议大夫左春坊掌坊事左庶子兼翰林院侍读东宫讲读官前记注起居纂修正史管理诰敕门生冯有经顿首拜撰";《漱艺堂集序》,署"万历庚戌岁十月既望门生汶上范守己顿首撰"。正文题名后注"新安张一桂著,门人唐文献校"。内序八卷,奏疏一卷,启一卷,记一卷,墓志铭四卷,行状墓表一卷,祭文二卷,论议一卷,会试乡试程式问一卷。"漱艺堂文集卷之二十终"下注"大梁杨一科刻,杨□俊写"。

汪应蛟序曰:"歌咏诸体皆浚发于性灵,而奥衍于名理,其气若赤虹苍雾,其色若商彝周鼎,其声若戛击金石而应六律,其流畅若长河下积石,一泻千里而必轨于东。中州信文献渊薮,然称古昔、谢挽近、号海内宗工者,无如李、何诸公,以今观于先生,奚啻方驾并驰哉!"

342　寒窗感寓集三卷附录一卷

李以龙（1540—1630）撰。以龙字伯潜,号见所。广东广州府新会（今属广东江门）人。嘉靖三十七年（1558）领乡荐。无意仕进,读白沙文而有悟,遂与弟以麟潜心理学,以居敬主敬为本。居家中青竹园,与子弟论道讲学,时有吟咏,淡然自乐。卒年九十一。著有《省心录》《寒窗感寓集》《进学诗》等。生平见《（道光）广东通志》卷二百八十一。

该集清乾嘉间覆刻万历四十六年（1618）刊本,台北图书馆藏。一册。板框19.9厘米×12.8厘米。四周双边版心白口,单黑鱼尾,版心上方记"感寓集"。半页八行十九字。钤有"漱绿／楼藏／书印"朱文方、"国立中／央图书／馆考藏"朱文方、"管理中央庚／款董事会保／存文献之章"朱文长方。首有《见所李先生诗录序》,署"万历戊午季秋之吉钦命巡按广东监察御史王命璇撰";《寒窗感寓集叙》,署"万历丁未中秋日李以龙自叙"。正文题名下注"新会李以龙著,侄李之世、李之标同校"。卷一收诗五十六首,补遗七首。卷二、三录序、记、墓志铭、祭文、论、说等文。集后附《巡按御史虞石王公请谥疏》。

李以龙自序曰:"《寒窗感寓》者何? 明志也。惟余质弱知困,夙觏危疾,杜门习静,文艺不以经心。惟时嘉靖丁卯仲冬之望,独坐寒窗,长风霁月,夜景虚明,诵诗兴怀,率尔成句,自兹以往,若诗若文,间有所作,则亦抚时感物,得之乎心,寓之乎言者,大都月明夜静之余兴也……惟言者,言矣,而言言者志。方夫隐几寒窗之下,寓言宇宙之间,志有在也。"

343　拟古闽声二卷

王三阳（生平不详）撰。三阳字乾开,号华源。福建泉州府晋江（今属福建泉州）人。隆庆四年（1570）领福建乡荐,万历八年（1580）成进士,授颍上令,转嘉善,擢工部都水司主事,以违误谪广西灵川,后归里。注有《拟古闽声》《都市吟》等集。生平见《（乾隆）泉州府志》卷五十四、《（乾隆）晋江县志》卷十二。

该集明万历间灵阳李毓秀刊本,台北图书馆藏。四册。板框21.7厘米×14.4厘米。四周双边,版心白口,单鱼尾。半页八行二十字。钤有"国立中央图／书馆收藏"朱文长方、"莅圃／收藏"朱文长方、"绿阴朱阁"朱文长方、"书樵"朱文长方、"麻溪／草堂"朱文长方、"松陵王／禹胄孙／谋图书"朱文方、"松陵王氏／奕纶堂记"朱文长方。卷首有《刻拟古闽声序》,署"赐进土第巡抚广西地方右副都御使前福建右布政使治生刘继文顿首拜书";《拟古闽声序》,署"万历庚寅中春之吉赐进士出身翰林院国史修撰儒林郎充经筵官管理起居注前纂修大明会典眷年弟庄履丰中熙甫序"。正文卷端题名后注"晋江王三阳乾开甫著,庄履丰中熙甫批评,吴龙征坚孺甫同评"。总收拟乐府诗一百三十三首。卷末有《跋王乾开乐府后》,署"同邑李毓秀道显甫顿首拜书";王三阳自跋。

王三阳自跋曰:"(余)自少小颇知操觚,辄酷爱此篇,或对风月,时作吟弄;或拍蟹螯,时作送酒具,遂尔契之心、声之口,成之乎技痒而鸣之也……我明李长沙才情罕觏,栉句玄思,坐失古人,乃以乐府流落人间,遇太仓王元美,评为一部史断。湖云四低,沙光失色,则自李、杜迄今,赏者不作,作者不赏,扬抟何人,千古长恨矣。予独何敢附作者,续貂以尾,效颦增丑也?余早固苦心于长沙,愿为执鞭者,每恨生不同时,又以惧余之不为长沙史断也。余而为长沙史断乎?固愿卒业,不惜为世人解嘲矣。"

王三阳醉心于李梦阳乐府诗,其《拟古闽声》乃拟作也。庄履丰序称:"乾开王君与余少读书山寺,时时进余以所著乐府,沾沾然。余迫视乾开帐中,则李长沙公拟古乐府一编在,音调、神情种种肖协……余大为击节,乾开逾沾沾然。积之年禩,寝以成帙,自名曰《拟古闽声》,余因与侍御吴坚孺氏加评焉。"

344　呓觉草二十五卷

黄祖儒(1541—?)①撰。祖儒字叔初,号谏凤。南直应天府上元(今属江苏南京)人,南京兴武卫籍,吏部黄甲之子。万历二十年(1592)曾与留都名士游,与李登、王元坤、陈所闻、盛敏耕、姚汝循、张四维等共结白社。能诗词,善度曲,其散曲作品存在《南北宫词纪》中。

该集明万历十三年(1585)林丘橺刊本。台北图书馆藏。四册。板框17.9厘米×13.8厘米。左右双边,版心白口,单黑鱼尾。半页九行十七字。卷首有《叙黄叔初诗集》,署"万历乙酉冬仲既望东武友人月林丘橺拜题";《呓觉草叙》,署"万历丙申秋日秣陵黄伯子祖儒叔初谨识"。钤有"吴兴刘氏/嘉业堂藏"朱文长方、"国立中/央图书/馆考藏"朱文方。正文题名后注

---

① 《呓觉草后集(庚寅)》首有《杂诗》三十一首,其"二十五"云:"昔闻伯玉贤,冥冥靡坠行。四十九年非,五十胡始省。"则万历十八年庚寅(1590),作者五十,以此前推,作者当生于嘉靖二十年辛丑,即公元1541年。

"秣陵黄伯子祖儒叔初著"。内前集十二卷,后集十三卷。前十一卷诗不分体,收诗四百余首,卷十二收词四十六首。《呓觉草后集》十三卷,收诗六百余首、词十四首。

黄祖儒自序集之命名曰:"今名其集,不言集而言呓,乃至情随事往,感逐境销。不言呓而言觉,不言呓而言觉,不图呓而图觉也。呓可为也,觉不可为也。觉不可为而可知,吾又安知今之知吾觉,果为知其觉焉。否也,诚知其觉,觉之又觉,以至于无觉。无乎呓,无乎不呓,实今者吾意也。"

345 芝园文稿三十六卷

赵世显(1542—1610)撰。世显字仁甫,号芝园主人。福建福州府侯官(今福州)人。嘉靖四十三年(1564)举人,后屡上公车不第。万历十一年(1583)始中进士,除池州府推官,左迁梁山知县,转通判,以母老未赴。三十八年卒,寿六十九。著有《芝园稿》《山居稿》《阙下稿》《入蜀稿》诸集行世。生平见《(乾隆)福建通志》卷五十一、《(乾隆)福州府志》卷六十。

该集明万历三十四年(1606)闽中赵氏原刊本,台北图书馆藏。又国家图书馆藏万历刊二十六卷本。台北藏本八册。板框 19.4 厘米×13.7 厘米。左右双边。版心白口,单白鱼尾,上方记书名。半页九行十八字。吴国伦序页版心有"张佑刊"。钤有"吴兴刘氏嘉/业堂藏书记"朱文长方、"广东肇阳/罗道关防"汉满朱文大长方、"国立中/央图书/馆考藏"朱文方。卷首有《赵仁甫文稿序》,署"万历甲午秋日瓻甄洞叟吴国伦书于匡庐之凌虚阁";《芝园文稿类序引》,署"岁丙午夏日芝园居士赵世显识";《小简自序》;郑怀魁《赵仁甫先生诗谈序》;《赵子十论自序》;陈承芳《演连珠序》。卷一至二十二收各体文四百四十余篇,卷二十三收《赵子十论》,卷二十四收《演连珠》,卷二十五、二十六收《诗谈》,卷二十七、二十八收《一得斋琐言》,卷二十九至三十四收《客窗随笔》,卷三十五、三十六收《芝圃丛谈》。

赵世显自序曰:"予自归养以来,舞斑之暇,栖息芝园,业取向所为诗而编梓之矣。文则自溢城一经明卿先生赏鉴,嗣是南北驱驰,庚迁岁月,舍置敝箧,蒙积浮埃,向图不朽,苦心谓何。纵匪雕龙,讵应饱蠹? 乃会萃清华馆中,重加订定,而益以溢城以后诸篇,盖自序、记、祭文、书、启、奏记、箴铭以及杂文,为类凡十有九,为卷三十有六,诸家序引,亦总录卷端,付之剞氏。念予赋质颛蒙,识见寡昧,构思抽毫,酷尚雅驯,力祛险僻。由童迄皓,颇富篇章,虽匪敢自列于作者之林,亦未必无一言之几乎道也者。绚素玄白,良以自嚱,秘帐冒瓻,亦各从攸好。若藏之名山,以竢百世,则予匪其人,而奚敢尔邪。"

　　吴国伦赞云："其所为古文辞,雅驯隽永,不必索隐而故实孕含,不必曝书而经籍囊括。指事陈词,咸有裨风教。三复之,奇峻岳峙,隐奥渊涵,神变龙跃,吐纳荀王,出入贾马。诸体悉具,众妙咸臻,泂藻园之芳轨,而后进者之正鹄也。"

346　开府魏见泉先生诗存二卷

　　魏允贞(1542—1606)撰。允贞字懋忠,号见泉。京师大名府南乐(今属河南)人。十八为诸生。万历四年(1576)举于乡,五年成进士,授荆州府推官,万历十年擢御史。因陈时弊,谪许州判官。迁南兵部主事,历郎中,丁外艰。徙光禄丞,晋少卿。告归,居家三年,即家拜顺天府丞,迁右通政。二十一年擢山西巡抚,进右副都御史、兵部右侍郎,卒于万历三十四年,年六十五,天启初,赠右都御史,追谥介肃。生平见赵南星《兵部右侍郎见泉魏公碑》(《赵忠毅公诗文集》卷十一)、清孙奇逢《畿辅人物考》卷五、张廷玉等《明史》卷二百三十二。

　　《明史·艺文志》著录魏允贞撰《文集》四卷,现存残本二卷,名《开府魏见泉先生诗》,明万历间刊本,台北图书馆藏。一册。板框 20.5 厘米×13.2 厘米。版心白口,单鱼尾。半页九行十八字。部分版心下记刻工姓名,如"梁成玉、梁、黄、付汝光、李林、付机、黄柏、杨和、松、大名抄补、黄松、李元"。钤有"魏/大名"白文方、"别号/少白"朱文方、"国立北/平图书/馆收藏"朱文方。卷首有清光绪五年史思培手录《南乐县志》并题记;《开府魏见泉先生诗叙》,署"万历乙未夏仲太原治人王道行序顿首拜书";《魏长公集叙》,署"赐同进士出身嘉议大夫顺天府府尹年家侍生新宁谢杰顿首拜书";《魏伯子集序》,署"万历甲申冬友人李化龙撰";《魏侍淑摘稿叙》,署"万历乙酉季春朔日吉水年弟邹之标尔瞻拜撰";《魏懋忠诗叙》,署"年弟冯琦书";《自叙》,署"万历拾叁年春叁月金陵散吏见泉魏允贞书于高枕庐";《开府魏公集序》,署"长洲张献翼幼于敬撰";《自序》,署"拟宋人诗序万历戊戌夏月午日见泉"。正文卷端题"南乐魏允贞懋忠甫著"。内卷一《司理稿》,收诗一百二十四首,又《西台稿》(《谪居稿》附后),收诗三十首;卷二《南铨稿》,收诗一百八十三首,又《光禄稿》,收诗一百五十二首。据卷端"诗草目录",卷三为《里居稿》、《京兆稿》、《银台稿》、《抚晋稿》,卷四为"文草"。今《甲库丛书》第 839 册内《见泉先生诗》底本即为台北藏本。

　　魏允贞为御史,以直节著称。《明史》谓魏允贞"以卓荦宏伟之概,为众望所归”。诗文亦有时名,名列王世贞所举“四十子”。初受后七子诸人影响很深,后受思潮激发,有所悟,主张师心自出。自叙其集云:“人之言曰:为诗必三唐,为文必两汉。吾不知唐人诗、汉人文,能自为耶? 抑其心与遇之所为耶? 唐人取于其心与所遇而为唐诗,汉人取于其心与所遇而为汉文,吾取于其心与所遇而为吾诗吾文,奚不可也?”允贞后期,诗法对象转向宋诗,万历二十六年夏于《拟宋人诗序》中言:“语初于诗为杜学,已学孟,已又学陶,易悲壮而冲散。已又学乐府暨《三百篇》,易冲散而古,不自知其不似也。最后气日衰、趋日下,浸浸乎入宋人境,世名能诗者或笑之,然于予心却甚当也。因漫存之。”

朱彝尊《明诗综》卷五十八录允贞诗一首,“诗话”云:“见泉以直节闻。相传其子广微甫登贤书,来省其父,见泉闭之廨中,不许就礼部试,曰:此破犁犊也,一得志必隳我家声矣。后果然。诗近犷疏,论者谓逊其弟懋权(魏允中)。”

347　李文节集二十八卷

李廷机(1542—1616)撰。廷机字尔张,号九我,福建泉州府晋江(今属福建晋江)人。嘉靖三十七年(1558)补郡庠生。四十年倭乱,乡试后丁父忧,四十二年丧母,因取号九我。隆庆四年(1570)举顺天乡试第一。十一年会试第一,廷试第二。选庶吉士,授翰林编修。累迁祭酒。久之,迁南京吏部右侍郎。召为礼部右侍郎。三十五年夏,以礼部尚书兼东阁大学士,入参机务。言路屡上,乞休,杜门不出。三十八年四月后屡疏辞,至四十年九月,疏已百二十余上,陛辞出都待命,叶少高言廷机已行,不可再挽,加太子太保,以行人护归。居四年卒,谥文节。生平见李廷机《大学士李先生自状》(《国朝献征录》卷十七)、过庭训《本朝分省人物考》卷七十一、张廷玉等《明史》卷二百十七。

廷机著述现存《皇明阁臣言行录》四卷(明刻本)、《皇明阁臣录》四卷(明万历刻本)、《新镌翰林考正历朝故事统宗》十卷(明万历刻本)、《李文节集》二十八卷(明崇祯刻本)。《千顷堂书目》著录《李文节公集》十八卷,《明史·艺文志》著录李氏《文集》十八卷。今存《李文节集》二十八卷,明崇祯间刊本,台北图书馆、傅斯年图书馆藏。台图藏本十四册。四周单边,版心白口,单黑鱼尾。半页十行十九字。各卷题名“李文节集卷几”,署“晋江九我李廷机著”。卷首有《李文节公文集序》,署“赐进士出身光禄大夫柱国少师兼太子太师史部尚书建极殿大学士知经筵日讲制诰予告存问年家晚生福唐叶向高撰";《李文节先生文集序》,署"崇祯甲戌秋季望日晋江后学洪启遵顿首百拜书于吉州之天苗斋"。前八卷奏疏,余下诰勅一卷,馆课二卷,书牍三卷,序四卷,行状一卷,志铭三卷,墓表一卷,神道碑一卷,祭文一卷,传记一卷,杂著二卷。卷末有跋,署"崇祯辛未孟冬朔新安门人曹士鹤谨识"。

另日本国立公文书馆藏有《李文节集》二十八卷,其著录为崇祯四年(1631)刊本。板式、行款、内容与台湾藏本相同,卷首叶向高序,卷末亦有曹士鹤跋。曹士鹤跋云:"《李文节先生集》刻成,十有二帙。余小子视铎于兹,重以五岳蔡道台之命,蚤为厘正,俾无传讹。蔡为先生辛卯所拔士,而小子则厕甲午之选者也,爰是受而卒业。讹者订之,缺者补之,虽云管蠡无裨,亦庶几亥豕无误云。"由曹跋可知,《李文节集》当由曹士鹤在崇祯辛未(四年)付梓行世,又在崇祯甲戌(七年)刷印洪启遵序附于四年印本之上。

万历末天启初,内阁首辅叶向高评李廷机文章曰:"文覃精极思,镕铸敲推,一字不苟,而气格浑融,体裁庄雅,骨肉调匀,情景稳帖,绝无怒号叫跳、支离险怪之习。读之,如韶濩咸英,雍容和畅,使人心平而气舒;又如清庙明堂,冠裳佩玉,趋跄揖让彼田间,伧父见之,不觉其惘然而自失也。其所撰撰,序记则序记,志传则志传,章疏辞令则章疏辞令,以至代言之章,进讲之牍,应酬课试之作,无不肖貌象形,各成面目;黑白苍素,不相挽溷。一时馆阁钜公,翕然推服,以为当代作者虽不乏人,求其辞修而体得,罕有及公者。"

348 山居草四卷

刘元卿(1544—1609)撰。元卿字调父,号泸潇。江西吉安府安福(今属江西吉安)人。学于邹守益子德涵,遂有志于圣贤之学。隆庆四年(1570)江西乡荐。明年会试对策,极陈时弊,主试者不敢录。万历二年再试,落第后遂绝意功名,游学于兰溪徐用检、黄州耿定向。学益进,名益著。后以累荐,召为国子博士,万历中迁礼部主事,寻引疾归。万历三十七年(1609)七月卒,年六十六。见邹元标《泸潇刘公元卿墓志铭》(焦竑《国朝献征录》卷三十五)、过庭训《本朝分省人物考》卷六十八、张廷玉等《明史》卷二百八十三、《(光绪)吉安府志》卷三十一、洪云蒸等编《刘征君年谱》(明嘉靖刊本)。

该集明万历二十一年(1593)安成陈国相刊本,台北图书馆藏。八册。板框19.8厘米×14.5厘米。四周单边,版心白口,无鱼尾。半页九行十八字。部分版心下记刻工姓名,如"刘毅所"。钤有"吴兴刘氏/嘉业堂藏"朱文长方、"国立中／央图书／馆考藏"朱文方。卷首有残序,署"万历癸巳孟夏陈会山人周一濂撰";《山居草后序》,署"门人永新周之望渭卿撰";二酉山樵陈国相跋。卷首题名后注"安成刘元卿调甫著,同邑陈国相君立校梓,周一濂思极辑"。卷一收古风四首,五律二十三首,七律四十四首,书二十九首,卷二至四收序、记、传、行状、墓志铭、祭文、绎书、闲述、寓言、书题等一百三十余篇。

门人周之望序云:"(泸潇刘先生)演绎之暇,发为文章,爰自诠情以逮析理,或敷衽论心,或搦管纪闻,称引殊端……近者姚江揭知体,新会明自然,皆升乃圣之堂,迹殆庶之轨,具有篇籍。觉我来裔距之斯时,人设反理之评,士吐诡道之论。紫色蝇声,所以姗笑素王,惑乱黔首者,纷纷滋蔓,盖不胜隐戚焉。其在哲人,乌能已已。里中陈大学、周山人咸托性远夷,屏心尘杂,其于先生固已自同资,敬穆若芝兰,甫乃采兼金于丽水,探良璧于昆簏,收其全瑜,登其绝精,得若干卷,科别为四。"

刘元卿主性命之学,厌恶释氏:"平生所最信服者天台(耿定向)、塘南(王时槐),亦不轻相附和。故言天地之间,无往非神。神凝则生,虽形质貌然,而其所以生者已具;神尽则死,虽形体如故,而其所以生者已亡,然而统体之神,则万古长存,原不断灭,各具之残魂旧魄,竟归乌有。"(黄宗羲《明儒学案》卷二十一《征君刘泸潇先生元卿》)

349　慎修堂集二十三卷

刘日升(1546—1617)撰。日升字扶生,号明自。江西吉安府庐陵(今属江西吉安)人。万历七年(1579)举江西乡试,八年成进士,授永州司理。丁内艰归,服除,补知福州府,累官至应天府尹,致仕归。卒于万历四十五年,年七十二。生平见叶向高《刘公神道碑》(《苍霞余草》卷八)、《(雍正)江西通志》卷七十九。

该集泰昌元年(1620)刊本,台北图书馆藏。又重庆图书馆藏明刊本《慎修堂集》四十五卷残存三十九卷(卷六至卷十、卷十二至卷四十五)。台北藏本七册。板框20.3厘米×12.4厘米。四周单边,版心白口,单黑鱼尾。半页八行十七字。钤有"国立中／央图书／馆考藏"朱文方。部分版心下端记刻工姓名,如李奎七、吉水李奎七刻、李贤四等。卷首有《刘明自先生慎修堂集序》,署"万历庚申上巳吉水友弟邹元标撰";《明自刘先生慎修堂集序》,署"泰昌元年腊日闽旧治生百洞山人董应举顿首撰";《刘明自先生慎修堂集叙》,署"泰昌庚申仲冬赐进士第南京光禄寺少卿前南京河南道监察御史同里后进郭一鹗汝劳父拜手撰"。继有校刻姓氏。正文题名后注"庐陵刘日升扶生甫著,吉水邹元标尔瞻甫选"。内诗六卷(收诗五百八十余首)、序七卷、记一卷、奏疏二卷、传二卷、墓表一卷、墓志铭三卷、行状一卷。

董应举序谓:"公之学得之塘南(王时槐),所谓真性充溢,天不能遏之妙,而又与尔瞻(邹元标)密证于龙华,得其所谓'自信信古者持之终身'。故夫世之所托为风节、行谊、政事、文章,矫然以为名者,在公皆为真性之发见,行止可否,一断于心……公之诗文尔雅旷逸,贵其在我,虽随物赋形,其间发明性学,自不可掩。"

350 南征稿二十一卷武陵稿二十卷燕喜堂稿十五卷冯元成壬子续北征集十六卷

冯时可(1546—1619)撰。时可字元成,号敏卿,又号文所。南直松江府华亭(今上海松江)人。少从其长兄冯行可学,又师从唐顺之,遍交王世贞等吴中文人。隆庆四年(1570)领乡荐,明年成进士,除刑部主事,改兵部,历员外郎、郎中,万历九年(1581)出为贵州提学副使,任满归。赋闲八年,十九年起四川提学副使,历湖广副使,改浙江右参议,调云南,迁湖广右参政,致仕归。卒于万历四十七年,年七十三。生平见何三畏《冯宪使文所公传》(《云间志略》卷二十)、《(崇祯)松江府志》卷十四、张廷玉等《明史》卷二百〇九。

该集明刊本,台北故宫文献馆藏。《南征稿》二十一卷,四册。板框21.0厘米×13.7厘米。四周单边,版心白口,上单鱼尾。半页九行十八字。版心鱼尾上镌"南征稿",下镌各卷体裁。卷首有"后学吴令闻撰"《冯先生南征稿序》。集乃冯氏"晚年出西山,涉罗浮,南逾金齿,中航彭蠡、洞庭"之作,为诗文合集。作者自编。各卷题名后注"冯时可元成甫著"。虽《南征稿》总为二十一卷,但每卷并无卷数,仅以体裁将全集析为二十一部分,且各部内容多寡不一,寡者仅一篇文章,殊乖体例。内卷一至十五为序、记、书、启、颂、传等各体文。卷十六至二十一为各体诗,总收古近体诗二百八十三首。吴令闻序曰:"《南征集》者,冯先生播滇作。海内皆谓先生不宜滇,亦不宜循贯鱼、滞积薪。先生温然无几微见颜色,其所著诗文出风入雅,追唐武汉,无牢骚不平意……世尚理学,□□□□数年,屡邀隐士或诸生,剖析性理之学,甚为精透,今刻于别集。今世讲学,有若此真确者乎?世尚经济,而公振大荒于楚,却矿寇于浙,所至皆有惠政异绩,其民无不思慕涕泣,所谓本诸身、征诸庶民者乎!屡蹶屡兴,徘徊藩桌,世必有任其责者。"

《武陵稿》二十卷。各卷不标卷数,仅以体裁别之。正文题名后注"吴郡冯时可元成甫著"。卷十八、十九收五言律诗四十五首,七言诗六十首。余为序、记、传、书、尺牍、赞、墓志铭、论等各体文。前有门生王密《武陵稿题辞》,云:"此元成先生朱墨暇所撰诗。由苏李而进之风雅,由盛唐而兼以六朝。文则先秦两汉而本于六经,世无间然矣。今□以文名世者大都能瑞世、华世尔,先生不惟能瑞世、华世,而且能用世、范世,庙堂盖□深识之者,但未能□□华要耳。余于兹有深慨,特序其《续北征集》,而并跋于兹。是刻尚未梓完,容奏丁日更为序。"

《燕喜堂稿》十五卷,无序无跋。鱼尾上镌"燕喜堂稿"。是集皆文,无诗。收序、记、说、尺牍、解、赞、传、诔等各体文。

《冯元成壬子续北征集》十六卷,亦无序无跋。卷一、二收序九篇,卷三至六收记四篇,卷七至九收传六篇,卷十至十二收赞、跋四篇,卷十三至十五收书、墓志铭、祭文等十篇。另上海图书馆有《冯元成北征续刻》六卷,明万历间刊本。半页八行十六字。左右双边,黑格白口。无序无跋。正文题名下注"吴郡定庵居士冯时可元成甫著"。卷一至五录序、记、说、尺牍、传等四十篇,卷六录"蓬窗续录"。今《甲库丛书》第 825 册内《南征稿》《武陵稿》《燕喜堂稿》《冯元成壬子续北征集》底本即为台北藏本。

冯时可与邢侗、王穉登、李维桢、董其昌等齐名于时,又自视甚高,在王世贞卒后思执诗坛牛耳,然后来作者对其则褒贬不一。云间宋懋澄论及世贞后期诗坛时云:"三先生(王世贞、李维桢、冯元成——作者注)皆嘘吸两汉,吞吐六朝,其视前代曾无有偶俱之者。而下士若渴,四方士归之,如大海之纳百川,士得三先生一札则羽翼生,一言则寒灰舞。"(《九籥续集》卷八《祭冯元成先生文》)万斯同于《明史·文苑传》中有不同之论:"世贞辈既没,文章之柄无所属,一时高才无如汤显祖、屠隆,而皆偃蹇不得志,于是迪光与元成乘间而起,思狎主文盟。显祖、隆亦漫推之,两人喜互相雄长,而一时无识者亦遂翕集其门,两人益侈然自大,以时鲜作者,故虚誉隘溢云。"

钱谦益《列朝诗集》不录冯时可诗,而于刘凤"小传"中诋其甚力:"(时可)学问尤为卑靡,踳驳补缀,刻集流传,吴中名士,循声赞诵,奉之坛坫之上,碑版志传,腾涌海内二十余年。少年诋诃弇州、太函,献媚江陵之语,晚而以文佣乞,稍知文义者,无不呕哕。云间选明诗者,以元成配子威,夷考其生平,则又子威之重伯也。近代诗文别集,汗牛充栋,其有名彰彻而不见采录者,元成其眉目也。"清朱彝尊《诗话》谓:"元成诗极为牧斋钱氏所诋,就全集而观,莆田弥望,稂莠污莱,独五古一体,尚有遗秉滞穗,可供捃拾,以比刘子威,翻觉胜之。"清季陈田《明诗纪事》庚签卷十录冯时可诗二首,按语谓:"元成博综,下笔千言,娓娓不能自休。谈史、谈艺,当时异闻轶事,往往散见集中,惟诗不能成家。"

351　华礼部集八卷

华叔阳(1547—1575)撰。叔阳字起龙,号玄谷。南直常州府无锡(今属江苏无锡)人。华察子,王世贞之婿。隆庆元年(1567)举于乡,明年成进士,除刑部主事,改礼部。万历三年(1575)病卒,年二十九。叔阳喜古玩、善书画,能诗文。著有《玄谷集》《政堂稿》《仪部集》等,现存万历四年《华礼部集》八卷。生平见李维桢《华礼部集序》(《大泌山房集》卷十二),顾光旭辑《梁溪诗钞》卷九。

《千顷堂书目》著录《华礼部集》八卷,今存万历四年(1576)王世贞刊本,台北图书馆、台湾故宫文献馆、日本尊经阁文库等藏。台北藏本六册。板框18.9厘米×13.3厘米。左右双边,版心白口,白单鱼尾。半页八行十六字。正文题名后注"无锡华叔阳起龙著"。卷首有《华仪部集序》,署"嘉议大夫都察院右副都御使嘉定徐学谟撰";跋语,署"兄仲亨起光甫跋"。正文题名后注"无锡华叔阳起龙著"。今《甲库丛书》第813册、《四库存目丛书》集部第150册、《明别集丛刊》第三辑第78册内《华礼部集》八卷底本即为台北藏本。

《四库全书总目》著录《华礼部集》八卷,"提要"云:"叔阳为华察之子,王世贞之婿,故所作五言颇有父风,七言则词调朗畅,兼涉太仓流派。其以诗部、文部分卷,亦仿世贞《四部稿》式也。"(《总目》卷一百七十九)

352　傅伯俊诗草七卷

傅光宅(1547—1604)撰。光宅字伯俊,号金沙。山东东昌府聊城(今属山东聊城)人。隆庆四年(1570)举山东乡试,万历五年(1577)成进士,授灵宝知县。以父丧归,服除,补吴县,十三年召为河南道御史,出按山西,坐诖误,改行人司司正,迁南兵部郎中。丁内艰,服阕,二十六年起补工部郎中,简放重庆知府。时总制李化龙莅郡平播乱,光宅督理戎马军饷皆有方略,擢遵义兵巡道副使,复迁四川提学副使。三十二年以大计归,抵家病,五月二十九卒,年五十八。生平见于慎行《傅公光宅墓志铭》(《谷城山馆文集》卷二十二)、过庭训《本朝分省人物考》卷九十六、《(雍正)山东通志》卷二十八。

该集明万历二十七年(1599)聊城傅氏刊本,台北图书馆藏。一册。板框 19 厘米×12.7 厘米。左右双边,版心细黑口,单鱼尾。半页九行十九字。卷首有《傅伯俊先生诗序》,署"万历岁在丁未初秋吉旦赐进士第南京刑部主事通家侍生谢肇淛拜手撰";自序,署"万历岁在己亥夏四月傅光宅伯俊甫识"。正文题名左下镌"聊城傅光宅著,新都方问孝校正,濠梁朱宗吉同阅"。卷一、二收古体诗四十三首,卷三至七收近体诗五百六十九首。今《甲库丛书》第 842 册内《傅伯俊诗草》七卷底本即为台北藏本。

集由傅光宅自梓:"宅不能诗,又不能不为诗。境触于外,情动于中,而言之,而嗟叹之,而咏歌之,组而成章,叶而成韵,我谓之诗,人亦谓之诗。以之为名,则吾不敢;以之为请,盖大方之羔雁也,则吾不能已。先曾分梓之稿,得入者十六七,今乃合梓之稿,得入者十二三,去者不必言,梓者亦未必果为诗也。然以此考得失,辨邪正,以养吾性情,适吾志意,则或亦君子所弗汇焉,于是不敢自饰鄙陋而因自序之。"

谢肇淛评光宅诗与人云:"伯俊之诗,非必字祢晋而语宗唐也,然出于情性而不出于豪举,求之酝酿而不求之纤秾。上轨曹、刘,下沿元、白,炉锤百氏,自创一家。苞天真以为根,敷逸色以代藻,奇不戕正,肉不掩骨。求之近代,则季迪肖其才情,献吉媲其浑峭。且也敝屣一官,耽心五总,韦编屡绝,铁阈未逾,天假之年,其不鼇弧以登,号召十二诸侯也几希矣。伯俊恂恂笃行,与人若不及,交游满天下,而口不操人短长。仕落落不得意,而不见喜愠之色。至其肮脏赴义,不侵为然诺,又有古侠士风焉。方中使荼毒清源,当事者嚛不敢发一语,伯俊独飏言廷争之。守重庆时,播寇猖獗甚,众为股粟,君慨然叱驭往,调笑兵食,莫不中度,贼以就禽。山人墨客有败君事者,众尤之,辄夷然曰:'贵而易交者为贱也。吾宁失官,终不令有易交名。'盖其生平志行有大过人者,非独仅以诗不朽也。"

《山东通志》言傅光宅"为文疏丽似苏公,诗在岑、孟之间"。钱谦益《列朝诗集》丁集录其诗一首,"小传"谓其"负意气,通禅理,为通人所称。"(《列朝诗集》丁集卷十五)清季陈田《明诗纪事》庚签卷十二录光宅诗七首,按语谓其"播州改土归流后,伯俊知遵义府,安辑流亡,厥功为多。五言蕴藉,取法唐人。"

353　泽宇先生诗集十卷

邢云路(1549—1619)撰。云路字士登,号泽宇。京师保定府安肃(今属河北徐水)人。万历四年(1576)举于乡,八年成进士,除繁峙知县。丁外艰,服阕,起补河南汲县。丁内艰,服除,再起山西临汾,征授兵部主事,历员外,出为河南按察司佥事,备兵磁州。历参议、副使,进按察使。通天文历法,著有《古今律历考》七十二卷、《戊申立春考证》一卷。《明史·艺文志》又著录其《太乙书》十卷。生平见孙承宗《陕西按察使邢公墓志》(《(雍正)畿辅通志》卷一百〇九)、《(雍正)山西通志》卷九十、阮元《畴人传》卷三十一。

《千顷堂书目》著录邢云路《邢泽宇诗集》十卷《山塞吟》(无卷数)。今存《泽宇先生诗集》十卷,明万历十八年临汾杨起元刊本,台北故宫文献馆藏。四册。板框19.1厘米×12.8厘米。四周双边,版心细黑口,单黑鱼尾。半页八行十六字。卷首有《邢泽宇先生诗集序》,署"万历庚寅九月之吉赐进士出身进阶朝议大夫诏起陕西布政司左参议稷山梁纲立夫顿首书";《刻邢泽宇先生诗集序》,署"万历庚寅夏四月之吉临汾治生杨起元体仁甫顿首书";《邢泽宇先生诗叙》,署"万历庚寅岁冬吉赐进士出身奉政大夫直隶永平府同知临汾治生陈王道顿首拜撰"。正文题名后注"安肃邢云路士登撰,古歙汪乾利和叔评"。卷一收赋十一首、哀辞一首,卷二至十收古近体诗二百八十一首。卷末有《邢泽宇先生诗集跋》,署"万历庚寅孟冬吉旦临汾治下生亢孟禧懋承甫顿首拜书"。书中有前人墨笔圈点,天头有评注。今《甲库丛书》第846册内《泽宇先生诗集》底本即为台北藏本。

集由杨起元梓行,杨氏序曰:"泽宇先生义至高,其文词之所概见,往往薄古初、轨近代,乃若指事类情、歌咏载兴,则吾邑四民辈相与击壤而歌之,有日矣。余间偕二三同志请先生所为诗付梓人,先生固不许,会汪文学至自燕,文学盖名公也。余又复固请,乃出箧中稿属之评焉。既卒业,得请而受之。"又赞邢云路诗曰:"先生盖天授,非人力也。先生言骚即屈、宋,言赋即刘、左,言歌曲古选即乐府绝唱,苏、李、邹、枚之俦。至近体则直步少陵,跨高、岑诸人而上之,此非性情之正训、删后之遗响哉!"

354 余清楼稿二十五卷

张维新(生卒年不详)撰,维新字宪周,号岐东。河南汝州(今属河南平顶山)人。万历五年(1577)进士,除山东冠县知县。擢兵科给事中,改礼科,出为湖广参议,改山东。历山东、天津、陕西副使,进参政,再升按察使,官至陕西右布政使,致仕,卒于家。生平见《(万历)河间府志》卷九、《(康熙）河南通志》卷二十八。

该集明万历间刊本，台北故宫文献馆藏。十二册。板框20.2厘米×13.3厘米。四周单边，版心白口，单鱼尾。半页九行二十字。版心上镌"余清楼稿"。首有《余清楼稿序》，署"万历庚子岁玄月上浣日顺阳李蓘拜撰"；《张宪周先生余清楼稿序》，署"万历壬寅岁夏五东吴晚学李日华君实甫拜识并书"；《余清楼稿自叙》，署"万历乙未冬杪书于灌蔬园中"；《顾息编叙》，署"万历岁舍丙申嘉平月年弟吴兴沈季文少卿父撰"；《重锲砭己名言叙》，署"万历壬寅清明日河华渔樵马慥顿首书"；《砭己名言序》，署"万历辛卯夏日年弟河北李化龙顿首拜书"；题识，署"万历辛卯首春望日汝上张维新识"；《跋砭己名言后》，署"属下曹县知县钱达道顿首拜撰"；《砭己名言跋》，署"属下同州知州高登明顿首谨跋"；《叙亲民要略》，署"万历岁舍壬寅春月吉旦赐进士出身中议大夫赞治尹奉敕整饬洮岷等处兵备陕西按察司副使袁弘德拜手书"；《亲民要略自叙》，"明万历甲辰正阳月谷旦陕西提刑按察司右布政使张维新书于执法公署"。正文题名后注"天中张维新宪周著"。内诗十一卷，收诗七百八十余首，文十四卷。今《甲库丛书》第842—843册内《余清楼稿》底本即为台北藏本。

张氏自序曰："不佞幼弄即雅抱嗜古癖，从业师横经，暇即渔左马田百氏，又好吟咏，无论开元、大历、汉魏，亦津津焉。或曰有杂经史，恐妨呫哔，勿听。且曰：世无兼才，左格猛虎，右挽飞猱，无难也。家大人时时禁之，而亦时时与二三父老奇之。自非同臭味者，每从旁目摄，何物张氏子，执床头《老》《易》？博一第足矣，安用图不朽者为？即不朽，何裨也？不佞卤然渔田自若，揣摩刻画，食蓼几废，不敢曰陆海之藏尽收腹笥，而辟之尝鼎寸脔，亦味已已。而成进士，试政严邑，米盐钱谷，持筹无暇时，手腕几脱于爱书，视彼裁花炼鼎，徒托之一笑……比不佞读礼山中，庐居无事，泣血不已，时忆家大人当年庭下，不胜悲坠，往往咄嗟挥洒，以寄其南陔白华之思，并检箧中旧所结撰，统得若干首，以授之副墨之子，图他日杀青以丐教当世作者。"

清季陈田《明诗纪事》庚签卷十二录维新诗四首，按语谓："宪周不以诗名，而音节殊觉爽亮。"

355　藕居士友籍一卷

陈懋仁（生卒年不详）撰。懋仁字无功，自号藕居士。浙江嘉兴府秀水（今属浙江嘉兴）人。天启、崇祯间在世，性嗜古，节侠自喜。曾任福建泉州府参军,然不以簿书废铅椠。足迹几遍海内,晚年归家读书著述,尤喜摘抉隐义,网罗旧闻,著述宏富,凡十数种,涉及天文、地理、象数、声韵等诸方面。生平见清钞本《嘉禾献征录》卷四十六、《(雍正)浙江通志》卷一百七十九、《(嘉庆)嘉兴县志》卷二十五。

　　该集明刊本,台北图书馆藏。一册。板框 19.3 厘米×13.3 厘米。四周单边,版心白口,无鱼尾。半页九行十八字。版心中缝上端镌“藕居士友籍”。钤有“国立中央图/书馆收藏”朱文长方。卷首有何乔远《藕居士友籍序》。正文题名后注“檇李陈懋仁无功著”。内收《十友诗》《后三友诗》《集句三十韵以谢先生》诗,总收诗十四首。卷末有数则题跋:万历壬子小至后十日关西松道人许光祚跋;陈继儒跋;辛亥畅月会稽吴宗文跋;万历壬子首夏陈民志跋;友弟姚士粦跋;壬子季夏郁嘉庆跋;壬子十月尉氏阮汉闻跋;高松声跋;甲寅春仲东海酒痴杨端枝跋;项梦原跋;丁巳夏五西陵周之训跋;天启龙飞仲春友人钱士升跋;癸亥冬日百乐居士金丽兼书于长安之昨宿斋中跋;褚遵时跋;同里友弟李日华跋;草鞋庵智舷跋。题跋后附《藕居士自传》。自传后有尚友居士屠震光《藕居士友籍后序》。

　　其自传云:“藕居士者,不知何许人,读书不多而好著书,不隐市朝,迈远食力,表率中空而能独立。一日见芙蕖而乐之,以其茄无附枝,藕能泥伏,瓢风不能挠其直,汗浊莫可染其内,居士曰:我也。因自号藕居士。”

　　陈懋仁著述甚富,屠震光序云:“先生师表也,而‘友’云欤哉? 才学淹天人,渊乎! 抱道以居,非古豪杰肝肠、圣贤作用者耶? 居常进予,属而提命之,而予属钦瞻道范,亦时进而参请之,出所著书千万言,而十友则以交道一端隐寓之,竹、松、梅、菊、兰、鹤、泉、石、月、雪之际也。先生杖履周五岳,故诗文崭绝峻竦不可攀,迹交游亦半天下,讵无如十友者,可一一谱之,而仅以诗为? 虽然正未易言也,不读尽古今书,不可友先生,不读尽先生书,并不足以友十友。吾愿友先生者,进而�领焉,则匪荩何先生。记先生二十种外,如《十三经参石》,如《石经考》,如《易说诠微》,如《古今开天录》,如《伦经》,如《政录》,如《古今人》,如《石澜》,如《香品》,如《警世编》,如《太白酒楼编》,如《异姓名录》,如《鲁郡古碑目》,如《续均藻》,如《截肪》,如《韵事随抄》,如《治学录》,如《史编始事补》,如《领海杂识》,如《云山如户登》,如《几上山川》,如《岁乘》,如《武夷编》,如《僭国书刀录》,如《□□录》,如《翼善超》,如《舟道抄方》,如《抄概》,如《诗教》,如《艺文全赞》,如《李杜咏物诗》,如《西坰集咏》,如《石经草堂外集》,如《袁石公诗选彻前》,几六十种,皆足补裨世教,羽翼六经。”

356 废稿八卷

吴成志(1548—?)撰①。成志字儒达,号开宇。徽州府婺源(今属江西婺源)人。十六丧母,十八丧父。肆力于学,学有渊源,尤长于史。著有《尚书制意》《四书制意》《周易补过》《晤语》,诗文集有《废稿》八卷。生平见《(康熙)徽州府志》卷十五、《(民国)重修婺源县志》卷三十四。

该集明万历三十六年(1608)余懋华刊本,台北图书馆藏。六册。板框20.3厘米×13.7厘米。四周单边,版心白口,单鱼尾。半页九行十九字。卷首有门人余懋华《刻开宇吴先生废稿叙》;残序,署"万历戊申中秋日当湖后学马明瑞书于古虞之天章阁"。钤有"思/庵"朱文方、"朱遂/翔所见/善本"朱文方、"国立中央图/书馆收藏"朱文长方。正文题名后注"新都吴成志儒达父著,门人余懋孳舜仲父校,余懋华充符父订,从子伯尹辑"。卷一收书二十篇,卷二收骚、赋、行四篇,卷三、四收序跋十五篇,卷五收记、语、寓言、辨、议等七篇,卷六收祭文十九篇,卷七收传九篇,卷八收行状八篇、墓志铭一篇。

马明瑞序云:"先生之文扬则高华,抑则沉实。悟语则微参妙乘,豪语则鞭策中原。横经倒史,出些入骚,□亭而上,遒逼先裁,直欲后□渊云。衙官鲍庾,岂非得天□厚,而浚流者长乎?大抵清□者天地所惜,文章者鬼神所忌。稗官小说,紫色蝇声,兢自皦皦,途饰以谐逐臭,而寒山一片石,落落秋云,亦足以发明造物之有偏啬矣。"

邑志称其"早孤,展父书辄涕泣不忍读。为古文词自成一家"(《(康熙)徽州府志》卷十五)。

357 游襄阳名山诗一卷

顾圣之(生卒年不详)撰。圣之字季狂,一字圣少。南直苏州府吴县(今属江苏苏州)人。万历初布衣,少为诸生,无乡曲之誉,以至陷于缧绁,释

---

① 吴成志当生于嘉靖二十七年(1548)。《废稿》卷八《先仲父状》中有云:"今年丁亥,仲父于是历春秋七十有五。书成,得病,亟以谱及书授成志,且曰'昔长公(吴成志父——著者注)以五十四年见倍,人比伯淳。今者,余又丁叔子之年,古今事有适相符者,余殆将死矣。'无何,竟以七月二十二日终其天年,盖与两程兄弟卒年相合。"又在同卷《先室杨氏事状》中云:"予十八而丧父。"程颢(1032—1085)卒年54岁,程颐(1033—1107)卒年75岁。程颢比弟程颐早卒22年。据《先仲父状》,吴成志叔父卒于万历丁亥(1587)年,则吴成志父当卒于嘉靖四十四年(1565),吴父卒年,成志十八,则吴成志当生于嘉靖二十七年戊申,即公元1548年。

后佯狂远走。年四十,始负诗名于公卿间。遍游燕赵齐鲁,客于诸王邸中,交于李攀龙、王世贞、汪道昆、吴国伦等,卒于闽。生平见王兆云《皇明词林人物考》卷十二、钱谦益《列朝诗集》丁集卷九、《(同治)苏州府志》卷一百三十六。

该集明嘉靖间刊本,台北故宫文献馆藏。一册。板框高18至19.5厘米不等,宽13.5厘米。四周单边,板心白口,单鱼尾。半页十二行二十二字。版心中缝鱼尾下记“襄阳诗”。钤有“国立北/平图书/馆收藏”朱文方。卷首有《顾季狂诗叙》,署“己未秋八月朔高阳主人汪道昆书”。正文题名后注“句吴南宫里人顾圣之季狂”。卷末有缺页。内收其古近体诗百余首。今《甲库丛书》第896册内《游襄阳名山诗》底本即为台北藏本。

汪道昆序曰:“顾季狂吴人,吴人习诗者累百,季狂独不能诗。既而避地燕赵间,赵王客善诗,善季狂。客言之王所,王授简,强使季狂赋之。诗奏,坐客皆惊,即习有名者争下季狂。”清季陈田《明诗纪事》已签卷二十录圣之诗一首,按语谓:“季狂曳裾王门,亦游王、李间。于麟援之以薄四溟,非其敌也。”

358　樵余笔记一卷

王大韶(生卒年不详)撰。大韶字心雪,号息园,晚号衡岳野樵,湖广衡阳(今属湖南衡阳)人。嘉靖三十一年(1552)领湖广乡荐,后屡试不第,以孝廉荐举制科,授江西建昌府推官,擢凤阳府知府,迁泗州知府,官至御史。致仕后主讲石鼓书院。著有《樵余笔记》一卷。

该集明万历十一年(1583)南郡王氏重刊本,台北图书馆藏。二册。板框18.8厘米×14.1厘米。四周单边,版心白口,无鱼尾。半页九行十八字。钤有“吴兴刘氏嘉/业堂藏书记”朱文长方、“国立中/央图书/馆考藏”朱文方。卷首有《樵余笔记序》。署“万历癸未季春后学伍让顿首拜撰”;《樵余笔记评林》,系大韶友人评语。正文题名后注“南郡碧云冈主人心雪王大韶著,侄王之屏宪甫、婿易良楫子说甫重梓”。内收序二十篇,记、答等五篇。

伍让序称王氏文:“大要宏肆驳遯,任心而成,不钩棘以钓奇,不阅意以媚法。如李将军用兵,无部伍行阵,卒遇大敌,而意气自如,终无败北。其视工模拟而赜神理者,不同日而论矣,岂非有味于陆生之言哉?将以称于代间,曰王大夫文,奚不可也。大夫起家郡推,以高第晋刺史,辄弃去归里中,日徜徉山水间,托心毫素,而胸怀夷矿,自是风尘外人,故其文致词力不羁如此云。大夫著作甚富,而《樵余笔记》则大夫从子子宪、婿易君子说所为重梓者也。”

359 中山蔡太史馆阁宏辞三卷

　　蔡毅中(1548—1631)撰。毅中字弘甫。河南光山(今属河南信阳)人。五岁通《孝经》。万历七年(1579)领河南乡书,二十九年成进士,改庶吉士,授检讨。以疏触首辅沈一贯,出为麻城丞,旋以行人司副召擢尚宝丞。移疾归。居乡聚徒讲学,创弘道书院,慨然以兴起斯文为己任。天启初,起补长芦盐运判官,屡迁国子祭酒,擢礼部右侍郎,领祭酒事。以疏救杨涟,触怒魏忠贤,劾罢。生平见《(康熙)大清一统志》卷一百三十五、张廷玉等《明史》卷二百十六、《(民国)光山县志约稿》。

　　《千顷堂书目》著录蔡氏有《诗经辅传》四卷(未见传)、《馆阁宏辞》(无卷数)。今存《中山蔡太史馆阁宏辞》三卷,明新安朱一纬重刊本,台北图书馆藏。二册。板框21厘米×14厘米。左右双边,版心白口,单黑鱼尾。半页九行十九字。钤有“国立中央图/书馆收藏”、“王氏二十八宿研/斋秘籍之印”朱文长方。版心下端记刻工名,如刘正、吉安刘正。卷首有《中山先生馆阁宏辞引》,署“万历庚戌仲秋望日门人赵彦复顿首书于曲沃公署”。正文题名后注“雍丘门人赵彦复阅录,清漳门人黄升校镌,新安门人朱一纬重校镌”。卷一收檄、表、议,卷二收疏,卷三收记、解、序等文。

　　赵彦复引语曰:“我朝文运天开,著述之盛兼隆前代,其敦本务实之学则始于文清,衍于邹、陈,归本于王文成、赵文肃、吕廷撰诸贤,其他艳称中原者不与焉,则词林何分于内外哉! 余师中山先生少承先世之业,志孔孟之学。居孝廉时著作甚富,如《濮阳子录古》《其学漫稿》《注疏》诸书行于海内,人人共宝,不可尚矣。今在馆阁陈鸿昌之运,发黼黻之章,取材于目前,得机于象外。谈心性则破耳目支离之筌,阐先天未画之臭;谈学问则却上乘之弊,务下学之功;谈经济则抗疏宏议,凿凿当今石画;研究考辨则扬榷古今,居然一代典常。其诗赋陶冶性真,则鼓吹风雅,有骚人墨客之致;应制恭纪,则规微讽喻,皆明堂清庙之珪璋。然由辛丑而前,固一体也,不可谓先生诗文非馆阁之华。由辛丑而后,又一体也,不可谓先生诗文尽冠冕佩玉,而离风人之致,总归于敦本尚实而已。”

360 梅禹金诗草二十卷

　　梅鼎祚(1549—1615)撰。鼎祚字禹金,号汝南。南直宁国府宣城(今属安徽宣城)人。十六岁为府生员,后屡试不第,遂绝科举,一意以读书著述为生活,又虔心佛道。万历四十三年卒,年六十七。生平见过庭训《本朝分省人物考》卷三十八、《(嘉庆)宁国府志》卷二十九。

该集明万历十一年(1583)汝南梅氏鹿裘石室刊本。台北图书馆藏。六册。板框 19.1 厘米×12.9 厘米。左右双边,版心白口,单白鱼尾,半页九行十七字。版心下方记"鹿裘石室"及刻工姓名,如徐祯、或作泾川徐祯刊、戴文、陶等。卷首有万历岁癸未冬十月朔安陆友人刘绍恤《梅禹金诗草序》;万历己卯夏五月朔友人新淦朱孟震《与玄草序》;万历戊寅春三月望从叔守箕《校次与玄草题辞》;万历戊寅二月既望汝南梅鼎祚《与玄草自序》。"梅禹金与玄草目录"下注"宣州司理闽黄师颜、宣城令豫章詹事讲同刊"。正文题名下注"宣城梅鼎祚禹金撰"。

卷八后有乙亥夏日友人沈懋学《刻游白岳诗引》;万历丁丑皋月钱塘田艺蘅《黄白游纪叙》;万历丁丑仲夏望后五日郘郡布衣友人吴守淮《序》;万历癸未秋八月朔友人岭南欧大任《予宁草序》;万历庚辰春三月朔从叔守箕《校次与玄草题辞》;岁庚辰修㾕月朔梅鼎祚《与玄草自序》。继有"梅禹金予宁草目录",下注"司封氏岭南周光镐、职方氏会稽史元熙阅雕"。

《予宁草》卷八后有岭南周光镐《南游集叙》;万历辛巳腊月望日沈懋学君典《庚辛草序》;万历癸未中秋月哉生明从叔梅守箕《校次庚辛草题词》;岁壬午端月梅鼎祚《庚辛草自序》。正文卷一题名下注"侍御史西蜀张一鲲雕行"。卷二、三、四下注"宣传梅鼎祚禹金撰"。《存目丛书补编》第75册内《梅禹金诗草》二十卷据日本国立公文书馆藏明万历十一年兴贤堂书铺刊本影印。

卷末有清章愫衔手录《四库全书总目》:"《梅禹金集》二十卷(安徽巡抚采进本),明梅鼎祚撰。鼎祚有《才鬼记》,已著录。是集乃其诗,凡分《庚辛草》四卷、《与玄草》八卷、《予宁草》八卷。鼎祚辑《八代诗乘》,又辑《古乐苑》,于诗家正变源流不为不审,而所作止此。则囿于风气,委曲谐俗之过也。"又言:"右录四库全书类存目,按禹金集凡三章,初草曰《与玄》、二曰《予宁》、三曰《庚辛》,详其叔季豹题辞。道光己酉五月既望,愁霖不止,浸没田庐,兀坐雨窗,检读解闷。苕溪后学章愫谨识。"

361　泡庵诗选六卷附田家仪注一卷

陈鸣鹤(1550—1628)撰。鸣鹤字汝翔,号泡庵。福建福州府侯官(今属福建福州)人。万历间庠生,屡试不举,遂弃举子业,一意诗文,与谢肇淛、邓原岳、徐𤊹、曹学佺等人结芝山社,倡酬赋咏凡三十年。著有《东越文苑》六卷、《闽中考》(未知卷数),诗文集《泡庵诗选》八卷(今存六卷)。生平见

《（乾隆）福建通志》卷五十一。

　　该集明张大光刊本，台北故宫文献馆藏。一册。板框18.3厘米×13厘米。四周单边，板心白口，单鱼尾。半页九行十八字。部分版心下部镌刻工姓名熊生、生、高济。钤有"国立北/平图书/馆收藏"朱文方。卷首有《泡庵诗选序》，序不全，署"友人徐𤊹兴公撰"。正文卷端题"闽中陈鸣鹤汝翔著，徐熥惟和，徐𤊹惟起选，张大光叔发校"。卷一至三收赋一首、古诗九十六首，卷四至六收近体诗一百六十余首，书中多处漫漶不清。《田家仪法》题名后注"侯官陈鸣鹤著，长溪张大光订"。卷首有《田家仪注序》，署"长溪友人夜郎刺史张大光撰"。集乃言田家仪范。

　　徐𤊹《泡庵诗选序》曰："吾郡善鸣诗家，代可指数。洪永之间，敛胜国之浮华，归之故实，声味隽以永。正嘉之际，洗道学之习气，本之温厚，格调雅以正。迨于今日，诗教蔚兴，彬彬如也。友人陈汝翔抱性贞遐，寄情泉岛，挺丽则之资，勤探讨之学。少耽声律，老而弥工，艺苑树标三十余载，感物有赋，遇景则诗；长篇短句，情采备陈；限韵分题，宫商叶奏；诗魔不入肺腑，冰雪沃其灵髓。赠友笃陈思之契，述志励北海之贞；咏怀摅步兵之兴，述哀动黄门之悲；咏史高太冲之见，田居慕征士之风；游山蹑康乐之躅，怨别怆惠休之衷。哀乐之起，冥于自然。喜怒之端，非由人事。钧陶方寸，运用神解，要皆缘裔穷宗，知有所自；达流溯派，妙得本源，可谓遵秉古法，尽涤时趋。惕志匠心，篦唾不拾者矣。伊余不谷，忝附同声，随有赓酬，互相质证，前后诸篇，属余拣择，名曰《泡庵诗选》。墨客苦心，已齐芳于文囿；幽人逸致，得流耀于藻园矣。"

362　何氏拜石堂集十二卷

　　何三畏（约1550—1625）撰。三畏字士抑。松江府青浦（今属上海）人。自少颖拔，为名诸生。万历十年（1582）领乡荐，选授绍兴府推官。凛凛执法，卒为蜚语所中，乃飘然挂冠。值母丧，誓不复出。构"芝园"，日与宾客游憩其中，诗酒酬答。年七十五卒。生平见《（崇祯）松江府志》卷四十、《（嘉庆）松江府志》卷五十四。

　　何氏晚岁专心构撰，著述宏富。曾辑《何氏类镕》三十五卷，收类书典故，以骈语成文，以供作诗文者采用（存万历四十七年刊本）；又曾编著《云间志略》二十四卷（存天启刊本），姚宏绪谓此书："广见博闻，可备一郡之文献，不朽之业，非泛常涉笔者比也。《登临》《游宴》诸篇，高情逸致，恍于行间字里遇之。"（《松风余韵》卷二十三"何三畏"）诗文除《何氏芝园集》二十五卷、《何氏居庐集》十五卷、《咏物诗》六卷、《何士抑宛委斋集》八卷、《新刻漱六斋全集》四十八卷、《何氏拜石堂集》十二卷外,《(光绪)重修奉贤县志》载其另有《凤皇山稿》,然未见传。

《何氏拜石堂集》,《千顷堂书目》《明史·艺文志》均未著录,祁承爜《澹生堂藏书目》著录,然无卷数。今存《何氏拜石堂集》十二卷,明万历间祝允光等刊本,台北图书馆藏。六册。板框21.5厘米×14.4厘米。四周单边,黑格白口,黑单鱼尾。半页九行二十字。钤有"国立中/央图书/馆考藏"朱文方、"吴兴刘氏嘉/业堂藏书记"朱文长方。卷首依次有《叙拜石堂稿》,署"越治生王泮顿首撰并书"。《何士抑先生拜石堂稿叙》,署"会稽治生徐桓顿首拜撰并书"。《拜石堂稿叙》,署"治通家弟朱敬循顿首撰并书"。卷一收骚及古体诗五十五首,卷二、三收律绝一百零二首,卷四至十二收序、祭文、记、赞、铭、题跋、启、书等百九十余篇。

何氏此集名《拜石堂集》,盖因相国王锡爵尝以"拜石"颜其堂,何氏"即以'拜石'命其稿"。王泮叙谓:"士抑先生受宠命司李郡中,闻其在家山太仓王相国颜其堂曰'拜石',而胸中之垒块可知已。再读先生《芝园》诸刻,而见先生之垒块有华嵩泰岱之观焉。先生名满天下,帜夺艺林而卒业,先生古文词及诗歌赋颂,靡不字挟风霜而骤烟雨……《拜石堂》最近刻也,其神气飞越,意调沈雄,如蹑日观、点苍,不可仰视。"

会稽徐桓称何氏"方弱冠即有声庠序,锵锵称艺林中翘楚矣,然特见其能文尔。予令丹徒,见《芝园》诸集迥出时表,始知公有兼长,尤未睹其全也。迨乏留垣,见邓少宰公,亟称公为奇品……(公)资禀颖悟,超迈卓绝,一目十行,过辄成诵,其天才厚矣。性好涉猎,贯串百家,旁搜今古,精研理学,其学力充矣。以故于圣贤理奥,古今事变,皆融会于一心,而随触随应,随吐虽妙,不假思维而得心应手。如大匠之运斤,庖丁之操割,气无不沛而机无不融,此其所以能富而美,敏而精也。"

363　天倪斋诗十卷

邹迪光(1550—1626)撰。迪光字彦吉,号愚谷。南直常州府无锡(今属江苏无锡)人。万历元年(1573)举于乡,二年成进士,授工部主事,历员外郎、郎中,出知黄州,升福建提学副使,谪浙江按察司金事,调湖广,擢湖广按察副使,年四十罢官。归后与宾朋优游林下,酬唱赋赠几三十年。晚岁归心释氏,名其斋曰"调象庵"。卒于天启六年(1626),年七十七。生平见朱谋垔《画史会要》卷四、《(康熙)常州府志》卷二十四、《(乾隆)江南通志》卷一百六十六。

该集明万历二十六年梁溪邹氏刊本,台北图书馆藏。四册。板框 18.4 厘米×13 厘米。四周单边,版心白口,单鱼尾。半页八行十六字。钤有"吴兴刘氏嘉/业堂藏书记"朱文长方、"国立中/央图书/馆考藏"朱文方。卷首有《天倪斋诗自序》,署"万历戊戌四月既望邹迪光彦吉父识"。卷首题名后注"梁溪邹迪光彦吉父著"。

邹迪光自序云:"尝谓古人之于诗不穷而后工,今人之于诗非穷不但不工,亦不敢作。彼振缨承革、抱牍展采之士,曾未尝轻自操铅椠,出语示人也。往余弱冠释褐,官尚书郎,领将作事,与貂珰者俱行,多掣其肘。三十专城,握虎符、治高安九属邑务,日夜孳孳得民和。三十余而为楚督学使者,奉子墨氏以往,焚膏继晷,迄无宁日,拮据前后,不暇为诗,更不敢为诗。有所哦咏,甫薄咽喉而遽收之。间一落笔伸楮,第以自适,不敢悬书国门,实惟是触讳犯忌之为兢兢。乃今放逐归来,衣大布短笠芒屩而游田间,穷矣。穷则无所于顾忌,而得为诗矣。故才不必倚马,思不必七襄,语不必雕虫,叶玉而自喜为诗,甚至于诗成而日益减产、损匕箸,考所不问,即穷亦且忘之矣。第余拙甚,无能为工,不工而亦竟不能多。大考卒岁,可得一帙,积二岁而集始一出。兹稿乃丁酉春至戊戌夏一叶有奇……诗凡二百九十首,四言二首,乐府三十五首,七言古三十三首,律一百八十首,绝句三十九首,而统命之曰《天倪斋诗》,以多成自家中故。"

钱谦益《列朝诗集》丁集卷十六录邹迪光诗八首,"小传"谓邹氏:"前后集三百余卷,连篇累牍,烦缛浓艳,无如其骨气猥弱,不堪采备。其文又不必置喙也。"又云:"彦吉之诗,优于元成,点缀风雅,亦复可观。"朱彝尊评彦吉曰:"诗材庸熟,望而生憎,绝句差清婉可诵"。(《诗话》卷十五)四库馆臣论万历初邹迪光诗曰:"时王世贞已没,迪光欲代领其坛坫,然竟不能也……其诗文皆欲矫雕镂,翻成浅易,故朱彝尊《静志居诗话》深不满焉,特略取其绝句而已。"(《总目》卷一百七十九)

364　墙东集二十二卷

王澹(生卒年不详)撰。字雪渔,号澹翁。浙江绍兴府山阴(今属浙江绍兴)人。少时曾入徐渭门下,与同门王骥德交厚。数上公车不第,一生贫困潦倒,四处漂泊。与谢肇淛、袁中道、王穉登、沈惟炳等为诗文友亦以词曲名一时。曲学大家王骥德赞其与史槃皆能度品登场,体调流丽,优人便之,一出而搬演几遍国中。(《曲律》卷四)。万历四十七年(1619)与修《香河县志》。

该集明泰昌元年(1620)刊本,台北故宫文献馆藏。六册。板框 19.3 厘米×13 厘米。四周单边,版心白口,白单鱼尾。半页九行十九字。卷首有《王澹翁墙东集叙》,署"泰昌庚申孟冬之望楚人沈惟炳撰,都人郭振明书";《王澹翁墙东集序》,署"万历戊午且月之吉陈留谢肇淛序,明州李靖忠书";《墙东集序》,署"万历己未春二月之朔同邑社弟王骥德序,勾余友弟许锷书"。正文题名后注"会稽王澹澹翁著"。全集总收赋三首,古近体诗八百三十五首。今《甲库丛书》第 889 册内《墙东集》二十二卷底本即为台北藏本。

集由淑阳令沈惟炳梓行。沈氏序曰:"忆岁丙辰,从长安邸中获交王澹翁,每促席谈古文辞,相洽也。是时,澹翁诗名噪甚,海内贤长者造请无虚日,而澹翁不能如陈射洪书百行卷以应,将付之剖劂氏矣。既不佞暂假借归里,又一载而承乏淑阳,则澹翁手一编相示,曰:'此敝帚也,而宾客谬相从臾,若以为千金者,不得已而梓,未半乃倾囊,奈何?'不佞应之曰:'敝邑如斗,今君不名一钱,讵能为子谋,虽然有不腆五斗在,请计梓人之费而授焉'。"

谢肇淛以为王澹诗歌法度与性情兼具:"(澹翁)其人沈潜而不浅露,其学深心慕古而不虚骄。其为诗也,溯源于命骚,典刑于汉魏,印正于初盛,取材于中晚。本古人之法度,运绝世之才情,游神毂中,得意象外。盖卓然自信而不为时俗所变者也……澹翁浮薄名利,兀处一室,韦编之与仇,丹铅之为使,目破万卷,胸囊百家,其于诗犹佝偻丈人,不以天地万物易蜩之翼,故矢口命笔,非法不道,非惊人不休,而汪洋横逸,直与古人争道而驰,固未可以筌蹄、色相论也。余老矣,伤世教之陵夷,惧独力之不任,不自意于茅靡之中,复闻正始之响,故为叙其概如此。"

王澹除著有诗文集《墙东集》外,亦以词曲知名于时,撰传奇《孝感记》《金桃记》《紫袍记》《双合记》《兰佩记》五种,然皆未见传。祁彪佳《远山堂曲品》列其《双合》传奇入"艳品",谓:"澹翁饶有才情,闲于法而工于辞,虽纤秾之中,不碍雅则。但人面桃花,情长而景短,引入他事,虑其蔓衍,不引入又虑寂寥,所以此曲终未得为大观也。"

365　梁玄冲集五卷

梁隆吉(1551—1619)撰。隆吉字胜之,号玄冲。陕西西安府长安(今属陕西西安)人。万历四年(1576)举陕西乡荐,二十年成进士,授四川永川令,调富顺。二十三年,以违误降调,辞归。久之,补山西蒲州,稍迁山东青州府通判,进怀庆知府,迁湖广郧阳府知府。丁内艰,服阕,补河南怀庆府。有《梁玄冲集》行世。生平见刘养性《玄冲梁公行状》(《梁玄冲集》卷末附)、《(康熙)平阳府志》卷二十。

该集明天启元年(1621)关中梁氏家刊本,台北图书馆藏。五册。板框12.1厘米×13.5厘米。左右双边,版心白口,双白鱼尾。半页六行十五字。钤有"国立中央图/书馆收藏"朱文长方、"王氏二十八宿研/斋秘籍之印"朱文长方、"恭/绰"朱文方、"遐庵/经眼"白文方、"玉父"白文长方。卷首有《梁玄冲先生集序》,署"安邑曹于汴";《玄冲梁先生集叙》,署"天启元年七月之吉岐阳张舜典顿首拜撰";《汇刻梁玄冲先生集叙》,署"大明龙飞天启元年岁在重光作噩如月上浣吉通家邵田田父刘养性孟直拜手撰";《梁玄冲先生集序》,署"赐进士第文林郎奉敕巡按浙江福建等处贵州道监察御史关中后学崔尔进撰";《覆瓿吟引》,署"万历辛丑孟春上浣之吉关中玄冲梁隆吉撰";《蚊鸣集引》,署"万历岁在甲寅仲春上浣之吉关中玄冲梁隆吉识";《语录引》,署"万历岁在戊午孟春上浣中南山人玄冲梁隆吉识"。集按仁、义、礼、智、信分为五卷,各卷正文题名后署"关中梁隆吉胜之著"。《仁集》收曹于汴、张舜典、刘养性、崔尔进诸人所作序四篇;《义集》收《覆瓿吟》二卷,内诗七十二首;《礼集》收《蚊鸣集》,内诗一百〇四首;《智集》收语录;《信集》为"家乘",收诰命、行状、圹述、墓志铭、宗议、祭文等。

梁氏自序云:"余自龆童时即喜诵唐人诗,无虑数百首,比习举子业,遂噤不谈。已领乡书,偕计往来燕、赵、韩、卫之墟,间口占稿,寻散逸。至壬辰岁博第,游巴宇蚕丛之区,以夺冗复。不暇年,挂谪籍。如蒲坂,眺藐姑射之山。量移涉东海,抹云门之顶。投散吏隐,故态复作,或瞩景写怀,寄答知交,乃获有斯集。而以灾之木,犹之彀音缶击。然讵堪与彩凤洪钟较鸣絜响也与哉?只足备覆瓿云尔,故名之曰《覆瓿吟》。"又于《蚊鸣吟序》中云:"余自登第后,之蜀之齐之晋,宦辙所至,感遇纷挈。比家居,诗酒征逐者复大半,一触情景辄拈笔而吟,殆亦自适其适乎,而暇论其诗也。譬鸟之鸣春,蛩之吟秋,蚊蝇之聒耳,有不知其然而然者。余之为斯集,盖亦若是焉已。假谓颉颃李、何、边、王而欲擅作者之林,则吾岂敢!"

张舜典赞梁玄冲诗曰:"诗多七言近体,清润和雅,音调铿锵,绰有风人之致。其语录多切近人情,关系修齐,非炎炎詹詹之漫语,然诗家诸体具备,惜篇什所传独如此耳。又秘其文而不传,尝鼎一脔,味可知矣。语录则多名言,而亦仅如此,然咏之有调,而玩之有致,即不多自传也。"

366 刘宫詹先生文集十六卷

刘虞夔(1552—1596)撰。虞夔字直卿,号和宇。山西泽州高平(今属山西晋城)人。隆庆元年(1567)举于乡,五年成进士,选翰林院庶吉士,万历元年(1573)授编修,十年转侍读,明年充经筵讲官。十四年进左春坊左谕德兼翰林院侍读,掌坊事,充经筵讲官。进左庶子,十六年以太常少卿兼翰林侍读学士,掌院事,明年迁詹事府詹事,二十三年以母丧丁忧归,次年六月十五卒于家,年四十五。生平见王家屏《刘公虞夔墓志铭》(焦竑《国朝献征录》卷十八)、黄克缵《和宇刘先生神道碑》(《数马集》卷二十五)、过庭训《本朝分省人物考》卷一百〇一、《(同治)高平县志》卷八。

该集明崇祯元年(1628)刘氏家刊本,台北故宫文献馆藏。十二册。板框20.4厘米×14.2厘米。四周单边,版心白口,单鱼尾。半页九行二十字。卷首有《刘宫詹先生文集序》,署"古闽唐显悦序";《刘宫詹先生文集序》,署"辛丑进士光禄少卿高都郡人眷晚生张光房顿首题";《刘宫詹先生文集叙》,署"赐进士第文林郎山东道监察御史眷晚生牛翀玄顿首拜撰"。正文题名后注"长平刘虞夔直卿甫著"。正文有前人墨笔批校。内诗赋二卷,收赋一首、颂五首、诗二百八十余首、联句二首、词二十八首,册文、奏疏等一卷,经筵讲章一卷,各体文十二卷。今《甲库丛书》第823—824册内《刘宫詹先生文集》十六卷底本即为台北藏本。

张光房《刘宫詹先生文集序》曰:"先生辟耽书史,攻苦念年。日在石渠金匮中批阅缥缃,旁搜逖览,宏博淹贯,兼综百家,卓然当代儒宗,独步一时。南方学士号巨擘者,未能或先也……先生绰有家风焉,属文不事靡丽钩棘。语温润似长卿,超迈似子长,庄雅似孟坚,殆融三家而为一人者,即退之、永叔直堪与武。至昭代献吉、仲默其并驾乎?"

367　昭甫集二十六卷

张同德(1554—?)①撰。同德字昭甫。河南开封府祥符(今属河南开封)人。万历二十年(1592)进士及第,授翰林院庶吉士。二十二年官给事中,明年以议事忤旨削籍归。居家以诗文自娱。生平见《(顺治)祥符县志》卷四、《(康熙)河南通志》卷十七。

《千顷堂书目》《明史·艺文志》著录《昭甫集》二十六卷,明万历二十八年(1600)大梁张氏原刊本,台北图书馆藏。二十二册。板框19.6厘米×

①　《昭甫集》卷七有《丁未立春》诗:"六九身仍健,逢春独举杯。"卷八有《壬申除夕》诗,题名下注"是年十九"。壬申(隆庆六年)张同德十九,万历三十五年丁未(1607),张同德五十四岁,以此前推,张氏生于嘉靖三十三年甲寅,公元1554年。

14.2厘米。四周单边,版心白口,单黑鱼尾。半页十行十八字。铃有"吴兴刘氏/嘉业堂/藏书印"朱文方、"刘承幹/字贞一/号翰怡"白文方、"国立中/央图书/馆考藏"朱文方。卷首有《张昭甫诗集序》,署"恒沙居士友生全椒杨于庭撰";《张昭甫集序》,署"友弟王惟俭撰";《昭甫集序》,署"万历庚子仲冬吉旦兄有德撰,吴郡顾愿隶古"。正文题名后注"大梁张同德著"。内诗赋十一卷,收赋二首、辞二首、古近诗七百八十首,奏疏一卷,各体文十四卷。

杨于庭序曰:"昭甫诗三帙,其一为孝廉时语,而兴甫(张同德兄——作者注)所从王元美先生乞为序;其一则馆试及掖垣时诗,大都昭甫不规规四声,而其景亡所不会,其语又亡所不匠心,元美序之备矣。独怪夫识昭甫且十年余,而今始以诗窥一斑于昭甫,使兴甫不铩羽而南,又不以使至江以北,而余又不相闻,是使余终身不得昭甫诗一披读也。"

张同德为得诗集之传,邀其兄请王世贞为序。然序未载《昭甫集》,今据世贞集摘录如下:"昭甫运思必新,出语必儁。偏诣之铎,警拔动人;苦心之致,间成自然。或边幅小,不足四声,小未和耳。此二端者子业百一有之,北地、信阳不尔也。夫攻诗者犹之乎攻璧者也,昭甫之璧辞璞矣,其器完而理就,小加以润泽,则连城矣。夫力追三君子而上之,振宋之衰而文东汉之木,毋使千古有诗亡之叹,则有昭甫哉!"(《弇州山人四部续稿》卷五十二《文部张昭甫诗集序》)

368 杨道行集三十三卷

杨于庭(1554①—?)撰。于庭字道行,号冲所。南直滁州府全椒(今属安徽全椒)人。少娶陈氏女,及婚而瞽,或劝别娶,于庭不为所动,时人高其义。万历七年(1579)举南直乡试,次年成进士,除濮州知州。擢户部员外郎,迁兵部职方郎中,以卷入官场门户之争而罢归。生平见《(乾隆)江南通志》卷一百六十二。

该集明万历二十五年(1597)刊本,内《诗集》十七卷,《文集》十六卷,台北故宫文献馆藏。十册。板框19.1厘米×13厘米。四周双边,版心白口,单鱼尾。半页九行二十字。卷首有《杨道行集叙》,署"万历乙未十月毂旦九畹居士友弟邹观光撰";《杨冲所先生集序》,署"济南门人季东鲁撰"。正文

---

① 《诗集》卷七《甲午元日试笔二首》有"道人行年四十一"句,甲午年为万历二十二年(1594),以此推知,杨于庭当生于嘉靖三十三年(1554)。另卷十二《乙未初度酬樊钦之二首》诗,内有"四十二吾底事,与君聊诵《白头吟》。"亦可证杨于庭生于嘉靖三十三年。

题名后署"全椒杨于庭著"。卷一收赋二首,卷二收骚十首,卷三至十七收古近体诗八百七十余首。卷末有《冲所杨先生集跋》,署"楚郢门人汤沐撰"。今《存目丛书》集部第168—169册内《杨道行集》三十三卷底本即为台北故宫博物院藏本。

据文献可知,杨于庭另撰有《杨道行续集》二十七卷,今《续集》已无全本。上海图书馆存《诗集》卷一至四,续集存卷一至五。《总目》著录《杨道行集》十七卷,"提要"云:"其诗沿何、李之派,故拟骚、拟乐府古诗,不能变化蹊径。惟五言古诗,时露清挺,本色尚存。其官职方时,值宁夏及倭寇之乱,于本兵多所赞画。及事平,而竟中察典,与虞淳熙同罢归,是为万历中门户交争之始。故愤郁不平,屡形篇咏。然事殊屈子,而怨甚行吟,未免失之过激,与风人温厚之旨为有间矣。"

369　黄太史怡春堂逸稿二卷

黄辉(1555—1612)撰。辉字平倩,一字昭素,号慎轩、铁庵。四川顺庆府南充(今属四川南充)人。万历元年(1573)乡试第一,十七年中进士,选翰林院庶吉士,授编修。二十七年迁右春坊右中允兼编修,充皇长子讲官,明年进谕德,历庶子,升少詹事兼侍读学士,引疾归。四十年卒,年五十八。生平见《(雍正)四川通志》卷八、张廷玉等《明史》卷二百八十八。

该集明万历末年南充黄氏家刊本,台北图书馆藏。四册。板框22.4厘米×14.3厘米。四周单边,版心白口,单黑鱼尾。半页九行二十字。钤有"吴兴刘氏嘉/业堂藏书记"朱文长方、"四明卢氏/抱经楼/藏书印"白文方、"国立中/央图书/馆考藏"朱文方。卷首有《黄太史平倩怡春堂遗稿序》,署"万历甲寅友弟王德完撰"。卷首题名后注"南充黄辉平倩父著,兄黄光大卿父校,弟黄炜昭质父校,门人王世祚、冯福谦、柳启先、王世荫、韩芳、杨祺、程道行、岳虞衡、陈宪邦、蒲登瀛、张耀、王谠、侄黄昌谷同参阅,男黄昌言编辑"。卷一收论一偏、序二十八篇,卷二收序、帐词、别言、诗辩、诗行、像赞、碑记、堰名、墓志铭、墓表、祭文等三十一篇。

清钱谦益《列朝诗集》丁集卷十五录黄辉诗三十三首,"小传"谓:"异时馆课文字,皆沿袭格套,熟烂如举子程文,人目为翰林体。及王、李之学盛行,则词林又改步而从之,天下皆诮翰林无文。平倩入馆,乃刻意为古文,杰然自异,馆阁课试之文,颇取裁于韩、欧。后进稍知向往,古学之复,渐有端倪矣。"清朱彝尊《明诗综》卷五十五录黄氏诗一首,"诗话"云:"平倩盛有诗名,而诸体未遒,所谓似是而非者。"清季陈田《明诗纪事》庚签卷十六录黄辉诗十一首,按语谓:"平倩诗爽隽绝伦,惜为'公安'习气所染。"

370 大观堂遗稿一卷

来立模(1558—?)①撰。立模字范叔,号九畹,立相弟。浙江杭州萧山(今属浙江杭州)人。生活于明万历时期。兄弟笃于孝友,授徒以奉菽水。百指同居,分甘合食。文章、行谊为远近所推。著有《大观堂遗稿》。生平见《(康熙)萧山县志》卷十七、《(民国)萧山县志》卷十五。

该集明崇祯五年(1632)嵺城官署刊本,台北图书馆藏。二册。板框19厘米×13厘米。左右双边,版心白口,单鱼尾。半页九行十八字。卷首有残序,署"崇祯伍年岁在壬申四月维夏不肖方炜手记"。钤有"泽存/书库"朱文方、"国立中央图/书馆收藏"朱文长方。全集收四言诗二首,五言古诗四首,五言律诗六十五首,七言律诗四十二首,五言绝句十一首,七言绝句三十五首。序文二首,祭文四首。

来方炜序集之保存、编刊曰:"余伯父梦得先生孝友性敦,生无遗行,而嗜古博综,文章特妙,以人品才名推重一时。先君继起,力学笃行,与伯父以行学相邵,盖称二难焉。三吴诸缙绅先生咸称来梦得、来范叔,真孝友、真读书士也。伯父著作夥甚,殁后而吾家弗戒于火,藏书、遗文一夕毁诸。搜购伯父所著,得诗草一编、古赋一首,又《哭母编》诸体诗草百首;文之散现于卷轴者数首,字多讹舛,手自绎订,葺而存之。乙丑,悻隽承乏侯官,携之官舍,将更详正刻之,以永家传。乃三山省会繁剧,兼之海警时告,或两篆俱摄,日夕无宁晷,卷帙直束庋焉。会报政而罹先君之变,匍匐扶榇归,卜葬既毕,读礼之余,则取前搜存稿,手再编定,并简先君遗草,手为录之,得古诗五七言律绝凡若干首,文若干首,并为一册。"

371 兰嵎太史咏物诗一卷

朱之蕃(1558—1624)撰。之蕃字元介,号兰嵎。先世籍贯山东茌平,占籍南京锦衣卫,遂为应天府江宁(今属江苏南京)人。万历二十二年(1594)举应天府乡试,明年进士第一,授翰林修撰。二十五年丁外艰,服除,复原

---

① 《大观堂遗稿》集中有《天启丁卯岁春仲,叔兄尔张过儿子侯官衙舍,是年七十有六,余年亦七十矣。暮年,兄弟朝夕依依,诚天伦之乐事也。仲冬言旋,各各神怆,情见乎词,聊以写别腊月望日》,诗共五首。天启丁卯年(七年,1627)作者七十岁,以此推之,则来立模生于嘉靖三十七年戊午,公元1558年。

官。后直起居注。三十四年三月出使朝鲜,五月返程。以功进少詹事,升礼部右侍郎,改吏部。丁母忧,遂不复出,天启四年(1624)十月初七卒,年六十七,赠吏部尚书。生平见顾起元《兰嵎朱公墓志铭》(《雪堂随笔》卷三)、顾祖训《状元图考》卷三。

该集明刊本,台北故宫文献馆藏。一册。板框20.8厘米×12.9厘米。左右双边,版心白口,单黑鱼尾,版心上方刻一小"朱"字。半页八行十七字。钤有"国立中/央图书/馆考藏"朱文方。开篇即"朱兰嵎太史咏物诗目",正文题名"朱兰嵎太史咏物诗",署"子婿许延祝无文甫校"。无序无跋。总收诗一百〇六首,所咏之物皆自然、生活之物,如《风筝》十首、《落花》十二首、《寒火》《温泉》之类。

钱谦益谓朱之蕃诗"诗篇冗长,颇不为艺林所许"(《列朝诗集》丁集卷七)。朱彝尊《明诗综》卷五十八录朱氏诗一首,《诗话》谓:"元介文翰兼工,张旃东国,与馆伴周旋,有倡必和,微嫌诗材软熟,语不惊人。"(《诗话》卷十六)

另日本国立公文书馆藏明刊本,红叶山文库旧藏,内收诗四十四首。此外,还有日本宽政八年藏写本一卷,乃林家(大学头)旧藏。

372　输廖馆集八卷

范允临(1558—1641)撰。允临字至之,号长倩,又号石公。苏州府吴县(今属江苏苏州),万历二十三年(1595)进士,授南兵部主事,改南工部。历员外郎、郎中,出为云南提学佥事,三十二年迁福建右参议,未至任而归。卒于崇祯十四年(1641),年八十四。生平见清汪琬《范公墓碑》(《尧峰文钞》卷十)、《(乾隆)江南通志》卷一百六十五。

该集清顺治间吴郡范氏刊乾隆十九年(1754)修补本,台北图书馆藏。左右单边,版心白口。半页十行十八字。钤有"吴兴刘氏嘉/业堂藏书记"朱文长方、"国立中/央图书/馆考藏"朱文方。正文题名后注"吴趋范允临长倩氏著"。内卷一收古近体诗三百四十首、词九首、曲十二首,卷二至八收序、记、传、墓志铭、行状、祭文、杂著、露布、启、尺牍等一百二十余篇。卷末有跋语,署"乾隆十九年四月既望五世孙仪揆百拜"。另有万历间刊本、清初刊本,皆为八卷,上海图书馆有藏。

乾隆十九年四月望允临五世孙范仪揆跋曰:"右五世祖参议公《输廖馆集》八卷,板贮家塾。今春检阅故架,蠹蚀漫漶,十阙三四,因以家藏旧集摹镌补全,重为刷印,公之艺林云。"

373　朱文肃公集七卷

　　朱国祯(1558—1632)撰。国祯一作国桢,字文宁,自号虬庵居士。浙江湖州乌程(今属浙江湖州)人。万历十六年(1588)举于乡,明年成进士,选翰林庶吉士,丁忧归。二十五年授检讨,三十四年升左春坊左谕德,累迁至国子祭酒,谢病归。天启改元,诏起礼部尚书,至中途请回,三年(1623)赴任,兼东阁大学士,进文渊阁大学士,累加少保兼太子太保。佐首辅叶向高抵制魏忠贤,叶向高罢相,国祯进户部尚书、武英殿大学士,继任首辅。为魏忠贤党所劾,辞归乡里。卒于崇祯五年(1632),年七十五,谥文肃。生平见《自述行略》(清抄本《朱文肃公集》)、清张廷玉《明史》卷二百四十。

　　该集清初清美堂抄本,台北图书馆藏。一册。封面左上题"朱文肃公集",右题"壬申八月得之姚虞琴先生"。板框18.5厘米×13.3厘米。钤有"西/邨"白文方、"姚虞/琴诗/画印"白文方、"竹下/书堂"朱文方、"虞琴/手翰"朱文长方、"吴兴张氏/图书记"朱文长方、"张珩/私印"白文方、"吴兴刘氏嘉/业堂藏书记"朱文长方、"寒可无衣饥可无食至于书/不可一日无此昔人诒厥之名言/是可为拜经楼藏书之雅则"朱文长方、"虞琴/秘笈"朱文方、"韫辉/斋"白文方、"丽州/学博"白文方。四周单边,版心白口。半页十行二十字。版心上端记书名,下端记"清美堂"。馆内著录"一卷",实以体分为七卷,前六卷分别为五言古体、七言古体、五言律体、七言律体、五言绝句、七言绝句,收其所作古近体诗二百余首。卷七收像赞七则。

　　卷首有张珩题识:"《朱文肃诗集》,未见刻本,此册古今体诗共二百余篇,且经分类,板口兼有'清美堂'三字,当系从清稿本传钞者,或以史案之故,未付梨枣。姚丈虞琴得之于故纸堆中,兼为校正数处,谋为刊行,既而未果,今归予韫辉斋秘笈。乡邦文献,安得不珍重藏之。乙亥初夏,张珩谨题。"继题曰:"予藏公手札凡三,已与董用均尚书、青芝郎中等手书合装一册,皆吾乡先辈也。"又有虞琴姚景瀛题识:"朱文肃平生著述惟《大政记》及《涌幢小品》收入《四库》,未及其诗,而朱竹垞辑《明诗综》时,去明未远,竟只字未收,岂其子若孙鉴于庄廷鑨史祸之烈,并其诗稿亦未敢流行耶?然古人著作显晦有时,今得此集,如获奇珍,复得文肃书扇,即集中《赠子安学师》一律,可见此老雅擅书法也。辛未冬姚景瀛识。"又题曰:"陆心源《吴兴诗存》载朱文肃诗两章:其一为集中所无,录之;其二题为《冯青方桢卿父子画竹石合作》,已见集中,惟题作《题青方竹石》。杜君乔太守靖乱晋秩:'折衡何必羡登坛,户户歌声夹路看。揽辔秋邀千岭雪,悬旌晓映两溪寒。名高杜母春温渥,棠苜菰云玉露沾。更是荷蕖还借著,东南无地不安澜。'辛未虞琴姚景瀛录。"

卷末有周庆云跋语:"吾乡朱平涵相国,丁魏珰窃柄时,为逆党李蕃所劾,遂引疾告归,崇祯元年,遣人存问,卒年七十六,赠太傅,谥文肃,著有《明史概》《皇明纪传》《大政记》《涌幢小品》,皆自为编刊,又著《大事记》《明鉴易知录》,此两种并见禁书总目,以故罕有流传,尚有后人所编《朱文肃集》及《平涵诗文钞》。先辈汪谢城辑《南浔镇志》,谓此系诗文杂钞,皆酬应之作,并云著述总目作诗一册文一册者,误,然此诗集已分类排比,并非杂钞,当时谢城亦未之见,不意尚存世间。因传钞之本,脱误殊多,此集曾藏吴氏拜经楼,今为吾友姚虞琴所得,借录一通,因跋数语于后。辛未十二月乡后学周庆云识。"

374　秣陵草二卷

季道统(？—1594)撰。道统字亦卿,河南陈州(今属河南周口)人。万历十一年(1583)进士,选翰林院庶吉士,授检讨。二十年分校礼闱。进南京国子监司业。二十二年上疏请复解额,报可。以疾告归,卒于途。著有《岩栖集》《秣陵草》。生平见《(民国)淮阳县志》卷六。

该集明万历二十三年(1595)刊本,台北图书馆藏。二册。板框 18.1 厘米×13.6 厘米。四周双边,版心白口,单黑鱼尾。半页九行十八字。钤有"文殿"朱文葫芦形印、"国立中央图/书馆收藏"朱文长方。卷首有《秣陵草序》,署"万历乙未中元社弟陆应阳书于留阴阁"。正文题名后注"宛丘季道统亦卿甫著,云间陆应阳伯生甫校"。卷上收诗六十二首、序八篇,卷下收志铭三篇、疏三篇、檄一篇、讲章六篇。

民国《淮阳县志》称道统"酒酣耳热之际,文辞立就,为诗有盛唐音"。《秣陵草》乃季道统任职南国子监司业时所作之结集。云间陆应阳序谓:"先生造士南太学,而不佞归自齐鲁,触热问先生馆下,则出示一编曰《秣陵草》。读之,清风霍然,坐使毛骨爽立,文进西京,绝不作世俗语。诗可出入青莲、少陵,而间似陶、韦,岂江山神物,借太史发其巨丽耶?宛洛故多奇才,而信阳独以诗名一代,不佞盖心向往之。然风骨磊落如季先生,恐不在信阳下也。"

375　朱季子草二卷

朱家法(生卒年不详)撰。家法字季则,号半石,松江府上海(今属上海)人,朱豹孙、朱邦宪第四子。万历二十年(1594)进士。万历间曾任河南信阳知州,志载案无遗牍,野无宿逋,尤礼贤士。擢工部员外郎,归卒。生平见《(同治)上海县志》卷十八朱豹传附。

《千顷堂书目》著录其《朱季子草》四卷,今存二卷。明万历二十一年(1593)云间朱氏刊本,台北故宫文献馆藏。四册。板框19.3厘米×13.7厘米。左右双边,版心白口,单鱼尾。半页九行十八字。版心鱼尾上镌"朱季子草",版心下镌刻工姓名,如沈时化(或作沈)。卷首有《朱季子草序》,署"万历癸巳仲夏五日赐进士出身秋官尚书郎颍川陈所蕴子有甫撰";江夏黄体仁长卿甫撰《朱季子草叙》,署"万历壬辰冬日";南新市人李维桢本宁父撰《朱季子草叙》,李序为"大鄣胡潜书"。正文题名后注"云间朱家法季则父著。"卷上收诗一百三十六首,卷下收序、传、行状、祭文、颂等三十余篇。

家法有乃父遗风,襟怀洒落,喜与豪侠士游。黄体仁叙曰:"海上朱氏世征文献,初发藻起于仲云。文皇时,楚材上《安边策》《麒麟颂》,迄侍御、太学,隐见异遇,并得擅场,乃今有季则。季则日月清朗,公正发愤,有节侠风,二三同调杂坐河朔间,击筑和歌,兴复不浅,顾融融若天倪而绳墨自在。生平笃于伦常,慕曾子舆为人,年仅三十不再娶。当年牢骚郁结,或殇或咏,陶写不无寓言托兴,而根极性灵者居多。试读其《祭张令人文》与悼亡诗,含情凄恻,即逍遥如蒙庄不能破涕为歌,它可知已。"其弟朱家声在其卒后有《哭四兄四首》纪其兄,其一云:"寻常倾肺腑,手足更情真。大雅当今世,高风合古人。生前千日醉,死后一官贫。仁者常无禄,苍天何所亲。"

《朱季子草》二卷在家法中进士后付梓行世。陈所蕴序称:"季则名家子,负才甚高,其尊人邦宪先生以缝掖执艺坛牛耳,与历下、弇州齐名,故季则少而娴于古文词,厌薄一切,沾沾慕古。自为诸生时,时时侧弁而哦,先生弗是也……大都季则撰造,文取材《左》《国》,布侯于东京。高者有时窥龙门之室,而卑亦不失兰台令史;诗取材汉魏,布侯于大历、开元,高者浸寻少陵、青莲,而卑亦不失辋川居士。盖全力专精,什七用之古文词,而隙工余晷什三用之经生业。迹未离横校,居然列作者之林,海内操觚家无论识不识,皆知东海菰庐中有朱季则矣。"

李维桢亦谓季则诗文源自家学:"上海朱氏若仲云以《诗》,克恭以《易》,木以《春秋》兼颂赋,处士元振、郡丞佑、提举曜、太守豹以文辞政事,凡八世而太守子邦宪嗣之,与嘉隆间七子相上下。今又以工部季则为子,抑何盛也。椎轮大辂,踵而增华;弓冶箕裘,习而生巧。余读季则集,奄有前人之美,其气清,其调高,其致逸,其诣深,其材廓宏,是为公为卿,不为惭长也。其文炳焕,其音谐律吕,其变化无恒,是优为龙凤,不劣为虎豹也。其丰腴映发,其娴婉可餐,其体洁净精微,其味冲然而有余,是为华为腴,不为膏为粱也。自昔名门庆胄所不可必得者,季则悉采揽其胜,收之兰心藻思而吐之彩毫斑管,出人远矣。"

376　阳岩山人集十四卷

江汜(生卒年不详)撰。汜字孟复,号阳岩,又号檗窗。浙江宁波府奉化(今属浙江宁波)人。甫六月,父以病卧床十七年。弱冠即有大名,有司以异才诏其上春官。嘉靖十一年(1532)授扬州府兴化教谕,升国子监学录。喜吟咏,文辞瑰丽。有《阳岩集》传世。生平见鲁洋《江汜传》(《阳岩山人集》卷六末附)、《(光绪)奉化县志》卷二十四。

该集明嘉靖间刊本,台北图书馆藏。四册。板框17.3厘米×13.6厘米。四周单边,版心白口,单白鱼尾。半页十行十七字。版心鱼尾下注诗文体裁。钤有"怡园/主人"白文方、"国立中/央图书/馆考藏"朱文方。无序无跋。正文题名后注"明郡江汜著"。总收赋十一首,古体诗一百八十首,近体诗二百六十一首,卷六后附传一篇,卷十四收词五首。

鲁洋《江汜传》谓江汜诗歌慷慨清越:"(江子)所至,闻名山巨泽,辄裹粮赴之。登眺徘徊,悠然而酌,既酣,歌所自为诗章,搏脾引声,悲怀慷慨,清响四激,林壑振答,远心旷度,复不可测。"

377　徐伯阳诗文集三十一卷

徐应亨(生卒年不详)撰。应亨字伯阳,自号毳衲居士。浙江金华府兰溪(今属浙江兰溪)人。万历四十三年(1615)举浙江乡荐,崇祯二年(1629)署增城教谕,官至巴州知州。其业诗精专,多反古振始之音,好称说先辈,而不踵其故武。生平见王崇炳《金华征献略》卷十二、《(雍正)广东通志》卷四十。

该集明万历至崇祯间递刊本,台北故宫文献馆藏。总十二册,各册板框高宽不等。钤有"真州吴氏有福读书堂藏书"朱文方、"国立北/平图书/馆收藏"朱文方。内《乐在轩文集》十五卷,诗集十六卷。诗十六卷具体内容如下:《吴越集》二卷,《十笏斋稿》五卷,《和论语颂》一卷,《广论语颂》二卷,《庚申篇》一卷,《边事诗》一卷,《南越集》一卷,《罗浮集》一卷,《乐在轩稿》二卷。《乐在轩文集》和《吴越集》半页十行二十字。四周单边,板心白口,单鱼尾。《十笏斋稿》《和论语颂》及《广论语颂》半页八行十八字。四周双边,板心白口,单鱼尾。《乐在轩稿》《庚甲篇》《边事诗》《南越集》《罗浮集》半页九行十八字,四周单边,板心白口。由板式、行款亦可见该集刻于不同时期,后总而成集,以《徐伯阳诗文集》领之。

《乐在轩文集》卷首有林增志《徐伯阳诗文集叙》。《吴越集》卷首有娑罗道人屠隆《徐伯阳诗序》,继有万历癸卯九日瀫水徐应亨《吴越集序》,序末题"男士琥、孙让较梓";《庚甲篇》卷首有天启甲子长至日兰溪徐应亨《庚甲篇自序》;《边事诗》卷首有天启甲子春月瀫水徐应亨《边事诗序》;《南越集》卷首有崇祯岁在己巳至日单守敬《南越集序》;《罗浮集》卷首有崇祯己巳季秋黄拱寅《罗浮集序》;《乐在轩稿》卷首有庚申午日年弟沈翘楚《徐伯阳诗序》。

《乐在轩文集》首页署"徐伯阳先生乐在轩文集,林太史选刻,本衙藏板"。各分卷题名后注"东海徐应亨伯阳著"。校阅者不同,《吴越集》由"东吴俞安期羡长阅";《十笏斋稿》卷一题"新安江湛然清臣阅";卷二题"吴郡黄习远伯传校";卷三未题署;卷四题"社友张曼倩朔少校";卷五题"社友郭若维无虞校";《和论语颂》署"宋无垢先生张九成著,明兰溪后学徐应亨和";《广论语颂》署"毳衲居士徐应亨伯阳著";《南越集题》署"东海徐应亨伯阳著,增江门人胡象衡、黎粤俊、卢帝弼同校"。

徐应亨论诗服膺严羽之说,作诗追求"有意无意得之"。其《吴越集序》云:"昔严沧浪以禅论诗曰'禅家乘有大小宗,有南北道,有邪正,所谓不涉理路,不落言诠者,上也。'古人妙在兴趣,水月镜花,象外之致,后世比事缉类,剪彩刻玉,终落? 见宗耳。我明自李、何而下,新声迭变,作者自称大乘,旋逗外道,论者讥其杂伯,信哉! 余髫龀为诗,动吾天机而不能自已。长习声律,一秉先民尺度,离合之间,盖以有意无意得之。先辈胡元瑞一见,收之小友,每过里中,诗酒接席,持论相下上,未尝不称善也。"

林增志以为徐应亨诗有盛唐风味:"我明不朽盛事,如北地、历下、琅琊后先相望,旗鼓中原,不能避也,而首推树帜实惟金华。当时草昧初辟,如启明已出,众星渐稀,宋学士以经制鸿材为帝者师,遂能振拔奇藻,淹润一代,论者以为刘孝标、骆临海诸君子流风未泯,文章之道与山川灵秘相待,而发亶其然乎? 吾友徐伯阳氏晚出,天才横绝,于书无所不窥……其所为诗若文具在《吴越集》,则王孟之秀洁也。《南越》《罗浮》,则高、岑之典畅也。《边事》及《庚甲》诸篇忧时避乱,则工部之隐托寓讽也,是诗史也。序、记、论、赞则班、杨之整艳,与韩柳之雄深也。(林增志《徐伯阳诗文集叙》)"

378 朴斋先生集十二卷

叶邦荣(生卒年不详)撰。邦荣字仁甫,号朴斋。福建福州府闽县(今属福建福州)人。叶顺之孙。嘉靖元年(1522)领福建乡书,二年任连州学正。选庐州府英山知县,二十一年(1542)官湖州府安吉知州。能诗文。生平见《(万历)福州府志》卷十、《(民国)闽侯县志》卷四十七。

《千顷堂书目》著录《朴斋先生集》十二卷,今存明万历二十年(1592)闽中叶氏家刊本,台北图书馆、日本国立公文书馆、日本蓬左文库藏。台北藏本六册。板框20.1厘米×13.9厘米。四周双边,版心白口,单黑鱼尾。半页九行二十字。部分版心下部记刻工名。钤有"国立中央图/书馆收藏"朱文长方、"王氏二十八宿研/斋秘籍之印"朱文长方、"恭/绰"朱文方、"遐庵/经眼"白文方、"玉父"白文长方。卷首有《朴斋叶先生集序》,署"万历癸酉秋孟中浣侯官云竹王应钟顿首撰";《朴斋先生集序》,署"万历癸酉仲春望日友人陈元珂顿首拜撰";《朴斋叶先生集序》,署"万历丁丑孟夏初吉同邑希窗郑启谟顿首谨书";《续朴斋叶先生文集序》,署"万历壬辰秋八月朔友人三吴朱先后之甫次"。正文题名后注"闽中叶邦荣仁甫撰"。内诗词四卷,收诸体诗四百余首,词调四首。卷五收颂三首、赋八首、辞十首,卷六至十二收序、记、说、辨、书、论、传、赞、跋、志铭、行状、祭文、杂文等各体文。卷末有《文集后语》,署"万历壬辰不肖孤焖"。

叶邦荣子叶焖《文集后语》云:"此先子朴斋公集也。明兴以来,前有北地、汝南,今有历下、琅琊,登坛建旗鼓,遂为海内嚆矢,然皆秦洛齐吴之产,闽自继之而后,寥寥希阔,岂疆域使然耶? 抑以才高为敌国,而吹嘘之力少耶? 先子仕宦拓落,窃谓立言、立功等耳。归而大肆力于文词,期与古人旦暮遇之。文自西京而下,诗自天宝而下,若为其毫污者,弗屑也。居常深念质正贤豪,然竟不克举廉吏,可为不可为哉? 今先子没且十年,所有美不彰,是小子之过也夫,是小子之过也夫! 师复朱公今春来镇吾闽,慨文采之泯没,检点遗编,拴择以传,俾知闽复有一朴斋也。"

379　曼衍集十二卷

卫承芳(1542—1615)撰。承芳字君大,号淇园居士。四川夔州府达州(今属四川达州)人。隆庆元年(1567)举四川乡荐,明年成进士。万历十年(1582)累迁至温州知府,进浙江按察司副使,谢病归。以荐起山东参政,历南京鸿胪卿,三十三年转南京光禄卿,三十五年擢右副都御史,巡抚江西。入为南京兵部右侍郎,四十年就拜户部尚书,改南吏部,卒于官。赠太子太保,谥清敏。生平见《(万历)温州府志》卷九、张廷玉等《明史》卷二百二十一。

《千顷堂书目》著录《曼衍集》十卷。今存《曼衍集》十二卷，明万历间刊本，台北图书馆藏。五册。板框19.5厘米×13.5厘米。四周单边，版心白口，单白鱼尾。半页九行十八字。钤有"国立中央图/书馆收藏"朱文长方、"王氏二十八宿研/斋秘籍之印"朱文长方、"恭/绰"朱文方、"遐庵/经眼"白文方、"玉父"白文长方。无序无跋。首二卷为赋诗，其余十卷为文。首二卷版心鱼尾上端镌"曼衍集"，鱼尾下镌"卷前二"。后十卷版心鱼尾下镌"卷几"。各卷正文题名后注"蜀达人卫承芳叔杜甫著，豫章后学黄立言太次定"。内序一卷，志、碣、表、状等一卷，祭文一卷，记、启二卷，赤牍五卷；卷首二卷收其辞赋三篇，诸体诗一百三十余首。

李维桢为承芳撰有《淇园诗草序》，然未载《曼衍集》中。序中言"卫有淇园之竹，屡见于诗。公不忘其所始，别号淇园居士，而所著诗草亦取名云。"则《淇园诗草》或即《曼衍集》中诗。李维桢序谓："公诗质性则如圭如璧，精纯则如金如锡。优裕则温温恭人，重较宽绰之度。色泽则充耳琇莹，会弁如星之美。细致则洒扫庭内，不愧屋漏之微。整健则用戒戎作，用遏蛮方之雄。正大则赫喧威仪，谨尔侯度之概。拟诸形容，象其物宜，淇园之竹，殆人籁比也。（《大泌山房集》卷二十）"

380　冯咸甫诗草九卷

冯大受（生卒年不详）撰。大受字咸甫。南直松江府华亭（今属上海）人，冯行可之子。万历七年（1579）举人，后屡困公车，四十七年谒选得广东连州阳山知县。大受少承庭训，长负时望，工书能诗，与王世贞、莫云卿等诸名士游，得此二人激赏。归田后筑竹素园，吟啸其中。晚岁诗名益高，可与云间"二韩"媲美。有诗集十余种，现存万历刊本《竹素园集》九卷。生平见张凤翼《冯咸甫诗草序》（《处实堂集》卷六）、屠隆《冯咸甫诗草序》（《白榆集》卷一）、《（嘉庆）松江府志》卷六。

该集清抄本，台北图书馆藏。二册，全幅25.3厘米×16.1厘米。半页九行二十字。钤有"群碧楼"朱文长方、"钞本"朱文长方、"谦牧/堂藏/书印"白文方、"东武李/氏收藏"朱文长方、"弇州/山人"朱文方、"静庵"朱文葫芦形方印、"张印/凤翼"朱文方、"谦牧/堂书/画记"朱文方、"国立中/央图书/馆考藏"朱文方、"礼南/校本"白文方。卷首有《冯咸甫诗序》，署"癸未夏日弇山人王世贞序"；《冯咸甫诗草叙》，署"万历辛巳冬日东海鞠陵山人屠隆撰"；《冯咸甫诗草叙》，署"辛巳冬十一月长至日莫云卿廷韩甫书于小雅堂中"；《冯咸甫诗草序》，署"万历辛巳嘉平月之望后二日长洲张凤翼序";王秩登《冯咸甫诗草叙》。此集为冯大受中举后庚辰、辛巳、壬午、癸未四年(1580—1583)的游历与投赠之作,共九集,最后一集为《北游续草卷之九》。五律、七律、五古、七古、五绝、七绝各体兼备,以七律为多。《台湾珍藏善本丛刊·古钞本明代诗文集》(2013年台湾新文丰出版公司)第5册内《冯咸甫诗集》九卷即据清钞本影印。

清抄本《冯咸甫诗草》有邓邦述乙丑三月手书题识,曰:"是集不分卷,曰《金陵游草》,下曰《辛巳集》;曰《燕台游草》,下曰《庚辰集》;曰《武林游草》,下曰《庚辰集》;曰《吴中游草》,下曰《辛巳集》;曰《避暑集》,下曰《庚辰集》(书中作辛巳集);曰《寒夜集》,下曰《辛巳集》;曰《吴阊集》,下曰《辛巳集》;曰《据梧集》,下曰《庚辛壬(集)》;曰《北游续草》,下曰《壬癸集》。凡九集,而庚、辛、壬、癸四年之所作也。前序皆吴中一时名硕,弇州、云卿、凤翼三序后皆各钤印章,尤为奇特。疑咸甫以行卷遍乞当时名流题识,而未付刊之稿本,故足珍耳。各序字体妍雅,亦似亲笔所书,然则此册可作骨董观矣。乙丑三月,正闇检记。"邓氏题识谓此本为付刊之稿本。王世贞于《冯咸甫诗序》中云:"冯咸甫氏复以所业诗来贽……咸甫与元瑞俱犹滞公车,何渠为合左师以要晋楚之成,而交畅其盛?"

屠隆言咸甫诗之变云:"华亭冯君咸甫,弱龄称诗,速悟渐诣。前三岁,君方为诸生,以诗见投,出语虽工,而神力尚乏,犹然措大本色。逮得隽南国归,出《白下游草》见视,如吸青霞乎声响顿殊,肝肠似易。比游燕诸作,复加雄峭。近者复之秣陵、泊金阊、浮钱唐而西,而诗之神力更倍,合风霜之气,尽宫徵之变,收山川之灵,则入于妙境矣。而所谓思湛调响,骨苍味隽者,咸甫实有焉,故其材足称也。"莫云卿《冯咸甫诗草叙》赞咸甫曰:"英妙清通,少籍时誉,弱冠起魏科,振其家声。而又攻声诗以其余力,盛气逸步,靡有倦思,研精檐楹之下,飞神寥廓之表,发藻宾朋之坐,畅情登临之赏,伸翰响臻,落笔神王,当世哲匠。一时同人,争先推毂而逊其前锋。于是,邮筒赫蹄之传日益富,众体略备,积若干卷,汇而成编,翩翩之致,无美弗合。李青莲之豪举,杜拾遗之沉快,王、孟之冲澹,高、岑之清越。趣深独造,能擅兼长。假令与诸君子比年而游,不啻埙篪间合矣。"

王世贞后期颇为赏识大受,序中赞大受诗曰:"和平畅尔,能酌于深浅浓淡之间,高不至浮,庳不至弱,稍加以沉思,则可揖让高、岑,而蹈藉钱、刘。"

381　鸾啸集十六卷

潘之恒(1556—1622)撰。之恒字景升,号鸾啸生、庚生、天都逸使等。

南直徽州府歙县(今属安徽黄山)人。之恒出身商家,父、祖营盐业兼典当,家资饶裕,以赀入南国子监。三上公车不举,遂弃举子业,遍交海内名流,优游山水、诗酒游宴、征歌度曲。精古文词,工诗歌。又以"鸾啸轩"为堂号在南京刻书。万历二十四年后屡遭事故,家道中落。再应科考,亦不举,因渐入窘境。五十岁后困顿日甚,六十岁后因再次僦居金陵,依故友新知接济生活。天启二年(1622)卒,年六十七。潘之恒壮游多年,撰有山水志多种,晚年合诸山水志及其它著述成《亘史》,未成而逝。卒后,其子潘弼亮承父志辑为《亘史》九十三卷(明天启刊本)。又撰有《鸾啸小品》十二卷,内含《曲中志》《秦淮剧品》《曲艳品》《续艳品》《金陵妓品》《剧评》《叙曲》《吴剧》《曲派》戏曲作品及《南陔六舟记》《太湖泉志》《宛陵二水评》《六博谱》《叶子谱》《续叶子谱》等杂著。诗文集存《鸾啸集》十六卷。生平见于《(康熙)歙县志》卷十、《(民国)歙县志》卷十五。

该集明万历间刊本,台北图书馆、尊经阁文库藏。台北藏本十六册。板框 18.1 厘米×13.0 厘米。四周单边,版心白口,单白鱼尾。半页八行十六字。版心下记刻工名黄伯茂。钤有"吴兴刘氏嘉/业堂藏书记"朱文长方、"国立中/央图书/馆考藏"朱文方、"姜印/国翰"朱文方、"黼/堂"白文方、"元/肃"朱文方。卷首有《鸾啸集引》,署"万历辛卯上巳日暘子熙撰、玉山程福生书"。《潘景升诗集序》,署"万历辛卯十二月朔宣城友弟梅守箕撰、同社刘一然书"。《蒹葭馆诗序》,署"乙酉夏五丰干友人谢陛撰"。正文含《蒹葭馆诗草》一卷、《蒹葭馆诗续草》一卷、《白榆社诗草》一卷、《东游诗初草》一卷、《东游诗续草》二卷、《冶城诗草》二卷、《黍谷诗草》二卷,《涉江诗草》七卷(《涉江诗草》台北藏本只存一卷)。

各集正文前又有序(《蒹葭馆诗草》前即谢陛《蒹葭馆诗序》)。《白榆社诗草》正文前有万历己丑夏至楚西陵周弘禴撰、玉山程福生书《白榆杜草序》;万历丙戌暮春友人莆中方沆《白榆社诗序》。《东游诗初草》正文前有万历乙酉冬十月朔日宣城梅守箕书于宝林庵《东游诗序》。《东游诗续草》正文前有万历己丑谷雨日琅琊王世贞《东游诗小序》;万历己丑上巳丰干友人谢陛《续东游诗序》。《冶城诗草》正文前有万历十九年三月三日友弟何乔远序、勾吴周恭先书《冶城诗草序》,该集末有鸾上人虞淳贞书《跋庚生冶城鸾啸集》。《黍谷诗草》正文前有内江张应登玉车撰、吴郡顾愿书《黍谷诗题辞》。《涉江诗草》正文前有万历己亥春正月人日东海屠隆撰、南郭友弟刘然子矜书《涉江诗序》;戊戌元夕石公袁宏道叙《涉江诗序》;大明万历庚子中秋日宣城友弟梅守箕撰、门人罗彝序书《涉江诗序》,《涉江诗草》序后有"选阅涉江诗社友姓氏"。各卷首题名后皆署"新都潘之恒庚生著",惟

《涉江诗草》正文题名后署"丰干潘之恒景升著，柞林袁宏道中郎选"。序，署"万历戊戌江盈科序"。序，署"王穉登序"。有跋，署"张敉跋"。

潘氏盛年多交七子派中人，诗文亦受其影响。王世贞在《潘景升诗稿序》中云："景升家黄山、白岳间，而又好游，若金陵胥台、虎林山水固其比席间物，至是遂渡钱塘、栖四明，四明襟海而孕山东湖，其中古刹名迹处处皆是。景升与二三君子穷舟车杖履之胜，发而歌诗，往往清远蕴藉，如金闾、銮江诸曲，能以宋齐乐府之调而出入建安之门。近体要亦不下大历，虽山水之胜有以启景升，而景升之深会独诣其灵承者，自不浅浅也。"然潘氏后与袁宏道兄弟、屠隆、钟惺等人游，其诗又不完全受七子派羁绊，受"性灵派"熏染亦深。故袁宏道序中云："潘景升与汪司马同里同社，又曾游元美先生门，而所为诗顾独清新超脱，不入近代蹊径，可谓奇极。往予与东南士谈诗，高者骇，下者笑，惟景升一闻以为决不可易。比交游中与余论合者，寥寥数人而已矣。听者且难，况能为诗者哉！《涉江诗》旧二十卷，予精选得十之四，倘有刻意为诗，无渧旧习者，请从《涉江》为篙橹焉。"

屠隆以为潘氏诸诗集中《涉江集》最著："余友新安潘景升氏高才锐气，累困泽宫。结客少年，万金都尽，可谓穷矣。乃悉其全力为诗，诗名大起。其后经两都走吴越，寻南泛洞庭、浮湘澧，览荆王故都，寻屈原、宋玉遗迹。先后与吴明卿、李本宁诸君游，而诗益大工，最著者为《涉江诗》。余快读之，取骨汉魏，取藻六朝，取韵三唐。其雄以浑者如七泽兴波，三湘鼓浪；其奇以峭者如大别临水，祝融刺天；其秀以靓者如江花媚人，泽兰被坂；其妙以丽者如汉女明妆，湘妃挟瑟。诗道至此，盛矣。"（屠隆《涉江集序》）

《四库全书总目》著录潘之恒诗集《涉江诗选》七卷，"提要"云："迹其生平，盖始终随人作计者也。"（《总目》卷一百七十八）

382　秋水阁墨副十卷

董光宏（1556—1628）撰。光宏字君谟。浙江宁波府鄞县（今属浙江宁波）人。父亡，以庶出，兄嫂不容，乃奉母别居。刻苦自厉，万历二十五年（1597）举于乡，二十九年成进士，除刑部主事，历员外、郎中。擢河南按察佥事，历参议、副使、参政，升陕西按察使、江西布政使，入为顺天府尹。迁南大理寺卿，加兵部侍郎致仕。卒年七十二。生平见《（康熙）鄞县志》卷十。

该集明鄞县董氏刊本，台北图书馆藏。六册。板框 19.5 厘米×13.5 厘米。四周双边，版心白口，单鱼尾。半页八行十七字。钤有"吴兴刘氏嘉／业堂藏书记"朱文方、"国立中／央图书／馆考藏"朱文方。卷首有《秋水阁墨副序》,署"武林友弟黄汝亨顿首撰";《秋水阁墨副序》,署"高安陈邦瞻拜手书";题识,署"孙德锜盥手谨识"。正文题名后注"古鄞董光宏君谟著"。内序二卷、传志一卷、记一卷、杂著一卷、祭文一卷、书牍二卷、诗一卷(卷九,收诗九十余首),卷十收论策。

黄汝亨以为浙地文坛有三君子:余寅、屠隆、陶周望。继论董光宏云:"三君子所有,君谟殆无所不有;而三君子所乏,君谟若汰砂以炼金,决流以注海,无偏至而有兼长。彼泛滥之词,一察之智,固不敢望宫墙而执鞭弭矣。"又论其诗文曰:"小言大言,意到笔随,则千里之骏也。斐亹波澜,绘藻错绣,则群玉之府也。研理核事,选义按部,聚成声,鼓成列,则卫尉之师也。"

383　宁澹居集七卷

方大镇(1561—1631)撰。大镇字君静,号鲁岳。南直安庆府桐城(今属安徽桐城)人,方学渐子。万历十七年(1589)进士,授大名府推官。擢江西道御史,以疾乞归。三十五年起复原官,巡盐浙江,迁大理寺丞,进少卿。致仕后讲学首善书院,书院毁,归隐白鹿山,集门人讲学。崇祯四年(1631)卒,年七十一。生平见(民国)马其昶《方大理传》(《桐城耆旧传》卷四)、邹漪《启祯野乘》卷二、《(乾隆)江南通志》卷一百六十四。

大镇著有《宁澹语》三卷、《田居乙记》四卷、《宁澹居集》七卷、《荷薪义》六卷、《荷薪韵》六卷,皆有明刊本传世。《宁澹居集》七卷,明崇祯间远心堂刊本,傅斯年图书馆藏。一册。板框 19.5 厘米×14.7 厘米。左右双边,版心白口,白单鱼尾。半页九行二十字。牌记页正中大黑字镌"宁澹居集",右上镌小字"方鲁岳先生著",左下镌小字"远心堂藏板"。卷首有《宁澹居文集序》,署"崇祯元年首夏之吉豫章邹维琏顿首拜撰"。邹序后有目录。正文题名"宁澹居文集",署"皖桐方大镇君静甫著"。总收奏议十二篇,序跋、记、书、神道碑等三十篇,附录《祠堂续记》《续置祠田小引》《祠约》《二垄纪实事》《桐川会续纪》《续置会馆颠末纪》《新堤记》。

邹维琏序曰:"天启癸亥,琏官职方,得与先生嗣君潜夫为僚友,因谒先生,目击而道存。其时权珰渐肆,祖宗成宪渐乱,先生疏请经筵,讲求典故,语至恳,此正格君救时一良剂。权珰不怿,矫旨严厉,先生拂衣归。迨后珰焰大张,琏亦被逐南还。再谒先生于桐城,而先生酌酒歌诗,飒有浴沂风雩意,且得详读先生箧中稿,精无伦,大无外,大抵博观泛取,证入精微,而于儒释王霸之分途、古今诸儒之语录,剖析极真至,提性善为宗以教学者,则又千载洙泗嫡胤哉？……先生韵言豪迈似邵康节,文章根本六经似曾子固,一生难进易退,萧然一室,抱膝长吟,则武侯隆中淡泊宁静之气象,而海内共卜王佐之业者。琏读先生书见诀矣,识者当不以琏为阿好也。"

384　幔亭集二十卷

徐𤊹(1561—1599)撰。𤊹字惟和,号幔亭。福建福州府闽县(今属福建福州)人。万历十六年(1588)举福建乡试,后三上春官不第,抑郁成疾,二十七年十月初十卒,年三十九。徐𤊹富才情,与弟𤊻并有诗名。辑编《晋安风雅》十二卷,著有《幔亭集》二十卷。生平见抄本《荆山徐世谱·世系考》、《(万历)福州府志》卷六十二、王兆云《皇明词林人物考》补遗卷、张廷玉等《明史》卷二百八十六。

该集明万历二十九年(1601)晋安徐氏刊本,台北故宫文献馆、上海图书馆、日本国立公文书馆藏。台北藏本八册。板框 19.3 厘米×13.3 厘米。四周单边,版心白口,单黑鱼尾。半页九行十八字。钤有"佐屋文库"朱文长方、"国立北平图/书馆收藏"朱文方。首有《幔亭集题词》,署"万历丙申岁清明日友人屠本畯撰";《幔亭集叙》,署"长洲张献翼幼于撰";《徐幔亭先生集序》,署"万历辛丑岁腊月上浣日东海屠隆纬真撰";《幔亭集序》,署"万历庚子重阳后五日前进士温陵友弟谢吉卿书"。正文题名后注"闽中徐𤊹惟和著,友人陈荐夫幼孺选,王若相如编"。内卷一收古乐府,卷二、三收五七言古诗,卷四至六收五律,卷七至九收七律,卷十收五言排律,卷十一收五绝,卷十二收六绝,卷十三、十四收七绝,卷十五收诗余。卷十六至二十收序文、记、传、碑铭、墓志铭、墓表、行状、诔、祭文、疏、像赞、题跋、书牍等各体文。卷末有《徐幔亭先生集序》,署"万历辛丑秋友人邓原岳书于昆明署中";《幔亭集叙》,署"毗黎居士顾大典"。集中有前人朱笔圈点。上海图书馆藏万历二十九年刻本《幔亭集》十五卷,乃皆其诗集,文部阙,台北与日本藏本为最全者。今《甲库丛书》第 887 册内《幔亭集》底本即为台北藏本。

屠隆评徐𤊹诗曰:"其为诗踵汉魏则古质浑庞,俨商箕之皓叟。步齐梁则神光灭没,掩湘洛之灵媛。为律诗则采唐人之初盛,和雅而鲜怒张。为绝句则极中晚之才情,秾华而去纤艳。总之,腴而匪腐,肉与骨匀,清而不枯,才以格运。至于为文则入西京之堂奥,咀南朝之膏华,沨沨乎大雅,蔚然名家。盖不独雄视南荒,白眉于梓里,抑亦争盟上国赤帜于艺坛者也。"

清朱彝尊谓:"惟和力以唐人为圭臬,七绝原本王江宁,声谐调畅,情至之语,诵之荡气回肠。"(《诗话》卷十六)《四库全书》收《幔亭诗集》十五卷,

"提要"评徐熿曰："（熿）负才淹蹇，肆力诗歌。大抵圭臬唐人，而不为割裂叮饾之学……明季诗道冗杂，如熿者亦可谓蝉蜕秽浊矣。"（《总目》卷一百七十二）清季陈田《明诗纪事》庚签卷三录惟和诗二十首，按语谓："惟和才思婉丽，五言近体取法唐人。工于发端，婉转关生，有一气不断之妙。惟和《自题小像》诗云：'五字吟成心独苦，不知身后得传无？'可谓甘苦自得之言。"陈田所引诗取自徐熿《自题小像》，全诗如下："平生非侠亦非儒，半世游闲七尺躯。却为疏狂因偃蹇，未忘柔曼转清癯。违时傲骨贫犹长，对客诗肠老渐枯。五字吟成心独苦，不知身后得传无。"（《幔亭集》卷九）

385　高子未刻稿六卷

高攀龙（1562—1626）撰。攀龙字存之，号景逸。南直常州府无锡（今属江苏无锡）人。少即有志程朱之学。万历十七年（1589）进士及第，除行人。以疏诋杨应宿，谪揭阳典史。值亲丧，遂不出，家居垂三十年，屡荐不应。光宗立，起光禄寺丞，天启元年（1621）进本寺少卿。历太常少卿、大理少卿，进太仆卿，乞归。熹宗立，起刑部侍郎，进左都御史，为魏忠贤所恶，削籍归。天启六年投水死，年六十五。生平见高世宁《高忠宪公年谱》（清康熙刊本）、叶茂才《高公行状》（《高子遗书》附录）、钱谦益《高公神道碑铭》（《牧斋初学集》卷六十二）、张廷玉等《明史》卷二百四十三。

该集清钞本，台北故宫文献馆藏，六册。无格。半页九行二十字。钤有"国立北/平图书/馆收藏"朱文方、"燕庭/藏书"白文长方、"文正曾孙/文清从孙/文共家子"朱文方、"刘喜/海印"白文方、"燕庭"朱文方。书中有朱笔校正。全书以"礼部""乐部""射部""御部""书部""数部"将全集分为六卷。内"礼部"收寿序、祭文四十七篇，"乐部"收志铭、墓表、行状等三十七篇，"射部"收诗文序、传、记、书等六十一篇，"御部"收疏十篇、古近体诗一百九十六首、说两篇，"书部"收书一百六十六篇，"数部"收书一百六十篇。今《甲库丛书》第860册内《高子未刻稿》底本即为台北藏本。

朱彝尊《明诗综》卷六十录高攀龙诗二十二首，"诗话"谓："先生天下规矩，援世翼教，不以声律自绳。"《四库全书》收录《高子遗书》十二卷附录一卷，"提要"评攀龙曰："其讲学之语，类多切近笃实，阐发周密。诗意冲澹，文格清遒，亦均无明末纤诡之习。盖攀龙虽亦聚徒讲学，不免濡染于风尚，然严气正性，卓然自立，实非标榜门户之流，故立朝大节，不愧古人，发为文章，亦不事词藻，而品格自高，此真之所以异于伪欤"。（《总目》卷一百七十二）

386 南州草不分卷

徐必达（1562—1631）撰。必达字德夫，号玄丈。浙江嘉兴府嘉兴（今属浙江嘉兴）人。万历十九年（1591）领乡荐，明年成进士，除安庆府太湖知县，改溧水，迁南吏部主事。历太仆卿、应天府尹。天启初以右金都御史提督操江，就迁兵部侍郎，罢归。崇祯四年（1631）卒，年七十，赠兵部尚书。生平见《（崇祯）嘉兴县志》卷十三、张廷玉等《明史》卷二百九十二。

该集明蓝格清写稿本，台北图书馆藏。四册。板框20.5厘米×14.1厘米。四周单边，版心白口，单鱼尾。半页十行二十三字。版心下方记"清引亭"。钤有"四明卢氏/抱经楼/藏书印"白文方、"运甓/斋印"朱文方、"王印/士贞"白文方、"古吴缪/氏收藏"朱文长方、"亭云人"朱文圆印、"国立中央图/书馆收藏"朱文长方。全集无序无跋，无目录。正文题名"南州草"左下列署"携李徐必达德夫"。全稿总收序跋二十五篇，论十篇，记五篇。且所收内容不以体分，略显杂乱。日本蓬左文库藏本为《南州草》三十四卷，明天启元年刊本。今《明别集丛刊》第四辑第77册内《南州草》即据明蓝格清写稿本影印。

台湾藏本扉页二内有无名氏手书题记："徐必达，秀水人，字德夫，万历进士，知溧水县。天启初，累官右俭〔金〕都御史，督操江军，白莲贼将窥徐州，必达募锐卒会山东军击破之，进兵部侍郎。著有《正蒙释》《南州草》，尚未行世，稿本故甚贵。"

387 调刁集不分卷

李朴（生卒年不详）撰。朴字季白。陕西西安府朝邑（今属陕西大荔）人。生于隆庆四年以前。万历二十八年（1600）举陕西乡试，次年成进士，观政史部，闻母病请假，不俟报辄行，因谪判高唐。服阕，起彰德府推官，进户部清吏司主事，迁河南司郎中。朴数上疏言事，忠鲠剀切，皆不报。四十年疏请破奸党立遗贤，为顾宪成等辨谤，荐吕坤、姜士昌、邹元标、赵南星等，帝不能用。时党争激烈，朴性戆积忿，上疏极论，为党人排挤，遂落职。光宗即位，起官参议，寻卒，赠太仆少卿。生平见《（雍正）陕西通志》卷六十、张廷玉等《明史》卷二百三十六。

该集明刊本，台北图书馆藏。八册，全幅26.5厘米×16.8厘米，无栏无格，无鱼尾。半页八行十八字。卷首有《调刁集题辞》，署"河洛人季白李朴自叙"。钤有"国立中/央图书/馆考藏"朱文方。版心上端题"诗集"。正文题名《杂集》,下注"西京李朴著"。正文前有总目录,内收赋二篇、记二篇、文一篇、议一篇、五言古风七首、五七言近体诗三百十三首、启卷一、启卷二、诗余六首。集内有圈点、标点和粗笔眉批。集虽未标卷次,然在"杂集"(内收赋、记、文、议、古风、五律)后,"诗集七言律"下标注"上卷",在另一"诗集七言律"下标注"下卷"。诗集后有《启集》,《启集》标卷数,题名下注"西京李朴著"。版心上端注"启集"。启集即文集,内有黑粗笔圈点、标点。卷一收书类、寿类,卷二收启类。《启集》后有《疏集》,版心上端注疏集,版心下注页码。《疏集》后为《传集》,版心注"传集",版心下注页码。以此观之,《调刁集》实为七卷。

其自序云:"调刁,风声动也。宰声者,风也。风起于青蓣,盛于土囊,去来无迹,动息有情,故百围窍穴异状,而嚎叫响答异吹,自作自止,故名天籁。予不谙声律,安知天籁? 安知调刁? 独是于花月命樽、唱酬抒怀之际,偶然会心而出为韶语。夫依律成吹,虽效宫商之奏,而穷工极变,未达婉转之机,风过窍而细大争鸣,窍含风而参差别响,调调刁刁,风之行也,非所以风也。所以风,是为声之宰。予不得其所以宰声者,亦唯知之调调之刁刁而已。"

388　程孟阳诗三卷

程嘉燧(1565—1643)撰。嘉燧字孟阳,号松圆、偈庵。南直徽州府休宁(今属安徽黄山)人,侨居南直苏州府嘉定(今属上海),后归老于歙。少学制科不成,学击剑,又不成,乃折节读书,虽不务博涉,然能精研简炼,采掇菁英。又精音律,善画山水,兼工写生。于文学则刻意为歌诗,三十而有成,所作甚夥。卒于崇祯十六年(1643),年七十九。生平见钱谦益《程嘉燧传》(《新安二布衣诗》卷首)、张廷玉等《明史》卷二百八十八。

该集明万历四十八年(1620)嘉定程氏刊本,台北图书馆藏。四册。板框 19.6 厘米×14.1 厘米。左右双边,黑格白口,单黑鱼尾。半页八行十五字。钤有"国立中央图/书馆收藏"朱文长方、"秀州/沈氏"朱文方、"踵息/轩印"白文方。卷首有序《程孟阳诗序》,署"万历庚申唐时升撰";《松寥诗引》,署"万历辛酉程嘉燧撰"。后有跋语《书孟阳所刻诗后》,署"友人娄坚子柔题"。卷一《松寥诗》,收一百十首;卷二《雪浪诗》,收诗一百二十五首;卷三《吴装》,收诗三十六首。查复旦大学图书馆"明人文集书目"数据库著录有明天启间泠风台刊本《程孟阳诗》四卷,国家图书馆、南京市博物馆、江西图书馆等藏。另查台北图书馆所藏明万历四十八年嘉定程氏刻三卷本《程孟阳集》,版心下镌"泠风台",故所谓天启刊本,当与台北图书馆所藏为同一刊本。

程氏本新安人氏，以一介布衣客居嘉定近四十年，然文名籍甚，新安后人自以此为荣。故王士禛门人歙人汪洪度请存乡邦文献，王士禛记曰："二先生生(吴非熊、程孟阳)同万历之世，时天下承平久，士大夫以文章为职业，布衣之士时时颉颃上下，其间吴受知闽曹公，程受知常熟钱公，用能成名当世，声施至今。予尝反复二家之诗：吴五言其源出于谢宣城、何水部，意得处时时近之。程七言近体学刘文房、韩君平，清辞丽句，神韵独绝；绝句出入于梦得、牧之、义山之间，不名一家，时诣妙境。歌行刻画东坡，如桓元子似刘越石，无所不憾。大抵吴以五言擅场，七言自《秦淮》《斗草篇》而外，颇无可采；程以七言擅场，古体不逮今体，此其大略也。予于二家，登其瑜，掩其瑕，赏其神骏而无衔橛蹄啮之累，要以求为可传而已。"(王士禛《新安二布衣诗序》)

清钱谦益《列朝诗集》丁集卷十三录程嘉燧诗二百十五首，"小传"云："其诗以唐人为宗，精熟李、杜二家，深悟剽贼比拟之谬。七言今体，约而之随州；七言古体，放而之眉山，此其大略也。晚年学益进，识益高，尽览《中州》、遗山、道园，及国朝青田、海叟、西涯之诗，老眼无花，照见古人心髓。于汗青漫漶、丹粉凋残之后，为之抉摘其所繇来，发明其所以合辙古人，而迥别于近代之俗学者。于是乎，王、李之云雾尽扫，后生之心眼一开，其功于斯道甚大，而世或未之知也。"清朱彝尊《明诗综》卷六十五录程氏诗八首，"诗话"谓："孟阳格调卑卑，才庸气弱。近体多于古风，七律多于五律。如此伎俩，令三家村夫子，诵百遍《兔园册》，即优为之，奚必读书破万卷乎？蒙叟深惩何、李，王、李流派，乃于明三百年中，特尊之为'诗老'。"清末陈田《明诗纪事》庚签卷四录程嘉燧诗三十二首，按云："孟阳诗，清丽温婉，诵之令人意消。在万、天间，可自成一家。"

389　莺林外编五十二卷附后编二卷

周献臣(1565—1652)撰。献臣字籇六，号嶙嵊山人。江西抚州府临川(今江西抚州)人。万历十四年(1586)进士，除太康知县，改许州教授，擢为国子博士。迁南刑部主事，谪龙安推官。献臣性简倨，博学精小学。为吏牍尝杂以古文奇字，上官多不能读，咸愧怒之，卒以此罢归，归年未四十。归后一意著述，著书百种。辑有《鸿乙通》一百二十五卷，著有《莺林外编》五十二卷后编二卷。另撰有《嶙嵊山人语林》《英巨剩言》《人外脞史》《葱函撅言》等。卒年八十八。生平见《(同治)临川县志》卷四十一、《(光绪)抚州府志》卷五十二。

《千顷堂书目》著录《鸢林外编》四十四卷。今存《鸢林外编》五十二卷附后编二卷,明万历间刊本,台北图书馆藏,缺后编。二十册。板框20.8厘米×14.5厘米。半页八行十六字。注文小字单字,字数同。四周双边,版心白口,单鱼尾,版心下方记刻工姓名或仅记名,如徐元(或作元)、地一、地二、前、谦等。钤有"光熙／之印"白文方、"国立中央图／书馆考藏"朱文方。卷首有《鸢林外编序》,署"万历辛卯良月吉日新都汪道昆撰";《周敪六新集序》,署"弇山人王世贞撰";《周敪六诗文引》,署"太原王锡爵";《周敪六集序》,署"汝南张九一撰";《周敪六先生集叙》,署"万历丁酉夏六月友人胡汝焕孟焕父撰,临海门人王立鼎伯燮甫书";《青旬亭草序》,署"姜鸿绪耀先甫撰";《鸢林外编序》,署"东海友弟屠隆纬真甫撰";《鸢林外编序》,署"友弟吴道南题";《周敪六先生序》,署"友弟临海王亮稈玉";《周临川诗文序》,署"万历庚寅春月郓人陈文烛题"。正文题名后注"南州周献臣敪六著,宋人沈鲤仲化、云杜李维桢本宁、蒲阳佘翔宗汉、婺州胡应麟元瑞同校"。卷一、二收赋六首,卷三至十九收古近体诗四百十二首,卷二十至五十二收颂、诔、哀辞、传、墓志铭、墓表、碑、记、序、论、说、议、杂著、策、启、书、奏疏、列传等各体文,后编卷一为序纪,卷二为尺牍。

王世贞以声格气力衡献臣之诗,目其为复古中一员。世贞序曰:"余以衰病蒙恩赐归弇中。敪六一日具书尽衰其所著书古文辞,若《青旬亭草》《亦波篇》《鸢林别编》以示。其书汪洋浩荡,抵掌而睥睨千古,莫可摩揣徐风。其乱固谬,谓余弘奖风流,许与气类,尺蹄余沥,足附不朽。夫余岂其人哉!既获稍稍卒业。其诸赋则骚辨之嗣响也,藻而裁,曲而有直。体其五七言古,宏博辨丽,才溢而不自禁,凌庾跃颜以自命家,盖齐秦风人之极致也。五七言近体鸿畅瑰雄,声格气力超长庆而上之,所不纯大历者,无意有意之间耳。他论、辨、序、记之伦,皆能以其才极其诣,思必物表,词必境外。其格不必尽程西京,而庄吕淮南之旨,飒飒乎响焉。"

390 莪言六卷

余懋孳(1565—1617)撰。懋孳字舜仲。南直徽州府婺源(今属江西婺源)人。万历三十一年(1603)举江西乡试,明年成进士,授山阴知县。擢礼科给事中,在朝剀切敢言,前后章疏数十上,如请发留中章奏、释系囚、停税使、赈饥民、黜洋教,又言帝久不御朝,中外扞格,堂陛阔绝。声震朝野。著有《春明草》,未见传。今存《莪言》六卷。生平见清万斯同《明史》卷三百三十九、《(光绪)重修安徽通志》卷一百八十五。

该集明万历三十七年(1609)刊本,台北图书馆藏,六册。板框 21.6 厘米×15.2 厘米。四周双边,版心白口。半页九行十九字。卷首有武林黄汝亨《黄言序》;戴九玄《黄言序》;明万历己酉上巳余懋孳《自序》。钤有"吴兴刘氏嘉／业堂藏书记"朱文长方、"国立中／央图书／馆考藏"朱文方。内文四卷,尺牍一卷,第六卷为诗,总一百十余首。今《存目丛书补编》第 99 册内《黄言》六卷底本即为台北藏本。

《总目》著录《黄言》六卷,谓:"此集乃懋孳所自编,凡文五卷,诗一卷。其曰'黄言者,盖取黄稗之意',自谓'学而无当于道者,稗学也;言而无当于道者,黄言也'。又谓命题属草,聊供酬应。今观其文……皆不免俗体,盖疏于芟汰之过也。"(《总目》卷一百七十九)

391　田居草一卷

陈伯友(1565—1628)撰。伯友字中怡。山东兖州府济宁(今属山东济宁)人。万历二十八年(1600)举山东乡试,明年成进士,授行人,擢刑科给事中,侃侃立朝,不避权贵。丁外艰,遂不复出。四十六年即家除河南按察副使。天启中,杨涟劾魏忠贤,不报。伯友继疏论之,遂削籍。崇祯元年(1628),诏复原官,未及起用而卒于家。生平见《(乾隆)兖州府志》卷三十二、《(雍正)山东通志》二十八之三、张廷玉等《明史》卷二百四十二。

该集明刊本,台北图书馆藏。一册。板框 19 厘米×12.5 厘米。四周单边,版心白口,单白鱼尾。半页八行十六字。钤有"扶""舆"朱白文连珠方印、"国立中央图／书馆收藏"朱文长方、"家在／挥金／里"白文方。无序无跋。正文题名后注"济上中怡父陈伯友著"。总收各体诗二十三首。

《总目》著录伯友《尽心编》一卷《证语》二卷《海鸥居日识》二卷,兹摘录《总目》论是书,以见伯友之心性思想:"是书取孟子'尽心'之义,其说为心统性仁,其要在悟,悟由于耻与慎,加以操存涵养扩充,则心无不尽矣。故前列为总图、分图,后各为之论,大抵沿良知之学,而参入禅机。其《证语》二卷,则牵引宋儒之言,以附会其说。《海鸥居日识》上卷多论世事,反稍切实。然谓佛生尧舜之时,则所就不在孔子下;佛生孔子之时,则所就不在颜曾下。又谓吾儒心性透悟,则肢节皆灵。又谓一贯如水迸荷叶,散为万殊,盖即晦堂和尚以闻木樨香证圣人无隐之义。下卷或为骈句,或如偈语,或如诗话,在彼法颇具聪明,而于圣贤本旨则愈失愈远矣。"(《总目》卷一百二十五)

392　刘见初先生全集十卷附刘孝子长伯陈情疏

刘光复（1566—1623）撰。光复又名曙先，字敦甫，号贞一，晚号见初。南直池州府青阳（今属安徽池州）人。万历二十五年（1597）举人，明年进士，授诸暨县令，在任八年，多惠政，著声誉。三十六年以治绩擢河南道监察御史，巡按山西；三十八年丁内外艰，服阕，四十二年复官，巡视京营工。四十三年梃击案起，神宗召见廷臣于慈宁宫，光复申说太子仁孝无过，触帝怒，庭杖下狱，多人疏救，在狱五年释归。天启三年（1623）起光禄寺丞，未上卒，年五十八。生平见《见初府君行状》（《刘见初先生全集》卷末附）、《（乾隆）诸暨县志》卷二十、《（光绪）青阳县志》卷五。

该集明崇祯十六年（1643）刊本，台北图书馆藏。四册。板框19.8厘米×13厘米。半页九行二十四字。四周单边，版心白口，单黑鱼尾，鱼尾上方记"刘见初先生集"，底端记刻工名，如刘、宋、户、吴、罗、伯、李、子、可、尔等。卷首有序，署"天启丙寅季夏朔日后学温陵黄景昉顿首拜撰"。卷末有《府君行状》;《跋奉尝长公集后质言》，署"崇祯癸未岁季冬月不肖弟光得质言谨跋"。钤有"大/昕"白文长方、"花/西"朱文方、"六/书氏"朱文方、"国立中央图/书馆收藏"朱文长方。序后有总目录。正文题名下注"池阳刘光复见初撰"。卷一至三收疏，卷四收序、祭文，卷五收记，卷六收行状、论、解、说，卷七收议、论、教条，卷八、九收书，卷十收家书。

刘光得跋语中谓其兄为人为文皆出自本色，跋曰："公一生夷险顺逆，往往遭遇隆觏会奇，皆本色人，有以获上，有以信友，有以格民而得天也。今者，兹刻奥非探玄，彩岂敷荂？ 其在朝言朝，在家言家，与夫所以酬知交、训国人子弟者，亦本色人作本色语已耳。曾子所云'实之与实，如胶似漆。虚之与虚，如薄冰之见昼日'。殆若为'本色'二字发其覆矣。"

393　简平子集十六卷补遗一卷

王道通（1566—?）①撰。道通字晋卿，自号简平子。苏州府嘉定（今属上海）人。邑诸生，少有大志，生平自负气节、权略，然科举不售，遂一意于文章。精声律，工古文辞。晚而好道，栖心玄典。著述现存《简平子集》十六卷

---

① 王道通自叙曰："通家世中原人，随宋高宗南都，居月浦，凡七世。而高祖慈迁罗上，曾祖秀，祖环，父及泉公讳言，母夫人顾氏。生通于罗阳之新巷里，其时盖丙寅年三月初十日戌时云。"据此知王氏生于明嘉靖四十五年（1566）。

补遗一卷。另县志载道通有《雨余茅舍集》，然未见传。生平见张德一《刻简平子集序》中王道通自叙、《(康熙)嘉定县志》卷十六。

该集明崇祯九年(1636)茧斋刻本，国家图书馆、天津图书馆、台北故宫文献馆等藏。台北藏本八册。板框18.9厘米×12.2厘米。黑格白口，左右双边，单鱼尾。半页九行十八字。序页版心下记"茧斋选定"。张德一哀刻。卷首有《简平子集叙》，署"崇祯丙子清和日友弟澹然居士赵洪范顿首谨题"；《刻简平子集序略》，署"同邑晚学张德一吉老纂"；《简子平集跋语》，署"崇祯丙子上巳日竣工胎簪山畸人张德一谨识"。正文题名后注"古吴田呑蓼城王道通晋卿"。目录后注"男无咎较正"。卷一至八收古近体诗三百五十八首、词三十一首、诗余九首，卷九至卷十六为赋、传、纪、序、启、尺牍、墓志铭等各体文。补遗卷内收古近体诗二十首、赋一首及传、序、启、书牍、墓志铭等十六篇。后附门人曹昭远、张德一、金南芝、沈怀祖等同撰跋语。是集又有清蓝格抄本。《甲库丛书》第903册内《简平子集》十六卷补遗一卷底本即为台北藏本。

张德一叙此集之付梓曰："余一生才拙性刚，世皆欲杀，独先生折辈行而与之交，称忘年友，诚不知其何解矣。岁暮(天启乙丑岁暮——作者注)，先生将解馆归罗阳，余因招先生叙别，兼乞生平诗文稿录之。先生笑曰：'某生平于此都不经意，少年偶有撰述，辄为好事传散，从无副本也。亡已，请索之门生故人以丐子。'于是初得沈翼龙本，继得毛圣羽本，又继得侯公翰本，最后从故麓中探四大册、厚尺许者见示，则生平诗赋文辞及古今人传纪咸在焉。余一一手录而藏之，归其本于先生……是后，余碌碌尘鞅，继又遭大戚，与先生颇契阔，即或邮筒往来，与夫旅邸晤对，岁亦不能二三。间从友人所见先生新作，更寥寥如空谷音耳。今年春，先生名场摈落，朋辈共为扼腕。研公乃谓余曰：'子知王先生稔矣，其刻先生集以抒先生积愤，何如？'余诺之，而囊空莫可为计。研公又与九茎、公述两兄具檄告济同志，而同志响应，醵三十余金以佐余。余因走一价，复乞先生未见稿，先生初不许，强之再，乃漫以新旧残缺本见贶，盖犹十不得二三也，然已五倍囊所录藏者矣。计力仍不能全刻，乃钞私所深嗜者十分之二，厘为十六卷，授之梓人。"此集付梓颇为不易，醵三十余金始得毕工，良可慨也。

赵洪范序中论王氏曰："先生存心无物，行己有耻，言必可法，事必可师，德之盛也。博物洽闻，数千万言立就，口喷珠玉，笔走龙蛇，言之宏而肆也。歌风咏物，跌宕千古，洗陋儒之迂腐；阐幽抉奇，闻见一新，拓拘士之胸襟。而尤于忠孝节烈三致意焉，每一操觚，无不感动都人士女，令之油然兴而憬然愧，是有功于世道人心深且远也。"

394　灵萱阁集八卷

汤兆京(1568—1619)撰。兆京字伯闳,号质斋。南直常州府宜兴(今属江苏常州)人。万历十六年(1588)举于乡,二十年成进士,除丰城知县。擢御史,连疏言事,亢直剀切,如劾贵妃宫阉之横,论矿税之害,斥汤宾尹乱政,请福王之国等,又疏奏吏部尚书赵焕擅权,帝欲安焕,夺兆京俸,因拜疏径归。四十七年卒,年五十二。生平见清陈鼎《东林列传》卷十四、清侯方域《汤御史传》(《壮悔堂集》卷五)、张廷玉等《明史》卷二百三十六。

该集明万历末刊本,台北图书馆藏。十二册。板框 20.3 厘米×13.1 厘米。四周双边,版心白口,单鱼尾。半页九行二十字。钤有"吴兴刘氏嘉/业堂藏书记"朱文长方、"四明庐氏/抱经楼/藏书印"白文方、"国立中/央图书/馆考藏"朱文方。卷首有万历丁巳徐良彦撰残序。《存目丛书补编》第98 册内《灵萱阁集》八卷底本即为台北藏本。

《总目》著录《灵萱阁集》八卷,谓汤兆京:"廉正鲠直,佐孙丕扬掌察典,尤力持公议,为群小所嫉。然律身严正,虽屡遭排击,卒不能以一言污之。其制行甚高,诗文非所属意,亦皆不入格。"(《总目》卷一百七十九)

395　南中集六卷留夷馆集四卷红泉馆集四卷沅水集一卷春草楼集一卷蓟门奏疏六卷

邓渼(1569—1629)撰。渼字远游,号壶邱,又号萧曲山人。江西建昌府新城(今属江西抚州)人。万历二十二年(1594)领江西乡书,二十六年成进士,授浦江令,调秀水。丁内艰,服阕,起补内黄,所历皆有循绩。擢河南道监察御史,巡按滇南。出为山东副使,历参政、按察使,天启四年(1624)擢佥都御史,巡抚顺天。五年触怒魏忠贤,远戍贵州镇远。崇祯初赦还,未及用,二年(1629)卒,年六十一。邓渼著述甚富,《(光绪)江西通志》卷一百〇九载邓渼有《广农书》《大旭山房集》一卷、《甬东集》《萧曲山房集》《芙蓉楼集》等。《(乾隆)新城县志》卷十二另载邓渼有《南中奏疏》十六卷,周嘉谟序。《千顷堂书目》著录邓渼有《留夷馆集》四卷、《南中集》四卷、《红泉集》四卷。生平见邓渼《留夷馆集序》(《留夷馆集》卷首)、《(乾隆)建昌府志》卷四十三、《(乾隆)新城县志》卷九。

该集明万历天启间豫章邓氏刊本,台北图书馆藏。十二册。板框 20.2 厘米×14.4 厘米。左右双边,版心白口,单鱼尾。半页九行十八字。部分版心下记刻工名,如周明、邱、尧大、高中、叶题、郑利、刘耀、谢行、游见、游邱、莲、赵太、周华、朱国佐等。钤有"太原叔子/藏书记"白文长方、"桐轩主人/藏书印"朱文长方、"吴兴刘氏嘉/业堂藏书记"朱文长方、"国立中/央图书/馆考藏"朱文方、"留为/永宝"朱文方。卷首有《南中集序》,署"吴郡明冯时可撰";《留夷馆集自序》,署"万历戊申九月豫章邓渼远游父识于长安邸中";《自序》,署"万历戊午中秋日萧曲山人邓渼识"。《南中集》正文题名后注"豫章邓渼著";《留夷馆集》正文题名后注"建武邓渼远游父著";《红泉馆集》正文题名后注"南阳邓渼远游父著";《沘水集》《春草楼集》正文题名后注"豫章邓渼著,男竺管刻"。日本尊经阁文库有《大旭山房文稿》二卷,《大旭山房文集》一卷,《南中集》六卷,《留夷馆集》四卷,《红泉馆集》四卷,《甬东集》一卷,《春草楼集》一卷,《沘水集》一卷,《蓟门奏牍》十六卷,《南中奏牍》十六卷,著录为明崇祯五年刊本。今《四库未收书辑刊》第5辑第24册内《留夷馆集》四卷据北京大学藏万历刊本影印。

《南中集》乃邓氏"巡六诏时所著撰也"。冯时可序云:"公禀宇宙之殊灵,罗古今之藻思,骨力沉雄,气韵生动,一指顾而纵横万籁之墟,一咳唾而射决千古之的。当夫情境互胜,心目交会,猝焉而感,勃然而讹,山川风月相狎相资,他人所为呕肠擢髓,挟策拥被,穷岁月而成者,公得之顷刻间。叙事则史,写景则画。长韵如滇渤汇众流,而滔滔自运;短篇如织河逗曲池,而英英独照。盖自灵均以下、开元以上无所不诣,亦无所不越,其于近代则包王孕李,用修其能。"

《留夷馆集》乃邓氏为御史,燕中闲暇时所著。万历戊申(1608)邓渼自谓:"受职西台,旋奉简书,巡按滇南,从此驱驰王事,雅道便废。搜箧中得诗若干首,十七皆燕中作也。益以旧作二十之一,共四卷,题曰《留夷馆集》。"

《红泉馆集》为邓氏滇南返回至备兵通州间所作。万历戊午(1618)邓渼《红泉馆集自序》云:"今日年力颓侵,头颅且种种矣,无能为矣。而童心未化,犹且雕虫篆刻,与嗷名年少争片语只字之奇……然予是诗多宴赏闲适之作,聊以纪甲子,备他日遗忘而已,本不求一时名,姑存之。虽曰壮夫不为可也,谢监诗'石磴泻红泉',因以命集,始自甲寅,迄戊午,凡得古近体若干首,分为四卷。"

邓渼自通籍垂三十余载,冀大有建树。惟时事日艰,忧时愤事,数十次上疏。疏水灾、疏星变、疏地震,皆侃侃切直,具详疏草中。清季陈田《明诗纪事》庚签卷十九录邓渼诗五首,按语谓:"远游长篇叙事,恻恻动人,有次山、香山遗意。"引高阳孙文忠公(孙承宗)《三十五忠诗》云:"按蓟能修守,能名戚继光。中丞来训练,我武顿维扬。挥羽习鹅鹳,投鞭驱虎狼。如君凋落尽,谁复问封疆。"(《明诗纪事》庚签卷十九)其为正义之士痛惜如此。

邓氏攻讦七子云:"是时,海内方攻刺王、李诗殆无完肤,予心虽不尽然,然觉于风雅遗音兴象抵迕。邸馆荒僻,谢绝人徒,遂将《毛诗》、楚骚,下逮汉魏六朝、初盛唐人诗重阅一过,神明默识,霍然悟污。乃知我明诸公之学古人,都是形骸之外,去之所以更远。自是每拈一题,枯坐竟日,乘槎穷源,不见牵牛人支机石不已,力去陈言,独标新赏,意不敢谓逾胜古人,乃能不作今人语。于时王、李既废,流派各别,小言詹詹,莫不坛坫自命,随声逐响,实繁有徒,如在歧路,狂夫导前,群瞽于迈,怅怅然莫知所之。"(《留夷馆集自序》)

钱谦益谓邓渼:"当王、李末流,楚人崛起之会,欲针砭两家之病,而集其所长,其志则大矣。旋观其诗,体貌丰缛,音节繁会,长篇极意铺陈,而持择未得其领要。今体取材尖巧,而剥搜未脱其皮毛。可与掉鞅时流,或未能方轨先正也。"(《列朝诗集》丁集卷十六)朱彝尊云:"远游诗敦琢而出,颇近俞羡长、何无咎二山人,微嫌郁轖耳,然胜楚人之咻多矣。"(《诗话》卷十六)《总目》著录《大旭山房集》一卷,谓:"是集皆散体之文。案明版《唐文粹》之首有渼序,曰:'文家法秦汉,非不善也,然摹拟工则蹊径太露,构撰富则窠臼转多。至近日肤浅之法畏难好易,眉山盛而昌黎、河东二氏诎'云云,颇中明季古文两派之病,其自作则未能凌跨一时也。"(《总目》卷一百七十九)

396　经略熊先生全集十一卷

熊廷弼(1569—1625)撰。廷弼字飞百,号芝冈。湖广武昌府江夏(今属湖北武汉)人。万历二十五年(1597)乡试第一,次年成进士,除保定府推官,入为工部主事,擢御史。三十六年巡按辽东,筑城池、墩台、边墙,建粮仓,实行军屯,按劾将史,以守为战。被劾归,后起大理寺丞。四十七年,朝廷擢廷弼为兵部右侍郎兼右佥都御史,为辽东经略。泰昌元年(1620)败努尔哈赤于沈阳,辽东固。熹宗立,为杨渊等劾归。一年后辽东事急,诏廷弼以兵部尚书兼右副都使,再任辽东经略,驻山海关。时辽东巡抚王化贞主战,廷弼主守,天启二年(1622),王化贞兵败,廷弼负气,放弃辽东,退守山海关,与王化贞同下狱论死,传首九边,年五十七。崇祯二年(1629),诏许其子持首归葬。谥襄愍。生平见清全祖望《明辽督熊襄愍公轶事略》(《鲒埼亭集》卷二十六)、张廷玉等《明史》卷二百五十九。

该集明末广陵汪修能重刊本,台北图书馆藏。十二册。板框21.1厘米×13.8厘米。四周单边,版心白口。半页十行二十二字。钤有"黟山/李氏/藏书"朱文方、"芸/楼"朱文方、"吴兴刘氏/嘉业堂/藏书印"朱文方、"刘承幹/字贞一/号翰怡"白文方、"国立中/央图书/馆考藏"朱文方。卷首有残序,署"泰昌元年仲冬初日熊廷弼漫识"。正文题名后注"明武昌熊廷弼著,广陵汪修能重刻,郑元士重校"。集内《疏稿》六卷《书牍》五卷。

集由熊氏自辑付梓而成,由序可见熊氏之胸怀。序云:"余在辽中,日每裁答中外上下各衙门书牍,不下数十道,今于其行也,检其什之二三得五卷,付之梓氏,大都触怒任怨,与夫自用之状。其大者见之章疏,而其余略尽此牍中,盖一部罪书也。顾又思之,不触怒则众不激,众激而大家照官以应辽,怒未可少也;不任怨则众不急,众急而上紧干办以图辽,怨未可少也。不自用则谁为余筹? 谁代余往? 余筹以开众智,余往以导众勇,而有以救辽,自用未可少也。何也? 以济封疆之事也。封疆之事济,而众怒众怨与刚愎自用之名,皆集予一身,则齐人之所云: 其所以自为,则吾不知者也。沙岭与袁公交代,偶语及此。袁公曰:'子得无苦恼乎?'余曰:'一身之害轻,封疆之利重,利择其重,害择其轻,自触之任之用之之时,已备计此矣,何苦恼之有乎?'相与一笑而别。"

397　毕自严手订稿本一卷

毕自严(1569—1638)撰。自严字景曾,号白阳。山东济南府淄川(今属山东淄博)人。万历十六年(1588)举山东乡试,二十年成进士,除松江府推官。征授刑部主事,丁外艰,服除,复故官。改工部,历员外、郎中。丁内艰,服除,简淮徐参议,补冀宁,晋山西副使,分守河东,引疾去官。再举卓异,起陕西参政,备兵洮岷。进按察使、布政使,召为太仆卿。天启初以右佥都御史防海天津,进户部侍郎,督津饷。再进右都御史,掌南翰林院事,转南户部尚书,以忤魏忠贤,引疾归。崇祯初召拜户部尚书,累加太子太保,在位六年,致仕。卒于崇祯十一年(1638),年七十。赠少保。生平见《(雍正)山东通志》卷二十八、张廷玉等《明史》卷二百五十六。

该集明天启崇祯间副存稿本,傅斯年图书馆藏。一册,附所购入时补写目录绿格稿纸一张。正集无框无格。半页九行十九字。总收序、题辞、说、引、赞等文二十七篇,以序为主。

《四库全书》收录毕自严《石隐园藏稿》八卷,《总目》谓:"此集存凡诗一卷文七卷,前有高珩序,称其'官户部时,于天下大计,朗朗于胸,屈指兵食款目,如观掌果。军兴旁午,中旨日数十下,即刻奏成手中,不似后来者止署纸尾,令司署具稿。每入署舆后,置书二寸余,日晡事竣,必读书,漏下数刻乃归。郗侯、刘晏遂抽晁、贾之簪,实古来仅事。'又称其七言近体分沧溟、华泉之座。又作第二序,拟其文于韩、苏,拟其四六于徐、庾,虽乡曲之言,未免稍溢,而以经济兼文章,则自严要不愧也。"(《总目》卷一百七十二)

398　吹剑集六卷

吴士鸿(生卒年不详)撰。士鸿字六修,浙江宁波府勾余(今属浙江宁波)人,约生活于嘉靖、万历时期。鼎盛之年,有盛名于文坛。然数上公车不偶,遂弃科举,专意于古文词,诗文取法汉魏。著有《吹剑集》六卷。

该集明万历间勾余吴氏原刊本,台北图书馆藏。三册。板框 20.8 厘米×14.8 厘米。四周单边,版心白口,单黑鱼尾。半页九行二十字。钤有"吴兴刘氏嘉/业堂藏书记"朱文长方、"国立中/央图书/馆考藏"朱文方。卷首有《吹剑集序》,署"赐进士第奉直大夫吏部文选司员外郎上党王云龙撰"。正文卷端题名后注"勾余吴士鸿六修著"。卷一至三收序四十一篇,卷四收记十三篇,卷五收墓志铭三篇、史评十三篇,卷六收祭文二十六篇。今《明别集丛刊》第四辑第 70 册内《吹剑集》六卷底本为明万历间勾余吴氏刊本。

王云龙序云:"余释褐而知吴生,生时龄方鼎盛,艺文奇迈惊人,作为古文辞,超超已有特致,不屑为西京以后语矣。其擘画世务,如贾长沙之通达,包罗今古,而心邃然自有特诣,固用世才也。尔乃浮沉不偶,脱略功名,遂益肆力于古,而就其今之所为文矣,高泊苍天,深入重渊,而彝鼎之色烂焉。一律至贯理道、切事情,又非沾沾托之空言,烨若春华,而无俾实用者。精沉超朗之致固有,故乎其为人矣。汇付剞劂,而从'吹剑'名编。夫'吹剑'者,无声者也。生文具在,当世名硕尤不少器生,而题之以无声,此其志亦足恍矣。"

399　雄飞集五卷

杨德遵(生卒年不详)撰。德遵字公路。浙江宁波府鄞县(今属浙江宁波)人。明末诸生,主要生活于万历时期。以贡入太学。能文学,著有《雄飞集》五卷。

该集明刊本,台北图书馆藏。一册。板框 18.9 厘米×13.1 厘米。四周单边,版心白口,无鱼尾。半页八行十八字。无序无跋。钤有"卧龙/山房"白文方、"国立中/央图书/馆考藏"朱文方。有翊云氏手书题记:"诗恰不大高妙,而桀刻工整,字法精妙,非寻常比,装订成册,置之案头,亦爽心朗目之道也。翊云。"正文题名后注"鄞杨德遵公路著"。卷一收五律五十四首,卷二收七律二十四首,卷三收乐府四十九首,卷四残卷收杂言五首,卷五收五绝四十二首。今体诗中似缺五、七言律,疑为残本。集中正文、天头有后人墨笔评注。

400　邺下草二十卷

萧誉(生卒年不详)撰。誉字含誉。湖广黄州府罗田(今属湖北黄冈)人。万历元年(1573)举人,选安阳教谕,转国子监学正,迁吏部司务。擢兵部主事,历员外郎、郎中。生平见《(光绪)罗田县志》卷六。

该集明万历间楚黄萧氏家刊本,台北图书馆藏。六册。板框18.7厘米×13.3厘米。四周单边,版心白口,单黑鱼尾。半页八行十八字。钤有"四明卢氏/抱经楼/藏书印"白文方、"国立中/央图书/馆考藏"朱文方、"吴兴刘氏嘉/业堂藏书记"朱文长方。卷首有《邺下草叙》,署"辛亥孟冬日门下士西陵来斯行顿首谨书于长安侨舍"。集后有萧誉子萧斯和跋语。卷一正文题名后注"楚黄萧誉含誉著,邺下门人李先芳校"。各卷校阅人不一,卷二至二十校者有门人侯殿邦、扈国泰、李维翰、郭焞、周学书、翟楼、汪锦、李文林、王一正、吴尊周、吴朝周、杜绶、王樨征、李维屏、冀北誉、冀北良等。卷一至六为诗集,总收古近体诗二百〇三首。卷七至二十为文集,收序、记、传、行状、志铭、墓表、赞、诔、跋、帐词、哀辞、祭文、启、书等各体文一百五十六篇。集中有后人墨笔圈点。

萧斯和跋语云:"曩家君居邺,日唯操觚染翰无虚晷,然多所随索随应,不遑削稿。其自感怀题咏,又往往为嗜慕者所取去,不尽还,而存仅十半,家君第敝帚视之耳。无何,声驰艺苑,二三同调至欲享以千金,间有刻传,不无讹舛。且游梁于浙之役,皆居邺时事,类得编次。和是用偕吾兄收辑,合邺下诸贤故校若干卷,梓之。岂惟其寄身游思,差足览观? 而是时翰墨为勋略,征汗简矣。其四六代斫无虑数什百篇,兹不入,以竢别镌。卷凡二十,与《燕中草》并传,盖续稿后第四刻也。"

其门下士来斯行序乃师集曰:"先生羁旅宦游几遍寰宇,题咏、赠答盈筐积笥,标署所定□□异名,其在两河所衰者,则总题曰《邺下》矣。夫以先生品格超旷,万卷奥区,恣笔挥洒,凌厉古昔,而山川景物实多所引耶,故其在乡则潇湘、云梦博其趣,在燕则渔阳、易水壮其怀,在邺则太行、漳河、魏晋遗踪,益足以寄其凭吊而增其感慨。俯仰之间,若揖让陈思而比肩公干焉者。"

401　半衲庵笔语诗文集十二卷

支如玉(生卒年不详)撰。如玉字宁瑕,号德林。浙江嘉兴府嘉善(今属浙江嘉善)人,支大纶长子。万历二十八年(1600)举人,官监丞。生平见《(光绪)重修嘉善县志》卷十九、盛枫《嘉禾征献录》卷三十六。

该集明崇祯间刊本,台北图书馆藏。十二册。板框 20.4 厘米×13.4 厘米。四周单边,版心白口,单白鱼尾。半页八行十八字。钤有"刘承幹/字贞一/号翰怡"白文方、"吴兴刘氏/嘉业堂/藏书印"朱文方、"国立中/央图书/馆考藏"朱文方。卷首有《半衲庵集序》,署"吉阳年通家弟李陈玉拜撰";《半衲庵诗草引》,署"尉氏友弟阮汉闻大冲题";《小序》,署"癸酉春仲中牟教末通家友弟张民表顿首题"。正文题名"半衲庵笔语",题名后注"德林支如玉宁瑕父著"。内诗集四卷、文集四卷、书牍四卷。每卷卷首有目录。总收诗四百七十六首,卷四"诗"下注"系游洧上作"。文集卷首有总目录,收序、引、疏、记、启、祭文等各体文。

由李陈玉序颇可见支如玉之为人:"支比部先生《半衲庵集》,予自承乏此中,即喜读之。且习其人以苦学上才,久阨公车,而意气不辍,怀古弥深,讨论天人之秘,搜罗儒释之英,每下一语,必务奇崛。沐兰浴芳,志孤洁而韵弘远。若此经明行修,讵不足烁古振今哉?而位不过秋官,名不先时流,抑可异矣。皇华初歌,归欤,遂赋《杜门裹足》,课子读书。每相过从,则谈论霏斐。商榷经史,桑麻兴长,孝友恬淡,出乎性哉?且去来甚暇,死生不乱,易箦之先,投书叙别。奇人奇事,可多得乎?则斯集所命名于'半衲'者,知其所得深矣。"

402　灵山藏笨庵吟六卷

郑以伟(1570—1633)撰。以伟字子器,一字子钥,号方水、笨庵。江西上饶(今属江西上饶)人。万历二十二年(1594)举人,二十九年进士,选翰林院庶吉士,授检讨。历迁至少詹事。泰昌元年(1620)迁礼部右侍郎,转左。与魏忠贤相忤,上疏告归。崇祯二年(1629),召拜礼部尚书。五年,兼东阁大学士,入参机务,加太子少保,与徐光启并相。崇祯六年卒,赠太子太保,谥文恪。生平见清佚名《五十辅臣考》卷二、张廷玉等《明史》卷二百五十一。

该集明万历间原刊本,台北图书馆藏。二册。板框 19.6 厘米×14.3 厘米。左右双边,版心白口,单白鱼尾。半页九行十八字。版心上方记"笨庵吟"。钤有"国立中/央图书/馆考藏"朱文方。卷首有残序,郑以伟自叙。正文题名后注"上饶郑以伟子器著",总收各体诗四百六十八首。

其以"笨庵"名集,颇迥异常人。郑氏自序云:"《笨庵吟》起乙巳秋,至今日几十年,道途所历及休瀚时为多,中间奉讳数年,几于韬笔。既读,乐犹然,似闵氏子之琴也。辛亥再北上,然后成帙,而顺违之变不胜异矣。语既不工,吟亦不辍,此亦笨之效也。古诗品不一,陶之淡泊,鲍之清逸,杜陵之沉郁悲壮,太白之高迈秀脱,摩诘之都雅流畅,以至韩豪柳恬,郊寒岛瘦,各成一家,皆以不笨为奇。余质性木强,学问朴卤,常辟之无口之瓠,吹之不窍,笨人也。是稿所存,亦皆鞞铎之响,初无尖新可喜之调,而又酷好敲推,如掩鼻学谢太傅,洛下诸生咏笨语也。以'笨'名篇,固宜旁曰:'紫阳以诸葛武侯为笨,笨岂易言乎?'郑子曰:'此紫阳所以许武侯也。'韶英本于土鼓,鸾车始于木辂,皆以笨为质。紫阳若曰'武侯有礼乐之质耳,非所以论诗也。'是为笨庵伟自叙。"

清季陈田《明诗纪事》录郑以伟诗一首,按语谓:"明代阁臣类出翰林,文恪优于词章,而票拟非其所长。尝曰'吾富于万卷,窘于数行'。章疏中有'何况'二字,误以为人名,拟旨提问,帝驳改,始悟。自是词臣为帝所轻,遂有馆员须历推、知之谕,而阁臣不专用翰林矣。"(《明诗纪事》庚签卷二十)

403　檀燕山藏稿十九卷

徐如翰(1569—?)①撰。如翰字伯鹰,号檀燕。浙江绍兴府上虞(今属浙江绍兴)人。九岁称诗,十岁应童子试。万历二十五年(1597)举于乡,二十九年成进士,授行人,擢御史。历工部郎中,擢宁武道,升山西参政。以杨镐辽东兵败,如翰劾执政方从哲,忤旨,削籍归。起为天津兵备道,又以罪于魏忠贤罢归。崇祯继位,再起为陕西参政,致仕。居山阴蕺山之麓,与刘宗周等讲学,又与陶石梁、陈元宴诸人诗酒倡和。好吟咏,诗作甚富。生平见《(康熙)上虞县志》卷十五、《(乾隆)绍兴府志》卷四十九、《(光绪)上虞县志》卷十。

《千顷堂书目》著录如翰有《燕山人集》(无卷数)。今存《檀燕山藏稿》十九卷,明刊本,台北故宫文献馆藏。二十二册。板框20厘米×12.5厘米。四周双边,版心白口,上单鱼尾。半页八行十六字。钤有"无竟/先生/独志/堂物"朱文长方、"国立北/平图书/馆收藏"朱文方。卷首有《藏之檀燕山诗集序》,署"己未年至日通家弟温陵子环张维枢拜手书";《檀燕山藏稿序》,署"庚申孟邹月宣城友弟吴伯与撰并书";《檀燕山诗集序》,署"南楚友弟魏说谨题"。张维枢序首页版心下部镌"旌德王武之刊"。正文各卷题名

---

① 《檀燕山藏稿》卷八为"己酉草",内有《忆昔篇》诗,"小叙"云:"余以童年受瀛海韩先生知遇,迄今三十载矣。"诗首二句曰:"忆昔余年方十一,随行出应童子试。"则己酉年(万历三十七年,1609)作者当四十一岁,据此前推,徐如翰当生于隆庆三年己巳,公元1569年。

下注名时间,左列下署"越虞徐如翰伯鹰父著"。卷一至十九题名下依次注"庚子辛丑草"、"壬寅癸卯草"、"甲辰草"、"乙巳年"、"丙午草"、"丁未年"、"戊申草"、"己酉草"、"庚戌草"、"辛亥草"、"壬子草"、"癸丑草"、"甲寅草"、"乙卯草上"、"乙卯草下"、"丙辰草"、"丁巳草"、"戊午草"、"乙未草"。内总收其诗一千八百余首。此集是徐如翰惟一存世诗文集。《中国古籍总目》未著录。今《甲库丛书》第875册内《檀燕山藏稿》十九卷底本即为台北藏本。

张维枢谓徐如翰九岁称诗,长而壮游四方,其诗皆触景生情而成:"自六籍诸子史外,宗汉魏,奥庖六朝,奉盘匜于贞观、大历间,博庀蓄而勤埴植,诗学富矣。伯鹰既有是才与学也,又由童至壮,由青衿孝□至通籍,游展涉历几遍大江南北,洪都中州、齐鲁燕赵、蓟辽晋代奥区。凡宫阙之丽雄,衣冠之都雅,山奔波立之变态,边塞谣俗之胜形,以趾臣目,以目臣心。情有所钟,景有所触,无不盘薄淋漓而写之于诗。是故小言则单构一机,大言则咳唾万象,静言则清幽简远,壮言则慷慨发扬……其卓然者直逼初盛,而其卒然挥洒者亦有白香山之致。枢见隆万间韵士往往效響历下、江左,近来轻俊复推剥二家以倡为清澹,第多偏师之借,沟浍之观而已。伯鹰都不作如是想,而独以其才其学及其所钟,触之情景,自成其为伯鹰,充而光,富而日新。"

吴伯与序曰:"伯鹰所为诗,奔发感动,景传于情,声谐于调,才合于法。咏物则妍丽徐庾,述事则沈酣子美,兴会标举则取适陶韦。余每谓诗之命于意而神于悟也,文字无处住足,俸喝从何下口,端在兹乎?其傑傑诗名,宜矣。"

404　赤霞公诗钞一卷

浦羲升(1570—1639)撰。羲升字朗公,号东阳。南直常州府无锡(今属江苏无锡)人。少博学多闻,受知于杨涟,补常熟诸生。读万卷书外,亦好行万里路。江浙、闽粤、燕赵、秦楚、齐鲁皆有寓览。崇祯四年(1631),以岁贡任海宁儒学训导。著有《赤霞集》。崇祯十二年卒,年七十。生平见《(乾隆)杭州府志》卷六十四。

《千顷堂书目》著录浦羲升《赤霞集》(无卷数)。今存浦氏《赤霞公诗钞》一卷,旧钞本,此为浦氏惟一存世诗文集著述,台北图书馆藏。一册。全幅27厘米×15.5厘米。半页九行二十四字。钤有"吴氏兔床/书画印"朱文长方、"员峤/真逸"朱文方、"拜经/楼吴氏/藏书"朱文方、"莐圃/收藏"朱文长方、"国立中央图/书馆收藏"朱文长方。卷首有《赤霞集序》,署"盐官友弟陈鼎新题于鉴园之睫巢";《赤霞山房集序》,署"西吴通家眷弟闵自寅顿首撰";浙江海宁训导赤霞浦公传略。卷首题名后注"梁溪浦羲升朗公著，男伯熊渭飞手录"。全集总收古近体诗一百六十四首。

陈鼎新序曰："朗公先生世居拂水惠泉之间，钟江尤人文之秀，敦敏博洽，九丘八索、三坟五典、两京以迄唐宋靡不倾群言之液、漱六艺之润。而尤恣其壮游，穷其历览，思揽万类之灵以开广其心胸，使之闳中而肆外，爰乃历洞庭、溯豫章、登黄鹤、陟涪陵，以至闽粤之地，燕赵之邦，秦楚之封，洛蜀齐鲁之疆，凡佳山水秀绝人区之境，莫不驱车而税驾焉。由是睹匡庐瀑布之遥，故其文气劲而思湛；睹香山曲江之隽，故其文辞丽而采新；睹潇湘云梦之奇，故其文意渺而旨深；睹北固神京之壮，故其文体庄而义广；睹天山贺兰之险，故其文风肆而气雄；睹锦江峨眉之秀，故其文致芬而韵索；睹秦华恒岱之高，故其文神峻而理超。凡车辙之所至，辄有以探娜环窥二酉，而足迹半天下，题咏遍名山矣……若乃弹琴击剑之余，或晤言一室，而清簦疏帘以撷其韵。或登临极目，而银涛雪浪以荡其怀。遥望海上三神山，去赤城若襟带，而胸中浩瀚之奇，悉呈于缥缈有无间，而赤霞之集成矣。"又赞其诗文云："以骚则凄清而韵折，以文则璀煌而温润，以赋则体物而浏亮，以诗则缘情而绮靡，以赞则肖形而彬蔚。聆音音协，谈理理符。"

清吴骞朱笔手书题记："《赤霞集》一卷，乾隆己亥秋日购之花溪故家。朗公崇祯中尝司铎海昌，与许金牛为布衣交，故花溪两垞之间犹有传其集者。此编签前署'男伯熊手录'，岂尚其子旧钞耶？按《赤霞集》，《千顷堂书目》不列卷数，恐尚不止于此。是编签题为'吴公峦穉所选'，则益足重矣！竹垞《明诗综》录五律《石城》一首，周松霭云：面书崇祯辛贡未一行，恐是瓯舫选诗时手笔，果尔，则又可喜也！长至后三日，吴骞识。"又用墨笔题识曰："予藏此书二十余年矣，每观封面题字，的为小长芦叟笔，而松霭大令之言，洵不谬也！嘉庆乙丑，兔床。"

405　蔚庵逸草一卷

彭汝谐(1571—1616)撰。汝谐字原乐，号蔚庵。彭昉孙。南直苏州府吴县(今属江苏苏州)人，苏州卫籍。四龄失父，慈母育之成人。早补苏州府学生。万历二十八年(1600)举南直乡荐，四上春官不第，遂乞授丹徒教谕。四十四年成进士，释褐未匝月而卒。能诗词，善书法。著有《蔚庵逸草》一卷。生平见《(崇祯)吴县志》卷四十九。

《千顷堂书目》著录《蔚庵逸草》(无卷数)。今存《蔚庵逸草》一卷，明万历四十七年(1619)古吴彭氏家刊本，此是彭汝谐惟一存世诗文集，台北图书馆藏。一册。板框16.6厘米×13.7厘米。四周单边,版心白口。半页八行十五字。钤有"扫尘/斋积/书记"朱文方、"礼培/私印"白文方、"国立中/央图书/馆考藏"朱文方。卷首有《蔚庵逸草序》,署"万历己未腊月八日友弟陈元素古白"。正文题名后注"古吴彭汝谐原乐父著"。总收诗二百十七首。

陈元素言集之编刊曰:"原乐生平诗文甚多,皆咄嗟立办,不留稿。德先昆弟访搜购求,寻写胸腹之所记忆,备诸劳苦,越三年始获什之一,题曰《蔚庵逸草》。蔚庵,原乐自号也。梓成,属元素叙之。自娱之梓,臣度(序者陈元素好友——作者注)亦请叙久矣,惨焉不能下笔。今读兹草,双泪交落。叙曰:天乎!胡然而才之,而显之,又胡然而夺之。则尝忆君宣之言,死不足畏也。吾以梦试之,神之遗形,其境奇乐。悼友之诗曰:'相知地下人间半,生死于今平等看。'岂不去来游戏,雄视幽明哉!闻原乐邸中弥留时,意色转夷,不恋不怖,两君子者,其皆以慧业现身,百念稍酬,旋即厌世。世俗不察,相与吾之,更为比絜短长乐苦,徒令白玉楼中哑然失笑。然而原乐之才,经世才也。才难,不痛原乐,不为失原乐者痛乎。原乐诗格高而思奇,轩轩然,朗朗然,如其人。书法在清臣诚悬之间。三令子既梓行其诗,复检遗墨石之以传,焕若神明,原乐不死也。"

陈元素序前有彭汝谐六世孙彭枫岩手书题记:"六世祖蓼蔚公诗稿锓版久经遗亡,即刷本亦无有存者,余于废书中搜得之。读古白先生序,后之人宜如何珍惜也。嘉庆十三年九月廿九日,枫岩偶记。"

406 来鹤楼集四卷

刘遵宪(1572—?)①撰,遵宪字可权,号心盘。京师大名府大名(今属河北)人。万历十九年(1591)举人,三十二年进士,除寿张知县,调滋阳。入为户部主事,调兵部,四十三年出为山东按察金事、进副使。天启元年(1621)调陕西副使,升按察使,三年,以右佥都御史巡抚大同,五年,进兵部右侍郎。崇祯初晋兵部尚书,七年(1634)改工部尚书,以终养归。生平见《(雍正)畿府通志》卷七十三。

《千顷堂书目》著录遵宪有《恕醉斋集》(未注卷数),未见传。《清代禁毁书目四种》著录《刘遵宪诗集》(即《来鹤楼集》)。今存《来鹤楼集》四卷,明天启间赵侪鹤刊本,社科院文学所(缺卷三)、台北图书馆藏。台北藏本四

① 《来鹤楼集》卷三《辛酉元日》诗云:"家园三见岁华新,屈指浮生五十春。"辛酉元日(天启元年,1621年)著者五十,据此可推知著者生于隆庆六年辛未(1572)。

册。板框 20.8 厘米×14.7 厘米。钤有"国立中央图/书馆收藏"朱文长方。四周单边,版心白口,单白鱼尾。半页九行十八字。卷首有《刘中丞心盘先生集叙》,署"赐进士第光禄大夫柱国少傅兼太子太保吏部尚书旧治生张问达顿首拜撰"。正文题名左下署"魏博刘遵宪著,关中康禹民、陈所养校"。四卷总收诗四百七十七首。卷末有《刘中丞心盘先生诗集跋》,署"关中门人康禹民谨跋";《刘中丞先生诗集跋》,署"门下士陈所养顿首撰"。

刘遵宪生活时代,公安派、竟陵派相继崛起文坛。张问达序中谓刘遵宪比肩七子:"(先生)沉酣羽陵,枕籍宛委……挥毫如云,不欲和七子一映以伤其名,即使七子复起,抑且揖让牛耳,狎主齐盟,则又洗若累、昭若功也者。"其门生陈所养以为读遵宪诗"恍若对风人,恍若对三闾,又恍若对苏、李、曹、刘、柴桑、康乐、青莲、少陵,揖让于一室而相为晤言也。"显系溢美之词。

407　雪堂诗文集六卷附一卷

沈守正(1572—1623)撰。守正一名迁,字允中,更字无回。浙江杭州府钱塘(今浙江杭州)人。万历三十一年(1603)举于乡,后屡试不第,后谒选得官,至都察院司务。守正工诗文书画。著有《诗经说通》十三卷(万历四十三年刊本)、《四书说丛》十七卷(明刊本),《四库全书总目》皆著录。卒于天启三年(1623),卒年五十二。生平见张师释《无回沈公墓表》、李硕《沈无回先生传》、朱大辉《无回先生传略》、卓尔康《无回沈公行状》、沈尤含等《先府君行实略》(以上皆载《雪堂集》附录)、钱谦益《沈君墓志铭》(《牧斋初学集》卷五十四)。

《千顷堂书目》著录《雪堂集》二十卷,《清代禁毁书目四种》著录《雪堂集》八卷。今存《雪堂诗文集》六卷附录一卷,明崇祯间刊本,傅斯年图书馆藏。六册。四周单边,版心白口,大鱼尾。半页九行十九字。鱼尾上镌"雪堂集",鱼尾下注卷数。钤有"菊秋/之章"朱文方、"史语所/收藏/珍本图书记"朱文长方。集乃守正卒后其二子尤含、美含所辑。卷首有《雪堂集序》,署"崇祯庚午冬月吉水友弟李邦华顿首拜撰"(序缺首页),韩敬序,刘宪龙序,及其子尤含等《刻雪堂集凡例》(凡例缺 1b 页、2a 页)。正文题名后署"武林沈守正无回甫著"。内第一、二册收诗集三卷(卷一至三),第三至五册收文集三卷(卷四至六),第五册末及第六册附录张师释《无回沈公墓表》、李硕《沈无回先生传》、朱大辉《无回先生传略》、陈梁《沈公诔》、卓尔康《沈公行状》、门人柴世基《乡贤木主后小传》、兵部主事永嘉刘康社《黄岩县儒学署谕事沈无回先生碑》等。

　　沈尤含《刻雪堂集凡例》颇有价值,兹录数则:"诗原稿千数百首,庚申夏仲同巨先侍先大人于始平公署,请寿木,遂汰什九。今卷之一即《焚草》也,将合卷二《巳庚草》与《留别黄岩》及入都诸作同付剞劂,而燕尘见背,鱼恨永深矣。第三卷则皆穷搜杂咏,或题笔头,或标卷页,虽不敢曰吉光片羽,秘作家珍,要亦惟是断璧残珪,实实余渖耳。乐府歌词,征收未至,容俟续刊。颂德誉寿、称功谀绩,先大人耻为卮言,故每辞而不应,集所存者,大都索于《家乘》《世谱》中,虽有而愧不备也,亦俟再搜以补挂漏。疏文、题跋仅余一二,皆得之穷岩绝壑、敝楮破箧最多,漫漶未尽,鲁讹专俟学人之考订。尺牍往来,先大人素不落草,或知感国士,或念切孝思,犹存二三,余皆故人缄搁,尽有心交,未经载入,图搜鱼雁,再寿枣梨。四六骈丽,尤为酬应之迹,先大人留心三十年,别有《古今四六全选》及《偶裔杂俎》,异日定付梓人,集中所载,亦出秦火之余,更多遗失,统须遍求。"

　　《雪堂集》又有明崇祯间沈尤含等刊本,十卷附录一卷,内诗三卷,收诸体诗三百余首,文五卷,收其序、记、传、碑、祭文等,末有尺牍两卷。今《四库禁毁书丛刊》集部第70册内《雪堂集》十卷附录一卷底本即为明崇祯间沈尤含刊本。

408　鹤汀诗集十卷

　　李之世(1572—?)撰。之世字长度,号鹤汀。广州府新会(今属广东新会)人。李以麟之子。少有逸才,工诗善书,亦有画名。万历三十四年(1606)领广东乡书,数奇不第。晚年除琼山教谕,迁池州府推官,未几移疾归。生平见《邑志小传》(《鹤汀诗集》卷首载)、《(道光)新会县志》卷九。

　　该集清乾嘉间覆刻明万历间刊本,台北图书馆藏。八册。板框19.9厘米×12.6厘米。四周双边,版心白口,单鱼尾。半页九行二十字。钤有印"管理中英庚/款董事会保/存文献之章"朱文长方、"国立中/央图书/馆考藏"朱文方。卷首有《圭山副藏序》,署"万历岁在己未上巳日秦淮宗末李本宁顿首拜撰";《北游草序》,署"万历己酉中秋日贲禺社弟韩上桂顿首撰";《邑志小传》;选阅同社诸子爵里;阙名题识。正文题名后注"明岭南李之世长度著"。前六卷收古近体诗一千二百八十余首,卷七收古骚、乐府、杂言等第三十二首,卷八、九为杂著,卷十附录其弟李之标文度《凫渚集》。今《四库禁毁书丛刊》第80册内《鹤汀诗集》十卷(存卷一至卷七)据清涉园刻本影印,《明别集丛刊》第五辑第25册内《鹤汀诗集》十卷据清乾嘉间覆刻明万历间刊本影印。

李之世著述甚富,计有数十种。其同社诸友选编为《鹤汀诗集》十卷。同社选阅人后阙名题识云:"相传合选诸稿编目三十卷,自其初稿之选也,则有《家园草》《圭山副藏》;行稿之选也,则有《南归草》《北游草》《竹笑亭草》;《家草》之选也,则有《涉园草》《雪航草》《浦山残什》。诸如《小草》,又有《溪上草》《息庐咏》《青竹园稿》。《途草》又有《咏物草》《不住庵草》《山樵杂咏》。至于所云《选稿》,又名《泡庵草》《崧台草》《一榻斋草》《水竹洞稿》《剩水山房稿》《当泣编》。司铎于琼,始著《朱厓集》之'五草':一集《浮槎》,二集《可庐》,三集《歇园》,四集《和苏》,五集《韵语》。上诸稿多残缺失次,仅存十一于千百。幸见《朱厓集》,原刻瞭然,余皆湮没,可胜惜哉!"

李维桢序曰:"吾宗子长度丰于才而啬于遇,绝不见怨尤于时,又得以称焉。然吾观其《圭山副藏》诸篇,不过骋奇逸之气,以写其祖太白而宗灵均之概,求其困穷拂菀于挥毫濡墨间,寂寂无闻焉。说者曰:'此固李子之善于怨也!'夫可以怨者,诗教也,则如古风、歌行、五七言律诸作,殆可与燕齐吴越诸君子相颉颃,当时之士靡不愿奉程式,而长度逊谢未遑。比观长度为人,目空一世,心期古处,时时欲并驾齐轨于襄阳、东坡间,则《圭山副藏》之名是编盖深切矣。"

清季陈田《明诗纪事》庚签卷二十一录李氏诗六首,按语谓:"长度诗蕴藉,无喧嚣之气,颇近宋人。"

409　可困先生稿一卷附红碧纱杂剧一卷

来继韶(1573—1627)撰。继韶字舜和。浙江绍兴府萧山(今属杭州)人。诸生,万历三十四年乡试副榜。方期进用,三十七年为逸人所构而罢,以义命自安,作《可困先生传》以自况。远游辽左,作《徙薪卮言》。为文入深出浅,覃精濂洛之学,旁及阴阳卜筮、奇门太乙。晚岁专于医,卒于天启七年(1627),年五十五。生平见来集之《来舜和先生入县志传略》(抄本《倘湖遗稿》)、《(康熙)萧山县志》卷十七。

邑志载来继韶著有《屈奇子》三卷、《江天剩客随意录》八卷、《摭本草诸方》五卷,又《禹贡考异》《石经大学解》各一卷,另有诗、文各四卷,均未见传。传者惟《可困先生稿》一卷附《红碧纱杂剧》一卷,抄本,台北图书馆藏。二册。全幅24.5厘米×16.5厘米。半页十二行三十二字。无序无跋。钤有"长州吴/庆咸/子渔氏/读过"朱文方、"红蕊吟馆/吴氏藏书"朱文长方、"国立中央图/书馆收藏"朱文长方、"小山/堂"朱文方、"诗卷长/留天地

间"朱文长方。总目录首页"可困先生稿"后注"明廪生赠太常来继韶舜和
甫著,□□汝诚尔思氏谨录"。内收古体诗八首,近体诗一百二十一首,诗余
五首。传二篇,启一篇,勘语一篇。末附自撰《可困先生传》《韩玉吾先生传
略》及文二篇;附《红纱碧纱题辞》《红纱自序》《碧纱自序》及"两纱"内容,
为其子来集之所撰。

410　群玉楼集八十四卷

张燮(1573—1640)撰。燮字绍和,号汰沃,自号海滨逸史。福建漳州府
龙溪(今属福建漳州)人。性聪敏,博学多通,有文名。万历二十二年
(1594)举于乡,无意仕进。与蒋孟育、高克正、林茂桂、王志远、郑怀魁、陈翼
飞称本郡"七才子"。崇祯中巡抚以理学名儒荐,有诏征用,不就,家居潜心
著书。卒于崇祯十三年(1640),年六十八。生平见《(康熙)龙溪县志》卷
八、《(光绪)漳州府志》卷二十九。

张燮著述甚富,《千顷堂书目》著录其有《偶记》十卷、《漳州府新志》三
十八卷(与徐鋆合编)、《东西洋考》十二卷(有万历间刊本)。又著录其刊刻
《汉魏七十二家文选》三百五十一卷。万斯同《明史·艺文志》载燮有诗文
集《霏云居集》五十四卷、《霏云居续集》六十六卷、《北游稿》一卷、《藏真馆
集》四卷及《群玉楼集》八十四卷。今《群玉楼集》八十四卷,存明崇祯十一
年(1638)闽漳张氏刊本,河南图书馆(存卷十三至八十四、目录)、台北图书
馆(缺卷二十六至三十、卷四十一)。台北藏本三十八册。板框20厘米×
14.4厘米。左右双边,版心白口,单鱼尾。半页九行十八字。钤有"心在四
方"白文长方、"与古人居"朱文长方、"国立中/央图书/馆考藏"朱文方。卷
首有《群玉楼集自序》,署"崇祯戊寅中秋石户农张燮识"。正文题名后注
"闽漳张燮绍和著"。

"群玉楼"乃作者书斋,故以名集。张燮自序曰:"草庐深处,旧有小楼,
圮而更筑之,贮所蓄群籍其上。曹氏之仓、陆公之厨,庶几帖宅焉,当窗散
帙,雅多善本,如探群玉之山,此楼所由名也。主人霞朝星晚,坐起自娱,兴
到濡毫。饶有撰著,即拄笏他往,翰墨间作,归必箧藏于此间,故亦以'群玉'
名集云。比岁以来,梓行前代诸种,觉梨枣累心,故己所撰著,咸束之高阁或
以悬门,请者摇首而不敢对。旋又自思,年过耳顺,万一身填沟壑,茫茫大
地,谁为点定吾文者。暇日间,取而差次之,删繁刊误,涤疵补亡,备尝苦心。
始万历己未夏杪,迄崇祯戊辰冬,终十载星霜,几番炉冶而有斯集。计赋一
卷、诗古近体合二十九卷、倡和诸鸿篇附焉。近代征言诸序为多,故刷韵之

文以为篇首,碑记次之,颂赞箴铭又次之,墓文及传状哀诔又次之……合诗
与文则八十四卷。"

411　适适草四卷

　　苏光泰(1575—1641)撰。光泰字来卿。山东东昌府濮州(今属河南濮
阳)人,兵部尚书苏祐曾孙。万历十六年(1588)举山东乡试,明年成进士,
授山西平阳府推官。廉平有声。历官河南汝宁府知府、河南布政司左参议、
湖广按察副使、河南右布政使。以伉直忤执政,遂落职归。崇祯间,诏复原
官,后解组归里。值流民肆虐,攻蒲城,城陷遇害,年六十七。生平见《(康
熙)濮州志》卷二、《(宣统)濮州志》卷四。

　　该集明万历二十八年(1600)刊本,台北故宫文献馆藏。四册。板框
18.9厘米×13.7厘米。四周双边,版心白口,单白鱼尾。半页八行十六字。
钤有"古潭州/袁卧雪/庐收藏"白文方、"国立北平图书馆收藏"朱文长方。
卷首有《适适草序》,署"万历甲辰十一月谷旦赐进士出身奉政大夫兵部职
方司清吏司郎中诏进修正庶尹食四品俸全椒通家侍生杨于庭顿首拜撰";
《适适草叙》,署"万历庚子九月朔日治下朱璇文卿甫撰";《适适草序》,署"清
江部民顺甫程逵拜言";《跋适适草》,署"万历庚子菊月属下小吏山阴张汝霖
顿首谨跋";《适适草序》,署"万历庚子孟秋月邵陵何大谦子益甫撰";《适适
草序》,署"万历庚子九月既望治下彭而珩韫白甫谨撰";《适适草自序》,署"适适
草主人书"。正文题名后注"东郡苏光泰来卿甫著"。内诗不分体,总收诗三
百五十余首。今《甲库丛书》第858册内《适适草》四卷底本即为台北藏本。

　　光泰生活时代,思想领域各鸣其说,文坛亦流派纷呈。受时代思潮影
响,光泰主张诗歌要发抒一己之真情,各适自适。其自序曰:"唐以词章取
士,而习之者专肆力焉,故唐诗称于世,要唐人之所为唐者,不过自适其适
也。予也浅陋,不足与于诗,而每笃好诗,窃以目之所遇而形之吟咏间。夫目
所遇者,适也;洩之为音者,适适也。调则古今殊途矣,庸讵知不入于非唐? 情
则古今一也,庸讵知不出于非唐? 要之乎弗计焉耳。人非我,安谓人皆适吾适
何? 人非我,又安谓人皆不适吾适? 故不揣以宦游之草,而自命曰'适适',
以俟夫后之君子有适吾适者,庶不病吾之所为适适也。"(《适适草自序》)

412　葛如麟文集不分卷

　　葛如麟(1577—1650)撰。如麟字子仁。山东济南府德平(今属山东德

州）人。葛昕子。万历三十一年（1603）举山东乡试，三十八年成进士，授山西临晋知县，升户部主事，迁湖广布政司右参议，进陕西左参议，再晋按察使。生平见《（光绪）德平县志》卷七。

该集明崇祯间著者手稿本，台北图书馆藏。一册。板框 19.5 厘米×13.9 厘米，半页九行十八字。四周单边，版心白口，无鱼尾。钤有"国立中央图／书馆收藏"朱文长方。集由文与诗两部分组成。诗卷正文题名《丁丑吟》，左两列注"平昌葛如麟子仁甫草，雁门门人李升吉校辑"，诗部收诗十三首。文部收《家庙》、说、传、墓表、墓志铭等文八篇。2013 年台北新文丰出版公司《台湾珍善本丛刊·古钞本明代诗文集》第 11 册内《葛如麟文集》不分卷据台北图书馆藏明崇祯间手稿本影印。

413 韩文恪公文集二十一卷首二卷末一卷诗集九卷

韩日缵（1578—1636）撰。日缵字绪仲，号若海。广东惠州府博罗（今属广东博罗）人，鸣凤之子。万历二十五年（1597）举于乡，三十五年成进士，选翰林院庶吉士，四十一年授检讨，四十五年丁父忧归。服除，泰昌元年（1620）起升左春坊左赞善。后历官至礼部右侍郎，充两朝《实录》纂修总裁，经筵日讲官，拜南礼部尚书，丁母忧归里。崇祯五年（1632）复起为南礼部尚书，九年卒，年五十九，谥文恪。生平见《（雍正）广东通志》卷四十六。

《清代禁毁书目四种》著录《韩文恪公集》（未注卷数），今存明崇祯间刊本三十三卷（内文集二十一卷首二卷末一卷诗集九卷），河北保定市图书馆、台北故宫文献馆藏。台北藏本二十册。板框高 19.7 至 20.4 厘米不等，宽 14 厘米。四周单边，版心白口，单鱼尾。半页九行十九字。诗文卷版心鱼尾上皆镌"韩文恪集"，鱼尾下镌卷数。部分版心下端记刻工姓名，如明、叶、谷、玄、月、宇、仲、典、禺、坡、生、波、伯、日等。无序无跋。"韩文恪公文集卷之首"左下署"男宗骙、宗骡、宗麟、宗骊编次，侄宗雅、孙胤象、胤孝、（胤）隽重梓"。文卷一、十一、二十一宗骡编次，文卷二后学梁朝钟校，文卷三、十、卷之末宗麟编次，文卷四、十五、二十宗骙编次，文卷五、十九宗骊编次，文卷六、七弟日钦编次，文卷八宗雅编次，文卷九婿张元耿编次，文卷十二后学陈士章校，文卷十三后学黄良谦校，文卷十四侄如琚编次，文卷十六后学李云龙校，文卷十七侄文起编次，文卷十八侄履泰编次。首"御制文"二卷，文集正文收序十二卷，题词、记、碑、传、墓志及墓表墓志铭行状等各一卷，祭文三卷，总二百九十二篇。末一卷收启、杂著十五篇，附录询荛录、敬梓录。诗各卷校编者不一，分别由后学陈士章、婿黄良贲、婿张元耿、侄宗雅、婿关廷选、后学黄良谦、门人赵焞夫、后学林蓉锦校编。总收古近体诗四百七十余首。今《甲库丛书》第 878—879 册内《韩文恪公集》底本即为台北藏本。该书另有清康熙刊本，广东图书馆藏，今《四库禁毁书补编》集部第 70 册内《韩文恪公集》据清康熙刊本影印。

414　电白集不分卷

张可大（1580—1632）撰。可大字观甫。参将张如兰之子。祖籍孝感，以世袭南京羽林左卫千户，故为江宁（今属江苏南京）人。世袭南京羽林左卫千户。万历二十九年（1601）武进士，授建昌守备。历浙江都司金书、浏河游击、广东高要参将，改浙江舟山，加副总兵衔，擢都督金事。出为登莱总兵官，以勤王功进都督同知，再进右都督。崇祯五年（1632）孔有德兵变，登州城陷，自缢死，赠特进荣禄大夫、太子太傅，谥庄节。生平见邹漪《启祯野乘》卷九、陈田《明诗纪事》庚签卷二十四、张廷玉等《明史》卷二百七十。

《千顷堂书目》著录可大《驭雪斋集》（未著卷数），又注其有"《真州》《娄江》《舟山》诸稿，《白下》《牟子》等集"。今《驭雪斋集》不分卷，有明刻本。另《电白集》不分卷，现存明万历四十三年刊本，郑象极校。傅斯年图书馆、天一阁图书馆藏。傅图藏本二册。板框 21.5 厘米×14.5 厘米。半页八行十八字。四周单边，版心白口，无鱼尾。钤有"扫尘/斋积/书记"朱文方、"礼培/私印"白文方、"史语所收藏/珍本图书记"朱文长方。卷首有《电白集小序》，署"万历乙卯春三月秣陵张可大漫书"。正文题名后署"秣陵张可大孔德甫著，建武郑象极璇枢校"，总收诗一百六十余首。

清钱谦益《列朝诗集》丁集卷十录可大诗五首，"小传"谓其"生平孝友淳重，博学好古，与时贤相赠答，皆海内通人胜流。"

415　许闲堂诗选一卷塞上诗草一卷柳花咏一卷蕉隐篇一卷

钱千秋（1594—？）①撰。千秋字真长，浙江海盐人。钱谦益高足。博学工文词，以才名冠绝当世，亦自负不可一世。天启二年（1622）举人。以诖误谪右北平，三年得脱归。甲申被辟为归德府推官，监军河上，以乱弃官归里。

---

① 《许闲堂诗选》集中有《辛巳除夕》诗，首二联曰："欢闻爆竹沸崇朝，共说椒花颂此宵。四十九年明日是，八千余里故园遥。"据诗意，辛巳年（崇祯十四年，1641 年）作者四十八岁，以此前推，可知作者当生于万历二十二年甲午，公元 1594 年。

生平见《(光绪)嘉兴府志》卷五十七、《(光绪)海盐县志》卷末杂记。

该集明启祯间刊本,台北图书馆藏。三册。板框18.1厘米×13.6厘米。左右双边,版心白口,无鱼尾。半页九行十八字。钤有"江都/关氏果/斋珍藏"白文方、"国立中央图/书馆收藏"朱文长方。卷首有《叙》,署"友人李日华识";《题辞》,署"癸酉惊蛰后竹嫩日上书"。正文题名"许闲堂诗选"后注"海盐钱千秋真长著,龙山查旦封娄评,男钱英彦表升、钱敦让圣谦订,侄钱瑞征野鹤、钱丹江声、孙钱弦沇文靖、纶宪昭度校"。内收古体诗二十五首,近体诗一百十四首。每首诗后有查旦小字双行诗评。正文中亦有后人墨笔评注。竹嫩题辞曰:"余友真长清颖秀发,正与子畏一流,而遇亦如之。余居林中无事,欲招与共相磲磚,作粉墨之戏,而真长于五七字句中,展尽摩诘之秘矣。其为画无声亦可,有声亦可,似已不烦余作料量,吾知仙福今已属之真长矣。"

《塞上诗草》一卷,乃千秋谪右北平间所作。半页九行十八字。四周单边,版心白口,无鱼尾。卷首有《钱真长塞上诗草序》,署"天启五年岁次乙丑二月寒食前五日东海徐象梅仲和氏撰";《塞上草叙》,署"天启三年除夕前二日平湖社友沈邦基撰并书";《塞上草自纪》,署"钱千秋撰"。正文题名"塞上草",题名后注"盐官钱千秋真长著"。总收诗八十九首。钱氏《塞上草自纪》云:"千秋滨海腐儒,家世耕读,孤檠短焰,坎壈半生。幸举贤书,衅从吏议,谪戍右北平,癸亥秋始脱犴狴。自京邸束装就道,霆潦初霁,泥行水行,间关抵伍。乃边塞早寒,举目萧条,不堪回首。而哀砧敲月,惨角鸣风,清夜杂然,魂摇心折,征夫酸楚备尝之矣。白云天外,欲往何从,形影增怜,饥寒无色,自分生运不辰,长棘矜以没世耳。幸遭金鸡,例从肆眚,他乡逐客,悲喜交加。每行阵余,闲得纵观山川形胜,遍察土俗夷情,与夫诸名将之规画布置,历历睹纪。间寂寞无聊,率尔成韵,劣有篇什。总是塞上悲音,不谐宫徵。倘鸟鸣哀死,庶几古之劳人思妇,所以宣其抑郁者乎?道友青岩读而怜之,携归灾木,亦欲使读者共怜,而谂千秋之不幸也。"

《柳花咏》一卷,总收绝句三十首。卷首有钱千秋《柳花咏有引》。引曰:"大江以南,骚坛日辟,藻思丽什,云涌霞鲜,社赓雁字之章,家倡落花之咏,篇准三十韵,限二平,并皆璀璨芊眠,脍炙人口。往余在长安,读友人吴平子《落花》诸律,窃心艳之。顾黄鹤赋成,茌焉阁笔。庚午初夏,偶过西湖,履素上人视道侣《柳花》十绝,清芬盈颊,不觉技痒,比游婺州小憩,藏暑梧阴,遣绿岚影送青,尘虑顿消,诗情欲跃,因援笔为柳花绝句,如上下平数。然愁峰久簇,思蕊不灵,得句漫书,殊无当于风人也。"

《蕉隐篇》一卷。卷首有《蕉隐篇序》,署"古楚社弟张效钟书于一枝堂";《蕉隐篇题辞》,署"社弟谭贞默撰书";《蕉隐篇题识》,署"海盐钱千秋识"。钤有"江都/关氏果/斋珍藏"白文方、"国立中央图/书馆收藏"朱文长方。总收各体诗一百〇一首。钱氏《蕉隐篇题识》云:"余落魄飘零,归耕海上,每思种蕉自隐,而四壁徒立,十亩阙如,偶作传以写己志,亦犹文徵仲先生神楼图意也。荷海内巨公、方外名侣不我遐弃,繁有赠言,久藏笥中,不忍饱诸蠹腹,爰付梨枣,并附小传,庶知余虽煨烬寂寞,未至见摈于声气,贻嗤于松菊耳。其诠次先后,一以邮筒岁月为叙。"

416　张逸民南游草一卷

张于度(生卒年不详)撰。于度字果中。直隶白沟(今属河北保定)人。少从学于孙奇逢。东林左、魏之祸起,国中隐于苏门,以此得免。生平见《(道光)新城县志》卷十二、《(光绪)保定府志》卷六十一。

该集为著者手稿本,台北图书馆藏。一册,全幅 26.4 厘米×19.2 厘米。半页九行十七字。封面有后人题名"张逸民南游草遗墨"。卷首有"南游草自序"。钤有"好修子"朱文不规则形印、"张继/之印"白文方、"一夕千古"朱文椭圆印、"张继/之钬"白文方、"张继"朱文长方、"国立中央/图书馆/藏书"朱文方。清孙奇逢手写五子诗一首,继有苏门后学朱树题识。全集总收诗五十四首。卷末附方苞撰《附录左史逸事》。

张于度自叙云:"此稿起自庚寅岁也,故园零落,生气愈促,余有感怀。《八咏》置之座右,不堪常玩。更读杜子美《无家别》长歌,不胜悲歌慷慨,唏嘘泪下。与征君孙先生谋携家南迁,卜居于卫。一段浩然悲壮,亦犹辽东破帽,梅福吴门,各遂所适焉。昔太史公览乾坤兴胜,足迹几遍天涯,藉山河大地,史管飞霜,游之关于胸襟,资于笔端也。诚大矣哉!盖从来贤豪,人各有情,情各有咏,生平遭际,一腔孤愤,无可发抒,留韵人间,以遣壮怀。余从征君先生扶杖而南,随在所遇之人,所经之地,所历之愁苦,偶一拈题成韵,不过记载声气情形,何敢以诗言?征君先生讲道苏门,破久锢之尘俗,提生人之面目,接引后学。余常常侍教,探讨诸儒大旨,间或倡和,总以舒写南游一念云尔。"

清孙奇逢手写五子诗并序云:"五子诗,新城张于度果中、易州隰千里崇岱、鸡泽殷伯芽之纽、肥乡李世其恺、故城沈无谋嘉,熹庙元年左忠毅恩选士。'畿辅有五子,斐然著文场。受知左忠毅,同登有道堂。乙丙珰焰烈,于度见侠肠。隰子忠信资,崎岖亦康庄。静穆兮鸡泽,绳检者肥乡。予曾过其庐,鹤鸣子欲翔。沈郎晚多病,音韵犹锵锵。五子虽藜藿,其色无凄凉。读书友古人,气谊何轩昂。张生从予久,埋骨苏山阳。余皆所得士,千里遥相望。谁谓世运颓,五子老弥强。我为作此诗,留以阅沧桑'。"清光绪二十八年(1902)朱树手书题识云:"右夏峰先生所咏五子诗手迹,此诗作于顺治己亥十一月二十日,详载日谱。五子具前诗引。光绪壬寅夏,得张子诗草遗墨,珍若璆琳,今装成合璧,用书其颠末如此。苏门后学朱树谨识。"

417　王季重诗文稿一卷

王思任(1575—1646)撰。思任字季重,号遂东,一号谑庵。浙江绍兴府山阴(今属浙江绍兴)人。博通文籍经义,万历二十二年(1594)举浙江乡试,明年成进士,除知兴平,调富平。丁内艰,服阕,改当涂。三十三年迁南刑部主事,左迁袁州推官。三十八年升青浦令,四十一年罢归。四年后起补山东布政司照磨。崇祯二年(1629)补松江府学教授,明年升国子助教,四年进南工部营膳司主事,榷关芜湖。六年晋江西按察佥事,备兵江州。八年以京察罢,归里闲居。明清鼎革,誓不剃发。积郁成病,因绝饮食,卒年七十二。生平见张岱《王谑庵先生传》(《琅嬛文集》)、清邵廷采《明侍郎遂东王公传》(《思复堂文集》卷二)。

该集明万历间著者手稿本,台北图书馆藏。一册。封二有两列题签:右列大字"明王季重先生遗迹",左下小字"泉唐张辂题眉"。板框22.4厘米×12.3厘米,半页十行二十余字。版心全白。钤有"国立中央图/书馆收藏"朱文长方、"季""隆"朱文连珠方、"王/思任"白文方、"亮""采"朱文连珠方、"则/之氏"白文方、"胡献/图印"白文方。

钱谦益《列朝诗集》丁集卷十二录思任诗一首,"小传"谓:"季重为诗,才情烂熳,无复持择,入鬼入魔,恶道尘出"。清朱彝尊《明诗综》卷五十八录王氏诗一首,"诗话"谓其诗"滑稽太甚,有伤大雅"。清季陈田《明诗纪事》庚签卷七上录思任诗三首,按语评其诗"扬竟陵之余波"。

418　竹浪斋诗草八卷附吴游记一卷

李佺(生卒年不详)撰。佺字象先,南直上元(今属江苏南京)人。主要生活于万历时期。诸生,善诗,著有《竹浪斋诗草》。《(康熙)江宁县志》卷十二、《(康熙)上元县志》卷二四另载其著有《遂园稿》,未见传。生平见《(嘉庆)重刊江宁府志》卷五十四。

该集明万历间刻本,台北故宫文献馆藏。四册。板框 19 厘米×12.9 厘米。四周单边,版心白口,单鱼尾。半页八行十六字。钤有"泊如斋/王氏珍藏"朱文方、"翠峰"朱文方、"国立北/平图书/馆收藏"朱文方。卷首有《竹浪斋诗集序》,署"万历庚戌冬日澹园居士焦竑书";焦竑序首页版心中缝下记"刘希贤刻"。《竹浪斋诗集序》,署"万历庚戌冬日宝林顾起元书"。正文题名后注"江左李佺象先著,广陵柳应芳陈甫校"。总收古体诗一百二十二首,近体诗四百〇二首。书中有前人墨笔圈点。今《甲库丛书》第 889 册内《竹浪斋诗草》底本即为台北藏本。

焦竑序中以为:"诗也者,率自道其所欲言而已,以彼体物指事,发乎自然,悼逝伤离,本之襟度。盖悲喜在内,啸歌以宣,非强而自鸣也……金陵故文献之渊薮,以诗名者代不乏人,即文学茂才在所有之,以余所知,如金子有之高古,盛仲交之渊博,以及子坤、伯年世擅其长。近日周吉甫、陈延之、顾孝直、陈苍卿、叶循甫诸人彬彬盛矣。李君象先最晚出,而相为方驾。大都如李之郁、桃之夭、兰之芳、菊之秀,人有其美,咸自名家……象先质隽而功深,词义茂美,所交多一时名士,凡栖霞、燕矶、西湖、虎丘诸名胜处,湍流喷薄,阳崖回抱,绿莎盈尺,群花盛开,辄藉草而坐,啸咏弥日,油油然不能舍去,故所得之多至于如此。"

顾起元序李佺诗,以为李氏诗作力避摹古之通病:"《竹浪斋诗草》,吾友李君象先之所著也。象先绮岁谈经,度越流辈,室无尘杂,居有余闲,而性独好吟……余读之,悠然其有会也。其取象也近,不冥搜以为奇。其铨志也真,不强传以为法。能使诵者如洞其心所蕴之情,而际其身所涉之境,视世之专模拟而掩本情,饰蹊径而夺兴象,殆有夷然不屑者。且君方盛年,举其全力笃意于诗,如骋飞黄兹白而当禺中旸谷之时,诚不知其税驾所至,要以得古人微旨于形色皮肤之外,而独出其真境界面目,与三唐作者相证于千载之上。"

419　绀雪堂集十二卷

孟绍虞(1581—1644)撰。绍虞字闻叔,号玄钵。河南开封府杞县(今属河南杞县)人。年十五补博士弟子员,万历三十一年(1603)领河南乡荐,四十一年成进士,选翰林院庶吉士,授检讨。天启二年(1622)分校礼闱,补经筵讲官,与修两朝实录,管理诰敕,补日讲官。擢詹事府少詹事、詹事,充纂修副总裁,晋礼部侍郎。崇祯立,进礼部尚书兼翰林院学士,自度时势不能有所匡救,乞骸归田。十四年(1641)杞县陷于农民军,避走淮阴,十七年夏五月闻国变,绝食卒,年六十四。生平见张自烈《孟公传》(《绀雪堂集》卷首)、《(乾隆)杞县志》卷十四。

该集清初雍丘孟氏家刊本,台北图书馆藏。十二册。板框 18.5 厘米×
13.3 厘米。四周双边,版心白口,单黑鱼尾。半页九行十九字。钤有"汝
丞"白文双兽方印、"侯氏意/园家藏"朱文长方。扉页有孟传宜及侯汝承题
记。卷首有《绀雪堂集序》,署"淮北后学任柔节顿首拜撰";芒山遗老张自
烈《本传》;《行略》,署"不孝男闾骙、闾骈、闾骒、闾骐、闾骝泣血诠述";参订
人及较阅人姓名;继有总目录。以上题记、序言、本传、行略。参订较阅人内
容、目录皆系抄补。卷一收馆阁试草,卷二至四收序、书、颂、赞、启、记、述、
志铭、行状、祭文等文,卷五收"尊足轩诗"二百〇四首,卷六收"尊足轩诗"
一百九十九首,卷七至十收制敕文、卷十一收经筵文、卷十二收日讲。

孟传宜题记曰:"奉竟园表兄大人嘱,愚表弟孟传宜子义抄。"近人侯汝
承手书题记:"此为明大宗伯孟闻叔先生集十二卷,板毁于明季寇燹,承欲读
先生书,百计搜罗之,不可得。嗣由先生裔孙椿一假得全部,谓孟氏所藏只
此孤本,留诸案头者五阅月,拟另抄一册,以将有远行不果,遂以原璧归之。
越二十余年,为民国庚申,适于北京厂肆获此。短序文目录一卷,先生裔孙
传宜慨然补录见贻,可感也。辛酉秋八月,侯汝承谨志。"

集由孟氏之子刻梓行世。任柔节序曰:"东夏大宗伯著忠耿于启祯之
朝,成志仁于癸甲之岁,苗裔亚圣公居然为后劲,郡国文烈公雅不愧前行。
嗣君依之,念易名之典未举,惧先泽之久淹也,刻《绀雪堂集》十二卷藏家问
世,予得捧读焉。"

420　铁庵诗一卷

文安之(1582—1659)撰。安之字汝止,号铁庵。湖广荆州府夷陵(今
属湖北宜昌)人。天启元年(1621)领乡荐,次年成进士,选翰林院庶吉士,
授检讨。崇祯间累官至南京国子祭酒,被谗削籍归。福王时,起詹事。唐王
立,召拜礼部尚书,皆不赴。桂王立,拜东阁大学士,加太子太保,兼吏、兵二
部尚书,总督川湖诸处军务。至东川,联络夔东十三家抗清。南明永历十三
年(1659)率军攻重庆,兵败,永历帝逃入缅甸,安之郁郁而卒,年六十八。生
平见《(雍正)湖广通志》卷五三、张廷玉等《明史》卷二百七十九、温睿临《南
疆逸史》卷二十二、徐鼒《小腆纪传》卷三十。

《千顷堂书目》著录文安之《略园集》一卷《铁庵集》(无卷数),今存《铁
庵诗》一卷,明钞本,台北图书馆藏。二册。板框 22 厘米×12.8 厘米。半页
八行,字数不等。有框无格。封二题签"铁庵先生著,泉唐张辂题眉,明宣德

时人手钞诗集"。版心上方记"曹山远曙斋"。钤有"陶观/澜藏/古印"朱文方、"一字/波臣"朱文方、"陶/渼印"白文方、"鸣野/山房"朱文长方、"国立中央图/书馆收藏"朱文长方。内收五言律诗八十八收、五言排律五首；五言古诗十八首；七言律诗四十八首；七言古诗十三首，绝句九十八首。

421 古阁睡余集四卷附墓志铭一卷

马鸣霆（1582—1667）撰。鸣霆字国声，号具严。浙江嘉兴府平湖（今属浙江嘉兴）人。万历三十一年（1603）举浙江乡试，四十一年成进士，授福州府闽县令，擢邵武知府，改潮州，晋河南按察副使，调广东。崇祯末官徽宁池太兵备道、常镇兵备道，南明时曾被任为湖广参议。卒于清康熙三年（1667），年七十六。主生平见陆之祺《马公暨原配陈恭人合葬墓志铭》（《古阁睡余集》卷首）、《（光绪）嘉兴府志》卷五十八、《（光绪）平湖县志》卷十五。

该集明末越中赵志美等校刊本，台北故宫文献馆藏。六册。板框 21.3 厘米×13.5 厘米。左右双边，版心白口，无鱼尾。半页八行二十字。版心上部镌"睡余初集"或"睡余二集""睡余三集""睡余四集"等。钤有"国立北/平图书/馆收藏"朱文方。卷首有《序》，署"华亭友人张鼐"；《序言》，署"年弟张捷顿首谨书"；《睡余集叙》，署"社弟郭绍仪顿首撰并书"。张鼐序前有两半页篆体文："孚襟堂黄订马国声先生睡余全集"，郭绍仪序后有《万历癸丑科奉政大夫尚宝司卿国声马公原配陈恭人合葬墓志铭》。初集、三集正文题名后注"当湖马鸣霆国声父著，越中门人赵志美君实父、赵志英君和父校刻"。二集题名后注"当湖马鸣霆国声父著，门友宫大壮、吴伯邬、方应乾、闵元京同校"。内初集一卷，收文二十八篇。二集一卷，收文二十二篇、诗十六首。三集一卷，收文二十五篇。四集一卷，收文二十一篇。今《甲库丛书》第 884 册内《古阁睡余集》底本即为台北藏本。

张鼐序曰："山阴山水韶秀，人物隽美。国声抛簿书、减迎送，酣睡齁齁，有构辄书，门士锓之梓，而自题其编为'睡余'。晤其长公国威，哂其家仲睡梦生涯，舌耕数炊，依然王孙之进食，殊不自慰，不知孔、颜受用只在一枕，出其瘵瘝绪余，糠秕可以铸尧舜，不必瘵时虚而觉处实也。况可云芹沼一觞一咏，非至理非政事乎？世无真政事，世人见宦橐多金，贵官裘马，相诧为能。其官余竟弗置论，即浅之知国声者，犹谓舍循史之誉，几于塞翁失马，而生徒鼓箧望隆祭酒，无异弋子冥鸿。讵知英雄素位行志，期于信心？遇挥斥则见才，遇著述则寄才……若国声而以翰墨琴酒为白昼，玩弄已也。"

422　文南赵先生三余馆集十二卷

赵重道（生卒年不详）撰。重道字公载，号荆溪外史。南直常州府宜兴（今属江苏无锡）人。少有才名，古文词为时所重。诸生。隆庆二年（1568）以贡任江阴训导，万历十九年（1591）转宜兴。著有《三余馆集》行世。生平见《（乾隆）吴江县志》卷三十七。

该集明万历四十四年（1616）荆溪赵氏家刊本，台北图书馆藏。八册。板框20.5厘米×13.2厘米。左右双边。版心白口，单白鱼尾。半页十行二十字。钤有"一字/四宾"朱文方、"侯述/之印"白文方、"吴兴刘氏嘉/业堂藏书记"朱文长方、"国立中/央图书/馆考藏"朱文方、"鲈乡/懂度"朱文方、"赵印/侯述"白文方二（大小、字形不同）、"赵侯/述印"白文方、"愿吾子/读/父书"白文方、"四/宾"朱文方、"四宾/鉴赏"朱文方、"四宾氏"朱白文方、"傲吏子孙/赵侯述/四宾氏"朱文方、"酥雪/堂印"白文方。卷首有《三余馆集序》，署"丙辰秋月邑人周道登书"；《三余馆集序》，署"万历丙辰秋仲犹子士许书于白门官舍"。正文题名下注"荆溪外史公载甫赵重道著"。卷一收赋十首，卷二收古风五十四首，卷三至五收近体诗四百三十四首、词二十九首，卷六至十二收序、颂、记、杂著、论、传、说、祭文、赞、跋、启、书、墓志铭、行状等各体文。今《明别集丛刊》第三辑第62册内《文南赵先生三余馆集》十二卷底本即为万历四十四年刊本。

赵重道论诗主张师心而为，卷八《学博齐先生诗集序》曰："夫诗也，由心而声之哉！何心无声，何声无诗，故不特矢金石考钟鼓为声，而天籁发，玄窍鸣，均之声也。不特歌清庙、颂明堂为诗，而抒性灵、寄闲旷，唯吾意之适，均乎其为诗也。晚近崇古而卑今，谓删后无诗，即骚歌无论已，变而苏李，而柏台，而建安，而齐梁，何尚哉！然谈艺者津津以唐律最称，唐之律能直追《三百篇》否欤？大概诗以鸣心为机，成声为节。心和则声和，声和则响谐。流徵韵，叶清商，无心于诗而于喝自应。高者穿天心、窥月肋，次亦灿云霞、镂缪壁矣。"

周道登《三余馆集序》曰："吾邑文南赵先生挺拔异质，博极群书，饩廪学宫，声名籍甚。其所结撰，自制举而外，日力苦短，岂能一意据槁梧而吟，以攻所谓章甫之业？而先生之古文词顾益进，若两汉，若六朝，若盛唐，未尝斤斤焉。字栉句比，如胡宽之营新丰，而意游象外，景传毫端，写所自得，盖组绣错而圭璋灿也。如先生才，仅仅以老明经为弟子师，见谓诎于遇然，骀荡之致沉，而先生亦往矣。先生从弟封公衰先生集付诸梓，而嘱不佞以序。夫先生王父以南宫第一典刑后学，经艺古文至今脍炙人口，先生遇合稍不逮,不忝绳武矣。封公有子竞爽而诸孙彬彬皆国器,则所以鼓吹休明,黼黻皇业者,固有在也。畅衍前休,恢闳后绪,不佞以是集为中权矣。"

赵士许《三余馆集序》云:"予家自曾伯祖氏首掇南宫以还,有闻人文章事业庶几冠冕昭代,而外史世其家学,后先晖暎,他不具论,即是集也,琳琅满纸,诸体毕备。诵之斐然,而测之渊然。在外史氏不过九鼎一脔,而读者已惊怖其言如河汉矣。独奈坎壈一生,家徒壁立,即萧然环堵,歌咏不绝,而盈箱满架,祇供韫藏。嗟乎,迨捐馆数年,伊嗣始出其遗稿以示文林,而文林遂欣然为之诠次而受之梓。文林与外史固从昆弟也,友爱素善,臭味略同。外史嗜古,而家文林亦嗜古。外史喜著述,而家文林亦喜著述,优游丘壑,书史自娱,业有就闲稿行世,而于宗人著作,尤加意特甚,以故《家乘》及《半江渔庵》诸集无不手自删订,而斯集尤不靳数十金以付剞劂,盖其好也……《三余集》刻成,适从家间寄示,捧读喜跃,聊为识之简端。"

423　扑尘居集四卷

王公弼(1585—1655)撰。公弼字直卿,号梅和,直隶沧州南皮(今属河北南皮)人。万历四十年(1612)举于乡,四十四年成进士,授工部营缮司主事,丁外艰归,服除,天启元年(1621)补虞衡司员外郎。三年出知宁国府,六年分守徽宁道。崇祯二年(1629)擢河南右布政使,九年谪参议,分巡靖远道。十二年迁山东按察司副使,十五年擢右通政。明亡,降于清,顺治二年(1645)擢户部右侍郎。生平见清戴明说《梅和王公墓志铭》(《定园文集》无卷数)、《(乾隆)沧州志》卷九。

公弼著有《抱琴居士集》五卷《扑尘居集》五卷《乐府集》(无卷数)《蓼窗诗稿》(无卷数)。内中存者惟《扑尘居集》四卷,崇祯间刊本,台北图书馆藏。四册。板框19.2厘米×12.5厘米。弧形框,版心白口。半页四行十二字。钤有"碧云/天黄/花地"白文方、"半竿落月/两行新雁/一叶扁舟"朱文方、"云轮阁"朱文长方、"荃孙"朱文长方、"国立中央图/书馆收藏"朱文长方。卷首有《瓠藏集序》,署"雾灵道民阮自华谨序";《瓠说》,署"月偾氏自言"。卷一正文题名"瓠藏",左列注"滨人王公弼直卿甫著"。卷二、三为《秋浦吟》。卷首有《秋吟序》,署"宛水治年弟詹应鹏顿首谨识";《小引》,署"甲戌夏日眷弟吕缵祖拜题";《我说》,署"甲戌夏日书于么风轩"。卷四为《漕咏》,卷首有《漕咏序》,署"甲戌初夏河中史焕然枝鹿甫识于宿迁泊舟之次"。

王公弼自序曰:"余自束发从事呫哔之暇,即喜拈弄韵语,同舍动色相戒,辄弃之。嗣游帝京,获与侪辈此倡彼和,颇惬吟情。既而簿书劳人,风波骇目,遂为征发期会移情,风云月露绝不关心,贵春华而贱秋实,所不敢也。年来留滞江天,逐逐车尘马迹、时事忧危,补苴罔效,陈情不许,拂衣未能,我心忡忡。羊藩鸡肋,聊借溪山之意抒写幽旷之怀,每于愁苦中颇觉情真语至,随脱稿随置瓠中,稍稍充塞,遂遑恤梨枣灾,而取以配《秋浦》诸吟,但喜成帙,无问工拙矣。"

424 瑶光阁诗集四卷文集五卷新集四卷

黄端伯(1585—1645)撰。端伯字元公,号迎祥,自署海岸道人。江西建昌府新城(今属江西抚州)人。天启四年(1624)领江西乡荐,崇祯元年(1628)成进士,除宁波府推官。五年,丁内艰归,服阕,起补杭州知府,继丁外艰,再归守制。以疏奏益王朱慈炲不法事,被诬离间亲藩,因弃官为僧,避居庐山,有诏勘问,始蓄发。北京陷,福王立,应诏为礼部郎中。弘光元年(1645)五月南京失守,被执不屈死。生平见《黄元公先生墓志铭》(《瑶光阁集》卷末附)、《(雍正)江西通志》卷八十四、张廷玉等《明史》卷二百七十五。

该集明崇祯间刊本,天津图书馆、台北图书馆藏。台北藏本四册。板框21厘米×14.5厘米。四周单边,版心白口,无鱼尾。半页九行二十字。钤有"字/仲谋"白文方、"骆弘/珪印"朱文方、"吴兴刘氏嘉/业堂藏书记"朱文长方、"明武康/骆氏泳/初堂藏/书之印"朱文方、"国立中/央图书/馆考藏"朱文方、"骆弘珪"白文双兽方、"鄞六一/山房董/氏藏书"朱文方、"六一/山房/藏书"朱文方。卷首有《自序》,署"海岸道人黄端伯自题"。《瑶光阁诗集》《文集》目录相连。诗集卷一正文题名"瑶光阁卷一",注"箫曲山人黄端伯元公著"。卷二题"东海集卷二",卷三题"还乡集卷三",卷四题"还乡集卷四",卷二、三、四题名后注"海岸道人黄端伯元公著"。文集各卷皆题"瑶光阁文集卷几",注"海岸道人黄端伯元公著"。新集前有目录,正文卷一题"瑶光阁",卷二题"瑶光阁诗文新集卷二",卷一、二题名后注"海岸道人黄端伯元公著"。卷三题"瑶光阁卷三",署"豫章黄端伯元公著"。卷四题"瑶光阁卷四",署"豫章黄端伯著"。《诗集》总收诗三百首,《文集》收序、书、志铭等一百十一篇,《新集》卷一收诗一百三十四首,卷二至四收书、启、序五十九篇。

黄端伯自序曰:"祖师心印相传初不挂个元字脚,自诸方说禅,浩浩地而文字不胜繁矣。多口阿师收拾不住街头巷尾惯掣风颠,要觅一个不会佛法底人绝不可得,异哉! 余旅居庐山之开先,突发狂病,笔妖墨怪,惑乱世人。

既至北都,则曰'犹吾昔者之庐山也。'既至东海,则又曰'犹吾昔者之庐山也。'天台、雁荡处处相逢,岂因缘已定耶？狂兴未阑,啸歌犹固,如虫御木,偶尔成文,非有字义可诠注也。海宪公矜余狂态,特为梓而行之,一场败阙举似作家,然后信余之不会佛法也。"

425 瑶光阁集十二卷外集二卷明夷集一卷瑶光阁余集三卷首一卷

黄端伯撰。端伯生平见上条。

该集清嘉庆二十年(1815)企瑶山馆刊本。内正集十二卷,卷首一卷,外集二卷,附《明夷集》一卷,《瑶光阁余集》三卷,傅斯年图书馆藏。四册。四周双边,版心白口,上单鱼尾。牌记页注"谨遵进呈原本重校;江西新城黄忠节公著《瑶光阁全集》;余集附后,易疏嗣出;企瑶山馆梓行。"首一卷为：国朝纂修《明史》本传、《钦定四库全书总目》经部提要《易疏》五卷(浙江吴玉墀家藏本)、《钦定四库全书总目》集部提要《瑶光阁集》十三卷(江西巡抚采进本)。继有乾隆己未中秋前二日临川李绂《瑶光阁全集序》、乾隆己未秋八月朔同邑后学黄佑《瑶光阁正集序》。正文题名后注"同里后学吴淑麒榖如重校,临川李绂巨来先生定,江西新城黄端伯元公先生著,同邑黄佑启彬先生编"。卷一、二收古近体诗一百六十三首,卷三至十二收杂著、策、书、启、序、记、祭文、墓志铭、庙碑、圹记、行实等各体文二百〇七篇。集后附《黄海岸先生家传》、《黄元公先生墓志铭》及吴淑麒跋语(署"嘉庆乙亥秋七月既望同里后学吴淑麒敬跋于企瑶山馆")。外集二卷正文题名后注"新城黄端伯渊公先生著,临川李绂巨来先生定,新城后学黄祐启彬编次"。集收古今体诗、杂著、书启、序记、祭文、碑铭等。《明夷集》一卷收诗三十首。《瑶光阁余集》三卷,余集乃"正集外集逐一核勘,并僭删抄存之作"(吴淑麒跋语)。另有清乾隆四年黄佑刊本《瑶光阁集》十二卷外集二卷《明夷集》一卷,今《存目丛书》集部第193册内《瑶光阁集》据江西图书馆藏乾隆四年刊本影印。

由吴淑麒跋语可见黄氏集之搜葺、编刊及流变情况："麒束发受书,侧闻父师话忠节公遗事,辄心识之。比长,得见公所著《易疏》《瑶光阁集》,展卷庄诵,忠义之气凛然如生,益慕其为人。去冬,黄氏续修家乘,属麒编次公之言行。慨念原书板片久付劫灰,即黄启彬先生重刊本,亦漫漶无存。收拾遗文,固后进之责也,忍听其散佚乎？窃幸与公居同地,搜寻旧宅,获残帙于古罌中。又走书市,远近购求,族父壶舟翁复出手钞相示,约得诗文二百余篇,缮写珍藏,皆寒碧草堂所未锓者。今年夏,寂寂家居,取正集、外集逐一核勘,并僭删抄存之作,厘为三卷,题曰《余集》,谋诸剞劂。于编校中隐寓区别,庶无背乎李临川、黄副使抉择之深心。况公之著述曾经大府采进,叼列《四库》,气节、文章增光千古矣。恭录史传、提要冠于简端,并录家传、志铭缀于简末,俾读是书者论世知人,足为尚友之资云。"

《明诗综》卷七十六录黄端伯诗五首,"诗话"谓:"元公近体浏亮,虽注意逃禅,都无蔬笋之气。"《总目》著录《瑶光阁集》十三卷,谓:"端伯生平好佛,尝镌私印曰'海岸道人',取《楞严经》引诸沈冥出于苦海之语。及晚年,磨去印文,改镌'忠、孝、廉、节'四字,终以殉国流芳,可谓不负其志。是集古近体诗二卷,杂文十卷,为僧作者居其大半。其措词如偈,如疏,如禅家语录,非欲以词章名世者,甚至《五经四书颂》亦以禅语阑入……盖其性癖如是。其人足重其学,则不可训也。别附外篇一卷,李绂序谓'其当明季古文大壤之时,独安雅无迂怪之习,惟时时杂佛氏语,因别择编为外编,以明其先迷后悟之语,无使世俗之人,以佛溷先生,亦不令学佛者借先生以张佛'云云。亦委曲回护之言耳。"

426 游岳澧诗草一卷

刘承缨(生卒年不详)撰。承缨字元洲,陕西凤翔府麟游县(今属陕西宝鸡)人。崇祯四年(1631)进士,官荆州府推官。值容桑构兵,岳澧震动,承缨深入开谕,流民皆投戈帖服。嗣荆襄流民倡乱,承缨亲入施南,调集土兵,捕斩以千计,南国倚为长城。会以察典改调,督、抚交章乞留,既得请,益身历疆场,累立战功,以积苦行间卒于任。著有《游岳澧诗草》一卷。生平见《(康熙)麟游县志》卷四、《(雍正)陕西通志》卷五十九。

该集明刊本,台北图书馆藏。一册。板框 20.1 厘米×13 厘米。四周单边,版心白口,单鱼尾。半页七行十八字。钤有"起/元"朱文方、"国立中央图/书馆收藏"朱文长方。卷首有《叙刘元洲近诗》,署"严陵友生方逢年题于长安之九生居"。正文题名后注"座师书田方逢年手定,荆司李关中元洲承缨著"。内收诗《中秋岳阳楼》十首,《澧州道中》十首,《武陵道中》十首,《公安道中有感》二首,《路见落花》二首,其它游岳诗四首。总收诗三十八首。

方逢年序曰:"刘子领异负奇,阔步高睨,一段崎嵚澎湃之气,似目不可一世,喉难数一物,而忠孝大节、耿介贞标,洵毅然血性男子……试览其近游诸诗,如斥回仙以虚无,嗤龙女之另适,断涣人为寓言,几欲捶碎岳阳,踢翻桃洞,然至于累臣忠悃、帝女贞魂,暨希文先忧后乐之怀,又未始不凭吊徘徊,唏嘘欲绝,语语为山川写照,实语语为自己传神也。"

《(康熙)麟游县志》卷四"小传"谓刘承缨"鸿才卓荦,诗有奇气,每出语,常若有千载之愤者"。

427 双鱼集七卷

颜继祖(?—1639)撰。继祖字绳其,号同兰。福建龙溪(今属福建漳州)人。万历四十七年(1619)进士。历任工科给事中、吏科都给事中、右佥都御史,太常寺少卿。崇祯八年(1635)以右佥都御史巡抚山东。十一年,畿辅戒严,继祖移驻德州,标下兵仅三千,无力协防济南,济南破,以此逮狱,斩首死。辑有《又红堂诗集》(未见传),著有《仁堂诗》七卷(未见传),传者有《萝轩变古笺谱》(天启刊本)、《双鱼集》(崇祯刊本)。生平见《光绪》山东通志卷七十。

《双鱼集》七卷,明崇祯六年(1633)刊本,傅斯年图书馆藏。四册。板框 15.7 厘米×11 厘米。左右双边,版心花口,单鱼尾。半页九行十八字。颜为骙编次。卷首有崇祯六年徐燉序。总收序、答等文一百七十二篇。

徐燉序云:"先生八行之字文质彬彬,词达不以富丽为工,笔精不以繁缛为美。陈国事之是非,谈时政之得失,一一如画诸掌,不独剖鱼腹只言加餐饭、长相忆也……先生词华丰采,其亦孟公之俦欤?"

428 鹿鸠咏二卷

黄景昉(1596—1662)撰。景昉字太稚,号东厓。福建泉州府晋江(今属福建泉州)人。万历四十三年(1615)举福建乡试,天启五年(1625)成进士,选翰林院庶吉士。崇祯元年(1628)授编修,与修《熹宗实录》。历中允、谕德、庶子,升少詹事,十二年晋詹事掌翰林院事。十五年擢礼部尚书兼东阁大学士,预机务。加太子太保,改户部尚书,入值文渊阁,在阁十阅月,引退,十六年九月归乡。入清不仕,卒于清康熙元年(1662),年六十七。生平见《(乾隆)福建通志》卷四十五、张廷玉等《明史》卷二百五十一。

该集明钞本,台北图书馆藏。一册。全幅 25.4 厘米×16.3 厘米。无栏无格。半页八行十八字。钤有"春/未了"朱文方、"宁远/将军/章"白文方、"直/心"白文扁方、"国立中央图/书馆收藏"朱文长方。卷首有戊寅冬日黄景昉《自序》。首页有无名氏手书题记:"吾师东崖先生刻也,丙申夏于南陔兄借得录之。"卷一题名下注"晋江黄景昉太稚著,竟陵胡恒公占阅"。卷一收诗八十一首,卷二题名下注"晋江黄景昉太稚著,永福黄文焕维章阅",收诗七十七首。

黄氏自序云:"初入都,有以生鹿饷者,槎角不甚驯,时抵触客。稍伐木为柴,蓄之。邻某给谏园特宏蒨,多猿鹤声,晨夕响答,萧若山寺。会移傸,因辍遗之。傸近古塔旁,庭二槐树,可数围。鼠耳渐长,游丝满院,小刺猬辄蠕蠕其下。有双白鸠,日来栖止,鸣音凄异,毛羽缟如。都中例鲜谈诗,属有劝讲役,匆匆靡暇。出闱后,益愤惑无佳思,所存感怀宴赠诸什,聊具体耳。什用'鹿鸠'为颜,志始也。《风》始鸠,《雅》始鹿,仆何人敢附斯义?抑《诗疏》云:'鸠性拙,不能为巢',情质差近。又魏元忠有言:'臣犹鹿也,猎者苟须臣肉为之羹耳。'往岁所遭,乃不幸类之矣。"

朱彝尊谓黄景昉:"相君务去陈言,专尚新警,其近体尤雕绘。"(《诗话》卷十八)陈田《明诗纪事》辛签卷十八录黄氏诗五首,"按语"谓:"太穉博通当代掌故,所著《国史唯疑》,持论具有条理,爰立如此,可谓得人,乃不久而罢。思陵之不足与有为可知矣。《瓯安馆诗》取法晚唐,轻俊鲜妍,于闽人成派别开生面。"

429　季叔房诗存四卷

季孟莲(1597—1644)撰。孟莲字叔房,号石莲。南直无为州(今属安徽无为)人。少博极群籍,年十五补弟子员。有诗词名,不屑为举子业。见知于山阴王思任。名宦延以课子,偕至游吴越,得与董其昌、陈继儒等诸名士游,篇章日富。喜聚书,积书万卷,构月当楼,居其中评诵不辍。饮酒赋诗,风韵豪上。卒于崇祯十六年(1643)四月十四日,年四十八。生平见季运隆《季叔房先生传略》(乾隆十年本《月当楼诗稿》卷首)、《(乾隆)无为州志》卷十七、《(嘉庆)无为州志》卷二十。

该集明崇祯间刊本,为明"八大家诗选"之卷五至八,台北故宫文献馆藏。四周单边,无格,版心白口,单鱼尾。版心鱼尾上镌"八大家诗选",鱼尾下注"季叔房卷之□"。无序无跋。正文题名为"前八大家诗选卷八之几",题名左注"阴陵季孟莲叔房先生著,石首夏云鼎四云选,侄正爵雪斋订"。每卷前列目录。正文有虫蛀。卷五目录收七言律诗八十三首,卷六收五言排律三首,卷七收七言绝句四十八首,卷八收词一百零六首。

部分诗词行间有批注或页眉有批注。如卷一(《八大家诗选》卷五)内《咏离宫诗》眉批云:"高亮雄壮,所谓此间文章梦似龙凤隐起,与织女争巧。"其卷四内《水调歌头(其二)》眉批曰:"酣快奇旷,巨鱼纵壑,鸿毛遇风,如此词手,真堪绝世。"

清乾隆十年(1745),季孟莲族孙季国元搜缉乃祖遗稿,由汪有典梓为《月当楼诗稿》八卷,国家图书馆藏,收诗近三百首。乾隆本《月当楼诗稿》

前有山阴王思任原序、黎阳王在晋原序、乾隆十四年汪有典题识及季运隆《季叔房先生传略》。《传略》云："既已不得志于时，构月当楼于舍南隅，日坐卧其中，赋诗饮酒自适己意。先自梓《隅爽轩集》《月当楼集》，才授梓而公卒。"汪有典题识曰："予既论次懒蚕先生（季步骐）诗付梓，廷献诸君复取石莲先生已刻未刻诸集，属予排纂而并雕刻以传。"由几人序传可知，季孟莲诗最初有明末刊本《隅爽轩集》《月当楼集》及《八大家诗选》本季孟莲诗集。后季国元辑编、汪有典付梓为清乾隆本《月当楼诗稿》八卷。

汪有典题识述明季诗坛及季孟莲为人曰："两公（季步骐、季孟莲——作者注）生当前明末造，声诗极敝之日，公安、竟陵诸伪种盛行于世，群天下之人靡然而从之。至于政散民流，诬上行私，结为国运而社稷以墟，岂细故哉！懒蚕先生寂处江介，独守正始，不求闻达。石莲则才高道广，于公安、竟陵诸流派亦时时效颦，以见其无不可。而当时达官要人争欲令出我门下，石莲亦泛应焉，冀以稍抒其蕴蓄，而终不得当也，竟以穷诸生死牖下……方石莲盛年时，构月当楼于村庄，去大江不数里，而近四方胜流岁时咸集楼上，饮酒赋诗，莫不感愤激昂，伤时盗贼之充斥，君父之孤危，思有以借手维挽之，而卒无其力，未尝不泣下霑襟，不甘以诗人没世也。外间集矢公安、竟陵者，并及石莲，此非通论也。今石莲诗集俱在，其不为公安、竟陵者，卓卓著见于篇中，断然自成其为石莲之诗，石莲之人也。"

朱彝尊《诗话》评季孟莲云："崇祯年，有刊王季重、谭友夏等八人诗以行者，叔房殿焉。今之见者，非讪其打油，辄以之覆酱矣。"

430　立承草一卷

丁元公（生卒年不详）撰。元公字原躬。浙江嘉兴府嘉兴（今浙江嘉兴）人。明末布衣，性孤洁寡交游。善画山水人物，亦能诗书，尤善篆刻。入清后为僧，名净伊，号愿庵。据载，清顺治十四年（1657），石涛至嘉兴，元公曾为其画像，则其时尚在。生平见（清）张庚撰《国朝画征录》卷上、《（光绪）嘉兴府志》卷五十一。

该集钞本，台北图书馆藏。一册，全幅25.7厘米×16.1厘米。半页九行十九字。钤有"国立中央图／书馆收藏"朱文长方、"密均／楼"白文方、"瓣香／许郑／之龛印"朱文方、"管氏式／龙南／棠手校"朱文方。卷首有《立承草题辞》，署"海盐友弟姚士粦叔祥题"。题识，署"原躬子自题"。正文题名下注"此梦题自诗名也，观者为我解得之"。题名左注"吴兴丁元公原躬父著。"总收诗一百十七首。

丁氏诗多为题画而作,皆不屑意于摹古。自序云:"我者些画儿,虽则不成文理,每于写款时都要我再书上几句,我也只得强应一番。总则是不由古路的从后来,因见物类,自家也便要好戏儿写成了几句。惟于静坐时,或睡梦时,常有摩诘诗文,尽是思议不出的。与友谈笑时,也暂忆得一两句,前前后后括量二十余纸,相知数友,见及则或笑或叹,或讶或规,从唐学等种种。唯要我对本临摹,碌碌学做个有名儿去逼古么。我今者副病骨,既已无用底了,何力又能者搭罅儿里单单扰扰,到不如将此数纸出去,在人前博个笑叹讶规,再道句'丁子不在画,亦不在诗'者,还相我贯昌三工曲儿底面孔些些。"

朱彝尊《明诗综》卷七十四录丁元公《题画木芙蓉》诗一首:"吹遍鲤鱼江岸风,露条霜蕊一丛丛。谢家池上秋容阔,十里长堤间白红。"《诗话》谓:"原躬负奇,恒与俗龃龉,书画俱入逸品,兼精缪篆,诗亦不屑作庸熟语。"(《诗话》卷二十)

431　小千园全集五卷

罗万藻(? —1647)撰。万藻字文止。江西抚州府临川(今属江西抚州)人。天启七年(1627)领江西乡荐。崇祯元年(1628),倪元璐以贤良方正荐,有旨特用,不赴。福王弘光元年(1644),官上杭知县。唐王即位,擢礼部主事,明年卒。以时文有声于海内,曾与艾南英、章世纯、陈际泰等结豫章社,刻制义之文于世,因有"临川四才子"之称。生平见《(雍正)江西通志》卷八十二、张廷玉等《明史》卷二百八十八。

该集旧钞本,台北图书馆藏。四册,全幅 23.1 厘米×13.8 厘米。无栏无格。半页九行二十字。钤有"国立中央图／书馆收藏"朱文长方。卷首有《罗文止先生全集叙》,该序残破,有四处空白无文字,署"大清辛丑仲春月上浣之吉赐进士出身钦授内翰林院庶吉士后学管恺旗山父书于五云多处";《罗文止小千园文集序》,署"临川眷同学弟黄华旸皑伯父书于天放居"。正文题名后注"临川罗万藻文止父著,男光御子御父手录,管耿忠宪叔父参阅,学人管国谦十益父辑,管恂迪于父校订,管恺旗山父鉴定,同学黄华旸皑伯父编次"。卷一收书三十八篇,卷二、三收文序七十七篇,卷四收寿序、杂序十七篇,卷五收杂著、记、传、赞、志铭、墓表、祭文及杂撰等二十二篇及《张孺人八十寿》诗一首。2013 年台北新文丰出版公司《台湾珍善本丛刊·古钞本明代诗文集》第 12 册内《小千园全集》五卷即据台北图书馆藏旧钞本影印。

卷二收其《此观堂自序》,兹摘录以见其诗学取向。序曰:"己酉之役至不获与闱中,归,愤愤自秽,恶欲悉出……益以十年为规,愿禁口不言文事,而声迹为累,一时从事之人收残败之气,日益相怜,就或泣或舞相悲也。还以相乐,妄言绮语之业,激于心而冲于口,复若有物焉。吐之逆人,茹之逆己。前因转相授记,遂复不免夫穷愁感愤之志存其中,而磊落悲寂之气报之。故其为文,韵致实冷,情味狷洁,宜无当嗤嗤者之目。然深远质实之思,修王事而饰大雅,庶几奉之以无怨,朋友则窃不敢自知为何如也。"

《总目》著录罗万藻《此观堂集》六卷,谓:"万藻与同邑章世纯、陈际泰、东乡艾南英并以制义名一时,号江西四家……四家之中,南英最好立门户。近与南城张自烈互诉,远与华亭陈子龙相争。又最袒护严嵩,务与公论相反。以是终南英之身,无日不叫嚣跳踉,呶呶然与天下辩,虽世纯、际泰后亦隙末,惟万藻日与南英游,而泊然一无所与。盖其天性静穆,不以声气为名高,故其文气焰不及南英,而恬雅则胜之。"(《总目》卷一百八十)

432　客涂闲咏一卷

陈肇曾(1602—?)撰。肇曾字昌箕,号豸石。福建福州府侯官(今属福建福州市)人。天启元年(1621)举人,十一年选授南平教谕,后辞归,终老田野。《(民国)长乐县志》卷十九载其著有《江田陈氏诗系》《濯缨堂集》《昌基诗集》。生平见《(崇祯)长乐县志》卷八、《(康熙)杏花村志》卷五、民国四年贵池刘氏唐石簃重刊本《秀山志》卷六。

该集明崇祯间刊本,台北图书馆藏。一册。板框18.1厘米×13.9厘米。左右双边,版心白口,版心上端记书名。半页九行十九字。钤有"国立中/央图书/馆考藏"朱文方、"希古/右文"朱文方、"承莱/过眼"白文方。卷首有《题客涂闲咏》,署"七十七老友陈继儒题";《题词》,署"社盟弟朱灏题";《陈昌箕诗序》,署"云间社弟陈子龙题"。正文题名后注"三山陈肇曾近著"。内总收诗一百五十首。

卷末有近人俞承莱手书题记:"《客涂闲咏》一册,甲辰孟夏得于吴门书肆,三山陈昌箕所著。昌箕与眉公、卧子同时,眉公称其诗如错落明月珠,在乘满乘,在室满室。集中有《题陈李倡和集》诸诗,直与夏瑗公所序同可宝贵,惜无目次,不知其所缺几何也。戊申三月朔日,装订甫成,漫志之。彩生。"

集乃陈肇曾落第后游历之作。陈子龙序《客涂闲咏》,颇多感慨。其序曰:"予与昌箕既同罢春官试而归也,昌箕则过予吴中,出诗一编,顾余曰:此客游之所为作也……今昌箕以不中格罢归,甚惫,即奈何挈古人之游乎?

虽然,昌箕闽人也,归去可七八千里,往返必期月,所经吴越齐鲁燕赵之间,多名邑大都,与夫清丽雄武、炎热幽昧之域,靡不历也。岂夫有慨于中而形诸咏叹者乎?且昌箕负历落之才,既已久不遇时,又复就征,而又再罢。故其往也,有忧时皷运之思焉;其归也,有伤年迟暮之慨焉。以是二者托之于诗,得非古人之正则哉!……今也三岁一试,士远者万余里,近者不下数千里。既罢去,即放归,而又无强藩大镇以资游说,顿羁于行李之事,回翔于郡国之间,其穷困抑郁也乃更甚,宜其有无聊发愤之作也。"

433　怀兹堂集八卷

　　吴国琦(生卒年不详)撰。国琦字公良,号雪厓。南直安庆府桐城(今属安徽桐城)人。崇祯四年(1631)进士,初授兰溪知县,后迁漳州府推官,擢兵部主事。时国家多难,国琦著《渡江九策》,每策千余言,皆切中时务。以能诗文称,致仕后益肆力于吟咏。所著有《水香阁集》《孤舟集》《怀兹堂集》等。生平见《(乾隆)江南通志》卷一百六十七、(民国)马其昶《桐城耆旧传》卷五。

　　该集明崇祯十四年(1641)吕士坊刊本,台北图书馆藏。四册。板框18.2厘米×13.8厘米。四周单边,版心白口,单鱼尾。半页八行十八字。钤有"吴兴刘氏嘉/业堂藏书印"朱文长方、"国立中/央图书/馆考藏"朱文方。卷首有《怀兹堂集叙》,署"崇祯癸酉岁春日友人芝岳居士如宠漫书于后乐堂中";《序》,署"崇祯癸酉岁冬日滇中社弟阮元声书于婺州李署";《序》,署"崇祯壬午岁冬日闽漳治民王志道题于说存堂";《序》,署"崇祯癸未岁春日西江黄端伯题";《序》,署"崇祯壬午岁秋日西峰居士曹学佺书于嵩溪阁";《序》,署"崇祯癸未岁夏日同邑社弟龙戒姚康题";《序》,署"崇祯癸酉岁秋日华亭陈继儒顿首撰"。陈序后有凡例数则,凡例后题"壬午阳月男弘安百拜识"。正文题名后注"雪厓吴国琦著,门人吕士坊、(吕)运昌校刻"。卷一收诗九十一首,卷二收赋、记、序、议、跋、书等各体文,卷三收诗一百十三首,卷四收序,卷五收诗一百二十八首,卷六收记、序、志铭等各体文,卷七收诗二百四十余首,卷八收记、序、书等文。卷末有辛巳重阳日门人吕士坊跋;温岭李韠《舟夜读怀兹堂集》。

　　吴弘安撰"凡例"言乃父国琦论诗曰:"文集在昔,仅有编年,迩来始有分体。家君诸刻,如《龙眠旧稿》《文谷》《蕉园》《霜红书》《梅花堂集》《雨书》《舟居集》《水香阁集》《孤舟集》《天柱山房合集》俱系编年。是集诸同志谋之不肖安,仍以编年合梓。诸集大略自戊午至壬午,诸体业已俱备至,极探玄圃而尽倾邺架,则又笔与年增矣……是集俱以诠道为主,尝海安等曰:'三代秦汉勿论矣,如陶谢,如李杜、韩昌黎、王辋川、韦苏州,如欧阳永叔、苏子瞻兄弟,皆确然有见道之言。'是集不逐世趋,尝海安等曰:'洪永及嘉隆凡四变,吴郡青田一变也,长沙京口一变也,北地、信阳一变也,娄江、历下一变也。要鹿之呦呦,马之萧萧,鸟之嘤嘤,虫之喓喓,各有本色,不必强同。万历以来,如汤义仍、屠纬真、陶石篑、焦澹园、袁伯修兄弟、曹能始、钟伯敬、谭友夏、王季木、文太青诸先生辈,皆能自辟堂奥,独露本色。'则兹集可以意会矣。"

曹学佺序曰:"今之居官者莫不皇皇以揽事权为第一义矣,农部雪厓吴公雅欲避之,其司理闽漳,漳之人若不知有司理,敕法三章与人共守之,而敢犯卒无一人。理沉案四百余则,不肯杀一人以媚人,而囚之赖以活者三十余众,十邑尽感之,而雪厓淡然若一无所为也者。署篆郡邑稍可自熏,而亦夷然不屑。及转部郎,留都至冷,而农部尤冷,印文生绿,米薪不继,人所攒眉。雪厓独喜曰:是可以率性而安拙也。虽然,雪厓岂真拙者欤?乃欲养其才以有用,而不亟亟于轻试。顾时有所致,慨而发之为诗文,每出一篇,辄新颖湛秀,而写其胸中之所欲言,不肯略随人以然诺于一字。有杜陵、昌黎之险傲,而亦有端明、香山之坦夷。雪厓之诗文可谓真诗真文也矣,而其品亦可谓真品也矣。"

434　星言草不分卷

熊人霖(1604—1666)撰。人霖字伯甘。江西南昌府进贤(今属江西南昌)人,熊明遇子。崇祯六年(1631)领乡荐,十一年成进士,授义乌知县。以治行第一,擢南工部主事,晋郎中,再晋太常少卿。鼎革后隐居山林,康熙五年(1666)卒,年六十三。生平见《(康熙)进贤县志》卷十二、《(同治)南昌府志》卷四十一。

该集明崇祯十二年自刊本,台湾故宫博物院文献馆藏。二册。板框20.3厘米×12.7厘米。左右双边,版心白口,单白鱼尾。半页八行十八字。部分版心记刻工姓名,如南京柏显吾等。卷内钤有"国立北平图/书馆收藏"朱文方。卷首有《星言草自序》,署"崇祯己卯秋日识于敬事堂"。序后有"星言草目录",正文无题名,正文首页第五至六行题"豫章熊人霖伯甘氏""著于稠川之敬事堂"。全书所录作品按体裁分类编排,内收记、志、箴、铭、序、游记、疏等文三十八篇。今《甲库丛书》第905册内《星言草》不分卷底本为台北藏本。

熊氏此集作于知义乌任上,时内外多故,为官一方常通宵达旦,暇时才命笔赋词,故命名《星言草》。叙曰:"余以戊寅剖符得金华之义乌,厥土宜稻宜麦,宜絮宜桑。俗男服田畴,女事机杼……然军兴增赋,又承癸酉火灾、丙子旱灾之后……罹法坐赃者株累闾左,十室九空。邑又无城无兵,戊寅秋,菁民鼓煽震邻,急理守战具,且奉部议征缮不可怠。余识闇学疏,欲振作则公私交绌;因循岁月,则久长之计谓何? 以此初至,恒戴星出入,因思大人令长兴时,鸣琴而治,度量相越如此。期年,百务渐兴,退食稍暇,时理笔墨,以代邪许之歌。刻成,命曰《星言》,志曙戒也。"

熊人霖现存著述除《星言草》不分卷外,另有明崇祯间刊本《操缦草》十二卷;明刊本《鹤台先生熊山文选》二十一卷;明崇祯十六年刊本《南荣集文选》二十三卷诗选十二卷;民国间刊豫章丛书本《寻云草》一卷。熊氏论明代末期李攀龙与谭元春云:"于麟矫宋元卑弱之弊,所选专取高华,而引绳太刻,篇章寥寥,后人利其约而学之,其失也似乐书所云齐音夸志。钟伯敬矫之,而选《诗归》,立论专取穆远,弃实征虚,避喧寻寂……余雅善谭子友夏,壬寅之秋,论诗龙沙,甲戌之春,论诗燕市,其要同归于深厚。"(《评笺唐诗选后》)实有调和追求格调的复古派和追求性灵的竟陵派的意味。

435 金陵游草一卷

朱朝瑛(1605—1670)撰。朝瑛字美之,号康流,别号罍庵老人。浙江杭州府海宁(今属浙江海宁)人。生而沉潜,好古力学。崇祯十三年(1640)进士及第,除旌德知县,擢礼部仪制司主事。明年丁外艰归,以遭乱世,遂不复出,一意以著述为事。卒于清康熙九年(1670)三月五日卒,年六十六。生平见阙名《朱康流先生墓志铭》(《南雷定文集》卷七)、朱奇龄《先伯父罍庵先生行略》(《拙斋集》卷五)、张廷玉等《明史》卷九十六、《(民国)杭州府志》卷一百三十八。

朱朝瑛著述甚富,有《七经略记》九十四卷,另有《读易略记》一卷、《读周礼略记》六卷、《读仪礼略记》十七卷、《读礼记略记》四十九卷(以上四种《总目》著录)。《千顷堂书目》著录其有《正谊堂诗集》(未见传)。另有《金陵游草》一卷、《罍庵杂述》二卷传世。《金陵游草》一卷,明崇祯九年(1636)刊本,台北故宫文献馆藏。一册。板框20.3厘米×14.8厘米。四周单边,版心白口,无鱼尾。半页九行十八字。封二为牌记页,右侧大字顶格题"金陵游草",左侧小字顶格题"聂许斋藏板"。钤有"国立中央图/书馆收藏"朱文长方。卷首有《叙》，署"社盟弟张华书秉父题"；《自序》，署"丙子孟冬朱朝瑛识"；《跋》，署"冬之仲月弟朝琮方水氏题"。丙子孟冬同邑社盟弟徐兀粲道力氏顿首书之题识；近道人一是题识。正文题名后注"盐官朱朝瑛著，同社葛定远、张华同校"。正文前有总目，内收诸体诗七十三首。卷末有民国程演生跋。今《甲库丛书》第908册内《金陵游草》底本即为台北藏本。

集乃崇祯九年朱朝瑛兄弟与诸诗友游南京而作。朱朝琮跋语曰："予兄康流幼喜为诗，每风雨将夕，相对静默，辄属韵赋句，戏相唱和以为欢笑。今年秋，游南山，相携徜徉而上，倚怪石、荫茂木，俯眺大江旁、咢陵飚溪间，水声似环佩璆然，韵动林麓。是时予及弟肆夏三人者啸咏久之，意适忘反，因相与次江山之胜，而思所谓匡庐、衡皋、罗浮、三峡，号为东南齐伟秀绝者，未得至而游焉，则又为之踌躇而凄怆。康流手南游诸咏谓曰：'金陵，盖名都，群胜萃焉。凡诗之所载，亦其一二之略也。今夫四方之所聚，物殷人繁，而兼有山水登临之乐，名流贵游，写其幽思，赋而纪之者，何可胜数，斯且约略数十篇耳。'然康流于黄钟分杪能言其微，其于为诗声浃律，比读而歌咏之，虽多山巅水涯，纾忧娱怀之言，其导扬圣世之盛美，而雍容欲列于雅颂者，往往闳以深、丽而则也。"

朱朝瑛自序曰："辛酉，余生十七，病剧，始好为诗，率尔便成，往往杂以□谑。于先辈雅慕文长、中郎，自济南、弇州而上无暇问津矣。如是者三年，病稍已，得肆力于汉唐诸名作，始知诗固自有真也。环吾杭者皆山，而天目以奇特闻，孤迥之致，使人揽之有泠然深思、翻然易虑之意。自是益好为诗，顾终日兀兀事制举业，卒岁所得仅一二十篇。既成，复弃之几间，奚童取之以覆酒瓿。不禁也曰：是固尝藉力于酒以得，有此敢忘报乎？凡六年，而存者四十余篇。戊己间弃去，不复事。见猎生心，岁或一二为之，而手笔渐疏涩矣，凡六年而得二十余篇。甲戌秋冬，旁考历律，以勾股弧矢之法参之累黍，颇有所得，因思声音之道未为绝学。"

民国程演生跋曰："右朱朝瑛《金陵游草》一卷，世不多见，闻张菊生君处有一部。此卷漫漶殊甚，末篇缺数韵。按黄梨洲《思旧录》，朱朝瑛字美之，海宁人。漳海之学通天地人，嗣之者无人。漳海曰：'康流沈静渊郁，所目经史，洞见一方，苟潭精三数年，虽羲文阃奥，全皆取诸其宫中，何必窥人之室乎？丙午，余至其家访之，康流日发其所著五经，讨论终夜。越明年，复以其大凡见寄。海昌之学，康流、乾初二人恐从前皆不及也。'朝瑛又字康流，为黄石斋弟子。乾初即陈确，亦海宁人。共和二十五年春，怀宁程演生记于沪上。"

436　海外遗稿一卷附录一卷

林垐（1607—1647）撰。垐字子野，号耻斋。福建福州府侯官（今属福建福州市）人，福清籍。崇祯六年（1633）举于乡，十六年成进士，授海宁知县。甲申鼎革，清兵下江南，乙酉南京沦陷后，以海宁城孤不能守，引归。隆武元年（顺治二年，1645），以户部员外郎司饷，改监察御史，进吏部文选司郎中。募兵数千人，励志抗清，闻唐王被杀，痛哭返乡。鲁王航海至长垣，郡邑响应，福清乡兵拥林垐为主，遂与林汝翥攻福宁，流矢中喉死，年四十一。生平见张利民《林耻斋先生传》、方润《林耻斋先生行状》、陈兆藩《文选郎林耻斋先生墓志》、查升《明吏部郎中耻斋林公墓表》（以上俱见《海外遗稿》附录）、《（乾隆）永福县志》卷八。

该集清康熙间刊本，台北故宫文献馆藏。一册。板框 19.2 厘米×12.2厘米。四周单边，板心白口，无鱼尾。半页九行二十字。钤有"国立北/平图书/馆收藏"朱文方。卷首有清周星诒手书题记。集为国变后所作诗文，正文题名后注"闽中耻斋林垐著"。内诗歌二十六首及《劾马士英疏》一首。正文末有"康熙戊子岁十月既望男钟爵谨识"之题识。卷末附《书负薪歌后》；张利民撰《林耻斋先生传》；《海宁县志·名宦传》；方润撰《林耻斋先生行状》；陈兆藩撰《文选郎林耻斋先生墓志》；查升撰《明吏部郎中耻斋林公墓表》；林之蕃撰《林子野先生传后》。附录中的《书负薪歌后》及《林耻斋先生传》系手抄配。今《甲库丛书》第 909 册内《海外遗稿》一卷附录一卷底本即为台北藏本。林垐另有崇祯十七年刊本《居易堂诗集》一卷，卷首有崇祯十六年癸未方拱乾序、邑民息心居士冲漫叙及崇祯甲申十二月林垐自序。《明别集丛刊》第五辑第 79 册内《居易堂诗集》一卷据明崇祯十七年刊本影印。

诗集正文末有林垐子林钟爵题识："先大夫《海外遗草》，当籍没令下，间有藏于亲旧者，辄亦弃去，以故多散轶。今所存仅半，大抵皆君国萦怀，长歌当哭者。爵于中简数十篇，付之剞劂。庶几先大夫百折孤忠，视死如饴，托于诗以传，而不至于湮没，非敢谓太虚浩气，争光曩哲也。"

437　庚辰春偶吟一卷

钱肃乐（1607—1648）撰。肃乐字希声，号虞孙。浙江宁波府鄞县（今属浙江宁波）人。崇祯九年（1636）领乡荐，明年成进士，授太仓知州，兼摄昆山、崇明事。十五年入为刑部山东司员外郎，丁内艰归。明清鼎革，清兵破南京,肃乐聚士民抗清,与张煌言等迎鲁王赴绍兴。进右佥都御史,历右副都御史、兵部右侍郎,丙戌(1646)晋东阁大学士。戊子(1648)六月五日卒于舟,年四十二,赠太保、吏部尚书,谥忠介。生平见黄宗羲《钱忠介公传》(《南雷文定后集》卷四)、全祖望《钱公神道第二碑铭》(《鲒埼亭集碑传》卷一)、张廷玉等《明史》卷二百七十六、《(康熙)鄞县志》卷十七。

该集南明刊本,台北故宫文献馆藏。一册。板框 16.6 厘米×13.1 厘米。四周单边,板心白口,单鱼尾。半页八行十六字。版心上部镌"庚辰春偶吟"。卷首有《诗叙》,署"眷社盟弟查继佐伊璜氏敬题"。钤有"国立北/平图书/馆收藏"朱文方。正文页题名后注"甬上钱肃乐著"。总收诗十首。今《甲库丛书》第 905 册内《庚辰春偶吟》底本即为台北藏本。

此一卷刊本是钱肃乐《读宋郑所南先生〈心史〉诗(并序)》之和诗,序曰:"士君子不可一日遭心史之事,而不可一日不存心史之心。此心之失,则人而禽矣,中国而夷狄矣,白日而昏夜矣,文字召妖口舌战血矣,金铄而石穿矣;此心之存,则人而天矣、仙矣、佛矣,一日而千古矣,诗文而史矣、亦经矣、亦图箓矣,瞀井为名山之藏,石匣有甲丁之护矣。心之重于人也如是。今圣天子在上,政教翔洽,士大夫皆崇尚节义。岁以戊寅而郑所南先生《心史》见于承天寺井中,抚公张大人梓以行世,海内见先生之史者无不知先生之心矣。然此心非独先生有也,余以暇日偶览斯编,成诗十律,岂敢附吟咏之末,亦以性情所钟,不能自绝世有观者,得位置希声于行道乞人之列足矣。"

438　林衣集八卷

秦舜昌(生卒年不详)撰。舜昌字虞卿,浙江宁波府慈溪(今属浙江慈溪)人。自幼博闻强记,工为文。万历中以贡授台州训导,性温雅,率士以礼。为文浩博沉畅中未尝不合于法。生平见《(雍正)宁波府志》卷二十四、《(雍正)慈溪县志》卷十。

该集明天启三年(1623)冯元仲编刊本,台北故宫文献馆藏。四册。板框 20.5 厘米×14 厘米。四周单边,版心白口,单鱼尾。半页九行十八字。钤有"北/源"朱文方、"胡□/之印"白文方、"四明卢氏/抱经楼/藏书印"白文方、"吴兴刘氏嘉/业堂藏书记"朱文长方、"国立中/央图书/馆考藏"朱文方。卷首有《林衣集叙》,署"友弟陈继儒书";《林衣集序》,署"天启三年夏五武林寓生黄汝亨书";《林衣集序》,署"友弟冯若愚书于谡风堂之翠洛阁"。序后有"林衣集校刻姓氏",总二十二人。正文题名后注"慈溪秦舜昌虞卿著,门人冯元飏言仲校、冯元仲次牧辑"。全书总收序、引、碑记、墓志铭、行状、传、行述、题辞、祭文等一百六十二篇。今《甲库丛书》第 902 册内《林衣集》八卷底本即为台北藏本。

陈继儒谓秦舜昌文"浓华娟秀,精辨澄泂……(其文乃)吉人之辞,仁人之言。"黄汝亨序曰:"今得秦虞卿《林衣集》读之,集未有诗,而为序、记、碑、志等文,凡八种。其为代斫强半,而□雄本色时露床头,大抵无偏至而据兼胜,有意有体有气有藻,意通彼我之怀,衍古今之绪,达国体时事人情之变。而体能传意,如昔人赋雪者,因方为珪,遇圆成璧,无乖众制。至随力运斤,水流云逸,绝无偃蹇逼窄之气,而辞各指其所之……则虞卿之赤帜词坛,实东南文士所仅见也。"

439　月隐先生遗集四卷附外编二卷年谱一卷

祝渊(1611—1645)撰。渊字开美,号月隐。浙江嘉兴府海宁(今属浙江海宁)人。崇祯六年(1633)举浙江乡荐,十五年冬会试入都,适都御史刘宗周削籍,渊未识宗周,抗疏争之,逮下诏狱。寻被释,遂师事宗周。杭州失守,投环卒,年三十五。生平见《(乾隆)大清一统志》卷二百十八、《(乾隆)绍兴府志》卷六十三。

该集清陈敬璋手写本,台北图书馆藏。二册。全幅 26.3 厘米×17.0 厘米。半页十二行二十三字。钤有"国立中央图/书馆收藏"、"独执/业"、"苍雨/手钞"朱文长方。有陈敬璋校注。卷首有《祝子遗书叙》,署"己亥二月花朝同学弟陈确乾初拜纂"。正文题名后注"海宁祝渊著,后学陈敬璋重校"。内卷一为"问学录",卷二为奏疏、纪实,卷三为尺牍、家书,卷四为诗、杂著。外编卷上收疏、叙、诗、传、墓志铭,卷下收遗事、杂记、祭文、哀词等。

陈确序曰:"戊戌夏,开美之长子凤师手辑其先集,并所传述先生之言见示,确削其十七为凤师家藏,而笔其十三以问世,期以发明心学而止,又多乎哉? 丙戌之夏,予一病几绝,惧不复生也,亟起为开美传,略尽其平生。而昔者澉湖吴仲木所述祝子遗事已极详,兹不复道。因论其本心之学,以遗凤师兄弟,俾知先学之有本,益相与反求诸心,以孳孳寡过,而世其家学焉。则吾凤师汲汲惟遗书之辑也,又岂惟遗书之辑已哉。"

陈序后有陈确后人陈敬璋题记:"敬璋案:是篇为先高从祖乾初公所作,以叙《祝子遗集》者也。而今本尚未之载,岂公作之,而不以遗祝氏与? 抑祝氏纂辑遗集,而偶失之与? 己酉夏日,校订乾初公集而得之,亟录卷首,以为读是集者之津筏云。"

440　止足轩偶存草一卷

张若麒(？—1656)撰。若麒字天石,山东莱州府胶州(今属山东胶州)人。崇祯四年(1631)进士,授清苑知县,七年任卢龙知县,果达明爽,案无遗牍。擢刑部主事。因结交大学士、兵部尚书杨嗣昌,调兵部职方司主事,寻迁郎中。十四年,皇太极围锦州,张若麒以战功加光禄寺卿。松山之战、明军大败,张若麒潜回北京。清兵入京,若麒迎降。入清后,官至通政使。顺治十三年卒于家。著有《尚书课》《诗经课》《礼记课》《春秋课》,另有诗文集《止足轩集》二卷。生平见《(民国)山东通志》卷一百二十七、《(民国)莱阳县志》卷三。

该集清初刊本,台北图书馆藏。一册。板框 19.3 厘米×12 厘米。左右双边,版心白口。半页七行二十字。版心上方记书名"止足轩偶存草"。钤有"国立中/央图书/馆考藏"朱文方、"希古/右文"朱文方、"维""枢"白文连珠印、"风雨/楼"朱文方、"不薄今/人爱古人"白文长方。卷首有序,署"虞山社友弟蒙叟钱谦益再拜谨序"。正文题名后注"胶水张若麒天石著,娄东周南二为、茂苑章诏鹤书选"。总收各体诗八十三首。

钱谦益论若麒之人之诗曰:"往在京师,胶西天石张公过余时,佐枢抱雄望,见其风度安和,言气瞿瞿,若不及欤然退让君子也。及奏议飚发,遇不可,竟申其志,霜日莫与比严,电霆莫与争迅,世谓其踔厉有为。凡英毅之士乐与之游,然率有搴裳却避之者。又闻其治邑有声,权贵人不敢干以私。大利害,奋不顾身以成事。初与伯兄宿松同时以进士宰燕、赵,宿松治河间以宽,天石治清苑以果,并茂循绩。迨余过清邑,其耆老曰:张侯特廉平,哺民如婴,育士如子,不搏击无以成拊循。张侯慈,即尝与游者亦亟称其奉亲孝、事兄(谨)、接上恭、交友义,去利若浼,未尝以才智先人也。余始叹天下事不可以一概求人,不可以一端尽规。便趋名者,其中不可知轩磊;孤行者,其情志终可白,其功施终可述,凡缓急患难终可恃也。别几二十年,各备历艰虞。余归田匿影,公跻华朊,为纳言名卿……公年未艾,忽请告归,有牢渑渤之奇,徜徉笑傲,宜爽籁发而雅风存,洋洋乎东海雄矣。乃立起,逾淮泗,涉大江,如吴越之市,凭吊登临,意不尽东南之胜不止。余方扶杖从公,忽以思母去。苍寒秋水,遗我一卷书,则《止足轩偶存草》也。夫阅一生凌万有,而仅出岂《偶存》,涯际已不可窥。况一卷中其为言也,或淳古澹泊,或高畅舒和,或悲激遒郁,杳乎其何来,沛乎其何止。"

441　玉阳稿八卷

区怀瑞(生卒年不详)撰。怀瑞字启图。广东肇庆府高明县(今属广东佛山)人。区大相之子。少负大才,不读唐以后书,以文章节义自勖。天启七年(1627)举广东乡试,授荆州府当阳县县令。有政声,后补平山令,告归。与陈子壮、陈子升、欧主遇、欧必元、区怀年、黎遂球、黎邦瑊、黄圣年、黄季恒、徐棻、僧通岸并称"南园十二子"。顺治二年(1645)卒。著有《趋庭草》《游燕草》《游滁草》。今存启崇间刊本《琅玕巢稿》四卷,崇祯刊本《玉阳稿》八卷。生平见《(康熙)高明县志》卷十三、《(道光)肇庆府志》卷十八、陈伯陶《胜朝粤东遗民录》卷三。

该集明崇祯间刊本,台北图书馆藏。六册。板框 18.2 厘米×13.2 厘米。四周单边,版心花口,单黑鱼尾。半页九行十七字。部分版心鱼尾下记刻工名,如英、右、应、德、生、秀、声、玄、翘、宇、人等。钤有"国立中/央图书/馆考藏"朱文方。卷首有《区启图先生玉阳稿序》,署"治下布衣龚黄撰"。卷一正文题名后注"古端区怀瑞著,江陵朱术励阅"。各卷校阅人不一,卷二"古吴陈上善阅",卷三"江陵孙谷阅",卷四"云杜王应翼阅",卷五"云杜王制阅",卷六"江陵王文南阅",卷七"江陵金友章阅",卷八"南州朱统镣阅"。前两卷为诗歌,收诗一百四十首;后六卷收录记、题词、序、书等各体文。

龚黄序曰:"东粤启图区先生力扛龙文之鼎,识澈鸾鉴之冰,敏同解箨之飘,志迈移山之勇。汇多能于词海,学靡不窥;攒众善于文峰,才真独大。一片灵光特异,双眸慧彩独精。彼作赋广骚,则有色有声而俱备;修文记事,则或长或短而咸宜。诗则曰汉、曰魏、曰六朝、曰四唐,合往古之奇,而包罗自尽;体则若律、若绝、若长篇、若乐府,极分门之赜,而囊括无遗。枝并柢以兼收,派与源而共纳,已接千秋统系,而称一代宗工也。"

442　琅玕巢稿四卷

区怀瑞撰。怀瑞生平见《玉阳稿》条。

该集明启祯间刊本,台北图书馆藏。二册。板框 17.7 厘米×13.3 厘米。四周单边版心白口,单鱼尾。半页九行十七字。鱼尾上方记书名。鱼尾下记卷数。无序无跋。正文题名下注:"古端区怀瑞著。"卷一收赋一首、诗五十首,卷二收诗五十三首,卷四收序,卷五收跋、颂赞等。

陈田《明诗纪事》辛签卷十八录区怀瑞诗二首,引《广东新语》云:"启图论诗云：'国朝之词章，自北地以还，历下继之，盛于嘉、隆，而即衰于嘉、隆。其病在夸大而不本之性情，率意独创而不师古。'启图能承家学，与李烟客、罗季作、欧子建、邝湛若四五公者唱和。其雄才绝力，皆兢兢先正典型，弗敢陨越，绝不为新声野体。"

443　丛桂堂诗集二卷

韩四维（生卒年不详）撰。四维字张甫，别号芹城。直隶昌平州（今属北京）人。幼失怙，母司氏训育成人。年十九补博士弟子员。明年贡于乡，益自励，经史诸子百家靡不涉猎。崇祯四年（1631）成进士，授翰林院庶吉士，三载擢检讨，升国子监司业，再进左春坊左庶子。在翰林前后十四年，预侍经筵，卓然有公辅望。十三年、十六年两校士南宫。甲申变起，陷农民军中，后得脱。南迁入吴，隐于姑苏山中。著作数百卷，多散佚。生平见《（光绪）昌平州志》卷十四。

《中国古籍总目》著录韩四维《韩芹城先生乡墨》一卷《传略》一卷。另韩氏尚存《丛桂堂诗集》二卷，明崇祯八年（1635）海阳韩氏原刊本，台北故宫文献馆藏。一册。板框 20.8 厘米×13.3 厘米。四周单边，板心白口。半页九行二十字。中缝上记"丛桂堂诗集"，部分版心下记刻工名，如程定之、黄惟敬。钤有"国立北/平图书/馆收藏"朱文方。卷首有《丛桂堂诗集叙》，署"崇祯乙亥三月立夏日武水年社弟王佐纂，眷晚生吴云谨书"；韩四维《叙》。正文题名后注"海阳韩四维张甫父著，同年王佐佐之父阅"。书中有前人朱笔圈点。卷上下总收诗二百七十二首。今《甲库丛书》第 904 册内《丛桂堂诗集》二卷底本即为台北藏本。

韩四维于卷首序曰："是刻，余庚午以后之作也。其前有作者自志学时，始先大人授以冰川诗式，遂潜心风雅之衢殆二十年，作者尚半千余纸，欲别为一册以附梓，引久存书笥中，曾未一启视，不知被何好事者携去，殊深闷闷，聊于幼时未忘者记忆，书数十首于左，以见一斑云。"

444　瑞杏馆诗集六卷

梁希渊（生卒年不详）撰。希渊字君晋。陕西西安府三原（今属陕西咸阳）人。布衣，能诗。现存崇祯间刊本《瑞杏馆诗集》六卷。

该集明崇祯间刊本，台北图书馆藏。二册。板框 19.5 厘米×13.4 厘米。四周单边，版心白口，单黑鱼尾。半页九行十八字。卷首有《君晋瑞杏馆诗序》，署"崇祯三年季冬望旦从兄氏尔升君旭撰，友弟张光先玉芝书"。钤有"国立中／央图书／馆考藏"朱文方、"希古／右文"朱文方、"弇东／王氏／珍藏"朱文方、"不薄今／人爱古人"白文长方。正文题名下注"穫中梁希渊君晋著"。每卷卷首有目录。六卷总收诗五百五十余首。

希渊从兄梁尔升序曰："子吟咏少扩，图八极之表，然亦不作荒森世外之谈。艳彩逊驰，骤五色之内，然亦扼夫组织传远之本。试想像之，其岑、孟、元、白之流风，与间学杜工部，论本质有不必逼真孙叔氏者……四五六七言古诗、近体，弟俱莹澹简易，羞作敖岸方宕之态，料可订其为人。"

445 餐胜斋集六卷附录一卷

沈师昌（1573—1612）撰。师昌字仲贞，号长浮，自号无住居士。浙江嘉兴府嘉善（今属浙江嘉兴）人。晚明诸生，十二能属文，十五补弟子员。然七试不举，游于北雍。卒于万历壬子八月四日，年五十。家有北山草堂，垒石为重岩绝壑。昌处其间，与名缁野叟结云水之契，藏书万卷，吟讽萧然。著有《新定春秋四传》三十卷、《选诗》四卷（俱未见传），传者有《餐胜斋集》六卷附录一卷。生平见沈受祉《先君行略》、汤允元《仲贞沈先生行状》、陈继儒《明太学生仲贞沈先生墓志铭》、朱国祯撰《沈仲子传》（以上俱见《餐胜斋集》附录）。

该集明天启二年（1622）麟溪沈氏家刊本，台北图书馆藏。四册。板框21.5厘米×14.3厘米。四周单边，版心白口，单白鱼尾。半页九行十九字。钤有"吴兴刘氏嘉／业堂藏书记"朱文长方、"国立中／央图书／馆考藏"朱文方。卷首有《餐胜斋集叙》，署"天启壬戌孟夏云间友弟陈继儒撰"。序后有总目录。正文题名下注"麟溪沈师昌仲贞父著"。卷一、二为诗，收古近体诗二百十八首。卷三至六收赋、序、疏、记、祭文、杂著、书问、训语等。卷六"训语"后有跋语，署"不肖受祉百拜谨述"。跋语后有西吴友人朱国祯《沈仲子传》、陈继儒《明太学生仲贞沈先生墓志铭》、社弟汤允元《仲贞沈先生行状》、野航道人唐时《浮沤斋记》、同邑友弟吴志远《沈仲贞先生别记》、不孝孤子受祉泣血稽颡述兄豫昌填讳《先君行略》。

沈师昌诗文著述当有万历间刻本。沈师昌子沈受祉跋语曰："昔人感风木而兴哀，读《蓼莪》而罢请，皆失怙无聊之寄思耳。受祉不肖，亦抱斯痛，而饮泣不自胜者，赖有遗稿在，庶几如朝夕起居吾父云。吾父生而聪颖，十二能属文，自艸角至捐馆不离贴括，而间以其暇为古文诗歌，颜其斋曰'餐胜'。藏书万卷，日检阅其中，扫一室供古佛，焚香兀坐，参无字公案。辛亥入都，语不肖曰：此行不利，便当谢公车业，一意读古，从眉公老于山泽间耳。平日所作诗文不留草，不肖惧著述弗章，力为访录，求之亲友，已及方外或留落荒村野寺中者，多方购集。积数年仅得诗百余首，文数十篇，其间散失者多矣。诗则或得之楮幅，或得之扇头。文则叙记得之刻本，疏文得之僧舍，书问得之友朋，杂著得之残简，而惟是训语则手泽宛然存焉……忆自壬子读礼时，即欲以燕稿授梓，至壬戌而十年余矣，迁延岁月，负罪滋大，数岁中辄正之慧珠汤先生、异度张先生、秋潭禅师，又正之眉公陈先生，始得镂板以行。不肖祉抆泪拜读，泣书数语，告禖、祜两弟以及后人，使知前人著述之有本，汇辑之不易，不容屑越视之耳。”

446 醉绿斋外课一卷

张朱佐(生卒年不详)撰。朱佐字士弼，福建轮山(今属福建厦门)人。万历、启祯时岁贡。《(乾隆)泉州府志》卷七四载其著有《醉绿居杂著》一卷。

该集明崇祯间刊本，台北图书馆藏。一册。板框 21.3 厘米×13 厘米。四周单边，版心白口。半页八行二十字。钤有“西谛七/七以后/所得书”朱文方、“国立中/央图书/馆考藏”朱文方。版心上端镌“醉绿居”。卷首有残序，署“戊寅季夏晋江友弟陈钟琠拜题”；继有叙，署“盟弟卢若腾题”。正文题名后注“轮山张朱佐士弼父著”。内收赋二首，评二首，论四首，辩二首，记一首，赞六首，铭八首，仿读曲歌十首。此内容如晋江陈钟琠序所述：“今计其一年所著述，有赋有评，有论有赞，有辨有铭，众体咸备，群妙丛集。小者为涧沼，大者为江河。”

卢若腾序曰：“士弼制举业雄奇高旷，脍炙人口，其为古文词亦复如是。虽然凡脍炙而誉之，所见者一，所未见者又一，此士弼所以深自秘焉，而不欲轻以示人……大约士弼英姿朗悟，丰于天植，博学强记，于书无所不窥，而困顿淹滞之况，复足以坚炼其性情，而周密其气候。以故挥毫落纸千言如注，而一段视止行迟之致，行间字里，每令有心人欲溯洄从之。曩余在燕都，与致子林兄评士弼之文，致子谓士弼之才无所不可。余谓其不可及处却在细心，致子深以余言为然。”

447 浴鹤庵诗集五卷(存卷一、二)

白德游(生卒年不详)撰。德游字啸云，号浴鹤庵道人，又号如如道人。

山东滨州(今属山东滨州)人,明末人。据其《古意奉怀李鹿巢尊师(并序)》可知,白氏弱冠入胶序,为诸生三十余年,数上公车不举,以授徒为业。任侠仗义,颇副时名。著有《浴鹤庵诗集》五卷。生平见《(咸丰)滨州志》卷十二。

该集明末清初抄本,傅斯年图书馆藏。一册。原集五卷,今存卷一、卷二,此集与《刘劬怀遗稿》《怀仁堂遗稿》合刊为一册。板框 20.9 厘米×13.9厘米。卷首有白氏《浴鹤庵诗集自叙》,署"崇祯六年岁在癸酉三月三日浴鹤庵道人白德游书"。正文题名后注"古渤海如如道人白德游诸"。卷一收五言古诗四十七首,卷二收七言古诗十三首。《傅斯年图书馆藏未刊稿钞本》集部第 4 册内《浴鹤庵诗集》据该本影印。

白氏自序曰:"此浴鹤庵中庚、辛、壬三载所为,如如澹吟,命诸子墨铨次。有客披翻轩渠,身将隐矣,焉用文之。道人且惭且谢:此余不文之文,将与偕隐,无求田问舍语,无求官应举语。定世外心,开世外眼,矢世外口,可以出世,亦可以入世,亦可以出入千百世,特标其月旦,而自畅其胸怀。此余将栖于翠壁丹崖之间,乐与共晨夕者也。"

448　渊颖集四卷

高轿(生卒年不详)撰。轿字荐馨,号渊颖。京师保定府清苑(今属河北保定)人。明末诸生,少游于孙奇逢之门。嗜古善书,耽饮不解治生,晚好性命之学。酷嗜山水,所至多有题咏。生平见《(雍正)畿辅通志》卷七十九、《(乾隆)大清一统志》卷十二。

邑志载高轿著述甚富,有《陆舟集》《芦中集》《依雪集》《浮家集》等诗集,又有杂著《借间斋》《绣佛楼》二种为内编,赋二十四篇及《义烈篇》《金兰谱》《寸草编》《春晖篇》《渔村家语》为外编。以上著述单行本皆未见传。传者惟《渊颖集》四卷,南明刊本,台北故宫文献馆藏。四册。板框20.1 厘米×13.8 厘米。半页九行二十字,小字双行十七字。四周单边,版心白口,上白单鱼尾。无序无跋。集为其门人所辑。正文题名后注"清苑高轿著,会稽曾益订"。内卷一《陆舟诗》,卷二《卢中诗》,卷三《依云诗》,卷四《浮家诗》,总收诗六百余首。今《甲库丛书》第 890 册内《渊颖集》四卷底本即为台北藏本。

449　楚石大师北游诗一卷

释梵琦(1296—1370)撰。梵琦字楚石,一字昙曜,自号西斋老人。浙江四明象山（今属浙江宁波）人。俗姓朱。九岁弃俗入永祚，年十六受戒于杭州昭庆寺。后居海盐天宁寺。洪武初以诏征至金陵，建法会于蒋山，赐座第一，诏居天界寺。洪武三年（1370）秋圆寂，世寿七十五，僧腊六十三。主要传记资料有宋濂《慧辨禅师梵琦塔铭》（焦竑《国朝献征录》卷一百十八），释明河《楚石琦禅师传》（《补续高僧传》卷一四），《（雍正）宁波府志》卷三十二"仙释"，《（嘉庆）余杭县志》卷二十九。

《千顷堂书目》著录释梵琦《西斋净土诗》二卷、《凤山集》（无卷数）、《西斋集》（无卷数）。《明史·艺文志》著录梵琦《楚石禅师语录》二十卷。《八千卷楼书目》著录释梵琦有《西斋净土诗》三卷附录一卷（今存清刊本）。今《楚石大师北游诗》一卷，明末振绮堂钞本，台北图书馆藏。一册。全幅27.9厘米×17.2厘米。无格无框。半页九行二十字。钤有"汪鱼/亭藏/阅书"朱文方、"振绮堂/兵燹后/收藏书"朱文方、"莐圃/收藏"朱文长方、"国立中央图/书馆收藏"朱文长方、"沈韵/斋藏/书记"朱文方。正文卷端题"楚石大师北游诗，嗣孙明秀拾遗"。卷首有释明秀《楚石大师北游诗序》，署"正德旃蒙大渊献春三月望九世孙明秀拜书"。另有卞胜序署"金囯卞胜谨序"。集总收诗三百十七首，系其游历大都时所作。此正如卞序云："《北游诗集》，凡绝句五七言律弥三百余首。盖在昔至治癸亥、甲子之岁，北留京都时所作也。"另国家图书馆藏清钞本《北游诗集》一卷。1987年台湾汉声出版公司影印出版《禅门逸书续编》，内收《楚石大师北游诗》一卷。

清钱谦益《列朝诗集》闰集录梵琦诗五十二首，"小传"谓："师学行高一世，宗说兼通，禅寂之外，专志净业，作《西斋净土诗》数百首，皆于念佛三昧心中流出，历历与契经合，使人读之，恍然如游珠网琼林、金沙玉沼间也。"（《列朝诗集》闰集卷一）清朱彝尊《明诗综》卷九十录其诗三十首，《诗话》云："楚石，僧中龙象，笔有慧刃。《净土诗》累百，可以无讥。和寒山、拾得、丰干韵，亦属游戏。读其《北游》一集，风土物候，毕写无遗，志在新奇，初无定则。假令唐代缁流见之，犹当瞠乎退舍，矧癞可、瘦权辈乎？"（《诗话》卷二十三）

450 蒲庵集存六卷附幻庵诗一卷

释来复（1319—1391）撰。来复字见心，号竺昙叟、蒲庵。江西南昌府丰城（今属江西宜春）人，俗姓黄。元至正二年（1334）出家为僧。擅诗文书法，游燕都，与诸名士游。后航海至浙地，主宁波天宁、杭州灵隐等大刹。明洪武初，与释宗泐、季潭并以高僧召至京，赐金襕袈裟。洪武十四年（1381）

帝置僧籙司,掌天下禅教事,来复除左觉义,诏往凤阳槎芽山圆通院主持。二十四年,坐胡惟庸案凌迟死,年七十三。生平见释明河《补续高僧传》卷二十五、《(康熙)南昌郡乘》卷四十一。

该集明洪武间刊本,台北图书馆藏两部,一部六卷(卷一至卷六),四册。板框20.6厘米×13.6厘米。四周双边,版心黑口,双鱼尾。半页十三行二十四字。钤有"国立中/央图/书馆收藏"朱文长方、"克/庵"朱文方、"黔宁/王子孙/永保之"白文方、"毗陵/董康/审定"朱文方、"董康暨/侍姬玉/奴珍藏/书籍记"白文方、"东壁/图书"朱文方。卷首有《蒲庵集叙》,署"翰林学士承旨荣禄大夫知制诰兼修国史庐陵欧阳玄叙";《蒲庵集叙》,署"洪武十二年二月三日前翰林学士承旨嘉议大夫知制诰兼修国史兼太子赞善大夫金华宋濂序"。卷首题名后注"门人昙噩法注编次"。前三卷收五七言古近体诗六百余首,后三卷收序、记、铭等文九十二篇。台北图书馆另有一部明洪武间刊三卷(卷一至卷三)。此外,另有清藕香簃抄本《蒲庵集》不分卷。

宋濂序曰:"濂昔官禁林,四方以文采见者甚众,晚阅见心复公之作,秾丽而演迤,整暇而森严,剑出鞘而珠走盘也。发为声歌,其清朗横逸,绝无流俗尘土之思,置诸古人篇章中,几不可辨。遐迩求者,接踵于门,既得之,不翅木难珊瑚之为贵。公卿大夫交誉其贤,名闻九天。皇上诏侍臣取而览之,特褒美弗置。濂因谓当今方袍之士与逢掖之流,鲜有过之者焉。今来朝京师,其徒昙噩编类成书,厘为十卷,来征濂为之序。"宋濂评语后为《(康熙)南昌郡乘·释来复传》所承袭,谓来复"精通内典,为诗文秾丽而演迤,整暇而横逸"(卷四十一)。

清朱彝尊《明诗综》卷九十录释来复诗九首,《诗话》谓:"蒲庵与全室(释宗泐)齐名,然不及全室远甚。盖全室风骨戍削,而蒲庵未免痴肥也。"

451　空谷集六卷

明释景隆(1393—1466)撰。景隆字祖庭,号空谷。南直苏州府太湖洞庭(今属江苏苏州)人,俗姓陈,成童时即悦佛理,尤好禅宗。永乐八年(1410)剃度出家。宣德二年(1427),诣杭州昭庆寺受戒,依师住灵隐寺。成化二年(1466)示寂,年七十四。著有《空谷集》六卷。生平见彭清《空谷集序》(《空谷集》卷首)、吴之鲸《武林梵志》卷十一、彭希涑《净土圣贤录》卷五。

该集明杭州广化禅寺刊黑口本,台北图书馆藏。四册。板框19.3厘米×12.5厘米。四周双边,版心黑口,黑双鱼尾。半页十行二十一字。钤有"国立中央图/书馆收藏"朱文长方、"郁林里"朱文方、"三松/过眼"朱文方、

"烟火小神仙"白文长方、"韩/诗"白文墨色方印、"文后/懿公"白文墨色方印、"击剑/吹箫/是丈夫"朱文方、"读骚/饮酒/真名士"白文方。卷首有序，署"赐进士出身中宪大夫太常寺少乡四明郑雍言识"；《序》，署"翰林侍读兼国史经筵官吉水周叙题"；《序》，署"赐进士承直郎乌罗府通判钱唐存庵彭清序"。正文题名"空谷集卷第几"，各卷编次人不一，卷一由"门人文盛等编次"，卷二"门人道真等编次"，卷三"门人宗肆等编次"，卷四"参学门人宗昂等编次"，卷五"参学门人得中等编次"，卷六"参学门人文璿等编次"。卷一收散说(序、记、书)十六篇，卷二收长偈四十四篇，卷三收自赞二十篇、古体歌一篇、诗八首，卷四收序、赞等文六篇、诗二十六首，卷五收记、序等文六篇、诗一百六首，卷六收诗七十一首、文五篇。

彭清序曰："(其集)妙机大用，变化无迹，如云间之鹤，翱翔于竦猓之外，超越于溟渤之间，耀羽扶桑，扬音丹丘，轩腾无碍。故其说禅若波翻电掣，萦湛洞洽，而至稽天沃日，又如人之一身，自项至踵，肢节脉络一一相摄，了无隔滞。意宏深，辞廓达，所以外生死、忘物我、起凡尘、妙幻化也。其法语、记序、题跋长篇、拈提颂、古诗、偈、问答等目，混用儒释语，其应酬本宗则纯阐第一真谛，于题咏则贯摄性理，多合盛唐音响。"

452　冬溪外集二卷续稿一卷

释方泽(1505—?)撰。方泽字云望，又字冬溪，号无参。浙江嘉兴府嘉善(今属浙江嘉善)人。俗姓任，渔家子。十六岁祝发于秀水精严寺。嘉靖七年(1528)二十四岁受具戒行，继而遍访两浙名山大寺，感佛教之微，遂立志振兴之。能诗，为唐顺之、张之象、方豪等所礼敬。嘉靖末，与彭辂、戚元佐、项元淇及三塔寺释正念结诗社。生平见张之象《冬溪集序》(《冬溪集序》卷首)、《(光绪)嘉善县志》卷二十六。

该集明陆广祖选，明隆庆五年(1571)刊本，台北图书馆藏。二册。板框18.9厘米×13.5厘米。左右双边，版心白口，双白鱼尾。半页九行十九字。部分版心下方记刻工名，如陈益、郑国祥、林朝祖等。钤有"吴兴刘氏嘉/业堂藏书记"朱文长方、"国立中/央图书/馆考藏"朱文方。卷首有《冬溪集序》，署"浙江按察司知事王屋山人张之象玄超撰"；《冬溪外内集序》，署"隆庆己巳夏闰六月朔日赐进士前刑部主事冲溪居士同郡彭辂著"；《冬溪禅师集序》，署"隆庆四年朱明日赐进士及第翰林院编修国史官文林郎金坛含斋曹大章撰"；《刻冬溪禅师集序》，署"隆庆辛未六月朔日赐进士中顺大夫前提督翰林院四夷馆太常寺少卿平湖陆光祖书"。正文题名后注"槜李释方泽著,平湖陆光祖校选"。卷上收古近体诗二百〇二首,卷下收古近体诗一百四十八首,另收杂著二十五篇。卷末注"长洲吴曜书,陈益、林朝祖同刻"。《冬溪续稿》收诗八首及杂著一篇。今《明别集丛刊》第二辑第 70 册内《冬溪外集》二卷《续稿》一卷即据隆庆五年刊本影印。

彭辂序曰:"(方泽)古体上仿汉魏,而律一以初盛唐为准,晚乃旁溢,稍稍及于钱、刘、皇甫诸调。每读之,爱其兴象浑庞,涵意辞外,澹澹乎大音希声、大巧不斫,其从容考唐人体格,以绳墨自维,犹法吏之慎守三尺,弗敢坠也。语涉凡近纤险辄摈而去之,不欲以瓦缶之属杂古鼎彝也,可谓骚雅之成家矣。及为文章,整洁高简,甚类其为人。"

清钱谦益《列朝诗集》闰集录释方泽诗八首,"小传"谓其:"禀性颖拔,日诵万余言诗偈文字,下笔无碍。"(《列朝诗集》闰集卷二)清朱彝尊《明诗综》卷九十二录其诗六首,《诗话》谓其:"诗格清纯,不杂偈语,宜为唐应德、方思道、屠文升所称。"《总目》著录释方泽《冬溪集》二卷,"提要"谓:"明诗选本载方泽诗俱作《冬溪内外集》,据此本实作《冬溪外内集》,上卷为外集,下卷为内集。以诗为外,以文为内,盖诗多涉文字,而文皆关禅义,故其下卷之诗亦不谓之诗,而谓之偈,则其外内之义即程氏之外学,内学作内外者误也。集中文笔牐率,不出方丈语录之格。诗稍近雅,而亦不工。"(《提要》卷一百七十八)

另日本东京尊经阁文库藏有明隆庆五年《冬溪外集》二卷内集二卷末一卷,其内集卷首有"冬溪内集卷上目录",内容皆为"杂著";卷下之首为"冬溪内集卷下目录",卷下所录依次为:募劝疏、祈请问、策发语、赞、颂、偈、续赞等。

453　尧山藏草三卷

释僧悦(生卒年不详)撰。僧悦号癯鹤。南直应天府江宁(今属江苏南京)人,俗姓不详。出家普德寺。与长干寺释洪恩(释雪浪)、大报恩寺释钦义(释湛怀)齐名,又与名士冯梦祯等交往,后遁居尧山。著有《尧山藏草》三卷。生平见《(嘉庆)重刊江宁府志》卷五十一。

该集明万历二十九年(1601)古岩潘之恒刊本,台北图书馆藏。三册。板框 19.4 厘米×13.9 厘米。左右双边,版心白口,单白鱼尾。半页九行十八字。部分版心下记刻工名,如云、文、右等。钤有"丰华/堂书/库宝/藏印"、"身入群/经作/蠹鱼"、"国立中/央图书/馆考藏"朱文方。卷首有序,署"万历辛丑夏五曙子虞淳熙书于烟霞之月窟";卷一末有《道德颂序》,署"万历辛丑中伏日吉岩佛子潘之恒谨撰"。卷一题名下标"长干集",题名左列注"黄曲释僧悦著,樵李冯梦祯阅,古岩潘之恒校",收古近体诗一百〇八首。卷二题名下小字标"伊阙集",注"黄曲释僧悦著,烟霞虞淳熙虞淳贞阅,古岩潘之恒校"。卷二收颂八十一首。卷三题名下小字标"伊阙集",注有"黄曲释僧悦著,琅溪程可中阅,古岩潘之恒选"。卷三收古近体诗八十九首、古辞一首、谣一首。卷三末有跋,署"辛丑末伏日丰干潘之恒跋"。1981年台北明文书局出版《禅门逸书初编》内《尧山藏草》三卷即据明万历刊本影印。

潘之恒跋语云:"菩萨悲,愿救度一切。世或以为空谈,试观癯鹤师居伏牛山,目击僧兵流毒,无尽慷慨。长谣闻诸当道,乃下议立革,犹将百世赖其庇。则师所密庇牛山外,暨阎浮又不特一僧兵已也。仁言利溥,况菩萨神咒功德可诬哉!于时当道为前开府韫庵吴公,今直指怡所王公,俱新都人,岂非发菩萨心者耶?勘录至此,遂并纪之。"

454　昙英集四卷

释昙英(籍里及生平不详)撰。籍贯今河南开封附近。晚明僧人,天启时曾寓居京师,与皇室、达官、名人等均有往来,又曾漫游两河、江浙、湖广等地。

《昙英集》四卷,明末阆峰居刊本,台北图书馆藏。四册。板框17.6厘米×12.4厘米。四周单边,版心白口,单白鱼尾。半页八行十七字。钤有"憨斋"朱文长方、"许艺/霜楼/所藏"朱文方、"国立中央图/书馆收藏"朱文长方、"憨斋/秘籍"朱文椭圆印、"鞠霜/楼"朱文方、"鞠霜楼许/氏憨斋所/藏经籍记"朱文长方、"玉函/山房/藏书"朱文方。卷首有《题昙英集》,署"大痴居士闪继迪书于石城清源山之飞涛阁";《昙英上人诗序》,署"法幢居士张民表说"。正文题名下注"梁园释昙英氏普秀著,海鹤老人黄居中选定"。卷一收诗二百八十首,卷二收诗二百七十六首,卷三收诗二百八十六首,卷四收诗三百五十四首。总收诗近一千二百首。

455　石头庵宝善堂诗集五卷

释如愚(生卒年不详)撰。如愚字蕴璞。湖广武昌府江夏(今属湖北武汉)人。出身名家子,少为诸生,后削发为僧,行脚四方,居金陵城南碧峰寺,遂号石头和尚。入华严宗雪浪(释洪恩)之门为弟子,后被逐出师门。入北京,居七指庵,以病亡。生平见《(嘉庆)江宁府志》卷五十一。

该集明万历三十四年(1606)刘戡之南京刊本,台北图书馆、重庆图书馆藏。台北藏本三册。板框19.3厘米×13.9厘米。左右双边,版心白口,单白鱼尾。半页九行十八字。钤有"国立中/央图书/馆考藏"朱文方、"吴兴刘氏嘉/业堂藏书记"朱文长方、"衡/石"朱文方。卷首有《石头庵集序》,署"闽中曹学佺撰";《蕴璞上人石头庵集叙》,署"南京国子监司业了心居士傅新德书";傅新德序后注"秣陵徐应选督刻";《石头庵蕴璞上人诗文序》,署"礼部侍郎江夏美命郭正域撰";《石头集题辞》,署"万历岁辛丑重阳后三日豫章祝世禄书于细雨黄花处";《石头庵集序》,署"万历己亥夏端阳日皖人颜素和南书";《石头庵诗集叙》,署"万历辛丑佛降生日宣城汤宾尹书";《刻石霜和尚宝善堂诗文集序》,署"万历丙午夏户部员外郎南郡弟子毘耶居士刘戡之和南撰"。卷首题名后注"金陵碧峰寺僧江夏如愚著,夷陵毘耶居士刘戡之校梓"。卷一收诗一百十八首,卷二收诗九十二首,卷三收诗六十三首,卷四收诗六十一首,卷五收记、疏、颂、赞、跋、序、铭等文四十篇。

其集又名《石头庵集》,志其所居地也。释如愚友人祝世禄序曰:"余方外交愚公者,江夏名家子,少岁行脚四方,中岁思归南岳石头庵,未遂。遂卓锡石头城南碧峰寺,庄严戒律,妙透梵典,随喜作诗,久之成帙。中有卒然得之骚人墨客经年累月、呕心断须所不可致者,其徒刻之,名《石头集》,志所居也。"

曹学佺序曰:"愚公诗古体有气力,五言律奇而险,顾多慷慨悲愤之句,不作禅语,所以为佳。僧家诗苦入禅语,是犹缙绅家有富贵气,秀才有举业气也。愚公遇山水则乐,友朋则乐,夜谈则乐。谈兴则起舞,盖得乎诗之趣矣。"郭正域谓如愚:"诗文不袭成言,直抒胸臆。从性灵出,时出时入,有独造语,令人快意赏心。"

456　饮河集二卷

释如愚撰。如愚生平见《石头庵宝善堂诗集》条。

该集明万历间刊本,台北图书馆、重庆图书馆藏。台北藏本一册。板框19.5厘米×13.9厘米。四周单边,版心白口,单白鱼尾。半页九行十八字。钤有"吴兴刘氏嘉/业堂藏书记"朱文方、"衡/石"朱文方、"国立中/央图书/馆考藏"朱文方。卷首有《饮河集序》,署"万历丁酉如望三城道人阮自华撰";《饮河集序》,署"万历辛丑秋日吏部侍郎四明寅所周应宾撰"。正文题名"饮河集卷上或卷下",后注"石霜山僧如愚著"。集总收诗二百六十余首。

周应宾以为如愚诗皆情之所之,才之所至的产物:"愚上人亦喜言诗,其为诗也,必极其情之所之,才之所至,见之者皆以为风云月露之致语,而不知其于禅教,固甚精也。乃知禅不妨诗,诗不妨禅,禅与诗果然无二已。"

457　空华集二卷

释如愚撰。如愚生平见《石头庵宝善堂诗集》条。

该集明万历间刊本,台北图书馆、重庆图书馆藏。台北藏本一册。板框、行款、钤印同《饮河集》。卷首有《空华集序》,署"万历壬寅闰月二十一日尔时居士于若瀛书";《空华集序》,署"万历癸巳清明日方外友弟中牟张民表撰";《空华集序》,署"万历丁酉八月二十四日石公山人袁宏道书"。正文题名后注"石霜山僧如愚著,武陵龙鹰选,剡溪周汝登校"。总收诗二百二十余首。

《总目》著录释如愚撰《空华集》二卷《饮河集》二卷《止啼集》一卷《石头庵集》五卷,谓如愚:"自许甚高,然材地粗疏,徒好为大言耳。"(《总目》卷一百八十)

458　雪浪续集二卷

释洪恩(1545—1608)撰。洪恩字三怀,号雪浪。应天府上元(今属江苏南京)人。俗姓黄。年十三,出家长干寺,与憨山和尚同师事华严宗无极法师(释明信)。精研内外典,日据华座,讲演诸经。示寂于万历三十六年(1608),年六十四。生平见钱谦益《华山雪浪大师塔铭》(《牧斋初学集》卷六十九)、《(嘉庆)松江府志》卷六十三。

该集明万历四十六年吴门管觉仙刊本,台北故宫文献馆藏。一册。板框18.5厘米×11.4厘米。四周双边,版心白口,单鱼尾。半页八行十七字。钤有"国立北/平图书/馆收藏"朱文方、"佐屋文库"朱文长方。卷首有《雪浪续集叙》,署"万历乙卯岁寒对雪题于曼陀罗关朗道人沈颢"。正文题名后注"明雪浪庵释洪恩著"。二卷总收古近体诗二百七十五首。卷末有"雪浪续集后语",署"万历戊午重九日吴门弟子管觉仙识于毘耶室中"。1987年台北汉声出版社、文史哲出版社出版《禅门逸编续编丛书》第2册内《雪浪续集》据明万历四十六年刊本影印。

续集由洪恩弟子管觉仙刻梓行世,管氏跋语云:"大师以文字说法,一句半偈,可令花飞露洒。解者以法会则得,以文字会则背。此续集不甚夥,乃余检拾所积,残珠剩璧,实堪珍秘,非余珍文字,盖珍法也。缅予侍师三十余年,剟心剖腹,久饫法乳,今日不得复亲而获师遗言,当作难遭想。即寿诸梨枣,以公世之同志者,披览之余,知有天花散几席矣。"

明萧士玮《春浮园集》卷上有《雪浪集序》,其论释洪恩诗云:"当公之时,俗学溺于所闻,分文析字,烦言碎词,穷老不能究其一艺,败绩失据,良可悯矣。公思以扶衰救微,特标宗会,而遗其章句,率胸怀所及,足腾远理而已。后学功乏,寻微意乐,自便义路不涉,互为枝叶。夫辞以达指,其指移,故辞益难,以径省天台、贤首、慈恩三家之宗,委曲烦重,如《诗》无达语,《易》无达言,《春秋》无达辞,冀后人博观其义,以通其指耳。"《总目》评洪恩曰:"未离世法之僧,不能语带烟霞也。"(《总目》卷一百八十)

459 林樾集二卷

释海观(爵里、生卒年不详)撰。著述题名左下自署"补陀山释海观融二"。

该集明刊本,台北图书馆藏。二册。板框20.7厘米×13.8厘米。左右双边,版心白口,单鱼尾。半页八行十七字。版心上方记书名。钤有"佐伯文库"朱文长方、"国立中央图/书馆收藏"朱文方、"巴陵方/氏碧琳/琅馆藏/书之印"朱文方。卷首有《自叙》,署"补陀山释海观自叙并书"。无跋。正文题名后注"补陀山释海观融二著"。卷上收颂、说、偈、疏、赞、跋等文三十四篇,卷下收《山居偈》七十一篇及说、颂、偈、诔、疏、启等文三十四篇,另收《山居喜雪》诗一首。

集乃因地而名,释海观自序曰:"全境是心,全心是佛。余固尝信受是语,至于对境障、兴菩提心,不能相续。舍事入理,虽缘寂静,可以摄诸散乱,而初修行人。静处返闹,无所寄心,即无所把持。余居山,无别业,多书写大乘经,又喜读诵法华莲典,不以岁月计工,亦不它有。所务二十五白矣,缘此一念,余想皆歇,此习重障深者净治其心之要门也……无业禅师云:'古人得意之后,茆茨石室向折脚铛中煮饭吃,过三二十年,大忘人世,隐迹岩丛,少有希求,如短贩人相似也。'山野深愧其言,住山私念'甘淡薄以酬夙志,处林樾以终天年'。但怏怏于栽田博饭之举,回视古德色力智慧,瞠乎不可及矣。山野胸中略谙书史,仅娴声律。宫商之辩,不敢居骚雅之坛,禅诵径行,随步悉情况也。第横口所占,横手所书,非山居诗也,乃山居颂也。若以唐人五言律诗绳之,则失之矣。因地题名云《林樾集》,郢匠大方,聊为喷饭之资也。"

460 秋潭老人黄叶庵诗稿一卷

释智舷(生卒年不详)撰。智舷字苇如,号秋潭。浙江嘉兴府秀水(今属浙江嘉兴)人。万历间,出家本邑金明寺。善书画,喜吟咏,诗名籍甚。与之游者皆一时名动四方者,尤与李日华、吴孺子、董其昌、陈继儒等善。生平见毛晋《明僧弘秀集》卷十二、沈季友《檇李诗系》卷三十二、陈作霖《明代金陵人物志》"方外"、《(康熙)秀水县志》卷七。

该集明末刊本,台北图书馆藏。二册。板框21.2厘米×14.3厘米。有框无格,四周单边,版心白口。半页八行二十字。版心上记题名。钤有"笠庵"朱文椭圆印、"吴兴刘氏嘉/业堂藏书记"朱文长方、"国立中/央图书/馆考藏"朱文方。卷首有《黄叶庵诗稿序》,署"白石樵陈继儒撰"。正文题名后注"长水沙门智舷著"。总收诗二百五十余首。

又上海图书馆藏明抄本《黄叶庵诗草》一卷,今《四库禁毁书丛刊》第182册内《黄叶庵诗草》即据上图藏明抄本影印。上图藏本卷首有嘉庆十三年(1808)姚俨题识:"此册偶从旧书肆购得,切勿随意遭汰,盖作者固属名重缁流,而诗格尤极秀挺,并无头陀气。至抄摘之人,选校得宜,其书法亦类浑古,跋中有'恨不得见者有年',想亦黄叶之朋耶。末署'岁在戊午庄阳手录',亦百数十年前物矣。黄叶,金明寺僧,名智舷,字苇如,又号秋潭,梅溪人。嘉庆戊辰三月十八日州东小隐姚俨偶识。"

清朱彝尊《明诗综》卷九十二录释智舷诗十三首,"诗话"谓:"上人瓶锡旧地,在金明寺湖天海月楼,东有老梅横窗,日吟咏其下。后移郊西之黄叶庵,村深水曲,物外萧然,而以善行草书,造请满户限,上人亦不惮烦,有求者必应也。诗不存稿,好事者就长笺横幅传抄,辑为上下卷刊行之。"

461 牧云和尚懒斋别集十四卷

释牧云(1599—1671)撰。牧云字通门,号卧庵。南直苏州府常熟人。俗姓张。年二十在虞山破山寺出家,受具足戒后,即游方参学。初礼无异禅师,钻研佛典,有所悟。后入天童山密云寺,成该寺圆悟禅师之法嗣。牧云能诗文,善绘画,尤精山水。康熙六年(1667)过南京与周亮工论画。清康熙十年(1671)圆寂于常熟鹤林寺,寿七十三。生平见喻谦《新续高僧传四集》卷十。

该集明末虞山毛氏汲古阁刊本,台北图书馆藏。六册。板框20.7厘米×14.6厘米。四周双边,版心白口,无鱼尾。半页十行二十字。版心上端镌题名。中缝记"汲古阁"。钤有"南林刘/氏求恕/斋藏"朱文方、"查硕一/字既庭"白文长方、"国立中/央图书/馆考藏"朱文方。卷首有《序》,署"欠庵居士朱一是法名恒晦拜撰";《序》,署"檇李王庭言远敬题"。正文题名后注"东吴毛晋子晋编阅,鄂州记室智时较阅。"内卷一至八为文部,收论、序、记、铭、说、题跋、杂著、疏、传、志铭、祭文、书启、像赞及偈语等。卷九至十四为诗部,卷九录"铜井时""古南时(上)"诗,卷十录"古南时(下)"诗,卷十一录"古南时之余"诗,卷十二录"栖真时"诗,卷十三录"兴福时""兴化时""鹤林时"诗,卷十四录"天童时"诗。

朱一是谓牧云和尚诗:"有触必应,含毫伸纸,忽诗忽文,若山之出云,水之遭风,层起叠生,俱以自然入妙,未尝有意为诗文,而诗文之至者出焉。其近体王孟也,古体陶韦也。无韵之文洋洋洒洒,又白太傅、苏端明亚也。"

462　牧云和尚病游草二卷

释牧云撰。牧云生平见《牧云和尚懒斋别集》条。

该集内初草一卷,后草一卷。明末虞山毛氏汲古阁刊本,台北图书馆藏。二册。板框 20.9 厘米×14.6 厘米。四周双边,版心白口,无鱼尾。版心上端镌"病游初草"。中缝记"汲古阁"。半页十行二十一字。板式同《牧云和尚懒斋别集》。钤有"赵州古观音院/嗣祖沙门超祥"朱文长方、"吴兴刘氏嘉/业堂藏书记"朱文长方、"从吾好/斋藏书"朱文方、"国立中/央图书/馆考藏"朱文方、"家在常/山关/县南"白文方、"从吾/所好"白文方。卷首有自序,署"崇祯庚辰岁夏五月述于破山禅院之西轩"。正文题名后注"东吴毛晋子晋编阅,鄂州记室智时较阅"。初草收诗二百六十余首,后草收诗八十九首。

牧云和尚自序曰:"茫茫大块,载我以生,劳我以形,息我以老,佚我以死。死果佚乎? 释迦老子以生老病死总目之为苦谛三乘。圣人之出世,皆因厌苦而修道,修道而证灭,证灭而后生死空,乃知浪死非佚之道矣……余自谢俗,汲汲于东西南北,不遑安处者,无他博问先知,审此病源而已,故十余年之游谓之病游。又十余年间,一身恒病,以病而畏生死愈切,每抱病而游,不以病而不游,游者何务求好色香药于良导? 冀差我此病也。于是,所寓非一人,所感非一境。磨砻砥砺,所造日移,不觉咨嗟咏叹之音生焉。虽咨嗟咏叹,非有意于语言文字也。拨草瞻风,登山临水,直发病游之心志,初不自知耳。"

463　云外录十八卷

释大香(1582—1636)撰。俗姓吴,名凝甫,字鼎芳,号唵噮。苏州府姑苏(今属江苏苏州)人。少博览群籍,善属文,尤工于诗。母逝,年四十出家为僧。后为杭州塘栖大善寺主持。感佛法之陵夷,遂以阐教为己任。卒于崇祯九年(1636)九月八日,年五十五。生平见陈元仍《圣日唵喍香禅师传》(《云外录》卷首)。

　　大香著有《道德经解》《南华内篇注》,皆未见传。传者惟《云外录》十八卷,明崇祯间德清夏元彬刻清顺治十六(1659)修补本,台北故宫文献馆藏。六册。板框 20.8 厘米×13.7 厘米。四周单边,版心白口,单鱼尾。半页十行二十字。卷首有《圣日唵喍香禅诗赋》,署"德清弟子陈元仍熠玉撰"。正文题名后注"姑苏释大香唵喍著"。卷一收赋七首,卷二至九收古近体诗六百〇八首,卷十收偈语二十四首,卷十一收诗余三十首,卷十二至十八录传、序、说、记等八十篇。集后有跋语,署"己亥仲夏望日清溪主人藏谨识"。跋语云:"《云外》一书,孝廉仲戣夏公捐刻,公殁后年深日久,录板属之他人,余时谋诸善侣,请至吉祥。其间缺板嗣服蔡老居士续刻,俾唵禅师一段光明照诸宇内,见闻之者饱获法喜。"

参 考 书 目

《文渊阁四库全书》，上海古籍出版社，1987年。

《四库全书存目丛书》，齐鲁书社，1997年。

《四库未收书辑刊》，北京出版社，1997年。

《四库禁毁书丛刊》，北京出版社，1998年。

《四库全书存目丛书补编》，齐鲁书社，2001年。

《续修四库全书》，上海古籍出版社，2002年。

《四库禁毁书丛刊补编》，北京出版社，2005年。

[清] 钱谦益《列朝诗集》，三联书店，1989年。

[清] 朱彝尊《明诗综》，上海古籍出版社，1987年版。

[清] 朱彝尊《静志居诗话》，人民文学出版社，1990年。

[清] 黄宗羲《明文海》，《四库全书》本，上海古籍出版社，1987年。

[清] 王夫之等《清诗话》，中华书局出版，1963年。

[清] 谷应泰《明史纪事本末》，中华书局，1977年。

[清] 张廷玉等《明史》，中华书局，1975年。

[清] 卓尔堪《明遗民诗》，中华书局出版，1961年。

[清] 汪端《明三十家诗选初集》八卷二集八卷，清道光二年(1822)刊本。

[清] 陈田《明诗纪事》，上海古籍出版社，1993年。

[清] 陈济生，陈乃乾《天启崇祯两朝遗诗》，中华书局出版，1958年。

[清] 盛宣怀，缪荃孙《常州先哲遗书》，南京大学出版社，2010年。

台湾图书馆《明人传记资料索引》，"国立中央图书馆"出版，1965年。

《中国古籍善本书目》，齐鲁书社，1996年。

《中国古籍总目》，中华书局，上海古籍出版社，2009年。

"国立中央图书馆"编《明代艺术家集汇刊续集》，"国立中央图书馆"出版，
　　1971年。

张元济《四部丛刊初编》，商务印书馆，1936年。

张元济《四部丛刊续编》，商务印书馆，1976年。

《丛书集成三编》,台湾新文丰出版公司,1997年。

黄仁生《日本现藏稀见元明文集考证与提要》,岳麓书社,2004年。

崔建英《明别集版本志》,中华书局,2006年。

李灵年,杨忠《清人别集总目》,安徽教育出版社,2008年。

王重民《中国善本书提要》,上海古籍出版社,1983年。

饶宗颐初纂、张璋总纂《全明词》,中华书局,1974年。

谢伯阳《全明散曲》,齐鲁书社,1994年。

《中国地方志集成》,江苏古籍出版社,上海书店出版社,2010年。

梁廷灿《历代名人生卒年表》,上海商务印书馆,1930年。

姜亮夫《历代人物年里碑传综表》,北京中华书局,1959年。

黄虞稷《千顷堂书目》,上海古籍出版社,1987年。

焦竑《国朝献征录》,上海古籍出版社,1987年。

钱谦益《列朝诗集小传》,上海古籍出版社,1959年。

朱宝炯、谢沛霖《明清进士题名碑录索引》,上海古籍出版社,1980年。

张慧剑《明清江苏文人年表》,上海古籍出版社,1986年。

傅增湘《藏园群书题记》,上海古籍出版社,1989年。

《四库明人文集丛刊》,上海古籍出版社,1991年。

吴文治《明诗话全编》,凤凰出版有限公司,1997年。

北京图书馆古籍出版编辑组《北京图书馆古籍珍本丛刊》,书目文献出版社,
    2000年。

周维德《全明诗话》,齐鲁书社,2005年。

《域外汉籍珍本文库》第一辑至第五辑,西南师范大学出版社,人民出版社,
    2008—2015年。

《和刻本中国古逸书丛刊》,凤凰出版社,2012年。

国家图书馆主编《原国立北平图书馆甲库善本丛书》,国家图书馆出版社,
    2013年。

《台湾珍善本丛刊·古钞本明代诗文集》,台北新文丰出版公司,2013年。

《清代诗文集汇编》,上海古籍出版社,2014年。

刘铮云《中央研究院历史语言研究所傅斯年图书馆藏未刊稿钞本》,中央研
    究院历史语言研究所,2014年。

中华再造善本编委会《中华再造善本·明代编》,国家图书馆出版社,
    2014年。

李时人《中国文学家大辞典·明代卷》,中华书局,2015年。

徐雁平《清代家集丛刊》,国家图书馆出版社,2015年。

沈乃文主编《明别集丛刊》,黄山书社,2016 年。

《历代地方诗文总集汇编》,国家图书馆出版社,2016 年。

翟庆福主编《明代基本史料丛刊》,线装书局,2016 年。

徐永明,乐怡《美国哈佛大学哈佛燕京图书馆藏明清善本总集丛刊》,广西师
范大学出版社,2017 年。

徐雁平《清代家集丛刊续编》,国家图书馆出版社,2018 年。

《明代诗文集珍本丛刊》国家图书馆出版社,2019 年。

铁山宗钝《日本汉文学百家集》,燕山出版社,2019 年。

陈广宏,侯荣川《日本所藏稀见明人别集汇刊》(第一辑),广西师范大学出
版社,2021 年。

后　记

　　我曾经在《上海地区明代诗文集述考》一书的后记里说过,那本书从准备到面世有十个年头;而这本书前前后后加起来也有八个年头了,算是八年奋战的产物吧。

　　先师李时人先生2013年12月拿到国家社科基金重大项目"明代作家分省人物志"后,就有派人去海内外访书的计划,尤其那些稀见明别集更是必须寓目的对象。2015年初步定下由我去台湾访书,但因为手续、沟通等原因,当年并没有成行。也就是从这一年起,我开始注意利用网络查询台湾和日本、欧美等藏书机构的资源,收集相关的数字文献。台湾的几大藏书机构,如台北"国立中央图书馆"、台北故宫博物院文献馆、傅斯年图书馆是较早进行古文献数字化并与世界发达国家实现资源互联互通的公共藏书机构。21世纪第二个十年的最初几年,由于4G技术没有完全普及,影像资源传输很慢,下载更慢。2015年前我要从"台图"下载一页古籍常常耗费数十秒甚至更多,尽管这样,还是下载了不少有用的文献。

　　2016年、2017年、2019年,我三次利用暑假去台湾访书,每次一个月,将台湾的稀见古籍微片资源转化成纸质文件,通过邮局寄回大陆,前后寄回的稀见文献近30个A4纸箱400余种,真是收获满满!在台湾时,看到那么多稀见宝贝,真有种如饥似渴的感觉。为了尽可能多地复印文献,经常是午饭或者靠零食解决,或者和晚饭一块儿解决。当催促下班的铃声响起、抱着纸箱走出"台图"的大门时,满心的喜悦冲淡了空腹的饥肠辘辘。到了晚上,我便将带回的古文献以叙录的形式作初步整理。2018年我将整理后的成果以"台湾现存稀见明别集述考"的名义申报了国家社科基金项目,当立项通知书下来时,先师已经仙逝半年多了。所以,这本书也是导师重大项目的成果之一,可惜他老人家看不到了。饮水思源,我要向先师致以无限的敬意和谢意!

　　1998年,导师接受了中华书局邀请编纂《中国文学家大辞典·明代卷》的任务,之后他把学术重点转向了明代文学。苦于明代文学文献稀少,他开始有意识地让自己的博硕士生以地域作家为研究对象,进而进行明代文学文献的搜集、整理与研究。为使研究更系统、更有保证,他申报了国家社科基金重大项目"明代作家分省人物志"。刚一立项,导师便查出原来贲门处的结节有异常,不得已于2014年5月份做了手术。术后尽管积极配合治疗,还是在三年后发现了扩散的癌细胞,于是在2017年3月份进入上海肿瘤医院动了手术(实际并没有动手术,因为已经扩散,这善意的谎言一直维持到导师去世),出院不久就住进上海六院老干部病房调养。2017年10至12月应该是老师最痛苦的一段时期,这段时间他已基本不能行走,一天大半时间都在卧床休息。10月中旬,我在医院侍候老师一段时间,目睹了导师痛苦万分的样子。他白天坚持写东西,晚上又因后背"剧痛"(导师原话)睡不着觉。我夜里醒来,每次都见到导师佝偻着身体坐在床上,头垂在胸前,表情非常痛苦,真是心如刀绞!尽管病重在床,但他仍相信自己能康复出院,并和去探望的弟子们兴致勃勃地聊起自己五年、十年的学术规划。医学没在他身上诞生奇迹,导师在2018年3月28日上午10时28分永远离开了他挚爱的学术,永远离开了我们。他走的前两天,中华书局赶印的《中国文学家大辞典·明代卷》带着墨香快递到了他的床头,导师的身体已经对耗费了他近二十年心血的著作做不出明显的反应,但环立在一侧的弟子们还是能感觉出他卸下一肩重担、带着一丝慰藉的微妙情感……

可以告慰先生的是,先生逝后,项目在俞钢教授主持下,扎实推进。在2022年3月15日上海疫情封城的日子里举行了线上结项评议会,并顺利结项,获得了"优秀"等级。

关于本书,这里要强调一点,拙著也是为了先师将要出版的遗著《明人诗文别集总目提要》准备资料。先师是一个视学术为生命的人,他在病逝前曾留下遗嘱,希望《明人诗文别集总目提要》以后能出版面世。导师派我两次去台湾查阅资料,最直接的目的当然是为了重大项目结项,但也有为这部大稿准备资料的用意。我除了这部即将面世的书稿外,后面还会有其它书稿推出,也是为了导师将要出版的《明人诗文别集总目提要》做准备工作。

非常感谢师大原研究生院俞钢教授、原国际交流处夏广兴教授,在他们的热心帮助下,认识了台湾元智大学的洪泉湖教授,台东大学的梁忠铭教授、何俊青教授,并得到了他们及他们同事的热情帮助、周到接待,在此诚致谢意!洪泉湖教授是一位温文尔雅的长者,曾任元智大学社会科学学院的院长。2016年我初次去台湾,他热情地到机场接机,带我参观元智大学校园,晚上首次在一个叫"禅园"的富有人文气息的花园式餐厅领略了台湾的饮食文化。台湾很多地方的地名文化氛围浓厚,比如这个"禅园",再如后来我居住的南昌路附近的"里仁"小超市——"里仁为美"即来自《论语》。漫步台北街头,还能看到数不清的以大陆各省市县命名的小吃及道路街巷。

梁忠铭教授曾任台东大学的副校长。我和广兴教授首次见到梁教授是2016年暑假,此时他刚从东京学术交流回来,我们在台北大安公园附近一个叫"莫宰羊"的饭店吃的羊肉火锅——这店名实在有点反讽!也因此记忆犹新。第二年,再去台湾时,梁教授在台东大学接待了我和夏老师,并开车带我们沿台湾东海岸往北游览,台湾东海岸的风景真的让人惊艳!何俊青教授现任台东大学师范学院教育学系主任,博士生导师。他脸庞黑红,中等身材,祖籍是大陆湖南。何老师热情、豪爽,见面不久,我们就成了很好的朋友。后来在大陆,也数次托他在学术资源方面帮忙,何老师总是不厌其烦,给予帮助。

此外,还要对以下富有才情的朋友、同门、同事送上我真诚的谢意:上海图书馆邹晓燕先生精篆刻、工书法,古籍中的印章数次请她帮助辨认。我的同门河北科技大学的孙良同教授对书法有很深造诣。上海师大的刘永文教授、青岛大学的周潇教授、凤凰出版社的吴琼师妹、山东工商大学的马兴波师弟皆治学严谨,对古文字有独到见解,他们对我的屡次请教不厌其烦,得他们帮助甚多,谨致谢意。也要感谢师大古文献特藏部的戴建国、孙麒、石晓玲、张雅琴等同事们,这是一个温暖的集体,常常在晚饭后为了一个版本、一枚印章、一个字体在一起"争鸣"半天,得到了他们的帮助也耽误了他们很多时间,谢谢他们。

与十多年前相比,师大图书馆员工的学力、职称、科研素养有了很大提高,图书馆的党政领导与时俱进,将科研作为年度重要工作。在此氛围下,我数次去有关藏书单位访书,得到了馆里领导的大力支持,在此对曹鹏书记、贾铁飞馆长、赵龙副书记及其他领导表示诚挚的谢意。

李玉宝

2023 年 1 月书于上海

图书在版编目(CIP)数据

台湾藏稀见明别集总目提要 / 李玉宝著. —上海：
上海古籍出版社，2023.12
ISBN 978-7-5732-0986-3

Ⅰ.①台… Ⅱ.①李… Ⅲ.①古典文学研究—著作—
内容提要—中国—明代 Ⅳ.①Z88：I206.2

中国国家版本馆 CIP 数据核字(2023)第 232369 号

台湾藏稀见明别集总目提要

李玉宝 著

上海古籍出版社出版发行

(上海市闵行区号景路 159 弄 1－5 号 A 座 5F 邮政编码 201101)

　(1) 网址：www.guji.com.cn

　(2) E-mail：guji1@guji.com.cn

　(3) 易文网网址：www.ewen.co

上海商务联西印刷有限公司印刷

开本 787×1092　1/16　印张 27.75　插页 2　字数 483,000
2023 年 12 月第 1 版　2023 年 12 月第 1 次印刷
ISBN 978-7-5732-0986-3

K·3525　定价：128.00 元

如有质量问题,请与承印公司联系